Petermann/Kusch/Niebank

Entwicklungspsychopathologie

Franz Petermann/Michael Kusch/Kay Niebank

Entwicklungs-psychopathologie

Ein Lehrbuch

BELTZ
PsychologieVerlagsUnion

Anschriften der Autoren:

Prof. Dr. Franz Petermann
Dipl.-Psych. Kay Niebank
Zentrum für Rehabilitationsforschung
Universität Bremen
Grazer Str. 6
28359 Bremen

Dr. Michael Kusch
Zentrum für Kinderheilkunde
Universität Bonn
Adenauerallee 119
53113 Bonn

Lektorat: Gerhard Tinger

Umschlaggestaltung: Dieter Vollendorf, München
Druck und Bindung: Druckhaus Thomas Müntzer, Bad Langensalza
Printed in Germany
Gedruckt auf säurefreiem Papier

ISBN 3-621-27288-7

Vorwort

Entwicklungspsychopathologie verdeutlicht allein schon von der Wortwahl, daß es sich um einen Ansatz handelt, der sich mit der Entstehung und dem Verlauf psychischer Abweichungen und Störungen beschäftigt. Die Ziele der Entwicklungspsychopathologie lassen sich durch verschiedene Aspekte beschreiben. So weisen wir einleitend in unserem Buch darauf hin, daß sich dieser Ansatz mit den Ursachen einer Entwicklungsabweichung beschäftigt und nach Risiko- und Schutzfaktoren im Entwicklungsprozeß sucht und diese identifizieren möchte. Der Klinische Psychologe beschäftigt sich zwar im Schwerpunkt mit den Auffälligkeiten eines Einzelfalls und nicht mit den generellen Formen der Entwicklungsabweichung, dennoch sind die generellen Sichtweisen für die Erklärung und Prognose einer Störung entscheidend.

Wir wählen im Anwendungsteil unseres Buches einige Störungen aus, anhand derer wir belegen können, welche Erträge durch die entwicklungsorientierte Betrachtung in den letzten zehn Jahren möglich waren. Viele Studien beziehen sich dabei auf den Störungsbeginn im Kindes- und Jugendalter. Es wird aufgezeigt, wie sich unter günstigen oder ungünstigen Bedingungen Störungen zurückbilden oder verfestigen. Es wird dabei deutlich, wie Störungen zusammenhängen und ineinander übergeben.

In vielen Bereichen der Psychiatrie, Psychologie und Sonderpädagogik wird man in den nächsten Jahren eine empirisch fundierte und entwicklungsorientierte Sichtweise psychischer Störungen aufgreifen. So werden weniger Krankheitszustände von Interesse sein, sondern Krankheitsverläufe und das gemeinsame Auftreten verschiedener Störungen bei einer Person im Zeitverlauf. In der Folge wird man bei der Erklärung und Prognose einer psychischen Störung „Vorläufer-Störungen" und die Ausdifferenzierung (= Diversifikation) einer Störung beachten müssen. Solche Sichtweisen und die dazugehörigen empirischen Befunde lassen erstmals fundierte Aussagen zur Stabilität psychischer Störungen zu.

Die Ergebnisse der Entwicklungspsychopathologie werden zu neuen Anforderungen im Kontext der klinisch-psychologischen Diagnostik führen. Zumindest sollte aus der individuellen Entwicklung einer psychischen Störung

- eine differenzierte Prognose für ihren weiteren Verlauf ableitbar sein;
- die Erfolgschancen einer Behandlung bewertet werden und
- die Rückfallgefahr bzw. die Stabilität des Erfolges abschätzbar sein.

Solche Aussagen müssen auf Entwicklungsmodellen und Längsschnittstudien, also auf expliziten theoretischen Annahmen und empirischen Befunden, basieren. Unser Buch gibt hierzu eine erste Orientierung - jede Längsschnittstudie wird zukünftig unser Wissen im vorliegenden Bereich entscheidend vergrößern. Auch wenn die Längsschnittstudien sich lediglich auf die Entwicklung psychischer Störungen im Kindes- und Jugendalter erstrecken, werden sie auch unser Verständnis von psychischen Störungen im Erwachsenenalter schrittweise verändern.

Viele Erkenntnisse der Entwicklungspsychopathologie fließen heute schon in die immer präziser werdenden Klassifikationssysteme (DSM-IV, ICD-10) ein. Zugleich sind diese Klassifikationssysteme wiederum die empirische Grundlage für moderne Längsschnittstudien. Jede neue Disziplin, vor allem wenn sie interdisziplinär orientiert ist, benötigt auch neue Publikationsorgane. So liegt seit 1992 auch im deutschen Sprachraum eine praxisorientierte Fachzeitschrift mit dem Titel „Kindheit und Entwicklung" (aus dem Hogrefe-Verlag) vor, die sich erstmals mit solchen Fragestellungen beschäftigt.

Wie jedes Buch hat auch dieses eine Vorgeschichte: Schon seit knapp zehn Jahren beschäftigen sich die beiden erstgenannten Autoren mit Fragestellungen der Entwicklungspsychopathologie und versuchten, vor allem die Erkenntnis aus der US-amerikanischen Forschung auf den deutschen Sprachraum zu übertragen. So gesehen ist die vorliegende Einführung eine Fortführung dieser Arbeit, die an der Universität Bonn begonnen hat. Diese Arbeitsgruppe wurde dann durch Mitglieder an der Universität Bremen, Lehrstuhl Klinische Psychologie, erweitert (z.B. C.A. Essau, G. Groen, K. Niebank, H. Scheithauer, P. Warschburger). Alle Mitglieder unserer Arbeitsgruppe sammelten über einige Jahre Konzepte und strukturierten diese; seit 1995 führen wir eine von der DFG geförderte Längsschnittstudie zur Entstehung und zum Verlauf von Angst und Depressionen durch (vgl. Bremer Jugendstudie; Leitung: Dr. C.A. Essau und Prof. Dr. F. Petermann).

Die Vielzahl der Aktivitäten konnten nicht alle in das vorliegende Buch einfließen, zumal wir dem dringenden Wunsch des Verlages entsprechen wollten, eine „knappe" Einführung vorzulegen. So beschränkten wir uns auf die für dieses interdisziplinäre Fach notwendigen Grundbegriffe und die Darstellung von aktuellen Denkmodellen. Leider konnten wir nur wenige Anwendungsbeispiele ausarbeiten; wir beschränkten uns vor allem auf die autistische Störung, Depression und aggressives, hyperkinetisches sowie antisoziales Verhalten. Wir hoffen dennoch, daß wir dem Leser einen „Einstieg" in die Entwicklungspsychopathologie insgesamt ermöglichen können und wünschen uns, mit dem vorliegenden Buch diese neue Sichtweise verstärkt in Forschung und Praxis zu etablieren.

Ohne die Unterstützung einiger Kolleginnen und Kollegen wäre dieses Buch in der gegenwärtigen Form nicht möglich gewesen. Für die Durchsicht des Typoskripts, in Teilen oder vollständig, ihre wertvollen Anregungen und ihre hilfreiche Kritik gilt unser Dank darum Frau Dipl.-Psych. Antje Emmermann, Frau Dipl.-Psych. Carmen Fromme, Frau Dipl.-Psych. Sabine Schmidt, Frau Dipl.-Psych. Ann-Doreen von Schwerin, Frau Dipl.-Psych. Annett Stahl, Frau Dipl.-Psych. Corinna ten Thoren und Frau cand. psych. Katja Witthöft. Für ihre fachliche Kritik zu den vorwiegend biologisch orientierten Kapiteln (Neurobiologie und Neuropsychologie; Genetische Grundlagen der Entwicklungspsychopathologie) sind wir Herrn Dr. Dietmar Heubrock, Herrn Dipl.-Biol. Carsten Schmidt und Herrn Jörg Bergmann sehr zu Dank verpflichtet. Besonders bedanken möchten wir uns auch bei Herrn Dipl.-Psych. Herbert Scheithauer, der die größten Teile des Glossars erstellt hat. Nicht minder dankenswert sind das Verständnis, die Geduld, der Zuspruch und die vielen Tassen Kaffee, mit denen Kollegen und Mitarbeiter unserer - mit dem Näherrücken des Fertigstellungstermins - abnehmenden Ansprechbarkeit begegneten.

Bei der Erstellung dieses Buches haben wir die Absicht verfolgt, ein komplexes Thema anschaulich und verständlich darzustellen. Ob uns dies gelungen ist, liegt in der Entscheidung der Leser. Wenn Ihnen Ungereimtheiten, unklare Formulierung oder gar

Fehler auffallen oder wenn Sie einen wichtigen Aspekt vermissen, teilen Sie uns dies bitte mit (An K. Niebank, Zentrum für Reha-Forschung, Universität Bremen, Grazer Str. 6, 28359 Bremen oder per E-mail: kniebank@uni-bremen.de). Natürlich freuen wir uns auch über positive Rückmeldungen und werden inhaltliche Anregungen für eine Neuauflage des Buches gern berücksichtigen.

Bremen und Bonn, im Juli 1998

Franz Petermann, Michael Kusch und Kay Niebank

Inhalt

Teil I - Grundlagen der Entwicklungspsychopathologie

I

Grundlagen der Entwicklungspsychopathologie

1 Einführung in die Entwicklungspsychopathologie

1.1 Ziele und Aufgaben der Entwicklungspsychopathologie

Die Entwicklungspsychopathologie ist eine noch relativ junge wissenschaftliche Disziplin, die das Ziel verfolgt, psychische Störungen zu erklären und ihnen vorzubeugen. In den letzten Jahren hat sich die von Sroufe und Rutter (1984) stammende Definition durchgesetzt. Ihrer Ansicht nach beschäftigt sich die Entwicklungspsychopathologie mit den Ursachen und dem Verlauf individueller Muster fehlangepaßten Verhaltens, ungeachtet des Alters bei Störungsbeginn, der einzelnen Ursachen und der Veränderungen im beobachtbaren Verhalten, und ungeachtet der Komplexität der Faktoren, die an der Entwicklung beteiligt sind.

Da jede Pathologie als Störung, Verformung oder Degeneration normaler Funktionen gesehen werden kann, folgt daraus, daß man „normales Verhalten" verstehen muß, um das Auffällige in Abgrenzung dazu zu definieren. Die meisten in diesem Bereich tätigen Forscher akzeptieren daher auch die Erkenntnis, daß wir mehr über die Normalität lernen können, wenn wir die Abweichung studieren und umgekehrt mehr über das Auffällige, wenn wir die Normalität untersuchen (vgl. Cicchetti & Cohen, 1995). Als der erste bedeutsame Vertreter der entwicklungspsychopathologischen Sichtweise sah Achenbach (1974, 1982) in der Entwicklungspsychopathologie einen integrativen Ansatz, der unser Verständnis der Beziehungen zwischen der normalen Entwicklung und ihren Abweichungen fördern soll. Die Erforschung der normalen und abweichenden Entwicklung und damit einhergehend die Integration der Entwicklungspsychologie und der Klinischen Psychologie kann als der Ausgangspunkt der Entwicklungspsychopathologie betrachtet werden (Cicchetti, 1984).

Neben dem Vergleich normativer und devianter Entwicklungsverläufe betont die Entwicklungspsychopathologie den Prozeßcharakter jeder Pathologie. Die Entwicklung „normalen" und „abweichenden Verhaltens" wird deshalb möglichst unter Berücksichtigung der zeitlichen Komponente untersucht. Aus diesem Vorsatz ergibt sich die Nähe der Entwicklungspsychopathologie zur Entwicklungspsychologie. Aber auch Erkenntnisse aus anderen Disziplinen fließen in die Entwicklungspsychopathologie ein. So heben zum Beispiel Rolf und Read (1984) die verschiedenen Zusammenhänge zwischen Gen- und Umweltfaktoren, Individuum und sozialem Kontext hervor. Sie verstehen unter der Bezeichnung Entwicklungspsychopathologie das Studium abnormen Verhaltens, welches sich im Kontext der Auswirkungen genetischer, ontogenetischer, biochemischer, kognitiver, affektiver oder sozialer Einflüsse auf das Verhalten bewegt. Es ist offensichtlich, daß ein solcher Anspruch nur mit Hilfe eines interdisziplinären Ansatzes erfüllt werden kann.

Kazdin (1989) bezieht die Entwicklungspsychopathologie auf das Studium psychischer Störungen im Entwicklungsverlauf, und hebt damit auf die zeitliche Perspektive dieses wissenschaftlichen Ansatzes ab. Die Betrachtung der gesamten Lebensspanne ist somit ein weiteres wichtiges Merkmal der Entwicklungspsychopathologie (Cicchetti, 1989). Achenbach (1990) sieht die grundlegende Aufgabe der Entwicklungspsychopathologie darin, eine Antwort auf die Frage zu finden, welches Problem in der frühen Kindheit, wie und während welcher Entwicklungsperiode zu erheben ist und welches der Probleme in der Kindheit als Vorläufer später auftretender Beeinträchtigungen angesehen werden kann. Für ihn sind die Diagnostik und Früherkennung psychischer Störungen bedeutsam, da eine valide Erfassung von beeinträchtigten Funktionen der Ausgangspunkt jeglicher Forschung in diesem Bereich ist. Ebenso ist die Früherkennung abweichenden Verhaltens relevant, da somit Störungen verhindert werden könnten, bevor sie entstehen. Dementsprechend sieht Lewis (1990) eine Hauptaufgabe der Entwicklungspsychopathologie im Studium von Möglichkeiten, abweichende Verhaltensweisen und Prozesse vorherzusagen.

Nach Rutter (1988a) ist das Ziel der Entwicklungspsychopathologie, über die bloße Identifikation von Risikofaktoren psychischer Störungen hinaus, auch die Mechanismen und Prozesse zu erforschen, über die solche Faktoren eine psychische Störung herbeiführen. Sein Interesse gilt nicht nur der Beschreibung, sondern zudem der Erklärung von Zusammenhängen zwischen Einflußfaktoren und innerpsychischen Funktionsweisen. Attie, Brooks-Gunn und Petersen (1990) gehen auf diese Zusammenhänge in ihrem Ansatz näher ein. Die entwicklungsbezogene Perspektive in der Psychopathologie berücksichtigt

- Gemeinsamkeiten und Unterschiede zwischen der normalen Entwicklung und der Herausbildung einer psychischen Störung,
- altersgemäße Veränderungen im angepaßten und symptomatischen Verhalten,
- die Verhaltensreorganisation während bedeutsamer Entwicklungsaufgaben,
- spezifische Aspekte der Kompetenz und Vulnerabilität sowie
- Wechselwirkungen zwischen der normalen Entwicklung und abweichendem Verhalten.

Unter der Entwicklungsperspektive wird die Bedeutung innerer (neurobiologischer und kognitiv-emotionaler) und äußerer Faktoren für die Widerstandsfähigkeit (Resilienz) und die Anfälligkeit (Vulnerabilität) eines Individuums betont. Interessant in diesem Zusammenhang ist auch die Frage, ob sich die normale Entwicklung nach den gleichen Gesetzmäßigkeiten auf abweichendes Verhalten auswirkt, wie abweichendes Verhalten die normale Entwicklung beeinflußt.

Cicchetti (1989) hält es im Rahmen der Entwicklungspsychopathologie für notwendig, die Prinzipien der normalen Entwicklung auf die Betrachtung von Hochrisikogruppen und Gruppen psychisch beeinträchtigter Personen zu beziehen. Für bedeutsam hält er auch, wie sich Individuum und Umwelt wechselseitig beeinflussen. Cicchetti fordert, daß in der Psychopathologie den sozialen Einflüssen sowie den Gen-Umwelt-Interaktionen (wenn Gene und Umwelt in einer Beziehung zueinander stehen, z.B. bei delinquentem Verhalten, bei dem eine genetische Komponente die Kinder gegenüber Umweltstressoren empfindlicher machen könnte) und Transaktionen (die Wirkung wechselseitiger Einflüsse genetischer und Umwelteinflüsse auf das Verhalten) mehr Bedeutung zugemessen wird (vgl. Plomin et al., 1991; Sameroff, 1989a).

Unter dem Blickwinkel des Entwicklungsverlaufes sind differenzierte Sichtweisen notwendig: So genügt es nicht, den Beginn einer Störung zu bestimmen, vielmehr sind auch Hinweise auf Vorläufer-Störungen (Hay & Angold, 1993), wie zum Beispiel bei der Depression bestimmte Angststörungen (vgl. Kap. 15), vonnöten. Zudem könnten durch die Überbewertung eines Ursachenfaktors möglicherweise Ursachenkonstellationen verdeckt und durch die Orientierung am beobachtbaren Verhalten Zusammenhänge zwischen äußerlich widersprüchlichen Verhaltensweisen außer acht gelassen werden.

Mit diesen Bestimmungsstücken sind die Eckpfeiler der Entwicklungspsychopathologie formuliert:

- Die Untersuchung des normalen und abweichendes Entwicklungsverlaufs und
- die Suche nach biologischen, psychischen und sozialen Ursachen,
- das Erkennen von Risiko- und Schutzfaktoren, Vulnerabilität (Anfälligkeit) und Resilienz (Widerstandsfähigkeit), einschließlich der pathogen wirkenden Mechanismen und Prozesse sowie
- die prospektive Betrachtung abweichenden Verhaltens im Einzelfall.

Sroufe und Rutter (1984) fordern geradezu auf, sich der Komplexität der Faktoren zu widmen, die an der Entwicklung des normalen und beeinträchtigten Verhaltens beteiligt sind. Dies kann aber nur eine neue und eigenständige Disziplin leisten.

Warum ist eine neue, eigenständige Disziplin notwendig? Bis in die 70er Jahre hinein waren die Disziplinen, die sich mit der Entwicklung und der Pathologie befaßten, in einzelne Subdisziplinen gegliedert. Die theoretischen und methodischen Vorgaben schienen ebensowenig miteinander vereinbar, wie die von den einzelnen Forschungsgebieten verfolgten Interessen (Achenbach, 1974; 1990). Zu Beginn der 80er Jahre haben dann vor allem die im folgenden aufgeführten Fortschritte in der Entwicklungspsychologie dazu beigetragen, den Ansatz als eigenständige Disziplin zu begründen.

Fortschritte in der Theorie

- Während in den 60er Jahren die Entwicklungstheorien noch vorwiegend mechanistischer Natur waren, wurden sie in den 80er Jahren zunehmend transaktional orientiert. Dies bedeutet: Während man anfänglich die menschliche Entwicklung mit externen oder intrapsychischen Kausalzusammenhängen zu beschreiben bemüht war, geht man heute davon aus, daß die Entwicklung aus den Wechselwirkungen des Organismus mit seiner Umgebung resultiert.
- Basierten die Erklärungsprinzipien anfänglich auf einer Theorie und einem Entwicklungsbereich, so umfassen sie gegenwärtig mehrere unterschiedliche Erklärungsansätze zu vielfältigen Entwicklungsbereichen und deren Interaktionen miteinander. Dies bedeutet: Die schulenspezifischen Theorien, die zumeist darauf ausgerichtet waren, sämtliche Aspekte der menschlichen Entwicklung zu beschreiben, sogenannte Makrotheorien, wurden zugunsten sogenannter Mikrotheorien aufgegeben, die zwar lediglich einen eng umgrenzten Bereich der Entwicklung umschreiben, für diesen jedoch hohe Gültigkeit besitzen.
- Früher wollte man global die menschliche Entwicklung beschreiben. Heute versucht man, differenziert Entwicklungsverläufe vorherzusagen. Dies bedeutet, daß man heute, neben der Erklärung eines bestimmten Entwicklungsstandes, auch angeben möchte, wie es zu diesem gekommen ist.
- Früher zog man vorwiegend universelle Erklärungsansätze heran, heute berücksichtigt man zusätzlich kulturspezifische Konzepte.

- Der Bezug einzelner Forschungsbereiche zueinander ist heutzutage durch Multidisziplinarität gekennzeichnet.
- Der Praxisbezug steht heute gleichwertig und gleichberechtigt neben dem erkenntnistheoretischen Interesse.

Fortschritte in der Konzeptbildung

- Derzeit geht man sowohl von der Annahme eines kontinuierlichen (z.B. bei aggressivem Verhalten, vgl. Kap. 13) als auch diskontinuierlichen Entwicklungsverlaufs (z.B. bei Depression, vgl. Kap. 15) aus.
- Im Blickpunkt stehen heute nicht nur die Kindheit und Jugendzeit, sondern die gesamte Lebensspanne.
- Während früher die Annahme von kritischen Entwicklungszeitpunkten weitgehend akzeptiert wurde, so ist diese Annahme heute auf bestimmte Aspekte begrenzt (z.B. Entwicklungsübergänge, wie der Schuleintritt oder die Menarche bei Mädchen), die jedoch über die gesamte Lebensspanne verteilt sind.
- Entwicklungseinflüsse werden heute nicht mehr unidirektional, sondern bidirektional oder interaktional konzeptualisiert. Die Annahme, daß ausschließlich biologische oder soziale Faktoren die psychischen bestimmen, ist nicht länger haltbar. Vielmehr wird zunehmend akzeptiert, daß eine Wechselwirkung zwischen verschiedenen Faktoren besteht.

Fortschritte in der Methodik

- Die Forschungsdesigns umfassen heute sowohl Ansätze der Querschnitts- als auch der Längsschnittsanalyse.
- Neben rein experimentellen werden auch nicht-experimentelle und Feldstudien berücksichtigt und als gleichberechtigt akzeptiert.
- Studien sind nicht auf einen Bereich (z.B. Kognition) begrenzt, sondern umfassen verschiedene Bereiche der menschlichen Entwicklung (z.B. die sozioemotionalen Aspekte der Sprachentwicklung).
- Die Datenerhebung erweitert sich auf multimodale und multimethodale Ansätze. Es werden möglichst viele Ebenen der Entwicklung (z.B. biologische, motorische und sozioemotionale) mit verschiedenen Verfahren analysiert.
- Die Analyseebenen sind sowohl molekular als auch molar. Sie berücksichtigen sowohl die kleinsten Einheiten, z.B. die Handbewegung, als auch sehr umfassende, wie z.B. die Interaktionen in einer Gemeinde.

1.2 Historischer Überblick

Obwohl sich die Entwicklungspsychopathologie als eigenständige, interdisziplinäre Wissenschaft erst während der vergangenen zwei Jahrzehnte herauskristallisiert hat, können ihre historischen Wurzeln innerhalb einer Vielfalt von Gebieten und Disziplinen wiedergefunden werden. Eine Erforschung der historischen Wurzeln der Psychopathologie und Entwicklung kann wertvolle Einsichten in den aktuellen Stand der Entwicklungspsychopathologie geben (vgl. Cicchetti, 1984, 1990; Cicchetti & Cohen, 1995).

1.2.1 Der Beitrag der Entwicklungstheorie

Schon Aristoteles (384-322 v. Chr.) postulierte eine allen lebenden Prozessen innewohnende Zielorientierung (Entelechie), die auf eine reifere Form ausgerichtet ist. Diese teleologische Sichtweise der Entwicklung wurde lange Zeit vernachlässigt, findet in der entwicklungspsychopathologischen Perspektive jedoch eine Neuauflage (Hay & Angold, 1993). Comenius (1592-1670) berücksichtigte bereits die Wechselwirkungen von Reifung (Anlage) und Beschulung (Umwelt), wobei er forderte „jedem Alter nur das zu geben, wozu es geeignet ist". Transaktionale (Sameroff, 1993) und „Goodness-of-fit"-Modelle (Lerner, Nitz, Talwar & Lerner, 1989), die in Kapitel 2 näher beschrieben werden oder das Konzept der „sensiblen Phasen" (Greenough & Black, 1992; vgl. Kap. 3) gehen aus diesen Gedanken hervor.

Trotz dieser vereinzelten Vorstellungen zur Entwicklung sind bedeutsame Entwicklungskonzepte erst ab der Mitte des letzten Jahrhunderts erarbeitet worden. Besonders einflußreich waren Herbert Spencers (1900) „Entwicklungs-Hypothese" oder seine „Entwicklungsdoktrin". Spencer betrachtete Entwicklung als einen uniformen Prozeß, der durch universelle Gesetze und Prinzipien geleitet wird. Obwohl seitdem Forscher wie Gesell (1880-1961) nach Entwicklungsgesetzen suchten, die auf einem angelegten Entwicklungsplan beruhen, und sich bemühten, Alterstabellen für verschiedene Verhaltenseigenschaften zu erstellen, hat sich diese Sichtweise nicht durchgesetzt.

Die Entwicklungspsychopathologie profitierte vorwiegend von drei Entwicklungstheorien, die vor den 70er Jahren die Verhaltensforschung dominierten. Es sind dies

- die organismische Entwicklungstheorie von Werner,
- die psychoanalytische Entwicklungstheorie Freuds und
- die strukturelle Entwicklungstheorie Piagets.

Diese Theorien sind alle in einem „organismischen" Entwicklungskonzept verwurzelt (Overton, 1984), das die Metapher einer Zelle oder eines lebenden Systems heranzieht, um Entwicklung zu erklären (vgl. Kasten 1.1). Entwicklung wird beispielsweise in Begriffen der Ganzheit, Gerichtetheit, Differenzierung und hierarchischen Integration beschrieben. Die Anhänger der organismischen Perspektive sehen den Menschen als ein von Geburt an aktives und organisiertes System, das sein affektives und kognitives Verständnis der Welt selber konstruiert. Im Entwicklungsverlauf reift der Mensch von einem relativ undifferenzierten zu einem differenzierten Zustand heran. Prozesse der Differenzierung und hierarchischen Integration regulieren diesen Verlauf und sind für die beobachtbaren Veränderungen verantwortlich (vgl Cicchetti, 1996).

Kasten 1.1: Zur organismischen Entwicklungstheorie (vgl. Cicchetti, 1990).

Die Bedeutung der erfolgreichen Integration verschiedener Verhaltens- oder Entwicklungsbereiche für ein harmonisches Funktionsniveau des Individuums wurde von Platons Vorstellung der drei Charaktere der Seele vorweggenommen. Platons Vorstellungen von hierarchisch integrierten Funktionsbereichen zeigten sich in seinem Konzept der Vorherrschaft von Denken (eine höhere Funktion) über Leidenschaft (eine tiefere Funktion).

Aristoteles sah als einer der ersten in der Individuation, Differenzierung und Selbstaktualisierung die charakteristischen Aspekte von Entwicklung. Er hob als erster die Abhängigkeit zwischen der Umgebung und dem Individuum hervor. Als Anhänger des Konzeptes multipler Verhaltensdeterminanten ging er von verschiedenen Niveaus der menschlichen Verhaltensorganisation aus; als Verfechter einer holistischen Auffassung von Verhalten betrachtete er die Einzelkomponenten des Verhaltens in ihrem Verhältnis zum Ganzen, um so ihre wahre Bedeutung zu verstehen. Obwohl sich weder Aristoteles noch Platon auf den Zusammenhang zwischen diesen Vorstellungen und der Psychopathologie konzentrierten, können sie als erste „Baumeister" des Fundaments der Entwicklungspsychopathologie betrachtet werden.

Organismische Entwicklungstheorien: Werner (1957) gilt als der wichtigste Vertreter organismischer Entwicklungsmodelle. Er postulierte das „orthogenetische Prinzip"; nach diesem Prinzip schreitet Entwicklung immer von einem Zustand relativer Globalität und einem Mangel an Differenziertheit zu einem Zustand zunehmender Differenzierung und hierarchischer Integration fort. Das „orthogenetische Prinzip" der Entwicklung bezeichnet einen geistigen Plan, der von fünf Prozessen geleitet wird (vgl. Werner, 1953):

- **Differenzierung**: Ein Prozeß, mit dem ein einmal ausgebildetes Prinzip auf viele verschiedene Aspekte angewandt wird; zum Beispiel die Sprache zur Benennung weniger Dinge ("Papa", "Mama") bis hin zu mehreren Dingen.
- **Spezifizierung**: Ein Prozeß, mit dem ein auf mehrere Aspekte angewandtes Prinzip auf einige wenige begrenzt wird. Zum Beispiel der Greifakt, der anfänglich auf alle Dinge und später gezielt auf einige wenige angewendet wird.
- **Zentralisierung**: Die Organisation der unterschiedlichen Teile mit dem Ziel, eine Geschlossenheit, Ordnung und Gruppierung zu erreichen.
- **Hierarchische Integration**: Die Ordnung und Gruppierung bestehender und neuer Teile zu einem organisierten Ganzen.
- **Prinzip der Spiralität**: Bestimmte Funktionen treten im Laufe der Entwicklung immer wieder auf, weisen jedoch eine andere, differenziertere und hierarchisch integriertere Struktur auf.

Die frühen Arbeiten im Bereich der Embryologie haben ein reiches empirisches Fundament für organismische Entwicklungstheorien erarbeitet (Spemann, 1938). Von ihren Studien leiteten sie die Prinzipien eines dynamisch aktiven Organismus und eines hierarchisch integrierten Systems ab, die später in Studien zur anormalen Entwicklung innerhalb der Neurologie, Embryologie und experimentellen Psychopathologie herangezogen werden konnten.

Eine Schlüsselfrage der Embryologen war, wie Zellen mit ähnlichen genetischen Codes in der Entwicklung eine zunehmende Differenzierung ihrer Funktionen erfahren. Die Entdeckung Spemanns (1938), zellulares Gewebe könne von einem Gebiet in ein anderes erfolgreich verpflanzt werden, hat viel zum Verständnis der dynamischen Aspekte des Entwicklungsprozesses beigetragen. Spemann gelang es, während eines bestimmten Entwicklungszeitpunktes im Wachstum von Amphibien, Zellen aus neuralem Gewebe in ein Gebiet zu verpflanzen, das für Muskelwachstum spezialisiert ist, und fand, daß das verpflanzte Gewebe die Eigenschaften von Haut und Muskeln übernahm und nicht die Eigenschaften des Nervengewebes beibehielt, von dem es stammte. Ausgehend von diesem Befund entwickelte Spemann die Vorstellung, daß Kontcxteinflüsse dazu dienen können, die zelluläre Entwicklung zu organisieren. Nach dieser Sichtweise wird die biologische Entwicklung nicht durch einen fertigen genetischen Plan gesteuert, sondern durch die Wechselwirkungen zwischen den verschiedenen Elementen eines Entwicklungssystems. Die Bedeutung der grundlegenden Einzelelemente eines solchen Systems hängt vom gesamten System ab; ihre Wechselwirkungen ermöglichen die Selbstregulation des Systems.

Die kognitive Entwicklungstheorie Piagets. Piagets Konzept der kognitiven Entwicklung (vgl. Kap. 5) stellt einen wertvollen Beitrag für die Erforschung und das Verständnis eines beeinträchtigten, psychischen Funktionsniveaus dar. Zwar vermag dieser Ansatz nicht direkt die emotionalen Anteile eines gestörten psychischen Funktionsniveaus zu erklären, er ist jedoch sehr gut geeignet, die kognitiven Prozesse aufzudecken, die zur Psychopathologie führen. Die Prozesse der Retardierung oder Rückentwicklung können erklären, wie Personen eine harmonische, altersangemessene Entwicklung verlassen und psychische Störungen entwickeln. Am Beispiel von Piagets Entwicklungsskala konnte Anthony (1976) nachweisen, daß psychotische Kinder Störungen in der Objekt- und Raum-Zeit-Entwicklung aufweisen. Neben der kognitiven hob Anthony auch die Bedeutung der Wechselbeziehungen zwischen affektiven und kognitiven Entwicklungsprozessen für ein umfassendes Verständnis der Psychopathologie hervor. Gerade in diesem Bereich weist die Entwicklungspsychopathologie heute besondere Stärken auf (Cicchetti & Toth, 1994).

Die Psychoanalyse. Alle entwicklungsorientierten Studien untersuchen sowohl normale als auch beeinträchtigte Funktionen, um die Entwicklungsannahmen zu erweitern und zu bestätigen, auf denen ihre Theorien basierten. Das Prinzip des Zusammenhangs zwischen einem anormalen und normalen psychischen Funktionsniveaus findet vielleicht seinen klarsten Ausdruck in der Arbeit von Sigmund Freud (1955), der keine scharfe Trennung zwischen beiden vollzog. Freuds Vorstellung eines Normalitäts-Abnormalitäts-Kontinuums hat allmählich die gesamte Psychologie durchdrungen und erfreut sich zunehmend breiter Annahme in der Klinischen Psychologie (Achenbach, 1991a).

In ihrer klassischen Arbeit „Normality and Pathology in Childhood" umriß Anna Freud (1965) einen Entwicklungsansatz der Kindheits-Psychopathologie, basierend auf ihrer psychoanalytischen Theorie. Infolge ihrer Auseinandersetzung mit der symptomatologisch orientierten Diagnostik befürwortete sie ein diagnostisches System, das die Psychopathologie basierend auf den Fähigkeiten von Kindern beschrieb, altersangemessene Aufgaben auszuführen (vgl. hierzu Sroufe, 1989). Dieses Vorgehen lenkte die Aufmerksamkeit von der Symptomatologie des Patienten auf die Frage, ob ein Kind ein Entwicklungsniveau erreicht hat, das angemessen für sein Alter ist, und ob es über oder unter einem alterstypischen Niveau bleibt. Anna Freud bemühte sich um ein „Schema durchschnittlicher Entwicklungsnormen", das es ermöglicht, bestimmte Verhaltensweisen zu vergleichen und Psychopathologie genauer zu beschreiben. Sie zeigte, daß ein besonderes Symptom, wie zum Beispiel ein Wutanfall, viele zugrundeliegende Ursachen haben kann, und daß es wichtiger ist, diese Mechanismen zu verstehen, als das Symptom selbst zu beschreiben. Anna Freud (1965) schuf den Begriff der „Entwicklungslinien", entlang derer eine normale Entwicklung zu erwarten ist. Wenn der normale Entwicklungsverlauf einer Verhaltensweise bekannt ist, kann normales, altersangemessenes Verhalten von anormalen Aktivitäten unterschieden werden. Bestimmte Probleme, wie zum Beispiel Lügen oder Stehlen, würden bei sehr jungen Kindern nicht als Symptome betrachtet werden, da die Kinder kognitiv noch nicht in der Lage sind, zwischen Lügen und Phantasie oder „Mein" und „Dein" zu unterscheiden. Anna Freud war der Meinung, daß die Kontinuität zwischen frühen und späten Störungen nicht zwingend ist, vielmehr könnten Störungen des Kindesalters einen unterschiedlichen Verlauf nehmen und zu späteren Zeitpunkten in andere Störungen münden.

Bowlby (1982; vgl. auch Kap. 6) sah im Verlust der Mutter und problematischen Mutter-Kind-Beziehungen während der frühen Kindheit die Wurzeln späterer Psychopathologie. Er befaßte sich mit der Reaktion des Kindes auf den Verlust der Bezugsperson, der durch aufeinanderfolgende Stufen von Protest, Verzweiflung und Bindungslosigkeit gekennzeichnet ist. In seinem Konzept „Repräsentationaler Modelle" versuchte er, einen Mechanismus zu beschreiben, der die Verbindung zwischen frühen Lebensereignissen und späterem Verhalten erklären kann. Seine Suche nach früheren Faktoren (z.B. mütterlicher Verlust) und späterer Psychopathologie (wie z.B. Jugendkriminalität) macht Bowlby zum Vorreiter bedeutsamer Theorien der Entwicklungspsychopathologie (Stern, 1985) und des Konzeptes der „Vorläufer klinischer Störungen" (Hay & Angold, 1993). Sein interdisziplinäres Interesse, beispielsweise die Verknüpfung der Arbeiten von Verhaltensforschern und experimentellen Psychologen, macht Bowlby zu einem wichtigen Begründer der entwicklungspsychopathologischen Bestrebung, multidisziplinäre und übergreifende Ansätze zur Beschreibung sowohl des normalen, als auch des abweichenden Verhaltens zu erarbeiten.

1.2.2 Der Beitrag der Psychiatrie

Die Entwicklungspsychopathologie verdankt viele Anregungen der Arbeit von Adolf Meyer (1957). Meyers Ansatz der psychobiologischen Lebensgeschichte ist in der Psychiatrie sehr bekannt und gilt als der anerkannteste Beitrag zur Psychiatrietheorie (Rutter, 1986). Nach Meyer müssen alle Details der Lebensgeschichte eines Patienten als potentielle Aspekte seiner Krankheit betrachtet werden. Für ihn war der gesamte Symptomkomplex, seine zeitliche Entwicklung und Dauer sowie die Umstände seiner Entstehung bedeutsam und nicht allein einzelne Ursachenfaktoren. Er geht davon aus, daß alle Faktoren berücksichtigt werden müssen, um verstehen zu können, warum Belastungen einmal nur zu vorübergehenden und ein anderes Mal zu gravierenden und langwierigen psychischen Störungen führen. Diese Sichtweise macht Meyer zu einem weiteren Vorreiter der entwicklungspsychopathologischen Perspektive, die im Verständnis psychischer Störungen besonderen Wert auf die multiplen Wechselwirkungen verschiedenster biopsychosozialer Bereiche legt. Meyers Arbeiten zu individuellen Unterschieden und Bewältigungsstrategien als Reaktion auf belastende Lebensereignisse (vgl. Kap. 11) werden gegenwärtig in der Forschung zur Vulnerabilität und Resilienz berücksichtigt (Cicchetti & Garmezy, 1993; Rolf et al., 1990; Rutter, 1990a; Masten & Coatsworth, 1995).

Robins' (1966) Ansatz, Kinder mit einer Frühgeschichte psychiatrischer Auffälligkeit bis ins Erwachsenenalter weiterzuverfolgen, machte sie zu einer wichtigen Wegbereiterin der Entwicklungspsychopathologie. Sie stellte fest, daß Menschen, die als Kinder ambulant psychiatrisch behandelt wurden, auch im weiteren Lebensverlauf häufiger psychische Störungen aufweisen als unauffällige Kinder. Einige Probleme in der Kindheit ermöglichten die Voraussage später auftretender Probleme. Zum Beispiel entwickeln schüchterne, zurückgezogene Kinder als Erwachsene normalerweise keine Schizophrenie. Stattdessen sind die Kinder mit externalisierenden Verhaltensproblemen in der Gruppe schizophrener Erwachsener überrepräsentiert. Robins' klassische Arbeit „Deviant Children Grown Up" (1966) wird als ein prototypisches Beispiel der Veränderung von Forschungsansätzen gesehen (Cicchetti, 1990). Ihre Forschungsarbeit war eine der ersten Längsschnittstudien und trug wesentlich dazu bei, daß sich eine moderne Entwicklungspsychologie herausbilden konnte (Loeber, 1991).

1.3 Erkenntnis- und wissenschaftstheoretische Grundlagen

Overton und Horowitz (1991) beschäftigen sich mit dem Anspruch der Entwicklungspsychopathologie, interdisziplinäre Studien und fundierte klinische Praxis zu begründen. Der Anspruch der Entwicklungspsychopathologie läßt sich in ein Stufenkonzept von Chandler (1987) einordnen (s.u.). Er unterscheidet vier Stufen: die Position des naiven Realisten, den historischen Realismus, den Rationalismus und den post-skeptischen Rationalismus. Jede dieser Stufen ist mit bestimmten Ableitungen für wissenschaftliche Strategien der Erkenntnisgewinnung verbunden (Overton, 1991a) und stellt ein Merkmal der Entwicklungspsychopathologie dar (Overton & Horowitz, 1991).

Erste Stufe - Position des naiven Realisten: Der Objektivismus geht von der Annahme aus, daß „Sehen" gleichzusetzen ist mit „Erkenntnis" und meint, daß eine gute Beobachtung zu einer absoluten, objektiven Wahrheit führen wird, die unabhängig vom Beobachter existiert. Die entsprechende Wissenschaftstheorie ist der *Positivismus*. Es wird angenommen, daß jede Erklärung und jede Theorie in der Empirie begründet sein muß, um einen Anspruch auf Wissenschaftlichkeit zu besitzen. Die Theorie stellt eine Generalisierung von Beobachtungen dar und muß direkt auf diese reduziert werden können. Es wird davor gewarnt, voreilige Schlüsse zu ziehen und gefordert, so lange mit theoretischen Behauptungen zu warten, bis genügend empirische Daten verfügbar sind.

Zweite Stufe - Historischer Realismus: Diese Auffassung hält den Objektivismus aufrecht, akzeptiert jedoch, daß Beobachtungsfehler auftreten können. Hier ist das „Sehen" durch Illusion, Fehlbehauptungen, Vorurteile und andere Fehler „gestört". Mit Hilfe mathematischer und physikalischer Annahmen kann aber die illusionäre Verkennung von der objektiven Erkenntnis unterschieden werden. Die Wissenschaftstheorie des historischen Realismus stellt der *Konventionalismus* dar. Diese Position hält den Positivismus aufrecht, gesteht jedoch ein, daß nicht alle Aspekte einer Theorie auf Empirie und Beobachtung reduziert werden können. Theoretische Ableitungen dürfen zwar nur aus „harten" Beobachtungsdaten stammen, können jedoch zudem auf erklärenden Gesetzesannahmen beruhen. Diese Gesetzesannahmen sind Generalisierungen aus beobachteten Daten, die sich über die Zeit bewährt haben.

Auf beiden Stufen des Realismus wird eine klare Trennung zwischen Theorie und empirischen Daten, Interpretation und Tatsache, Erklärung und Beschreibung vorgenommen. Wissenschaftlichkeit kann nur jemand für sich in Anspruch nehmen, dessen Behauptungen auf empirischen Daten, Tatsachen, Beobachtungen und Beschreibungen beruhen. Für die Entwicklungspsychopathologie formulierte Kazdin (1989), daß lediglich sogenannte Mini-Theorien auf Grundlage beobachtbarer Daten erstellt werden dürfen. Jede dieser Mini-Theorien hat einen spezifischen Geltungsbereich, der auf Generalisierungen beruht, die über die empirisch überprüfbaren Hypothesen hinausgehen und kausale oder probabilistische Zusammenhänge zwischen einer Klasse *antezedenter* Variablen (z.B. dem Einfluß des Elternhauses) und einer Klasse von Konsequenzen (z.B. antisozialem Verhalten) aufzeigen. Wenn genügend viele dieser „Mini-Theorien" der normalen und abweichenden Entwicklung erstellt werden, sind generalisierte Aussagen über die Entwicklung psychischer Störungen möglich. In der Klinischen Psychologie basieren die Arbeiten von Patterson und Bank (1989) und Loeber (1990) zur Entwicklung dissozialen Verhaltens (vgl. Kap. 13) sowie die Entwicklung von Klassifikationssystemen, wie das Diagnostische und Statistische Manual psychischer Störungen (DSM-IV; APA, 1994/1996), auf der entsprechenden Annahme, daß eine neutrale Beobachtung möglich ist und daß diese vor einer Interpretation zu erfolgen hat.

Dritte Stufe - Rationalismus: Die Annahme einer objektiven Wahrheit wird auf dieser Stufe zurückgewiesen und muß der Vorstellung weichen, daß alle Erkenntnis von der aktiven Interpretationsleistung des Menschen und daher von Vorannahmen abhängt. Der daraus entstehende Relativismus führte anfänglich zu Behauptungen, daß jede Erkenntnis völlig unzuverlässig und zweifelhaft ist (Skeptizismus) oder daß irgendwo außerhalb der menschlichen Interpretation eine allwissende Quelle der Wahrheit existieren müsse (Dogmatismus). Der *Interpretationismus* stellt die hierzu gehörende Wissenschaftstheorie dar. Hanson (1958) entwickelte die Annahme, daß jede Beobachtung „theoriegeladen", d.h. mit bestimmten Vorannahmen behaftet ist. Er meint, daß wissenschaftliche Erklärungen Wahrnehmungs- und Unterscheidungsmuster enthalten und weniger die Beobachtung von Ursache-Wirkung-Sequenzen. Diese Behauptung negiert die Trennung von Beschreibung und Interpretation und führt Erklärungsmuster als legitime wissenschaftliche Modi ein. Die Erklärung einer Beobachtung unter Zuhilfenahme von Begriffen wie „mentale Struktur", „Schema", „Ich" oder „Verhaltenssystem" werden nun in der Wissenschaft akzeptiert. Wissenschaft hängt vom gewählten, interpretativen Erklärungsmuster (Paradigma; Kuhn, 1977) ab, das sowohl die Beobachtung als auch die aufgestellte Theorie beeinflußt.

Mit dieser Auffassung von Wissenschaft schieden sich die Forscher in die Skeptiker und die Dogmatiker. Die Skeptiker öffnen allen „wissenschaftlichen" Behauptungen Tür und Tor, da jede Interpretation so gut ist, wie die andere (Feyerabend, 1978). Als Reaktion auf diese Auffassung entwickelten die Dogmatiker den Neo-Positivismus. Hier hat die jeweils gewählte wissenschaftliche Methode die absolute Priorität. Sie bestimmt, in welche Teile

die Welt zu gliedern ist, wie sie beobachtet, beschrieben und analysiert wird und welche Generalisierungen aus diesen Einzelbeobachtungen zu treffen sind.
Erst auf der vierten Stufe der Erkenntnistheorie wurde es möglich, die Differenzen zwischen Skeptizismus und Dogmatismus sowie Realismus und Rationalismus zu überwinden.

Vierte Stufe - Post-skeptischer Rationalismus: Die Erkenntnis, daß jede Form des menschlichen Wissens von seiner aktiven Interpretationsleistung abhängt und daher nicht absolut sein kann, resultiert gegenwärtig in der Annahme, man könne ein gut begründbares System von Behauptungen konstruieren. Es wird davon ausgegangen, daß im Kontext allgemein akzeptierter Kriterien des Wissens verschiedene Plausibilitätsannahmen erarbeitet werden können, auf deren Grundlage eine Person zwischen Behauptungen auswählen kann. Die entsprechende wissenschaftstheoretische Auffassung ist der *Konstruktivismus*. Dabei geht jede Wissenschaftsdisziplin anfänglich von der beobachteten Welt aus, oder dem, was man im Allgemeinen dafür hält (Overton, 1991b). Diese naive Sicht der Welt wird jedoch über mehrere Stufen in die wissenschaftliche Sicht überführt. Empirische Daten werden erhoben und in eine „sinnvolle" Ordnung gebracht. Diese sinnvolle Ordnung wird jedoch nicht durch ausgefeilte Mikro-Beobachtungen und Mikro-Beschreibungen immer und immer wieder überprüft, sondern in ein abstraktes Muster aus Aussagen der Plausibilität und Verständlichkeit gebracht. Die abstrakten Erklärungsmuster enthalten daher sowohl Ableitungen aus empirischen Daten als auch Herleitungen aus Plausibilitäts- und Verständlichkeitsaussagen. So wird der betreffende Forschungsbereich systematisiert und in ein zusammenhängendes Ganzes gebracht: Die wissenschaftlich gewonnenen Erkenntnisse. Ebenso wird vermieden, daß immer mehr Daten erhoben werden, die jedoch kaum mehr eingeordnet und verstanden werden.

Während die Position des Realismus von der Entwicklungspsychopathologie eine Differenzierung von Interpretation und Beobachtung, Empirie und Theorie fordert, erlaubt die Position des Rationalismus die Integration dieser wissenschaftlichen Ansätze. Diese Synthese ermöglicht allgemeine Aussagen über verschiedene Forschungsbereiche (Biologie, Entwicklung, Persönlichkeit, Verhalten) und eine Prüfung dieser Erklärungsmuster in Form empirischer Forschungsprogramme (Putman, 1988). Ein Beispiel für ein derartiges Vorgehen ist die Arbeit von Bowlby (1980). Ihm und anderen Forschern (Ainsworth, Blehar, Waters & Wall, 1978) ist es gelungen, psychodynamische, ätiologische und entwicklungspsychologische Annahmen zu integrieren, daraus überprüfbare Hypothesen abzuleiten und entsprechende empirische Methoden zu entwickeln (Greenberg et al., 1990; Ainsworth & Bowlby, 1991; vgl. die Zeitschrift „Kindheit und Entwicklung", Themenheft 3/97).

Zusammenfassend läßt sich sagen, daß die erkenntnis- und wissenschaftstheoretische Diskussion in der Klinischen und der Entwicklungspsychologie noch lange nicht abgeschlossen ist. Behavioristische Ansätze, die die Position des Realismus vertreten, können Erklärungen für die Konzepte und Theorien der rationalistischen Position geben und umgekehrt. Unabhängig von dem jeweiligen erkenntnistheoretischen Ausgangspunkt werden Beobachtungen generalisiert, was eine Form der Interpretation darstellt, oder es werden Annahmen aufgestellt, die an der Empirie überprüft werden. Die Fortschritte in der Klinischen Psychologie und Entwicklungspsychologie sind vorwiegend durch den wechselseitigen Bezug beider Ansatzpunkte entstanden. Die Entwicklungspsychopathologie gibt keine erkenntnis- und wissenschaftstheoretischen Positionen vor, sondern stellt für verschiedene Forschungsansätze einen Bezugsrahmen dar (Achenbach, 1991a), in den die verschiedenen Konzepte integriert werden können. Dieser Rahmen wird aus dem Anspruch abgeleitet, die normale mit der abweichenden Entwicklung über den Entwicklungsverlauf hinweg zu vergleichen (Cicchetti, 1984).

1.4 Das Menschenbild der Entwicklungspsychopathologie

Wissenschaftliche Studien sollen menschliches Urteilen überprüfen und optimieren. Sie gehen dabei von einem bestimmten Menschbild aus. Dieses Menschenbild wirkt auf die jedem Konzept und jeder Theorie zugrundeliegende Metatheorie, das heißt auf diejenigen Annahmen, die von wissenschaftlichen Studien nicht anhand „harter" Fakten überprüft werden können. Die Metatheorie legt den Kontext fest, der die Rahmenbedingungen jeder Forschungsbemühung bestimmt (Overton, 1991b). Diese Rahmenbedingungen definieren wiederum, welche Konzepte und Theorien der Forscher aus seinen Daten herausfiltert (Realismus) oder seinen Beobachtungen und Experimenten zugrundelegt (Rationalismus).

Gegenwärtig bestehen verschiedene Menschenbilder nebeneinander und beeinflussen die Konzepte, Theorien und Interventionsstrategien der Entwicklungspsychopathologie.

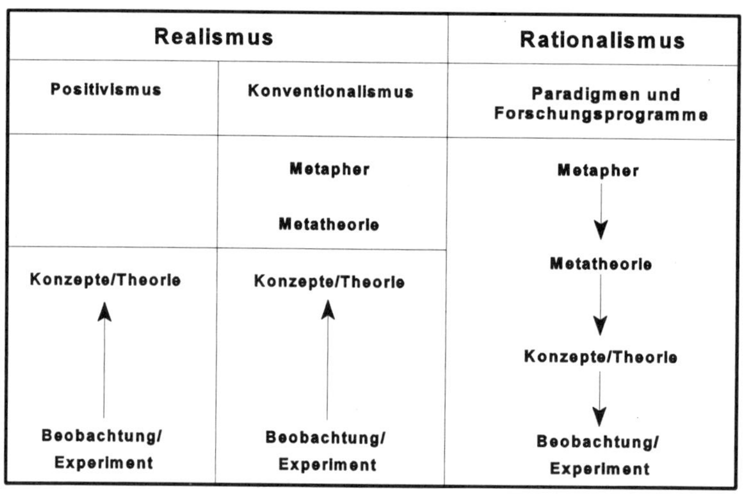

Abbildung 1.1: Zusammenhänge zwischen Erkenntnis-, Wissenschaftstheorie und Metaphern (mod. nach Overton & Horowitz, 1991).

Das den Verhaltenswissenschaften zugrundeliegende Menschenbild kann treffender als Metapher bezeichnet werden, die wiederum den jeweiligen erkenntnistheoretischen Annahmen zugrundeliegt (s. Abb. 1.1). Der *Realismus* versteht unter Metapher die Anwendung eines Begriffs, der für einen Bereich Gültigkeit besitzt, auf einen anderen Geltungsbereich. Cattell (1973) versuchte, auf sprachliche Beschreibungen völlig zu verzichten, und auch andere Forscher vermeiden es, sich auf bildhafte Beschreibungen dessen zu beziehen, was sie erklären möchten (Der Positivismus vermeidet jegliche interpretativen Bemühungen und bezeichnet den Gebrauch von Metaphern als unwissenschaftlich). Der *Konventionalismus* akzeptiert die Metapher, zum Beispiel die sogenannte Mensch-Maschine-Metapher, als *Heurismus*. Die Interpretation ist hierbei nur akzeptiert, wenn sie der Aufdeckung neuer „harter" Fakten dient. Mit Metaphern soll neues Wissen erschlossen werden.

Im Rahmen des Rationalismus bekommt die Metapher einen herausragenden Stellenwert, da Interpretationen ein zulässiges wissenschaftliches Vorgehen der Konstruktion von Wissen sind (Overton, 1991a, b). Metaphern sind der Ausgangspunkt eines Prozesses, der von bekanntem Wissen zum Unbekannten reicht. Während sich zum Beispiel Freud der Metapher eines wilden Tieres bediente, um zu erforschen, was Persönlichkeit ist, wählten Chomsky und Piaget die Metapher eines Wissenschaftlers (Overton, 1991a). Den Rationalismus interessiert es jedoch nicht primär, welche Metapher genutzt wird, sondern daß Metaphern ein grundlegendes Merkmal allen Erkenntniserwerbs darstellen.

Für den Rationalismus ist die Metapher der Ausgangspunkt und der grundlegende Prozeß, durch den Bedeutung hergestellt wird. Konzepte und Theorien sowie deren empirische Überprüfung leiten sich von der gewählten Metapher ab. Der Realismus geht dagegen von der Empirie aus und leitet seine Theorien und Konzepte davon ab. Metaphern werden, wenn überhaupt, herangezogen, um als Modelle für neue wissenschaftliche Erkenntnisse zu dienen. Es hat sich jedoch gezeigt, daß auch hinter den Konzepten und Theorien des Realismus ein bestimmtes Menschenbild gewissermaßen „verborgen" liegt.

Ein Modell beschreibt nicht die Wirklichkeit, sondern symbolisiert diese. Modelle können dabei spezifisch oder allgemein sein. Zum Beispiel repräsentiert ein maßstabsgetreues Modell eines Hauses einen besonderen Gegenstand, das Haus. Das Modell beschreibt das tatsächliche Haus jedoch nicht hinsichtlich all seiner Attribute. Das Modell eines Computers ist allgemeiner, da es ein theoretisches Konzept repräsentiert, wie etwa Intelligenz. In diesem Fall haben Forscher verschiedene Theorien intellektueller Funktionsweisen entwickelt, schrieben entsprechende Computerprogramme, die diese Prozesse repräsentieren sollten, und prüften, wie genau ein Softwareprogramm spezifische Probleme löst, und ob die Lösungen den Lösungswegen von Menschen entsprachen. Diese Modelle und Theorien werden Mini-Theorien genannt (Kazdin, 1989), da sie einen begrenzten Geltungsbereich besitzen. Auf einem allgemeineren Niveau existieren Modelle, die ganze Bereiche menschlicher Funktionsweisen respräsentieren, wie etwa die Theorie Freuds oder Piagets. Modelle, die sich mit der grundlegenden Natur menschlicher Funktionsweisen befassen oder gar sämtliche Phänomene der Welt beschreiben sollen, werden Metamodelle genannt. Solche Metamodelle werden herangezogen, um die menschliche Entwicklung zu erklären. Gegenwärtig existieren drei wichtige Metamodelle: das *organismische*, *mechanistische* und *kontextualistische Metamodell*.

1.4.1 Die organismische Metapher

Das Bild eines organischen Systems, zum Beispiel einer Pflanze oder einer Zelle, ist die grundlegende Metapher vieler Forscher, die die Entwicklungspsychopathologie begründet haben. Sroufe und Rutter (1984) beschreiben die Metatheorie der Entwicklungspsychopathologie in Begriffen der Ganzheit, Gerichtetheit, Differenzierung und hierarchischen Integration. Sameroff und Emde (1989) schließen zudem Begriffe der Beziehung und

Dialektik in ihre Annahmen ein. Die grundlegenden Rahmenbedingungen der organismischen Perspektive sehen den Menschen als ein von Geburt an aktives und organisiertes System, das sein affektives und kognitives Verständnis der Welt selber konstruiert. Im Entwicklungsverlauf des Menschen findet eine Reifung von einem relativ undifferenzierten zu einem differenzierten Zustand statt. Prozesse der Differenzierung und hierarchischen Integration regulieren diesen Verlauf und sind für die beobachtbaren Entwicklungsveränderungen verantwortlich. Diese Prozesse werden als dialektisch-relational beschrieben. Dialektisch, da das Auftreten einer Fähigkeit (These) in sich die Differenzierung einer komplementären Fähigkeit (Antithese) birgt und beide Fähigkeiten zu einer neuen Fähigkeit (Synthese) hierarchisch integriert werden, so daß der Prozeß von Neuem beginnen kann (Werner, 1948; Cicchetti, 1989).

Das organismische Modell geht davon aus, daß etwas, zum Beispiel ein genetischer Plan, diesen dialektischen Prozeß in Gang setzt und im extremsten Fall auch determiniert. Äußere Einflüsse wirken zwar ebenfalls auf den Organismus ein, können seine Organisation jedoch nur beeinflussen, da die Ausbildung von Beziehungen zu Personen und Objekten der Umwelt bereits im Organismus angelegt ist. Die (dialektische) Struktur, die ein Organismus hervorbringt und seine (Beziehungs-) Funktion sind im organismischen Modell nicht voneinander zu trennen. Die Psyche des Menschen entwickelt sich aus der Beziehung zur (sozialen) Umwelt, ist jedoch mehr als die Summe dieser Beziehungsmuster.

1.4.2 Die mechanistische Metapher

Das Bild eines mechanischen Systems reicht von der einfachen Metapher einer aufgezogenen Uhr bis hin zu komplexen Computermodellen. In mechanistischen Theorien wird der Mensch als ein auf seine einzelnen Bestandteile reduzierbares reaktives System gesehen, das Informationen linear - also nacheinander in festgelegter Reihenfolge - verarbeitet. Die einzelnen Teile dieses Systems werden als *Entitäten*, das heißt als verschiedenartig, bezeichnet und können in beliebiger Weise zusammengefügt oder getrennt betrachtet werden. Gleichgültig wie das System konzipiert wird, es ist niemals mehr als die Summe seiner Teile. Gleichgültig, aus wievielen Teilen das System besteht, die Information fließt immer vom Input (Stimulus) zum Output (Verhalten).

Im Behaviorismus existieren zwei Variationen der Mensch-Maschine-Metapher: In Watsons und Skinners Modell sind nur die Input- oder Antezendenzbedingungen und die Output- oder Konsequenzbedingungen des menschlichen Verhaltens von Interesse. Der Organismus an sich entzieht sich der Beobachtung und wird daher als „black-box" bezeichnet. In dieser mag zwar etwas vor sich gehen, dies ist jedoch nicht von wissenschaftlichem Interesse, da es nicht beschreibbar und somit rein spekulativ ist (vgl. Watson, 1930; Skinner, 1953).

Die sozialen Lerntheorien beachten den Raum zwischen Input und Output und sehen im Organismus vielfältige internale Reiz- und Reaktionsverbindungen, die den externen Stimulus mit der externen Reaktion verknüpfen. Die internen Reiz-Reaktions-Ketten wirken als Vermittler (Mediatoren) zwischen den Antezendenzbedingungen und dem gezeigten Verhalten. Die Funktionsweise der Mediatoren entspricht dabei derjenigen externer Reiz-Reaktions-Mechanismen, aus denen sie über die Prozesse der Verstärkung und Imitation hervorgehen, und die sie abbilden (vgl. Bandura, 1977).

Mit der kognitiven Wende in der Klinischen Psychologie (Bruner, 1990) und der Entwicklung kognitiv-behavioraler Ansätze (Foster, Kendall & Guevremont, 1988), wurden verschiedene Mediatoren (Gedanken, Stimmungen etc.) berücksichtigt. Ebenso entwickelte man komplexe Test-Operate-Test-Exit-Modelle, die Rückkoppelungsschleifen enthalten (vgl. Abb. 1.2) und das Individuum relativ unabhängig von den externer Einflüssen machen sollen. Dennoch erzeugen diese innerpsychischen Repräsentationen und Informationsverarbeitungsmodelle nicht Bedeutungen oder Bewertungen, sondern dienen der Manipulation von Informationen, um angepaßte oder unangepaßte Reaktionen auszulösen.

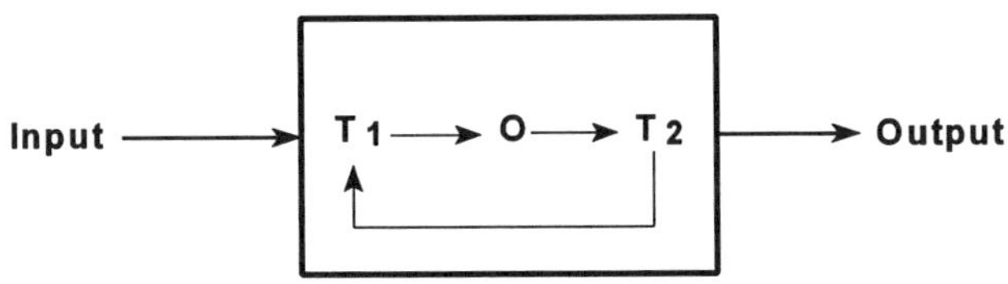

Abbildung 1.2: Test-Operate-Test-Exit-Modell (nach Miller, Galanter & Pribram, 1960).

1.4.3 Die kontextualistische Metapher

Das Metamodell des Kontextualismus basiert auf den Vorstellungen der Person-Kontext-Beziehung, des Mehrebenen-Kontextes und der reziproken Kausalität. Die Person und der Kontext werden nicht getrennt voneinander betrachtet. Das System schließt vielmehr sowohl die Person als auch die Umgebung oder den Kontext ein. Eines hat keine Bedeutung ohne das andere; das Verhalten einer Person kann nur innerhalb des Kontextes verstanden werden, in dem sich die Person verhält, und der Kontext hat keine Bedeutung, wenn darin nichts geschieht. Das Lächeln einer Person mag ein Ausdruck von Freude sein, falls der soziale Kontext darin besteht, daß etwas Erfreuliches geschieht - oder von Verlegenheit, wenn etwas Peinliches geschehen ist. Der Kontext besteht aus Variablen, die auf unterschiedlichen Ebenen angeordnet sind und durch ihre Aktivität organisiert oder koordiniert werden (Riegel, 1976). Möglich wäre zum Beispiel der Aufbau des Mehrebenen-Kontextes aus biologischen, psychologischen und soziokulturellen Aspekten (Riegel, 1976). Um das Verhalten und die Entwicklung eines Menschen zu verstehen, müssen die Wechselwirkungen zwischen den verschiedenen Ebenen untersucht werden.

Derzeit werden mehrere Konzeptionen des Mehrebenen-Kontextes diskutiert, so unter anderem eine Differenzierung in atomare, molekulare, chemische, biologische, physische, psychologische, soziale, gesellschaftliche, kulturelle und historische Variablen. Die Anzahl der Ebenen und Variablen ist willkürlich und richtet sich danach, wieviele Ebenen als notwendig für das Verständnis menschlichen Verhaltens erachtet werden.

Obwohl im Kontextualismus mehrere Vorstellungen von Ursächlichkeit bestehen (Lerner & Kauffman, 1985), ist der Begriff der „reziproken Kausalität" vorherrschend. Die Person-Kontext-Beziehung wird als dynamisches System betrachtet, in dem vielfältige

Wechselwirkungen innerhalb der Variablen jeder Ebene und zwischen den Ebenen auftreten. Die reziproke Verursachung (Feedback) macht das System dynamisch und stattet es mit ineinandergreifenden, organisierten und sich fortwährend beeinflussenden Bestandteilen aus, die zu permanenter Veränderung führen. Das gesamte dynamische System mag zu groß sein, um als Ganzes erforscht zu werden. Der Forscher muß sich daher auf eine besondere Variable im System konzentrieren, wie zum Beispiel die subjektive Erfahrung oder das Verhalten der Person, und den Geltungsbereich seiner Theorien und Ergebnisse angeben.

Die Grundzüge der vorgestellten Metamodelle lassen sich wie folgt zusammenfassen:

- Die *organismische Sichtweise* betrachtet die Entwicklung des Kindes aus einer undifferenzierten biopsychosozialen Matrix. Das Kind ist gewissermaßen das Resultat der wechselseitigen biopsychosozialen Wirkungen. Diese Wechselwirkungen sind von Beginn der Entwicklung an vorhanden und werden nicht erst erworben, sondern differenziert und hierarchisch integriert. Die Kompetenzen des Kindes stellen unterschiedliche Organisationsniveaus dieser Wechselwirkungen dar und werden als kognitiv-affektive Strukturen beschrieben. Diese Strukturen repräsentieren keine Reiz-Reaktions-Verbindungen, sondern die Differenzierung und hierarchische Integration der biopsychosozialen Wechselwirkungen. Sie sind gewissermaßen die Bedeutung, die sich in Einstellungen, Gefühlen oder Erwartungen des Kindes äußern. Eine Störung wird vorwiegend in der Person lokalisiert, das heißt gestörte Dispositionen verursachen das beobachtbare Verhaltensproblem (vgl. Cicchetti, 1993).
- *Mechanistische Ansätze* gehen davon aus, daß ein Kind über Verstärkung oder Imitation die Beziehungen zur Umwelt oder bestimmte neuropsychologische Beziehungen erst erlernen muß. Entwicklung ist die Anhäufung von Fertigkeiten, mit denen diese Beziehungen hergestellt werden. Die Fertigkeiten des Kindes ergeben sich aus innerpsychischen Abbildungen diskreter, linearer, internalisierter Reiz-Reaktions-Ketten, den Mediatoren. Diese Mediatoren repräsentieren oder sind Symbole für die stattgefundenen Lernprozesse und haben die Funktion, in entsprechenden Situationen passende oder unangemessene Verhaltensweisen, Einstellungen, Gefühle und Erwartungen zu äußern. Konsequenterweise hängen die resultierenden Fertigkeiten und Störungen des Kindes von den externen oder internen Verstärkerbedingungen ab. Ursächlich für eine Störung sind direkte Auswirkungen bestimmter Verstärkerbedingungen auf das Verhalten oder ein Mangel an bestimmten Fertigkeiten. Eine Störung wird vorwiegend außerhalb der Person lokalisiert, das heißt ungünstige Umwelteinflüsse halten eine Verhaltensstörung aufrecht (vgl. Lewis, 1990). Neuere lernpsychologische Ansätze ziehen verstärkt interne Prozesse zur Erklärung heran (vgl. Dodge, 1993).
- *Kontextualistische Ansätze* sind nicht bestrebt, die Aktivität und permanente Veränderung eines Kindes zu beschreiben, sondern nehmen diese als Ausgangspunkt ihrer Betrachtung. Entwicklung ist dabei nur eine Art der Veränderung, die dadurch charakterisiert ist, daß die Komplexität und Organisiertheit der Person-Kontext-Beziehung zunimmt. Die Entwicklung hat jedoch keinen vorbestimmten Endpunkt, sondern wird durch die reziproken Einflüsse zwischen den biopsychosozialen Variablen selbst geleitet. Der Effekt von Genen hängt von der Umgebung ab, und der Effekt der Umgebung hängt von den Genen und der vorigen Entwicklung ab. Die Richtung der Veränderung oder Entwicklung wird durch die Struktur der Person-Kontext-Beziehung

und die stattfindenden Funktionen bestimmt. Eine Störung kann ebenfalls weder ausschließlich in der Person noch in ihrer Umwelt lokalisiert werden, sondern allein in der Übereinstimmung, der „Passung" zwischen Kind und Umwelt (Goodness-of-fit; Lerner et al., 1989).

2 Grundannahmen der Entwicklungspsychopathologie

Bis zu Beginn der 70er Jahre dieses Jahrhunderts erfuhren die Verhaltens- und Humanwissenschaften eine zunehmende Differenzierung in Subdisziplinen. In den letzten zwei Jahrzehnten erfolgte eine Art hierarchische Integration, in der sich die einzelnen Subdisziplinen auf ihre Gemeinsamkeiten konzentrierten und neue interdisziplinäre Forschungsansätze begründeten; einer davon ist die Entwicklungspsychopathologie (Cicchetti, 1990).

Zwar gibt es in der Entwicklungspsychologie noch nicht *die* Entwicklungstheorie, doch es besteht eine Zahl allgemein akzeptierter Leitsätze, die allen vertretenen Positionen der Entwicklungspsychologie zugrundeliegen. Diese Grundannahmen sind von Santostefano (1978) zusammengefaßt worden und können auf den Bereich der Entwicklungspsychopathologie übertragen werden:

Kontextbezogenheit. Die Bedeutung eines Verhaltens kann nur im sozialen Kontext bestimmt werden. So können einerseits äußerlich ähnliche Verhaltensweisen in verschiedenen Kontexten unterschiedliche Bedeutungen haben. Zum Beispiel tritt unsicheres Verhalten gewöhnlich stets auf, wenn ein Kind erstmals mit einer neuen Situation konfrontiert wird. Es ist jedoch als Verhaltensbeeinträchtigung zu werten, wenn dieses Verhalten in vertrauten Situationen beobachtbar ist. Natürlich können verschiedene Verhaltensweisen in unterschiedlichen Kontexten auch gleichbedeutend sein. So könnten aggressive, impulsive oder unaufmerksame Verhaltensweisen, die im Gleichaltrigenkontakt, im Schulunterricht oder während der Hausaufgaben auftreten, sämtlich als Ausdruck einer externalisierenden Störung gewertet werden (Petermann & Warschburger, 1998; vgl. auch Kap. 13).

Zielgerichtetheit (Ausgerichtetheit). Entscheidend ist hier die Auffassung, daß Menschen nicht einfach passiv auf Umweltreize reagieren. Bereits von Geburt an reagiert das Neugeborene auf manche Reize mit größerer Wahrscheinlichkeit. Mit der Zeit wird das Kind seine Umwelt zunehmend aktiver verändern (Sroufe, 1979). Die Erfahrungen eines Menschen sind nicht als Resultat zufälliger Einflüsse zu bewerten, da der Mensch selektiv wahrnimmt, reagiert und sich einen Großteil seiner Erfahrungen selber konstruiert (Scarr, 1992). Ein Kind, das sich selbst isoliert, erlebt nicht dieselbe Kindergartengruppe wie ein Kind, das Sozialkontakte pflegt. Ebenfalls relevant ist die Idee, daß Entwicklung nicht als Reihe linear aufzuaddierender Ereignisse oder Zustände zu begreifen ist. Entwicklung ist eher als ein Prozeß der Reorganisation von bekannten und neuen Erfahrungselementen zu verstehen. So können durch Reorganisation auch früher existierende Erfahrungen verändert werden. Ein bestimmtes Verhalten kann im Laufe der Entwicklung eine völlig neue Bedeutung bekommen, genauso wie es verschiedene Bedeutungen in unterschiedlichen Kontexten haben kann (s.u. Äquifinalität und Multifinalität; Cicchetti & Rogosch, 1996).

Differenzierung zwischen Mitteln und Zwecken. Im allgemeinen entwickeln sich Individuen einerseits zu einer zunehmenden Flexibilität und andererseits zu einer zunehmenden Organisiertheit hin. Die Verfügbarkeit einer Vielzahl von Mitteln und Wegen schützt das Individuum vor den unmittelbaren Anforderungen einer aktuellen Situation und versetzt es in die Lage, Verhalten verzögert, geplant, indirekt, organisiert und seinem

Entwicklungsstadium entsprechend auszuüben. Zudem kann es nach Umwegen suchen, die die Möglichkeiten und Grenzen der Umweltgegebenheiten berücksichtigen und dabei eine erfolgreiche Anpassung/Bewältigung erlauben. Dieses Konzept der zunehmend flexibleren Verhaltensorganisation stellt ein Kriterium dar, anhand dessen individuelle Anpassungsunterschiede und Entwicklungsabweichungen untersucht werden können (Rolf et al., 1990; Loeber, 1991).

Flexibilität von Verhaltensweisen. Im Laufe der Entwicklung erfahren frühere Verhaltensweisen eine hierarchische Integration in komplexere Verhaltensweisen (Werner, 1957; vgl. Kap. 1). Obwohl untergeordnet, bleiben frühere Verhaltensmuster jedoch potentiell aktiv. Ein Individuum zeigt nicht nur diejenigen Verhaltensweisen, die ein bestimmtes Entwickungsstadium definieren. Besonders in Streßsituationen können frühere Verhaltensweisen wieder auftreten (Garber & Dodge, 1991). Es wird angenommen, daß erst später integrierte Verhaltensmuster anfälliger für Störungen sind und so den Weg freimachen für frühere, weniger differenzierte Verhaltensmuster. Dies impliziert, daß ein gestörtes Verhaltensmuster in vielen Situationen brachliegt und nur in Situationen erhöhten Stresses oder unter bestimmten Bedingungen manifest werden kann.

Kontinuität und Veränderung. Die vielleicht zentrale Annahme hinter der Entwicklungsperspektive ist die Gesetzmäßigkeit des Entwicklungsverlaufs. Es wird nicht nur postuliert, daß es einen allgemeinen Entwicklungsverlauf gibt, den „normale" und „zurückgebliebene" Individuen gleichermaßen durchlaufen (Cicchetti & Beeghley, 1990; Hodapp & Burack, 1990), sondern es wird ebenfalls postuliert, daß es einen kohärenten, individuellen Entwicklungsverlauf gibt. Eine solche Position ist vereinbar mit den Vorstellungen von Diskontinuität oder Plastizität (Rutter, 1987a; 1994a). Die Kontinuität ist zu unterscheiden von zeitlicher Verhaltensstabilität, die selten eintritt (Loeber et al., 1993). Kohlberg, LaCrosse und Ricks (1972) belegen die geringe Stabilität von emotionalen Symptomen, deren Manifestation von der jeweiligen Situation wie auch vom Entwicklungsstadium beeinflußt wird. Gleiches wird in der Temperamentsentwicklung beobachtet. Dennoch wird weiterhin die Auffassung vertreten, daß das allgemeine Verhalten eines Kindes ein guter Prädiktor für eine spätere Störung sein kann. So ziehen es manche Forscher vor, festzustellen, wie ein Kind bestimmte Entwicklungsaufgaben bewältigt (Sroufe, 1989). Andere Studien konzentrieren sich weniger auf spezifische Symptomkonstellationen (wie Depression oder Aggression), sondern untersuchen Breitbandsyndrome wie internalisierende und externalisierende Störungen (Achenbach, 1991a; 1995; vgl. Kap. 8). Sowohl Veränderung als auch Kontinuität sind gesetzmäßige Vorgänge und wirken auf eine kohärente Entwicklung ein. Verdeutlicht wird dies durch die folgende Auflistung möglicher Verbindungen zwischen frühen Erfahrungen und späteren Verhaltensstörungen (vgl. Rutter, 1981).

Direkte Verbindungen:

- eine Erfahrung führt unmittelbar zu einer Störung, die dann konstant bleibt,
- eine Erfahrung führt zu körperlichen Veränderungen, die spätere Verhaltensmuster beeinträchtigen und
- Veränderungen in Verhaltensmustern nehmen erst später die Form von Verhaltensstörungen an.

Weniger direkte Verbindungen:

- Ereignisse in der Kindheit, die zu Veränderungen in den familiären Beziehungen führen, welche wiederum mit der Zeit zu Störungen führen.
- Empfänglichkeit für Streß oder bestimmte Bewältigungsstile, die eine Prädisposition für gestörtes Verhalten bedeuten oder aber gegen Streß abschirmen.
- Erfahrungen, die das Selbstkonzept einer Person oder seine Werthaltungen beeinflussen, die wiederum dessen Reaktionen in späteren Situationen prägen.
- Erfahrungen, die dazu führen können, daß sich ein Individuum selektiv in ganz bestimmten Situationen aufhält bzw. nicht aufhält und daß es sich selektiv Möglichkeiten eröffnet bzw. verschließt.

Das Prinzip der Äquifinalität. Dieses Prinzip bezieht sich auf die Beobachtung, daß *viele Wege* (Entwicklungspfaden; vgl. Kap. 10) zu *einem* Ergebnis innerhalb eines Bereiches des psychischen Funktionsniveaus (Sozialverhalten, Intelligenz usw.) führen können. Folglich kann das normale wie auch das gestörte Verhalten aus einer großen Vielfalt an Entwicklungpfaden resultieren, insbesondere, wenn außer den Haupteffekten aus genetischen oder Umwelteinflüssen zusätzlich die Gen-Umwelt-Interaktionen bedacht werden (Plomin, 1994). Es ist daher auch nicht möglich, gestörte oder normale Funktionsweisen aufgrund einer einzigen Ursache zu beschreiben oder vorherzusagen. So kann beispielsweise aggressives Verhalten im Jugendalter sowohl auf eine familiäre Belastung, eine frühe neurologische Beeinträchtigung oder eine Störung der Eltern-Kind-Beziehung, als auch auf Störungen im Bereich der Gleichaltrigenbeziehungen und der Lebensumstände zurückgeführt werden (vgl. Cicchetti & Richters, 1993; vgl. Kap. 10). Das Prinzip der Äquifinalität bietet zwar eine komplizierte, jedoch realistische Annäherung an das Verständnis psychopathologischer Störungen und Entwicklungsverläufe und warnt uns vor einem voreiligen Rückgriff auf einfache Beschreibungsmuster psychischer Funktionen (Cicchetti & Rogosch, 1996).

Das Prinzip der Multifinalität. Multifinalität ist dem Prinzip der Äquifinalität komplementär. So wie die verschiedensten Ursachen zu einem Entwicklungsausgang führen können, kann eine Funktionsweise im Entwicklungsverlauf unterschiedliche Ergebnisse haben (Cicchetti & Rogosch, 1996). Die tatsächlichen Effekte hängen von den günstigen oder ungünstigen Rahmenbedingungen ab, die mit der Funktionsweise verbunden sind. So kann etwa ein Kind mit einem ausgeprägten Temperament in einen Kindergarten aufgenommen werden, in dem die Erzieherinnen auf diese Besonderheit günstig reagieren. Der Effekt mag darin bestehen, daß das ausgeprägte Temperament in ausgesprochene Begeisterungsfähigkeit übergeht. Unter anderen Bedingungen mag das Kind permanent in soziale Konflikte geraten und Wutausbrüche entwickeln. Die Ausprägung des psychischen Funktionsniveaus muß daher in einem größeren Zusammenhang betrachtet werden. Ein schädigendes Ereignis muß nicht notwendigerweise bei jedem Individuum zu Beeinträchtigungen führen. Ebenso muß das „unangemessene" Verhalten eines Individuums nicht unbedingt in jeder Umwelt andere beeinträchtigen; es kann durchaus in einer „unangemessenen" Umwelt angemessen sein oder die einzige Möglichkeit bieten, in dieser Umwelt zu überleben.

2.1 Normalität, psychische Störungen und Entwicklungsabweichungen

Die Entwicklungspsychophathologie widmet sich, wie in Kapitel 1 dargestellt, sowohl dem Studium normaler als auch abweichender Entwicklungsverläufe. Dieses Vorgehen setzt jedoch voraus, daß klar unterschieden werden kann zwischen dem, was normal ist, und dem, was von der Norm abweicht. Diese Festlegungen müssen explizit und möglichst allgemeingültig sein. Deshalb wurden bestimmte Kriterien formuliert, die als Anzeichen für gestörte Erlebnisse oder Verhaltensmuster brauchbar scheinen (vgl. Comer, 1995):

- *Devianz* - in einem bestimmten Kontext von einer statistischen Norm oder gesellschaftlichen Regeln abweichend,
- *Leidensdruck* - der betroffene Mensch leidet unter seinem Denken, Fühlen oder Handeln,
- *psychosoziale Beeinträchtigung* - der betroffene Mensch ist durch sein Denken, Fühlen oder Handeln so verwirrt oder abgelenkt, daß er nicht mehr für sich sorgen, übliche soziale Beziehungen aufrechterhalten oder effektiv arbeiten kann und
- *Gefährdung* - Gleichgültigkeit, herabgesetztes Urteilsvermögen, Feindseligkeit, Fehlinterpretation etc. können den Betroffenen oder andere gefährden.

Jedes dieser Kriterien für sich genommen erweist sich bei eingehender Betrachtung als unzulänglich, um psychische Störungen eindeutig zu identifizieren. Die Feststellung der Devianz setzt voraus, daß ein allgemeingültiger Standard existiert, der als Maßstab für normales oder angemessenes Handeln, Denken und Empfinden dienen kann. Außerdem gibt es Abweichungen - wie zum Beispiel hohe Intelligenz - die durchaus geschätzt und nicht als Störung etikettiert werden. Leidensdruck geht nicht unbedingt mit allen Störungen einher. Manche psychisch gestörte Menschen können sich eine positive Gemütsverfassung bewahren; ähnlich verhält es sich mit der psychosozialen Beeinträchtigung. Dysfunktionalität kann ein Zeichen für Störungen sein, ist aber kein obligates Merkmal. Zudem ist sie stark vom aktuellen Lebenskontext und sozialen Umständen abhängig. Selbst- und Fremdgefährdung kann im Zusammenhang mit Störungen auftreten, ist jedoch eher die Ausnahme.

In der vierten Fassung des Diagnostischen und Statistischen Manuals Psychischer Störungen (DSM-IV; APA, 1994/1996) werden aus den vorgenannten Gründen mehrere Kriterien kombiniert. Eine psychische Störung wird laut DSM-IV definiert als klinisch auffallendes Verhalten oder psychisches Syndrom beziehungsweise Merkmalsmuster, das bei einer betroffenen Person in typischer Weise entweder mit als unangenehm erlebten Beschwerden oder mit einer Behinderung einhergeht. Das Definitionsproblem kann durch die Kombination der aufgeführten Kriterien zwar abgeschwächt, jedoch nicht aufgehoben werden. Die Beantwortung der Frage, wann ein gewöhnliches Verhaltensmuster die Grenze (Schwelle) zur psychischen Störung überschreitet, bleibt ebenso schwierig, wie die Festlegung, wann es deviant, leidvoll und dysfunktional genug ist, um als gestört zu gelten.

Verschiedene Disziplinen entwickelten Störungsmodelle, die im Rahmen ihres jeweiligen Weltbildes schlüssig sind und als Grundlage für Theorien, Forschungsansätze und Interventionsverfahren dienen. Das Spektrum reicht vom biologischen Modell über die verschiedenen therapeutischen Modelle bis zum soziokulturellen Modell (vgl. Tab. 2.1).

Tabelle 2.1: Modelle zur Erklärung psychischer Störungen.

Medizinisches (biologisches) Modell Psychische Störungen besitzen biologische Ursachen und beruhen vorrangig auf zentralnervösen Dysfunktionen. Gestörtes Verhalten wird als Symptom einer Krankheit angesehen, die durch körperliche Funktionsbeeinträchtigungen (bes. des Gehirns) hervorgerufen wird. Zwischen Störung und Gesundheit wird nicht nur ein quantitativer, sondern ein qualitativer Unterschied angenommen (Diskontinuitätsannahme). Die Vertreter des Modells gehen davon aus, daß in Zukunft die biologischen Ursachen aller Störungen aufgedeckt werden können.
Psychologische Modelle Diesen Modellen ist eine vollständige oder zumindest teilweise psychogenetische Erklärung psychischer Störungen gemeinsam. Wie beim medizinischen Modell werden die Ursachen des Problems im Individuum vermutet (Individualisierung des Problems). Diese Störungsmodelle sind nicht auf Krankenheilung, sondern auf Renormalisierung abweichenden Verhaltens ausgerichtet. • **Psychoanalytische und psychodynamische Modelle:** Möglicherweise unbewußte psychische Kräfte können wie körperliche Krankheiten wirken und Symptome einer Geisteskrankheit hervorbringen, obwohl eine organische Ursache fehlt. Psychische Konflikte beruhen primär auf gestörten frühen Eltern-Kind-Beziehungen und traumatischen Erfahrungen in den ersten Lebensjahren. • **Behavioristische und lerntheoretische Modelle:** Normales und abweichendes Verhalten beruht auf gelernten Handlungsmustern. Der Mensch wird als Summe des erlernten Verhaltens gesehen. Unbewußte Konflikte sind für die Entstehung psychopathologischer Phänomene bedeutungslos, statt dessen wird gestörtes Verhalten in sozialen Situationen gelernt. Genetische Prädispositionen und biochemische Faktoren können Lernprozesse beeinflussen. • **Kognitive Modelle:** Abweichende Erlebens- und Verhaltensmuster beruhen auf irrationalen Annahmen, negativen Gedanken, unlogischen Denkprozessen und unangemessenen Bewertungen von Situationen. Denkprozesse müssen verstanden werden, um Verhalten begreifen zu können. Unangemessene Informationsverarbeitung resultiert aus einer fehlerhaften kognitiven Repräsentation der persönlichen Welt. • **Humanistisch-existentielle und phänomenologische Modelle:** Verhalten wird durch die individuelle Wahrnehmung der Welt und durch das allen Menschen innewohnende Bedürfnis zur Selbstverwirklichung gesteuert. Störung ist also das Ergebnis einer verzerrten Wahrnehmung von sich und der Umwelt oder beruht auf einer mißlungenen Selbstverwirklichung.
Stigma-, Labeling- oder abweichungstheoretisches Modell Psychische Störungen werden durch die Etikettierung und Ausgrenzung bestimmter Handlungen und Personen geschaffen. Sie sind das Ergebnis von sozialen Interaktionen und Zuschreibungsprozessen. Der allmähliche Übergang von der Auffälligkeit zur abweichenden Rolle wird als Prozeß gesehen. Die Grenzen zwischen „gesund" und „krank" sind also fließend, entgegen der Diskontinuitätsannahme anderer Modelle.

Tabelle 2.1 (Fortsetzung): Modelle zur Erklärung psychischer Störungen.

Soziokulturelles Modell Gestörtes Verhalten entspringt sozialen und kulturellen Einflüssen (Normen, Werte, Familienstrukturen, Reaktion und Beurteilung durch andere) auf das Individuum. Soziale Gemeinschaften können Störungen erzeugen oder ihre Mitglieder in bestimmte Rollen zwängen. Störungsmuster können in Abhängigkeit vom soziokulturellen Kontext variieren. Die Ursachen gestörten Erlebens und Verhaltens werden nicht ausschließlich beim Individuum, sondern auch bei der Gesellschaft gesehen.
Multifaktorielles Modell Biologische, psychologische und soziologische Sichtweisen werden kombiniert, um die Einseitigkeit herkömmlicher Störungsmodelle zu überwinden und die biopsychosoziale Qualität psychischer Störungen berücksichtigen zu können.

Das *biologische Modell* bestimmte schon früh das naturwissenschaftliche Selbstverständnis der Psychiatrie. So definierte bereits Wilhelm Griesinger, einer der wichtigsten Psychiater des letzten Jahrhunderts, Geisteskrankheiten als Gehirnkrankheiten (vgl. Wertsch & Tulviste, 1992). Diese Behauptung wurde gestützt durch den Nachweis organischer Ursachen für einzelne psychische Anomalien (insbesondere der progressiven Paralyse aufgrund von Syphilis). Später konnten für einige psychische Störungen (z.B. Chorea Huntington) Zusammenhänge mit Gehirnanomalien aufgedeckt werden, wodurch die Anerkennung des Modells weiter gefördert wurde. Das *soziokulturelle Modell* hat dem Verständnis von Störungen mit der sozialen Komponente eine wichtige Dimension hinzugefügt. Sie wird heute von Klinikern wesentlich stärker berücksichtigt als noch vor 30 Jahren (Comer, 1995). Diese Modelle beruhen zwar auf unterschiedlichen Annahmen und Grundbegriffen und widersprechen sich darum zum Teil; trotz dieser Abweichungen sind ihre Schlußfolgerungen häufig miteinander vereinbar, und das Verständnis gestörten Verhaltens kann mit großer Wahrscheinlichkeit gefördert werden, wenn sowohl biologische als auch psychologische und soziokulturelle Aspekte berücksichtigt werden. Ein solcher Ansatz wird im *multifaktoriellen Störungsmodell* angestrebt.

Kritik am medizinischen Störungsmodell wurde besonders von Szasz (1960) - einem bedeutenden Vertreter der Anti-Psychiatrie - geäußert. Er vertritt die Auffassung, daß Geisteskrankheiten nichts mit Krankheiten im medizinischen Sinn zu tun haben. Nach seiner Ansicht ist der Anspruch des medizinischen Modells unbewiesen, nachdem alle psychischen Störungen mit identifizierbaren physischen Läsionen zusammenhängen, die als Abweichungen in anatomischen Strukturen, entweder auf mikroskopischer (Bakterien, Krebszellen) oder makroskopischer Ebene (Tumor, Brüche), definiert werden. Da Läsionen nicht in Verbindung mit Verhaltensweisen gefunden worden waren, die als psychische Erkrankung etikettiert werden, gab es seiner Meinung nach keinen Beweis für diese Annahme. Um medizinische Störungen zu definieren, sah er das Vorhandensein physischer Läsionen jedoch als unverzichtbar an, und forderte es darum als Standard, um die Berechtigung des psychischen Störungskonzeptes zu beurteilen. Außerdem bemängelt Szasz (1960), daß soziale Wertungen in psychiatrischen Klassifikationen moralische Urteile einschließen, die dem naturwissenschaftlichen Objektivitätsideal entgegenstehen, und belegt diese Behauptung, indem er die Geschichte einzelner Diagnosen (z.B. der Homosexualität) beschreibt.

Szasz' teilweise auch polemisch vorgetragene Analyse blieb nicht unwidersprochen. Kritiker machten auf verschiedene Fehler in seinen Darlegungen aufmerksam (vgl. Richters & Cicchetti, 1993):

- Nicht alle Abweichungen mit eindeutigen physischen Ursachen werden als Störungen angesehen (z.B. Albinismus; Sichelzellenträger haben sogar Vorteile).
- Es gibt zahlreiche anerkannte medizinische Störungen, für die bisher noch keine Läsionen gefunden wurden (z.B. Trigeminusneuralgie, Torsionsdystonie).

Mit diesen Hinweisen wurde Szasz' Position sogar noch gestärkt, denn er hatte gefordert, jede Krankheit - auch eine Geisteskrankheit - müsse eine nachweisbare organische Ursache besitzen, um nach medizinischen Kriterien als Krankheit gelten zu dürfen. Statt ein Vorbild für die Bewertung psychischer Krankheiten zu liefern, ist das Konzept der medizinischen Krankheiten also selbst schwer faßbar und repräsentiert ein Begriffssystem an der Grenze zwischen biologischen Fakten und sozialen Werten (vgl. Wakefield, 1992).

Die Suche nach angemessenen Störungskonzepten führte zu einer Anzahl von Definitionsvorschlägen, deren wichtigste entweder eingeschränkte Leistungsfähigkeit, statistische Abweichung oder biologische Benachteiligung betonen (vgl. Richters & Cicchetti, 1993). Von Wakefield (1992; 1997) stammt der Vorschlag zu einem übergreifenden Störungskonzept schädigender Dysfunktion (harmful dysfunction), das auf mehrere Kriterien zurückgreift, um sowohl im physischen als auch im psychischen Bereich zwischen Störungen und Normalität zu unterscheiden. Demnach ist ein Zustand nur dann als Störungen zu bezeichnen, wenn er

a) Schaden verursacht oder den betroffenen Menschen, gemessen an seinen kulturellen Standards, benachteiligt und
b) aus dem Unvermögen gewisser interner Mechanismen resultiert, ihre natürliche Funktion zu erfüllen.

Dieses Konzept weist gegenüber seinen Vorgängern einige Vorteile auf:

- Es übernimmt einen entwicklungsbiologischen Ansatz, der das Gehirn und seine Funktionen als Manifestationen biologischer Mechanismen anerkennt. Obwohl es davon ausgeht, daß psychische Prozesse letztendlich auf biologische Prozesse zurückzuführen sind, setzt es nicht voraus, daß diese auf anatomischer oder physiologischer Ebene beurteilt werden müssen.
- Es betont naturgegebene Strukturen, deren Entfaltung im Individuum fehlgeschlagen ist, und vermindert die Wahrscheinlichkeit, daß Zustände als Störungen klassifiziert werden, die lediglich aus sozialen oder politischen Gesichtspunkten nicht wünschenswert sind.

Wie schädigende Auswirkungen bewertet werden können und wie zwischen der Funktionsunfähigkeit einer Struktur und einem lediglich zeitlich begrenzten Funktionsdefizit einer intakten Struktur unterschieden werden kann, bleiben für Richters und Cicchetti (1993) noch zu klärende Fragen. Sie sind jedoch zuversichtlich, daß es sich hierbei nicht um Schwächen des Konzeptes handelt, sondern eher um Schwierigkeiten, die überwunden werden müssen.

In den bisherigen Modellvorstellungen wurde dem Aspekt der Entwicklung kaum Beachtung geschenkt. Genauso wie die normale Entwicklung ist die abweichende Entwicklung ein selbstorganisierendes Phänomen, dessen endgültiger Ausgang jedoch in einem bedeutenden Grad fehlorganisiert ist (vgl. Courchesne, Townsend & Chase, 1995). Dies bewirkt, daß

- die Ausbildung neuer Strukturen und Funktionen behindert,
- die Form anderer, später erscheinender verzerrt,
- die Konstruktion von sonst nicht auftretenden ermöglicht und/oder
- die Ausbildung und der Gebrauch vorher entstandener begrenzt wird.

Nach Gottlieb (1991) ist die normale Entwicklung charakterisiert durch einen Zuwachs des Organisationsgrades (z.B. das Entstehen neuer Strukturen und Kompetenzen). Bei Entwicklungsstörungen (z.B. Autismus, Sprachstörungen) sind verschiedene kognitive und soziale Fähigkeiten beeinträchtigt, die sich zwar in der Art ihres Entstehens voneinander unterscheiden, jedoch zeitgleich herausbilden (vgl. Heubrock & Petermann, 1996). Sie verzögern oder verhindern die Ausbildung einer altersentsprechenden Leistungsfähigkeit, führen also nicht zu einem Verlust bereits erworbener Funktionen (anders als erworbene Leistungsbeeinträchtigungen), sondern bewirken, daß sich kognitive oder soziale Fähigkeiten vor Abschluß ihrer normalen Entwicklung anders ausprägen als es alterstypisch wäre.

Verhaltensstörungen des Kindesalters können sich aus Entwicklungsverzögerungen ergeben. So sind zum Beispiel mangelnde Problemlösefertigkeiten mögliche Ursachen für aggressives Verhalten (vgl. Petermann & Warschburger, 1998; Lauth & Engelberg, 1996). Komplexe Entwicklungsstörungen wirken sich häufig auf mehrere Verhaltensbereiche aus. Zudem verläuft Entwicklung nicht linear, sondern in Phasen. Fortschritte in unterschiedlichen Funktionsbereichen können sich gegenseitig bedingen und beeinflussen. Ein unzureichender Entwicklungsstatus kann deshalb sehr schnell weitreichende Folgen haben. Ohne Interventionen bleiben Störungen nicht nur erhalten, sondern zukünftige Entwicklungsmöglichkeiten können sogar beeinträchtigt oder verhindert werden.

2.2 Theorien zur Ätiologie

Entwicklungsmodelle befassen sich mit Annahmen über die Wechselwirkungen zwischen Mensch und Umwelt, sowie das Zusammenwirken beider Aspekte im Zeitverlauf. Die Ursachen- und die Ätiologieforschung ist für die Entwicklungspsychopathologie von theoretischem und praktischem Interesse. Mit solchem Wissen lassen sich Maßnahmen zur Primär-Prävention planen. Riegel (1978) entwickelte ein Klassifikationsschema, in welches die bestehenden Entwicklungstheorien eingeordnet werden können. In diesem Modell wird dem Individuum oder der Umwelt eine aktive beziehungsweise passive Rolle zugeordnet. Die in Abbildung 2.1 gegebene Übersicht wird als Grundlage für die weiteren Ausführungen in diesem Kapitel herangezogen.

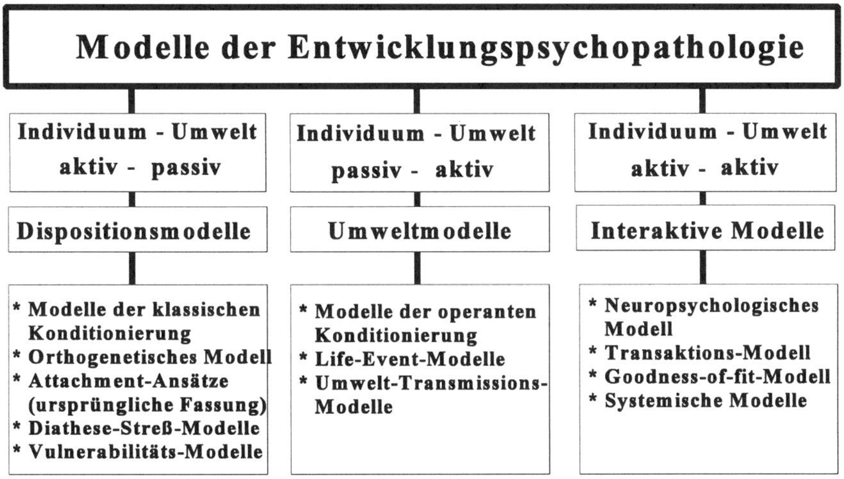

Abbildung 2.1: Paradigmen der Entwicklungspsychopathologie: Modelle der Entwicklung.

Riegel (1987) unterscheidet vier Modelle der Entwicklung, die sich aus der Kombination eines passiven beziehungsweise aktiven Kindes mit einer passiven beziehungsweise aktiven Umwelt ergeben:

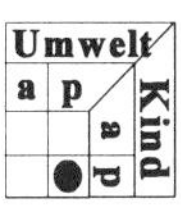

Das Passives-Kind-Passive-Umwelt-Modell: Die mechanistischen Entwicklungsmodelle gehen davon aus, daß weder die Umwelt aktiv auf das Kind einwirkt, noch das Kind aktiv an seiner Entwicklung teilnimmt. Da solche Modelle heutzutage als unbedeutend bewertet werden müssen, soll an dieser Stelle nicht näher auf sie eingegangen werden. Abbildung 2.1 nimmt diese Modelle aus diesem Grund nicht auf.

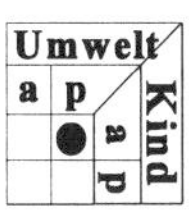

Das Aktives-Kind-Passive-Umwelt-Modell: Die Dispositionstheorien geht davon aus, daß sich das Kind aus seinen Umweltbedingungen aktiv diejenigen Aspekte auswählt, die es für seine Entwicklung benötigt. Dabei spielt die Umwelt nur eine geringe Rolle. Diese Ansicht findet sich in Pawlovs Modell der klassischen Konditionierung, Werners (1948) orthogenetischem Modell, Bowlbys (1969) ursprünglicher Fassung des Attachment-Ansatzes sowie dem Diathese-Streß-Modell (Meehl, 1962) und dem Vulnerabilitäts-Modell der Risikoforschung in der Psychiatrie (Zubin & Springer, 1977). Auf einige dieser Modelle soll weiter unten eingegangen werden. Bei der Begründung einer Intervention spielt dieses Modell stets eine Rolle, wo dem Patienten geholfen wird, sein Verhalten zu verändern, damit er den Umweltbedingungen besser begegnen kann.

Das Passives-Kind-Aktive-Umwelt-Modell: Die Umweltmodelle gehen davon aus, daß die Umwelt über Verstärkungsmechanismen aktiv die Entwicklung des Kindes steuert. Auch wenn die Umweltbedingungen und die Art der Verstärkung stark variieren können, bleibt das Verhalten des Kindes doch von den Umweltbedingungen bestimmt. Zu dieser Gruppe von Modellen zählen die lerntheoretischen Annahmen und insbesondere Skinners (1953) Modell der operanten Konditionierung, die Life-Event-Ansätze (Coddington, 1972) und das Umwelt-Transmissions-Modell von Parke, McDonald, Beitel und Bahavnagri (1988). Mit diesen Modellen kann man begründen, welche Umweltbedingungen oder Verhaltenskonsequenzen manipuliert werden müssen, um Verhaltensänderungen zu bewirken.

Das Aktives-Kind-Aktive-Umwelt-Modell: Dieses Modell ist wegen seiner interaktiven Natur für die Entwicklungspsychopathologie am ehesten geeignet. Das Kind wirkt aktiv auf seine Umwelt ein und wird seinerseits von dieser aktiv beeinflußt. Hierzu gehört der interaktive Ansatz von Lewis (1972), das transaktionale Modell von Sameroff und Chandler (1975), die Goodness-of-fit-Modelle von Chess und Thomas (1984) und Lerner (1984) und die neuropsychologischen Annahmen von Luria (1976). So nimmt zum Beispiel Luria an, daß die kognitiven Strukturen selbst eine Konsequenz der Interaktionen zwischen den Umweltbedingungen und dem aktiven Kind sind.

2.3 Ursachenmodelle psychischer Entwicklung

Um die Hintergründe der Entwicklung abweichenden Verhaltens zu verstehen, ist es wichtig, die in der Entwicklungsforschung verwandten Modelle zu kennen. Im folgenden werden diese Modelle in vier Gruppen zusammengefaßt: die Dispositionsmodelle, die Umweltmodelle und die interaktiven Modelle (Interaktions- und Transaktionsmodelle). Die in diesen Gruppen diskutierten Modelle sind vereinfachte und allgemeine Darstellungen möglicher Sichtweisen menschlicher Entwicklung. Sie verdeutlichen, wie solche Modelle voneinander abweichen und wie sie genutzt werden können, um die Ursachen psychischer Störungen zu verstehen. Tabelle 2.2 skizziert die wichtigsten Aspekte der Modelle in stark vereinfachter Weise, um die Unterschiede und Besonderheiten deutlicher hervortreten zu lassen. Das darin angedeutete Gerüst wird in den folgenden Abschnitten differenzierter dargestellt.

2.3.1 Dispositionsmodelle

Die Dispositionsmodelle basieren auf dem medizinischen Modell. Sie sind durch ihre Einfachheit charakterisiert und gehen davon aus, daß eine Disposition des Kindes zu einem bestimmten Zeitpunkt die weitere Entwicklung vorhersagt. Dispositionen sind nicht direkt durch die Umwelteinflüsse veränderbar. In der extremsten Form spielt die Umwelt gar keine Rolle in der Entwicklung. Mögliche Dispositionen wären: Bewältigungsformen, Reaktionsweisen, Persönlichkeitsmerkmale, angeborene Merkmale wie Temperament oder bestimmte genetische Codes, aber auch durch Lernprozesse erworbene Eigenschaften.

Dispositionsmodelle werden meist herangezogen, um den Einfluß genetischer oder biologischer Faktoren auf die Entstehung psychischer Störungen zu untersuchen. Bowlby (1969) ging in seinem Attachment-Modell anfänglich davon aus, daß die Bindung eines Kindes an seine Mutter im ersten Lebensjahr seine weitere Entwicklung bestimmt, das erste Lebensjahr somit eine kritische Periode für die Bindung eines Individuums an ein anderes darstellt. Die Bindungsqualität entwickelt sich nach Bowlby aufgrund der frühen Mutter-Kind-Interaktion. Ist die Bindung einmal hergestellt, fungiert sie wie eine Disposition und beeinflußt die folgende Entwicklung des Kindes. Obwohl die Annahme zutrifft, daß die frühe Mutter-Kind-Beziehung die weitere Entwicklung des Kindes beeinflußt, sind Dispositionsmodelle als Erklärungsansatz sehr kritisiert worden (Lamb, Thompson, Gardner & Charnov, 1985; Lewis, Feiring, McGuffog & Jaskir, 1984).

Tabelle 2.2: Ursachenmodelle psychischer Entwicklung (K=Kind, U=Umwelt).

Dispositionsmodell Schrittweises, endogen gesteuertes Entfalten eines Entwicklungsplans, der schon dem Ausgangszustand des Organismus innewohnt.	$K_1 \rightarrow K_2 \rightarrow K_3 \rightarrow K_4$
Umweltmodell Der Zustand des Kindes ist vollkommen abhängig von den Umweltbedingungen. Bleibt die Umwelt gleich, ändert sich auch das Kind nicht.	$U_1 \quad U_2 \quad U_3 \quad U_4$ $\downarrow \quad \downarrow \quad \downarrow \quad \downarrow$ $K_1 \quad K_2 \quad K_3 \quad K_4$
Interaktionsmodell Kombination der ersten beiden Modelle. Die Entwicklung resultiert aus der Verbindung des genetisch festgelegten Reaktionsspielraums mit den umweltbedingten Erfahrungen des Kindes.	$U_1 \quad U_2 \quad U_3 \quad U_4$ $\downarrow \quad \downarrow \quad \downarrow \quad \downarrow$ $K_1 \rightarrow K_2 \rightarrow K_3 \rightarrow K_4$
Transaktionsmodell Das Verhalten des Kindes verändert auch die Umwelt. Jeder Entwicklungsschritt ergibt sich aus der Verbindung von Charakteristiken des Kindes und seinen Erfahrungen.	$U_1 \quad U_2 \quad U_3 \quad U_4$ $\updownarrow \quad \updownarrow \quad \updownarrow \quad \updownarrow$ $K_1 \rightarrow K_2 \rightarrow K_3 \rightarrow K_4$
Das soziale Regulationsmodell (Sameroff, 1995) betont die Kontinuität der Umweltorganisation. Die dem Kind gebotenen Erfahrungen sind weder zufällig noch völlig abhängig von den Charakteristiken des Kindes.	$U_1 \rightarrow U_2 \rightarrow U_3 \rightarrow U_4$ $\updownarrow \quad \updownarrow \quad \updownarrow \quad \updownarrow$ $K_1 \rightarrow K_2 \rightarrow K_3 \rightarrow K_4$

In der Psychopathologie wurde auf Dispositionsmodelle in Form des *Diathese-Streß-Modells* (Meehl, 1962; Rosenthal, 1970) oder des *Vulnerabilitätsmodells* (Zubin & Springer, 1977) zurückgegriffen (vgl. Richters & Weintraub, 1990). Das Diathese-Streß-Modell macht keine Aussagen über die Entwicklung psychischer Störungen. Es beschreibt lediglich, daß spezifische Merkmale, die bei Risikogruppen in der frühen Kindheit auftreten und mit dem folgenden Störungsbeginn verbunden sind, als frühe Manifestationen einer Störung oder als Marker der Vulnerabilität angesehen werden können, die Folgestörungen wahrscheinlicher machen. Auch derart komplexe Modelle sprechen der Veranlagung eine prädisponierende Bedeutung zu und der Umwelt lediglich eine für die Entwicklung des Zentralnervensystems schädigende Wirkung (Pennington & Ozonoff, 1991). Anwendungsorientierte Konzepte, wie das Diathese-Streß- und/oder Vulnerabilitätsmodell gehen davon aus, daß bestimmte Entwicklungszeitpunkte unterschiedliche pathogene Wirkungen besitzen (Shepherd, 1987).

Kasten 2.1: Das Diathese-Streß-Modell.

Genetische und umweltbedingte Einflüsse sind an der Entstehung von psychischen Störungen beteiligt; angeborene oder erworbene Abweichungen oder Vulnerabilitäten beeinflussen das individuelle Risiko hierfür. Diese Vulnerabilitäten konstituieren die Diathese eines Individuums und erhöhen die Anfälligkeit für die Wirkung von Umweltstressoren. Ist ein Individuum vulnerabel für eine Störung, so können die entsprechenden Symptome in Streßsituationen auftreten und einen bestimmten Störungsverlauf charakterisieren (Zerssen, 1987).

Diathese-Streß-Modelle wurden für verschiedene Erkrankungen und Störungsbilder entwickelt. So ist es beispielsweise möglich, daß Angst und Depression eine gemeinsame, jedoch unspezifische genetische Diathese des Kindes zugrundeliegt, die mit spezifischen Umweltfaktoren interagiert und entweder zu Ängstlichkeit oder Depression führt (Kusch & Petermann, 1993). Die folgende Abbildung zeigt ein komplexes Ätiologiemodell (mod. nach Pennington & Ozonoff, 1991).

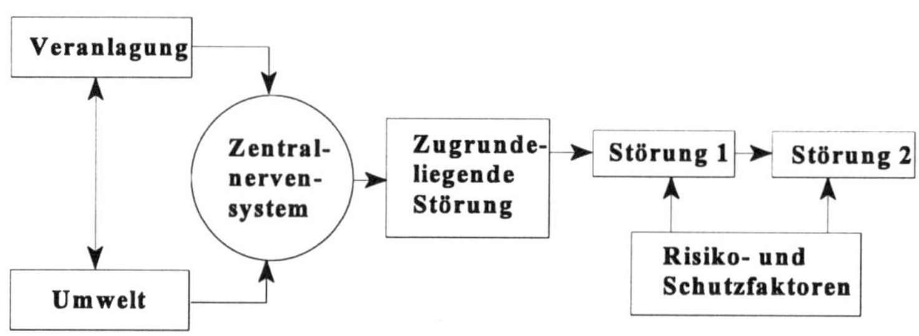

Genetische und Umweltfaktoren beeinflussen das Risiko für eine psychische Störung. Abhängig von den jeweiligen Auslösern kann die Vulnerabilität im Entwicklungsverlauf verschiedene Vorformen der Störung annehmen. Kritische Lebensereignisse können auch schädigend oder schützend wirken, je nachdem, ob sie das Vollbild einer Störung oder nur bestimmte Erscheinungsformen auslösen. Weitere Risiko- oder Schutzfaktoren können das Störungsbild aufrechterhalten oder mildern. Die psychische Entwicklung des Kindes wird in diesem Modell kaum berücksichtigt, da angenommen wird, daß nur kritische Lebensereignisse das Störungsbild verändern.

Dispositionsmodelle mit ätiologischem Ansatz. Shepherds (1987) Forschungsansatz zur Bestimmung der ätiopathogenetischen Faktoren der Schizophrenie geht von vier Störungsperioden aus:

1. In der *prä- und perinatalen Periode* wirken genetische, intrauterine und perinatale Faktoren gewissermaßen prädisponierend auf die weitere Entwicklung des Organismus. Die prädisponierenden Faktoren bestimmen so die bei Geburt vorliegende Risikowahrscheinlichkeit eines Individuums für bestimmte Störungen.
2. Während der *Periode der frühen Entwicklung und Sozialisation* können zu den prädisponierenden Faktoren noch weitere Schutz- oder Risikofaktoren hinzukommen. Das Zusammenwirken dieser Faktoren bestimmt das Risiko, an dieser psychischen Störung zu erkranken.

3. Verschiedene Auslöser (Streß, belastende Ereignisse) können zu großen Belastungen beitragen, wodurch eine Störung offensichtlich wird.
4. Der Störungsverlauf ist davon abhängig, welche Faktoren im Verlaufe der Ätiopathogenese wirksam wurden. Auch zu diesem Zeitpunkt können weitere Risiko- und Schutzfaktoren als aufrechterhaltende Faktoren den weiteren Verlauf beeinflussen (Zerssen, 1987).

Kritik an Dispositionsmodellen. Diese Modelle gehen davon aus, daß psychische Störungen auf identifizierbaren Reaktionen beruhen, die definierbaren Syndromen zugrundeliegen; damit wird eine symptomorientierte Sichtweise psychischer Störungen bevorzugt. Individuen werden nicht als integrierte Systeme aus biologischen, psychologischen und sozialen Funktionen angesehen, sondern als Einheiten, in denen biologische Ereignisse das Verhalten beeinflussen. Nur wenn die Biologie durch konstitutionelle, infektiöse, umwelt- oder behandlungsbedingte und ähnliche Faktoren betroffen ist, wird auch das Verhalten berührt. Ein weiteres Merkmal des medizinischen Ansatzes ist, daß er Verhaltenskompetenzen kaum berücksichtigt.

Das medizinische Modell geht davon aus, daß identische Ursachen zu identischen Störungen führen und daß vergleichbare Symptome in auf allen Altersstufen gleichen Ursachen beruhen. Da sich keines dieser Prinzipien für Störungen im Kindes- und Jugendalter generalisieren läßt, sind diese Modelle für die Belange der Entwicklungspsychopathologie wenig brauchbar; sie können nur ungenügend Verschiedenheiten von psychischen Störungen erklären. Dispositionsmodelle und insbesondere das Diathese-Streß-Modell können bisher die folgenden Fragen nicht beantworten (vgl. Richters & Weintraub, 1990):

- Welche Stressoren beeinflussen allein oder in Kombination die Risiken für eine Störung und ihren Ausbruch?
- Welche Umwelteinflüsse stellen besondere Risiken dar oder erhöhen diese?
- In welcher Form interagieren persönliche Risiken und äußere Stressoren und wie werden dadurch Störungen ausgelöst?

Gegen Dispositionsmodelle kann eingewandt werden, daß ein Kind durch eine Eigenschaft (ein Risiko, eine Ressource) nur unzureichend beschrieben werden kann. So mag zwar ein Kind eine sichere Bindung zur Mutter, nicht aber zum Vater oder zum Geschwisterkind aufbauen; zudem lassen Dispositionsmodelle nur begrenzten Raum für die Einflüsse der Umwelt.

2.3.2 Umweltmodelle

Diese Modelle gehen von der Annahme aus, daß Umweltbedingungen die Entwicklung am stärksten beeinflussen. Das einfachste Modell nimmt an, daß normales oder abweichendes Verhalten primär durch die Umwelt erklärt werden kann, die aktuell auf den Organismus einwirkt.

Ein Kind zeigt eine bestimmte Verhaltensweise und eine andere nicht, da die gegebenen Umweltbedingungen gerade diese Verhaltensweise auslösen und die andere eventuell unterdrücken. Wesentlich ist, daß die Umweltbedingungen kontinuierlich auf das Verhalten einwirken und das gezeigte Verhalten eine direkte Funktion dieser Einwirkung ist. Alternativ kann das Kind nicht nur ein bestimmtes Verhalten zeigen, weil die aktuellen Umweltbedingungen dies erfordern, sondern auch, da es sich daran erinnert, daß dieses Verhalten in einer vergleichbaren Situation verstärkt wurde oder einen bestimmten Effekt hatte. Viele Verhaltensweisen werden sicherlich durch die indirekten Umwelteinflüsse bestimmt. Über indirekte Verstärkung, stellvertretendes Lernen oder Beobachtungs- bzw. Modellernen können Umweltbedingungen auf das Verhalten eines Individuums einwirken.

Parke et al. (1988) erarbeiteten das Modell der umweltbedingten Transmission, das von zwei Annahmen ausgeht:

1. Eine psychische Störung der Eltern kann die Erziehung und die familiäre Umwelt prägen. So fanden Rutter und Quinton (1984) beispielsweise, daß depressive Mütter ihre Kinder generell strenger erziehen als nicht-depressive Mütter. Weissman und Paykel (1974) konnten zeigen, daß die Interaktion depressiver Mütter mit ihren Kindern durch Kommunikationsstörungen gekennzeichnet ist. Es steht demnach außer Frage, daß depressive Mütter atypisches Erziehungsverhalten zeigen (Trad, 1986). Wichtig ist daher, wie die psychiatrische Störung von Eltern zu einem Erziehungsverhalten führt, das die Sozialentwicklung des Kindes beeinträchtigt.

2. Störungen der Eltern oder der Familie beeinträchtigen verschiedene Aspekte der sozialen Interaktion mit dem Kind und führen so zu Störungen der sozialen und der psychischen Entwicklung (Klein & Zobel, 1997). Parke und Mitarbeiter (1988) haben mit ihrem Konzept drei Wege aufgezeigt, wie Eltern die Sozialentwicklung ihrer Kinder beeinflussen können (vgl. Tab. 2.3).

Auch unabhängig von diesen direkten Einflüssen zwischen dem Kind und seinen Eltern können andere, indirekte Faktoren wie mangelnder Sozialkontakt (Paykel, 1974), Ehescheidungen und Beschäftigungslosigkeit (Brown & Harris, 1978) als Stressoren auf das Kind und die Beziehung zwischen dem Kind und seinen Eltern einwirken (vgl. Kusch & Petermann, 1993).

Komplexe Umweltmodelle. In dem generellen Umweltmodell ist das Verhalten eines Kindes eine Funktion der Umweltbedingungen, unter denen es auftritt. So lange wie die Umweltbedingungen existieren, bleibt auch das Verhalten bestehen, ändert sich die Umwelt, verändert sich auch das Verhalten. Wenn das Umweltmodell dem Organismus eine aktivere Rolle zuschreibt, so produziert zwar immer noch eine unangemessene Umwelt unangemessenes Verhalten, jedoch in diesem Fall zeigt sich das abweichende Verhalten über die Wahrnehmung der Realität, die auf Seiten des Kind kognitiv konstruiert und strukturiert wird. Lewis und Feiring (1989) gehen davon aus, daß die Umweltbedingungen das Verhalten des Kindes bestimmen, um dies zu belegen, führten sie eine Längsschnittsstudie an Kindern zwischen dem dritten Monat und dem sechsten Lebensjahr durch. Sie fanden, daß die Bindung im ersten Lebensjahr und die familiäre Situation im sechsten Lebensjahr psychische Auffälligkeiten eines sechsjährigen Kindes vorhersagen konnten. Zudem bestimmte die Bindung zwischen Mutter und Kind im ersten Lebensjahr die familiäre Umwelt des sechsjährigen Kindes.

Tabelle 2.3: Elterlicher Einfluß auf die Sozialentwicklung von Kindern.

Dyadische Interaktion Das Kind erwirbt soziale Kompetenz über Imitation, Beobachtung und vergleichbare Lernprozesse. Es übernimmt die emotionalen Ausdrücke, Problemlösestrategien und kognitiven Stile, die seine Eltern in der sozialen Interaktion mit ihm zeigen. Wenn Eltern abweichendes Verhalten äußern, erlernt das Kind fehlangepaßte Verhaltensmuster über die Imitation oder entsprechende Reaktionsmuster. Bezogen auf die Imitation ist bekannt, daß schon Säuglinge das negative und dysphorische affektive Verhalten ihrer depressiven Mütter mimisch nachahmen (Field, 1984); solche Kinder zeigen die selben depressiven Symptome und die depressiven Attributionsstile wie ihre Mütter (Seligman et al., 1984).
Anleiten und Lehren Ein weiterer Weg, wie Eltern die soziale Kompetenz ihrer Kinder fördern, verläuft über die Prozesse des Anleitens und Lehrens (Parke et al., 1988). Diese Erziehungsfunktionen werden allein schon dadurch beeinträchtigt, daß psychisch kranke Eltern weniger Zeit mit ihren Kindern verbringen, sei es aufgrund häufiger Krankenhausaufenthalte, Beschäftigung mit den eigenen Problemen oder mangelndem Interesse am Kind (Trad, 1986).
Kontrolle der sozialen Umwelt des Kindes Eltern fördern die Sozialentwicklung ihres Kindes, indem sie seine sozialen Aktivitäten kontrollieren und ihm eine förderliche Umwelt bereitstellen. Sie ermöglichen ihrem Kind positive Sozialerfahrungen, indem sie es mit Gleichaltrigen zusammenbringen oder seine schulischen und sozialen Erfahrungen strukturieren (Parke et al., 1988). Psychisch kranke Eltern verursachen eine Vielzahl an Störungen in diesen Erziehungsaktivitäten. Coyne et al. (1987) haben zum Beispiel nachgewiesen, daß auch der Ehepartner eines depressiven Elternteils für das Kind kaum verfügbar ist, da er sich meist um den depressiven Elternteil kümmern muß.

Zentral für die Umweltmodelle ist die Frage, was mit dem unangemessenen Verhalten eines Kindes geschieht, wenn sich seine Umweltbedingungen verändern. Umweltveränderungen (z.B. der Besuch des Kindergartens, der Schuleintritt oder der plötzliche Tod eines Elternteils) können in zweierlei Hinsicht erfolgen: Eine positive Umwelt kann negativ werden oder umgekehrt eine negative Umwelt positiv.

Wird die positive Umwelt negativ, so besteht die Gefahr, daß ein Kind unangemessenes Verhalten entwickelt. Gestalten sich die Umwelteinflüsse positiver, so reduziert sich das unangemessene Verhalten. Thompson, Lamb und Estes (1982) konnten zeigen, daß Veränderungen im Verhalten von Kleinkindern im Zusammenhang mit der Wiederaufnahme der Berufstätigkeit der Mutter standen. War diese Veränderung mit einer Zunahme an Streß für das Kind verbunden, so stieg sein unangemessenes Verhalten an; war kein Streß zu beobachten, zeigten sich auch keine Veränderungen. Mißhandelte Kinder scheinen darüber hinaus schlechte Beziehungen zu Gleichaltrigen zu entwickeln (Schneider-Rosen & Cicchetti, 1984). Während das Dispositionsmodell dies auf die schlechte Bindung in der frühen Kindheit zurückführt, ist es aus Sicht der Umweltmodelle auch denkbar, daß Eltern, die ihre Kinder mißhandeln, diese auch nur ungenügend auf den Umgang mit Gleichaltrigen vorbereiten. Hierfür spricht auch der Befund, daß sich die Gleichaltrigenbeziehungen von mißhandelten Kindern verbessern, die in einer betreuten Tagesstätte untergebracht werden, obwohl sich die Beziehung zu ihren Eltern nicht verändert. Lewis und Schaeffer (1981) konnten zeigen, daß, obwohl sich das Verhalten der mißhandelten und nicht-mißhandelten Kinder in einer Tagesstätte anfänglich deutlich unterschied, nach einem Monat keine Unterschiede mehr anzutreffen waren. Dieses Ergebnis konnte erzielt werden, obwohl die Mutter-Kind-Beziehung weiterhin beeinträchtigt blieb.

Kontextueller Ansatz komplexer Umweltmodelle. Bronfenbrenner (1977) hat die Organisation der Umwelt bisher am umfassendsten beschrieben. Ihr Einfluß auf die Entwicklung eines Individuums erfolgt innerhalb von vier ineinander verschachtelten Systemen (vgl. Kasten 2.2). Während unser Wissen um die Merkmale und die Struktur der Umweltbedingungen und ihrer verschiedenen Effekte bisher noch Lücken aufweist, hat die Forschung die Reaktionen eines Individuums auf Umweltbedingungen lange Zeit zum Teil überbewertet (Lewis, 1990). Bereits vor Jahren hat Barker (1965) ein besseres Verständnis der Struktur von Umwelten gefordert, denn wenn wir wissen wollen, welche Effekte verschiedene Umwelten ausüben, dann müssen wir mehr von ihrer Struktur verstehen. Dieser Ansatz wird zum Teil von kulturübergreifenden Studien verfolgt (Harkness & Super, 1990), die bereits die Kulturabhängigkeit bestimmter Störungsmuster identifizieren konnten (vgl. Harkness, 1987; Johnson, 1989).

Bronfenbrenners ökologisches Modell (Bronfenbrenner & Crouter, 1983) wurde bisher im klinischen Bereich erfolgreich umgesetzt, so zum Beispiel in Studien zur Kindesmißhandlung (Belsky, 1980) und zur Ehescheidung (Kurdek, 1983). Trotz der vielversprechenden Einsatzbereiche des ökologischen Modells sind die Effekte der Umwelt bisher hauptsächlich im Bereich dyadischer Interaktionen untersucht worden (Hinde, 1992).

Das Ausmaß früherer Erfahrungen und ihre Auswirkungen auf das gegenwärtige und zukünftige Verhalten ist mit der Annahme kritischer Perioden der Dispositionsmodelle zu vergleichen. Bestimmte Umgebungsbedingungen können zu verschiedenen Zeitpunkten einen unterschiedlich großen Einfluß ausüben. So mag zum Beispiel eine fürsorgliche Umwelt während des ersten Lebensjahres eines Kindes und eine weniger fürsorgliche während des zweiten positivere Konsequenzen für seine zukünftige Anpassung besitzen als umgekehrt (Bornstein, 1987). Es ist ungeklärt, wie viele positive Ereignisse folgen müssen, damit die Wirkung nachfolgender negativer Ereignisse gering bleibt. Das einfachste Umweltmodell würde annehmen, daß positive Erfahrungen keinerlei dauerhaften positiven Effekt aufweisen, da das Individuum passiver Rezipient der Umwelt ist. Man kann jedoch auch vermuten, daß vergangene positive Erfahrungen den Einfluß negativer Ergebnisse in der Zukunft begrenzt, da diese vom Kind - vor dem Hintergrund der positiven Erfahrungen - kognitiv umstrukturiert werden. Diese Annahme wird von Ansätzen vertreten, die die Entwicklung als Folge kognitiver Lernprozesse betrachten (Bandura, 1986; 1989; Seligman, 1995)

Kasten 2.2: Bronfenbrenners ökologisches Modell.

Bronfenbrenner beschreibt vier Arten von Systemen, von denen das folgende jeweils das vorangehende umfaßt.

- Das *Mikrosystem* ist die unmittelbare Umgebung des Kindes, mit bestimmten Merkmalen, Kräften und Rollen. Es wird gebildet von jeder Gruppe, zu der auch das Kind gehört (z.B. Mutter-Kind-Dyade, Triade mit zwei Geschwistern, Familie, größere soziale Gebilde).
- Das *Mesosystem* bezeichnet die Beziehungen der gegenwärtigen unmittelbaren Umgebung des Kindes in einem bestimmten Entwicklungszeitpunkt. Es umfaßt mehrere Mikrosysteme und wird durch die Wechselwirkungen zwischen ihnen definiert (z.B. Familie, Nachbarschaft).
- Das *Exosystem* ist eine Erweiterung des Mesosystems und enthält alle Bereiche, denen das Kind nur mittelbar ausgesetzt ist, die es aber nicht minder beeinflussen (z.B. die Arbeitswelt der Eltern oder bei einem Vorschulkind die Schulklasse eines Geschwisterkindes).
- Das *Makrosystem* enthält die übergeordneten institutionalen Bereiche der Kultur, wie die Ökonomie, das soziale und politische System eines Landes, die sich in den einzelnen Systemen ausdrücken, aber auch Ideologien und Normensysteme.

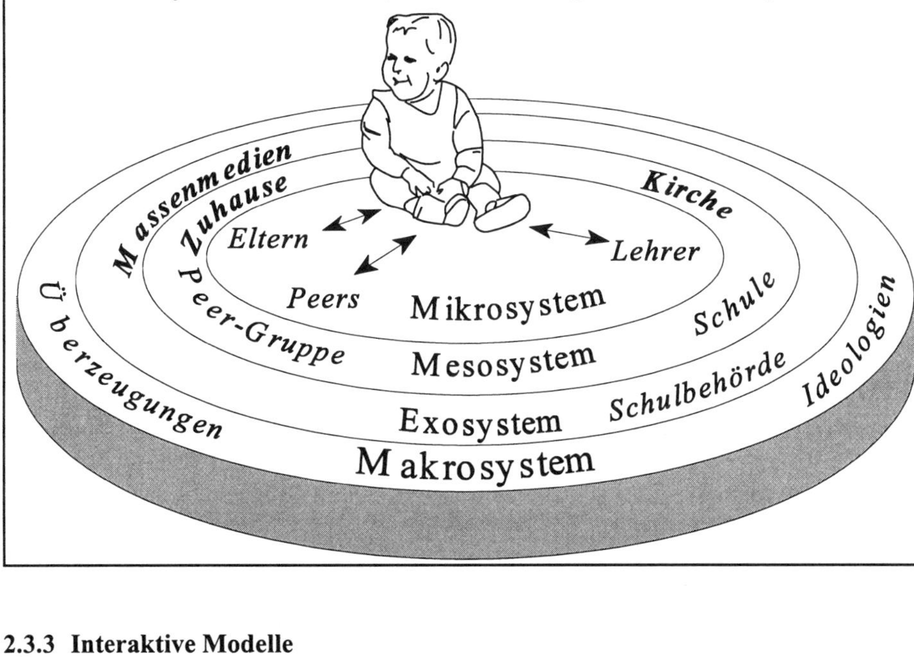

2.3.3 Interaktive Modelle

Allen interaktiven Entwicklungsmodellen ist die Annahme gemeinsam, daß sowohl das Kind als auch die Umwelt den Entwicklungsverlauf aktiv mitbestimmen. Interaktive Modelle greifen in ihren Erklärungen der gegenwärtigen und zukünftigen Entwicklung sowohl auf Merkmale der Umwelt und Charakteristika des Kindes als auch auf die wechselseitigen Einflüsse zwischen beiden zurück. Der letzte Punkt ist bedeutsam, da davon ausgegangen wird, daß sich Verhalten durch die Fähigkeit des Individuums zur Adaptation ausformt. Die Bezeichnung „unangemessenes Verhalten" ist daher problematisch, da ein „unangemessenes Verhalten" in einer unangemessenen Umwelt durchaus angemessen sein kann. Interaktive Modelle sehen die Stabilität eines Verhaltens als Funktion des Individuums und der Umwelt an. Eine der zentralen Fragestellungen interaktiver Modelle ist die Frage der Transaktion, das heißt der Übergänge von einem Zustand in einen anderen. Das *additive Modell* und das *transformative Modell* zählen zu den interaktiven Modellen.

Das *additive Modell* geht davon aus, daß die Interaktion zwischen Kind und Umwelt zu einem neuen Verhaltensmuster führt, wobei weder das Kind noch die Umwelt als solche von dieser Interaktion betroffen werden, sondern ein neues Verhaltensmuster hinzukommt (vgl. Lewis, 1990). Zum Beispiel kann ein Kind mit einer unsicheren Bindung mit einer positiven Umwelt interagieren, was zu einem positiven Effekt führt. Die Eigenschaft (unsichere Bindung) und die Umwelt bleiben unbeeinflußt durch die Interaktion, und das neue Verhaltensmuster wird lediglich hinzugefügt. Dieses Modell ist überall dort von Nutzen, wo es darum geht, Phänomene der Vulnerabilität und des Goodness-of-fit zu beschreiben.

Im *transformativen Modell* interagieren das Kind und die Umwelt miteinander und entwickeln ein neues Verhaltensmuster, das beide rückwirkend beeinflußt. Transformative Modelle erklären, warum alte Verhaltensweisen zu neuen führen können und warum die Umwelt durch diese Interaktion ebenfalls verändert wird. Entsprechend dem Beispiel zum additiven Modell interagiert das bindungsunsichere Kind mit einer positiven Umwelt, was zu einer positiven Eigenschaft und zu einem positiven Effekt führt. Hier wird die Eigenschaft durch die Interaktion verändert. In ähnlicher Weise kann auch die Umwelt verändert werden, nämlich dann, wenn sie negativ wird und zu einem negativen Effekt führt. Es ist sogar möglich, daß die Eigenschaft positiv wird und die Umwelt negativ oder daß sich der Effekt stabilisiert und die Umwelt positiv bleibt, während sich die Eigenschaft zum Positiven wandelt. In allen Fällen findet eine Transformation der Strukturen statt und führt zu neuen Verhaltensmustern.

Das *Goodness-of-fit-Modell* wurde von Thomas und Chess (1977) im Rahmen ihrer Temperamentsforschungen eingeführt. Neuerdings ist dieses Modell auch von Lerner (1984) beschrieben worden. Die Grundannahme besagt, daß Störungen stets dann auftreten, wenn das Kind und seine Umwelt nicht zueinander passen; sowohl dann, wenn das Kind den Anforderungen der Umwelt nicht genügt, als auch dann, wenn die Umweltanforderungen nicht auf die Besonderheiten des Kindes zugeschnitten sind. Störungen sind das Ergebnis dieses *Nicht-Passens*. Es ist weder in den Eigenschaften des Kindes noch in den Umweltanforderungen lokalisiert. Obwohl in extremen Formen die Art bestimmter Umweltanforderungen psychische Störungen verursachen kann oder die Art der Besonderheiten eines Kindes sich trotz optimaler Umwelt nicht verändert, wird es in den meisten Fällen so sein, daß das Nicht-Passen von Umwelt und Kind pathogen wirkt und nicht jeder einzelne Aspekt für sich.

Ein Kind mit einem sehr aktiven Temperament mag beispielsweise in einer Familie, die besonderen Wert auf Rücksichtnahme und Ruhe legt als auffällig gelten, während es in einer sehr lebhaften Familie gar nicht auffallen würde. So kann man vielfach ein Verhalten eines Kindes nur unter Kenntnis der familiären Umwelt einschätzen. Für die Planung einer Therapie ergibt sich deshalb die Frage, ob das Verhalten des Kindes, die Umweltbedingungen oder deren Passung beeinflußt werden sollte. Mit der Goodness-of-fit-Hypothese kann man die Entwicklung psychischer Störungen erklären. Auf diesem Hintergrund kann man verstehen, warum es bei Störungen zu einer Dekompensation kommt, und Erwachsene Verhaltensweisen zeigen, die denen der Kindheit entsprechen.

Kontextualismus. Eine extreme Variante des Goodness-of-fit-Modells wurde von Lerner (1982, 1984) entwickelt. Lerner (1984) ging ursprünglich davon aus, daß es bei den vielfältigen Einflußmöglichkeiten ebenso viel Passungen zwischen Mutter und Kind geben könnte, wie es Mutter-Kind-Beziehungen gibt. Lerner und Kauffman (1985) relativierten jedoch ihr Konzept des Kontextualismus. Sie mußten gewisse Gemeinsamkeiten der Entwicklungsverläufe einräumen, da ansonsten nicht von Entwicklung, sondern nur von Veränderungen gesprochen werden kann. Die Erweiterung des Goodness-of-fit-Modells nach Lerner (1982) beschreibt Individuen als Schöpfer ihrer eigenen Entwicklung und hebt damit besonders die Seite des Subjekts hervor. Lerner konnte belegen, daß Kinder mit ihrer eigenen körperlichen Erscheinung, ihrem Phänotyp, eine soziale Umwelt stiften, die wiederum die Entwicklung dieser Kinder wesentlich mitbestimmt. Da gelungene Passung nicht a priori gegeben ist, muß sie als kontinuierliches Merkmal angesehen werden, das heißt, es gibt eine mehr oder weniger gute Passung. Der Umstand, daß es keine zwei Kind-Umwelt-Systeme zu geben scheint, die einander gleichen, wird mit dem Begriff „relativer Kontextualismus" bezeichnet (Lerner & Kauffman, 1985).

Der Kontextualismus geht von der Annahme aus, daß

- nicht nur zwischen der Umwelt und dem Kind Transaktionen stattfinden, sondern auch innerhalb des Kindes und der Umwelt, was zu einer Vielzahl an Analyseebenen führt und
- die Transaktionen zwischen dem System „Kind" und dem System „Umwelt" und innerhalb beider in jedem Moment eine neue Situation schaffen.

Daraus resultiert, daß die Veränderungen innerhalb und zwischen den Systemen permanent stattfinden und viele Kind-Umwelt-Passungen nicht miteinander vergleichbar sind. Die Analyse von Kind-Umwelt-Passungen würde demnach in jedem Analyseschritt die Berücksichtigung der über- und untergeordneten Kontexte erfordern. Lerner leitet daraus ab, daß die Veränderungen in einem Kind-Umwelt-System nicht ein erst zu erklärendes Phänomen darstellen, sondern vielmehr die Regel sind und Vorhersagbarkeit ein unlösbares Problem bedeutet. Am Beispiel des Phänomens der Vulnerabilität lassen sich die Vorteile der Goodness-of-fit-Hypothese gegenüber dem transformativen Modells darstellen. Das Phänomen der *Vulnerabilität* ist ein Beispiel für die Vorteile des additiven gegenüber dem transformativen Modell. Das vulnerable Kind zeigt einige Merkmale, die die Wahrscheinlichkeit für negative Entwicklungen erhöhen. Im Falle einer positiven Umwelt werden die risikobehafteten Merkmale nicht wirksam und das Kind erscheint angepaßt. Auch nach längerem Kontakt mit einer positiven Umwelt kann es nach Umweltänderungen dazu kommen, daß die risikobehafteten Merkmale verhaltenswirksam werden. Es wird deutlich, daß selbst eine lang andauernde positive Umwelt nicht in der Lage war, die risikobehafteten Merkmale zu transformieren.

Wenn die risikobehafteten Merkmale unabhängig von der Umwelt sind und sich in einer positiven oder negativen Anpassung zeigen, je nachdem, wie sich die Umwelt verändert, dann ist das additive Modell besser in der Lage, diese Fakten zu erklären.

Transaktionsmodelle. Die Modelle, die davon ausgehen, daß alle an einer Interaktion beteiligten Faktoren wiederum von allen Faktoren beeinflußt und durch diese transformiert werden, nennt man Transaktionsmodelle (Sameroff, 1975). In diesen Modellen werden die Annahmen von Lerner und Kaufman (1985) und des relativen Kontextualismus weitergeführt. Wenn man davon ausgeht, daß zu einem bestimmten Zeitpunkt ein Merkmal und die Umwelt eines Kindes miteinander interagieren und zu einem neuen Merkmal und einer anderen Umwelt transformiert werden, dann ist es wahrscheinlich, daß auch das ursprüngliche Merkmal und die ursprüngliche Umwelt bereits Ergebnis einer vorausgegangenen Transformation waren, und daher keiner dieser Faktoren unabhängig vom anderen ist.

Ein solches Modell stellt die Annahme in Frage, daß das Kind und die Umwelt jemals unabhängig voneinander oder in „reiner" Form existieren. Die linearen Funktionen, die die anderen Entwicklungsmodelle charakterisieren, gelten aus Sicht des transaktionalen Modells als unzulänglich. Vielmehr würden nicht-lineare, zyklische Modelle den Entwicklungsverlauf angemessener beschreiben. Die Annahme des transaktionalen Modells, wonach das elterliche Verhalten das Verhalten des Kindes beeinflußt und von diesem beeinflußt wurde und wird (vgl. Abb. 2.2), ist verschiedentlich aufgestellt und untersucht worden (Sameroff, 1983, 1989b; Sameroff & Fiese, 1990).

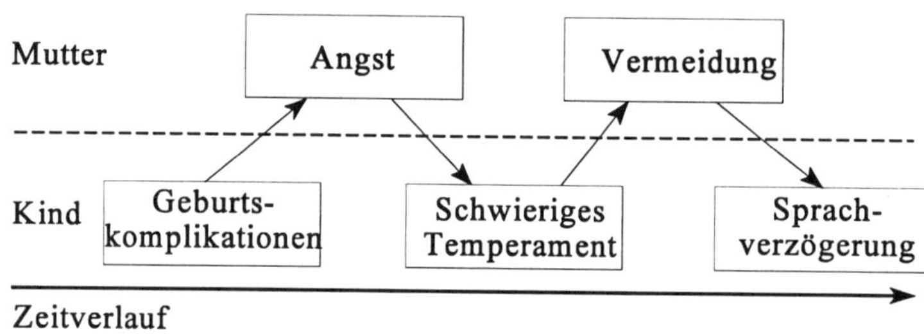

Abbildung 2.2: Transaktionsprozeß zur Beschreibung hypothetischer Wechselwirkungen von Geburtskomplikationen, schwierigem Temperament und Sprachverzögerung (mod. nach Sameroff, 1995).

Die Bedeutung des transaktionalen Modells verdeutlicht das folgende Beispiel: Lewis und Feiring (1989) stellten fest, daß Mütter, die ihre drei Monate alten Kinder überstimulierten und bevormundeten, am Ende des ersten Jahres bindungsängstliche Kinder hatten. Ihre Überstimulierung scheint jedoch mit dem Verhalten des Kindes zusammenzuhängen. Kinder, die mit drei Monaten nicht sozial orientiert zu sein scheinen, beschäftigen sich lieber mit Spielsachen als mit Menschen, sind bindungsunsicher und haben überstimulierende Mütter. Diese Entwicklung kann unterschiedlich erklärt werden: Eine unsichere Bindung mit einem Jahr kann durch eine angemessene Umwelt transformiert werden. Ebenso kann unsicheres Bindungsverhalten eine positive Umwelt in eine negative umwandeln. So kann zum Beispiel ein reizbares Kind, das mit einer positiven Umwelt interagiert, eine negative Umwelt erzeugen, die ein hyperaktives Kind zur Folge hat. Oder aber eine negative Umwelt kann das Kind in seinem Bindungsverhalten verunsichern, was wiederum die negativen Wirkungen der Umwelt verstärken kann.

Die Kausalkette verläuft nicht einfach linear, wie es von den Umwelt- oder den organismischen Modellen angenommen wird; vielmehr handelt es sich um ein zirkuläres Muster, bei dem das Kind die Umwelt beeinflußt und von dieser beeinflußt wird. Solche Erklärungsmodelle sind von großer Anziehungskraft, jedoch empirisch nur schwer zu prüfen.

Nach dem dynamischen Interaktionsmodell kann Entwicklung als eine Serie qualitativer Reorganisationen zwischen und innerhalb verhaltensbezogenen und biologischen Systemen verstanden werden, die über Prozesse der Differenzierung und hierarchische Integration verläuft. Dieses orthogenetische Prinzip (Werner, 1948) löst das Problem der kontinuierlichen Anpassung des Individuums an die Umwelt und beantwortet die Fragen, wie die Integrität von Funktionen trotz offensichtlicher Veränderungen fortbestehen kann (Guidano & Liotti, 1983). Funktionale Kontinuität kann trotz rapider konstitutioneller Verhaltensveränderungen über hierarchische Integration aufrechterhalten werden (Block & Block, 1980; Sackett et al., 1981). Diese Reorganisation ist abhängig von den Analyse- oder Beschreibungsebenen, die genetischer, konstitutionaler, neurobiologischer, biochemischer, behavioraler, psychologischer, umweltbedingter oder soziologischer Art sein können. Zudem sind diese Variablen über dynamische Transaktionen miteinander verbunden.

- *Die normale Entwicklung* ist definiert als Serie miteinander verwobener sozio-emotionaler, kognitiver und repräsentationaler Kompetenzen. Die Kompetenzen einer Entwicklungsperiode, die die Anpassung einer Person an die Umwelt verbessern, bereiten die Kompetenzen der nächsten Periode vor (Sroufe & Rutter, 1984). So integriert eine späte Entwicklungsperiode frühere Kompetenzen; somit fördert die frühe Anpassung die spätere Anpassung und Integration.
- *Die beeinträchtigte Entwicklung* kann verstanden werden als ein Mangel an Integration der sozio-emotionalen, kognitiven und repräsentationalen Kompetenzen, die für die Anpassung zu einem bestimmten Entwicklungszeitpunkt notwendig sind (Cichetti & Schneider-Rosen, 1986). Da frühere, einfachere Strukturen in die darauffolgenden, komplexeren integriert werden, kann eine frühe Beeinträchtigung oder Störung des Funktionierens zu größeren Folgestörungen führen.

Der Organisationsansatz geht von einem transaktionalen Modell der Entwicklung aus. Das Transaktionsmodell wendet sich gegen reduktionistische Sichtweisen und insbesondere dagegen, daß eine Störung als alleiniger Ausdruck biologischer, historischer oder verstärkender Faktoren angesehen wird. Vielmehr scheint eine Vielzahl von Faktoren an einem pathologischen Prozeß beteiligt zu sein und in einer hierarchischen Ordnung gemeinsam zu wirken. So kann zum Beispiel nur dann eine biochemische Veränderung zur Entwicklung psychischer Veränderungen führen, wenn bestimmte Sozialisationsbedingungen wirksam werden. Manche Faktoren wirken demnach als permissive Ursachen - sie führen Dispositionen herbei - andere als effiziente Ursachen - sie realisieren diese Dispositionen.

Zudem ist es möglich - und wird auch im Diathese-Streß-Modell angenommen -, daß nur genetische oder biologische Faktoren prädisponierend wirken, während psychologische oder Umweltfaktoren nur aufrechterhaltend oder auslösend wirken. So können zum Beispiel langandauernde familiäre Einflüsse über die soziale Interaktion eines depressiven Familienmitgliedes die Ausprägung der Depression des Kindes bestimmen, während biologische oder biochemische Veränderungen im Entwicklungsverlauf die Störung prädisponieren. Vulnerabilitätsfaktoren und Auslöser können zudem über die Zeit hinweg in ihrer Bedeutung variieren, oder gewisse Kompetenzen oder neue Verhaltensmuster können als Schutzfaktoren wirken. Das Transaktionsmodell spricht dem Kind eine aktive Rolle zu, indem es annimmt, daß bei Umweltfaktoren und selbst bei biologischen Einflußfaktoren Aspekte wie Aufmerksamkeit, Wahrnehmung und interpretative Vorannahmen als Mediatoren wirken.

Eine Theorie, die auf das Verständnis internaler und externaler Einflüsse auf die Entwicklung abzielt, sollte erklären können, wie Individuum und Kontext zusammenwirken, um eine günstige und ungünstige Funktionsfähigkeit zu erzeugen, und sie sollte verdeutlichen, wie solche zurückliegenden und gegenwärtigen Anpassungsleistungen die Zukunft beeinflussen. Der erste Grundsatz einer solchen allgemeinen Entwicklungstheorie muß sein, daß Individuen niemals aus ihrem Kontext gelöst werden können, um getrennt von den Bedingungen untersucht zu werden, die ihre Entwicklung regulieren. Ebensogroße Aufmerksamkeit, wie bisher biologischen Entwicklungseinflüssen gewidmet wurde, muß auch Umgebungseinflüssen zuteil werden.

Die individuelle Entwicklung wird durch die Interaktion mit Regulationssystemen bestimmt, die auf unterschiedlichen Organisationsebenen arbeiten. Die bedeutendsten dieser Systeme sind das biologische und das soziale Regulationssystem. Zwischen Empfängnis und Geburt sind Interaktionen mit dem biologischen System am wichtigsten. Danach setzen sich diese Prozesse - außer zu Beginn des Jugendalters oder mit dem möglichen Einsetzen der Senilität - weniger dramatisch fort. Der Zeitabschnitt zwischen Geburt und Erwachsenenalter wird von Interaktionen mit dem sozialen System beherrscht. Wieder löst der Zustand des Kindes regulierende Prozesse aus, jetzt jedoch im sozialen Umfeld. Diese Regulationen verändern die Erfahrung des Kindes synchron zu seiner physischen und behavioralen Entwicklung und bewirken eine Ausweitung seiner Fähigkeit zur biologischen und behavioralen Selbstregulation. Trotz wachsender Unabhängigkeit ist kein Individuum jemals unabhängig vom inneren und äußeren Kontext. Sollten wir dies vergessen, werden wir spätestens beim Ausbruch einer Krankheit oder bei massiven psychosozialen Belastungen an diese Tatsache erinnert.

Um Entwicklungsprozesse zu verstehen, müssen Transaktionen zwischen Individuen, ihren biologischen inneren und sozialen äußeren Abläufen berücksichtigt werden. Kontinuität und Diskontinuität sind die verbindenden Funktionen dreier Systeme - des *Genotyps*, des *Umweltfaktors* und des *Phänotyps* (vgl. Abb. 2.3).

- Der *Genotyp* ist ein organisiertes biologisches System, das im Austausch mit dem Phänotyp die biologische Organisation bewirkt.
- Der *Umweltfaktor* ist der kulturelle Code, der die Entwicklungsmöglichkeiten von Individuen in der Gesellschaft bestimmt.

- Der *Phänotyp* bezieht sich auf das äußere Erscheinungsbild und Verhalten eines Individuums; er steht im Entwicklungsverlauf sowohl mit dem Genotyp als auch dem Umweltfaktor im Austausch.

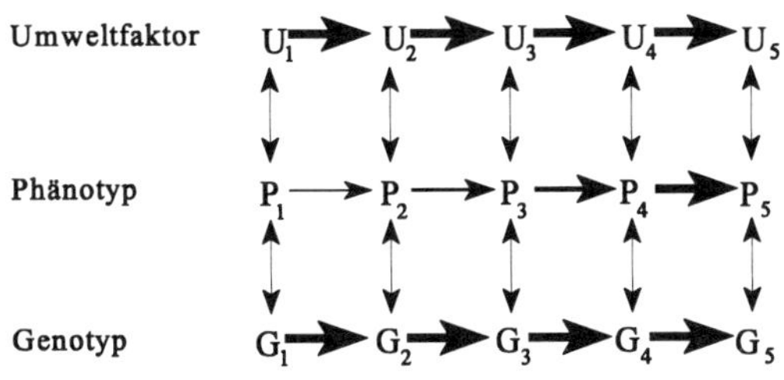

Abbildung 2.3: Transaktionsmodell der Entwicklung.

Der Grad der Ausgewogenheit dieser drei Systeme bestimmt die Kontinuität im Entwicklungsverlauf. In dem Ausmaß, in dem eines der Systeme eine Reorganisation durchläuft, reorganisiert sich entsprechend die Entwicklung. In der normalen biologischen Entwicklung werden Reorganisationen bei Veränderungen (z.B. Gehenlernen) nötig. Auf der Umweltseite gehören Schulbeginn und -abschluß zu den normativen Übergängen. Das Individuum muß die Übereinstimmung zwischen sich und der Umwelt herstellen, indem es Anforderungen sucht, die es mit seinen Fähigkeiten bewältigen kann, oder seine Fähigkeiten erweitert, um den Gegebenheiten gewachsen zu sein. Bei abweichender Entwicklung fehlen entweder die Anforderungen oder die Fähigkeiten. Allerdings erlaubt die Plastizität des Umweltfaktors kompensierende Regulationen (z.B. die Heranziehung eines Rollstuhls oder das Erlernen der Blindenschrift).

Ebenso wie der Genotyp die physischen Entwicklungen des Individuums reguliert, gibt es eine soziale Organisation, die reguliert, wie sich ein Mensch in seine Gesellschaft einfügt. Diese Organisation wirkt durch familiäre und kulturelle Sozialisationsmuster und es wurde postuliert, daß sie einen „Umweltfaktor" konstituiert, analog zum biologischen Genotyp (Sameroff & Fiese, 1990). Der Umweltfaktor ist aus Subsystemen zusammengesetzt, die nicht nur mit dem Kind, sondern auch miteinander im Austausch stehen. Bronfenbrenner (1977, 1986) hat mit seinem ökologischen Modell die detaillierteste Beschreibung von Umweltorganisationen geliefert, die Auswirkungen auf Entwicklungsprozesse haben (vgl. Kasten 2.1). Trotz der vielversprechenden Konsequenzen, die dieser Ansatz für das Verständnis von Verhalten bereithält, hat sich die Verhaltensforschung, die sich mit der Auswirkungen der Umwelt beschäftigt, vorrangig auf die Analyse von Interaktionsmustern zwischen Paaren konzentriert. Neuere Studien berücksichtigen neben der Mutter-Kind-Interaktion auch die Interaktion zwischen Vater und Kind sowie die Kombination beider zur triadischen Interaktion oder sogar die Verhaltensmuster der ganzen Familie (vgl. Parke & Tinsley, 1987).

3 Neurobiologie und Neuropsychologie

Nach Cole und Cole (1996) liegt zum Zeitpunkt der Geburt die ereignisreichste Zeit unseres Wachstums bereits hinter uns. Todd, Swarzenski, Giovanardi Rossi und Visconti (1996) lehnen diese späte Setzung des Entwicklungsbeginns daher als willkürlich ab und weisen darauf hin, daß prä- und postnatale Einflüsse gleichermaßen wichtig für die Struktur und Funktion des Gehirns sein können. Auch Nowakowski (1987) betont, daß zwischen dem Zeitpunkt der Geburt und der Reifung des Zentralnervensystems kein direkter Zusammenhang besteht.

Vorgeburtliche Abläufe zu verstehen, ist aus praktischen und theoretischen Gründen wichtig. Viele Prinzipien, die eine Aussage über die pränatale Entwicklung erlauben, erklären auch die Entwicklung nach der Geburt, und viele postnatale Beeinträchtigungen haben ihren Ursprung in Störungen der vorgeburtlichen Entwicklung. Ernährung, Gesundheitszustand, Drogenkonsum, Emotionen und die Umwelt der Mutter können den sich entwickelnden Organismus nachteilig beeinflussen. Um die Beziehung zwischen prä- und postnataler Entwicklung erklären zu können, müssen die Veränderungen bekannt sein, die während der Reifung von der Zygote zum Neugeborenen stattfinden. Dieses Kapitel ist deshalb relativ ausführlich der prä- und frühen postnatalen Entwicklung gewidmet. Unter dem Blickwinkel der Entwicklungspsychopathologie nimmt die Entwicklung des Gehirns und des Nervensystems eine besonders wichtige Rolle ein.

Wie bei jedem anderen Lebewesen beginnt auch das menschliche Leben mit einer einzigen Zelle. Sie hat einen Durchmesser von circa 0,15 mm und ist damit nur etwa halb so groß wie der Punkt am Ende dieser Zeile. Doch bereits vier Tage später ist die Anzahl der Zellen auf rund 100 angestiegen. Die Tabellen 3.1 und 3.2 geben einen Überblick über die embryonale und fetale Entwicklung. In der linken Textspalte ist die allgemeine Entwicklung beschrieben, rechts die Entwicklung des Nervensystems.

Das menschliche Gehirn verfügt zum Zeitpunkt der Geburt über schätzungsweise 100 Milliarden Neuronen, was eine durchschnittliche Entwicklungsrate im Uterus von 250.000 Neuronen pro Minute voraussetzt (vgl. Thatcher, 1994). Dieser unglaubliche rechnerische Wert erscheint noch erstaunlicher, wenn man bedenkt, daß die Neuronenvermehrung nicht gleichmäßig über die intrauterine Phase verteilt ist, sondern innerhalb von 100 Tagen stattfindet (vgl. Shepherd, 1993). Vor der Geburt wächst das Gehirn auf 350g an und erreicht mit dem zwanzigsten Lebensjahr ein Gewicht von circa 1.350g. Da das Neugeborene bereits über alle Nervenzellen verfügt, muß der Zuwachs an Gewicht auf der fortschreitenden Stabilisierung und Verknüpfung des neuronalen Netzes sowie der Myelinisierung bestimmter Nervenfasern beruhen.

Tabelle 3.1: Wachstum und Entwicklung des Embryos (mod. nach Cole & Cole, 1996).

	Organismus	Nervensystem
10-13 Tage	Zellen trennen sich in Ekto-, Endo- und Mesodermalschicht.	Die neurale Platte bildet sich aus dem Ektoderm.
3. Woche	 Primitive Blutzellen und -gefäße sind vorhanden. Das Herz beginnt zum Ende der Woche zu schlagen.	Rauten-, Mittel- und Vorderhirn beginnen sich zum Ende der Woche zu differenzieren.
4. Woche	 Gliedmaßen-Knospen sind sichtbar. Augen, Ohren und Verdauungssystem formen sich. Hauptvenen und -arterien sind vollendet. Wirbel sind vorhanden.	Nerven beginnen, primitive Formen anzunehmen. 
5. Woche	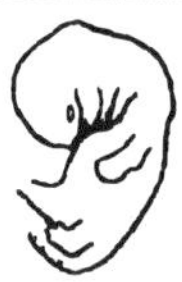 Die Nabelschnur nimmt Gestalt an. Bronchialknospen bilden sich. Prämuskelmasse existiert in Kopf, Rumpf und Gliedmaßen. Die Handflächen sind geformt.	
6. Woche	 Der Unterkiefer bildet sich, die Teile des Oberkiefers sind vorhanden. Das Außenohr erscheint.	Die drei Hauptteile des Gehirns sind zu unterscheiden. 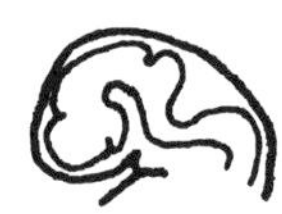
7. Woche	 Gesicht, Nacken und Augenlider entstehen. Der Magen nimmt seine endgültige Form und Lage ein. Muskeln differenzieren sich rasch im ganzen Körper und nehmen ihre endgültige Form und Beziehung ein.	
8. Woche	 Das Darmwachstum macht den Körper rund. Der Kopf wird gehoben und der Nacken zeichnet sich ab. Außen-, Mittel- und Innenohr nehmen ihre endgültige Form an.	Gegen Ende der Woche ist der Fötus zu einigen Bewegungen fähig und reagiert auf Stimuli im Mundbereich.

Tabelle 3.2: Wachstum und Entwicklung des Fötus (mod. nach Cole & Cole, 1996).

	Organismus	**Nervensystem**	
10. Woche	Der Kopf ist aufrecht. Die Eingeweide haben ihre charakteristische Lage im Körper eingenommen.	Das Rückenmark ist als eine klare innere Struktur erkennbar.	
12. Woche 	Männliche und weibliche Föten sind äußerlich unterscheidbar. Blut beginnt sich im Knochenmark zu bilden. Die Augen nehmen ihre endgültige Form an.	Im Hirnstamm sind erste elektrische Signale registrierbar.	
Ende 4. Monat 	Haare sind sichtbar. Uterus und Vagina erkennbar bzw. die Hoden sind in der Position für den späteren Austritt ins Skrotum. Die meisten Knochen sind ausgeprägt und die Gelenke erscheinen.	Die Teilung der Gehirnhälften wird sichtbar. Mehrere Reflexe werden operationalisiert, einschließlich Saug- und Schluckreflex.	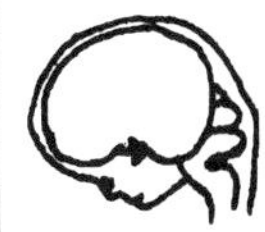
Ende 5. Monat 	Käseschmiere (vernix caseosa) bildet sich. Reaktionen auf Musik sind feststellbar.	Neue Unterteilungen im Gehirn. Alle Nervenzellen, die der Mensch je haben wird, sind vorhanden. Die Myelinisierung beginnt, wird aber erst einige Jahre nach der Geburt vollendet.	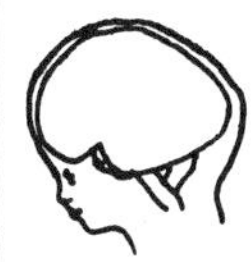
Ende 6. Monat	Die Lunge beginnt Sufactin zu produzieren, eine chemische Verbindung, die sie vor dem Kollaps bewahrt.	Spalte zwischen den Hirnhälften sehr deutlich. Nervenverbindungen zwischen einzelnen Hirnregionen. Elek. Signale im Kortex.	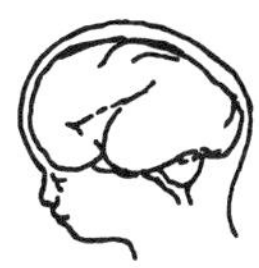
Ende 7. Monat	Die Lungen sind fähig, Luft zu atmen. Beträchtliche Fettmengen entstehen und glätten Falten in der Haut.	Das ZNS ist hinreichend entwickelt, um rhythmische Atembewegungen zu steuern. Die Augen öffnen sich und reagieren auf Licht.	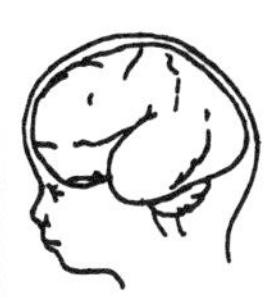
Ende 8. Monat	Die Haut des Fötus ist glatt und die Arme und Beine wirken rundlich.	Viele Hirnwindungen sind vorhanden, einige bilden sich erst nach der Geburt.	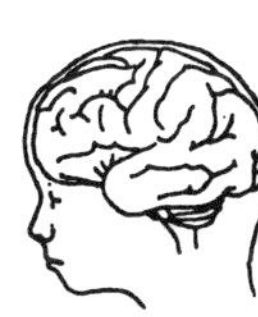
9. Monat	Der Fötus nimmt noch 50% an Gewicht zu. Das Wachstum verlangsamt sich.	Das Gehirn bekommt mehr Windungen.	

Die neuronale Entwicklung läßt sich in mehrere Schritte unterteilen, die im folgenden ausführlich beschrieben werden. Es sind dies

- die Zellvermehrung,
- die Zellmigration,
- die Zelldifferenzierung,
- das Dendriten- und Axonwachstum,
- das Neuronen- und Synapsensterben und
- die Bildung und Stabilisierung synaptischer Verbindungen.

Beim Menschen finden die ersten beiden Stadien hauptsächlich pränatal statt (vgl. Thatcher, 1994).

3.1 Die Entstehung des Neuralrohrs

Schon wenige Tage nach der Befruchtung der Eizelle sind die äußere Zellschicht des frühen Embryos (das Ektoderm) und die innere (das Endoderm) unterscheidbar. Während sich aus dem Endoderm später Skelett und Eingeweide entwickeln, formt das Ektoderm die Neuralplatte, ein verdicktes Epitel im Rücken des Embryos, aus dem die Haut und das gesamte Nervensystem hervorgehen (Thatcher, 1994; Jessel, 1996a).

Etwa am 16. Tag beginnt sich die Neuralplatte entlang der Mittellinie zu falten. Es entsteht eine längliche Vertiefung, die als Neuralrinne bezeichnet wird. In einem weiteren Entwicklungsschritt wölben sich die Ränder dieser Rinne einander entgegen und formen das Neuralrohr. Dieses schließt sich zuerst in der Mitte und von dort aus zu seinem oberen und unteren Ende hin (vgl. Abb. 3.1).

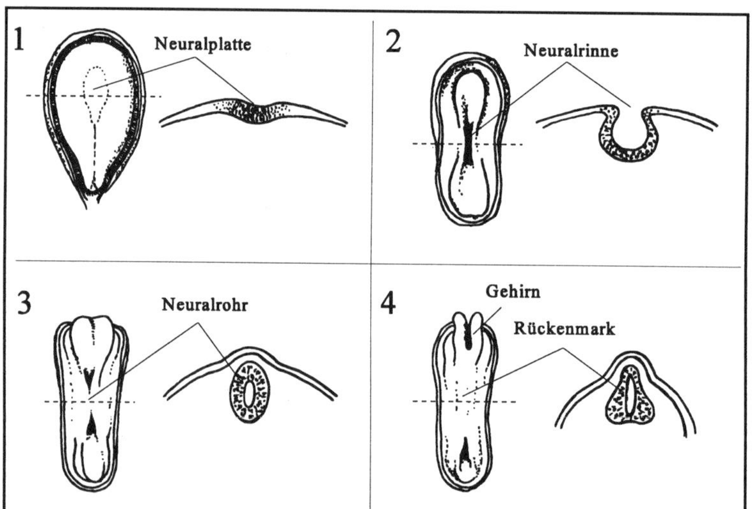

Abbildung 3.1: Entwicklung von der Neuralplatte über Neuralrinne und Neuralrohr zu Gehirn und Rückenmark (mod. nach Cowan, 1978; Nowakowski, 1987).

Noch bevor das Neuralrohr völlig geschlossen ist, führen starke Zellteilungsaktivitäten am Vorderende des Neuralrohrs zur Bildung von drei bläschenförmigen Verdickungen (Vesikel), die später das Vorderhirn (Prosenzephalon), das Mittelhirn (Mesenzephalon) und das Rautenhirn (Rhombenzephalon) bilden, während aus der unteren Hälfte des Neuralrohrs das Rückenmark entsteht. Schon von der fünften Schwangerschaftswoche an sind Einschnürungen im Vorder- und Rautenhirn zu erkennen, die diese in jeweils zwei Bereiche unterteilen. Im Ganzen ergeben sich also fünf sekundäre Vesikel, auf die, wie in Abbildung 3.2 dargestellt, die Hauptstrukturen des erwachsenen Gehirns zurückgeführt werden (Nowakowski, 1987).

3.2 Zellvermehrung

Etwa vom 23. Tag an beginnen sich die Zellen im Neuralrohr verstärkt zu teilen. Ein sprunghafter Anstieg der Zellteilungsrate ist jedoch erst zu beobachten, wenn sich das Neuralrohr geschlossen hat. Bis zu diesem Zeitpunkt sind die Vorläufer der späteren Nervenzellen, die Neuroblasten, noch nicht sehr spezialisiert. Kleine Schäden können deshalb durch gesundes Gewebe ausgeglichen werden, während sie nach diesem Zeitpunkt zum Tod oder zur Behinderung führen würden. Wird beispielsweise in einem frühen Stadium aus dem Vorderhirn-Augenfeld am Vorderende der Neuralplatte Gewebe entfernt, können angrenzende Zellen die fehlenden ersetzen. Später würden bleibende Schäden für Vorderhirn oder Netzhaut die Folge sein. Es läßt sich also allgemein sagen, daß mit jeder Zellteilung die Entwicklungsmöglichkeiten der Tochterzellen mehr und mehr eingeschränkt werden.

Obwohl jede Zelle eines Lebewesens in ihrem Kern die gleiche genetische Information trägt, weichen alle Zellen in Struktur und Funktion unterschiedlich stark voneinander ab. Diese Spezialisierung setzt bereits sehr früh im Verlauf der Embryonalentwicklung ein. Dabei unterliegt jede Zelle ihrem eigenen Teilungsplan. Sie verfügt über ihre individuelle Entwicklungsgeschichte, die Zellinie (cell lineage). Beginnend bei der befruchteten Eizelle verzweigt sich ein Zellstammbaum, an dem sich, zumindest theoretisch, die Entwicklung jeder einzelnen Zelle verfolgen läßt (vgl. Jessell, 1996a).

Im Gegensatz zu den anderen Zellen des menschlichen Körpers hören die Nervenzellen bereits in einem relativ frühen Entwicklungsstadium auf, sich zu teilen. Anders ausgedrückt, ihre Zellinien enden bereits in der pränatalen Phase. Alle Zellen im Nervensystem eines erwachsenen Menschen müssen darum bereits im Embryo entstanden sein. Sie sind also ebenso alt wie er selbst. Zu den wenigen Ausnahmen gehören die Geschmacks- und Geruchsrezeptoren, die auch im Erwachsenenalter noch gebildet und bei Verlust ersetzt werden (vgl. Shepherd, 1993; Huttenlocher, 1994).

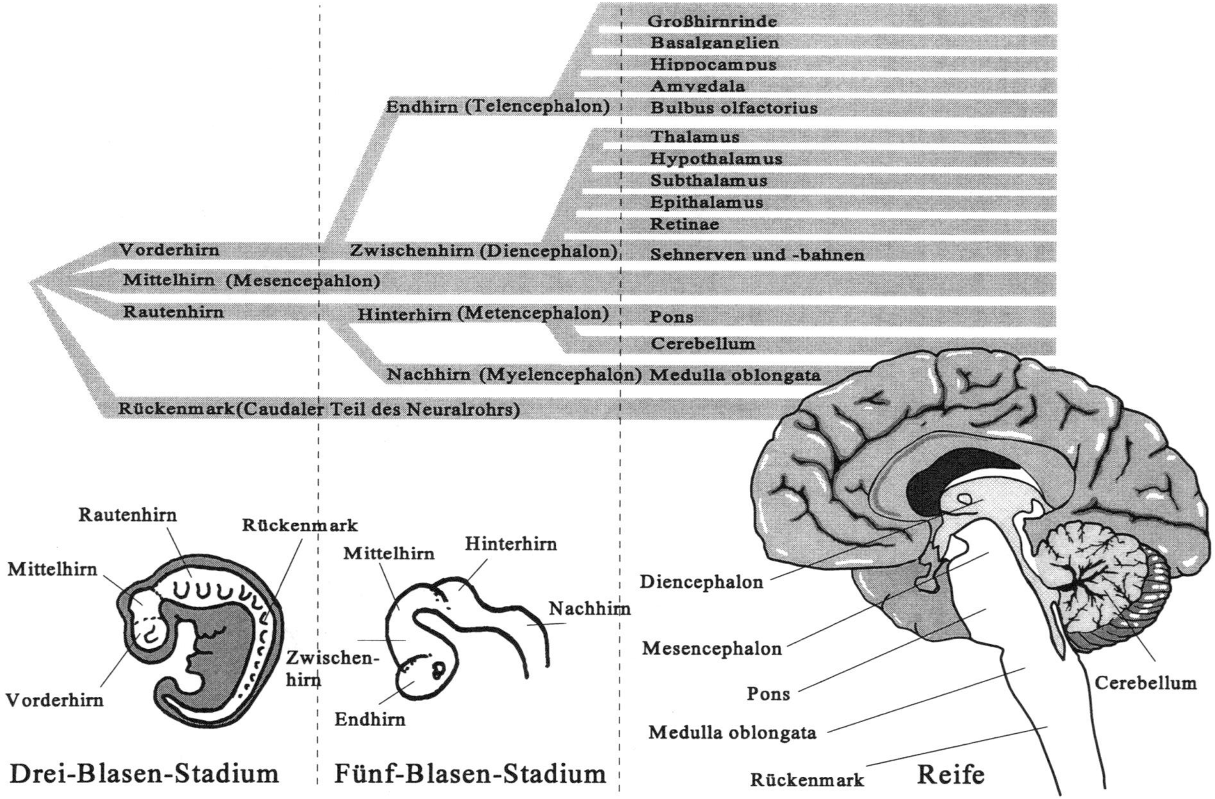

Abbildung 3.2: Differenzierung des Gehirns im Verlauf der menschlichen Entwicklung (mod. nach Nowakowski, 1987; Jessell., 1996b).

Während der Zellteilung wandern die Stammzellen des Nervensystems in der Wand des Neuralrohrs auf und ab (Ciaranello et al., 1995). In der äußeren Randschicht angelangt verdoppeln sie ihre Erbsubstanz. Dann wandert der Zellkörper zurück an der inneren Membran, wo sich der Zellkern teil. Die Tochterzellen beginnen die Wanderung erneut (vgl. Abb. 3.3). Nach mehreren solcher Teilungszyklen verlieren die Neuroepithelien ihre Fähigkeit zur DNS-Synthese und beginnen, sich zu Neuroblasten zu differenzieren (Thatcher, 1994). Deshalb wird diese letzte in einer Reihe von mitotischen Zellteilungen häufig als „Geburt" eines Neurons bezeichnet. Zu diesem Zeitpunkt muß bereits festliegen, zu welchem Nervenzelltyp in welchem Teil des Nervensystems sich ein Neuron entwickeln soll. Wahrscheinlich sind selektive Genexpressionen in den Neuroblasten für diese Determinierung verantwortlich (vgl. Shepherd, 1993).

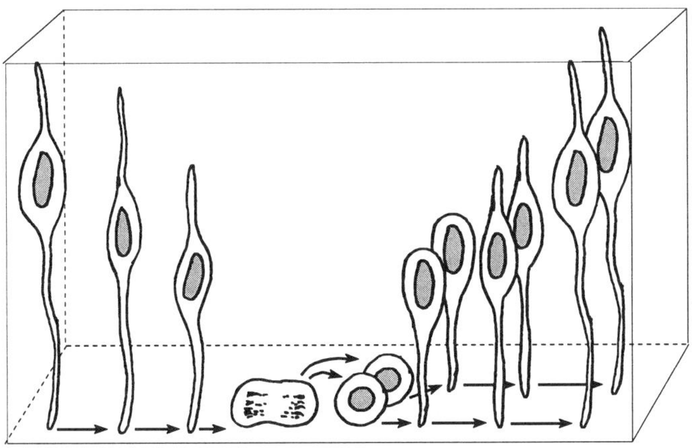

Abbildung 3.3: Verlauf des Zellteilungszyklus.

3.3 Zellmigration

Da die Bereiche, in denen die Zellvermehrung stattfindet, gewöhnlich nicht der Bestimmungsort der Neuronen ist, müssen sich diese dorthin bewegen können. Diese Wanderung der Zellen von ihrem „Geburtsort", dem Ort der letzten Mitose, zu ihrer endgültigen Position wird als Migration bezeichnet. Hierfür nennt Nowakowski (1987) zwei Möglichkeiten:

- Bei der *passiven Zellverlagerung* bewegen sich die Zellen nur eine kurze Strecke, bis an den Rand der Vermehrungszone, und werden anschließend lediglich durch neu produzierte Zellen weiter nach außen geschoben.
- Bei der *neuronalen Wanderung* legen die Zellen aktiv weitere Strecken zurück und umgehen sogar schon früher entstandene Neuronen.

Beide Alternativen lassen für unterschiedliche Hirnregionen charakteristische Entwicklungsmuster entstehen. Im Fall der passiven Verlagerung sind die älteren Zellen weiter von der Vermehrungszone entfernt und jüngere ihr entsprechend näher. Dieses von außen nach innen gerichtete räumlich-zeitliche Gefälle ist im Thalamus, im Rückenmark, im Hirnstamm und in der Retina zu finden (vgl. Nowakowski, 1987).

Die neuronale Wanderung kann ein umgekehrtes räumlich-zeitliches Muster entstehen lassen, beispielsweise in der Großhirnrinde. Der Zeitpunkt des Ausscheidens aus dem Zellteilungszyklus - die Geburt der Zelle - bestimmt den Beginn ihrer Wanderung und somit ihren zukünftigen Platz sowie ihre damit verbundenen Aufgaben und Eigenschaften. Je später die Zellen aufhören sich zu teilen, um so näher liegen sie später an der Oberfläche der Hirnrinde, während jene Zellen, die den Zyklus zuerst verlassen, die tieferen Schichten bilden (vgl. Shepherd, 1993).

Die von innen nach außen ablaufende Bildung von Schichten bringt jedoch ein Problem mit sich: Später entstandene Neuronen müssen sich, um an ihren Bestimmungsort zu gelangen, einen Weg durch bereits bestehende Neuroepithelschichten bahnen. Wie die wandernden Neuronen ihr Ziel finden, wird zumindest teilweise durch eine These von Rakic (1972) erklärt, derzufolge sie sich während der Entwicklung der Großhirnrinde an radial ausgerichteten Gliazellen orientieren. Nowakowski (1987) gliedert diese Art der neuronalen Wanderung in drei Phasen:

- Die Zelle wandelt sich vom Neuroblast zum jungen Neuron und sucht sich eine radiale Gliazelle,
- das Neuron treibt die Oberfläche der Gliazelle entlang,
- es „erkennt" seinen Bestimmungsort und beendet die Wanderung. Die besondere Anbindung an die Gliazelle geht verloren und das Neuron fährt fort, sich zu differenzieren.

Radialglia scheinen in vielen Regionen des sich entwickelnden Gehirns vorübergehend ein Gerüst zu bilden, indem sie sich mit ihren Fortsätzen in der ventrikulären Schicht und der Pia mater (Bindegewebshülle an der Hirnoberfläche) verankern (Shepherd, 1993; Ciaranello et al., 1995). Einige Neuronen, zum Beispiel in der späteren Großhirnrinde, winden sich an diesem Gerüst entlang zu ihrem Bestimmungsort (vgl. Abb. 3.4).

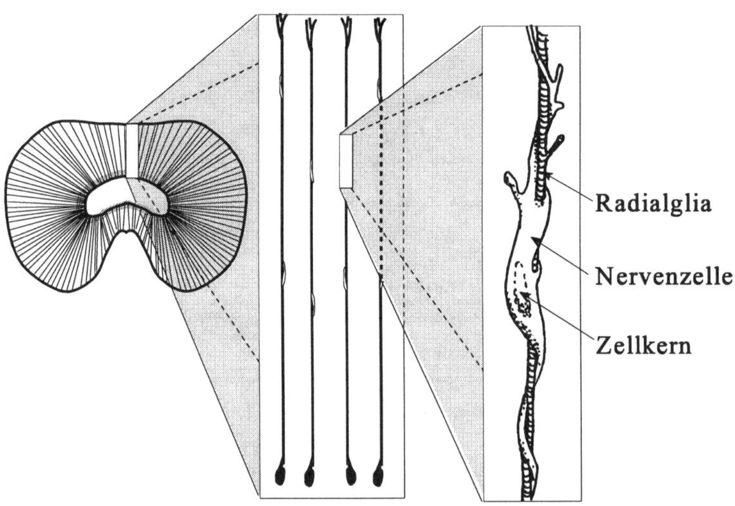

Abbildung 3.4: Wanderung eines Neurons entlang einer Radialglia-Faser.

3.4 Die Zelldifferenzierung

Beim Menschen bilden sich die meisten kortikalen Neuronen zwischen der zehnten und 20. Schwangerschaftswoche. Bereits nach dem zweiten Drittel der Schwangerschaft haben sie ihre Wanderung im Neokortex zum größten Teil abgeschlossen. Nur im Kleinhirn setzt sich die Zellmigration noch bis nach der Geburt fort. Zu Beginn des letzten Schwangerschaftsdrittels befinden sich die kortikalen Neuronen an der richtigen Stelle und beginnen, ihre Fortsätze auszustrecken (Huttenlocher, 1994). Zwar haben sich schon während der Migration rudimentäre Neuriten als Vorstufen zu Axonen und Dendriten gebildet, doch beginnen sich diese erst dann zu formen, wenn die Zielposition tatsächlich erreicht ist (Todd et al., 1996). Dendriten und das Axon wachsen, bis sie ihre charakteristische Form erlangt und Verknüpfungen zu anderen Hirnstrukturen hergestellt haben (Nowakowski, 1987).

Die Zelldifferenzierung umfaßt alle Prozesse, durch die sich die Zelle von einem Phänotyp in einen anderen wandelt; gewöhnlich in die Form, für die sie „bestimmt" ist. Es findet also ein Übergang von einem unspezifischen Phänotyp in einen spezialisierteren statt (Ciaranello et al., 1995; vgl. Abb. 3.5).

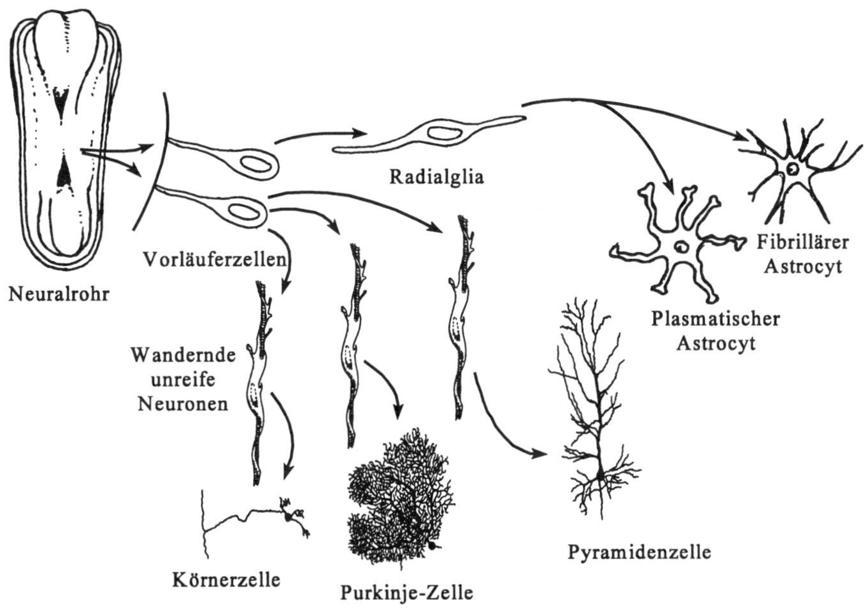

Abbildung 3.5: Differenzierung von Nervenzellen (mod. nach Shepherd, 1993): Die aus dem Neuralrohr hervorgehenden Vorläuferzellen differenzieren sich in Gliazellen oder Neuroblasten, die sich ihrerseits zu noch spezifischeren Zellen weiterentwickeln.

Die Umwandlung in den reifen Zelltyp stellt an die Nervenzelle vielfältige Differenzierungsaufgaben:

- Es müssen Zellfortsätze gebildet werden.
- Der richtige Neuronentyp muß sich ausbilden (z.B. Pyramidenzellen, Körnerzellen, Purkinje-Zelle). Bei den Gliazellen findet eine entsprechende Differenzierung in Oligodendrozyten und Astrozyten statt (Nowakowski, 1987).
- Die Art der Erregungsleitung (erregend oder hemmend) muß festgelegt werden.
- Die Art der Informationsübertragung zwischen den Zellen (chemische oder elektrische Synapsen) muß festgelegt werden.
- Synapsen müssen gebildet werden.
- Die Art der Überträgersubstanz (z.B. Acetylcholin oder Noradrenalin) muß festgelegt werden. Jedes Neuron braucht spezifische Enzyme, die zur Produktion der/des ihm eigenen Neurotransmitter(s) nötig sind.
- Rezeptoren müssen vorhanden sein und
- das Axon muß eventuell myelinisiert werden.

Welche Form das Neuron letztlich annimmt, ist von seiner Lage im Nervensystem abhängig und somit mittelbar vom Zeitpunkt seiner „Geburt" (s. oben). Anhand von Gewebeverpflanzungen konnte gezeigt werden, daß das lokale Umfeld eine wichtige Rolle bei der regionalen Spezifizierung spielt. Verpflanztes Gewebe übernimmt den Phänotyp des Wirtsgewebes. Prinzipiell wird aber auch die funktionale Spezifität der kortikalen Region durch eine Änderung des Inputs verändert. Ciaranello et al. (1995) weisen darauf hin, daß bei der Spezifizierung von Neuronen Genom und Umwelt untrennbar verbunden sind.

Bisher nur in Ansätzen geklärt ist die Frage, wie es Nervenzellen zustande bringen, im sich entwickelnden Gehirn ihre Zielregionen zu finden und über oft weite Strecken funktionale Einheiten mit ihnen zu bilden. Fest steht lediglich, daß die komplette menschliche Erbinformation, gespeichert in etwa 100.000 Genen, bei weitem nicht ausreichen würde, um alle neuronalen Verschaltungen (ca. 10^{14}) auch nur annähernd festzulegen (Jessell, 1996a). Da Nervenzellfortsätze jedoch in hohem Maße zielgerichtet wachsen, ist offensichtlich, daß steuernde Prozesse existieren müssen.

Schon zu Beginn des Jahrhunderts gelang es dem spanischen Histologen Ramón y Cajal, an den Faserenden von Neuronen Verdickungen auszumachen, die er als Wachstumskegel bezeichnete (Abb. 3.6). Diese sind offenbar in der Lage, die Strukturen zu erkennen, an denen ihre Fortsätze entlangwachsen sollen, und sich darüber hinaus ihren Weg durch das dichte Neuroepithel zu bahnen (vgl. Jessell, 1996a).

Abbildung 3.6: Darstellung eines Wachstumskegels. Seine fingerartigen Ausstülpungen werden als Filopodien bezeichnet, die segelartigen Flächen dazwischen heißen Lamellipodien.

Anscheinend gelingt den Wachstumskegeln diese erstaunliche Leistung, indem sie ein komplexes System chemischer „Kennzeichen" und „Wegweiser" - zum Beispiel Neurotransmitter - nutzen (Ciaranello et al., 1995; Todd et al., 1996). Von ähnlicher Bedeutung sind unterschiedliche Marker (*Erkennungsmoleküle*) auf den Zelloberflächen. Sie ermöglichen den Zellen, sich gegenseitig zu „erkennen" und gegebenenfalls als prä- und postsynaptische Zelle zu verknüpfen. Sie erlauben Nervenfasern aber auch, sich an ihren Nachbarn zu orientieren und so den Vorteil zu nutzen, daß nur das „Führungsaxon" einen Wachstumskegel zu bilden braucht (Cowan, 1979). Möglicherweise sorgen in solchen gemeinsam wachsenden Nervenfaserbündeln niederfrequente neuronale Impulse dafür, daß beim Erreichen des Zielorts die Produktion des Zellerkennungsmoleküls verringert wird, damit sich die einzelnen Axone wieder voneinander trennen (vgl. Itoh, Stevens, Schachner & Fields, 1995).

Die einsetzende Wechselwirkung zwischen den Axonen und ihren Zielzellen ist überlebenswichtig für die Neuronen. Obwohl Wachstumskegel keine Synapsen sind, ermöglichen sie bereits primitive Formen synaptischer Übertragung. Von grundlegender Bedeutung für das Entstehen funktionstüchtiger neuronaler Verschaltungen ist jedoch die Bildung von Synapsen.

In der Embryonalentwicklung scheint das Sterben von Neuronen ein durchaus normales und weitverbreitetes Ereignis zu sein. Eine von Reduktion gefolgte Überproduktion kommt in fast allen Regionen des zentralen und peripheren Nervensystems vor, und dies nicht nur als programmierter Zelltod (Apoptose) von Neuronen (Jessell, 1996a), sondern auch als allgemeines Muster bei der Entstehung synaptischer Verbindungen. Phasen der Eliminierung überflüssiger Neuronen tragen dazu bei, örtlich begrenzte Hirnstrukturen zu modulieren (vgl. Huttenlocher, 1994). Der Zelltod setzt schon bald nach der Bildung von Neuronen ein und ist für viele Hirnregionen bereits vor der Geburt abgeschlossen. Der Verknüpfung unreifer Neuronen mit ihren Zielzellen scheint bei Säugetieren häufig ein aktivitätsabhängiger Wettbewerbsprozeß zu folgen. Gut untersucht ist dieser Vorgang zwischen Motoneuronen und Muskelzellen. Er dürfte zwischen Neuronen jedoch ähnlich funktionieren (Jessell, 1996a).

Die Axone des ZNS wachsen nicht zielstrebig und genau auf eine postsynaptische Zelle zu, sie besitzen also keinen „eingebauten Verdrahtungsplan", sondern weisen zuerst ein weitaus üppigeres Wachstum auf, als aufgrund der Verknüpfungen bei Erwachsenen zu erwarten wäre. Nowakowski (1987) unterscheidet hier zwei Arten vorübergehender Verbindungen (vgl. Abb. 3.7):

- Bei *divergenten Verbindungen* innerviert ein Neuron anfänglich mehr Zellen, als es später der Fall ist. Die überzähligen Verknüpfungen werden im Laufe der Entwicklung eliminiert.
- Bei *konvergenten (polyneuralen) Verbindungen* innervieren mehrere Neuronen ein Zielneuron.

Als mögliche Ursache für den programmierten Zelltod wurde vermutet, daß die präsynaptische Zelle keine Verknüpfung zur Zielzelle aufbauen konnte oder eine bestehende Verbindung wieder aufgegeben werden mußte, zum Beispiel wenn bei konvergenter Innervierung ein Motoneuron im Wettkampf um die Muskelzelle unterlegen war (vgl. Huttenlocher, 1994). Für die Entwicklung des menschlichen zerebralen Kortex scheint der Zelltod unbedeutend zu sein. Möglicherweise stellt die Zielfindung in dieser Region kein Problem dar, da es dort viele potentielle Ziele gibt (vgl. Huttenlocher, 1994).

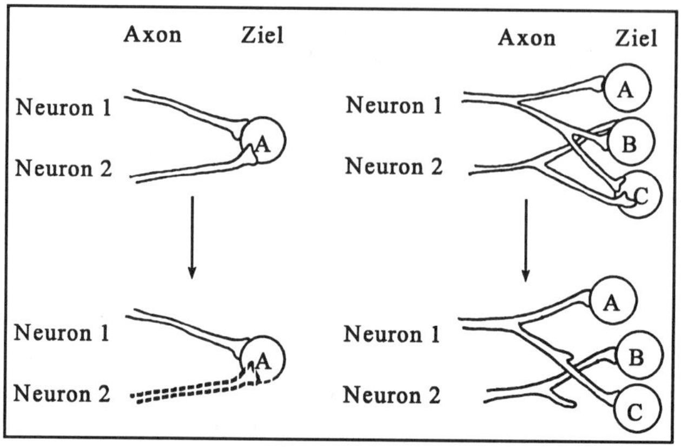

Abbildung 3.7: Konvergente (links) und divergente (rechts) Verbindung von Axonen mit der Zielzelle.

Wenn mehrere Neuronen um eine Zielzelle wetteifern, scheint nicht nur die Zahl synaptischer Kontakte für ihr Überleben entscheidend zu sein, sondern vor allem aktivitätsabhängige Vorgänge auf molekularer Ebene. Anscheinend gehen in einer Synapse von den Zielzellen bestimmte Substanzen auf die erregenden Zellen über, die die Neuronen während der Ausbildung funktionstüchtiger synaptischer Kontakte ernähren (vgl. Jessell, 1996a). Aufgrund dieser Eigenschaft wird eine solche Substanz als *trophischer Faktor* bezeichnet. Es scheint sich dabei um ein lösliches Protein zu handeln, dessen Menge über die Anzahl überlebender präsynaptischer Neuronen im Zellverband entscheidet. In späteren Stadien, wenn die Phase des programmierten Zelltodes abgeschlossen ist, werden nicht mehr Zellen, sondern nur deren Fortsätze reduziert (Todd et al., 1996).

Das am besten untersuchte Beispiel eines neurotrophen Faktors ist der sogenannte Nervenwachstumsfaktor (NGF = nerve growth factor), der von den Zielzellen des peripheren Nervensystems ausgeschüttet wird. Das präsynaptische Neuron nimmt den NGF auf und transportiert ihn zum Zellkörper. Die daraus in der präsynaptischen Zelle resultierenden Stoffwechselveränderungen beeinflussen ihr Wachstum, die Bildung von Fortsätzen, die Reifung und die Lebensdauer (Shepherd, 1993). Levi-Montalconi und ihre Kollegen haben den NGF in den 50er Jahren entdeckt und eingehend untersucht (vgl. Levi-Montalconi & Calissano, 1979). Sie konnten unter anderem feststellen, daß er die Zahl der Neuronen erhöht, indem er unreife Neuronen, die im Verlauf der Entwicklung absterben würden, überleben läßt, und daß Neuronen absterben, wenn der Transport von NGF zwischen den Zielzellen und dem Zellkörper unterbrochen wird.

3.5 Synaptogenese

Funktionstüchtige neuronale Verschaltungen sind ohne die Bildung von Synapsen nicht denkbar. Nachdem das primäre Axonwachstum abgeschlossen ist, führt eine Folge von Ereignissen zur Stabilisierung der anfänglich labilen synaptischen Kontakte, indem nur die Synapsen gefestigt werden, die funktionale Einheiten bilden konnten. Volle Funktionstüchtigkeit ist nicht von Anfang an gegeben. Tierstudien haben gezeigt, daß Muster und

Anzahl von Verbindungen durch Erfahrungen in der frühen Entwicklung beeinflußt werden, während Erfahrungsentzug (Deprivation) den Entwicklungsprozeß auf einer unreifen Stufe zum Stillstand bringen kann.

Die wesentlichen Grundzüge von Verbindungen zwischen Neuronengruppen sind zwar genetisch festgelegt, doch kann dieser ursprüngliche „Verschaltungsplan" nur relativ ungenau sein. Genetische Informationen allein sind nicht ausreichend, um alle Verknüpfungen eines funktionstüchtigen Gehirns zu bestimmen, sondern es braucht Reize aus der Umwelt - epigenetische Informationen - um weitergehende Reifungsprozesse zu steuern (vgl. Singer, 1985). Durch diese zweite Komponente des Entwicklungsprogramms wird eine Variabilität in der Entstehung von Funktionen selbst dann ermöglicht, wenn die genetische Information identisch ist, wie zum Beispiel bei eineiigen Zwillingen (vgl. Huttenlocher, 1994)

Voraussetzung für die differenzierte kortikale Anatomie ist eine anfängliche Überproduktion synaptischer Verbindungen („blooming"). Dieser Prozeß wird als Synaptogenese bezeichnet. Die Verflechtung des kortikalen Netzes ist in den ersten Wochen und Monaten des postnatalen Gehirnwachstums weitaus massiver als im ausgereiften System. Anschließend werden diejenigen Verbindungen gestutzt („pruning"), die sich in Bezug auf die Umweltinformationen als ineffektiv erweisen (Tucker, 1992). Dieser Eliminierungsprozeß ist abhängig von der Aktivität der beteiligten Synapsen. Während der Embryonalentwicklung waren von der Eliminierung die Neuronen betroffen, postnatal hingegen vorrangig die Synapsen. Von der Synapsenretraktion verschont bleiben lediglich die funktionalen Verbindungen, ein Vorgang, der als Neuraldarwinismus bezeichnet wird (vgl. Cicchetti & Tucker, 1994).

Ein wichtiges Kriterium für diesen Selektionsprozeß ist die gleichzeitige Aktivität miteinander verbundener Zellen eines Systems. Vermutlich sind regressive Ereignisse das Ergebnis konkurrierender Interaktionen zwischen Neuronen um ein begrenztes Angebot benötigter Faktoren (z.B. trophischer Faktor, elektrische Stimulation). Somit treibt Konkurrenz zwischen und korrelierte Aktivität von neuralen Netzen die selektive Stabilisierung einiger neuraler Verbindungen auf Kosten anderer voran (Courchesne, Chisum & Townsend, 1994).

Der Rückgang der Synapsenzahl wird von einer anscheinend ebenfalls aktivitätsabhängigen Verstärkung der verbleibenden synaptischen Verbindungen begleitet (Todd et al., 1996). Auch wenn die hierfür verantwortlichen Mechanismen nicht genau bekannt sind, scheinen elektrische Aktivitäten sowohl in der prä- als auch in der postsynaptischen Zelle grundlegend zu sein. Die Synapseneliminierung erklärt Frank (1997) dadurch, daß eine stärkere Endigung häufig postsynaptische Reaktionen erzeugt, während die schwächere inaktiv bleibt. Die Aktivierung der schwächeren Endigung genügt häufig nicht, um eine postsynaptische Reaktion zu bewirken. Das Ungleichgewicht schwächt die schwächere Synapse weiter. Kandel und Jessell (1996) stellen ein Modell vor, das diesen Vorgang auf molekularer Ebene erklärt. Demnach nehmen größere Endigungen mehr postnatal ausgeschütteten Wachstumsfaktor auf. Darüber hinaus kann auch die Kooperation präsynaptischer Endigungen stabilisierend wirken (vgl. Abb. 3.8).

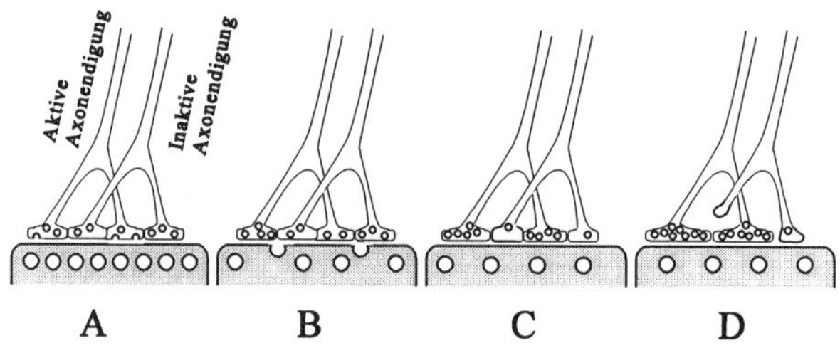

Abbildung 3.8: Mögliche Mechanismen der Kooperation und Konkurrenz zwischen Neuronen (mod. nach Kandel & Jessell, 1996). Die postsynaptische Zielzelle schüttet nur dann den Wachstumsfaktor aus, wenn sie durch die präsynaptische Zelle hinreichend depolarisiert wird (A + B). Die präsynaptische Endigung kann den Wachstumsfaktor nur aufnehmen, wenn sie gerade Transmitter ausgeschüttet hat - also aktiv ist. Das inaktive Axon bildet sich zurück, während die Endigungen des aktiven Axons verstärkt werden (C + D).

3.6 Neuronale Plastizität

Als Plastizität wird die Fähigkeit des Gehirns bezeichnet, sich durch strukturelle Modifizierungen auf eine veränderte Umwelt einzustellen (Ciaranello et al., 1995). Individuelle Erfahrungen können also Einfluß auf die Feinabstimmung synaptischer Verbindungen ausüben und die wiederholte Aktivierung neuronaler Schaltungen kann in vielen Hirnbereichen Langzeitveränderungen auslösen.

Derryberry und Reed (1994) nennen zwei Arten selektiver Prozesse, die für die synaptische Plastizität von Bedeutung zu sein scheinen:

- Von *aktivitätsabhängigen* Prozessen sprechen sie, wenn der häufige Gebrauch von Synapsen die synaptischen Verbindungen stabilisiert. Vorgänge dieser Art können sowohl durch exogene Faktoren hervorgerufen werden (z.B. sensorische Reizung als Ursache für die Veränderung der Augendominanzsäulen; vgl. Kasten 3.1) als auch von endogenen Quellen abhängen (z.B. spontane motorische Aktivität während des Fötalalters). Obwohl aktivitätsabhängige Plastizität am häufigsten im frühen Lebensabschnitt auftritt, konnte sie auch bei erwachsenen Säugetieren nachgewiesen werden.
- *Modulierende* Prozesse beruhen auf der Ausschüttung von Substanzen, die aktivitätsabhängige Vorgänge fördern oder unterdrücken. Beispielsweise konnte Singer (1990) zeigen, daß eine Schädigung der norepinephrinen und cholinergen Leitungssysteme die Plastizität im visuellen Kortex verringert. Vermutlich ermöglichen Norepinephrin und Acethylcholin aktivitätsabhängige Modifikationen durch eine Vielzahl von Membran- und intrazellulären Effekten auf aktive Synapsen.

Das sich entwickelnde Gehirn ist wesentlich plastischer als das reife, jedoch sind die dem Lernen und Gedächtnis zugrundeliegenden Mechanismen denen der Entwicklungsplastizität vergleichbar (Ciaranello et al., 1995). Die neuronale Plastizität wird als zelluläre Basis für entwicklungs- und lernbezogene Veränderungen im ZNS angesehen. Wie die synaptische Modifikation zwischen zwei Neuronen vor sich geht, ist bisher noch nicht völlig geklärt (vgl. Markram, Lübke, Frotscher & Sakmann, 1997). Nachfolgend sollen jedoch einige theoretische Ansätze und Erkenntnisse, die zur Klärung beitragen können, erläutert werden.

Kasten 3.1: Aktivitätsabhängige Prozesse am Beispiel der Augendominanzsäulen.

Die Überproduktion synaptischer Verbindungen und ihre spätere selektive Verringerung scheint ein allgemeiner Mechanismus der neuronalen Entwicklung zu sein, der sich eindrucksvoll an zwei Regionen des visuellen Systems demonstrieren läßt: Am seitlichen Kniehöcker (Corpus geniculatum laterale) und an den Augendominanzsäulen der primären Sehrinde.

In beiden Fällen ist die Trennung der Afferenzen abhängig von der neuronalen Aktivität. Es gibt jedoch zeitliche und ursächliche Unterschiede (vgl. Kandel & Jessell, 1996):

- Im Kniehöcker findet die Trennung schon vor der Geburt durch das spontane synchrone Feuern von Neuronengruppen statt. Die gleichzeitige Aktivität von Nervenendigungen und postsynaptischen Fasern scheint die Verbindung zu stärken und inaktive oder nicht synchronisierte Fasern abzuschwächen.
- Im Kortex wird die notwendige Aktivität durch nachgeburtliche visuelle Erfahrungen erzeugt.

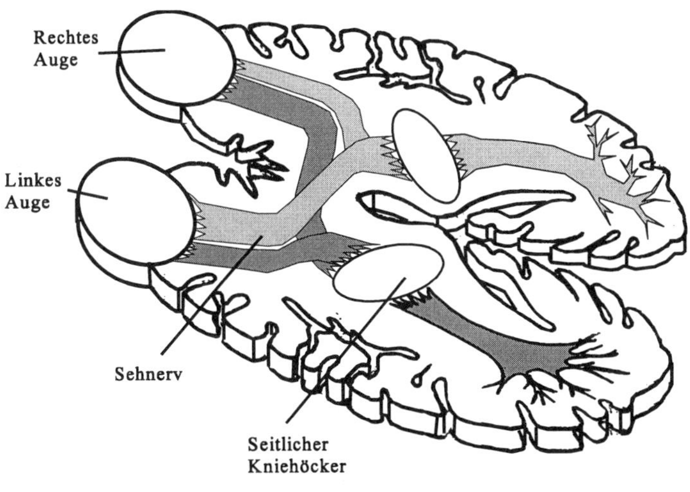

Anfänglich überlappen sich die Regionen der Sehrinde, in die den beiden Augen zugeordnete Axone ihre Signale abgeben. Unter normalen visuellen Reizbedingungen bilden sich für jedes Auge eigene Territorien, die die Zielregion der jeweiligen Signale repräsentieren. Diese deutlich voneinander abgesonderten Nervenfaserschichten werden als Augendominanzsäulen bezeichnet (vgl. Shatz, 1992). Wird hingegen ein Auge an der Reizaufnahme gehindert, bilden sich nur die mit diesem Auge verbundenen Axone zurück und die Augendominanzsäulen werden entsprechend schmaler, während die des anderen Auges ihre Breite stark vergrößern (vgl. Greenough & Black, 1992; Kandel & Jessell, 1996).

Wenn das offene Auge über mehrere Wochen mit einer Haftschale aus Milchglas abgedeckt wird, die keine Konturen durchläßt, ist in der Sehrinde keine Dominanz zugunsten des stimulierten Auges zu erkennen. Verwendet man anstelle der Milchglasschale eine Zylinderlinse, die nur Konturen mit bestimmter Ausrichtung klar auf der Netzhaut abbildet, werden Neuronen mit einer Präferenz für entsprechend ausgerichtete Konturen fast vollständig von diesem Auge übernommen und vom geschlossenen abgekoppelt. Zellen mit anderer Präferenz bleiben unbeeinflußt (vgl. Singer, 1985).

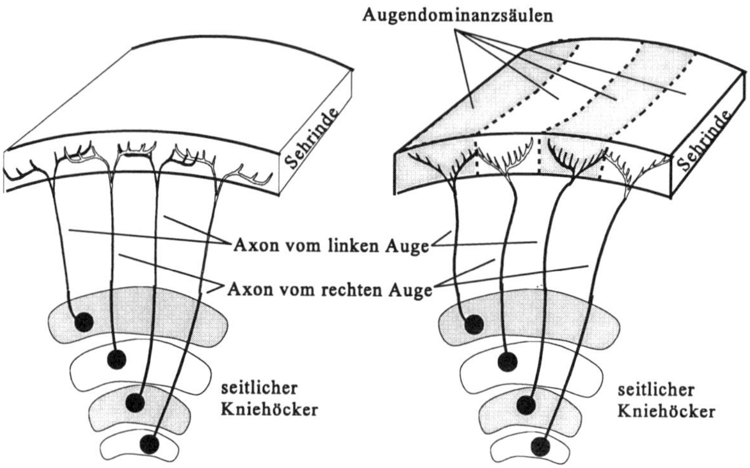

Injektionen mit dem Nervengift Tetrodotoxin, das die Aktionspotentiale blockiert, verhindern die Entstehung von Säulen, da sich die Axone unter diesen Umständen nicht separieren (vgl. Shatz, 1992). Die Ergebnisse dieser Experimente machen deutlich, daß eine optimale Entwicklung den synchronisierten Gebrauch beider Augen erfordert.

Courchesne und Mitarbeiter (1994) halten es für möglich, daß das spontane Feuern von Zellen im ZNS extrem weit verbreitet ist (z.B. im seitlichen Kniehöcker) und einen großen Einfluß auf dessen Entwicklung ausübt, besonders pränatal, wenn es nur wenig oder keine sensorischen Reize gibt. Diese Annahme wird beispielsweise durch die Beobachtung gestützt, daß retinale Ganglienzellen fetaler Ratten spontan feuern. Dies geschieht in einzelnen Ausbrüchen von Aktionspotentialen mit Intervallen bis zu 30 Sekunden. Das Feuern benachbarter Zellen ist dabei hoch korreliert. Die Aktivität verteilt sich nicht zufällig über das retinale Gewebe, sondern bewegt sich eher in Wellen. Somit gibt es starke Hinweise auf ein räumlich-zeitliches Muster endogener Aktivitäten in der pränatalen Retina. Für diese Theorie spricht auch, daß die Unterdrückung der Aktionspotentiale die normale Bildung der Augendominanzsäulen verhindert. Da dieser Prozeß sich normalerweise pränatal abspielt, bevor Photorezeptoren überhaupt existieren, ist zu vermuten, daß endogene Aktivität hierbei eine Rolle spielt (Courchesne et al., 1994).

3.7 Bedeutung von Erfahrung

Morphologische und physiologische Veränderungen als Folge von Umweltmanipulationen wurden am zuverlässigsten in Rattenexperimenten untersucht (Todd et al., 1996). Dazu wurden die Tiere in unterschiedlich komplexen Umwelten aufgezogen. Ratten, die in einem objektreichen Gehege aufwuchsen (EC = Environmental Complexity), lernten Verhaltensaufgaben besser als Ratten, die in Gruppen oder paarweise in Standardkäfigen, ohne irgendwelche Objekte (SC = Social Cage), oder isoliert (IC = Individual Cage) aufwuchsen (Greenough & Black, 1992; Kempermann, Kuhn & Gage, 1997).

Hebbs frühen Experimenten (1949) folgten etliche Untersuchungen, die seine Ergebnisse bestätigten und darüber hinaus neurologische Unterschiede nachweisen konnten (z.B. Rosenzweig, Krech, Bennett und Diamond, 1962; Greenough & Volkmar, 1973). Offensichtlich benötigen höhere Wirbeltiere zur vollkommenen Reifung einiger Teile des Nervensystems, wie zum Beispiel des sensorischen Systems, Interaktionen mit der Umwelt. Diese führen zu Veränderungen neuronaler Prozesse auf der Ebene von Synapsen, Dendriten und Axonen (Todd et al., 1996).

Anders als früher angenommen, ist mit dem Ende der Entwicklungszeit nicht gleichzeitig das Synapsenwachstum abgeschlossen. Auch bei erwachsenen Ratten können durch die Unterbringung in komplexer Umwelt vergleichbar mehr Dendritenverzweigungen in der Sehrinde auftreten als bei IC- oder SC-Ratten (vgl. Greenough & Black, 1992). Die synaptische Plastizität ist also nicht nur während der Entwicklungsphase wirksam, sondern scheint für das ganze Leben des Individuums - wenn auch in geringerem Ausmaß - von Bedeutung zu sein (vgl. Kasten 3.2). Zudem hat sich gezeigt, daß dendritische Veränderungen bereits am vierten Tag in einer komplexen Umwelt nachweisbar sind. Die beobachteten Unterschiede in der Plastizität bei jungen und bei erwachsenen Tieren legen nahe, daß das Alter eine nicht zu unterschätzende Rolle bei der Entstehung und Stabilisierung synaptischer Verbindungen spielt.

3.8 Timing der Erfahrungen - Der richtige Augenblick

In der Hirnentwicklung des Menschen sind für einzelne Regionen spezifische Unterschiede in der Synaptogenese zu beobachten. Sensorische Systeme entwickeln sich zum Beispiel schneller als motorische. Bereits zum Zeitpunkt der Geburt sind Sehen, Hören und Tasten relativ weit entwickelt (vgl. Todd et al., 1996). Die Synaptogenese findet im primären auditorischen Kortex eher statt (im ersten postnatalen Monat) als im visuellen Kortex (mit 3-4 Monaten). Im präfrontalen Kortex erreicht die synaptische Dichte ihren Höhepunkt erst mit etwa einem Jahr, wesentlich später also als im visuellen und auditorischen Kortex. Die Zeitverläufe der nachfolgenden Synapseneliminierungen weichen noch deutlicher voneinander ab (vgl. Huttenlocher, 1994).

Kasten 3.2: Kortikale Repräsentation.

Ein Teil der Hirnrinde - der somatosensorische Kortex - ist für die Verarbeitung von Tastempfindungen zuständig. Seine Nervenzellverbände sind zu einer landkartenähnlichen Repräsentation der Körperoberfläche (body-surface-map) verschaltet. Die Größe der einzelnen Areale entspricht dabei der Bedeutung der Körperteile. So sind zum Beispiel Lippen und Hände überproportional abgebildet, weil an ihrer Oberfläche die Sinneszellen wesentlich dichter liegen als bei anderen Körperteilen. Penfield und Rasmussen publizierten vor fast 50 Jahren zwei Homunculi, dysproportionierte Zeichnungen von Menschen, die den somatosensorischen und den motorischen Kortex repräsentierten. Die Körperteile der Homunculi entsprachen in ihrer Größe dem Ausmaß der kortikalen Areale, denen sie zugeordnet waren. (vgl. Spitzer, 1996)

Die neurale Karte ist auch bei Erwachsenen nicht statisch, sondern dynamisch. Ihre Topographie wird von der zeitlichen Korrelation afferenter Inputs beeinflußt (vgl. Clark, Allard, Jenkins & Merzenich, 1988), sie verschiebt sich also je nach Beanspruchung. In diesen speziellen Veränderungen - im Zusammenwirken mit der unterschiedlichen genetischen Grundausstattung - sehen Kandel und Kupfermann (1996a) die biologische Basis der Individualität.

In der Literatur häufen sich Beschreibungen von Experimenten, die im Neokortex erwachsener Säugetiere die Fähigkeit zur funktionalen Reorganisation nachweisen konnten. Diese Reorganisation findet unabhängig von pathophysiologischen Bedingungen statt und weist somit darauf hin, daß sich in der repräsentationalen Dynamik die Fähigkeit zu normalen, lebenslangen neokortikalen Prozessen widerspiegelt (vgl. Jenkins, Merzenich & Recanzone, 1990).

In den verschiedenen Studien wurde die Reorganisation der neuralen Karte auf unterschiedliche Weise erzielt:

- Nach der Amputation von Fingern zeigte sich, daß die Repräsentation angrenzender Finger und der Handfläche sich topographisch ausdehnte, um das kortikale Territorium zu besetzen, das vorher die amputierten Finger repräsentierte (vgl. Jenkins et al., 1990).
- Wurde einem bestimmten Kortexbereich eine Läsion zugefügt, verschob sich die Hautfläche, die bisher in diesem Bereich repräsentiert wurde, auf die angrenzende Fläche. Auf der neuralen Karte wurde also der beschädigte Bereich ausgespart, während sich Areale auf der verbleibenden Fläche neu ordneten (vgl. Jenkins et al., 1990).
- Bei Affen wurde ein Hautbereich extrem stimuliert, indem die Tiere darauf trainiert wurden, eine Scheibe mit den mittleren Fingern zu drehen. Nach einigen tausend Drehungen war das entsprechende Kortexfeld auf Kosten der benachbarten Finger vergrößert (s. Abb.). Nach dem Ende der Verhaltensaufgabe stellte sich die vorherige Verteilung wieder ein (vgl. Jenkins et al., 1990).
- Zwei benachbarte Finger wurden chirurgisch verbunden (miteinander vernäht). Dadurch änderte sich ihr Input. Die Folge war das Verschmelzen der Repräsentationszonen (vgl. Kandel & Kupfermann, 1996a).

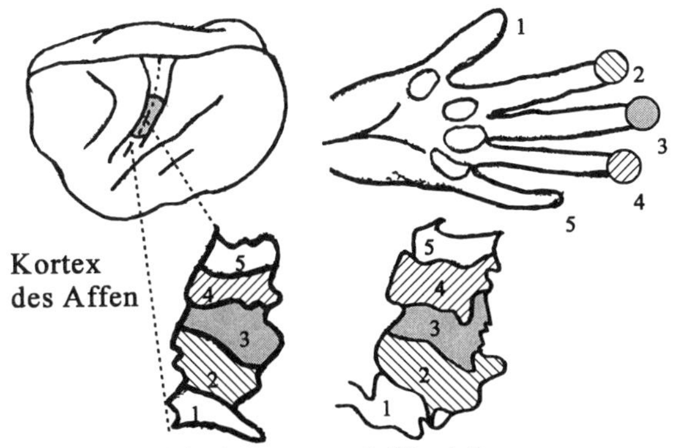

Die vorgestellten Versuche an Tieren konnten verdeutlichen, daß kortikale Karten erfahrungsabhängig und individuums-spezifisch sind. Es konnten jedoch auch Ergebnisse vorgelegt werden, die das Wirken ähnlicher Mechanismen beim Menschen sehr wahrscheinlich erscheinen lassen. Werden beispielsweise in Fällen angeborener Verwachsungen der Finger (Syndaktylie) die Finger chirurgisch getrennt, entstehen auf der Hirnrinde nach einigen Wochen abgegrenzte Repräsentationen der einzelnen Finger (Kandel & Kupfermann, 1996a).

Pascual-Leone und Torres (1993) konnten zeigen, daß das Lesen der Braille-Schrift (Blindenschrift) mit der Ausdehnung der sensumotorischen kortikalen Repräsentation des Lesefingers zusammenhängt. Im Versuch wurde nachgewiesen, daß die Repräsentation größer ist als für den Kontrollfinger oder bei Personen, die nicht Braille-Schrift lasen. Nach Überzeugung der Autoren beruht die größere Repräsentation eher auf der Plastizität im motorischen als im sensorischen Kortex. Ihre Ergebnisse können hier jedoch nicht differenzieren, ob die Veränderung aufgrund der wiederholten Lesebewegung oder als Reaktion auf den stark abweichenden sensorischen Input eintrat.

Bei Violinisten konnten Elbert, Pantev, Wienbruch, Rockstroh und Taub (1995) feststellen, daß die kortikale Repräsentation der Finger der linken Hand größer war als in der Kontrollgruppe. Der Effekt war für den linken Daumen am kleinsten. Es bestanden Korrelationen mit dem Alter, in dem zu spielen begonnen worden war. Nicht signifikant war der Zusammenhang zwischen Übung und kortikalen Maßen.

Frühe Entwicklungsstörungen können strukturelle und funktionelle Neu-Spezifizierungen des Kortex verursachen. Wird bei Ratten eine punktuelle Läsion im somatosensorischen Kortex vorgenommen, so verschiebt sich die in der Entwicklung begriffene neurale Landkarte der Tasthaare auf benachbarte, unbeschädigte Kortexbereiche. Dies geschieht allerdings nur, wenn die Läsion vor dem zehnten postnatalen Tag stattfindet. Danach würde sie zu Defekten der Landkarte führen. Somit zeigt sich, daß auch für den primären sensorischen Kortex die Organisationsmuster nicht streng vorgegeben sind (vgl. Courchesne et al., 1994). Neuere Ergebnisse von Glazewski, Chen, Silva und Fox (1996) stützen die Vermutung, daß die neuronale Plastizität des sensorischen Neokortex von Mäusen bei erwachsenen Exemplaren durch andere Mechanismen gesteuert wird als bei jungen.

Bereichsspezifische Unterschiede in der Synaptogenese korrelieren mit der hierarchischen Natur der Verhaltensentwicklung. Das heißt Sehen und Hören gehen der Sprachentwicklung und dem abstrakten Denken erwartungsgemäß voraus. Bereits bei der Geburt ist die synaptische Entwicklung im auditorischen Kortex weiter fortgeschritten als in den beiden Sprachareaien (Huttenlocher, 1994).

Die Stadien der Hirnentwicklung deuten darauf hin, daß es optimale Zeiten für bestimmte Arten von Erfahrungen gibt. In jedem Entwicklungsstadium sind einige Erfahrungen von besonderer Bedeutung für das Entstehen neuronaler Strukturen. Ein Beispiel dafür ist die Wahrnehmung von Lichtmustern als Voraussetzung für die Entwicklung des Sehvermögens. Wenn die entsprechenden Erfahrungen nicht verfügbar sind, wird die Struktur nicht gebildet (vgl. Greenough et al., 1987).

Die Auswirkung von Erfahrungen auf den Organismus hängt vom gegenwärtigen Entwicklungsstand ab. Ein dreijähriges Kind wird zum Beispiel kaum davon profitieren, wenn ihm gezeigt wird, daß man Gegenstände besser erinnern kann, wenn sie vorher Kategorien zugeordnet werden. Mit sechs Jahren sind Kinder hingegen eher in der Lage, Kategorien zu bilden und diese Fähigkeit zu nutzen.

Tierexperimente unterstützen die Annahme, daß es Zeiträume in der Entwicklung gibt, die für Einflüsse von Erfahrungen optimal sind. In den ersten acht Wochen ist das visuelle System junger Katzen sehr empfänglich für differenzierte Lichtmuster. Werden ihnen diese Reize vorenthalten, reagieren sie später, als seien sie blind, obwohl ihr visuelles System normal entwickelt ist. Ein vergleichbares Verhalten wird von Menschen berichtet, die durch angeborenen grauen Star (congenitaler Katarakt) völlig erblindet waren und als Erwachsene operiert wurden. Sie konnten den optischen Reizen der Umwelt auch lange nach der Operation nur sehr begrenzt Informationen entnehmen (vgl. Sacks, 1995; Rosenfield, 1996).

Diese Zeitabschnitte, in denen das Lebewesen besonders reaktiv gegenüber bestimmten Reizen ist und Verhaltensweisen zeigt, die es für Modifizierungen besonders empfänglich machen, werden als sensible oder kritische Phasen bezeichnet. Sensible Phasen wurden identifiziert für so unterschiedliche Fertigkeiten wie das Lernen des Gesangs bei Vögeln, die Entwicklung einer sozialen Beziehung oder die Bindung zwischen dem Neugeborenen und der Mutter. Sie können als biologische „Voreinstellung" angesehen werden, aus bestimmten Erfahrungen zu lernen. Während der sensiblen Phase ist die betreffende Region des Nervensystems gewissermaßen vorbereitet für Lernprozesse. Diese Vulnerabilität beruht auf einer anatomisch lokalisierten und zeitlich begrenzten Periode rapiden Zellwachstums innerhalb verbundener Hirnregionen. Die sensible Phase kann als Zeitabschnitt definiert werden, in dem genetisch bedingte Synapsenüberproduktion durch umweltdeterminierte Prozesse selektiv reduziert oder stabilisiert wird (vgl. Thatcher, 1994).

Sensible Phasen bringen jedoch nicht nur Vorteile für die Entwicklung mit sich, sondern bergen auch Gefahren. Huttenlocher (1994) weist darauf hin, daß schnell wachsende Strukturen anfälliger sind für Schädigungen durch Erkrankungen, Vergiftungen, Stoffwechselstörungen oder -traumata sowie durch negative Umweltfaktoren wie Fehl- und Mangelernährung oder sensorische Deprivation. Als Beispiel für schwere strukturelle und funktionale Beeinträchtigungen in der Entwicklung des zerebralen Kortex durch Stoffwechselstörungen nennt er die möglichen Folgen der Phenylketonurie. Durch die Giftigkeit eines hohen Phenylanin-Niveaus und die Auswirkung des Thyroid-Hormonmangels kann die Zerebralfunktion irreversibel geschädigt werden, wenn diese Bedingungen in der kritischen frühen postnatalen Phase auftreten. Bei älteren Kindern oder Erwachsenen haben die gleichen Stoffwechselstörungen weniger oder keine Auswirkungen auf kortikale Funktionen. Vergleichbar gilt, daß die bereits entwickelten Sehfunktionen erhalten bleiben, wenn die visuellen Erfahrungen erst nach der kritischen Phase entzogen werden. So bleibt beispielsweise das Verschließen eines Auges für mehr als ein Jahr bei einer erwachsenen Katze ohne Folgen für die Augendominanzsäulen (vgl. Singer, 1985). Für Affen berichten Kandel und Jessell (1996) ähnliche Befunde: Wächst das Tier bis zum sechsten Lebensmonat mit einem geschlossenen Auge auf, ist das Sehvermögen dieses Auges für immer verloren, während bei erwachsenen Tieren eine vergleichbare Deprivation ohne Wirkung bleibt.

Aufgrund ihrer zeitlichen Begrenztheit werden sensible Phasen häufig als Zeitfenster beschrieben, die sich für eine gewisse Dauer öffnen - die Reaktionen auf bestimmte Umwelteinflüsse ermöglichen - und wieder schließen. Laut Kandel und Jessell (1996) fehlen allerdings scharfe zeitliche und räumliche Begrenzungen. Verschiedene Schichten können unterschiedliche kritische Phasen aufweisen. Anscheinend verfügt jedes Areal (und darin jede Schicht) über seinen eigenen Zeitplan und seine eigene kritische Phase für die Aufteilung der Verbindungen. Zudem können, wie Greenough und Black (1992) darlegen, innerhalb einer einzigen Struktur oder über viele Komponenten eines Nervensystems verteilt mehrere sensible Phasen vorkommen.

Die Länge der sensiblen Phase kann jedoch von Charakter und Qualität der erwarteten Erfahrung beeinflußt werden. Greenough und Black (1992) berichten, daß das Nervensystem im Dunkeln aufgezogener Katzen selbst nach sechs bis zehn Monaten noch sensibel reagierte, während dieser Zeitabschnitt bei normal aufgewachsenen Katzen auf die ersten zwei Monate begrenzt war. Beim Menschen ist die Phase zur erfahrungsbedingten Modifikation von Gehirnstrukturen ausgedehnter, aber ebenfalls umschrieben. Die kritische Phase für die Ausbildung der Sehfunktionen reicht etwa bis zum Schulalter (Singer, 1985), wie Forschungen zum Strabismus (Schielen) eindrucksvoll belegen. Nach Ablauf der plastischen Entwicklungsperiode sind diejenigen Synapsen verloren, die zum Aufbau eines normalen Sehvermögens hätten benutzt werden können.

Die Gehirnfunktion und ihr Einfluß auf das Verhalten scheint selbstorganisierenden Prozessen zu unterliegen, die durch Erfahrungen in bestimmten sensiblen Entwicklungsphasen während des Lebens verändert werden können. Sowohl Genetik als auch Umwelt beeinflussen die Stabilität der arttypischen Entwicklung. Wahrscheinlich sind auf allen Ebenen des sich entwickelnden Systems Steuerungsvorgänge wirksam. Insbesondere die gewöhnlichen oder typischen Erfahrungen des Organismus können auf artspezifisches Verhalten hinlenken (vgl. Cicchetti & Tucker, 1994). Die Bedeutung universeller Ereignisse für die Entwicklung offenbart sich gewöhnlich erst, wenn die entsprechende Erfahrung nicht gemacht wird. So erlangen beispielsweise vollkommen taube Kinder in der späteren Kindheit wahrscheinlich keine Sprechfähigkeit, weil es ihnen an den arttypischen auditorischen Erfahrungen mangelt, die eine Rolle in der Sprachentwicklung spielen.

Erfahrung kann in der Entwicklung von unterschiedlicher Bedeutung sein und unterschiedliches Gewicht besitzen, wenn man die Natur der Interaktion zwischen einem Organismus und seiner Umwelt betrachtet. Sie können erhaltend, fördernd und auslösend wirken, aber auch, gegenüber bestimmten Reifungsprozessen, völlig wirkungslos sein. Einen Überblick, wie Erfahrung die Entwicklung beeinflussen kann, gibt Tabelle 3.3.

Tabelle 3.3: Vier hypothetische Verlaufstypen, die den Einfluß von Erfahrungen auf die Entwicklung verdeutlichen (modifiziert nach Rosser, 1994; Cicchetti & Tucker, 1994).

Reifung	Von Erfahrung unabhängige Entwicklungsveränderung.
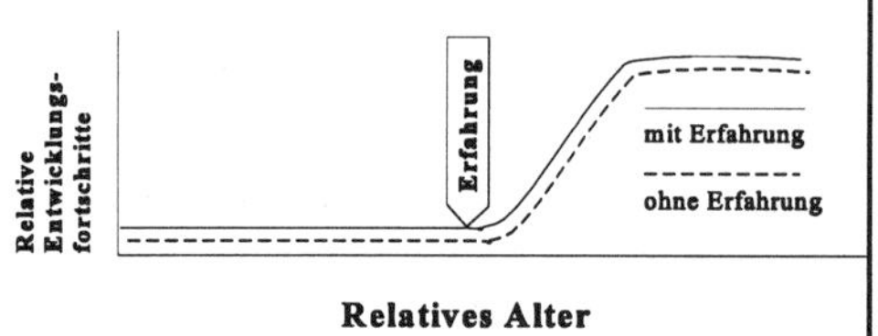	**Beispiel:** Reflexartige Verhaltensweisen wie Saugen und Schlucken.
Erhaltung	Das Verhalten hat sich manifestiert, würde ohne entsprechende Erfahrung jedoch wieder verschwinden.
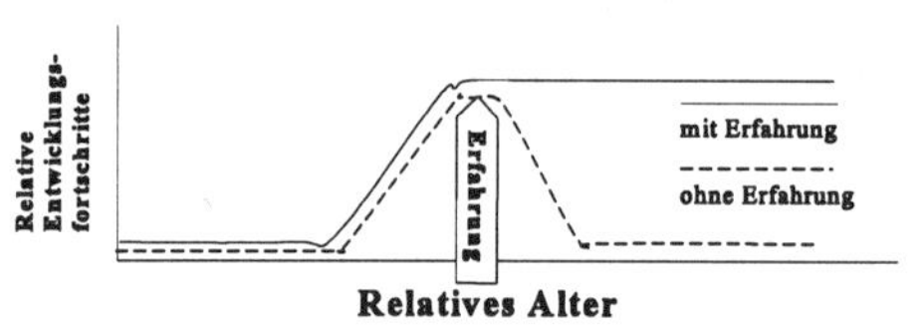	**Beispiel:** Alle Kinder beginnen zwischen ihrem 3. und 6. Monat zu brabbeln. Die anschließende orale Sprachentwicklung findet jedoch nicht statt, wenn der auditorische Input fehlt (z.B. bei einer Hörschädigung).
Förderung	Ein Entwicklungsverlauf, der normalerweise einem Reifungsplan folgt, wird durch Erfahrung beschleunigt.
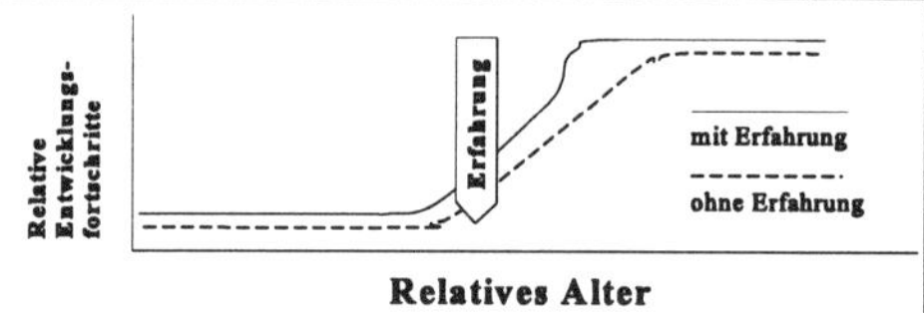	**Beispiel:** Säuglinge meiden Treppenstufen eher, wenn sie schon früher Erfahrungen mit selbständiger Fortbewegung hatten. Kognitive Konzepte nach Piaget, die sich sonst erst bei älteren Kindern einstellen, treten durch Übung schon bei jüngeren Kindern auf.
Auslösung	Die Entwicklungsveränderung würde ohne die Erfahrung nicht auftreten.
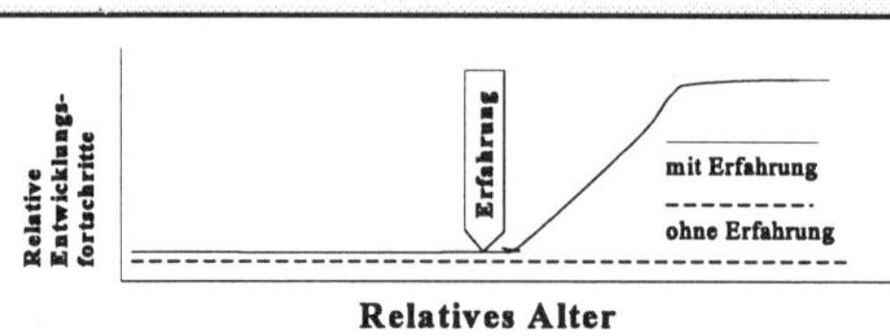	**Beispiel:** Kinder brauchen sprachliche Reize, um die Sprache ihrer sozialen Gruppe zu lernen. Andere, weniger erfahrungsabhängige kognitive Vorbereitungen ebnen jedoch den Weg, um von auslösenden Erfahrung zu profitieren.

Die Einflüsse kann man in konstante und variable Erfahrungen untergliedern:

- *Konstante Erfahrungen* beruhen auf allgegenwärtigen Umweltbedingungen, denen gewöhnlich jedes Mitglied einer Art ausgesetzt ist. Die normale soziale Umwelt eines Säuglings bildet die Familie, und obwohl sich jede Familie unterscheidet (z.B. hinsichtlich Größe, Sozialstatus, Besitz, Zusammenhalt), gibt es eine Vielzahl gemeinsamer Charakteristiken. Alle Säuglinge machen ihre visuellen Erfahrungen in einer dreidimensionalen Umwelt, in der sie kriechen und krabbeln können, die sich berühren und teilweise manipulieren läßt. Alle normal entwickelten Säuglinge hören den Klang der ihnen bald vertrauten Sprache, sie werden ihre Welt im Spiel erforschen und Mitglieder von Gleichaltrigengruppen sein.
- *Variable Erfahrungen* hingegen sind einzigartig für jedes Individuum. Sie entspringen der eigenen Umwelt und eigenen Geschichte eines jeden Kindes. Die Variabilität dieser Erfahrungen kann ermittelt werden und die Variabilität im Verhalten voraussagen (vgl. Rosser, 1994).

3.9 Erfahrungs-erwartende und -abhängige Prozesse

Es wurde bereits erwähnt, daß sensible Phasen als eine Vorbereitung des neuronalen Netzes auf erfahrungsabhängige, zeitkritische Mechanismen angesehen werden können, die sich vorrangig in der massiven Zunahme synaptischer Verbindungen äußert. Da dieser Prozeß scheinbar in der Vorwegnahme erfahrungsabhängiger Veränderungen durch Umweltinteraktion stattfindet, wurde er von Greenough (1984) als *erfahrungs-erwartend (experience expectant)* bezeichnet und dadurch von späteren, sogenannten *erfahrungs-abhängigen (experience dependent)* Prozessen unterschieden (vgl. Cicchetti & Tucker, 1994).

Erfahrungs-erwartende und erfahrungs-abhängige neuronale Plastizität unterscheiden sich eher in der Art ihrer Kontrolle als in ihren Mechanismen. Während erfahrungs-abhängige Prozesse viele genetische Mechanismen gemeinsam haben, können sie das Auftreten notwendiger Erfahrungen nicht vorausnehmen und müssen deshalb das „Fenster" der kritischen Periode weit offen lassen. Im Gegensatz zu erfahrungs-erwartenden Prozessen müssen sich Synapsen also bei Bedarf bilden und nicht in einer einzigen Welle.

Die Merkmale erfahrungs-erwartender und -abhängiger Prozesse sind einander in Tabelle 3.4 gegenübergestellt. Die Synapsenüberproduktion bei erfahrungs-erwartenden Prozessen erlaubt die Feinabstimmung neuronaler Verschaltungen durch Umweltreize. Erfahrungen, die „erwartet" werden können, sind solche, die mit großer Wahrscheinlichkeit im Entwicklungsverlauf einer Art auftreten (z.B. Geräusche in einem bestimmten Frequenzbereich, optische Reize mit einer bestimmten Ausrichtung). Entsprechend der weiter oben gegebenen Definition kann hier von konstanten Erfahrungen gesprochen werden. Erfahrungs-abhängige Prozesse sprechen hingegen auf Erfahrungen an, die für das Individuum einzigartig sind (Todd et al., 1996) und somit zu den variablen Erfahrungen zählen. Sie sind wesentlich flexibler und bilden Synapsen nach Bedarf, individuell und weniger umfangreich (vgl. Greenough & Black, 1992). Ein Blick auf Tabelle 3.3 macht deutlich, daß die Auslösung nach Greenough, Black und Wallace (1987) als erfahrungs-erwartende Entwicklung bezeichnet werden kann. Erhaltung und Förderung entsprechen eher der erfahrungs-abhängigen Entwicklung.

Tabelle 3.4: Merkmale erfahrungs-erwartender und -abhängiger Prozesse (zusammengestellt nach Greenough & Black, 1992; Todd et al., 1996).

Erfahrungs-erwartende Prozesse	Erfahrungs-abhängige Prozesse
• Der Organismus bereitet sich durch Synapsenüberproduktion auf arttypische Erfahrungen vor.	• Der Organismus reagiert auf individuelle Erfahrungen mit Synapsenveränderung.
• An kritische Phasen gekoppelt.	• Von kritischen Phasen unabhängig.
• An Entwicklungsalter gebunden (abhängig von kritischer Phase).	• Das ganze Leben lang möglich.
• Dient hauptsächlich der Ausbildung von Fertigkeiten.	• Dient hauptsächlich der Konsolidierung von Erinnerungen.

Greenough und Black (1992) betonen die Bedeutung der Zuverlässigkeit einer Erfahrung als Voraussetzung für das Zustandekommen erfahrungs-erwartender Entwicklungsmechanismen. Die betreffende Erfahrung muß allen Jungtieren einer Art beziehungsweise allen Säuglingen und Kindern zur Verfügung stehen und während der Evolution zur Verfügung gestanden haben (vgl. Rosser, 1994). Die Zuverlässigkeit und Universalität einer bestimmten Erfahrung oder eines Ereignisses ist das grundlegende Merkmal der erfahrungs-erwartenden Informationsspeicherung. Die Synapsen werden in der evolutionär begründeten Erwartung gebildet, daß angemessene Erfahrungen die Information liefern werden, die das Nervensystem braucht, um die richtigen Synapsenverbindungen auszuwählen. Ein Beispiel für solche Erfahrungen ist, daß jedes Kind eine vorhersagbare, arttypische Abfolge von Handlungen durchläuft (Augenöffnen, visumotorischen Interaktionen und Greifen), die dem Nervensystem zuverlässige Informationen liefert.

Einer der primären Beiträge von Greenough, Black und Wallace (1987) ist ihre empirische Dokumentation der bedarfsabhängigen Neubildung von Synapsen als grundlegende Komponente erfahrungs-abhängiger Prozesse. Die deutlichsten Daten ergeben sich aus Studien, in denen Unterschiede in der Synapsenzahl aufgezeichnet wurden (meist bei jungen Ratten), nachdem die Tiere über längere Zeit drei unterschiedlichen Umgebungen ausgesetzt waren. Die Unterschiede zwischen beiden Prozessen hinsichtlich der Auswirkungen von Erfahrungen auf die Synapsenzahl sind in Abbildung 3.9 als Diagramme dargestellt. Erfahrungs-abhängige Prozesse beruhen auf den im vorangehenden Text als variabel bezeichneten Erfahrungen.

Wie die Überproduktion (Blooming) und Reduktion (Pruning) synaptischer Verbindungen reguliert wird, ist noch relativ unklar. Die neuralen Mechanismen, die der lebenslangen Informationsspeicherung zugrundeliegen, scheinen sich jedoch von denen der erfahrungs-erwartenden Informationsspeicherung zu unterscheiden (vgl. Greenough & Black, 1992).

Die Kontrolle erfahrungs-erwartender neuronaler Prozesse - der zeitliche Rahmen und das Ausmaß der Synapsenüberproduktion - spielt sich wahrscheinlich auf mehreren Ebenen ab und beruht auf spezifischen, aber weitgehend unbekannten genetischen Mechanismen. Die

Entwicklung funktionaler Synapsenverbindungen während früher sensibler Phasen kann durch Hormone (z.B. Thyroid- und Corticosteroid-Hormone), neurotrophe Faktoren (z.B. NGF) oder Neurotransmitter (z.B. Norepinephrin und Acetylcholin) reguliert werden (vgl. Greenough & Black, 1992).

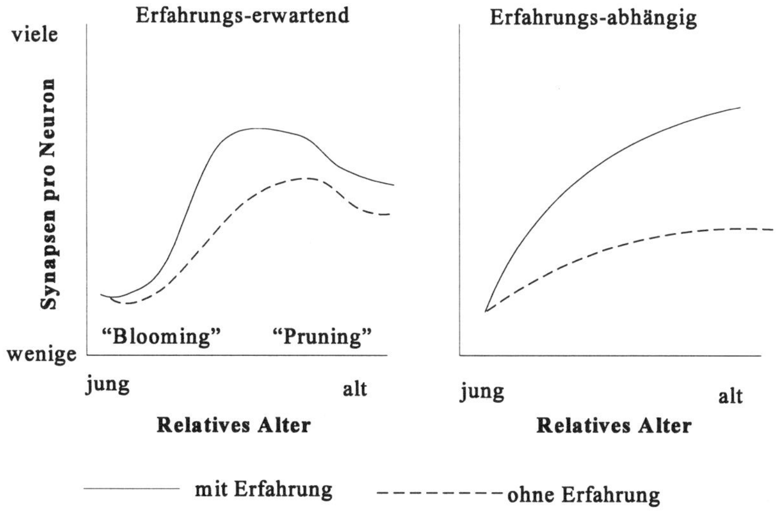

Abbildung 3.9: Veränderung der Synapsenzahl bei erfahrungs-erwartenden und -abhängigen Prozessen (mod. nach Greenough & Black, 1992).

3.10 Grundlagen des Lernens

Äußere Ereignisse werden im Gehirn als räumlich-zeitliche neuronale Aktivitätsmuster repräsentiert; solche Muster bewirken synaptische Veränderungen. Erfahrungsspeicherung muß sich darum in den Synapsen abspielen, die an aktivitätsabhängigen Veränderungen in der synaptischen Übertragung beteiligt sind (vgl. Bliss & Collingridge, 1993). Die Vorstellung, daß die gleichzeitige Aktivität in den prä- und postsynaptischen Elementen zur Verstärkung dieser Synapse führt, wurde von Hebb (1949) im „Koinzidenz-Detektor-Prinzip" zum Ausdruck gebracht. Demnach wird die Synapse zwischen zwei Zellen verstärkt, wenn diese gleichzeitig aktiv sind oder, in der einprägsamen Formulierung angloamerikanischer Neurowissenschaftler, *cells that fire together, wire together.*

Die Verstärkung synaptischer Verbindungen geht einher mit einem abrupten und anhaltenden Anstieg in der Übertragungsstärke, der als Langzeit-Potenzierung (long term potentiation; LTP) bezeichnet wird. Aus Sicht der postsynaptischen Zelle bedeutet die LTP eine Schwellenerniedrigung für neue Erregung, die über Stunden andauern kann. In diesem Zeitraum ist die postsynaptische Zelle dann auch schon durch schwächere Reize erregbar. LTP wurde in verschiedenen Bereichen des Gehirns entdeckt und scheint zumindest bestimmten Formen des Gedächtnisses zugrundezuliegen (vgl. Bliss & Collingridge, 1993).

Die simultane Erregung prä- und postsynaptischer Neuronen, die gemäß der Hebbschen Regel die Voraussetzung für das Zustandekommen der LTP ist, wird dadurch erreicht, daß mehrere afferente Fasern gleichzeitig aktiv sind. Ein schwacher Reiz führt dann zu einer LTP, wenn er gemeinsam mit einem starken Reiz im gleichen Bereich eines Dendriten eintrifft. Laut Kandel (1996) kann bereits die wiederholte Kopplung eines schwachen Reizes mit einem depolarisierenden Strom eine LTP bewirken.

Aktivitätsabhängige synaptische Potenzierung kann innerhalb von Millisekunden stattfinden und über Tage anhalten. Auf der vorangegangenen Seite wurde lediglich die mechanische Wirkungsweise des Koinzidenz-Detektors (Bliss & Collingridge, 1993) beschrieben. Das wirft natürlich die Frage auf, wie die LTP auf molekularer Ebene vor sich geht. Der NMDA-Rezeptor, ein Subtyp des Glutamat-Rezeptors, scheint diese Funktion zu erfüllen. Durch ihn wird es möglich, daß elektrische Ereignisse an der postsynaptischen Membran in chemische Signale übertragen werden, die wahrscheinlich ihrerseits wieder prä- und postsynaptische Mechanismen aktivieren, um einen bleibenden Anstieg in der Synapsenstärke zu bewirken (vgl. Bliss & Collingridge, 1993). Die synaptischen Vorgänge, die zur Entstehung einer LTP führen, sind ausführlich in Kasten 3.3 beschrieben.

Der aktivitätsabhängige Selektionsprozeß kann nicht nur neuronale Verbindungen festigen, wenn ihre Aktivitätsmuster stark übereinstimmen und zugleich das nachgeschaltete neuronale Element erregen, sondern er kann Verbindungen auch schwächen, falls die Muster nicht korrelieren. Die Neuronen konkurrieren dann miteinander und es gewinnen jene Zellen, die am häufigsten gleichzeitig mit der Zielzelle aktiv sind. Singer (1985) faßt die Auswirkung gleichzeitiger prä- und postsynaptischer Aktivität in drei Regeln zusammen:

- Sind ein sensorisches Neuron und die postsynaptische Zelle gemeinsam aktiv, wird die Erregungsübertragung effizienter und die Verbindung selektiv gefestigt (konsolidiert),
- umgekehrt wird die Erregungsübertragung verschlechtert und das Neuron möglicherweise abgekoppelt, wenn es inaktiv bleibt, während die postsynaptische Zelle feuert.
- Keine Veränderung tritt hingegen ein, wenn die postsynaptische Zelle inaktiv bleibt; unabhängig davon, wie sich das Neuron verhält.

Neuere Studien heben besonders die Bedeutung von Aktionspotentialen (APs) für die synaptische Modifikation hervor. Sie belegen, daß sich APs - im Widerspruch zum Postulat von Ramón y Cajal - auch in umgekehrter Richtung fortpflanzen (back-propagation), nämlich vom Axon zu den dendritischen Synapsen (Markram et al., 1997). Dort sorgen sie für eine starke Membrandepolarisierung und für einen aktivitätsabhängigen Einstrom von Ca-Ionen (vgl. Magee & Johnston, 1997), der das Signal für Veränderungen an den Synapsen sein kann, die zur Zeit des APs aktiv sind.

Nach diesen Beobachtungen entstehen Assoziationen zwischen starken und schwachen synaptischen Inputs nicht direkt durch die synaptische Depolarisierung, sondern erst durch die im Axon ausgelösten retrograden APs (vgl. Magee & Johnston, 1997). Das Zusammentreffen unterschwelliger erregender postsynaptischer Potentiale (EPSPs) mit solchen

APs führt demnach zu einer Verstärkung dendritischer APs und zu einem Calcium-Einstrom nahe der Stelle des synaptischen Inputs und bewirkt eine LTP.

Kasten 3.3: NMDA-Rezeptoren.

Als NMDA-Rezeptor wird ein Subtyp des Glutamat-Rezeptors bezeichnet, der hochselektiv auf die künstlich synthetisierte Aminosäure *N*-Methyl-D-aspartat (NMDA) anspricht. Der Membrankanal, der mit diesem Rezeptor verbunden ist, läßt nur dann Ca^{2+}-Ionen durch, wenn gleichzeitig präsynaptisch Transmitter freigesetzt werden und die nachgeschaltete Zelle hinreichend stark aktiviert ist. Hinter diesem Verhalten verbirgt sich auf molekularer Ebene, daß der NMDA-Rezeptorkanal wie ein Tor mit zwei Schlössern reagiert. Das heißt, er funktioniert nur dann, wenn Glutamat an den Rezeptor bindet und gleichzeitig die Membran depolarisiert wird. Ohne hinreichende Depolarisierung bleibt der Kanal durch ein Magnesiumion (Mg^{2+}) blockiert (vgl. Kandel, 1996).

Die Bedeutung des NMDA-Rezeptors für die Entstehung der LTP konnte dadurch bewiesen werden, daß die künstliche Blockade des Rezeptors die LTP verhindert. Allerdings sind nicht bei allen Fällen neuronaler Plastizität NMDA-Rezeptoren involviert.

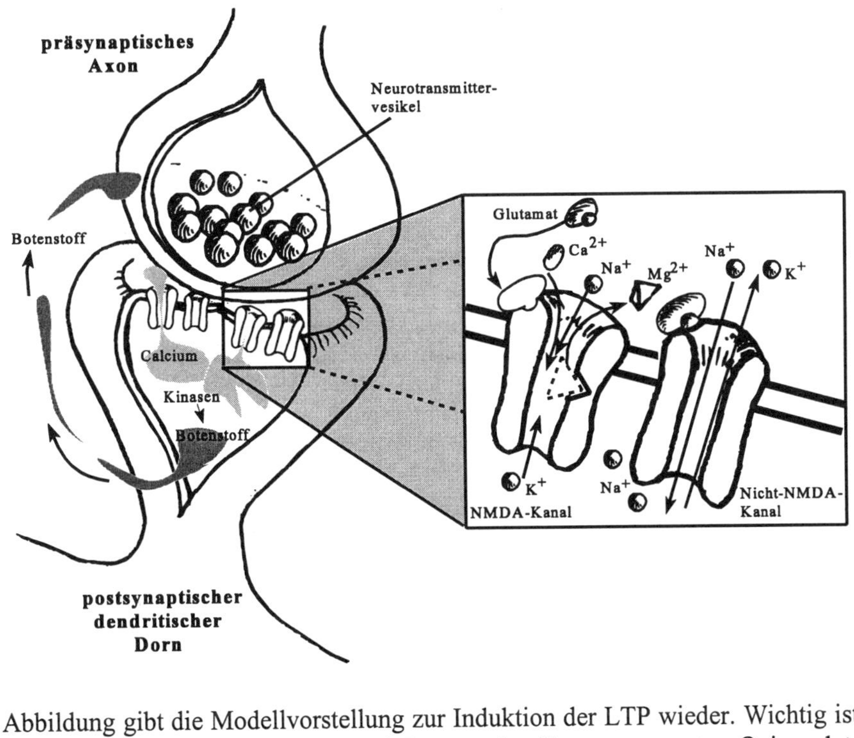

Die Abbildung gibt die Modellvorstellung zur Induktion der LTP wieder. Wichtig ist die Nähe von NMDA- zu Nicht-NMDA-Rezeptorkanälen, sogenannten Quisqualat-Kainat (Q/K)-Kanälen in der Membran der dendritischen Dornen.

Zunächst werden durch die Freigabe von Glutamat aus den Vesikeln der präsynaptischen Endigungen nur die Q/K-Kanäle geöffnet. Die NMDA-Kanäle bleiben durch das Magnesiumion blockiert. Durch die Q/K-Kanäle findet ein Natriumeinstrom und Kaliumausstrom statt. Dieser Austausch sorgt für eine Depolarisierung.

Ist die postsynaptische Zelle jedoch erregt, und somit hinreichend depolarisiert, wenn der Impuls eintrifft, so löst sich das Mg^{2+}-Ion und gibt den NMDA-Rezeptorkanal frei. Dadurch wird ein vermehrter K^{+}-Ausstrom sowie Na^{+}- und Ca^{2+}-Einstrom möglich. Der Calciumanstieg innerhalb des dendritischen Dorns aktiviert verschiedene als Kinasen bezeichnete Enzyme (Ca2+/Calmodulin-Kinase, Proteinkinase C und Tyrosinkinase), die in der postsynaptischen Zelle zur Bildung eines Botenstoffs (wahrscheinlich Stickstoffmonoxyd) beitragen. Dieser Botenstoff tritt durch die postsynaptische Membran aus, erreicht die präsynaptische Endigung und bewirkt dort eine verstärkte Transmitterausschüttung als Antwort auf das Eintreffen des nächsten Impulses. Die Impulsübertragung ist somit verbessert und die LTP wird aufrechterhalten (vgl. Spitzer, 1996; Kandel & Hawkins, 1992; Kandel, 1996).

Markram und Mitarbeiter (1997) vermuten, daß rückwärts gerichtete APs mit aktiven NMDA-Rezeptoren interagieren, um die synaptische Modifikation auszulösen (z.B. durch $Ca2^{+}$-Einstrom). Abhängig vom genauen Timing der Synapsenaktivität könnte das postsynaptische AP die Amplitude von EPSPs rauf- und runterregulieren (vgl. Markram et al., 1997). Je nachdem, ob das präsynaptische AP dem postsynaptischen AP vorausgeht oder folgt, wird die synaptische Reaktion erhöht oder verringert. Sejnowski (1997) schätzt, daß bereits ein Unterschied von 10 ms darüber entscheidet, ob eine LTP oder eine Langzeit-Unterdrückung (long-term depression; LTD) erfolgt.

Die Ergebnisse der dargestellten Studien beruhen allerdings auf Untersuchungen an weitgehend isolierten Zellen. In vivo wird der Rückstrom eines APs möglicherweise durch hemmende Neuronen gedrosselt (vgl. Sejnowski, 1997).

Die Frequenz der Reizübertragung scheint ebenfalls einen bedeutsamen Faktor in der Veränderung neuronaler Verbindungen darzustellen (vgl. Markram und Tsodyks, 1996). Außerdem beeinflußt die Ausschüttung von Neuromodulatoren wie Acetylcholin (ACh) und Dopamin, die vom behavioralen und kognitiven Zustand des Lebewesens abhängt, das Ausmaß der synaptischen Plastizität (vgl. Sejnowski, 1997). So fanden zum Beispiel Wilson und McNaughton (1994) Hinweise darauf, daß die initiale Speicherung von Informationen im Wachzustand vorrangig durch schnelle synaptische Veränderungen im Hippocampus geschieht. Während des folgenden langwelligen Schlafes werden die im Hippocampus kodierten neuronalen Zustände wiederholt abgerufen und dadurch die Informationen in den Neokortex übertragen. Karni, Tanne, Rubenstein, Askenasy und Sagi (1994) betonen ebenfalls die Bedeutung des Schlafes für den Prozeß der Gedächtniskonsolidierung. Nach ihrer Ansicht bietet der REM-Schlaf das Milieu für die Übertragung aktivitätsabhängiger neuronaler Veränderungen in eine effizientere und stabilere Modifikation. Begründet wird diese Annahme durch den Umstand, daß der cholinerge Input eine Voraussetzung für die Bildung erfahrungsabhängiger Plastizität im erwachsenen sensorischen Kortex darstellt und der REM-Schlaf wiederum stark mit cholinergen Aktivitäten zusammenhängt (Entzug von REM-Schlaf bewirkt eine ACh-Reduktion).

Die bisher dargestellten Theorien und Untersuchungsergebnisse ermöglichen es, ein bereits recht genaues Bild von der Entwicklung des Nervensystems zu zeichnen: Die neuronalen Grundverschaltungen sind genetisch vorgegeben, ebenso wie die spezifischen Antworteigenschaften der einzelnen Nervenzellen. Vermittelt über individuelle Erfahrungen sorgt die Umwelt dafür, daß aus diesem vorgegebenen Repertoire ausgewählt wird. Um diese Aufgabe zu erfüllen, muß die Umwelt über bestimmte Eigenschaften verfügen. Sie muß hinreichend differenziert sein und in ihrer Struktur den Bedürfnissen des Gehirns sowie der motorischen und sensorischen Organe entsprechen. Außerdem müssen die relevanten Umweltbedingungen innerhalb eines bestimmten Zeitraums (sensible Phase) zuverlässig und konstant verfügbar sein. Ständig wechselnde Erfahrungen sind nicht optimal.

Der jeweilige Zustand des Gehirns während der Umweltinteraktion ist ebenfalls von Bedeutung. So können sich beispielsweise Wachheits- und Aufmerksamkeitszustände hemmend oder fördernd auf erfahrungsabhängige Ausreifungsprozesse auswirken.

4 Genetische Grundlagen der Entwicklungspsychopathologie

Im letzten Kapitel wurde gezeigt, daß sich viele Aspekte der Entwicklung bereits in den 38 Wochen vor der Geburt ereignen. Aber auch die Empfängnis stellt nicht den absoluten Beginn, sondern lediglich die Fortsetzung eines schon vorher einsetzenden Prozesses dar. Für die spätere Entwicklung des Kindes wichtige genetische Vorgänge haben bereits vor der Befruchtung der Eizelle stattgefunden.

Um die Entwicklung des Kindes zu verstehen, müssen die Mechanismen der Vererbung berücksichtigt werden. Das heißt es muß untersucht werden, wie genetische Informationen von den Eltern an das Kind weitergegeben werden und vor allem, auf welche Weise diese Informationen ihre Wirkung entfalten. Gene beeinflussen die Entwicklung das ganze Leben hindurch. *In welchem Umfang* sie sich auf unser Verhalten auswirken, soll später behandelt werden. In diesem Kapitel geht es darum, *wie* Gene unser Verhalten und unsere Entwicklung beeinflussen.

4.1 Die zwei Formen der Zellteilung

Die fundamentalste und allgemeinste genetische Aktivität stellt die Reproduktion von Zellen dar; pro Sekunde finden etwa 25 Millionen Zellteilungen statt (Vasta, Haith & Miller, 1992). Die Zeit, die Sie zum Lesen dieses Satzes benötigen, nutzen also annähernd 100 Millionen Zellen in Ihrem Körper, um sich zu teilen. Obwohl im Körper etwa 200 spezialisierte Zelltypen vorkommen (Edelman, 1995), soll hier nur zwischen zwei Typen unterschieden werden: den Körperzellen (*Somazellen*) und den Keimzellen (*Gameten*). Körperzellen verfügen über 23 Chromosomenpaare (diploider Chromosomensatz), Keimzellen (Spermium und Eizelle) enthalten 23 einzelne Chromosomen (haploider Chromosomensatz). Die Reproduktion der Körperzellen durch Teilung wird als *Mitose* bezeichnet. Die Geschlechtszellen entstehen durch einen als *Meiose* bezeichneten Prozeß. Sie verbinden sich erst bei der Befruchtung zu einer einzelnen Zelle mit komplettem Chromosomensatz, der *Zygote*. Aus dieser Zelle entstehen durch mitotische Teilung alle Zellen, die ein Kind bei der Geburt haben wird, und jede enthält jeweils die gleichen 23 Chromosomenpaare. In Abbildung 4.1 sind die Vorgänge bei Mitose und Meiose gegenübergestellt.

Bei der *Mitose* verdoppelt sich jedes Chromosom innerhalb des Zellkerns. Die neuen identischen Chromosomen sind jedoch anfänglich noch am Zentromer miteinander verbunden. Erst bei der Teilung der Zelle werden sie auseinandergezogen und verteilen sich auf die Tochterzellen. Alle Zellen eines Individuums - außer Eizelle und Spermium - entstehen durch Mitose. Das genetische Material in den Chromosomen wird hierbei exakt kopiert und weder durch Zeit noch Erfahrung verändert, wohl aber durch Strahlung und bestimmte Chemikalien (Cole & Cole, 1996).

Während bei der Mitose zwei identische Tochterzellen entstehen, resultieren aus der *Meiose (Reduktions-/Reife-/Halbierungsteilung)* vier unterschiedliche Zellen mit halbiertem Chromosomensatz. Auch bei der Meiose reihen sich die x-förmigen Chromosomen an der Mittellinie der Zelle auf. Sie brechen jedoch nicht auseinander, sondern die Paare der *homologen* Chromosomen werden im ersten Teilungsschritt getrennt und auf die Tochterzellen verteilt. Erst im nächsten Teilungsschritt werden die homologen Chromosomen am Zentromer geteilt. Somit enthält jede Gamete jeweils ein Chromosom der 23 Paare.

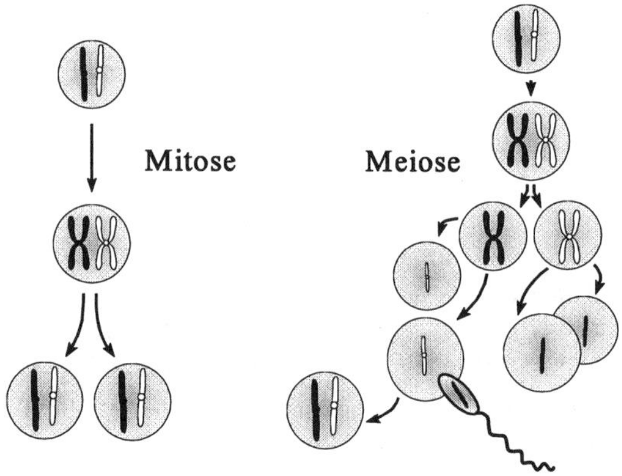

Abbildung 4.1: Ablauf von Mitose und Meiose. (Aus Gründen der Übersichtlichkeit wurden nur zwei Chromosomen dargestellt.)

Gelegentlich kommt es bei der ersten mitotischen Teilungen der Zygote zu einer vollständigen Trennung. Es entstehen zwei Tochterzellen, die sich zu getrennten, aber erbidentischen Individuen entwickeln (monozygote Zwillinge). Abgesehen von diesem Fall ist es jedoch äußerst unwahrscheinlich, daß sich die Gene zweier Kinder gleichen. Als Ursache dieser Variabilität sind zwei Vorgänge während der Meiose anzusehen: das *Crossing-over* und die zufällige Aufteilung der mütterlichen und väterlichen homologen Chromosomen im ersten Teilungsschritt der Meiose. Beim Crossing-over findet ein Austausch von Abschnitten genetischen Materials zwischen den homologen Chromosomen statt (vgl. Abb. 4.2).

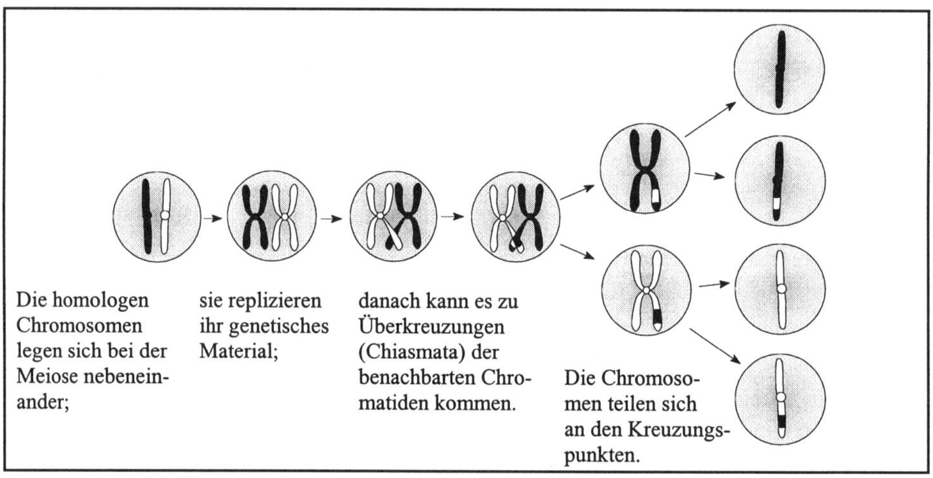

Abbildung 4.2: Stückaustausch (Crossing-over) zwischen mütterlichen und väterlichen Chromosomen.

Aus der zufälligen Anordnung der 23 Chromosomen ergeben sich für jede Gamete rein rechnerisch 2^{23} (8.388.608) mögliche Kombinationen (vgl. Pinel, 1997). Da die Anzahl der Kombinationsmöglichkeiten für beide der zur Zygote verschmelzenden Gameten gilt, kann ein einziges Elternpaar theoretisch mindestens 70 Billionen verschiedene Zygoten hervorbringen (Mietzel, 1995). Eine Zahl, die durch die Folgen des Crossing-over noch erhöht wird. Weitere genetische Vorgänge, die zur Flexibilität des Genoms beitragen, werden später gesondert dargestellt.

Um die Möglichkeiten, aber auch die Grenzen des Genmaterials darstellen zu können, ist es notwendig, die Träger der Erbinformation, ebenso wie ihre Bausteine, einer genaueren Betrachtung zu unterziehen.

4.2 Die Träger der Erbinformation

Form, Anzahl und Struktur der Chromosomen sind artspezifisch. Beim Menschen setzen sich die 23 Paare des Chromosomensatzes aus 22 Autosomen- und einem Gonosomenpaar zusammen. Dieses eine Paar, die Geschlechtschromosomen, besteht in der weiblichen Zelle aus zwei X-Chromosomen, in der männlichen jedoch nur aus einem X- und dem wesentlich kleineren Y-Chromosom. Somit sind die männlichen Gonosomen nicht homolog, und es ist fraglich, ob das Y-Chromosom überhaupt Informationen trägt, die über die Ausprägung primärer männlicher Geschlechtsmerkmale hinausgehen (vgl. Trautner, 1992). Ihre spezifische Form ermöglicht es, die Chromosomen einer menschlichen Körperzelle anhand der Länge ihrer Arme und der Lage des Zentromers in 23 Paare zu ordnen. Eine solche schematische Anordnung wird als *Karyogramm* bezeichnet. Die Chromosomenpaare werden entsprechend einer internationalen Einteilung, der *Denver-Klassifikation*, in Gruppen unterteilt und numeriert (vgl. Abb. 4.3).

Gruppe	Chromosomen	Gruppe	Chromosomen
A 1 2 3	1-3	D 13 14 15	13-15
B 4 5	4-5	E 16 17 18	16-18
C 6 7 8 9 10 11 12 X	6-12 sowie X	F 19 20	19-20
		G 21 22 Y	21-22 sowie Y

Abbildung 4.3: Die Einteilung der Chromosomen nach der Denver-Klassifikation.

Die bisher beschriebenen Eigenschaften genügen jedoch nicht, um die vielfältigen Funktionen der Chromosomen zu erklären. Hierzu ist es notwendig, sich ausführlicher mit ihrer Feinstruktur zu beschäftigen. Chemisch gesehen sind Chromosomen relativ einfache und monoton aufgebaute Gebilde aus Desoxyribonukleinsäure (*DNS*) und Proteinen. Die DNS bildet zwei lange Polynukleotidstränge, die sich im Uhrzeigersinn umeinander winden und so eine Struktur bilden, die von ihren Entdeckern (Watson & Crick) 1953 als Doppelhelix bezeichnet wurde (vgl. Greider & Blackburn, 1996). Zwischen den beiden Strängen sind Paare von Nukleotidsäurebasen wie die Sprossen einer Strickleiter angeordnet (vgl. Abb. 4.4). Diese Sprossen werden gewöhnlich als Buchstaben notiert, die für die vier chemischen Basen stehen, in denen die einzelnen Nukleotide voneinander abweichen. Sie bilden den *genetischen Code*, bestehend aus Adenin (A), Guanin (G), Cytosin (C) und Thymin (T). Da sich nur T mit A und C mit G verbinden kann, bestimmt die Nukleotidfolge an einem Strang die Abfolge am anderen. Diese Beschränkung in der Basenpaarung ist wichtig für die Speicherung und Übertragung genetischer Information. Sie garantiert, daß die in den Basensequenzen zuverlässig übertragen werden, egal ob die DNS kopiert oder gelesen wird. Während der Zellteilung kopieren Polymerase-Enzyme jeden Strang der DNS-Helix, indem sie die Basenfolge als Vorlage zur Konstruktion neuer komplementärer Stränge nutzen (vgl. Rosenthal, 1994a).

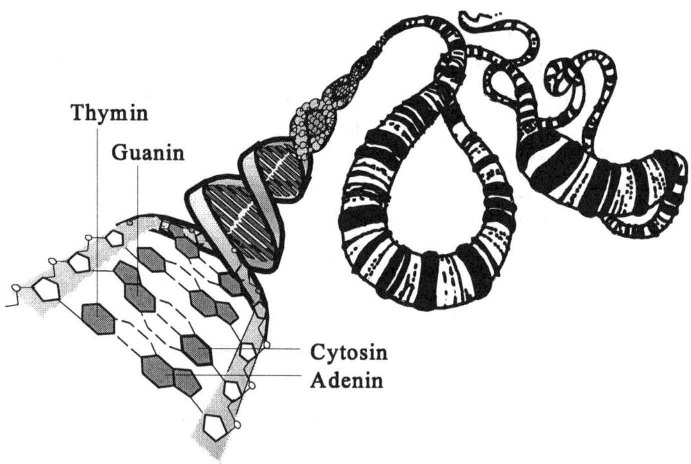

Abbildung 4.4: DNS-Doppelhelix und DNS-Faden. Links im Bild die vier Basen zwischen den Zuckerphosphat-Strängen in unterschiedlicher Darstellung.

Länge und Basenanordnung der DNS ist von Chromosom zu Chromosom verschieden. Die kompletten DNS-Sequenzen aller Chromosomen werden als *Genom* bezeichnet. Zwischen den Mitglieder einer bestimmten Art variiert das Genom nur wenig (vgl. Rosenthal, 1994a). Die gesamte menschliche DNS besteht aus etwa drei Milliarden Basenpaaren (Vasta, Haith & Miller, 1992). Die einzelnen DNS-Moleküle sind unterteilt in kürzere funktionale Einheiten - die Gene - mit einer durchschnittlichen Länge von etwa 2.000 Nukleotiden. Das Genom des Menschen umfaßt schätzungsweise 50.000 bis 100.000 Gene (Rossmann, 1996).

Der mögliche Informationsumfang des menschlichen Erbguts läßt sich anhand dieser Zahlen leicht berechnen und relativ anschaulich darstellen (vgl. Spitzer, 1996): Die vier alternativen Basenpaare entsprechen einem Informationsgehalt von zwei Bit. Bei der angenommenen Länge des Genoms von drei Milliarden Basenpaaren ergibt dies sechs Milliarden Bit oder, umgerechnet in die aus der Welt der Computer bekannte Maßeinheit,

750 Megabyte. Zum Vergleich: Auf einer handelsüblichen CD oder CD-ROM können bis zu 680 Megabyte gespeichert sein.

Gene sind auf den Chromosomen hintereinander aufgereiht und haben jeweils ihren festen Platz auf einem bestimmten Chromosom (Genlocus). Jedes Gen liegt sozusagen in doppelter Ausfertigung an entsprechenden Stellen auf den beiden homologen Chromosomen vor (eine Ausnahme bilden das X- und das Y-Chromosom beim Mann). Diese identischen Gene werden als Allel bezeichnet. Sie können individuell unterschiedlich sein, das heißt sie bestimmen zwar das gleiche Merkmal (z.B. Blütenfarbe), bewirken aber eine unterschiedliche Ausprägung (z.B. weiß oder rot).

4.3 Die Genexpression - Vom genetischen Code zum Protein

Alle Gene bestehen lediglich aus einer Folge von Nucleotiden der DNS. Sie tragen in sich die notwendige Information, um das Genprodukt, ein Protein, zu erstellen. Proteine sind lange Aminosäureketten, die den physiologischen Aktivitäten der Zellen zugrundeliegen. Sie werden aus höchstens 20 verschiedenen Aminosäuren in unterschiedlichen Kombinationen gebildet, deren Abfolge durch die Abfolge der Nucleotidpaare im zugrundeliegenden Gen bestimmt wird. Neben den Genen enhält die DNS auch Abschnitte, die nicht die Aufgabe haben, ein Produkt zu codieren. Ohne diese Regulatorsequenzen könnte jedoch keine Genexpression - der Prozeß, durch den die genetische Information in ein Protein umgewandelt wird - in der Zelle stattfinden.

Alle Körperzellen eines Organismus verfügen über das gleiche genetische Material; sie enthalten die gleichen Gene. Doch entsprechend der besonderen Aufgaben des Organs, zu dem die einzelne Zelle gehört, sind nur wenige spezifische Gene aktiv, während die meisten unterdrückt werden. Diese Unterdrückung ist Aufgabe sogenannter Operatoren, spezieller DNS-Abschnitte, die wie Schalter wirken, von denen einige meist ein- und andere meist ausgeschaltet sind. Ein Operator wird seinerseits durch bestimmte Proteine gesteuert, die wiederum zu einem großen Teil durch Signale aus der extrazellulären Umwelt aktiviert werden, wie zum Beispiel durch Streß, Verletzungen, Infektionen, Hormone oder Wachstumsfaktoren. Auf diese Weise interagieren letztendlich Gene und Erfahrung miteinander und beeinflussen Entwicklung und Funktion der Zellen (Papavassilou, 1995; Pinel, 1997).

Ein gutes Beispiel dafür, wie die Genexpression reguliert wird, ist das Operon-Modell von Jacob und Monod (1961). Es verfügt über vier Komponenten: Regulatorgen, Promotor, Operator und Strukturgen(e) (vgl. Abb. 4.5). Die letzten drei Bestandteile folgen in der DNS direkt aufeinander und bilden zusammen das Operon. Der Promotor dient als Ansatzstelle für die DNS-Polymerase. Das Regulatorgen entscheidet über die Aktivität oder Inaktivität des ihm zugeordneten Operons. Es kodiert einen spezifischen Regulator (Repressor), der sich am Operator anlagert und so die RNS-Polymerase daran hindert, die Strukturgene abzulesen. Durch die Wirkung des Effektors (meist ein spezifisches kleineres Molekül) wird der Repressor inaktiv und gibt den Weg frei für die Polymerase.

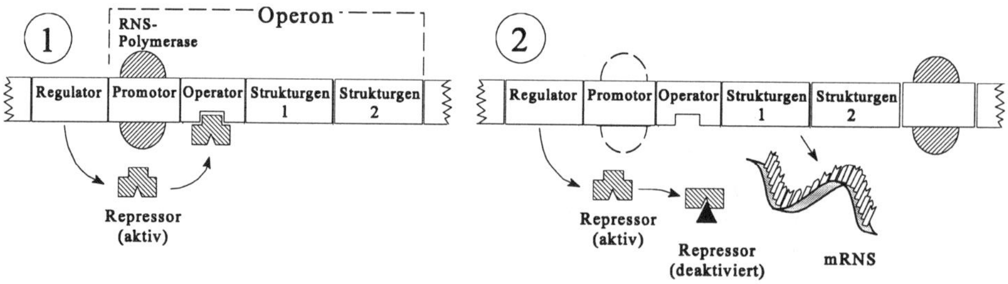

Abbildung 4.5: Die Funktion der einzelnen Bausteine des Operon-Modells: Der aktive Repressor blockiert das Ablesen der Strukturgene durch die RNS-Polymerase (1). Das Vorhandensein des Effektors deaktiviert den Repressor (2), die Blockade der Polymerase wird aufgehoben und der Ablesevorgang setzt ein.

Für die Genregulation in Bakterien ist das Operon-Modell eindeutig nachgewiesen. Für Säugetierzellen werden weitaus komplexere Mechanismen angenommen (vgl. Watson, Tooze & Kurtz, 1985). Aufgrund seiner relativen Überschaubarkeit ist das Operon-Modell jedoch gut dazu geeignet, einen Eindruck davon zu vermitteln, wie Regulationsprozesse im Zellkern funktionieren.

Die Expression eines Gens beginnt, wenn es durch die RNS-Polymerase abgelesen werden kann. Die Proteinsynthese findet im Zytoplasma statt. Nur dort sind ausreichend Aminosäuren, das Material für die Produktion von Proteinen, vorhanden. Der genetische „Bauplan" allerdings ist im Zellkern gespeichert, und dort bleiben die Gene auch. Es muß also einen Weg geben, um die genetische Information aus dem Zellkern ins Zytoplasma zu transportieren. Die Zelle löst dieses Problem, indem sie innerhalb des Zellkerns eine Kopie des Gens anfertigt. Diese Kopie verläßt den Kern und dient als „Blaupause" für die Abfolge der Aminosäuren, aus denen sich das Protein zusammensetzt.

Tatsächlich ist die *Proteinbiosynthese*, der Vorgang also, der von der genetischen Information zum Protein führt, wesentlich komplizierter als hier skizziert. Er verläuft über mehrere Zwischenschritte, die sich zwei Phasen zuordnen lassen: der Transkription und der Translation (vgl. Abb. 4.6).

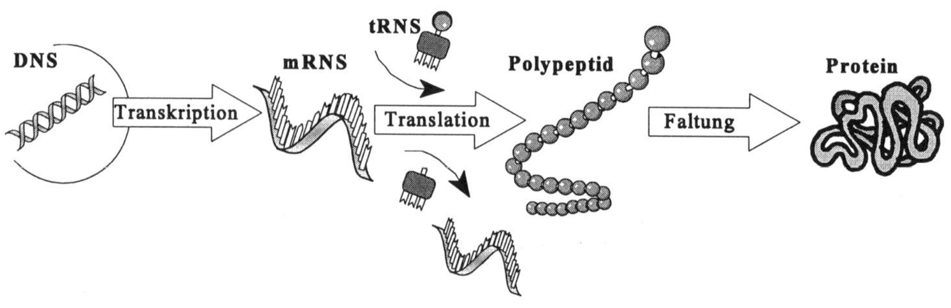

Abbildung 4.6: Die Übertragung der genetischen Information aus dem Zellkern ins Zytoplasma.

Mit Transkription wird die Umschreibung des DNS-Codes eines Gens in einen RNS-Code bezeichnet. Dabei wird die genetische Information der DNS auf einen einzelnen Ribonukleinsäurestrang (RNS) kopiert. Der nächste Schritt, die Translation, beinhaltet die Übersetzung der kopierten Basensequenz in eine Aminosäuresequenz, das heißt die genetische Information wird in die Aminosäurekette eines Eiweißmoleküls übertragen. Jede Veränderung des DNS-Codes - und sei es auch nur der Austausch eines Basenpaares - kann zu einer abweichenden Aminosäuresequenz führen und sich somit auf die Funktion des Proteins auswirken (vgl. Edelman, 1995). Wie wichtig die genaue Abfolge von Nukleotiden in einem Gen ist, läßt sich am Beispiel der Sichelzellenanämie zeigen: Vergleicht man an einer Sichelzellenanämie Erkrankte mit blutgesunden Menschen, so weicht das für die Form der roten Blutkörperchen zuständige Gen nur in einem seiner 450 Basenpaare ab (vgl. Vasta, Haith & Miller, 1992).

4.4 Transkription

Um die Information eines Gens zu kopieren, entfaltet sich das DNS-Molekül im Bereich des Gens. Die Doppelhelix wird aufgetrennt und einer der beiden Stränge dient als Vorlage für die Kopie (vgl. Abb. 4.7). Der Transkriptionsprozeß erzeugt einen komplementären Einzelstrang, die Boten-RNS (mRNS). Das Gen kann Abschnitte enthalten, sogenannte Introns, die bei der Transkription zuerst mitgelesen, später aus der Basenfolge jedoch herausgeschnitten werden. Die Teile des Gens, die den Aufbau des Genprodukts bestimmen, werden als Exons bezeichnet. Bei der Entstehung der mRNS wird die in ihnen gespeicherte Information lückenlos aneinandergefügt (Rosenthal, 1994b).

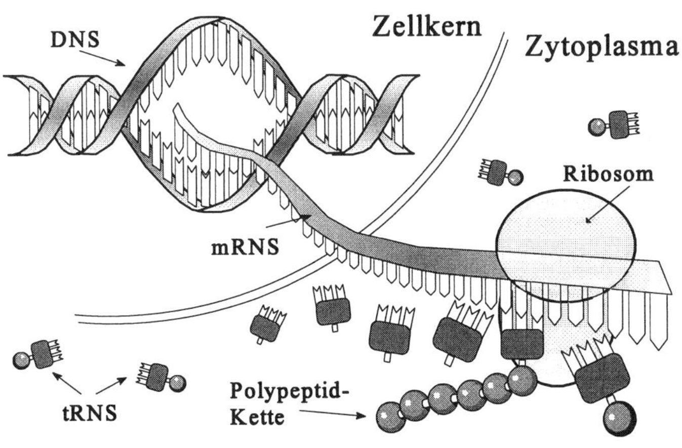

Abbildung 4.7: Darstellung der Transkriptions- und Translationsvorgänge.

4.5 Translation

Die mRNS tritt aus dem Zellkern aus und verbindet sich im Zytoplasma mit makromolekularen Komplexen, die als Ribosomen bezeichnet werden, und die Übersetzung des genetischen Codes in die Aminosäuresequenz steuern. Während des Translationsprozesses werden die vier Basen des mRNS-Codes in eine neue Sprache übertragen, deren Vokabular aus 20 Aminosäuren besteht (Rosenthal, 1994a). In der festgelegten Basenfolge eines Gens kodieren jeweils drei aufeinanderfolgende Basen (Tripletts) die Information für eine Aminosäure des Eiweißmoleküls, das am Ende der Proteinbiosynthese produziert wird.

Im Ribosom wird die Übertragung der mRNS in Aminosäuren durch ein anderes RNS-Molekül bewerkstelligt, die Transfer-RNS (tRNS). Es gibt mehr als 20 verschiedene Arten von tRNS. Jedes dieser Moleküle trägt eine spezifische Aminosäure zum Ribosom und benutzt sein eigenes Basentriplett (Anticodon), um das dazu komplementäre Codon der mRNS zu erkennen und sich daran anzulagern (vgl. Abb. 4.7). Durch Enzyme des Ribosoms werden die aneinandergrenzenden Aminosäuren miteinander verbunden, aus der tRNS gelöst und der wachsenden Aminosäurekette hinzugefügt (Rosenthal, 1994a). Das Ribosom fügt Aminosäure für Aminosäure aneinander und gibt schließlich das Polypeptid an das Zytoplasma frei (Pinel, 1997). Eine solche Polypeptidkette kann Hunderte von Aminosäuren lang sein. Sie faltet sich zu einem dreidimensionalen Gebilde, dem Protein, zusammen, dessen Form von der kodierten Folge der Aminosäuren abhängig ist (Edelman, 1995).

4.6 Genetische Flexibilität

Mit den bisher dargestellten Vorgängen der Genreplikation und -expression sind die wichtigsten genetischen Mechanismen beschrieben. Die „Fähigkeiten" des Erbmaterials gehen jedoch weit über das hinaus, was sich aufgrund der einfachen Struktur der DNS vermuten läßt. In den vergangenen Jahren und Jahrzehnten wurden verschiedene genetische Aktivitäten entdeckt, die das bis dahin vorherrschende Bild einer relativ unflexiblen DNS veränderten. Genetische Informationen sind nicht unverrückbar an einen festen Ort auf dem Chromosom, nicht einmal an ein bestimmtes Chromosom gebunden. Schwartz (1995) listet vier Formen von Genbewegungen auf, die zwar einerseits die Gefahr von Fehlentwicklungen in sich bergen, andererseits aber die Flexibilität und Adaptivität des Genoms erhöhen: Crossing-over, Einfügung durch Retroviren, *Transposition* und *Translokation*.

Während des ersten Stadiums der Meiose findet durch das **Crossing-over** zwischen den homologen Chromosomen ein Austausch von Abschnitten zufälliger Länge statt. Dieser Vorgang wurde bereits in Abbildung 4.2 verdeutlicht.

Retroviren sind fähig, unter Zuhilfenahme eines Enzyms eine doppelsträngige Kopie ihrer RNS zu erstellen und diese in die DNS einer Wirtszelle einzufügen. Dieser eingefügte Abschnitt (Provirus) erzeugt durch Transkription neue Retroviren. So kann zum Beispiel ein Regulatorgen des T-Zellen-Leukämie-Virus die Transkription von zwei Genen der Wirtszelle bewirken und dadurch die Wucherung der infizierten T-Zelle verursachen (Schwartz, 1995).

Transposition. Einige DNS-Abschnitte sind nicht fest auf dem Chromosom verankert, sondern scheinen von Generation zu Generation ihre Lage im Genom zu verändern. Ein solches genetisches Element wird als *Transposon* oder *Springendes Gen* bezeichnet (vgl. Rennie, 1993). Durch diese intra- und interchromosomalen Wanderungen kann es zu

Veränderungen in der Genexpression kommen, da der genetische Code auf unterschiedliche Weise modifiziert wird. Beispielsweise kann ein Transposon ein Gen abschalten, die Vervielfachung eines Gens bewirken oder zu einer Verschiebung des Leserahmens führen. Letzteres bedeutet, daß der Anfangspunkt des Lesevorgangs um ein oder zwei Basen versetzt wird. Da das Ablesen der mRNS schrittweise erfolgt - immer eine Dreiergruppe (Triplett) nach der anderen - wird die Folge der tRNS-Anticodons grundlegend verändert.

In den letzten Jahren konnte auch für genetische Erkrankungen beim Menschen die Beteiligung von Transposonen nachgewiesen werden. Zu diesen gehören Elliptocytose, Hämophilie A, Hypercholesterinämie und Retinitis pigmentosa (Rennie, 1993; Schwartz, 1995). In allen diesen Beispielen muß sich die eingefügte Sequenz während der Gametogenese verschoben und so ein mutantes Gen in der Samen- oder Eizelle bewirkt haben.

Als **Translokation** wird die Verlagerung von Chromosomensegmenten bezeichnet. Findet ein Austausch von Bruchstücken statt, spricht man von reziproker Translokation (vgl. Hagemann, 1986). Wenn die Gameten von einer Translokation betroffen sind, kann es zu genetischen Erkrankungen kommen. Ein bekanntes Beispiel beim Menschen ist die Translokationstrisomie bei einer speziellen Form des Down-Syndroms. Obwohl hier die normale Chromosomenzahl vorliegt, ist, aufgrund einer Translokation im ersten Stadium der Meiose, ein großer Teil der Information des Chromosoms 21 zusätzlich auf Chromosom 15 vorhanden. Sind hingegen die Körperzellen betroffen, können daraus maligne Zellveränderungen resultieren. Für onkologische Erkrankungen beim Menschen wurden mindestens 55 verschiedene Translokationen verantwortlich gemacht (Schwartz, 1995). Bei dieser Form der Chromosomenmutation verschmelzen entweder zwei Chromosomen an ihren Bruchstellen zu einem chimerischen Gen (z.B. chronische myeloische Leukämie) oder ein normalerweise stilles Gen wird durch reziproke Translokation in die Nähe eines aktiven Promotors gebracht (z.B. Burkitt Lymphom).

Anticipation. Andere DNS-Abschnitte führen zu Mutationen, indem sie sich von Generation zu Generation vervielfachen. So besteht beispielsweise das menschliche Gen mit der Bezeichnung FMR-1 (fragile X mental retardation gene 1) gewöhnlich aus höchstens 60 identischen Tripletts. Bei erkrankten Menschen sind es hingegen viele Hunderte oder gar Tausende. Diese Genvervielfachung äußert sich als *Fragiles-X-Syndrom*, das nach dem Down-Syndrom die häufigste genetische Ursache einer geistigen Behinderung darstellt (Rennie, 1993).

Als ausgesprochen bedeutsam könnte sich ein genetisches Phänomen erweisen, das in den letzten vier Jahren vermehrt Gegenstand von Studien war: Die **genetische Prägung**. *Geprägte Gene* wurden inzwischen als ursächlich für bestimmte Erbkrankheiten nachgewiesen und werden vermehrt insbesondere zur Erklärung der genetischen Grundlage von Geschlechtsunterschieden herangezogen (Vines, 1997; McGuffin & Scourfild, 1997; Skuse et al., 1997).

Meist können die mütterlichen und väterlichen Gene auf den homologen Chromosomen nicht unterschieden werden. Beide sind gleichermaßen aktiv. Es gibt jedoch Hinweise darauf, daß bestimmte Gene mit einem biochemischen Stempel versehen sind, der ihren elterlichen Ursprung erkennen läßt und über ihre Aktivität innerhalb der Zelle entscheidet (Rennie, 1993). Einige dieser geprägten Gene sind nur dann wirksam, wenn sie von der

Mutter stammen, und bleiben stumm, wenn sie über das Spermium vererbt werden. Andere hingegen müssen vom Vater vererbt werden, um „eingeschaltet" zu sein. Nur eine Kopie ist im Kind wirksam (Vines, 1997). Bei Säugetieren wird die Gesamtzahl geprägter Gene auf 100 bis 120 geschätzt, angeordnet in Gruppen von 15 bis 30 Genen (Barlow, 1995).

Geprägte Gene können sowohl auf den Auto- als auch auf den Gonosomen vorkommen. Um in allen Zellen eines Organismus identisch zu sein, muß die Prägung bereits im befruchteten Ei vorliegen und hinreichend stabil in der Mitose weitergegeben werden. Da die Prägung jedoch durch das Geschlecht des Elternteils bestimmt wird, der das jeweilige Gen weitergibt, kann sie nicht vererbt werden, sondern findet erst zum Zeitpunkt der Befruchtung statt. Vines (1997) hält es für wahrscheinlich, daß die vererbte Prägung der DNS während des Endstadiums der Ei- und Samenzellentwicklung aufgehoben wird, um so den Weg für neue Prägungen frei zu machen.

1990 wurde das erste geprägte Gen bei Mäusen und Menschen nachgewiesen - ein Gen für ein Wachstumshormon (Vines, 1997). Beim Menschen kann bisher zumindest für zwei Erkrankungen ein Ungleichgewicht zwischen mütterlichen und väterlichen geprägten Genen verantwortlich gemacht werden (Rennie, 1993; Vines, 1997):

- *Prader-Willi-Syndrom*: Tritt offenbar auf, wenn beide Exemplare des Gens auf Chromosom 15 von der Mutter stammen. Gewöhnlich ist das mütterliche Gen stumm und nur das väterliche Gen „eingeschaltet". In seltenen Fällen ist das Gen auf dem väterlichen Chromosom gelöscht. Das mütterliche Gen kann dieses Fehlen nicht kompensieren, was zur Folge hat, daß das in dieser Region codierte Protein nicht produziert wird (vgl. Brodsky & Lombroso, 1998).
- *Angelman-Syndrom*: Tritt auf, wenn beide Exemplare des ebenfalls auf Chromosom 15 befindlichen Gens vom Vater stammen. Das väterliche Gen wird stumm vererbt.

Skuse und Mitarbeiter (1997) beschrieben zum ersten Mal ein geprägtes Gen auf dem menschlichen X-Chromosom. Sie gingen der Frage nach, warum Jungen für Entwicklungsstörungen, die Sprache und Sozialverhalten betreffen (z.B. Autismus), eine höhere Vulnerabilität als Mädchen aufweisen. Diese Unterschiede können erworben sein und voneinander abweichende soziale Rollen widerspiegeln, sie können aber auch aus genetischen Unterschieden resultiert (McGuffin & Scourfield, 1997).

Das Forscherteam ging von der Hypothese aus, daß sich auf dem vom Vater vererbten X-Chromosom geprägte Gene für die soziale Kognition befinden. Dies könnte die erhöhte Vulnerabilität von Männer (deren einziges X-Chromosom immer von der Mutter kommt) erklären. Um ihre Annahme zu untermauern, untersuchten Skuse und Mitarbeiter (1997) die kognitiven Fähigkeiten von 80 Menschen mit Turner-Syndrom, einer chromosomalen Störung, bei der ein X-Chromosom ganz oder teilweise fehlt. Die Betroffenen zeigen ein weibliches Erscheinungsbild und verfügen meist über normale allgemeine Intelligenz, weisen aber häufig Probleme in der sozialen Anpassung auf (McGuffin & Scourfield, 1997).

Während von den beiden X-Chromosomen einer Frau je eines von der Mutter (X^m) und eines vom Vater (X^p) stammt, wird das einzelne X-Chromosom beim Turner-Syndrom in

70% der Fälle von der Mutter vererbt. In normalen weiblichen Körperzellen ist eines der beiden X-Chromosomen zufällig inaktiviert; bei X-Monosomie hingegen ist das einzelne Chromosom nie ausgeschaltet. Entsprechend ihrer Hypothese ging die Arbeitsgruppe um Skuse (1997) davon aus, daß Frauen mit Turner-Syndrom, deren X-Chromosom von der Mutter stammte, sich als deutlich anfälliger für die genannten Störungen erweisen.

Die beiden Gruppen von Patientinnen wurden von Eltern und Lehrern anhand standardisierter Instrumente beurteilt und zeigten tatsächlich signifikante Unterschiede in der erwarteten Richtung. Die X^m-Gruppe (n=55) erbrachte deutlich schlechtere Leistungen sowohl im verbalen Bereich als auch in der sozialen Interaktion, verglichen mit der X^p-Gruppe und der Kontrollgruppe aus gesunden Jungen und Mädchen. Bei drei Patientinnen wurde zudem Autismus diagnostiziert (entsprechend den ICD-10-Kriterien). Alle drei gehörten zur X^m-Gruppe. Interessant ist die Angabe deshalb, weil die Prävalenz von Autismus bei Frauen geringer als 1 : 10.000 ist (vgl. Skuse et al., 1997).

McGuffin und Scourfield (1997) betonen, daß nach den Ergebnissen der vorgestellten Studie das Vorhandensein geprägter Gene Geschlechtsunterschiede in der sozialen Kognition teilweise, aber nicht völlig zu erklären vermag. Sie vermuten vielmehr komplexe Wechselwirkungen zwischen Genen und Umweltfaktoren. Auch Skuse und Mitarbeiter (1997) weisen ausdrücklich darauf hin, daß sie in geprägten Genen nicht die einzige mögliche Erklärung sehen.

4.7 Mendels Erbe

Die Kreuzungsversuche mit Erbsen und Bohnen, die der Augustinermönch Gregor Mendel Mitte des vergangenen Jahrhunderts im Klostergarten von Brünn anstellte, werden häufig als Anfänge der wissenschaftlichen Genetik bezeichnet. Mendel beschrieb 1866 die Gesetzmäßigkeiten, die er aus seinen Experimenten ableiten konnte, und schuf damit die Grundlagen der Vererbungslehre. Seine Erkenntnisse wurden durch nachfolgende Studien bestätigt und erweitert. So zeigte sich später, daß seine Annahme, einzelne Merkmale würden unabhängig voneinander vererbt, nur dann zutreffend ist, wenn sie sich auf verschiedenen Chromosomen befinden. Gene auf dem gleichen Chromosom können nur nach einem Crossing-over getrennt vererbt werden.

Am bedeutsamsten ist vielleicht Mendels Entdeckung der dominanten oder rezessiven Vererbung von Merkmalen. Bei einigen Allelen können die Gene in zwei oder mehr Varianten vorliegen (z.B. bei den Blutgruppen: A, B oder 0). Sind beide Gene auf den homologen Chromosomen identisch, wird das entsprechende Merkmal als reinerbig (homozygot) und andernfalls als mischerbig (heterozygot) bezeichnet. Bei Mischerbigkeit wird die Ausprägung des Merkmals ausschließlich durch das dominante Gen bestimmt. Durch rezessive Gene vererbte Merkmale kommen nur bei homozygoter Vererbung zum Tragen. Allerdings können einige Gene auch unvollständige Dominanz aufweisen, das heißt sie sind weder völlig dominant noch völlig rezessiv. Ein Beispiel dafür ist die Sichelzellenanämie. Sie wird zwar durch ein rezessives Gen vererbt, doch zeigt das Blut von Menschen mit einem Gen für Sichelzellenanämie und einem normalen Gen trotzdem einige Charakteristika dieser Krankheit (vgl. Vasta, Haith & Miller, 1992).

Neben dem dominant/rezessiven Erbgang bestehen noch zwei weitere Möglichkeiten (vgl. Cole & Cole, 1996): Bei der *intermediären Vererbung* zeigen beide Allele Wirkung. Das Erscheinungsbild des Merkmals liegt in der Mitte zwischen den reinerbigen Varianten. Bei der *Kodominanz* wird das Charakteristikum ebenfalls durch beide Allele bestimmt, doch ist es nicht intermediär, sondern völlig verschieden von den reinerbigen Merkmalen.

Mendel hatte bei seinen Experimenten das Glück, unwissentlich Merkmale ausgewählt zu haben, für deren Ausprägung nur jeweils ein Gen zuständig ist (*Monogenie*). Viele menschliche Merkmale (wie z.B. Intelligenz oder Körpergröße) scheinen hingegen polygen - also durch mehrere Gene - vererbt zu werden. Kennzeichnend für *Polygenie* ist eine kontinuierliche Verteilung der Merkmale und eine erhöhte Beeinflußbarkeit durch Umweltfaktoren. Schon bei relativ wenigen Genen nähern sich die möglichen Ausprägungen der betreffenden Eigenschaft der Normalverteilung an. Die Körpergröße beispielsweise kann, innerhalb der genetisch definierten Grenzen, jedes Maß annehmen. Demgegenüber führt Monogenie zu einer gestuften Merkmalsausprägung, wie sie sich zum Beispiel bei den Blutgruppen zeigt (vgl. Rossmann, 1996).

4.8 Genetische Störungen

Einige Erkrankungen sind erblich und folgen somit den gleichen Vererbungsgesetzen wie beispielsweise Augenfarbe und Nasenform. Andere Erkrankungen sind zwar ebenfalls genetisch beeinflußt, werden jedoch nicht vererbt, sondern resultieren aus Änderungen der Chromosomenstruktur oder -zahl während der Meiose. Die Folge sind strukturelle oder numerische *Chromosomenaberrationen.*

Häufig sind die Anomalien von Genen oder Chromosomen so schwer, daß die betroffenen Zygoten nicht lange lebensfähig bleiben. Mietzel (1995) nennt Schätzungen, wonach 31 gesunde Geburten auf 100 Empfängnisse kommen. In anderen Fällen kann die genetische Abweichung längerfristig schwerwiegende Schädigungen mit sich bringen. Für viele erbliche Erkrankungen sind die zugrundeliegenden genetischen Mechanismen inzwischen erforscht. Es ist bekannt, ob sie dominant oder rezessiv, mono- oder polygen vererbt werden. Tabelle 4.1 gibt einen Überblick über genetische Erkrankungen und die jeweilige Art der Vererbung. Diese beispielhafte Auswahl umfaßt Erkrankungen, bei denen der Anteil genetischer Faktoren eindeutig oder weitgehend erklärt ist.

Menschen, die heterozygot für eine rezessiv vererbte Erkrankung sind, können das Gen an ihre Nachkommen weitergeben, ohne überhaupt zu erfahren, daß sie Träger sind. Bei Erkrankungen mit dominantem Erbgang ist hingegen jeder Träger auch erkrankt. Dominante Gene, die schwere Störungen verursachen, sterben gewöhnlich aus, da die Betroffenen meist nicht lange genug leben, um sich fortzupflanzen. Ausnahmen bilden Erkrankungen, wie zum Beispiel *Chorea Huntington,* die erst in relativ fortgeschrittenem Alter zum Ausbruch kommen.

Tabelle 4.1: Ausgewählte genetische Erkrankungen (zusammengestellt nach Rossmann, 1996; Brodsky & Lombroso, 1998; Neuhäuser, 1998).

Rezessiver Erbgang, autosomal	
Angelman-Syndrom	Ausgeprägte geistige Behinderung mit ausbleibender Sprachentwicklung und verzögerter motorischer Entwicklung.
Phenylketonurie	Stoffwechselstörung, führt unbehandelt zu geistiger Behinderung, verzögerter körperlicher Entwicklung und neurologischen Symptomen.
Tay-Sachs-Syndrom	Fettsubstanzen im Blut werden nicht abgebaut, Fettansammlung bewirkt Hirnschädigung; bereits in früher Kindheit tödlich.
Prader-Willi-Syndrom	Geistige Behinderung in unterschiedlicher Ausprägung, Kleinwuchs, Verhaltensauffälligkeiten und häufig Adipositas aufgrund unkontrollierter, impulsiver Nahrungsaufnahme.
Dominanter Erbgang, autosomal	
Chorea Huntington (*Veitstanz*)	Im Erwachsenenalter einsetzende progressive Bewegungsstörung; evtl. mit psychischen Störungen und späterer Demenz.
Neurofibromatose	Erkrankung mit breitgefächerten Symptomen (Knochenanomalien, Störungen der Hautnerven und der Hautpigmentierung).
Polygener Erbgang	
Anencephalie	Völliges oder weitgehendes Fehlen des Großhirns, der Neurohypophyse und des Zwischenhirns.
Diabetes mellitus (Typ I; juvenile Form)	Störung des Zuckerstoffwechsels, da der Körper nicht genug Insulin produziert.
Lippenspalte, Gaumenspalte	Nicht- oder unvollständiges Zusammenwachsen der Oberlippe bzw. des Gaumens.
Rezessiver Erbgang, gonosomal	
Bluterkrankheit (*Hämophilie*)	Störung der Blutgerinnung, fast nur bei Männern.
Fragiles-X-Syndrom	Angeborene Form mittlerer bis schwerer geistige Retardierung.
Lesch-Nyhan-Syndrom	Störung des Purinstoffwechsels mit Intelligenzdefekten und Selbstverstümmelungstendenz.

Aber auch homozygote Träger eines Krankheitsgens müssen nicht zwangsläufig erkranken. So führt *Phenylketonurie* nur dann zur schweren bleibenden Schädigung des Gehirns, wenn sie nicht innerhalb der ersten drei Lebensmonate festgestellt wird. Mit einer speziellen Diät, die dem Umstand Rechnung trägt, daß Phenylalanin vom Körper des betroffenen Kindes nicht abgebaut wird, kann die Entwicklung weitgehend normal verlaufen. Ganz vermeiden lassen sich kognitive Defizite aber auch durch eine früh verabreichte Diät nicht. Laut Herzberg und Diamond (1993) erbrachten betroffene Kinder in kognitiven Tests schlechtere Leistungen als gesunde und wiesen gewöhnlich ein übernormal hohes Niveau von Phenylalanin im Blut auf. Wässer und Mitarbeiter (1994) weisen darauf hin, daß bei betroffenen Kindern die Konzentrationsfähigkeit und Informationsverarbeitungsgeschwindigkeit oft stark gestört sind, mit Konzentrationstrainings jedoch gute Erfolge erzielt werden können.

Tabelle 4.2: Häufige Chromosomenaberrationen.

Bezeichnung	**Beschreibung**	**Chromosomenzahl**
Autosomale Chromosomenaberration		
Wolf-Syndrom	Teilweiser Abriß eines Arms an Chromosom 4	46
Cri-du-chat-Syndrom	Teilweiser Abriß eines Arms an Chromosom 5	46
Down-Syndrom (Trisomie 21 / Trisomie G) Translokations-Trisomie G/G Translokations-Trisomie D/G	Ein Chromosom 21 überzählig als Mosaik (betrifft nicht alle Zellen) Überzähliges Chromosom mit Chromosom der G-Gruppe verbunden Überzähliges Chromosom mit Chromosom der D-Gruppe verbunden	47 46/47 46 46
Patau-Syndrom (Trisomie D)	Ein Chromosom 13 überzählig	47
Edward-Syndrom (Trisomie E)	Ein Chromosom 18 überzählig	47
Gonosomale Chromosomenaberration		
Turner-Syndrom (Monosomie X)	Nur ein X-Chromosom Phänotyp weiblich	45
Triplo-X-Syndrom (Trisomie XXX)	Ein X-Chromosom überzählig Phänotyp weiblich	47
Klinefelter-Syndrom (Trisomie XXY)	Ein X-Chromosom überzählig Phänotyp männlich	47
YY-Syndrom (Trisomie XYY)	Ein Y-Chromosom überzählig Phänotyp gewöhnlich männlich	47

Die fehlenden, überzähligen oder morphologisch abweichenden Chromosomen bei einer Chromosomenaberration lassen sich entsprechend der Denver-Klassifikation (vgl. Abb. 4.3) bestimmen. So werden *Trisomien* - das dreifache statt doppelte Vorhandensein eines Chromosoms - mit der Zahl gekennzeichnet, die das entsprechende Chromosom nach der Denver-Klassifikation erhalten hat (z.B. Trisomie 21 = Down-Syndrom). Die häufigsten Chromosomenaberrationen sind in Tabelle 4.2 zusammengefaßt. Trisomien kommen außer bei den Autosomen 13, 18 oder 21 auch bei den Gonosomen als überzähliges X- oder Y-Chromosom vor. Sie entstehen, ebenso wie Monosomien, aufgrund der fehlerhaften Trennung eines Chromosomenpaares (Nondisjunction) während der Meiose. Das Risiko für eine Trisomie scheint sich mit zunehmendem Alter der Eltern, insbesondere der Mutter, zu erhöhen (vgl. Cole & Cole, 1996). Weitere Trisomien sind die Mosaik-Trisomie, bei der nur ein Teil der Körperzellen das zusätzliche Chromosom aufweist, und Translokations-Trisomien mit scheinbar normaler Chromosomenzahl, weil sich das überzählige Bruchstück eines Chromosoms an ein anderes angeheftet hat. Translokations-Trisomien beruhen nicht auf Nondisjunctionen und sind, anders als numerische Chromosomenaberrationen, erblich. Die relativ kleine Zahl bekannter Trisomien ist wahrscheinlich darauf zurückzuführen, daß sich Zygoten mit fehlenden oder überzähligen Chromosomen häufig nicht sehr weit entwickeln und abgestoßen werden.

Zu den autosomalen Chromosomenaberrationen gehören auch Störungen, die durch das Fehlen genetischen Materials hervorgerufen werden, wie etwa das Cri-du-chat-Syndrom oder das Wolf-Syndrom. Numerische Aberrationen der Gonosomen reichen von der Monosomie bis zu den sehr selten beobachteten Pentasomien.

4.9 Methoden der Genforschung

Die Verbindung zwischen Genen und Merkmalen wird auf unterschiedliche Weise erforscht. Mit molekulargenetischen Verfahren wird versucht, Hinweise darauf zu finden, welche Gene an der Ausprägung von Krankheiten beteiligt sind. Fortschritte in der Molekulargenetik machen es möglich, auf den einzelnen Chromosomen genetische Marker zu entdecken und mit ihrer Hilfe die Lage von Genen zu bestimmen. Die Quantitative Genetik nähert sich dem Forschungsgebiet von der entgegengesetzten Seite. Sie untersucht nicht genetische Ursprünge, sondern die Verteilung physischer und psychischer Merkmale. Dieses Verfahren erlaubt keine Aussagen darüber, *welche* Gene an der Merkmalsausprägung beteiligt sind. Sie kann nur Hinweise darauf liefern, *ob und in welchem Ausmaß* bestimmte Merkmale erblich bedingt sein können. Ergebnisse der Quantitativen Genetik zur Erblichkeit von Syndromen und Symptomkombinationen können die Forschung in der Molekulargenetik lenken (vgl. Plomin, Owen & McGuffin, 1994), während molekulargenetische Entdeckungen Vermutungen aus der Quantitativen Genetik möglicherweise unterstützen. Beide Verfahren haben im Zeitraum ihres Bestehens eine Vielzahl von Techniken entwickelt, die im Folgenden kurz erläutert werden sollen.

Seit den frühen 80er Jahren existiert mit der *Koppelungsanalyse* eine effiziente Methode, um Gene aufzuspüren, die zur Ausprägung bestimmter Merkmale beitragen. Um dies zu erreichen, müssen zuerst bestimmte DNS-Abschnitte lokalisiert werden, die polymorph auftreten, das heißt, sie liegen auf *homologen Chromosomen* in zwei oder mehreren unterscheidbaren Varianten vor (vgl. Horgan, 1993). Solche hochpolymorphen DNS-Fragmente werden als RFLPs (restriction fragmentlength polymorphisms) bezeichnet.

Wenn diese RFLPs häufig zusammen mit einem bestimmten Merkmal vererbt werden, mit diesem also praktisch *gekoppelt* sind, können sie als *Marker* für dieses Merkmal fungieren (vgl. Bondy, Ackenheil, Müller-Spahn & Hippius, 1988). Um mit großer Wahrscheinlichkeit gemeinsam vererbt zu werden, müssen Gene und Marker möglichst eng nebeneinander liegen. Auf dem gleichen Chromosom kann die Koppelung zweier Gene zwischen fast vollständig (nahe 1) und etwas mehr als zufällig (ein wenig über 0,5) variieren. Der Koppelungsbruch - das Crossing-over - eines Chromosomenpaars während der Meiose bewirkt, daß sie nicht immer gemeinsam vererbt werden. Die Austauschhäufigkeit kann als Maß für den Abstand zwischen den DNA-Abschnitten dienen.

Die Koppelungsanalyse ist ein molekularbiologisches Verfahren, das auf der Koppelung von Merkmal und Marker gründet. Tragen erkrankte Personen fast immer dieselbe Variante eines Markers, muß dieser in unmittelbarer Nachbarschaft des defekten Gens auf einem Chromosom liegen (vgl. White & Lalouel, 1988). Mittels Koppelungsanalyse wurde zum Beispiel 1983 der Marker für Chorea-Huntington gefunden. Durch die Möglichkeit, DNS-Polymorphismen sichtbar zu machen, können Gene lokalisiert und identifiziert werden, die für Störungen verantwortlich sind (z.B. Zystische Fibrose, erbl. Muskeldystrophie und Chorea Huntington). Außerdem können so Gene gefunden werden, die eine Prädisposition für komplexe Vererbungsmuster darstellen wie Diabetes, Arteriosklerose und Bluthochdruck (Housman, 1995). Plomin, Owen und McGuffin (1994) weisen darauf hin, daß Gene für komplexes Verhalten auf diese Weise nur lokalisiert werden können, sofern die Effekte auf ein einzelnes Gen zurückzuführen sind. Das Verfahren bleibt jedoch erfolglos, wenn die Merkmale durch mehrere Gene bedingt werden und zudem einige nur geringen Einfluß auf das Symptom ausüben.

Die Quantitative Genetik entstand zu Beginn des Jahrhunderts aus der Uneinigkeit zwischen den Anhängern Mendels und den Biometrikern, die der Ansicht waren, Mendels Gesetze seien auf die komplexen, fast immer normalverteilten Charakteristiken höherer Organismen nicht übertragbar (vgl. Plomin, Rende & Rutter, 1991). Methodisch stützt sich die Quantitative Genetik hauptsächlich auf Familien-, Adoptions- und Zwillingsforschung sowie Kombinationen dieser Verfahren. Sie interpretiert also Merkmalsunterschiede zwischen Personengruppen unterschiedlicher Verwandtschaftsgrade und nicht individuelle genetische Ausstattungen oder ihre Wirkungen. Auf diese Weise sollen komplexe Störungsbilder erforscht und die Einschränkungen des Mendelschen Erbgangmodells, das nur auf dichotome Störungsbilder anwendbar ist, überwunden werden (vgl. Rutter, 1991).

Auch wenn die Quantitative Genetik davon ausgeht, daß phänotypische Unterschiede durch Änderungen in der DNS bewirkt werden, besteht ihre Aufgabe nicht darin, verursachende Gene zu bestimmen; sie ist stattdessen auf die Beschreibung beobachtbarer Variationen zwischen Individuen in einer Population begrenzt, wobei diese Unterschiede durch veränderbare genetische und umweltbedingte Faktoren begründet werden.

Für Rende und Plomin (1995) ergeben sich aus diesem auf phänotypischen Unterschieden beruhenden Schwerpunkt zwei wichtige Einschränkungen:

- Der Anteil universeller genetischer und Umweltfaktoren läßt sich - selbst wenn sie entwicklungsrelevant sind - mit Mitteln der Quantitativen Genetik nicht feststellen, solange sie keine beobachtbaren Unterschiede zwischen Individuen bewirken, denn die statistischen Modelle zur Klärung dieses Problems sind meist varianzabhängig; eine Konstante ist aber definitionsgemäß unveränderlich. So ist es zwar genetisch bedingt, daß Menschen zwei Füße haben, doch handelt es sich um eine grundlegende, sich nicht verändernde menschliche Eigenheit (vgl. Plomin, Rende & Rutter, 1991).

- Die Quantitative Genetik ermittelt durchschnittliche Unterschiede zwischen Individuen. Ein mittlerer Heritabilitäts-Wert kann also theoretisch auf völlige genetische Ätiologie einiger und völlige umweltbedingte Ätiologie anderer Individuen zurückzuführen sein. Zudem kann die genetische und umweltbedingte Ätiologie, die eine Störung für einige Individuen erklärt, unentdeckt bleiben, da sich die Quantitative genetische Analyse auf die Gesamtvariation der Population beschränkt (vgl. Rende & Plomin, 1995).

Die Möglichkeit, kausale Beziehungen zwischen Umweltgegebenheiten und menschlichen Verhaltensweisen experimentell zu überprüfen, ist sehr begrenzt. Kontrollierte Experimente an Menschen (z.B. mittels Zuchtwahl) verbieten sich selbstverständlich aus ethischen Gründen und sind auch methodisch problematisch. Um kausale Beziehungen zu isolieren, müßten einer Kontrollgruppe normale Erfahrungen vorenthalten werden. Auch müßte idealerweise eine große Zahl erbgleicher Individuen untersucht werden können. Darum wird in der Humanforschung auf vorgefundene Variationen von Faktoren zurückgegriffen (z.B. Geschlecht, Erbverwandtschaft, Schichtzugehörigkeit, Ernährung während der Schwangerschaft). Aus praktischen und finanziellen Erwägungen heraus stützt man sich dabei meist nicht auf Längs-, sondern auf Querschnittsuntersuchungen, obwohl erstere aufgrund der starken Veränderungen im Entwicklungsverlauf das Verfahren der Wahl sein sollten.

Die häufigsten Forschungsstrategien in der Quantitativen Genetik sind *Zwillings-* , *Familien-* und *Adoptionsstudien* (vgl. Kasten 4.1). Diese Verfahren boten zur Zeit ihres Entstehens einen Ausweg aus dem Dilemma, die tatsächliche genetische Grundlage psychischer Merkmale und Fähigkeiten nicht zu kennen und deshalb auch nicht beweisen zu können. Der hohe Stellenwert, den die Zwillingsforschung im Anlage-Umwelt-Streit einnahm, beruhte auf der Überlegung, daß die identische genetische Ausstattung eineiiger Zwillinge Rückschlüsse auf die Bedeutung biologischer und sozialer Faktoren zulassen würde. Den meisten älteren Zwillingsstudien - von Galtons Anfängen bis in die späten 70er Jahre dieses Jahrhunderts - wurden jedoch methodische und sachliche Mängel vorgeworfen (vgl. Kamin, 1979). Ihre Beweiskraft muß deshalb bezweifelt werden.

4.10 Grundannahmen der Quantitativen und Molekulargenetik

Anlage und Umwelt sind gleichermaßen wichtig. Zum Intelligenzquotienten (IQ) wurden mehr verhaltensgenetische Daten gesammelt als zu jedem anderen Merkmal. Doch obwohl diese eine grundlegende Bedeutung genetischer Einflüsse für die Intelligenzentwicklung vermuten lassen, liefern sie gleichzeitig die besten Beweise für die Wichtigkeit nichtgenetischer Faktoren. Bei kognitiven Fähigkeiten und Persönlichkeitsmerkmalen haben verhaltensgenetische Daten selten Erblichkeitsschätzungen erbracht, die .50 überschreiten, was bedeutet, daß diese Merkmale mindestens so stark umweltbedingt wie erblich sind.

Kasten 4.1: Zwillings-, Familien- und Adoptionsstudien.

Erste Untersuchungen mit eineiigen Zwillingen wurden schon 1875 von Francis Galton durchgeführt, der damit beweisen wollte, daß die Natur bei weitem gegenüber der Erziehung dominiert (vgl. Horgan, 1993).

Unter den traditionellen Strategien der Genetik zählt der Vergleich zwischen eineiigen Zwillingen (EZ) mit identischen Gensätzen und zweieiigen Zwillingen (ZZ) mit durchschnittlich 50%iger genetischer Übereinstimmung zu den etabliertesten Ansätzen. Der Übereinstimmungsgrad zwischen EZ- und ZZ-Paaren erlaubt zu schätzen, in welchem Ausmaß genetische Variationen für individuelle Variationen bestimmter Störungen oder Eigenschaften verantwortlich sind. Diese Forschungsstrategie konnte noch verbessert werden, indem

- in früher Kindheit getrennte und in unterschiedlichen Umgebungen aufgewachsene EZ-Paare untersucht wurden,
- Untersuchungen von sich stark unterscheidenden EZ-Paaren durchgeführt wurden und
- Kinder von EZ und ZZ untersucht wurden. Dabei wurde davon ausgegangen, daß Kinder von EZ genetisch als Halbgeschwister anzusehen sind, während Kinder von ZZ als einfache Cousins gelten (vgl. Rutter, 1991).

Familienstudien beurteilen den Grad der Übereinstimmung zwischen genetisch verwandten Individuen, auch wenn sie diese nicht von Umweltfaktoren trennen können; dazu dienen Adoptionsstudien. Sie zeigen, inwieweit familiäre Übereinstimmung auf erbliche Übereinstimmung zurückzuführen ist und unterstreichen andererseits die Bedeutung der Umwelt durch die Ähnlichkeit unter Adoptivgeschwistern (Rende & Plomin, 1995).

Einige Störungen beruhen auf einem Gen. Zum Beispiel konnte für Chorea Huntington, das Fragile-X-Syndrom und früh auftretenden Alzheimer jeweils das verursachende Gen lokalisiert werden. Bei anderen Störungen (z.B. *Tourette-Syndrom*) wird ein einziges Gen oder ein Haupt-Gen-Effekt vermutet, der allerdings noch nicht bewiesen werden konnte, da es bisher nicht möglich war, die Genorte zu isolieren.

Die meisten Störungen beruhen auf der kombinierten Wirkung mehrerer Gene. Der in den späten 80ern herrschende Enthusiasmus hinsichtlich der Entdeckung einzelner Gene, die Schizophrenie und bipolare Störungen auslösen sollten, hat sich in den letzten Jahren merklich gelegt, da die Ergebnisse der vorgelegten Studien sich in der Folgezeit als nicht replizierbar erwiesen. So mußten beispielsweise die Berichte, wonach manisch-depressive Erkrankungen (vgl. Kap. 15) mit einem Marker auf Chromosom 11 zusammenhängen oder Schizophrenie mit Markern auf Chromosom 5, widerrufen werden (vgl. Gershon & Rieder, 1992). Trotzdem gilt als unbestritten, daß fast alle psychischen Störungen Anzeichen für genetische Einflüsse aufweisen. Tabelle 4.3 gibt einen Überblick über den Stand genetischer Forschung im Bereich der Psychopathologie. Danach wird für die meisten

Störungen eine genetische Grundlage vermutet. Allerdings setzt sich langsam die Überzeugung durch, daß diese Störungen - anders als Chorea Huntington - nicht die Folge der massiven Wirkung eines einzelnen Gens auf die Entwicklung sind, sondern den möglichen Einfluß mehrerer oder vieler Gene widerspiegeln.

Tabelle 4.3: Stand der Genforschung in der Psychopathologie (nach Rende & Plomin, 1995).

- Für *Autismus* (vgl. Kap. 14) wird angenommen, daß er im wesentlichen auf genetischen Einflüssen beruht (vgl. Kusch & Petermann, 1991b).
- Die meisten Zwillingsstudien widmeten sich der Erblichkeit von *Intelligenz*, definiert als Fähigkeit, entsprechende kognitive Leistungsanforderungen zu bewältigen. Die Ergebnisse erstrecken sich von 20-80% für den genetischen Anteil der Intelligenz (vgl. Horgan, 1993).
- Für die Ätiologie von *Aufmerksamkeitsdefiziten/Hyperaktivitätsstörungen* lassen Zwillingsstudien genetische Einflüsse vermuten.
- Widersprüchlicher sind die Befunde für aggressives (antisoziales) Verhalten (vgl. Kap. 13). Hier muß noch geklärt werden, ob ein genetischer Einfluß besteht.
- Die meisten theoretischen Modelle halten den genetischen Einfluß bei *Alkohol- und Drogenmißbrauch* für bestenfalls mittelmäßig und präferieren eher ein Vulnerabilitätsmodell als ein „Krankheits"-Gen, das die Störung direkt verursacht. Der von Cloninger (1991) behauptete Zusammenhang zwischen dem A1-Allel (Marker) und dem Gen für den D2-Rezeptor gilt als unsicher (vgl. Rende & Plomin, 1993).
- Für *bipolare Störungen* wird von einer wesentlichen genetischen Grundlage ausgegangen. Der Bericht über die Entdeckung eines entsprechenden Gens (Kelsoe, Ginns, Egeland, Gerhard & Goldstein, 1989) mußte jedoch zurückgezogen werden.
- Die Rolle genetischer Faktoren für *unipolare* und *Major Depression* (vgl. Kap. 15) wird kontroverser diskutiert.
- Für *Generalisierte Angststörungen, Phobien* (Agora-, soziale, Situations- und einfache Phobien) und *Panik-Störungen* konnte die Bedeutung von Erblichkeitsfaktoren nachgewiesen werden.
- Zwillings- und Adoptionsstudien unterstützen die Bedeutung von Erblichkeitsfaktoren für das Entstehen der *Schizophrenie*. Während einige Modelle immer noch ein einziges Gen oder ein Hauptgen als Ursache annehmen, bevorzugen andere Modelle statt dessen mehrere Gene.
- Die Angaben zur Erblichkeit von *Kriminalität* reichen je nach Studie von 0 bis 50%. Die Theorie, daß ein zusätzliches Y-Chromosom bei Männern (XYY-Chromosomen-Anomalie) gesteigerte Gewalttätigkeit bewirke und zur Kriminalität beitrage, ließ sich nicht halten (vgl. Horgan, 1993).

Plomin, Owen und McGuffin (1994) schlagen zwei multigenetische Modelle vor, mit denen sich die Entstehung komplexer Störungen erklären läßt. Der OGOD-Ansatz (**o**ne-**g**ene-**o**ne-**d**isorder) nimmt an, daß verschiedene Störungen, von denen jede durch ein einzelnes Gen verursacht wird, gemeinsam ein komplexes Störungsbild hervorbringen.

Das zweite Modell wird als QTL-Ansatz (**q**uantitative **t**rait **l**oci) bezeichnet. Es geht davon aus, daß komplexe Verhaltensstörungen das Ergebnis multigenetischer Wirkungen mit veränderlicher Effektstärke sind. Dabei ist jedes einzelne Gen dieses Systems weder notwendig noch ausreichend, um die Störung hervorzurufen (vgl. Abb. 4.8). In diesem Zusammenhang ist auch ein als *Pleiotropie* bezeichnetes Prinzip in der Genetik zu nennen, wonach ein Gen mehrere Funktionsbereiche betreffen kann (vgl. Rende & Plomin, 1995). So zeigt zum Beispiel das Fragile-X-Syndrom, daß ein einziger genetischer Faktor eine große Spannbreite von Verhaltensbereichen abdeckt (vgl. Schreck, Backes, von Gontard & Lehmkuhl, 1998), wie Kognition und Sprache oder psychopathologische Charakteristiken (atypische Persönlichkeit, affektive Symptome).

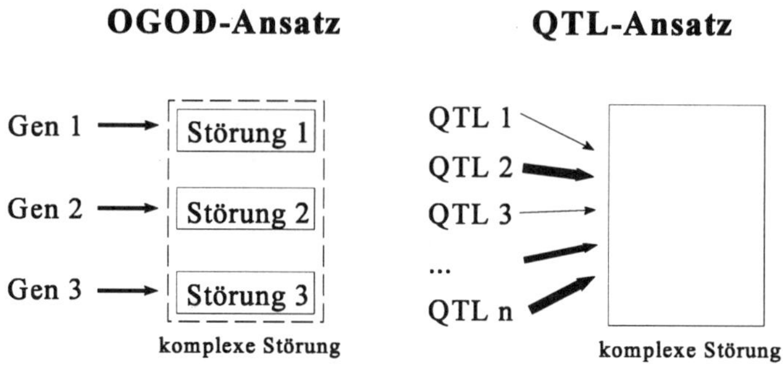

Abbildung 4.8: Darstellung des OGOD- und des QTL-Ansatzes (mod. nach Plomin, Owen & McGuffin, 1994).

Auch Umwelteffekte sind wichtig. Für fast alle in Tabelle 4.3 aufgeführten Störungen weisen verhaltensgenetische Befunde auf die Bedeutung der Umwelt hin, mit Ausnahme des Autismus, der wahrscheinlich eine der am stärkten genetisch bestimmten psychiatrischen Störungen ist. Für alle anderen Störungen wird eine Erblichkeit von häufig unter 50% angenommen. Dies gilt zum Beispiel für Schizophrenie bei eineiigen Zwillingen. In weniger als der Hälfte der Fälle erkranken beide an der Störung.

Genetische Auswirkungen können sich mit unterschiedlichem Alter einstellen. Das Fragile-X-Syndrom und der Autismus sind zwei Beispiele für Störungen, deren phänotypische Ausprägung sich schon in einem sehr frühen Entwicklungsstadium einstellt. Schizophrenie tritt hingegen gewöhnlich erst im Jugendalter auf (Weinberger, 1987), und es steht nicht fest, ob es vorher offensichtliche phänotypische Anzeichen gibt. Auch die klinischen Symptome von Chorea Huntington sind nicht vor dem Erwachsenenalter auszumachen. Genetische Einflüsse auf die Entwicklung psychischer Störungen sollten deshalb nicht automatisch mit einem frühen Krankheitsbeginn gleichgesetzt werden.

Phänotypisch definierte Störungen können ätiologisch heterogen sein. Eine „Störung", die aufgrund äußerer, phänotypischer Merkmale klassifiziert wird, kann in Wahrheit eine Gruppe von Zuständen mit unterschiedlichen ätiologischen Grundlagen widerspiegeln (vgl. Plomin & Rende, 1991). Es kann - mit anderen Worten - nicht vom Erscheinungsbild einer Krankheit auf den Verlauf ihrer Entstehung und auf ihre Ursache geschlossen werden. Autismus weist beispielsweise Anzeichen für genetische Heterogenität auf, weil fast 10% der Fälle mit einer bekannten genetischen Komponente wie dem Fragilen-X-Syndrom verbunden sind (vgl. Rutter, Bailey, Bolton & LeCouteur, 1993). Aber auch die verbleibenden 90% der Autismusfälle müssen nicht notgedrungen genetisch homogen sein. Laut Courchesne, Townsend und Chase (1995) gibt es keine entwicklungspsychopathologische Störung, bei der sich die Kausalkette von den offensichtlichen Verhaltenssymptomen zu den biologischen Ursprüngen zurückverfolgen läßt.

Kasten 4.2: Individuelle und Gruppenfamilialität.

Der Begriff *„Individuelle Familialität"* bezeichnet die Ähnlichkeit zwischen einem Kind und den übrigen Familienmitgliedern in Hinblick auf ein bestimmtes Merkmal. Zum Beispiel gibt die Korrelation zwischen Geschwistern an, inwieweit individuelle Unterschiede auf *familialen* Faktoren - wie etwa für Familienähnlichkeiten verantwortliche genetische oder Umweltbedingungen - beruhen.

Die *Gruppen-Familialität* gibt an, wie sehr Familienmitglieder vom Normalwert - definiert als Mittelwert in der Population - des betreffenden Merkmals abweichen. Das heißt, wenn Extremwerte eines Kindes auf familialen Faktoren beruhen, sollten erwartungsgemäß auch die Werte der Geschwister von der Normalität abweichen. Daran, wie weit sich die mittlere Differenz zwischen einem bestimmten Kind und der Population an die mittlere Differenz zwischen seinen Geschwistern und der Population annähert, ist abzulesen, inwieweit die Normabweichung des Kindes auf familialen Faktoren beruht (Rende & Plomin, 1995). Um auf familiale Faktoren schließen zu können, sollte die mittlere Abweichung der Geschwister von der Norm größer sein, als die eines zufällig ausgewählten Kindes.

Nichols (1984) konnte in einer Studie zur Erforschung geistiger Retardierung feststellen, daß von den Geschwistern schwer retardierter Kinder keines retardiert war, während von den Geschwistern leicht retardierter Kinder ein Fünftel retardiert war. Wenn familiale Faktoren wichtig für die Ätiologie der Störung sind, sollten die Mittelwerte der Geschwister von denen einer Zufallsstichprobe abweichen. Genau das traf für die Geschwister leicht retardierter Kinder zu. Die Analyse dieser Ergebnisse im Licht des Familialitätskonzeptes führt zu zwei wichtigen Feststellungen:

1. Schwere Retardierung weist keine Familialität auf und ist somit ätiologisch verschieden von den übrigen IQ-Werten in der Familie.
2. Leichte Retardierung ist familial und somit ätiologisch mit den IQ-Werte der Familie verknüpft (vgl. Plomin, Rende & Rutter, 1991).

Phänotypisch unterschiedliche Störungen können ätiologisch homogen sein. Ein entgegengesetzter Ansatz untersucht, ob es genetische Einflüsse gibt, die über die diagnostizierten Störungen hinausreichen und sich auf andere Störungen oder ein Spektrum weniger schwerer Symptome erstrecken (Plomin & Rende, 1991). Hier ist beispielsweise an das Tourette-Syndrom zu denken, zu dessen Erscheinungsbild neben den zentralen Merkmalen wie motorischen und phonetischen Tics auch andere dysfunktionale Bereiche (zwanghafte Verhaltensweisen, Aufmerksamkeits- und Lernschwierigkeiten) gehören. Darüber hinaus ist es denkbar, daß auch komorbide Zustände auf gemeinsamen genetischen Einflüssen beruhen. Da Komorbidität für viele Bereiche der Psychopathologie eher die Regel als die Ausnahme sein könnte (vgl. Kap. 9), ist sie von besonderem Interesse (Caron & Rutter, 1991).

Ein Großteil der Umwelteinflüsse wird unterschiedlich erlebt. Obwohl für zusammen aufwachsende Geschwister die familiäre Umwelt gleich sein sollte, können einige Charakteristika der Familie auf die einzelnen Geschwister unterschiedlich wirken, weil sie sich in Bezug auf Alter, Temperament oder elterliche Erwartungen unterscheiden. Eine direkte Möglichkeit, das Ausmaß zu ermitteln, in dem gemeinsame Erfahrungen sich auf Kinder derselben Familie auswirken, bieten Studien mit Adoptivgeschwistern, da bei ihnen die durchschnittliche genetische Ähnlichkeit zur Adoptivfamilie sehr gering ist (vgl. Plomin, Rende & Rutter, 1991).

Die überzeugendsten Beweise für die Bedeutung einer unterschiedlich erlebten Umwelt liefern Studien an eineiigen Zwillingen, da Unterschiede in ihrer Entwicklung nur auf abweichendem Umwelterleben oder auf Meßfehlern beruhen können. Weder genetische Faktoren noch Gen-Umwelt-Interaktionen können eine Diskrepanz zwischen erbgleichen Individuen erklären. Studien aus den letzten Jahrzehnten, zum Beispiel von Gottesman und Shields (1982) zeigen, daß es sehr wohl Zwillingspaare gibt, bei denen nur ein Paarling schizophren ist. Da beide das Schizophrenie auslösende Gen in sich tragen, aber nur ein Zwilling die Störung aufweist, müssen Umweltfaktoren eine Rolle spielen. Konkordanzraten von unter 50% für das Schizophrenie-Risiko bei eineiigen Zwillingen machen also deutlich, wie wesentlich Umweltunterschiede sind.

Die Suche nach nicht-gemeinsamen Umweltfaktoren kann jedoch schon bei Geschwistern beginnen, die keine Zwillinge sind. Studien mit Geschwistern, die in ihrem antisozialen Verhalten voneinander abwichen, zeigten zum Beispiel, daß delinquente Jungen, verglichen mit ihren Brüdern, weniger positive Interaktionen mit ihren Müttern und wenige enge Beziehungen zu Erwachsenen aufweisen (vgl. Reitsma-Street, Offord & Finch, 1985; Daniels, Dunn, Furstenberg & Plomin, 1985).

Aus diesen Erkenntnissen ergeben sich neue Möglichkeiten und Aufgaben für das Studium der Umwelteinflüsse im Rahmen der Entstehung psychischer Störungen:

- Es müssen mehrere Kinder pro Familie untersucht werden, um zu klären, warum die Kinder einer Familie so unterschiedlich sein können.
- Umwelteinflüsse wirken spezifisch auf die individuelle Entwicklung jedes Kindes und nicht allgemein auf die gesamte Familie (Rende & Plomin, 1995). In der gleichen Familie zu leben bedeutet nicht, gleichen Umweltbedingungen ausgesetzt zu sein.
- Familienintern sind unterschiedliche Umgangsweisen mit den Kindern und unterschiedliche Interaktionen zwischen Geschwistern als „Bausteine" einer nicht-gemeinsamen Umwelt zu sehen.
- Unterschiedliche Erfahrungen außerhalb der Familie (Freundeskreis, Schule) und nicht-systemische Faktoren (Unfälle, Krankheiten) können Unterschiede zwischen Geschwistern bewirken, die Kinder derselben Familie in unvorhersagbarer Weise verändern.

Verhaltenskonsequenzen genetischer Einflüssen könnten eher verschiedenartig als spezifisch sein. Häufig wirken sich genetische Einflüsse nicht syndromspezifisch auf das Verhalten aus, sondern bedingen ein breitgefächertes Spektrum von Verhaltensweisen. Dies spiegelt sich in der Mischung von Syndromen wider, die in Familien gehäuft auftreten (nicht notwendigerweise aus genetischen Gründen). So wurde zum Beispiel entdeckt, daß Kinder depressiver Eltern größere Aufmerksamkeits- und Verhaltensstörungen aufweisen als Kinder aus Kontrollfamilien (vgl. Plomin, Rende & Rutter, 1991; vgl. Beidel & Turner, 1997).

Zum Erscheinungsbild des Autismus gehören wahrscheinlich auch einige Formen von Sprachstörungen, Lernbehinderung und geistiger Retardierung (vgl. LeCourteur, Bailey, Rutter & Gottesman, 1989). Nicht erkrankte Zwillingsgeschwister von Autisten zeigen häufig Störungen im sozialen und sprachlichen Bereich, die die Kriterien für Autismus jedoch nicht erfüllen, und 15% der Geschwister von Autisten weisen kognitive und soziale Störungen auf (verglichen mit 3-5% der Kontrollgruppe), aber nur 2-3% sind autistisch (vgl. Plomin, Rende & Rutter, 1991).

Die Bedeutung genetischer Faktoren für die Entstehung von Ungleichheit demonstrieren die folgenden Beispiele:

- In vielen Fällen prädisponieren genetische Faktoren nicht eine einzelne psychische Störung, sondern schaffen eher ein allgemeines Risiko durch Effekte auf kognitiver Ebene oder eine andere Art genetisch bedingter psychischer Vulnerabilität. Dies ist offensichtlich bei chromosomalen Anomalien wie etwa dem Down-Syndrom (Smith & Berg, 1976) und ebenso bei polygenetischen Einflüssen auf Temperament und Kognition. Die genetischen Effekte können biochemisch gesehen hochspezifisch sein (wie bei der Phenylketonurie) oder allgemein verhaltensändernd wirken.
- Genetische Einflüsse können zu spezifischen Anfälligkeiten führen, die jedoch sehr verschiedenartig zum Ausdruck kommen können. Eine einzelne genetische Störung manifestiert sich also möglicherweise in verschiedenen Symptomen (Pleiotropie). So kann es innerhalb einer an *Neurofibromatose* leidenden Familie bei einigen Individuen zu „Café-au-Lait-Flecken" auf der Haut und bei anderen zu Nerventumoren kommen.

Die auf den vorangegangenen Seiten dargestellten Grundannahmen können falsche Überzeugungen oder stark vereinfachende Vorstellungen von der Bedeutung genetischer und Umweltfaktoren für die Entwicklung korrigieren. Rutter (1991) hat einige solcher Mißverständnisse zur Genetik zusammengetragen und ihnen gegenwärtige Erkenntnisse der Genforschung gegenübergestellt (vgl. Tab. 4.4). Die hier aufgeführten „Richtigstellungen" stützen sich inhaltlich auf die in diesem Kapitel vorgetragenen Erkenntnisse und unterstreichen die Bedeutung einer differenzierte Sicht von genetischen und Umweltfaktoren.

Tabelle 4.4: Mißverständnisse und veraltete Vorstellungen zur Bedeutung von Anlage- und Umweltfaktoren (nach Rutter, 1991).

Mißverständnis	Richtigstellung
Anlage und Umwelt sind zwei getrennte Bereiche.	Gene und Umwelt sind gemeinsam an der biologischen und psychischen Entwicklung beteiligt.
Die Genforschung leistet keinen Beitrag zum Studium von Umwelteinflüssen.	Die Genforschung hilft, unterschiedliche Umwelteinflüsse zu unterscheiden und ihr Zusammenwirken mit genetischen Faktoren zu erkennen.
Starke genetische Einflüsse machen Umwelteinflüsse bedeutungslos.	Die Stärke genetischer Einflüsse wird immer für eine Population in einer bestimmten Umwelt ermittelt. Ändern sich die Umweltbedingungen, kann sich auch die Bedeutung von Anlage und Umwelt verschieben.
Gene, die schwere Krankheiten hervorrufen, sind schlecht.	Krankheitsverursachende Gene können gleichzeitig vor einer anderen Krankheit schützen (z.B. Sichelzellenanämie vor Malaria).
Krankheiten sind Erscheinungen außerhalb der normalen Variationsbreite.	Viele der häufigeren Störungen sind wahrscheinlich eher Extreme der Normalität als genetisch gänzlich andere Phänomene.
Genforschung kann nicht zur Diagnostizierung von Krankheiten beitragen.	Die Genforschung verbessert unser Wissen über psychiatrische Krankheitsbilder und trägt zu einer optimierten Differentialdiagnostik bei.
Genetische Effekte verlieren im Laufe des Lebens an Einfluß.	Schon vor der Geburt sind alle Gene vorhanden, üben ihren Haupteffekt aber möglicherweise erst viel später aus.
Gehäuft in einer Familie auftretende Störungen müssen genetisch bedingt sein.	Gehäuft auftretende Störungen können sich auch aus bestimmten Erfahrungen und typischen Mustern des Zusammenlebens innerhalb der Familie ergeben.
Störungen, die nie gehäuft in Familien vorkommen, können nicht genetisch sein.	Einige Störungen (z.B. Down-Syndrom) sind zwar genetisch bedingt, aber nicht erblich, und kommen deshalb nicht gehäuft in Familien vor.

5 Kognitive, emotionale und kommunikative Entwicklung

Die verschiedenartigen Teilaspekte der Entwicklung sind kaum voneinander zu trennen. Kognition und Emotion stellen eng verflochtene psychologische Prozesse dar. Emotionen beeinflussen die Art unseres Denkens und Handelns, während sich unsere kognitiven Schemata darauf auswirken, wie wir Emotionen erleben. Aus diesen Gründen wird im folgenden Abschnitt keine strikte Trennung vorgenommen, sondern nur aus Gründen der Verständlichkeit eine Unterteilung angedeutet, die aber immer wieder durch notwendige Querverweise und Überschneidungen aufgehoben wird.

5.1 Bio-psycho-soziale Wechselwirkungen in der Säuglingsentwicklung

Die Entwicklung im Säuglingsalter ist durch sensible Phasen gekennzeichnet, in denen Wechselwirkungen zwischen dem biologischen, psychischen und psychosozialen Regulationssystem stattfinden sowie zwischen den einzelnen Systemen und der sozialen Umwelt (Sameroff, 1995). Diesen komplexen Wechselwirkungen entspringen die für eine Entwicklungsperiode typischen neurobiologischen Strukturen (Schore, 1994), die kognitiv-emotionalen Kompetenzen und Verhaltensweisen des Kindes (Sroufe, 1996) sowie seine charakteristischen sozialen Interaktionen (vgl. Tab. 5.1).

Homöostatische Regulation. Eine der primären Aufgaben eines Neugeborenen ist die Regulation innerer Erregungszustände, um das physiologische Gleichgewicht trotz wechselnder Umweltreize aufrechtzuerhalten (Cicchetti, 1990). Neurobiologische Regulationsmechanismen führen zu einer ersten Differenzierung zwischen Erregungsabläufen im autonomen und Zentralnervensystem (Schore, 1994). Psychophysiologische Regulationsmechanismen bewirken die Differenzierung von Sensorik, Motorik und affektiven Reaktionen (Trevarthen & Aitken, 1994). In den ersten drei Lebensmonaten erwirbt der Säugling die Fähigkeit zur Imitation (Meltzoff, 1990). Er lernt soziale Austauschprozesse einzuleiten und auf soziale Interaktionsangebote einzugehen. Eine wesentliche Kompetenz, die in dieser Entwicklungsperiode erworben wird, ist die Reaktion des Säuglings auf neue soziale Signale. Diese Fähigkeit stellt sich psychophysiologisch als Orientierungsreaktion dar und kann als Hinweis dafür gelten, daß der Säugling äußere Reize oder Ereignisse nachvollzieht (Kusch & Petermann, 1991b). Wichtige Einflüsse auf sich in dieser Phase entwickelnde Kompetenzen sind das Temperament des Kindes und die Fähigkeit der Bezugsperson, die Signale des Säuglings zu deuten und ihnen angemessen zu begegnen (Trevarthen & Aitken, 1994).

Kognitive Erregungskontrolle und affektive Differenzierung. Nachdem der Säugling sein physiologisches Gleichgewicht kontrollieren kann, kommt es zu einer enormen Differenzierung und hierarchischen Integration in verschiedenen Bereichen des Verhaltens (Cicchetti & Beeghly, 1990) und des Zentralnervensystems (Tucker, 1992). Er übt den sensorischen und motorischen Umgang mit verschiedenen Gegenständen und beginnt, sehr differenzierte affektive und expressive Reaktionsformen zu zeigen. Die wesentlichen Entwicklungsaufgaben dieser Periode sind jedoch die Aufmerksamkeitssteuerung, die Verhaltensregulation und die Interaktion während gemeinsamer affektiver Zustände (Mundy & Hogan, 1994).

Tabelle 5.1: Bio-psycho-soziale Wechselwirkungen in der Säuglingsentwicklung während der ersten 18 Lebensmonate (aus Cicchetti & Beeghly, 1990; Kusch & Petermann, 1991a; Zeanah, 1993).

Bio-psycho-soziale Wechselwirkungen				
Entwicklungsperiode	**Biologische Regulation**	**Psychische Regulation**	**Psychosoziale Regulation**	**Soziale Interaktion**
0 bis 3. bzw. 4. Lebensmonat	Homöostatische Regulation	psycho-physiologische Erregungskontrolle	Imitation / innerer Nachvollzug	Affektive Anpassung der Eltern (affective atunement)
3. bis 6. Lebensmonat	Kognitive Erregungskontrolle und affektive Differenzierung	Aufmerksamkeitssteuerung	Verhaltensregulation	Gemeinsame Affektzustände
6. bis 12. Lebensmonat	Sensumotorische Repräsentation von Selbst, Anderen und Objekt / Ereignis	Aufmerksamkeitslenkung	Soziale Bezugnahme	Gemeinsame Aufmerksamkeit
12. bis 18. Lebensmonat	Sprache	Intentionales und antizipatorisches Verhalten	Verbale Kommunikation	Symbolisches Spiel, Pragmatik

Sensumotorische Repräsentation von Selbst, Objekt und Anderen. Die Fähigkeit, Konzepte der eigenen Person, von Anderen oder von Objekten zu konstruieren und integrieren, beruht zwar noch nicht auf einem verbalen oder symbolischen Verständnis der Beziehung zu anderen Menschen oder zu Gegenständen, kann jedoch auf sensumotorischem Niveau untersucht werden (Pipp, 1990). Neben der Bindung an die Bezugsperson kann die soziale Bezugnahme, die Aufmerksamkeitslenkung und die gemeinsame Aufmerksamkeit von Kind und Eltern als ein Ausdruck der sensumotorischen Repräsentation von Selbst, Anderen und Objekten angesehen werden.

Nonverbale Kommunikation und Sprache. Bereits zwischen dem sechsten und zwölften Lebensmonat kann sich das Kind durch Laute, Mimik und Gestik mitteilen. Zwischen dem zwölften und 18. Lebensmonat verfügt das Kind zunehmend über verbale Mittel und wird dadurch von der räumlichen Nähe zur Bezugsperson unabhängiger. Wesentliche Fähigkeiten, deren Entwicklung bereits zwischen dem ersten und zweiten Lebensjahr beginnt, sind die intentionale verbale Kommunikation, die Pragmatik und das symbolische Spiel (Kusch & Petermann, 1991a).

5.2 Kognitive Entwicklung

Die kognitive Entwicklung beginnt schon in der Gebärmutter. Während der letzten drei Monate seines intrauterinen Lebens kann der Fötus den komplexen akustischen Signalen, die durch das Fruchtwasser gefiltert zu ihm gelangen, bereits invariante Muster entnehmen (vgl. Karmiloff-Smith, 1985). Er nimmt Musik, Sprache und andere Geräusche wahr; dabei ändern sich seine Herzrate und seine motorischen Reaktionen nachweisbar. Angeborene Taubheit kann dadurch schon vorgeburtlich diagnostiziert werden (vgl. Shahidullah & Hepper, 1993).

Menschliche Säuglinge werden mit sehr begrenzten Fähigkeiten geboren, mit ihrer Umgebung zu interagieren. Sie können zwar bereits Freude oder Unbehagen zeigen - und dadurch ihre soziale Umwelt sehr wirkungsvoll manipulieren - doch beruht ihr Verhalten größtenteils auf Reflexen, von denen einige nur vorübergehend sind. Zu diesen frühkindlichen Reflexen zählen der Saug-, der Greif-, der *Babinski-* und der *Moro-Reflex*; sie werden vom Hirnstamm gesteuert. Ihr Verschwinden deutet darauf hin, daß der Kortex die Kontrolle zu übernehmen beginnt (vgl. Mönks & Knoers, 1996). Die permanenten Reflexe (z.B. Kniesehnen-, Achillessehnen- und Pupillenreflex) bleiben auch im Erwachsenenalter bestehen.

In dieser frühen Periode ihres Lebens entwickeln sich Menschen schneller als zu irgendeinem späteren Zeitabschnitt. Bei der Erforschung dieser Entwicklungsprozesse galt jedoch lange die Unfähigkeit des Neugeborenen zur sprachlichen Verständigung als unüberwindliches Hindernis. Erst in den letzten Jahrzehnten gelang es mit Hilfe einiger sehr einfallsreicher Methoden, mehr über die Fähigkeiten Neugeborener herauszufinden.

5.2.1 Das Staunen des Säuglings als Grundlage wissenschaftlicher Erkenntnis

Der methodische Zugang zu kognitiven Prozessen beim vorsprachlichen Kind gelang erst, als man begann, Säuglinge gezielt mit Situationen zu konfrontieren, die ihren Erwartungen entweder entsprachen oder zuwiderliefen, sogenannte Habituierungsexperimente (vgl. Kasten 5.1). Wird beispielsweise einem Kind wiederholt gezeigt, wie ein Ball herabfällt und auf einer Unterlage liegenbleibt, so habituiert es, das heißt es gewöhnt sich an diesen Vorgang und widmet dem Ereignis immer weniger Aufmerksamkeit. Wenn sich die Situation plötzlich wandelt und der Ball mitten in der Luft verharrt, ändert das Kind sein Verhalten entweder nicht - das Ereignis scheint ihm nicht interessant - oder es dishabituiert, es sieht wieder vermehrt hin oder wirkt „überrascht", weil der Ball sich der Schwerkraft widersetzt und damit nicht den Erwartungen des Kindes entspricht (vgl. Karmiloff-Smith, 1985). Die Überraschung des Kindes kann sich entweder in physiologischen Veränderungen (Atmung, Puls, Pupillenweite, Gehirndurchblutung) oder Verhaltensänderungen äußern. Zur zweiten Kategorie gehören visuelle Aufmerksamkeitszuwendungen, die sich in einer erhöhten Dauer ablesen lassen, mit der der Gegenstand fixiert wird. Aber auch das Saugverhalten läßt Rückschlüsse auf kognitive Verarbeitungsprozesse zu. Schon in der Neugeborenenphase können mit druckempfindlichen Schnullern Veränderungen als Reaktion auf Außenreize gemessen werden (vgl. Eimas, 1985).

Kasten 5.1: Habituierungsexperimente.

In Habituierungsexperimenten wird dem Säugling ein bestimmter Reiz wiederholt angeboten und gemessen, wie schnell dieses monotone Ereignis an Attraktivität verliert. Als Gradmesser für das Interesse wird häufig die Fixierungsdauer verwendet. Je vertrauter der Reiz für den Säugling wird, umso kürzer sieht er hin. Diese „Langweilereaktion" (Rauh, 1995) ist jedoch kein Anzeichen für allgemeine oder Rezeptorermüdung - bei einem neuen Reiz erhöht sich die Fixierungsdauer augenblicklich wieder (Dishabituierung) - sondern beruht auf Gewöhnung. Der Säugling erkennt den Reiz als bereits vertraut. Somit ist Habituierung als grundlegender Lernprozeß anzusehen. Die Geschwindigkeit, mit der ein Reiz uninteressant wird, kann als Maßstab für die kognitive Entwicklung herangezogen werden: Je älter ein Kind oder je höher ein Tier entwickelt ist, umso schneller habituiert es (vgl. Mönks & Knoers, 1996). Die Abbildung stellt die Ergebnisse eines Habituierungsexperiments schematisch dar (nach Goldstein, 1997). Wenn der Säugling, nachdem er sich an Reiz A gewöhnt hat, den zweiten Reiz als unterschiedlich erkennt, wird er ihn länger ansehen, es kommt zur Dishabituierung; andernfalls wird sich die Habituierung fortsetzen.

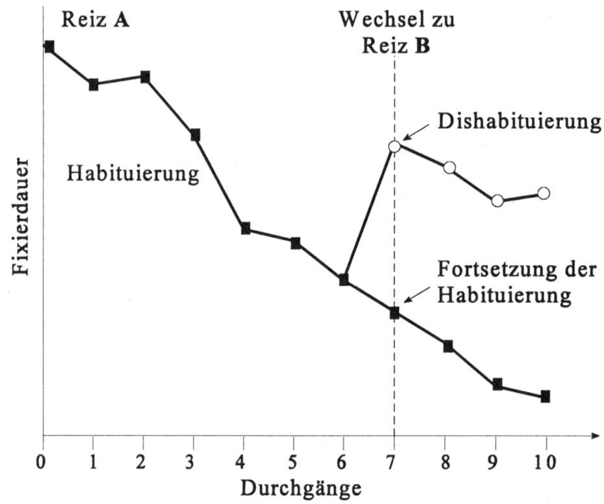

5.2.2 Die Welt der Dinge

Erwachsene verfügen über eine intuitive Kenntnis physikalischer Gesetzmäßigkeiten, die es ihnen in den meisten Fällen erlaubt, das Verhalten von Gegenständen vorauszusehen. Sie sind mit den Eigenschaften physikalischer Objekte vertraut und wissen zum Beispiel, daß Gegenstände eine von unseren Handlungen unabhängige Existenz führen (auch wenn wir sie nicht ansehen, bestehen sie fort). Dinge fallen herab, sobald sie losgelassen werden, und nehmen dabei keine willkürlichen Richtungsänderungen vor. Feste Körper durchdringen sich nicht gegenseitig (ein geworfener Ball bleibt nicht zur Hälfte in einer Steinwand stecken, sondern springt zurück). Säuglinge werden nicht mit diesem physikalischen Weltbild geboren. Erst durch Beobachtung lernen sie, besonders in ersten Lebensjahr, die Einschränkungen kennen, die das Verhalten der sie umgebenden Objekte bestimmen.

Unmögliche Ereignisse. Um die Entwicklung des intuitiven physikalischen Verständnisses von Säuglingen zu untersuchen, konfrontiert man sie in Habituierungsexperimenten mit scheinbar unmöglichen Ereignissen und versucht, von ihrer Überraschungsreaktion auf ihre Erwartungen zu schließen. Auf diese Weise stellten Spelke und Mitarbeiter (1992) fest, daß Säuglinge im Alter von vier Monaten mögliche (ein Ball fällt zu Boden) und unmögliche Ereignisse (der Ball hält mitten im Fall inne) mit dem gleichen Interesse betrachten. Sie erwarten also noch nicht, daß sich das physikalisch mögliche Ereignis einstellt, sondern beide erscheinen ihnen gleichermaßen wahrscheinlich. Erst mit sechs bis zehn Monaten beginnen Säuglinge, gewisse Vorstellungen vom Gesetz der Trägheit zu entwickeln und auf einen Ball, der, ohne gehalten zu werden, in der Luft schwebt, mit Überraschung zu reagieren (vgl. Sodian, 1995).

Objektpermanenz. Als Erwachsene wissen wir, daß Gegenstände Substanz besitzen, außerhalb von uns existieren und auch weiterbestehen, wenn wir sie nicht sehen. Nach Piagets Auffassung verfügen wir damit über einen Begriff der *Objektpermanenz*, der Kindern unter acht Monaten noch fehlt (Piaget, 1992). In diesem Alter verlieren Säuglinge zum Beispiel das Interesse an einem Kuscheltier, sobald sie es nicht mehr sehen, weil ein Tuch darüber gebreitet wurde oder es hinter einem Stück Pappe verborgen ist. Piaget beschreibt ihre Welt als eine unzusammenhängende Folge von Bildern, die ohne ersichtlichen Grund erscheinen und wieder verschwinden. In dieser unzuverlässigen Welt ist das sprichwörtliche „aus den Augen, aus dem Sinn" tatsächlich noch zutreffend.

Mit zehn Monaten entfernen sie jedoch zielsicher das Tuch, um an den verborgenen Gegenstand zu gelangen. Nach Bower (1971) stellt sich die Erwartung der Objektpermanenz allerdings schon vorher ein. Er zeigte, daß Säuglinge bereits mit drei Monaten überrascht sind (ihre Herzrate ändert sich), wenn ein Gegenstand, den sie hinter einem waagerecht bewegten Sichtschirm verschwinden sahen, nicht wieder auftaucht. Studien von Baillargéon (1987) weisen in die gleiche Richtung. Sie befestigte eine Sichtblende so an einem Tisch, daß man sie über ein Scharnier nach vorne und hinten klappen konnte (vgl. Abb. 5.1). Den Säuglingen wurde in dem Experiment Gelegenheit gegeben, sich daran zu gewöhnen, daß die Sichtblende vor ihren Augen um 180° bewegt wurde. Danach wurde ein Gegenstand hinter die Blende gestellt, und zwar so, daß sie sich nicht mehr vollständig nach hinten klappen ließ (mögliches Ereignis). In dem unmöglichen Ereignis wurde die Sichtblende von vorne nach hinten geklappt, ohne durch den Gegenstand blockiert zu werden. Sobald sich die Blende in senkrechter Position befand, war der für den Säugling dadurch unsichtbare Gegenstand durch eine Vorrichtung in der Tischplatte abgesenkt worden. Drei- bis viermonatige Säuglinge zeigten kein besonderes Interesse an dem möglichen Ereignis, dishabituierten jedoch deutlich, wenn die Sichtblende sich durch den Bereich bewegte, in dem der Gegenstand hätte stehen müssen. Sie erwarteten also, daß das Objekt weiterexistieren würde und zeigten Überraschung bei der offensichtlichen Verletzungen der Regel, daß feste Körper einander nicht durchdringen.

Wenn Säuglinge aber schon vor dem achten Monat über eine Vorstellung von Objektpermanenz verfügen, warum können sie dann nicht nach einem verborgenen Gegenstand suchen? Möglicherweise liegt das Problem nicht im Erkennen der Objektpermanenz und auch nicht in der Fähigkeit, eine Abdeckung zu greifen und zu entfernen, sondern der Säugling scheitert an seinem erst schwach ausgebildeten Erinnerungsvermögen (vgl. Diamond, 1995).

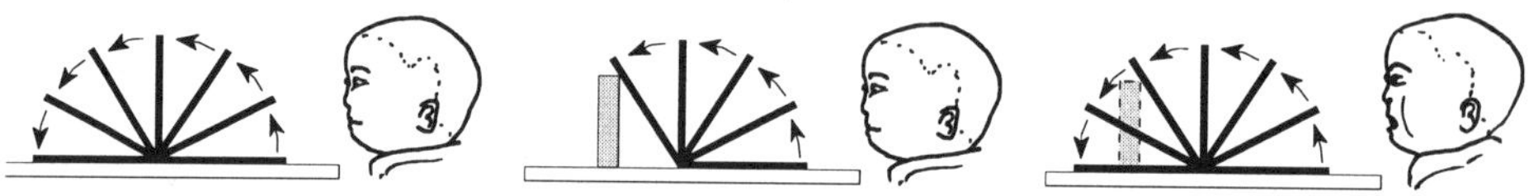

Abbildung 5.1: Darstellung der Testanordnung im Experiment von Baillargéon (1987).

Der Einfluß von Gedächtnisleistungen läßt sich gut an einer Beobachtung von Piaget (1974) demonstrieren, die er als *A-nicht-B-Fehler* bezeichnete. Danach suchen Kinder mit neun bis zwölf Monaten einen Gegenstand an dem Ort, wo sie ihn beim letzten Mal wiedergefunden haben (A) und nicht dort, wo es vor ihren Augen versteckt wurde (B). Nach Piaget glaubt das Kind auf dieser Entwicklungsstufe noch, daß der Gegenstand von seiner Handlung abhängt und daß eine Vorgehensweise, wenn sie beim ersten Mal erfolgreich war, auch beim zweiten Mal zum Erfolg führen muß. Es begreift noch nicht, daß ein Gegenstand nicht an zwei Orten gleichzeitig sein kann, sondern hat gelernt, daß es eine bestimmte Handlung gibt, um verschwundene Dinge wieder auftauchen zu lassen.

Der A-nicht-B-Fehler ist jedoch nicht unvermeidlich. Er ist abhängig von der Zeit, bevor das Kind den Gegenstand aufdecken darf (vgl. Butterworth & Harris, 1994). Dieser Zeitraum wird mit zunehmendem Alter immer länger. Mit acht Monaten genügen zwei Sekunden, damit der Säugling vergißt, wo der Gegenstand versteckt wurde, mit zwölf Monaten muß die Verzögerung bereits zehn oder mehr Sekunden betragen, damit sich der A-nicht-B-Fehler einstellt (vgl. Diamond, 1985). Um nach einem verborgenen Gegenstand zu greifen, muß der Säugling eine Handlungsabfolge durchführen, für die er mit acht Monaten noch viel Übung braucht. Er muß nach einem sichtbaren Gegenstand die Hand ausstrecken, ihn greifen, entfernen und dabei das Ziel der Handlung (den verborgenen Gegenstand) im Gedächtnis behalten. Butterworth und Harris (1994) vermuten, daß es dem Säugling Probleme bereitet, Sehen, Handeln und Erinnern zu integrieren. Obwohl er also schon mit vier Monaten begreift, daß Gegenstände nicht aufhören zu existieren, wenn er sie nicht mehr sieht, kann er in diesem Alter noch nicht entsprechend handeln.

5.2.3 Sozial relevante Reize

Von früh an wenden sich Kinder sozial relevanten Reizen zu. Dabei scheinen Gesichter für Neugeborene von besonderem Interesse zu sein, denn sie betrachten die Zeichnung eines menschlichen Gesichts wesentlich länger als Zeichnungen, die symmetrische Muster oder lediglich farbige Flächen zeigen (vgl. Fantz, 1961). Bereits mit drei Tagen sind Säuglinge in der Lage, die Stimme ihrer Mutter zu erkennen und ziehen sie anderen Stimmen vor (Decasper & Fifer, 1980). Mit zwei Wochen sind sie fähig, diese Stimme dem Gesicht ihrer Mutter zuzuordnen (vgl. Carpenter, 1975).

In den ersten Wochen konzentriert sich der Blick des Kindes nur auf bestimmte Teile des Gesichts. Welche Teile dabei besondere Aufmerksamkeit erfahren, ist altersabhängig. Mit einem Monat wird hauptsächlich die Kontur des Kopfes betrachtet, mit zwei Monaten eher die Augen und mit fünf Monaten der Mund-Nase-Bereich (vgl. Baron-Cohen, 1995a). Der

Säugling erkennt zwar vertraute Stimmen wieder, kann aber Gesichtsausdrücke noch nicht unterscheiden.

Mit etwa zwei Monaten werden richtige Gesichter Zeichnungen vorgezogen, ein Gesicht, dessen Augen geöffnet sind, wird länger betrachtet (vgl. Baron-Cohen, 1995a) und das Interesse an der mütterlichen Mimik nimmt zu (vgl. Tucker, 1992). Schon mit sechs Wochen beginnen Säuglinge, einfache Gesichtsausdrücke zu unterscheiden (fröhliche von traurigen oder neutralen), mit zehn Wochen sind sie in der Lage, unterschiedliche Gesichtsausdrücke ihrer Mutter zu erkennen und angemessen auf Fröhlichkeit, Trauer oder Ärger zu reagieren (vgl. Haviland & Lelwica, 1987). Das Interesse an gesichtsähnlichen Drei-Punkt-Mustern nimmt in dieser Zeit zugunsten vollständiger Gesichtszeichnungen ab. Menschen scheinen ihr Leben also mit einer minimalen Prädisposition zu beginnen, sich einem gesichtsähnlichen Reiz zuzuwenden, aber sie lernen erst aus Erfahrung die Details eines menschlichen Gesichts kennen und bevorzugen (vgl. Karmiloff-Smith, 1985).

Fantz (1961) zeigte Säuglingen schematische Gesichter, deren Elemente bei einem richtig, bei dem anderen falsch angeordnet waren. Während Kinder im Alter von zwei Monaten beide Gesichter noch gleichermaßen interessant fanden, nahm die Attraktivität des entstellten Gesichtes mit drei bis vier Monaten vorübergehend noch etwas zu. Kagan (1970) versucht, diese Beobachtung mit der Hypothese zu erklären, daß Kinder in Gesichtern ein gleichbleibendes Reizmuster (Auge, Nase, Mund) erkennen und dieses als Schema speichern. Zeigt ein Gesicht nur leichte Unvereinbarkeit mit dem Schema, wird es für das Kind interessanter, ist es zu fremd, versucht das Kind den Blick abzuwenden.

Zwischen drei und sechs Monaten lernt das Kind, Menschen von Dingen zu unterscheiden. Wenn es vorher das Wiedererkennen jedes vertrauten Reizes mit einem Lächeln signalisierte, lächelt es jetzt nur Menschen an (Butterworth & Harris, 1994). Gleichzeitig mit dieser Entwicklung verändert sich der Umgang zwischen Mutter und Kind. Es entstehen Spiele, die das Kind in Rituale verwickeln, die teilweise in Sekundenbruchteilen ablaufen und gemeinsame Erfahrungen unterstützen. Das Kind beteiligt sich intensiv an diesen Spielen und lernt schnell Regeln und Routinen (vgl. Kuhl et al., 1997). Im Laufe der Entwicklung weicht die primitive Fähigkeit zum Erkennen von Gesichtern schrittweise einer spezialisierteren, artspezifischen Verarbeitung. Bis zum Alter von neun Monaten sind Kinder deshalb Erwachsenen deutlich darin überlegen, Gesichter einzelner Schimpansen voneinander zu unterscheiden (vgl. Karmiloff-Smith, 1985). Danach nimmt diese Fähigkeit ab, vergleichbar dem Spezialisierungsprozeß in der Sprachentwicklung, in dessen Verlauf das Kind verlernt, Phoneme zu unterscheiden, die nicht zu seiner Muttersprache gehören.

Eine bedeutsame Veränderung in der Verhaltensorganisation des Säuglings findet mit etwa drei Monaten statt. Starre Schemata werden zugunsten einer höheren Flexibilität aufgebrochen, die vorübergehend auf Kosten der Verhaltenseffizienz geht (vgl. Rauh, 1995). Massive Fortschritte in der Entwicklung des Zentralnervensystems bilden die Grundlage dafür, daß sich Lernprozesse auch auf das Sozialverhalten auszuwirken beginnen. Zu den auffälligsten Veränderungen dieser Phase zählen (vgl. Mönks & Knoers, 1996; Cole & Cole, 1996):

- Im EEG tritt der Alpharhythmus auf,
- die Myelinisierung einiger kortikaler und subkortikaler Nervenbahnen sowie wichtiger Nervenbahnen einiger Sinnessysteme, wodurch die Leitgeschwindigkeit für Impulse erhöht wird,
- die Zunahme visueller Aktivitäten,
- das erste Auftreten sozialen Lächelns,
- die erhöhte Dauer von Wachphasen,
- der Beginn absichtsvollen Schreiens,
- die Zunahme subkortikaler Kontrolle über kortikale Aktivitäten, die dem Verschwinden einiger frühkindlicher Reflexe vorausgeht, und
- der Anstieg von Gehirnzellen.

Mit etwa drei Monaten beginnt das Interesse des Kindes an Sprache und Mundbewegungen einzusetzen. Interaktionspartner kommen seinem Auffassungsvermögen und seinen Verarbeitungsmöglichkeiten durch singende, rhythmische Sprechweise und viele Wiederholungen entgegen (vgl. Rauh, 1995; Kuhl et al., 1997). Den Zusammenhang zwischen Sprachgeräuschen und den damit verbundenen Mundbewegungen beginnt der Säugling einen Monat später zu erkennen; er kann „Lippenlesen" (vgl. Karmiloff-Smith, 1985). Bis zu seinem neunten Lebensmonat wird er lernen, Stimmen mit emotionaler Färbung entsprechenden Gesichter zuzuordnen. Das Interesse an bewegten menschlichen Gesichtern ist vom fünften Monat an höher als das an unbewegten Gesichtszügen (vgl. Karmiloff-Smith, 1985).

Vergleichbar der Objektpermanenz, zeitlich jedoch etwas früher, stellt sich die Personenpermanenz ein: Kinder suchen aktiv nach ihrer Mutter oder einer vertrauten Person, wenn sie ihrem Blick verborgen ist. Vor dem Erreichen dieser Entwicklungsstufe lösen selbst akustische Hinweise kein Suchverhalten aus. Vom achten bis zum zwölften Monat ist auch in diesem Zusammenhang der A-nicht-B-Fehler zu beobachten. Das Kind sucht seine Mutter am falschen Platz, wenn sie sich nacheinander an zwei Stellen versteckt (vgl. Butterworth & Harris, 1994).

Schon mit sechs Monaten beginnen Säuglinge, mit ihrer Aufmerksamkeit der Blickrichtung Erwachsener zu folgen (*gemeinsame Aufmerksamkeit*). Damit geht ihr Interesse gegenüber sozial-relevanten Reizen über menschliche Gesichter und Stimmen hinaus. Sie sind fähig, ihr Wissen zu generalisieren und abstrakten Reizen Zielgerichtetheit oder Absicht zuzuordnen (vgl. Karmiloff-Smith, 1985). Um ihren neunten Lebensmonat erkennen sie, *worauf* die emotionale Reaktion gerichtet ist und nutzen den Gesichtsausdruck vertrauter Erwachsener als Hinweis für ihr eigenes Verhalten. Ihr Selbstbewußtsein und ihr Interesse an anderen Säuglingen nimmt zu (vgl. Tucker, 1992). Sprachliche und gestische Kommunikationsmöglichkeiten (z.B. die Zeigegeste) werden zum Ende des ersten Jahres um Nicken und Kopfschütteln erweitert. Einfache verbale Aufforderungen werden verstanden und befolgt, komplexe wiederkehrende Ereignisse erfaßt (vgl. Rauh, 1995).

Mit dem Begriff „gemeinsame Aufmerksamkeit" wird auf das Sozialverhalten beider Interaktionspartner Bezug genommen, wie beispielsweise das gemeinsame Betrachten eines Gegenstandes, das Hin- und Herrollen eines Balles oder das gemeinsame Spiel. Die entsprechenden Verhaltensweisen beziehen sich auf das wechselseitige Beobachten und

Lenken der Aufmerksamkeit, um dadurch eine gemeinsame Erfahrung zu machen oder einen gemeinsamen Bezugsrahmen des Handelns herzustellen (Mundy & Hogan, 1994). Die gemeinsame Aufmerksamkeit bedarf der Integration kommunikativer und operativer Kompetenzen (Kusch, 1995). Operative Kompetenzen beziehen sich auf die instrumentelle Manipulation von Personen und Gegenständen, kommunikative Kompetenzen auf die intentional-kooperative Kommunikation (Kusch, 1995). Intentional-kooperative Kompetenzen erlauben es den Interaktionspartnern, während des sozialen Umgangs Informationen auszutauschen, um ein gemeinsam angestrebtes Ziel zu erreichen, beispielsweise wenn das Kind auf ein Tier im Bilderbuch zeigt, seine Mutter ansieht und fragt „Wau-Wau"?; die Mutter freundlich bestätigt und das Kind die Worte „Wau-Wau" lachend wiederholt.

Die Fähigkeit eines Kindes, Symbole zu verwenden, ist ein erstes Zeichen dafür, daß es abstrakte Repräsentationen seiner Umwelt bildet (Pratt & Garton, 1993). Bereits vom zwölften Lebensmonat an beginnen Kleinkinder, Objekte entsprechend ihrer Funktionen zu verwenden und beispielsweise ein Telefon spielerisch zu benutzen. Zwischen dem 18. und 22. Lebensmonat beginnen sie, deutliches symbolisches Spielverhalten zu zeigen, indem sie etwa so tun, als ob sie aus einem leeren Glas trinken. Während das funktionale Spiel lediglich eine Repräsentation und Kategorisierung der physikalischen Eigenschaften von Objekten oder Ereignisabfolgen verlangt (primäre Repräsentation), erfordert das *symbolische Spiel* eine Abstraktion der materiellen Welt zum Zwecke ihrer Neukonstruktion (Metarepräsentation; Leslie, 1987). Diese Abstraktionsleistung ist von kognitiven Faktoren und von sozialen Einflüssen abhängig, da symbolisches Spiel sich nur in einem bestimmten sozialen Kontext entwickeln kann (Kusch & Petermann, 1991a,b).

Visuelle Perspektivenübernahme. Der „*Drei-Berge-Aufgabe*" von Piaget und Inhelder (1971) zufolge können Kinder zwischen vier und sechs Jahren nicht erkennen, welches Bild der Perspektive eines anderen Beobachters an einem anderen Standpunkt entspricht. Sie schreiben ihre eigene Perspektive den anderen Beobachtern zu, ein Fehler, der für Piaget zum Grundstein seines *Kindlichen Egozentrismus* wurde. Es muß jedoch bezweifelt werden, daß Vorschulkinder nach den Ergebnissen der Drei-Berge-Aufgabe und laut Piagets Ansicht durchweg „egozentrisch" sind (vgl. z.B. Sodian, 1995; Baron-Cohen, 1995a). Durch einfachere experimentelle Techniken konnten zwei Ebenen der visuellen Perspektivenübernahme unterschieden werden (vgl. Flavell, Everett, Croft & Flavell, 1981):

Ebene 1: Die Fähigkeit zu schließen, *was* jemand anderes sehen kann (mit zwei Jahren).
Ebene 2: Die Fähigkeit zu schließen, *wie* der Gegenstand für jemand anderes aussieht (nicht vor dem 3. oder 4. Jahr).

Befindet sich das Kind auf Ebene 1, so versteht es zumindest, daß andere etwas sehen können, was es selbst nicht sieht und umgekehrt. Auf Ebene 2 begreift es schon, daß Gegenstände aus unterschiedlichen Perspektiven auch unterschiedlich aussehen. Selbst wenn Kinder in der „Drei-Berge-Aufgabe" versagen, können sie durchaus in eingeschränktem Maße in der Lage zur visuellen Perspektivenübernahme sein.

Kognitive Perspektivenübernahme. Die *kognitive Perspektivenübernahme* setzt einen Wissensvorsprung in einer bestimmten Situation gegenüber einem anderen Menschen voraus. Einem Kind gelingt dann eine kognitive Perspektivenübernahme, wenn es sein

Wissen nicht einer anderen Person unterstellt, sondern in der Lage ist, die Situation aus der Sicht des anderen zu beschreiben (vgl. Silbereisen, 1995). Um zu untersuchen, ob diese Bedingung erfüllt ist, kann auf *False-belief-Aufgaben* zurückgegriffen werden, die inzwischen in verschiedenen Fassungen vorliegen.

In der klassischen False-belief-Aufgabe von Wimmer und Perner (1983) werden die Kinder mit folgender Geschichte konfrontiert: Max, der seiner Mutter beim Auspacken der Einkaufstüten hilft, legt die Schokolade in einen bestimmten Schrank. In seiner Abwesenheit benötigt die Mutter einen Teil der Schokolade und deponiert das verbleibende Stück in einem anderen Schrank. Max kommt zurück und möchte etwas Schokolade. Wo wird er danach suchen? Die Aufgabe der Kinder ist es zu erkennen, daß Max nicht wissen kann, wo sich die Schokolade jetzt befindet und entsprechend seiner falschen Überzeugung dort suchen wird, wo er sie hingelegt hat. Kinder bis zum dritten Lebensjahr beantworten diese Frage durchgängig falsch. Erst zwischen drei und fünf Jahren findet ein markanter Entwicklungsfortschritt statt (vgl. Sodian, 1995); zu dem Zeitpunkt werden die Kinder fähig, von den Überzeugungen anderer auf ihre Handlungen zu schließen. Kinder aus großen Familien scheinen in dieser Beziehung gegenüber Kindern aus kleinen Familien einen Entwicklungsvorsprung aufzuweisen (vgl. Perner, Ruffman & Leekam, 1994). Möglicherweise bietet die Interaktion der Geschwistern eine reichere „Datengrundlage" und fördert dadurch die frühere Ausbildung der Theory of mind, einer zumindest grundlegenden Vorstellung, wie „menschliches Denken" funktioniert.

Kleinkinder fangen an, die Emotionen anderer zu erkennen und angemessen darauf zu reagieren. Im Krabbelalter beginnen sie dann, die Ursachen von Emotionen zu verstehen. Sie begreifen, welche Emotionen gewöhnlich durch bestimmte Situationen hervorgerufen werden (vgl. Izard & Harris, 1995). Mit dem Eintritt ins dritte Lebensjahr beginnen sie zu erkennen, daß sich das Handeln, Denken oder Fühlen von Menschen nicht nur aus der Situation heraus erklären läßt. Sie beobachten, daß vergleichbare Umstände unterschiedliche Emotionen hervorrufen können. Schon mit zwei bis drei Jahren fangen Kinder an zu begreifen, daß Menschen einen Gegenstand, der ihnen gefällt, zu bekommen versuchen und sich freuen, wenn ihnen dies gelingt. Sie erkennen die Rolle von Wünschen, verstehen aber noch nicht die Bedeutung von Überzeugungen (vgl. Baron-Cohen, 1995a). Dreijährige scheinen bereits zu verstehen, daß die Handlungen anderer Menschen von deren Absichten abhängig sind. Sie können schon voraussagen, wie sich jemand verhalten wird, wenn sie seine Ziele kennen (vgl. Sodian, 1995). Es ist Kindern in diesem Alter jedoch noch nicht einsichtig, daß jemand nach einer falschen Überzeugung handelt. Erst mit vier bis fünf Jahren beginnen sie den Einfluß zu verstehen, den Überzeugungen auf Handlungen und Emotionen ausüben. Ihnen wird bewußt, daß Menschen sich freuen, wenn sie glauben, einen Wunsch erfüllt zu bekommen, gleichgültig, ob ihre Erwartungen tatsächlich erfüllt werden oder nicht (vgl. Avis & Harris, 1991; Izard & Harris, 1995).

5.3 Emotionale Entwicklung

Emotionen werden von Cole und Cole (1996) als Gefühlszustände beschrieben, die von bestimmten physiologischen Reaktionen begleitet werden. Sie motivieren Handlungen, steuern den Gefühlsausdruck und regulieren die Interaktion mit anderen Menschen. Während es sich bei Stimmungen um länger anhaltende emotionale Phasen handelt und

Affekte die emotionale Färbung dessen bezeichnen, was wir gerade tun oder sagen, sind Emotionen kurzlebige, vorübergehende Zustände als Reaktion auf äußere Ereignisse (vgl. Barlow & Durand, 1995).

Durch bestimmte Ereignisse ausgelöste Gefühle sind nur ein Aspekt der Emotion. Sie teilen Anderen unsere Gefühlszustände durch Gesichtausdruck und Verhaltensweisen mit. Diese kommunikative Komponente macht Emotionen zu einem wichtigen Faktor im Sozialverhalten. Sie alarmieren uns in Gefahrensituationen und werden von erkennbaren physiologischen Reaktionen begleitet, die unsere psychophysiologische Leistungsfähigkeit erhöhen und uns auf entsprechende Reaktionen vorbereiten. Darüber hinaus besitzen Emotionen eine kognitive Komponente - sie beeinflussen Gedächtnis, Denken und Entscheidungsfindung - und bringen uns dazu, zu handeln.

Die physische Seite der Emotion läßt sich gut am Beispiel der Angst verdeutlichen. Die mit dem Angstgefühl einhergehenden physiologischen Vorgänge sind typisch für eine Notfallreaktion: Der Blutdruck wird erhöht, die Blutzufuhr zu den Extremitäten verringert, die Atmung beschleunigt, das Blut mit Glukose angereichert und die kognitiven Prozesse werden verbessert. Der Körper wird darauf vorbereitet, schnell zu reagieren und kurzfristig Höchstleistungen zu erbringen. Diese komplexen physiologischen Reaktionen unterstützen gleichzeitig das durch Angst vorrangig motivierte Verhalten - die Flucht - und stehen in Wechselwirkung mit der Empfindung von Schrecken oder gar Entsetzen.

5.3.1 Die Neurochemie der Emotion

Kognitive oder emotionale Aktivitäten gehen mit Konzentrationsveränderungen spezifischer chemischer Substanzen im Gehirn einher. Einige dieser Botenstoffsysteme (vgl. Kasten 5.2) scheinen weit auseinanderliegende Gehirnbereiche miteinander zu verbinden und - abhängig vom Affektzustand - zu großräumigen operationalen Einheiten zusammenzufassen (vgl. Ciompi, 1993).

Psychosoziale Faktoren können das Neurotransmitterniveau direkt beeinflussen. Das geht aus einem von Insel et al. (1986; zit. nach Barlow & Durant, 1995) durchgeführten Experiment hervor. Zwei Gruppen von Rhesusaffen wurden unter gleichen Bedingungen aufgezogen. Sie unterschieden sich lediglich in einem Punkt: Gruppe 1 hatte freien Zugang zu Spielsachen und Futter, Gruppe 2 nur dann, wenn die erste Gruppe etwas bekam. Die zweite Gruppe konnte also nicht entscheiden, wann sie spielen oder fressen durfte, und deshalb auch kein Gefühl der Kontrolle entwickeln. Allen Tieren wurde die gleiche Menge eines Neurotransmitters verabreicht. Abhängig von ihrer psychosozialen Geschichte stellten sich bei den Affen unterschiedliche Folgen ein: Während sich Gruppe 2 mit Anzeichen von Angst und Panik verkroch, schienen die Tiere aus Gruppe 1 überhaupt nicht ängstlich zu sein, sondern wütend und aggressiv.

Die Tatsache, daß viele Neurotransmitter den Informationsfluß im Gehirn modulieren und die Entdeckung, daß sie über ihre Bahnen weit verbreitet sind, legen nahe, daß jede Veränderung im Neurotransmitter-Niveau weitreichende Folgen für Verhalten, Emotionen und Persönlichkeit haben kann. Jedes Modell, das bestimmte Persönlichkeitsmerkmale mit nur einem Neurotransmitter verbindet, ist deshalb mit großer Wahrscheinlichkeit unangemessen und übermäßig vereinfachend.

Emotionen werden durch besondere neuronale Schaltkreise des Gehirns kontrolliert, die ihre Wirkung im Zusammenspiel mit den chemischen Botenstoffen ausüben, aber auch durch Psychopharmaka beeinflußt werden können.

Kasten 5.2: Chemische Botenstoffe.

Das Nervensystem benutzt zur Signalübertragung zwei Hauptgruppen von chemischen Botenstoffen: niedermolekulare Transmitter und Neuropeptide.

Acetylcholin (ACh) ist ein wichtiger Neurotransmitter des sympathischen Nervensystems. ACh wird in den cholinergen Neuronen ausgeschüttet und bewirkt unter anderem die Erregung der Skelettmuskulatur. *Cholinerge Neuronen* haben Auswirkungen auf Bewegung, Aggression, Lerneffektivität und Gedächtnis. Ihr Rückgang ist ein bedeutsamer Faktor bei Demenz und Gedächtnisverlust. Absteigende hemmende ACh-Bahnen von präfrontalen Assoziationsbereichen, die sich nach der Geburt langsam entwickeln, modulieren die Aktivität retikulärer Neuronen und regulieren autonome Reaktionen (vgl. Trevarthen & Aitken, 1994).

Catecholamin-Neuronen schütten die Transmitter *Norepinephrin* (NE), *Serotonin* (5-Hydroxytryptamin, 5-HT) oder *Dopamin* (DA) aus, welche die Aktivtät neokortikaler Neuronen aufrechterhalten und im Zusammenhang mit geistigen und neurologischen Fehlfunktionen von Bedeutung sind (vgl. Schwartz, 1996).

Norepinephrin spielt hauptsächlich bei der Kontrolle von Notfall- und Aufmerksamkeitsreaktionen eine Rolle (vgl. Schore, 1994). Wahrscheinlich aber reguliert oder moduliert das NE-System Verhaltenstendenzen nur sehr allgemein und beeinflußt bestimmte Verhaltensmuster oder psychische Störungen nicht direkt.

Serotonin wirkt mit erregenden Transmittern zusammen und beeinflußt die Differenzierung anderer Neuronen. Das aufsteigende serotonerge System verhält sich möglicherweise antagonistisch zum NE-System, indem es Ruhe und Schlaf vermittelt und Körperwärme, Ernährung und Wohlgefühl mitreguliert. Besonders in der frühen postnatalen Periode erfüllt es wichtige Funktionen bei der Regulation der Gehirnentwicklung (vgl. Trevarthen & Aitken, 1994). Nach Spoont (1992) fördert 5-HT die Verarbeitung von Informationen, indem es den Informationsfluß stabilisiert und so Verhalten, Stimmung und Denkprozesse reguliert. Extrem niedrige 5-HT-Werte sind mit Instabilität, Impulsivität und Überreaktion verbunden; niedrige Werte mit Aggression, Selbstmord, impulsivem Essen oder Sexualverhalten. Serotonin kann das Verhalten also sowohl hemmen als auch moderieren. Psychische oder soziale Einflüsse können niedrige 5-HT-Aktivität kompensieren. Niedrige Serotonin-Aktivität kann die Vulnerabilität für bestimmtes Problemverhalten erhöhen, ohne sie unbedingt direkt auszulösen (vgl. Barlow & Durant, 1995).

Dopamin „schaltet" möglicherweise verschiedene Gehirnbereiche ein, die mit bestimmten Verhaltensweisen zu tun haben. Einmal eingeschaltet können andere Neurotransmitter Emotionen oder Verhalten fördern oder hemmen. Die Bahnen des dopaminergen Systems kreuzen und vermischen sich mit denen des 5-HT-Systems und beeinflussen so häufig das gleiche Verhalten. So ist beispielsweise die Dopamin-Aktivität verbunden mit nach außen gerichtetem, auf Vergnügen zielendem Verhalten, während Serotonin mit Hemmung und Einschränkung zusammenhängt; die beiden Systeme balancieren sich also gegenseitig aus (vgl. Barlow & Durant, 1995). Dopaminerge Neuronen besitzen weitreichende Wirkungen. Über die DA-Bahnen wird die Stärke emotional bedingter motorischer Aktivitäten und spontaner extrapyramidaler motorischer Muster kontrolliert (vgl. Trevarthen & Aitken, 1994).

Gamma-Aminobuttersäure (GABA) verringert die postsynaptische Aktivität, die ihrerseits viele Verhaltensweisen und Emotionen hemmt. Ihre Hauptwirkung übt sie jedoch auf generalisierte Angst aus. Benzodiazepin (BZ) erleichtert es den GABA-Molekülen, sich an die entsprechenden Rezeptoren zu binden. Das BZ-GABA-System verringert die allgemeine Erregung und mildert emotionale Reaktionen. Es scheint allerdings nicht einheitlich zu sein, sondern in mehrere Untersysteme zu zerfallen. Die Folgerung, das BZ-GABA-System sei für Angst verantwortlich, ist deshalb ebenso überholt wie die, das 5-HT-System sei für Depression verantwortlich (vgl. Barlow & Durant, 1995).

Neuropeptide, einschließlich Opioid-Peptide (Endorphin und Enzephalin), bilden die größte Gruppe zentraler Transmitter. Sie sind wichtig für neuronales Wachstum und Aufmerksamkeitsfunktionen sowie für Freude und Schmerz. Sie spielen eine Schlüsselrolle für die Motivation und das Lernen von Bindungen (vgl. Trevarthen & Aitken, 1994).

Neuronale Zell-Adhäsions-Moleküle (NCAM) sind interzelluläre Botenstoffe, die wichtig für die Verzweigung von Axonen und die Bildung von Verbindungen zwischen Zellen sind (vgl. Edelman, 1995). Da NCAM langsam sind und nur über kurze Entfernungen wirken, können sie keinen großen Einfluß auf kurzfristige, das ganze Gehirn betreffende Veränderungen besitzen (z.B. Bewußtsein und Emotion), sie könnten jedoch langfristig wirken, indem sie zum Beispiel die Auswirkung mütterlicher Stimulation in positive Effekte für das Gehirnwachstum übersetzen (vgl. Schore, 1994).

5.3.2 Die Anatomie der Emotion

Das limbische System ist eine Gehirnregion, die den zentralen Kern umschließt und sich aus drei funktionalen Einheiten, dem Hippocampus, der Amygdala und dem Hypothalamus, zusammensetzt (vgl. Abb. 5.2). Es steht im Zusammenhang mit emotionalen Zuständen, Verhalten und mentalen Prozessen, reguliert aber auch den Blutzuckerspiegel, die Körpertemperatur und den Blutdruck.

Emotionen gehen mit physiologischen Reaktionen einher, die im Gehirn von Ebenen unterhalb der Großhirnrinde (wie Amygdala, Hypothalamus und Hirnstamm) kontrolliert werden. Angenehme oder unangenehme Reize veranlassen die Amygdala und den Hypothalamus, über die Steuerung autonomer und endokriner Reaktionen den Organismus auf Angriff, Flucht, Sexualverhalten etc. vorzubereitet. Da Emotionen aber auch bewußt erlebt werden, enthalten sie kognitive Elemente, die auf eine Beteiligung der Großhirnrinde hinweisen.

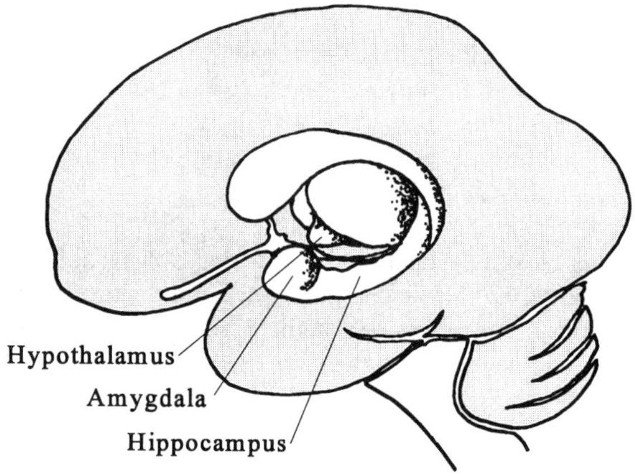

Abbildung 5.2: Aufbau und Lage des limbischen Systems.

Die Annahme, daß alle emotionalen Reaktionen die Hirnrinde mit einbeziehen, konnte inzwischen widerlegt werden. Anscheinend ist die Amygdala in der Lage, Angstreaktionen auch ohne Einbeziehung der Hirnrinde zu realisieren. Dieser Umstand läßt sich dadurch erklären, daß einige Nervenbahnen Signale direkt vom Sinnesorgan zur Amygdala transportieren können (vgl. LeDoux, 1997). Signale von der Amygdala lösen dann in der Nebenniere die Produktion von Adrenalin aus, erhöhen die Herzrate und bereiten die Muskulatur auf Kampf oder Flucht vor. Die Speicherung von Informationen im Kortex setzt hingegen eine vorangehende Verarbeitung durch das limbische System voraus. Die Wichtigkeit des limbischen Systems für emotionale und motivationale Prozesse läßt vermuten, daß seine Aufgabe für das Gedächtnis darin besteht, Informationen zu bewerten (vgl. Tucker, 1992).

Eine Schädigung des limbischen Systems kann zu Störungen der emotionalen Bewertung von Wahrnehmungen führen. Young und Mitarbeiter (1996) stellten bei einer 51jährigen Frau mit teilweiser beidseitiger Schädigung der Amygdala große Schwierigkeiten fest, emotionale Gesichtsausdrücke zu erkennen. Es fiel ihr auch schwer, die gleichen Menschen auf Bildern wiederzuerkennen, wenn sie unterschiedliche Gesichtsausdrücke zeigten. Die Ergebnisse stimmen mit der Hypothese von der Bedeutung der Amygdala für das Sozialverhalten überein.

Auch wenn das limbische System in der Entstehung und Verarbeitung von Emotionen eine herausragende Stellung einnimmt, darf die Interaktion mit anderen Gehirnarealen nicht unberücksichtigt bleiben. So läßt sich zum Beispiel die emotionale Reaktion auf Streß anhand des Ruhepotentials frontaler EEG-Aktivitäten voraussagen (Dawson, Hessl & Frey, 1994). Kinder mit erhöhten rechtsseitigen frontalen EEG-Aktivitäten weinen wesentlich eher, wenn sie von ihrer Mutter getrennt werden. Ähnliche Beziehungen wurden bei älteren Kindern und Erwachsenen entdeckt. Dreijährige Kinder, die ein extrem gehemmtes und schüchternes Verhalten aufwiesen, zeigen laut Davidson (1994) Muster frontaler Hirnfunktionen, die denen bei erwachsenen Depressiven bemerkenswert ähnlich waren und sich von den Meßergebnissen der beiden Kontrollgruppen mit ungehemmtem und mittlerem Verhalten unterschieden.

5.3.3 Lateralität

Das menschliche Gehirn zeigt eine frühe Neigung der beiden Hemisphären, sich auf die Übernahme bestimmter kognitiver Funktionen zu spezialisieren. Ein Beispiel für diesen als *Lateralisierung* bezeichneten Vorgang ist die bei den meisten Menschen in der linken Hemisphäre stattfindende Verarbeitung von Sprachinformationen. Die Fähigkeit zur meist nonverbalen emotionalen Kommunikation - die beim Säugling bereits in den ersten Lebenswochen und -monaten große Fortschritte macht - beansprucht hingegen wahrscheinlich spezialisierte Kortexbereiche in der rechten Hemisphäre (vgl. Tucker, 1992).

Unterschiede in den Fähigkeiten der Hemisphären lassen sich mit Hilfe des *Wada-Tests* demonstrieren. Er dient vorrangig dazu, die für die Sprachfunktion dominante Hemisphäre festzustellen. Zu diesem Zweck wird Natriumamytal (Natriumamobarbital) in die innere Halsschlagader injiziert und bewirkt auf der Seite der Injektion eine kurze Funktionsstörung, das heißt, wenn die richtige Seite betäubt wurde, ist ein vorübergehender Ausfall der Sprache zur beobachten. Darüber hinaus beeinflußt die Injektion aber auch die Stimmung. Linksseitige Injektionen lösen kurze Depressionen aus, rechtsseitige hingegen Euphorien (vgl. Kupfermann, 1996)

Die Möglichkeit, daß auch Emotionen der Lateralität unterliegen, wird schon lange diskutiert. Allerdings hat sich die Annahme, Emotionen würden beim Menschen ausschließlich in der rechten Hemisphäre verarbeitet, als falsch erwiesen (vgl. Pinel, 1997). Es gibt zwar Hinweise für die Dominanz der rechten Hemisphäre bei der Wahrnehmung von Mimik und Prosodie (emotionale Färbung der Stimme), doch bedeutet dies nicht, daß die linke Hemisphäre keine Rolle spielt.

Neuere Studien zeigen, daß der Stirnbereich der beiden Hemisphären mit der Interpretation und dem Ausdruck von Emotionen zusammenhängt. Die linke Frontalregion wird im Verlauf von Emotionen aktiviert, die mit der Annäherung an die Umwelt zusammenhängen (Freude, Interesse, Zorn etc.), während die rechte mit Emotionen wie Distreß, Trauer, Ekel zusammenhängt (vgl. Dawson, Hessl & Frey, 1994). In der globalen Formulierung von Davidson (1994) wird deshalb von einer linksseitigen Dominanz des Annäherungssystems (approach system) und einer rechtsseitigen des Vermeidungssystems (withdrawal system) gesprochen.

Eine Asymmetrie in der Aktivität bestimmter Gehirnbereiche ist bereits in der frühen Entwicklung zu beobachten. Kleinkinder im Alter von zehn Monaten, die während der Trennung von der Mutter weinen, unterscheiden sich in ihrer hemisphärische Aktivität im Frontalkortex von Kinder, die nicht weinen (vgl. Thompson, 1990). Aktivitätsunterschiede wurden auch bei Kindern depressiver Mütter gefunden (vgl. Dawson, Hessl & Frey, 1994). Während in der Interaktion bei Kindern nicht-depressiver Mütter die linken frontalen

Aktivitäten höher waren als die rechten, traf dies für Kinder depressiver Mütter nicht zu. In der Vorbeobachtung unterschieden sich die Kinder nicht signifikant in den Mustern ihrer frontalen EEG-Aktivitäten, während der Trennungssituation zeigten die Kinder depressiver Mütter jedoch links größere frontale Aktivität als rechts.

Experimente zum Erkennen schematischer Gesichter mit wechselndem emotionalen Ausdruck erbrachten eine Überlegenheit des linken visuellen Feldes bei Gesichtern, die Aggressionen zeigen, sowie bei der Gesichtserkennung überhaupt (Magnussen, Sunde & Dyrnes, 1994). Ihre Ergebnisse veranlassen die Autoren zu der Schlußfolgerung, daß sich der Beitrag der beiden zerebralen Hemisphären zur Verarbeitung emotionaler Signale in Übereinstimmung mit dem gezeigten Emotionstyp verändert. Einen weiteren Hinweis darauf, daß emotionale Informationen meist in der rechten Hemisphäre verarbeitet werden (sie ist für das linke visuelle Feld zuständig), liefert Abbildung 5.3. Von den beiden spiegelbildlichen Gesichtern wird das linke von den meisten Menschen als trauriger angesehen und das rechte als fröhlicher. Diese Beurteilung entspricht dem Ausdruck der jeweils linken Gesichtshälfte der beiden Karikaturen.

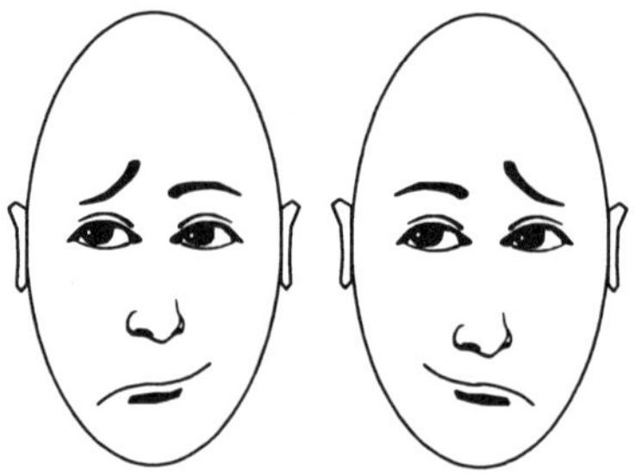

Abbildung 5.3: Demonstration zum rechtshemisphärischen Erkennen von Gesichtsausdrücken. Das linke Gesicht wird meist als trauriger beurteilt.

Unterstützt werden die Ergebnisse von Magnussen und Mitarbeitern (1994) durch eine Untersuchung, die Reilly, Stiles, Larsen und Trauner (1995) mit zwölf Kindern zwischen sechs und 24 Monaten durchführten, die an prä- oder perinatalen unilateralen fokalen Hirnschädigungen litten. Kinder mit rechtsseitiger Hirnschädigung wiesen deutliche affektive Beeinträchtigungen auf positive Reize auf. Die gesunden Kinder der Kontrollgruppe und Säuglinge mit linksseitiger Hirnschädigung zeigten den gesamten Bereich angemessenen affektiven Ausdrucks.

5.3.4 Modelle emotionaler Reaktionen

Im vorangehenden Abschnitt wurden die physiologischen Reaktionen beschrieben, die mit Emotionen einhergehen. Eine in diesem Zusammenhang häufig diskutierte Frage befaßt sich mit der kausalen Beziehung zwischen Emotion, körperlicher Reaktion und Wahrnehmung. Im Alltagsdenken führen Wahrnehmungen zum Erleben von Emotionen, die ihrerseits körperliche Reaktionen nach sich ziehen. Die *James-Lange-Theorie* stellt diese Vorstellung hinsichtlich der Kausalbeziehung zwischen Emotionserleben und -ausdruck auf den Kopf (Pinel, 1997). Danach werden erst physiologische Veränderungen wahrgenommen (z.B. beschleunigter Herzschlag) und danach die entsprechende Emotion (z.B. Angst). Emotionen sind demnach kognitive Reaktionen auf Informationen aus der Peripherie (Kandel & Kupfermann, 1996b). Die Existenz unterschiedlicher Emotionen erklärt die Theorie damit, daß der Körper unterschiedliche physiologische Veränderungen realisiert. So scheiden zum Beispiel die Nebennieren bei Angst andere Hormone aus als bei Ärger (vgl. Bourne & Ekstrand, 1992).

In den 60er Jahren erweiterte Stanley Schachter die James-Lange-Theorie um den kognitiven Aspekt, das heißt, um individuelle Erwartungen und die Bewertung des sozialen Kontextes. Schachter führte ein Experiment durch, in dem er Versuchspersonen Adrenalin injizierte und sie anschließend angenehmen oder unangenehmen Situationen aussetzte. Einige der Versuchspersonen waren vorher über die Nebenwirkungen des Adrenalins (u.a. Herzklopfen) informiert worden. Sie zeigten weniger Ärger beziehungsweise Euphorie als die uninformierten Versuchspersonen (vgl. Kandel & Kupfermann, 1996b)

In der *Cannon-Bard-Theorie* werden Emotionserleben und -ausdruck als parallele Prozesse ohne direkte kausale Beziehung angesehen (Pinel, 1997). Emotionale Reize aktivieren demnach unabhängig voneinander die Großhirnrinde und das autonome Nervensystem. Der Kortex sorgt dann für das emotionale Erleben und das Nervensystem für den allgemeinen Erregungszustand. Diese Theorie geht von nur einem biologischen Zustand mit allerdings wechselnder Intensität aus (vgl. Bourne & Ekstrand, 1992).

Beide Extrempositionen haben sich nach Ansicht von Pinel (1997) als falsch erwiesen. Der Mangel an eindeutigen Beweisen für eine der beiden Theorien hat zu der Ansicht geführt, daß jeder der drei Faktoren einer emotionalen Reaktion (Reizwahrnehmung, autonome und somatische Reaktion auf den Reiz, Emotionserleben) die anderen beiden beeinflußt. Die aus dieser Ansicht resultierende *moderne biopsychologische Sichtweise* ist in Abbildung 5.4 dargestellt.

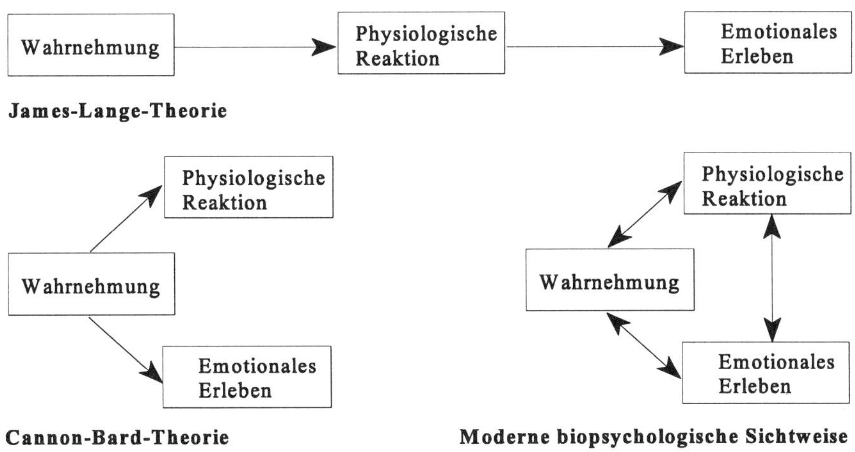

Abbildung 5.4: Modelle zur Biopsychologie der Emotionen.

5.3.5 Die Differenzierung von Emotionen im Entwicklungsverlauf

Während die Synapsendichte im menschlichen visuellen Kortex bereits zwischen dem achten und zwölften Monat ihren Höchstwert erreicht und danach rapide abfällt, setzt sich der Synapsenverlust im Frontalkortex des Menschen mindestens bis zum siebten, vielleicht sogar bis zum vierzehnten Lebensjahr fort. Berücksichtigt man die Bedeutung dieses Gehirnbereichs für die Affektregulierung, läßt sich vermuten, daß der langanhaltende Synapsenrückgang es emotionalen Erfahrungen ermöglicht, über einen erheblichen Zeitraum auf die Entwicklung dieser Gehirnregion einzuwirken (vgl. Davidson, 1994).

Die unterschiedliche Geschwindigkeit, mit der sich Gehirnstrukturen ausbilden, wirkt sich auch auf den Verlauf der emotionalen Entwicklung aus. Deshalb können sich zum Beispiel Angstpatienten häufig nicht erinnern, in welcher Situation ihre Angst zum ersten Mal auftrat. Jacobs und Nadel (1985) erklären diese Beobachtung damit, daß sich das Ereignis zutrug, bevor der Hippocampus weit genug entwickelt war, um das Kontextlernen zu ermöglichen (vor dem 3. Lebensjahr). Das kindliche Gehirn kann bereits eine Verbindungen zwischen der Schädigung und dem Angstgefühl herstellen, da das emotionale Gedächtnis (LeDoux, 1997) schon funktionsfähig ist und die emotionalen Anteile des Erlebnisses speichert. Das Kind ist jedoch unfähig, sich daran zu erinnern, weil es noch nicht über ein autobiographisches Gedächtnis verfügt (vgl. Kasten 5.3). Nach Jacobs und Nadel beruht diese kindliche Amnesie auf einem Mangel an Kontextinformationen, auf die der Erwachsene zugreifen könnte.

Kasten 5.3: Gedächtnis und Lernen.

Markowitsch (1992) nimmt eine Gliederung in Gedächtnissysteme nach ihren Inhalten vor. Danach ergibt sich zunächst eine Zweiteilung in das deklarative, dessen Inhalt sich meist eindeutig sprachlich wiedergeben läßt, und das nicht-deklarative Gedächtnis. Beide werden nochmals unterteilt. Das deklarative Gedächtnis umfaßt autobiographische Ereignisse (episodisches Gedächtnis) sowie Schulwissen, allgemeine Zusammenhänge und grammatikalisches Wissen (Faktengedächtnis). Das nicht-deklarative Gedächtnis speichert mechanische Bewegungsabläufe und motorische Fertigkeiten (prozedurales Gedächtnis). Darüber hinaus unterstützt es die Fähigkeit, bereits ähnlich erlebte Situationen oder Reizmuster wiederzuerkennen (Priming).

Die Entstehung der verschiedenen Gedächtnissysteme ist beim Heranwachsenden wahrscheinlich zeitlich gegliedert (vgl. Markowitsch, 1996). Am Anfang scheint das Priming zu stehen. Mit der Fähigkeit zur Unterscheidung von Sinneseindrücken und anschließend der Bewegungskontrolle schafft der Säugling die Voraussetzung für das prozedurale Gedächtnis. Erst mit drei bis vier Jahren, nach dem Erwerb eines sicheren Wortschatzes, entwickelt sich das episodische Gedächtnis, das somit möglicherweise vom bereits vorher entstandenen Faktengedächtnis abhängig ist.

Das limbisches System trägt unter anderem zur Bewertung von Situationen bei. Nach der Hypothese der Affektlogik (vgl. Ciompi, 1993) versieht das Gehirn sogar alle kognitiv-sensorischen Informationen von den Sinnesorganen mit einer affektiven Färbung und Wertung, wodurch eine für die Erinnerungsfähigkeit wichtige Organisation und innere Ordnung kognitiver Inhalte entsteht. Informationen müssen bestimmte Teile des limbischen Systems passieren, um dauerhaft im episodischen und im Faktengedächtnis bewahrt werden zu können. Nach Ansicht von Markowitsch (1996) wirkt es wie ein Filter, das relevante Inhalte aussortiert und sie mit Emotionen versieht.

Das emotionale Gedächtnis (LeDoux, 1997) ist vom deklarativen Gedächtnis unabhängig, wie sich gut am Beispiel der Angst-Konditionierung demonstrieren läßt. Diese wird über ein eigenes System vermittelt, das wahrscheinlich nichts mit der bewußten Wahrnehmung zu tun hat. Um zur Amygdala zu gelangen, die den Ablauf von Schutzreaktionen steuert, können vom Auge kommende Sinnesreize (z.B. der Anblick einer Schlange) zwei Wege benutzen: Über den visuellen Thalamus und die Sehrinde oder die Abkürzung über den visuellen Thalamus direkt zur Amygdala (vgl. LeDoux, 1997). Der „lange Weg" umfaßt auch die Wahrnehmung, der „kurze" ist dafür schneller und ermöglicht Schreckreaktionen (z.B. ein Sprung zur Seite), bevor uns überhaupt ihre Ursache bewußt wird.

Das Lernen von Verhaltensweisen, sozialen Kompetenzen und Emotionen kann auf unterschiedliche Weise geschehen. Wenn ein Lebewesen den Umgang mit bestimmten Dingen oder Situationen besonders leicht lernt - darauf vorbereitet zu sein scheint - spricht man von *prepared learning*. In Gefangenschaft geborene Rhesusaffen haben zum Beispiel nicht instinktiv Angst vor Schlangen, lernen diese Angst aber schnell, wenn sie bei einem anderen Affen die entsprechende Angstreaktion beobachten. Die Angstreaktion scheint also zu ihrer emotionalen Grundausstattung zu gehören (vgl. Barlow & Durand, 1995).

Wie Informationen über Umweltereignisse verarbeitet werden, unterscheidet sich von Mensch zu Mensch. Als *erlernte Hilflosigkeit* wird der von Seligman (1995) beschriebene passive Umgang mit Streßsituationen bezeichnet, die der Betroffene, aufgrund vorangegangener Erfahrungen eigener Hilflosigkeit, für unkontrollierbar hält.

Die Theorie des *sozialen Lernens* (*Lernen am Modell*) betont die Bedeutung des sozialen Kontextes. Lernen ist demnach zu einem großen Teil von Vorbildern und sozialen Interaktionen abhängig. Diese Art des Lernens setzt die symbolische Integration der Erfahrungen Anderer voraus. Der Beobachter muß beurteilen können, unter welchen Bedingungen die eigenen Erfahrungen denen eines anderen gleichen und was ihm geschehen wird, wenn er sich ebenso verhält.

Die Fähigkeit zum Ausdrücken und Empfinden grundlegender Emotionen ist schon in der frühen Kindheit vorhanden. Das Kleinkind ist biologisch darauf vorbereitet, eine begrenzte Anzahl von Reizen mit negativen und positiven Emotionen zu beantworten (z.B. mit Freude auf ein menschliches Gesicht, mit Angst auf plötzliche laute Geräusche). Einige Emotionen setzen jedoch die Bewertung der jeweiligen Situation voraus. Sie sind deshalb abhängig von der Existenz und den Veränderungen eines Bewertungssystems, das sich seinerseits erst entwickeln kann, wenn das Kind über ausreichende kognitive Fähigkeiten verfügt. Das kulturelle und soziale Umfeld eines Kindes entscheidet darüber, ob es sich in einem bestimmten Kontext bedroht fühlt oder nicht und ob es negative oder positive Emotionen zum Ausdruck bringt. Ebenso können Erziehungspraktiken zur Ausbildung des

Bewertungssystems beitragen. Ein gestörtes emotionales Klima führt deshalb möglicherweise zu emotionaler Fehlanpassung. Als Beispiel sind körperlich mißhandelte Kinder zu nennen, die sich übermäßig wachsam gegenüber möglicherweise bedrohlichen Reizen verhalten, als Resultat ihrer häufigen Angst vor der Konfrontation mit bedrohlichen Erlebnissen (vgl. Izard & Harris, 1995).

Im Verlauf der frühen Entwicklung wird das Repertoire menschlicher Emotionen ständig reicher und differenzierter. Neugeborene verfügen erst über wenige Emotion: Überraschung, Distreß und Freude. Psychologen, die das Konzept primärer Emotionen vertreten, gehen sogar davon aus, daß Neugeborene nur über zwei allgemeine Emotionen verfügen: Positive (Zufriedenheit) und negative (Distreß), aus denen später durch Differenzierung weitere Emotionen entstehen. So entwickelt sich Freude aus Zufriedenheit, Wut und Furcht gehen auf Unzufriedenheit zurück (vgl. Cole & Cole, 1996). Während der Ausdruck von Vergnügen, Interesse und Überraschung schon früh zu erkennen ist, können negative Emotionen erst später beobachtet werden (vgl. Oster, Hegley & Nagel, 1992). Deutlich erkennbare Wut erst mit etwa vier, Angst und Schüchternheit mit sechs Monaten.

Lewis, Sullivan, Stanger und Weiss (1989) stützen ihr Emotionsmodell auf die Unterscheidung primärer und sekundärer Emotionen (vgl. Abb. 5.5). Primäre Emotionen - zu ihnen wird unter anderem die Angst gezählt - sind durch ihr frühes Auftreten und durch prototypische und universelle Gesichtsausdrücke gekennzeichnet. Der Ausdruck von Interesse, Freude, Distreß und Ekel scheint gleich oder kurz nach der Geburt vorzuliegen, Ärgerausdruck wurde bereits mit vier Monaten beobachtet, Überraschung mit sechs. Sekundäre Emotionen unterscheiden sich von primären dadurch, daß sie bestimmte kognitive Fähigkeiten voraussetzen. Emotionen, die nur geringer kognitiver Unterstützung bedürfen, entstehen nach diesem Modell zuerst. Bis zum zwölften Lebensmonat ist dann die Entstehung aller primären Emotionen abgeschlossen, während die sekundären frühestens von der Mitte des zweiten Lebensjahres an beobachtet werden können.

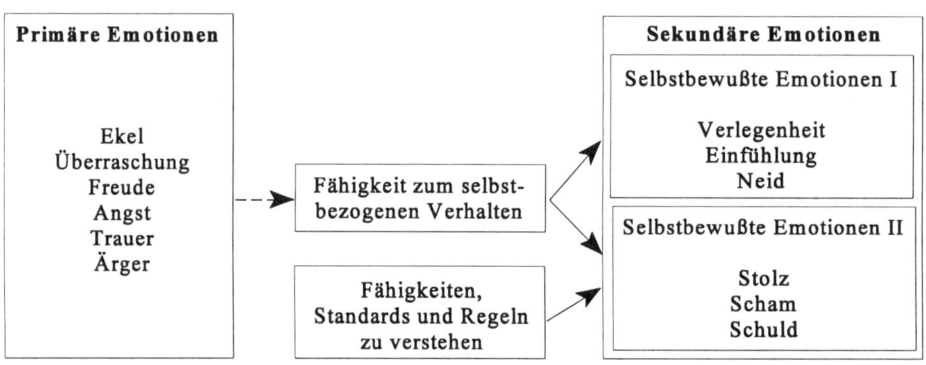

Abbildung 5.5: Modell der Verbindung zwischen Kognition und der Entwicklung selbstbewußter Emotionen.

Es wird allgemein davon ausgegangen, daß das Auftreten sekundärer Emotionen (Verachtung, Verlegenheit, Schüchternheit, Schuld etc.) von der kognitiven Entwicklung abhängig ist. Bevor ein Kind verlegen oder schüchtern sein kann, muß es die Stufe der

Selbstbezogenheit erlangen (zwischen dem 15. und 24. Monat). Selbstbezogenes Verhalten wurde als die Fähigkeit eines Kindes operationalisiert, sich in seinem Spiegelbild zu erkennen (vgl. Lewis et al., 1989). Um sicherzugehen, daß es sich tatsächlich erkannt hat, wird ihm unbemerkt ein Punkt auf die Nasenspitze gemalt. Entdeckt das Kind diesen Punkt bei seinem Spiegelbild und versucht ihn daraufhin bei sich selbst zu berühren oder zu entfernen, kann von selbstbezogenem Verhalten gesprochen werden. Voraussetzung für Verachtung ist die Fähigkeit zum sozialen Vergleich. Für die Entstehung von Schuldgefühlen ist ein inneres Wertesystem notwendig (vgl. Izard & Harris, 1995). Sozialer Vergleich, Selbstbezogenheit und das Lernen und Erinnern eines moralischen Wertesystems sind abhängig von kognitiven Prozessen, die in den frühen Lebensmonaten noch nicht stattfinden und zudem voraussetzen, daß ein Selbst-Fremd-Konzept besteht und Objektpermanenz erkannt wurde (mit ca. 8 Monaten). Wesentlich später, zwischen dem fünften und achten Lebensjahr, entwickeln Kinder ein Konzept des Bildes, das sich andere Menschen von ihnen machen. Dieses Konzept könnte eine Schlüsselrolle für das Auftreten sozialer Ängstlichkeit spielen (vgl. Derryberry & Reed, 1994).

5.4 Kommunikative Entwicklung

Neugeborene können andere Menschen wahrnehmen und versuchen, mit ihnen zu kommunizieren, zuerst durch den Geruchssinn, Berührung oder Gehör, dann zunehmend auch durch das Sehen. So reagieren sie beispielsweise schon in den ersten Tagen auf eine vertraute Melodie mit Lächeln und auf laute Geräusche mit Weinen. In der *Protokonversation* (Bateson, 1979), der spielerischen kommunikativen Begegnung mit dem zweimonatigen Kind, verändern Erwachsene - häufig unwillkürlich - ihre Mimik, Gestik, Sprachmelodie, Lautstärke und Stimmlage. Sie geben meist nur kurze Äußerungen mit wellenförmiger Modulation und häufigen Pausen von sich (vgl. Trevarthen & Aitken, 1994). Kuhl et al. (1997) sehen darin ein anscheinend alle kulturellen und linguistischen Grenzen überschreitendes Verhaltensmuster. Da Säuglinge durch ihre noch nicht ausgereifte Anatomie daran gehindert werden, die Sprache Erwachsener genau nachzuahmen, gleichen, nach Ansicht von Kuhl et al. (1997; Barinaga, 1997), Erwachsene ihre eigene Stimmlage instinktiv den Fähigkeiten der Säuglinge an.

In ihrem ersten Lebensjahr können Säuglinge erstaunlich geringfügige Unterschiede im Klang ähnlicher Silben ausmachen. So unterscheiden sie schon im Alter von vier Tagen den Klang ihrer Muttersprache von dem anderer Sprachen und sind in ihren ersten vier Monaten in der Lage, die teilweise minimalen Abweichungen zwischen den 150 Sprachgeräuschen aller menschlichen Sprachen zu hören (vgl. Karmiloff-Smith, 1985). Nach dem ersten Lebensjahr verliert sich jedoch die Fähigkeit, Klänge zu unterscheiden, die nicht zur Muttersprache gehören. Dieser Verlust scheint zugunsten eines effektiven Spracherwerbs notwendig zu sein. Nach Ansicht von Stager und Werker (1997) muß das Gehirn subtile Klangunterschiede ignorieren, wenn Kinder ganze Worte zu lernen beginnen.

Mit *intentionaler Kommunikation* wird die Absicht verfolgt, beim Hörer eine bestimmte Wirkung zu erzielen. Die präintentionale Kommunikation beginnt bereits direkt nach der Geburt. Selbst wenn das Kind in diesem Alter schon systematische Effekte auf Seiten der Bezugsperson hervorruft, ist es sich noch nicht der Wirkung seines Verhaltens bewußt. Zwischen dem neunten und zwölften Lebensmonat bildet sich zwischen Säugling und

Bezugspersonen ein idiosynkratisches nonverbales Signalsystem, das ihnen die intentionale Kommunikation ermöglicht. Ab dem zwölften Lebensmonat erwirbt das Kind konventionelle sprachliche Mittel, mit denen es seine Absichten auch fremden Personen mitteilen kann (Bretherton, 1991; Kusch & Petermann, 1991a).

Aus den nonverbalen sozialen Austauschprozessen zwischen dem Säugling und seiner Bezugsperson geht die *Pragmatik* hervor, der Gebrauch der Sprache im sozialen Kontext (vgl. Sternberg, 1991). Bereits während des zweiten Lebensjahres lernt das Kleinkind, im sprachlichen Dialog zwischen der Sender- und Hörer-Rolle zu wechseln, sprachliche Anweisungen zu befolgen oder Ereignisse zu kommentieren.

In einer Studie von Denham (1993) wurde nachgewiesen, daß Mütter nicht zufällig, sondern vorhersagbar und interpretierbar auf die Emotionsäußerungen ihrer Kinder reagieren. Sie schienen zu versuchen, negative Affekte der Kinder abzuschwächen und positive zu betonen. Aber auch die Kinder erwiesen sich mit ihren zwei Jahren als aktive Teilnehmer am emotionalen Dialog und reagierten ebenfalls vorhersagbar auf die Emotionsausdrücke ihrer Mütter. Die emotionale Reaktion der Mutter auf bestimmte Emotionen des Kindes erwies sich als förderlich für dessen sozioemotionale Kompetenz. So zeigten beispielsweise Kinder, auf deren Ärger optimal reagiert wurde, in Abwesenheit der Mutter einen positiven Umgang mit anderen Menschen sowie mehr Vergnügen und Interesse an ihrer Umgebung.

5.4.1 Soziales Lächeln

Lächeln kann schon bei Neugeborenen im REM-Schlaf oder im schläfrigen Zustand beobachtet werden. Anscheinend ist es zuerst endogen erzeugt, wird jedoch bald mit vertrauten Reizen verbunden und durch soziale Interaktion mit bestimmten Menschen ausgelöst (vgl. Butterworth & Harris, 1994). Anfänglich wird mit exogenem Lächeln unterschiedslos auf Menschen, Dinge, Geräusche und Berührungen reagiert. Mit sechs Wochen beantworten Säuglinge Stimmen, insbesondere die der Mutter, mit Lächeln, und Gesichter werden ein besonders starker Auslöser.

Die Entwicklung des Gehirns und des Nervensystems sowie die Verbesserung des Sehvermögens schaffen mit drei Monaten die Voraussetzungen, um das Lächeln des Säuglings mit dem von Bezugspersonen zu synchronisieren. Von *sozialem Lächeln* kann jedoch erst gesprochen werden, wenn es als Antwort auf das Lächeln anderer geschieht und gleichzeitig Lächeln auslöst (vgl. Cole & Cole, 1996). Dem Säugling steht damit ein wirksames Mittel zur *Verhaltensregulation* zur Verfügung. Der Begriff Verhaltensregulation beschreibt zielgerichtete sozial-kommunikative Verhaltensweisen, mit denen der Säugling erstmals instrumentelle und kontrollierende Absichten verfolgt. Mit verhaltensregulierenden Interaktionen soll eine andere Person etwa zur Hilfe aufgefordert werden, um somit beispielsweise ein gewünschtes Objekt zu erhalten oder eine bestimmte Situation herbeizuführen. Ebenso versucht der Säugling damit, sich selbst durchzusetzen und Kontrolle auszuüben.

Säuglinge mit angeborener Blindheit reagieren auf die Stimme der Mutter oder auf Berührungen ebenfalls mit Lächeln, auch wenn dessen Entwicklung häufig verzögert ist (vgl.

Butterworth & Harris, 1994). Da sie jedoch nicht sehen können, daß Menschen zurücklächeln, kann sich bei ihnen die visuelle Feedback-Schleife nicht etablieren, und der Übergang zum sozialen Lächeln findet nicht statt (vgl. Cole & Cole, 1996). Fraiberg (1974) gelang der Nachweis, daß im Umgang mit blinden Kindern Berührungsreize die Funktion des Zurücklächelns übernehmen können, und sich die Feedback-Schleife schließen läßt, indem auf Lächeln des Kindes mit Streicheln reagiert wird.

5.4.2 Blickrichtung und gemeinsame Aufmerksamkeit

Im Verlauf der ersten zwei bis drei Monate tritt mit der aktiven Haltungskontrolle des Kopfes, wenn sich der Säugling in halb-aufrechter Position befindet, eine dramatische Entwicklungsveränderung ein. Häufigeres Ansehen der Mutter, vermehrtes Lächeln und zunehmende vorsprachliche Äußerungen gehen mit der wachsenden Kontrolle der Kopfhaltung einher (Wulfften & Kopkins, 1993). Gleichzeitig findet eine Reifung des visuellen Systems statt und das Kind lernt, Kopf- und Augenbewegungen zu einer funktionalen Einheit zu verbinden. Damit eröffnet sich ihm eine erste Möglichkeit, soziale Interaktion zu regulieren.

Mit sechs Monaten beginnen einige Säuglinge bereits, ihre Aufmerksamkeit an der Blickrichtung anderer Menschen auszurichten. Die meisten werden diese Fähigkeit jedoch erst zwischen dem achten und elften Monat erlangen (vgl. Scaife & Bruner, 1975). Erleichtert wird der Aufmerksamkeitswechsel zwischen Person und Objekt durch die verbesserte aufrechte Haltung (vgl. Rauh, 1995), ein Beispiel für das Zusammenwirken von kognitiver und körperlicher Entwicklung. Erst danach beginnen die Kinder, die Bedeutung der Zeigegeste mit dem Finger zu verstehen (vgl. Baron-Cohen, 1995a) und bis zum Ende ihres ersten Lebensjahres auch selbst zu erlernen. Sie erlangen damit ein Mittel der *Aufmerksamkeitslenkung,* das es ihnen erlaubt, die Aufmerksamkeit des Interaktionspartners auf einen Gegenstand oder ein Ereignis zu lenken. Zwischen dem neunten und zwölften Lebensmonat wird intentionales Sozialverhalten wie „auf etwas Zeigen", „etwas herzeigen", „zwischen Mutter und Gegenstand hin und her blicken" oder „dort hinsehen, wohin der Andere zeigt" zum wichtigsten Austauschprozeß zwischen Kind und Eltern (Kusch & Petermann, 1991b).

5.4.3 Soziale Bezugnahme

Zwischen dem sechsten und 22. Monat wird das Blickverhalten von Kindern zunehmend selektiver (vgl. Izard & Harris, 1995). Sie sehen immer häufiger zu ihren Eltern und blicken ihnen vermehrt ins Gesicht (vgl. Durkin, 1997). Zum Ende des ersten Lebensjahres sind die Kinder in der Lage, in den Gesichtern von Erwachsenen nach Hinweisen für die Interpretation von mehrdeutigen Situationen zu suchen. Dieses als *soziale Bezugnahme* bezeichnete Verhalten setzt voraus, daß die Kinder von der Mimik ihres Interaktionspartners auf die zugrundeliegende Emotion schließen können.

In einem Experiment von Sorce, Emde, Campos und Klinnert (1985) zur sozialen Bezugnahme wurde der Säugling auf die eine Seite einer Visuellen Klippe gesetzt, während sich seine Mutter am gegenüberliegenden Ende des Tisches aufstellte (vgl. Abb. 5.6). Auf die Glasplatte über dem Abgrund der *Visuellen Klippe* wurde als Anreiz ein für das Kind erstrebenswertes Spielzeug gelegt. Der Abgrund wurde auf eine Höhe eingestellt, die zu keiner klaren Vermeidung, wohl aber zur Bezugnahme auf die Mutter führte. Die Mütter wurden in verschiedenen Versuchen aufgefordert, jeweils ein ängstliches, fröhliches, ärgerliches, interessiertes oder trauriges Gesicht zu machen. Zeigten die Mütter Angst, überquerte keines der Kinder die tiefe Seite; zeigten sie hingegen Freude oder Interesse, fast alle. Der Ausdruck von Trauer veranlaßte zwei Drittel der Kinder, auf der sicheren Seite zu bleiben, und die Anzahl der wiederholten Bezugnahmen war in dieser Gruppe deutlich höher als in allen anderen. Befanden sich beide Seiten der Visuellen Klippe auf gleicher Höhe, sahen 17 von 23 Kindern ihre Mütter gar nicht an, bevor sie die „Klippe" überquerten. Von den verbleibenden Kindern wurden zwei ausgeschlossen, weil die Mütter nur sehr schwache Mimik zeigten, die übrigen überquerten die Fläche nach der Bezugnahme trotz der Angstsignale ihrer Mutter.

Abbildung 5.6: Die Visuelle Klippe.

Nachdem die Kinder angefangen haben, sich selbständig fortzubewegen, wird die soziale Bezugnahme zu einem häufig genutzten Kommunikationsmittel zwischen ihnen und ihrer Bezugsperson. Sie schließen aus der Reaktion des Erwachsenen, wie ein ungewöhnliches Ereignis zu interpretieren ist und wie sie fühlen oder handeln sollen, wenn sie auf etwas Unbekanntes treffen. So kann zum Beispiel die Mimik der Mutter dem Kind Hinweise darauf geben, ob es sich einem ihm fremden Menschen freundlich nähern oder ihn besser ängstlich meiden soll (vgl. Rauh, 1995). Um aus der Reaktion der Mutter auf den angemessenen Umgang mit der Situation schließen zu können, muß das Kind bereits über das Konzept der Intentionalität von Emotionen verfügen. Es muß verstanden haben, daß die Emotionsäußerung der Bezugsperson in Beziehung zu einem Menschen, einem Gegenstand oder einer bestimmten Situation steht: Die Bezugsperson hat Angst *vor* etwas, ist ärgerlich oder froh *über* einen Menschen. Zeigt die Mutter Abneigung oder Freude gegenüber einem bestimmten Spielzeug, suchten beziehungsweise mieden zwölfmonatige Säuglinge diesen Gegenstand anschließend (vgl. Hornik, Risenhoover & Gunnar, 1987). In diesem Alter reagieren sie schon sehr schnell und eindeutig auf die nonverbalen Signale von Bezugspersonen. Die Eltern sind daher zunehmend in der Lage, die Affektzustände ihrer Kinder zu beeinflussen und ihr Verhalten zu steuern.

5.5 Die Verflechtung von Kommunikation und Emotion

Der Emotionsausdruck stellt ein wirksames Kommunikationsmittel dar, das vor dem Einsetzen der Sprachentwicklung besonders wichtig ist. Anfänglich stehen dem Säugling mit Schreien und Lächeln nur wenig differenzierte, aber durchaus effiziente Ausdrucksformen zur Verfügung, um seine Eltern zu beeinflussen. Im Laufe der Entwicklung wird die Fähigkeit, durch Stimme, Gesicht, Gesten und Haltung anderen Menschen Gefühle mitzuteilen und auf ihr Verhalten einzuwirken, immer mehr erweitert und verfeinert. Kinder lernen, ihre Fähigkeiten gezielter zur Kontrolle der eigenen Emotionen einzusetzen. Gleichzeitig nimmt ihr Verständnis für emotionale Äußerungen anderer Menschen zu und sie werden empfänglicher für die Feinheiten verbaler und nonverbaler Kommunikation.

5.5.1 Der Ausdruck von Emotionen

Kleinkinder sind bereits fähig, deutlich unterscheidbare, situationsangemessene Emotionen hervorzubringen. Izard (1994) zeigte Studenten Fotos von Säuglingen mit verschiedenen Gesichtsausdrücke (Interesse, Freude, Überraschung und Trauer), und konnte feststellen, daß diese mit großer Übereinstimmung identifiziert wurden. Nach Izard stimmen diese grundlegenden Emotionen mit denen von Erwachsenen überein und können so früh differenziert werden, weil sie biologisch vorprogrammiert sind. Kulturübergreifende Studien (Ekman, 1994) lassen vermuten, daß ein universelles Basisrepertoire an Emotionen (Freude, Trauer, Ekel, Wut, Überraschung und Furcht) und damit einhergehenden Gesichtsausdrücken existiert. Der aus dieser Erkenntnis abgeleiteten „*Universalitäts-Hypothese*" zufolge zeigen Menschen unterschiedlicher Kulturen in ähnlichen Situationen vergleichbare Gesichtsausdrücke und können deshalb die emotionale Bedeutung der Mimik von Menschen aus anderen Kulturen richtig erkennen.

Ein gestörter Emotionsausdruck kann zu abweichendem Verhalten beitragen. Dabei können beide, Kind und Bezugsperson, ihren Anteil daran haben, daß der Austausch zwischen ihnen nicht reibungslos oder synchron verläuft. Izard und Harris (1995) verdeutlichen dies am Beispiel von mißhandelten Kindern und von Kindern mit kognitiven Entwicklungsverzögerungen. Das entwicklungsverzögerte Kind braucht möglicherweise mehr Zeit, um den Ausdruck der Bezugsperson zu entschlüsseln. Das mißhandelte Kind verzögert möglicherweise seine Reaktion, weil es unsicher hinsichtlich der Konsequenzen ist. Der Emotionsausdruck in der Eltern-Kind-Dyade mit einem mißhandelnden Elternteil ist charakterisiert durch Ambivalenz, Unbeständigkeit, Unvorhersagbarkeit und Rückzug. Der Rückzug kann ein Hinweis auf die Unfähigkeit des Kindes sein, den uneindeutigen Ausdruck des Elternteils zu verstehen.

Nach Ekman (1993) existiert für jede Emotion eine Fülle verwandter, aber visuell unterschiedlicher Gesichtsausdrücke. So haben beispielsweise die 60 Ärgerausdrücke, die Ekman und Friesen (1978) identifizieren konnten, gewisse Kernkonfigurationen gemeinsam, die es möglich machen, sie von der Familie der Angstausdrücke, Ekelausdrücke etc. zu unterscheiden. Variationen innerhalb einer Familie spiegeln wahrscheinlich die Intensität der Emotion wider, ob sie unterdrückt wird, simuliert wird oder spontan ist.

5.5.2 Regulation des Emotionsausdrucks

Der Ausdruck von grundlegenden Emotionen (Überraschung, Ärger, Ekel, Trauer und Lächeln) ist bereits bei schlafenden Neugeborenen zu beobachten, beruht aber sehr wahrscheinlich auf vorprogrammierten mimischen Reaktionsmustern, die durch zufällige Erregungszuständen des Gehirns ausgelöst werden. Mit etwa zwei Monaten beginnt eine Verbindung zwischen Emotionen (z.B. Freude über den Anblick eines Gesichts) und Emotionsausdruck (z.B. soziales Lächeln) zu entstehen. Da Kinder in diesem Alter ihre Mimik noch nicht bewußt manipulieren können, spiegelt sich in ihrem Minenspiel die direkte Reaktion auf emotionale Reize wider. Die Verbindung zwischen Gefühl und Ausdruck wird nie wieder so eng sein wie in dieser Zeit, bevor individuelle und kulturelle Darstellungsregeln zu wirken beginnen. Individuelle Unterschiede in der positiven Emotionalität treten zuerst mit zwei bis drei Monaten in Form von Lächeln, Lachen und Lautäußerungen auf. Mit der Entwicklung der motorischen Kontrolle zeigen sich auch Unterschiede im Annäherungsverhalten (vgl. Derryberry & Reed, 1994). Auch wenn das Kind mit einem Jahr bereits fähig ist, emotionale Äußerungen zu übertreiben (Rauh, 1995), ist es in den ersten Lebensjahren noch weit davon entfernt, den Emotionsausdruck als Mittel der nonverbalen Kommunikation vollständig zu beherrschen.

Menschen versuchen, den Ausdruck von Emotionen vorrangig auf drei Arten zu kontrollieren (vgl. Durkin, 1997):

- *Simulation* - Gefühle zeigen, die nicht da sind,
- *Unterdrückung* - Gefühle nicht zeigen, obwohl sie da sind und
- *Maskierung* - Gefühle durch den Ausdruck nicht vorhandener Gefühle überdecken.

In einer großangelegten Längsschnittstudie (Malatesta-Magai et al., 1994) wurde gezeigt, daß im ersten Jahr der Ausdruck positiver Emotionen noch zunimmt. Im zweiten kommen zwei neue Gesichtsausdrücke dazu, die mit der Regulierung negativer Affekte zu tun haben: sich auf die Unterlippe zu beißen (verbunden mit Angst) und die Lippen aufeinander zu pressen (zur Kontrolle von Wut). Im dritten Jahr verringern sich zwar nicht das Ausmaß und die Häufigkeit des Ausdrucksverhaltens, aber das Verhalten selbst wird gedämpfter.

Die zunehmende willkürliche Kontrolle der Gesichtsmuskeln ermöglicht es, „echte" Gesichtsausdrücke zu unterdrücken und falsche vorzuspielen. Es gibt subtile Hinweise, die in einigen Fällen eine Unterscheidung ermöglichen:

- Sehr kurzzeitige Gesichtsausdrücke (*Microexpressions*) der wirklichen Emotion durchbrechen manchmal für die Dauer von etwa 0,05 Sekunden den falschen Ausdruck. Für geübte Beobachter sind sie aber auch ohne Zeitlupenkamera erkennbar (vgl. Pinel, 1997).

- Einige vorgespielte Gesichtsausdrücke lassen sich am Fehlen bestimmter Muskelaktivitäten erkennen. So wird beispielsweise beim *Duchenne-Lächeln* ein bestimmter Muskel (orbicularis oculi), der das Auge umgibt und die Haut von Wange und Stirn zum Auge zieht, nicht kontrahiert (vgl. Ekman, 1993).

Nicht alle Kinder scheinen die Regeln des Gesichtsausdrucks gleich schnell zu lernen. Als „Externalisierer" diagnostizierte Kinder (mit Verhaltensproblemen wie Hyperaktivität oder Aggression) reagierten auf Lob von Gleichaltrigen mit dem Ausdruck von Überraschung und Feindseligkeit und waren sich ihres Gesichtsausdrucks weniger bewußt als andere Kinder (vgl. Casey & Schlosser, 1994).

Vorschulkinder zeigen bereits eine größere Fähigkeit, den Ausdruck zu regulieren. Sie können ihn verzögern und auch auswählen, wem gegenüber sie Emotionen äußern (Izard & Harris, 1995). Obwohl sie schon früh die Notwendigkeit zur Kontrolle des Emotionsausdrucks verstehen, lernen sie jedoch erst im Schulalter, das Repertoire von Verhaltensweisen zu meistern, das ihnen hierzu schon länger zur Verfügung steht (vgl. Malatesta-Magai et al., 1994). Eine Studie von Zeman und Garber (1996) ergab, daß die Äußerung von Ärger, Trauer und Schmerz bei Kindern im ersten, dritten und fünften Schuljahr davon abhängig ist, wer ihnen zusieht. Kinder berichteten deutlich häufiger, daß sie ihre Emotionen vor Gleichaltrigen kontrollieren, als vor ihren Eltern oder wenn sie allein waren. Die Regulation des Emotionsausdrucks kann für Schulkinder durchaus von Vorteil sein. Viert- und Fünftkläßler, die mehr prototypische Gesichtsausdrücke zeigten, wurden von Lehrern auch hinsichtlich ihrer schulischen Kompetenz höher eingeschätzt (vgl. Browne, 1994).

Die Regulation des emotionalen Ausdrucks hat möglicherweise noch einen weiteren Vorteil. Wenn Kinder einen sozial erwünschten Ausdruck zeigen, genügen sie damit eventuell nicht nur den Wünschen ihrer Eltern, sondern der Gesichtsausdruck trägt auch zur Erfahrung eines emotionalen Zustandes bei, indem er neurologische Informationen liefert, die sich aus der Veränderung der Gesichtsmuskulatur ergeben (vgl. Durkin, 1997). Nach der *facial-feedback-Hypothese* wirkt der mimische Ausdruck verstärkend oder modifizierend auf die Emotion zurück.

5.5.3 Regulation von Emotionen

Mit dem Begriff „Emotionsregulation" werden Prozesse bezeichnet, die emotionale Reaktionen auslösen, erhalten oder verändern. Selbst sehr junge Säuglinge sind in der Lage, ihre Emotionen in einem gewissen Maße zu regulieren. Sie beruhigen sich selber, indem sie am Finger, am Schnuller, an einem Zipfel ihrer Decke saugen oder hin und her schaukeln; mit zunehmendem Alter werden die Strategien komplexer. Kleinkinder vermeiden oder reduzieren emotional belastende Informationen indem sie ihre Augen schließen, sich abwenden oder die Ohren zuhalten. Damit verfügen sie bereits über primitive Techniken zur *Aufmerksamkeitssteuerung,* besitzen also die Fähigkeit, sich Ereignissen oder Objekten zu- oder ihre Aufmerksamkeit davon abzuwenden. Es ist ihnen dadurch möglich, psychophysiologische Spannungszustände selbständig zu regulieren und der sozialen Umwelt ihre Bedürfnisse mitzuteilen.

Zweijährige verfügen bereits über verschiedene Strategien, deren Gebrauch sie vom Kontext abhängig machen (vgl. Grolnick, Bridges & Connell, 1996):

- Die Aufmerksamkeit vom Reiz wegführen (z.B. wegesehen),
- sich beruhigen und Sicherheit vermittelnde Strategien anwenden, die selbstbezogen (z.B. Daumenlutschen, das eigene Haar streicheln), fremdbezogen (z.B. Nähe zur Bezugsperson suchen), symbolisch (spielartig) oder verbal (z.B. wiederholtes „ich bin schon groß!") sein können, und
- Konzentration auf den belastenden Reiz und der Versuch, die Situation zu lösen (z.B. in Trennungssituationen nach der Mutter suchen).

Zwischen dem zweiten und sechsten Lebensjahr gewinnen die sich entfaltenden sprachlichen und kognitiven Fähigkeiten bei der Kontrolle von Emotionen zunehmend an Bedeutung (vgl. Cole & Cole, 1996). Sie werden genutzt, um Ereignisse neu zu interpretieren (z.B. „Ich will sowieso nicht mit deinem Fahrrad fahren, das ist mir viel zu klein!"), um sich selbst zu beruhigen („Mammi sieht mir zu, mir kann nichts passieren!") oder sich selbst zu ermutigen („Das kann ich schon, ich bin ja schon groß!"). Nach Grolnick und Mitarbeitern (1996) sind Kinder ab zwei Jahren zunehmend besser fähig, das Gefühl der Versuchung (z.B. sich verlockende Süßigkeiten unerlaubt zu nehmen), zu regulieren. Dabei ist es eine Strategie der Selbstkontrolle, die Aufmerksamkeit vom Objekt der Versuchung auf ein anderes Spielzeug abzulenken und damit konzentriert zu spielen.

Die Abhängigkeit der Emotionskontrolle von der Beziehung zwischen den Interaktionspartnern demonstrierten Fabes, Eisenberg, Smith und Murphy (1996) an 49 Kindern im Vorschulalter. Sie beobachteten in Alltagssituationen keinen Unterschied in der Stärke des Ärgers gegenüber beliebten und unbeliebten Provokateuren. Allerdings reagierten die Kinder auf Ärger durch beliebte Gleichaltrige kontrollierter. Gegenüber aggressiven, dominanten Gleichaltrigen beruhigten sich die provozierten Kinder eher wieder als gegenüber schwachen.

5.5.4 Sprache als Mittel der Emotionsregulation

Der Spracherwerb eröffnet dem Kind mindestens drei Möglichkeiten der Kontrolle von Verhalten und Emotion (vgl. Greenberg, Kusche & Speltz, 1991):

- Sprache macht es möglich, sich der eigenen Gefühle bewußt zu werden.
- Über Sprache läßt sich der eigene emotionale Zustand anderen mitteilen.
- Sprache kann zwischen Absicht und Verhalten vermitteln.

Zwischen eineinhalb und drei Jahren fangen Kinder an, Emotionen zu benennen und über emotionale Zustände zu sprechen (vgl. Durkin, 1997). Sie benutzen Begriffe wie „fröhlich", „traurig", „ängstlich" und „wütend", und stellen fest, daß sich Gefühle direkt (mit)teilen lassen. Als „innerer Monolog" spielt Sprache eine wichtige Rolle für die Selbstregulation des Kindes. Etwa ab dem 18. Monat beginnt das Kind, über emotionale Erfahrungen zu sprechen. Mit Beginn des dritten Lebensjahres nehmen Kinder relativ häufig auf ihre emotionalen Zustände Bezug (vgl. Brown, Donelan-McCall & Dunn,

1996). In diesem Alter werden auch erste auf die Regulation von Emotionen bezogene sprachliche Äußerungen beobachtet (z.B. „Ich fürchte mich, wenn es dunkel ist!").

Eine Studie von Brown und Mitarbeiter (1996) hebt die Bedeutung sozialer Interaktion mit Freunden und Geschwistern für die sich entwickelnden Fähigkeiten von Kindern hervor, über Erfahrungen zu reden. Gegen Ende ihres vierten Lebensjahres stellen sie deutlich mehr Bezüge zu emotionalen und kognitiven Zuständen im Gespräch mit Geschwistern und Freunden als mit Müttern her, obwohl die Mütter sich doppelt so häufig wie Geschwister und ebenso häufig wie Freunde darauf bezogen. Kinder in Geschwister- oder Freundesdyaden, deren Umgang miteinander durch positives, kooperatives Spiel gekennzeichnet war, nahmen beim Spielen mit größerer Wahrscheinlichkeit Bezug auf Gedanken und Vorstellungen. Das Sprechen über emotionale Zustände wird jedoch nicht nur durch die Interaktionspartner bestimmt, sondern auch durch die Form der Interaktion. Mißhandelte Kinder reden, wie Cicchetti (1990) belegen konnte, deutlich weniger über negative Affekte.

Mit dem wachsenden Verständnis emotionaler Vorgänge und der Erweiterung ihrer sprachlichen Möglichkeiten beginnen Kinder auch

- über vergangene und zukünftige Emotionen zu sprechen,
- Emotionen von Tieren oder Puppen in einer Spielhandlung zu beschreiben und
- über Situationen zu reden, die Emotionen hervorrufen können (vgl. Izard & Harris, 1995).

Kinder erkennen bald, daß Sprache mehr ist als ein beschreibendes Werkzeug, und entwikkeln neue und effektivere Wege, die eigenen Emotionen oder die anderer Menschen zu verändern (vgl. Greenberg, Kusche & Speltz, 1991). So erhalten auch die Eltern mit der Sprache ein Instrument, mit dem sie die emotionalen Äußerungen ihres Kindes regulieren können (z.B. „Große Jungen weinen nicht!") und mit dem sich vermitteln läßt, was als sozial akzeptabel gilt (vgl. Durkin, 1997).

5.5.5 Sozialer Einfluß auf die Emotionsregulation

Der Emotionsausdruck kann zwischenmenschliche Beziehungen fördern und bewahren. Dabei ist es von der sozialen Umwelt abhängig, inwieweit Kinder ihre Emotionen regulieren. Für das Erlernen kultureller Verhaltensnormen und die allgemeine Entwicklung emotionaler Kompetenz bilden soziale Interaktionen den wichtigsten Kontext (Zeman & Garber, 1996). Von Geburt an wirken verschiedene Regulationsmechanismen gemeinsam auf die Emotionskontrolle ein: Selektive Verstärkung von Emotionsäußerungen, Vorbilder emotionalen Verhaltens und die Förderung der Imitation dieser Vorbilder, später dann Einflußnahme über Gespräch und verbale Instruktionen. Bei kleinen Kindern sind noch keine sozial angemessenen Emotionen zu beobachten. Malatesta und Mitarbeiter (1986) konnten zeigen, daß Mütter die positiven Emotionsäußerungen ihrer Säuglinge verstärken, indem sie diese imitieren. Negative emotionale Äußerungen werden nur selten nachgeahmt. Die Fähigkeit zur emotionalen Regulation ist von neurophysiologischen Prozessen abhängig. Sind diese Prozesse beeinträchtigt oder noch nicht entwickelt, so ist die emotionale Regulation eingeschränkt, unabhängig von äußeren Einflüssen. Es gibt Hinweise darauf, daß bestimmte Kontrollmechanismen bei Neugeborenen noch nicht ausgereift sind. Deshalb ist es in den ersten Lebensmonaten schwierig, die Erregung eines Neugeborenen zu regulieren (vgl. Thompson, 1990).

Bezugspersonen verfügen über mehrere Möglichkeiten, auf die Emotionsregulation von Kindern einzuwirken; durch

- direkte verbale Anweisungen (z.B. „Jetzt guck doch nicht so böse!");
- die Selektion von Informationen, die dem Kind mitgeteilt werden (um z.B. die Bewertung einer bedrohlichen Situation zu beeinflussen);
- die Rolle als Vorbild für emotionale Regulationsstrategien;
- durch Gespräche (z.B. „Was könntest du tun, wenn dich jemand ärgern will?").

5.5.6 Einfluß von Emotionsäußerungen auf das Kind

Da das Erkennen von Emotionen eng verbunden ist mit der Fähigkeit, Gesichter und andere sozial relevante Reize zu erfassen, wurde dieses Thema bereits in einem vorangehenden Abschnitt weitgehend behandelt. Deshalb soll hier nur kurz daran erinnert werden, daß Säuglinge schon vor ihrem vierten Lebensmonat beginnen, fröhliche von traurigen Gesichtern zu unterscheiden, und bis zu ihrem neunten Monat lernen, diesen Gesichtern Stimmen mit entsprechender emotionaler Färbung zuzuordnen. Sie sind also schon sehr früh in der Lage, die Emotionen anderer Menschen zu erkennen. In einer Längsschnittstudie untersuchten Brown und Dunn (1996) 47 Kinder vom dritten bis zum sechsten Lebensjahr hinsichtlich ihres Verständnisses von Basisemotionen. Es zeigte sich eine bemerkenswerte Stabilität im Emotionsverständnis über die drei Jahre, wobei Mädchen die Jungen übertrafen. Darüber hinaus gab es Hinweise auf eine enge Verbindung zwischen dem Emotionsverständnis und der Qualität der Geschwisterbeziehungen.

Angesichts der frühen Empfänglichkeit für emotionale Einflüsse und die Stabilität der dadurch entstehenden Kompetenzen, soll im Folgenden nochmals genauer untersucht werden, wie sich die Emotionen anderer Menschen auf die Entwicklung des Kindes auswirken. Ärger und Streit zwischen anderen mitzuerleben, kann das affektive Verhalten von Kinder zumindest zeitweise beeinflussen. Cummings, Zahn-Waxler und Radke-Yarrow (1981) beobachteten als Folge einer solchen Auseinandersetzung bei 24% der von ihnen untersuchten 1,5 bis 2,5jährigen Kinder deutlichen Ärgerausdruck, einschließlich Schlagen und Schubsen. In einer anderen Studie (Cummings & Smith, 1993) konnte festgestellt werden, daß das Miterleben von Streit zwischen ihrer Mutter und einem anderen Erwachsenen zu erhöhtem positiven Verhalten von Geschwistern untereinander führt. Beobachtet wurden insgesamt 40 ältere (5-7 Jahre) und jüngere (2-5 Jahre) Kinder. Mädchen versuchten vor allem, angesichts der negativen Emotionen zwischen den Erwachsenen, den Ausdruck positiver Emotionen im Spiel mit ihrer Schwester zu erhöhen. Jungen zeigten nach der Auseinandersetzung der Erwachsenen erhöhtes prosoziales Verhalten. Cummings und Smith (1993) verweisen darauf, daß Kinder sehr sensibel auf Ärgerausdruck zwischen ihren Eltern reagieren. Ehestreit kann deshalb mit dem Risiko für Entwicklungsabweichungen verbunden sein.

Kinder von Müttern, die häufig Freude und Interesse zeigen, bekunden im Laufe der Zeit ebenfalls in erhöhtem Maß Freude und Interesse (vgl. Malatesta-Magai, 1991). Demgegenüber wurde in Still-face-Situationen untersucht, wie Kinder auf die erstarrte Mimik („Pokerface") ihres Gegenübers reagieren. Weinberg und Tronick (1996) konfrontierten 50 Kinder im Alter von sechs Monaten mit drei aufeinanderfolgenden Episoden von jeweils zwei bis drei Minuten Dauer:

- Die soziale Interaktion mit direktem Blickkontakt,
- die Still-face-Episode, in der die Mutter das Kind ansehen, aber nicht mit ihm sprechen oder es berühren durfte und
- die Wiedervereinigungs-Episode, in der die soziale Interaktion mit der Mutter wieder aufgenommen wird.

Auf die Still-face-Episode reagierten die Kinder mit negativen Affekten, Absinken des vagalen Tonus, Anstieg der Herzrate und erhöhter motorischer Aktivität. Sie lächelten die Mutter weniger an, zeigten eine Zunahme negativ affektiver mimischer und vokaler Äußerungen (Weinen) und deutliche emotionale Regulationsmechanismen (Wegsehen, Berühren der eigenen Haare und Kleidung).

Die mütterliche Erwiderung auf Emotionen des Kindes scheint den Verlauf der emotionalen Entwicklung des Kindes im Positiven wie im Negativen signifikant zu beeinflussen. So ist aus vielen Studien bekannt, daß der Emotionsausdruck depressiver Eltern einen wichtigen Faktor in der abweichenden emotionalen Entwicklung darstellen kann (vgl. Rutter, 1990b). Chronisch depressive Mütter scheinen weniger auf ihre Kinder einzugehen, mimisch und verbal weniger Emotionen - vor allem positive - zu äußern oder vermehrt mit Angst oder Wut zu reagieren, was unter Umständen zu Störungen im emotionalen Ausdruck und Sozialverhalten des Kindes beiträgt. Neben genetischen Faktoren sind sehr wahrscheinlich auch Defizite in der Eltern-Kind-Interaktion für die Ergebnisse einer Studie verantwortlich zu machen, die Beidel und Turner (1997) an sieben- bis dreizehnjährigen Kinder durchführten. Danach entwickeln Kinder von Eltern mit Angststörungen mit größerer Wahrscheinlichkeit die gleiche Störung. Litten die Eltern an Depressionen oder Depressionen und Angststörungen, zeigten ihre Kinder eher eine größere Bandbreite psychischer Probleme. Ausschließlich Angststörungen wurden bei 36% der Kinder von Eltern mit Angststörungen diagnostiziert (n=28); ausschließlich Depression bei 38% der Kinder, wenn die Eltern Depression hatten (n=24); beide Störungen bei 45% der Kinder von Eltern mit Angststörungen und Depressionen (n=29). Von den Kindern der Kontrollgruppe (n=48) hatten nur 10% eine dieser Störungen.

5.6 Auswirkungen von Emotionen auf das Sozialverhalten

Für die Sozialentwicklung sind Emotionen von grundlegender Bedeutung. Sie beeinflussen die Entstehung von Bindungen, bilden den Hauptbestandteil nonverbaler Kommunikation und lenken die Entwicklung sozialer Kompetenzen (vgl. Durkin, 1997). Kinder sind schon sehr früh für das Leid ihrer Mitmenschen empfänglich. So weinen oder lachen sie zusammen mit anderen Neugeborenen, können sich aber noch nicht in deren Gefühlslage hineinversetzen, sondern lassen sich lediglich vom emotionalen Ausdruck „anstecken" (vgl. Sodian, 1995). Zweijährige versuchen jedoch schon, das Leid von Spielgefährten durch das Anbieten von Geschenken, Essen, Verbandszeug etc. zu lindern. Wenn die Absichten, die den prosozialen Handlungen sehr kleiner Kinder zugrundeliegen, auch nicht direkt bestimmt werden können, ist doch offensichtlich, daß sie für emotionale Signale ihrer Umwelt empfänglich und daher zu koordiniertem sozialen Verhalten und positiven Interaktionen mit anderen fähig sind. Caplan (1993) betont, daß sich dieses Sozialverhalten durch beobachtendes Lernen, verbale Anweisungen und Ermutigung durch Bezugspersonen verstärken läßt. Mit zunehmender kognitiver Erfahrung können Kinder die Bedürfnisse anderer besser erkennen und durch die Entwicklung affektiver Faktoren (Empathie, Sympathie, Schuld) wird die Motivation zu prosozialem Verhalten gefördert.

Um sich in ihrem alltäglichen Leben sozial kompetent und emotional angemessen verhalten zu können, benötigen Kinder zumindest grundlegende Kenntnisse von der Arbeitsweise des Verstandes, eine „Theory of mind" (vgl. Kasten 5.4). Die Fähigkeit, Handlungen von Menschen mit falschen Überzeugungen vorauszusagen - wie im klassischen false-belief-Paradigma (vgl. Wichmann, Opwis & Spada, 1996) - wird als ein Grundstein zum Verständnis anderer Menschen und ihres Verhaltens angesehen und als sozial-kognitives Fundament für die weitere Entwicklung kommunikativer und symbolischer Fertigkeiten. Darüber hinaus scheint die Fähigkeit kleiner Kinder, die Emotionen Anderer zu erkennen und zu verstehen, die Grundlage für die spätere Entwicklung wichtiger menschlicher Fähigkeiten wie Empathie und prosozialem Verhalten zu bilden. Slomkowski und Dunn (1996) wiesen nach, daß bei dreieinhalbjährigen Kindern das soziale Verständnis mit der Fähigkeit einhergeht, die Kommunikation mit Freunden als fortgesetzten Austausch von logisch aufeinander bezogenen Aussagen („connected communication") zu gestalten.

Kasten 5.4: Theory of mind.

Als Theory of mind bezeichneten Premack und Woodruff (1978) das Begreifen und Erkennen mentaler Zustände wie Gedanken, Überzeugungen, Wünsche und Absichten. Der Ausdruck umfaßt Annahmen darüber, was andere Personen denken, wollen oder fühlen (Baron-Cohen, Tager-Flusberg & Cohen, 1993), und was Dinge und Ereignisse bedeuten (Pratt & Garton, 1993). Die Fähigkeit, Wünsche, Gefühle und Gedanken eines anderen Menschen zu erkennen, bedeutet für ein Kind, Handlungen voraussehen und Absichten beurteilen zu können (vgl. Baron-Cohen, 1995a). Normal entwickelte Kinder sind schon mit zwei Jahren dazu in der Lage und sprechen bereits spontan über eigene und fremde mentale Zustände. In diesem Alter sind sie auch schon fähig, sich in den emotionalen Zustand anderer hineinzuversetzen. Es fehlt ihnen jedoch die Fähigkeit, Wünsche von Absichten zu unterscheiden. Sie begreifen also noch nicht, daß man sich etwas wünschen kann, ohne die Absicht zu haben, sich diesen Wunsch auch zu erfüllen. Für dreijährige Kinder ist es auch noch nicht vorstellbar, daß Menschen falsche Überzeugungen hegen und nach diesen Überzeugungen handeln. Ein Kind dieser Altersgruppe würde erwarten, daß eine andere Person entsprechend seiner Realität handelt, selbst wenn sich eine bestimmte Situation für diese Person anders darstellt, weil ihr Informationen fehlen, die dem Kind zugänglich sind.

Die Interpretation von Gesichtausdrücken befähigt Kinder, zu erkennen, wann andere Menschen denken und was sie empfinden. So können sie sich schon mit etwa einem Jahr in unsicheren Situationen an der Mimik der Mutter orientieren und den Gesichtsausdruck als Anhaltspunkt für die Bewertung der Situation nehmen.

Als *emotionale Perspektivenübernahme* wird das Verstehen von Emotionen aufgrund der Lage bezeichnet, in der sich ein anderer Mensch befindet. Die Gefühle des Anderen werden dabei nicht nachempfunden, sondern gedanklich erschlossen (vgl. Silbereisen, 1995). Es handelt sich also nicht um Empathie.

In einem Experiment, das Avis und Harris (1991) mit Kindern der Baka, einem Jäger-Sammler-Volk in Süd-Ost-Kamerun, durchführten, wurde die false-belief-Aufgabe noch um den Aspekt der Emotion erweitert. Die Kinder wurden in zwei Gruppen eingeteilt, die sich aus 17 älteren (Durchschnittsalter 5 Jahre) und ebensovielen jüngeren Kindern (Durchschnittsalter 3,5 Jahre) zusammensetzten. Die Kinder sahen einem Erwachsenen dabei zu, wie er eine Speise zubereitete, diese in ein zugedecktes Gefäß legte und für einige Minuten wegging. In seiner Abwesenheit wurden sie von einem anderen Erwachsenen aufgefordert, das Essen aus dem Behälter zu nehmen und zu verstecken. Dann sollten sie die Reaktion des zurückkehrenden Erwachsenen voraussagen: Wo würde er suchen, wie würde er sich vor und nach dem Aufdecken des Gefäßes fühlen?

Die Mehrheit der älteren Kinder (11 von 17) und eine Minderheit der jüngeren Kinder (6 von 17) sagten richtig voraus, daß der Erwachsene sich dem leeren Behälter zuwenden würde, vor dem Öffnen des Deckels eher fröhlich und danach eher traurig sein würde. Das Ergebnis unterstützt die Annahme, daß das Verständnis von Überzeugungen und Wünschen in der Kindheit ein universelles Merkmal der normalen menschlichen Entwicklung ist, da es in annähernd gleichem Alter in sehr unterschiedlichen Kulturen (die Baka kennen keine Schriftsprache) auftritt.

5.7 Die kognitive Entwicklung aus der Sicht Piagets

Bis in die 60er Jahre dieses Jahrhunderts herrschte in der Psychologie fast einhellig die Meinung, daß Kinder und Jugendliche sich relativ leicht und schnell eine psychische Struktur aneignen, die grundsätzlich derjenigen von Erwachsenen gleicht. So hatten zum Beispiel die verschiedenen Lerntheorien, die die wissenschaftliche Diskussion in der Psychologie in der ersten Hälfte des 20. Jahrhunderts dominierten, den Anspruch, mit allgemeinen, für alle Altergruppen gültigen Lerngesetzen menschliches Verhalten zu beschreiben. Entsprechend gelangten viele psychodynamische Theoretiker dieser Periode, indem sie die Kindheit durch die Erinnerung ihrer erwachsenen Patienten rekonstruierten, zu dem falschen Schluß, daß Kinder nicht mehr seien als Erwachsene in Miniaturausführung. Als Folge dieser Einstellung wurden kindlichen Kognitionen keine besondere Aufmerksamkeit gewidmet.

In diesem geschichtlichen Rahmen versuchte Piagets Theorie zu verdeutlichen, daß Säuglinge und Kinder nicht einfach ungeübter sind und weniger gelernt haben als Erwachsene, sondern sich von diesen auch qualitativ grundlegend unterscheiden. Die Ursache dafür sah er in unterschiedlichen Kompetenzen zur Verarbeitung und Organisation von Erfahrungen.

Piaget ist ein bedeutender Vertreter des Konstruktivismus. Nach seiner Ansicht wird Wissen durch Handlung erworben, mit anderen Worten - es wird „konstruiert". Konstruktivistische Theorien sprechen dem Kind eine größere Rolle in der Ausprägung ihrer eigenen Entwicklung zu als Theorien, die die Verbindungen Umwelt-Lernen oder Biologie-Reifung betonen. Entwicklung kann demnach als ein aktiver Prozeß verstanden werden, in dessen Verlauf ein Individuum durch die Auseinandersetzung mit der Umwelt fortschreitend Erkenntnisse aufbaut. Ein Kind empfängt also nicht nur passiv Umweltreize, sondern es ist ein denkendes und handelndes Wesen, das sich durch organisierende, konstruktive Aktivität auszeichnet. Bereits der Säugling nimmt ein Ereignis nicht passiv zur Kenntnis, sondern interpretiert es. Diese Interpretation, nicht das Ereignis, bestimmen sein Verhalten. Mit zunehmendem Alter ist ein Kind immer komplexeren Situationen gewachsen. Um das zu erreichen, verändert es entweder seine eigene Lernstruktur und paßt sich so der Umwelt an, oder es paßt die Umweltgegebenheiten seinen Möglichkeiten an. Piaget prägte für diese beiden Vorgänge die Begriffe Akkomodation und Assimilation (vgl. Kasten 5.5)

Kasten 5.5: Piagets Äquilibrationsmodell.

Ein Ungleichgewicht zwischen den bestehenden kognitiven Strukturen und den Umweltreizen führt nach Piagets Auffassung zu Anpassungsaktivitäten, die das Gleichgewicht wieder herstellen sollen. Diese dem Organismus innewohnende selbstregulierende Tendenz wird als *Äquilibration* bezeichnet (Piaget, 1976). Piaget beschreibt zwei mögliche Anpassungsprozesse:

- *Assimilation* bezeichnet die Aufnahme und Organisation von Umwelterfahrungen; ein Vorgang, bei dem Erfahrungen aus der äußeren Welt auf vorhandene Strukturen des Systems übertragen und integriert werden, jedoch nur, wenn diese neuen Umweltreize zu Schemata passen, über die das Individuum bereits verfügt.
- *Akkomodation* bezeichnet Veränderungen des Systems, die dem Individuum neue Möglichkeiten eröffnen, mit der Umwelt zu interagieren. Dabei werden alte Schemata oder Strukturen modifiziert, um Umweltreize aufnehmen zu können, die weder ignoriert noch durch Assimilation in bestehende Strukturen eingefügt werden können.

Im Äquilibrationsprozeß bewirken also Assimilations-Akkomodations-Aktivitäten eine zunehmende Anpassung des Kindes an seine Umwelt. Somit kann er als Antriebskraft für eine immer differenziertere kognitive Entwicklung gesehen werden.

Am Ausgangspunkt der kognitiven Entwicklung stehen für Piaget frühe Reflexe. Denn entsprechend der aktiven Rolle, die dem Säugling von der konstruktivistische Theorie zugesprochen wird, muß die Entwicklung mit den grundlegendsten Handlungsmöglichkeiten beginnen, die zum Zeitpunkt der Geburt vorliegen. Mit seinen angeborenen Reflex-Schemata verfügt der Säugling über ein Handlungsgerüst, das durch Erfahrungen schrittweise ausgebaut wird. Von der Geburt bis zum Erwachsenenalter durchläuft die intellektuelle Entwicklung vier Hauptstadien mit mehreren Substadien, die Piaget als das sensumotorische, das präoperationale, das konkret operationale und das formal operationale Stadium bezeichnet (vgl. Ginsburg & Opper, 1975). Die mit jedem Stadium verbundenen Altersbereiche sind Durchschnittswerte und können von Kind zu Kind, von Kultur zu Kultur beträchtlich variieren, treten aber in unveränderlicher Reichenfolge auf (vgl. Tab. 5.2).

Tabelle 5.2: Piagets vier Stadien der kognitiven Entwicklung. Die Altersgrenzen stellen nur Annäherungen dar, sie sind fließend und können individuellen Abweichungen sowie den unterschiedlichen Bedingungen der sozialen Umgebung unterworfen sein.

Alter	**Stadium**	**Beschreibung**
Geburt - ca. 2. Lebensjahr	sensumotorisch 	Hauptmerkmale dieses Stadiums sind die Koordination sensorischer Wahrnehmung und einfachen motorischen Verhaltens. Der Säugling lernt die Welt durch seine eigenen Handlungen kennen. Er begreift, daß es eine äußere Welt mit gewissen Gesetzmäßigkeiten gibt, und beginnt, mit dieser gezielt zu interagieren. Das Stadium endet mit dem Beginn des Denkens und dem Einsetzen der Sprache.
Ca. 2. - 7. Lebensjahr	präoperational 	Die Kinder verstehen, daß Symbole die Realität repräsentieren können und benutzen Vorstellungsbilder, Worte und Gesten. Gegenstände und Ereignisse müssen nicht länger tatsächlich vorhanden oder wahr sein, um über sie nachdenken zu können. Ihr Egozentrismus macht es den Kindern noch schwer, den Blickwinkel anderer einzunehmen. Sie lassen sich leicht vom äußeren Anschein täuschen und irren sich häufig in Hinblick auf Ursachenbeziehungen.
Ca. 7. - 11. Lebensjahr	konkret-operational 	Das Grundschulkind kann bereits logisch über *konkrete* Probleme im "Hier und Jetzt" nachdenken. Es ist fähig, im Geiste zu kombinieren, zu trennen oder zu ordnen. Die Dinge, über die es nachdenkt, müssen nicht mehr vorhanden sein. Kinder in diesem Stadium führen mentale Operationen mit konkreten, greifbaren Gegenständen durch, jedoch noch nicht mit abstrakten Aussagen.
Ca. 11. Lebensjahr und älter	formal-operational 	In diesem Stadium wird die Fähigkeit erworben, über alle logischen Beziehungen eines Problems systematisch nachzudenken. Die Jugendlichen zeigen Interesse an abstrakten Idealen und können über komplexe hypothetische Probleme, wie sie besonders im Rahmen wissenschaftlichen Denkens auftreten, nachdenken.

Während frühe Interaktionen ausschließlich auf Reflexen beruhen, beginnen Kinder mit der Entwicklung des Gedächtnisses die Wirkungen von Handlungen vorauszusehen, die sie bereits früher einmal durchgeführt haben. Schließlich erproben sie neue Handlungen, um ihr Problemlöse-Repertoire zu erweitern. Am Ende des ersten Stadiums sind bei ihnen schon Hinweise auf innerpsychische Repräsentation oder symbolische Funktion zu beobachten, die weniger stark von Handlungen abhängig sind. Während der folgenden zwei Jahre unterstützen Symbole die weitere Entwicklung und tragen zur Ausbildung der Sprache und des Denkens bei (vgl. Hupp, 1991).

Piaget (1992) bezeichnete das erste Stadium als sensumotorisch, weil während dieser Periode der Adaptationsvorgang größtenteils aus der Koordinierung sensorischer Wahrnehmungen und einfachen motorischen Verhaltens besteht, um Wissen über die Umwelt zu erlangen. Das sensumotorische Stadium kann also als Fundament der geistigen Entwicklung gesehen werden. Der Säugling entwickelt grundlegende Dimensionen der Wirklichkeit, vor allem der Objektpermanenz und des Raumes. Auf den Übergang zum nächsten Entwicklungsabschnitt fällt der Beginn der symbolischer Repräsentation. Bilder und Worte fangen an, für vertraute Objekte zu stehen. Mittels symbolischer Vorstellungen und Wörter kann der Säugling sich auch auf abwesende Gegenstände beziehen. Obwohl das Denken noch nicht vollständig verinnerlicht ist, brauchen Problemlösungen nicht mehr in der Realität erprobt zu werden.

Zu den Merkmalen des präoperationalen Stadiums gehört die Neigung des Kleinkindes, die Welt nur aus dem eigenen Blickwinkel zu betrachten (Egozentrismus). Es fällt ihm schwer, das Wissen seines Zuhörers zu berücksichtigen und effektiv zu kommunizieren. Kinder auf diesem Stadium verwechseln auch noch Erscheinung und Realität miteinander und verhalten sich zum Beispiel so, als würde eine Maske tatsächlich die Identität des Trägers verändern. Präkausales Denken, das durch die Unklarheit der Ursache-Wirkung-Beziehung geprägt wird, ist für diese Kinder charakteristisch, und in ihrem moralischen Denken werden möglicherweise gute Absichten, die hinter verbotenen Handlungen stehen können, noch nicht berücksichtigt.

Das dritte Stadium ist durch konkrete Operationen gekennzeichnet. Diese mentalen Operationen werden als „konkret" bezeichnet, weil sie sich auf greifbare Gegenstände und Gedanken über Gegenstände beziehen, nicht auf abstrakte Aussagen oder mögliche zukünftige Zustände oder Ereignisse. Das konkret-operationale Denken ermöglicht den Kindern zum Beispiel zu verstehen, daß bestimmte Eigenheiten eines Objekts gleich bleiben, selbst wenn andere geändert werden (z.B. bleibt das Gewicht eines Tonklumpens gleich, wenn seine Form verändert wird). Auch der Egozentrismus nimmt ab. Das Kind kann bereits effektiv über Dinge reden, die sein Zuhörer nicht sieht. Es vermag sich vorzustellen, wie es von anderen gesehen wird (soziale Perspektivenübernahme) und begreift, daß Menschen anders handeln können als sie fühlen. Das konkret-operationale Denken und der Wandel im moralischen Denken wirken sich auch auf soziale Beziehungen aus: Bei der Beurteilung „guten" und „bösen" Verhaltens werden jetzt auch Absichten berücksichtigt (autonomes moralisches Denken).

Für das formal-operationale Denken des vierten Stadiums ist es unter anderem charakteristisch, Probleme durch systematisches Testen zu lösen oder jedes Glied in einer Gedankenkette in Beziehung zum Gesamtproblem zu stellen. Die neu erworbenen logischen Prinzipien werden auf weite Bereiche des Lebens angewandt. So denken Jugendliche beispielsweise über Politik und Recht in Form abstrakter Prinzipien und beginnen sich für universelle ethische Grundsätze zu interessieren.

In den 70er und 80er Jahren wurden wiederholt Studien durchgeführt, die zeigten, daß Kinder verschiedene kognitive Kompetenzen deutlich früher erlangen, als es bis dahin für möglich gehalten worden war. Diese Studien beruhten meist aus der Annahme, Piaget und seine Mitarbeiter hätten die tatsächlichen Fähigkeiten von Kindern unterschätzt und das Alter, in dem sie die für verschiedene Entwicklungsstufen typischen Denkformen entwikkelten, zu hoch angesetzt. Tatsächlich konnte in vielen Fällen gezeigt werden, daß mit hinreichend vereinfachten Aufgaben das Ursachenverständnis kleiner Kinder weit vor das Alter verlegt werden kann, das Piaget als typisch ansah. Dies gilt zum Beispiel für das Verständnis des Grundprinzips, daß Ursachen zeitlich vor ihren Folgen liegen müssen (Bullock & Gelman, 1979, Bullock, 1984). Ein Grund für Piagets Unterschätzung der kognitiven Fähigkeiten kleiner Kinder ist darin zu sehen, daß seine Forschungstechniken stark auf sprachlich vermittelten Problemen und verbalen Begründungen der Überlegungen beruhen. Bei beidem sind kleine Kinder im Nachteil.

Darum konnte Borke (1975) zeigen, daß Dreijährige durchaus schon zur Perspektivenübernahme fähig sind, wenn es ihnen die Vorstellung der fremden Perspektive erleichtert wird und es einfach für sie ist, sich verständlich auszudrücken. Auch im Kontext von False-belief-Aufgaben ließ sich zeigen, daß Kinder die psychischen Zustände anderer eher verstehen können, als Piaget angenommen hat. Unter gewissen Umständen haben schon Kleinkinder (mit ca. 2-3 Jahren) ein feines Gespür für die psychischen Zustände von Menschen, mit denen sie häufig interagieren (Chandler, Fritz & Hala, 1989) und Vierjährige können durchaus schon fähig sein, zwischen tatsächlichen und gezeigten Gefühlen (z.B. Bauchschmerzen) zu unterscheiden. Diese Fähigkeit ist jedoch noch instabil und die Kinder sind gewöhnlich unfähig, ihr durchaus richtiges Urteil vernünftig zu begründen (Harris, Donnelly, Guz & Pitt-Watson, 1986).

Die Ergebnisse dieser und ähnlicher Studien machen es jedoch nicht notwendig, Piagets Modell der intellektuellen Entwicklung generell zu verändern. Es stellt somit einen geeigneten theoretischen Rahmen für die in diesem Kapitel beschriebenen Entwicklungsaspekte dar.

6 Bindungen, Freundschaften und Peerbeziehungen

6.1 Die Entwicklung von Bindungen

Schon Säuglinge verfügen über grundlegende Voraussetzungen zur Kontaktaufnahme mit anderen Menschen. Sie hören auf die menschliche Stimme, zeigen frühes Interesse an menschlichen Gesichtern und beruhigen sich, wenn sie herumgetragen werden. Sie verfügen über ein Repertoire sozial interpretierbarer Signale - Weinen, Lachen, Schreien, Brabbeln - mit deren Hilfe sie Verbindungen aufnehmen und aufrechterhalten können. Mit Blickabwendung oder Versteifung des Körpers demonstrieren sie Abwehr, mit Lächeln Wiedererkennen und Freude. Besonders in der vorsprachlichen Entwicklungsphase findet die Kommunikation über Berührungen statt; beim Stillen, Tragen oder Auf-dem-Schoß-sitzen wird Nähe, Geborgenheit und menschliche Wärme erfahren.

Durch diese Voraussetzungen wird die beiderseitige emotionale Bindung zwischen Mutter und Kind aufgebaut und gefestigt. Die enge Beziehung zwischen Säugling und Mutter kann durch einen frühen Kontakt gefördert werden. Neugeborene, die in den ersten 45 Lebensminuten auf dem Bauch ihrer Mutter liegen durften, wurden öfter gestillt. Mit zwölf Wochen waren sie ruhiger, schrieen weniger und hatten mehr Blickkontakt als Säuglinge der Kontrollgruppe, die nach der Geburt zuerst von ihren Müttern getrennt wurden (Ali & Lowry, 1981).

Eine dauerhafte emotionale Bindung zwischen dem Säugling und einer Bezugsperson beginnt sich jedoch erst zwischen dem siebten und neunten Monat einzustellen. Das ist nicht verwunderlich, da das Kind erst in diesem Alter Gegenstände wiedererkennen kann, die seinem Blick vorübergehend entzogen wurden, und einen Begriff der Objekt- und Personenpermanenz entwickelt (vgl. Kap. 5). Die Bindungsbeziehung scheint ein universelles Entwicklungsmerkmal zu sein, das sich bei allen Säuglingen in bestimmten Anzeichen äußert:

- Sie suchen die Nähe der primären Bezugsperson (folgen z.B. ihrer Mutter),
- sie zeigen Distreß, wenn sie von der Bezugsperson getrennt werden, vorher störte es sie nur wenig, wenn die Mutter den Raum verließ,
- sie freuen sich, wenn sie wieder mit der Bezugsperson zusammen sind und
- sie richten ihre Handlungen nach der Bezugsperson aus (hören auf die Stimme ihrer Mutter oder beobachten sie, während sie spielen).

Im Verlauf ihrer ersten beiden Lebensjahre zeigen Kleinkinder deutlich unterscheidbare Verhaltensweisen in der Interaktion mit anderen Menschen. Bowlby (1969) nimmt eine Unterteilung dieser Entwicklung in vier Phasen vor (vgl. Tab. 6.1)

Tabelle 6.1: Vierphasenmodell der Bindungsentwicklung nach Bowlby (1969).

Entwicklung von Bindungen	
0 bis 6 Wochen	**Vorbindungsphase**: Der Säugling scheint es nicht zu bemerken oder zeigt keine Aufregung, wenn er mit einem unbekannten Menschen alleingelassen wird.
6 Wochen bis 8 Monate	**Entstehungsphase der Bindung**: Der Säugling beginnt, auf bekannte und unbekannte Menschen unterschiedlich zu reagieren und zeigt Anzeichen für Aufregung, wenn er mit unbekannten Dingen oder Menschen alleingelassen wird.
8 bis 24 Monate	**Eindeutige Bindungsphase**: Das Kind zeigt Trennungsangst und verhält sich aufgeregt, wenn die Bezugsperson den Raum verläßt. Die Bindung verschafft dem Kind Sicherheit, die Bezugsperson wird zu einer sicheren „Basis", von der aus das Kind die Umgebung erforscht.
ab 24 Monate	**Phase gegenseitiger Beziehungen**: Das Kind wird mobiler und verbringt mehr und mehr Zeit ohne die Bezugsperson.

Die emotionale Bindung zur Bezugsperson ermöglicht dem Säugling, das Gleichgewicht zu halten zwischen seinem Bedürfnis nach Sicherheit und dem Drang, seine Umwelt zu erkunden. Mit der Bindung an die Bezugsperson geht auch die beginnende Furcht vor Fremden einher. Beide Prozesse scheinen eng miteinander verbunden zu sein und vollziehen sich zum Ende des ersten Jahres (Durkin, 1997). Später, wenn Trennungssituationen häufiger auftreten, verhilft eine stabile gegenseitige Beziehung dem Kind zu einem Gefühl der Sicherheit. Die Phase fällt mit einem Abschnitt der kognitiven Entwicklung zusammen, in der die innerpsychische Repräsentation zu einem herausragenden Element kindlicher Denkprozesse wird. Das Kind muß als denkendes, fühlendes Wesen gesehen werden, das seine Erfahrungen aktiv verarbeitet und notwendigerweise in jede Beziehung sowohl Erinnerungen als auch Erwartungen mitbringt. Nach Bowlby (1988) dient die Bindungsbeziehung jetzt als internes Arbeitsmodell, das die Interaktion des Kindes mit anderen Menschen lenkt und auf seinen Erfahrungen mit der Bezugsperson beruht.

6.2 Bindungsmuster

Zentral für die Bindungsforschung ist die Erkenntnis von Mary Ainsworth, daß die Sicherheit oder Unsicherheit von Bindungen einen wichtigen Aspekt zum Verständnis solcher Beziehungen darstellt. Um Mutter-Kind-Bindungen unter möglichst standardisierten Bedingungen untersuchen zu können, entwickelte sie ein geeignetes Verfahren, die „*Fremde Situation*" (Ainsworth, Bell & Stayton, 1971). Die „Fremde Situation" setzt sich aus einer Folge standardisierter Ereignisse von etwa 20 Minuten Gesamtdauer zusammen (vgl. Tab. 6.2). Sie liefert viele Informationen über die gegenwärtige Qualität der Beziehung und ist so angelegt, daß sie für das Kind zunehmend belastender wird. Das Verfahren läßt sich leicht replizieren, was zu einem massiven Einsatz in der Bindungsforschung geführt hat (vgl. Durkin, 1997).

Tabelle 6.2: Verlauf der „Fremden Situation" in der Standardform.

1. Episode	Kind und Bezugsperson werden in den Beobachtungsraum geführt und dort allein gelassen.
2. Episode	Die Bezugsperson verhält sich ruhig, während das Kind den Raum erkunden kann.
3. Episode	Ein fremder Erwachsener betritt den Raum, ist zuerst ruhig, beginnt sich jedoch nach einer Minute mit der Bezugsperson zu unterhalten und wendet sich nach einer weiteren Minute dem Kind zu. Die Bezugsperson verläßt den Raum.
4. Episode	Die fremde Person und das Kind bleiben allein zurück.
5. Episode	Die Bezugsperson kehrt zurück, die fremde Person geht hinaus. Die Bezugsperson versucht, das Kind zu beruhigen und geht dann wieder hinaus.
6. Episode	Das Kind bleibt im Raum allein.
7. Episode	Die fremde Person kehrt zurück und beginnt zu interagieren.
8. Episode	Die Bezugsperson kommt wieder zurück und die fremde Person geht.

Die „Fremde Situation" erlaubt, das Bindungsverhalten von Kindern aufgrund ihrer Reaktion auf Fremde in An- und Abwesenheit der Mutter zu bestimmen. Als Schlüsselelement gilt die Art, wie das Kind auf die Rückkehr der Mutter reagiert. Aufgrund ihrer Beobachtungen erkannte Ainsworth (1982) dauerhafte, qualitativ unterschiedliche Beziehungsmuster, die sie in drei Kategorien einteilte (vgl. Ainsworth, Blehar, Waters & Wall, 1978). Die von ihr ursprünglich identifizierten Bindungstypen werden als sicher, unsicher-vermeidend und unsicher-ambivalent bezeichnet.

Im letzten Jahrzehnt wurde offensichtlich, daß die Verhaltensweisen einiger Kinder nicht diesen drei Bindungsmustern entsprechen. Außerdem wurden bekanntermaßen vernachlässigte oder mißhandelte Kinder als sicher gebunden klassifiziert, obwohl ihr Verhalten außerhalb der „Fremden Situation" deutlich abweichend war. Da sich die Kriterien von Ainsworth in solchen Fällen als nicht ausreichend erwiesen, fügten Main und Solomon (1986) der klassischen Trilogie noch eine weitere Kategorie hinzu (vgl. Cicchetti, Toth & Lynch, 1995). Diese Minderheit der Kinder wurde als Typ D (desorganisiert-desorientiert) klassifiziert, weil sie in der „Fremden Situation" Verhaltensweisen aufwiesen, die widersprüchlich schienen und gleichzeitig aus Nähesuchen und -vermeidung bestanden (vgl. Tab. 6.3).

Die Einteilung in sichere und unsichere Bindungen wird durch physiologische Parameter unterstützt. Kinder mit unsicher-vermeidender Bindung scheinen die Abwesenheit der Mutter gelassen hinzunehmen und ihre Rückkehr zu ignorieren. Diesem Eindruck widersprechen jedoch die erhöhten Cortisolwerte im Speichel, die auf vermehrten Streß schließen lassen. Auch bei Kindern, deren Bindungsverhalten dem Typ D entspricht, sind erhöhte Speichelcortisolwerte zu finden, was vermuten läßt, daß es ihnen gegenüber

Kindern mit sicheren Bindungen an angemessenen Bewältigungsstrategien mangelt (Spangler & Grossmann, 1993). Andere Studien bestätigen diese Ergebnisse und befürchten darüber hinaus, daß die größere Vulnerabilität für Streß Folgen für die emotionale und soziale Entwicklung der Kinder haben kann (Hertsgaard, Gunnar, Erickson & Nachmias, 1995).

Tabelle 6.3: Beschreibung der vier unterschiedlichen Bindungstypen.

Bindungstyp	Verhalten
A unsicher/ vermeidend	Allein mit der Mutter verhalten die Kinder sich mehr oder weniger gleichgültig gegenüber dem Sitzplatz der Mutter. Wenn die Mutter den Raum verläßt, zeigen sie keinen besonderen Distreß. Ein Fremder kann sie ebensogut trösten wie die Mutter. Bei der Rückkehr wenden sie sich eher von der Mutter ab, statt Nähe und Trost zu suchen. Äußeres Desinteresse ist mit erhöhter innerer Erregung (z.B. Herzfrequenz) verbunden.
B sicher gebunden	In Gegenwart der Mutter spielen sie zufrieden, untersuchen die neue Umgebung und reagieren positiv auf Fremde. Während der Episoden 3 und 4 zeigen sie mäßigen Distreß. Sie regen sich auf, wenn die Bezugsperson zum zweiten Mal geht. Kehrt die Mutter zurück und nimmt sie in den Arm, beruhigen sie sich schnell und nehmen das Spiel wieder auf. Balance zwischen Suche nach Nähe und Explorationsverhalten, wenn die Bezugsperson in der Nähe ist.
C unsicher/ ambivalent	Besonders anhänglich. Bleiben nah bei der Mutter und scheinen auch in ihrer Anwesenheit ängstlich. Werden sehr aufgeregt, wenn die Mutter geht. Bei ihrer Rückkehr suchen sie sofort die Nähe der Mutter, lassen sich aber nicht beruhigen. Sie zeigen Ärger und lehnen Spielsachen ab.
D desorganisiert/ desorientiert	Verschiedene Bindungsstrategien im kindlichen Verhalten. Intensive Suchen nach Nähe gefolgt von ebenso intensiver Ablehnung, widersprüchliche Verhaltensmuster wie Nähesuchen und gleichzeitiges Wegsehen.

Obwohl die „Fremde Situation" von unbestreitbarem Wert für die Bindungsforschung ist, darf nicht unbeachtet bleiben, daß sie gewissen Beschränkungen unterliegt (vgl. Rutter, 1995).

- Die einzelnen Episoden, insbesondere die Trennungssituationen, müssen für alle Kinder von gleicher Bedeutung sein. Es gibt Hinweise darauf, daß dies in anderen Kulturkreisen nicht der Fall ist.
- Es ist kaum zu erwarten, daß innerhalb von 20 Minuten alle relevanten Qualitäten der Bindungsbeziehung erfaßt werden.
- Es ist nicht offensichtlich, ob die aus der Codierung resultierenden diskreten Kategorien die Konzepte der Bindungssicherheit am besten abbilden. Dies kann zu Abgrenzungsproblemen führen.

- Die „Fremde Situation" findet nicht in einer gewohnten Umgebung statt, sondern unter standardisierten Bedingungen, die allein schon für einige Kinder beunruhigend sein können. Das hier gezeigte Bindungsmuster läßt sich daher nur bedingt auf Alltagssituationen übertragen.

Pederson und Moran (1996) entwickelten eine detaillierte Beschreibung der Manifestation vermeidender, sicherer und ambivalenter Beziehungen in der weniger belastenden häuslichen Umgebung. Diese Beschreibung dient ihnen als Grundlage ihres Klassifikationssystems für Bindungsbeziehungen außerhalb der Fremden Situation. Die meisten Klassifizierungen aus der „Fremden Situation" konnten damit bestätigt werden. Der Vorteil des Systems von Pederson und Moran besteht darin, sichere Bindungen in einem natürlicheren Kontext bestimmen zu können, der Mutter und Kind weniger Beschränkungen auferlegt.

Für ältere Kinder, die bereits größere Selbständigkeit entwickelt haben, kann die Trennungssituation mit weniger Streß verbunden sein. Außerdem kann sich eine sichere Bindung bei ihnen auf andere Weise äußern (Wartner, Grossmann, Fremmer-Bombik & Suess, 1994). Um die Bindungsorganisation auch für andere Altersgruppen erfassen zu können, wurden weitere Klassifikationssysteme entwickelt, deren Kategorien das ABCD-System zum Teil noch erweitern (vgl. Fremmer-Bombik, 1996): Für Drei- bis Vierjährige (Cassidy & Marvin, 1992), für Fünf- bis Siebenjährige (Main & Cassidy, 1988) sowie als Interview für Jugendliche und Erwachsene (George, Kaplan & Main, 1985). Das Adult Attachment Interview wurde mittlerweile auch erfolgreich für den deutschen Sprachraum erprobt (Gloger-Tippelt & Hofmann, 1997; Zimmermann, Becker-Stoll & Fremmer-Bombik, 1997).

Trotz der Erweiterung des Drei-Kategorien-Systems um die Kategorie D bleibt unklar, ob das Konzept der Bindungsunsicherheit den individuellen Unterschieden in der Bindungsbeziehung genügen kann. So traten zum Beispiel Kinder mit Autismus, die schwere soziale Defizite aufwiesen, in der „Fremden Situation" nicht besonders hervor (vgl. Rutter, 1995).

6.3 Störungen der Bindungsbeziehung

Das Verhalten der Eltern beeinflußt stark die Ausbildung von Bindungsbeziehungen. Die Anzahl unsicherer Bindungen ist bei mißhandelten Kindern und Kindern depressiver Mütter deutlich erhöht. Streß und Depression der Bezugsperson erwiesen sich als verbunden mit der Entwicklung unsicherer Bindungen (Radke-Yarrow, Cummings, Kuczynski & Chapman, 1985). Mißhandelte Kinder gehörten einer Studie von Carlson, Cicchetti, Barnett und Braunwald (1989) zufolge zu 80% der Kategorie D an. Laut einer Metaanalyse von van IJzendoorn und Mitarbeitern (1992) beeinträchtigen psychiatrische Erkrankungen der Bezugsperson oder Mißhandlung der Kinder die Bindungsbeziehung stärker als biologisch bedingte Störungen des Kindes (z.B. Down-Syndrom oder Taubheit).

Auf Trennung von der Mutter reagieren Säuglinge zuerst mit Protest. Bleibt dieser erfolglos, mit Verzweiflung und schließlich mit Loslösung. Die Bindungsbeziehung läßt sich jedoch wieder aufbauen, wenn die Mutter zurückkehrt und auch anwesend bleibt. Die kurzfristigen Folgen der Trennung sind für das Kind also sehr belastend, während langfristige Effekte kurzer Trennungen selten schwerwiegend sind (vgl. Durkin, 1997). Koomen und Hoeksma (1993) konnten belegen, daß Säuglinge, die mit 9,5 oder 12,5 Monaten wegen einer Lippen-Gaumen-Spalte operiert wurden, nach dem damit verbundenen kurzen Krankenhausaufenthalt nur kurzfristig Vermeidungsverhalten gegenüber der Mutter nach Streßsituationen zeigten. Die Gefahr der Entwicklung längerfristiger Verhaltensstörungen kann vorliegen, wenn das Kind in jungen Jahren mehrmals über lange Zeit im Krankenhaus war, bereits unsichere Bindungsbeziehungen bestehen oder zerrüttete Familienverhältnisse vorliegen (vgl. Crowell & Waters, 1990).

6.4 Unterschiede in der Bindung

Als wahrscheinliche Ursachen für unterschiedliche Bindungsmuster werden das mütterliche Verhalten, Charakteristiken des Kindes und Kultureinflüsse genannt. Diese Faktoren zu kennen bietet eine Grundlage für Interventionen, um die Eltern-Kind-Beziehung zu fördern. Die im folgenden dargestellten Einflüsse lassen sich in einem Modell zusammenfassen, wie es Abbildung 6.1 zeigt.

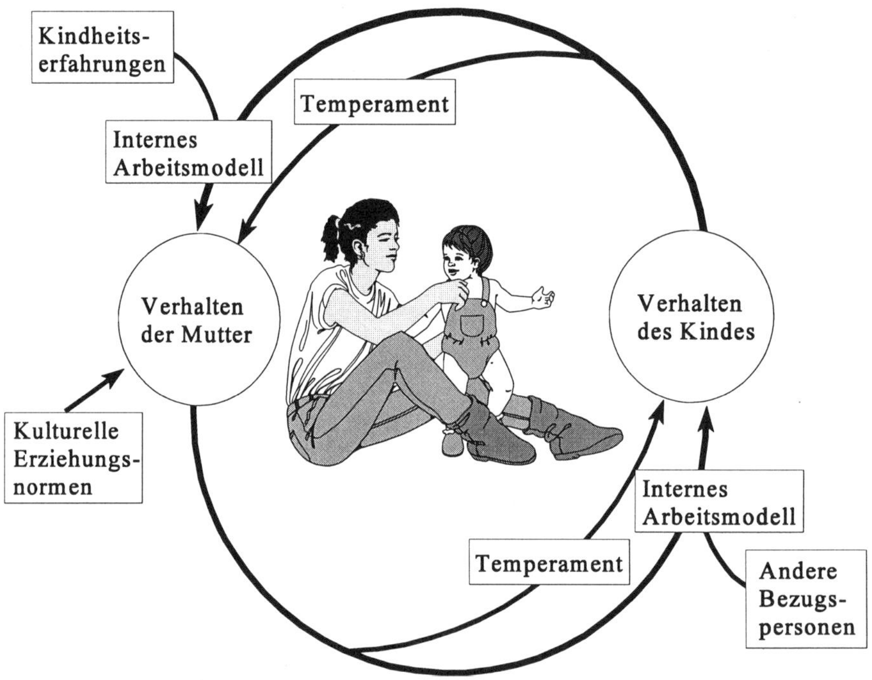

Abbildung 6.1: Modell zu den Beziehungen einzelner Einflußfaktoren auf das Bindungsverhalten.

6.4.1 Das Verhalten der Mutter

Die Entwicklungsgeschichte der Eltern bestimmt, wie diese die Charakteristiken und Verhaltensweisen ihres Kindes sehen und darauf reagieren. Die Bindungstheorie geht von einem Prozeß aus, der die Kindheitserfahrungen der Eltern mit ihrem Erziehungsverhalten verbindet. Aufgrund der Erfahrungen mit ihren Eltern bilden Kinder eine innerpsychische Repräsentation, ein Arbeitsmodell von sich und anderen. Die Ergebnisse einer Studie von Crowell und Feldman (1988) demonstrieren, daß das Bindungsverhalten von Mutter und Kind mit dem internen Beziehungsmodell der Mutter und dem Entwicklungs- und Verhaltensstand des Kindes im Zusammenhang steht.

Die innerpsychische Repräsentationen der Eltern spielen eine wichtige Rolle für die Entstehung unterschiedlicher Bindungstypen beim Kind. Sie wirken sich auf das elterliche Verhalten gegenüber dem Kind aus und beeinflussen so die Entstehung ähnlicher Bindungsrepräsentationen. Den kindlichen Bindungstypen können entsprechende innerpsychische Repräsentation der Eltern nach dem Adult Attachment Interview zugewiesen werden (vgl. Gloger-Tippelt & Hofmann, 1997). Typ B entspricht demnach F (sicher-autonome Bindungsrepräsentation), Typ A entspricht D (unsicher-distanzierte Bindungsrepräsentation), Typ C entspricht E (unsicher-verwickelte Bindungsrepräsentation) und Typ D entspricht U (unverarbeiteter Bindungsstatus).

Eine sichere Bindung kommt zustande, wenn das Kind darauf vertrauen kann, daß die Bezugsperson physisch und psychisch anwesend ist, wenn es also die Erfahrung macht, daß auf seine Signale zur richtigen Zeit und auf die richtige Weise reagiert wird (vgl. Petermann, 1996a). Mütter von Kindern mit sicheren Bindungen kümmern sich mehr um ihre Kinder, reagieren häufiger und angemessener auf deren Signale und sind positiver in ihrem emotionalen Ausdruck (Isabella, 1993). Kinder, deren Mütter sich ihren Signalen gegenüber als extrem unsensibel erweisen, sind mit großer Wahrscheinlichkeit unsicher gebunden (van IJzendoorn, Goldberg, Kroonenberg & Frenkel, 1992). In einer Studie von Ainsworth (Ainsworth et al., 1971) entwickelten die Kinder als sensibel eingeschätzter Mütter im ersten Jahr mit großer Wahrscheinlichkeit sichere Bindungen. Mütter vermeidender Kinder neigten hingegen zur Ungeduld und reagierten weniger auf die Signale des Kindes, Mütter ambivalenter Kinder verhielten sich uneinheitlich und wechselhaft in ihrer Betreuung und Interaktion. Die elterliche Sensibilität für Äußerungen und Verhaltensweisen des Kindes steht ebenfalls in enger Beziehung zur sicheren Bindung. In Interventionen mit Hochrisikogruppen nimmt die Sensibilität zu und das unsichere Bindungsmuster ab (vgl. Rutter, 1995).

6.4.2 Charakteristiken des Kindes

Damit Mütter ihre Fähigkeiten als Bezugsperson entfalten können, müssen Säuglinge auf Zuwendung, Nähe, kurze Abwesenheit oder Beruhigungsversuche angemessen reagieren. Allerdings lassen sich schon bei Neugeborenen Verhaltensunterschiede feststellen. Sie können unruhig, pflegeleicht, schwierig oder unkompliziert sein, je nach Temperament. Diese Prädisposition kann für die Bindung zwischen Bezugsperson und Kind entscheidend sein, denn verständlicherweise ist es schwieriger, die Interaktion mit einem Kind aufzubauen, das ängstlich oder leicht zu beunruhigen ist.

Eine Überbetonung des Temperaments würde bedeuten, daß die „Fremde Situation" nicht die Qualität einer Beziehung, sondern eine Charaktereigenschaft des Kindes mißt. Dagegen spricht allerdings, daß sich die Qualität der Bindung zu Mutter und Vater unterscheiden kann. Auch stimmt das Temperament nicht immer mit dem Bindungstyp überein. In einer weniger absoluten Formulierung kritisiert die Temperamentsforschung, daß die Typologie von Ainsworth in der „Fremden Situation" wahrscheinlich eine Vermischung von Bindungsqualität und Temperament repräsentiert (vgl. Perrig-Chiello, 1997). Belsky und Rovine (1987) schlugen ein Modell gegenseitiger Beeinflussung vor. Danach beansprucht das Temperament des Kindes die Bezugsperson auf eine bestimmte Weise und umgekehrt beeinflußt die Reaktion der Bezugsperson auf die Verhaltensprädisposition des Kindes die Bindungsbeziehung. Eine Mutter, die ihr Kind als schwierig, als schwer zu beruhigen erlebt, wendet sich vielleicht immer mehr von ihm ab. Das Kind reagiert darauf, indem es verstärkt schreit, dadurch die Zuwendung der Mutter aber nicht erhöht, sondern im Gegenteil noch weiter herabsetzt.

Die Kritik aus der Temperamentsforschung und der Hinweis, daß nicht nur Dyaden betrachtet werden dürfen, sondern die Wirkung von Systemen berücksichtigt werden muß, stellen keine grundsätzliche Gegenposition zur Bindungsforschung dar, sondern können eine ergänzende, weiterführende Perspektive bilden. Eine kreative Verbindung zwischen Bindungs- und Temperamentsforschung stellt möglicherweise ein passungstheoretischer Ansatz dar (vgl. Perrig-Chiello, 1997). Dieses Modell geht davon aus, daß eine Übereinstimmung zwischen den persönlichen Ressourcen des Kindes und den Erwartungen, Anforderungen und Möglichkeiten der Bezugsperson am ehesten zu einer optimalen Entwicklung führt. Eine gestörte Entwicklung ergibt sich demnach, wenn die Interaktion entweder durch das Kind beeinträchtigt wird (z.B. weil es autistisch ist) oder durch eine Bezugsperson, die nicht angemessen reagieren kann (z.B. depressiv oder blind ist).

6.4.3 Kultureinflüsse

Zweifellos entwickeln Kinder selbst in sehr verschiedenen Gesellschaften Bindungen zu ihren Bezugspersonen und reagieren traurig, wenn sie von ihnen getrennt werden. Trotzdem muß die Möglichkeit berücksichtigt werden, daß die Bindungsmuster zwischen Eltern und Kindern durch die Erziehungspraktiken der jeweiligen Kultur beeinflußt werden. Demnach ist die „Fremde Situation" möglicherweise nicht nur fremd, sondern wird grundlegend anders erlebt. Diese Verschiedenheit der Eltern-Kind-Beziehung in unterschiedlichen Gesellschaften könnte sich darin zeigen, wie Eltern und Kinder auf das Experiment reagieren.

Bindungsstudien mit dem Fremde-Situation-Verfahren wurden in mehreren Ländern durchgeführt. Dabei zeigte sich, daß die Verteilung der drei Kategorien (A = 23%, B = 65%, C = 12%), die Ainsworth für amerikanische Mittelschichtkinder feststellte, in anderen Kulturen zum Teil deutlich verschoben ist. So reagierten zum Beispiel Kinder aus Japan und aus einem israelischen Kibbuz mit erhöhtem Distreß. Aber auch der Distreß schien sich zu unterscheiden. Von den israelischen Kindern wurden 37% als sicher gebunden klassifiziert und die Hälfte als unsicher-ambivalent (Sagi et al., 1985). Die japanischen Kinder schienen in großem Umfang unsicher-ambivalent, aber unsicher-vermeidende Kinder gab es offenbar gar nicht (Miyake, Chen & Campos, 1985). Deutsche Kinder aus einer Studie von Grossmann und Mitarbeitern (1985) waren zu 49% unsicher-vermeidend, aber nur zu 33% sicher gebunden. Für diese Befunde liefern die Autoren der jeweiligen Studien unterschiedliche Erklärungen: Im Kibbuz leben die Kinder in kleinen, abgeschlossenen Gruppen und haben nur selten die Gelegenheit, Fremden zu begegnen; japanische Mütter überlassen ihre Kinder kaum jemals der Obhut anderer Menschen, sie sind das Alleinsein mit Fremden also nicht gewohnt; für die deutschen Kinder schließlich wurde das kulturelle Ideal unabhängiger, sich nicht an ihre Eltern klammernder Kinder als Begründung für die beobachteten Bindungsmuster angeführt. Insgesamt scheint, nach den Ergebnissen einer Metaanalyse von van IJzendoorn und Kroonenberg (1988), Typ B am verbreitetsten zu sein, während Typ A häufiger in westeuropäischen Ländern vorkommt und Typ C eher in Israel und Japan.

Die Forschung zeigt also deutliche kulturelle Unterschiede hinsichtlich der Eltern-Kind-Interaktion in der Fremden Situation. Die psychologische Bedeutung dieser Unterschiede bleibt jedoch unklar. Weisen sie auf ein Ungleichgewicht in der psychischen Ausstattung hin oder erschwert die unterschiedliche Bedeutung der „Fremden Situation" in den einzelnen Kulturen die Unterscheidung der Natur emotionaler Bindung?

6.4.4 Bindungen außerhalb der Mutter-Kind-Dyade

Die meisten Studien zum Bindungsverhalten konzentrieren sich auf die Mutter-Kind-Beziehungen. Aber auch andere wichtige Bindungen im Leben der Kinder, zum Beispiel zu ihren Vätern, Pflegeeltern oder professionellen Betreuern, werden untersucht. So bilden Kinder zu ihren Vätern anscheinend fast gleichwertige Beziehungen wie zu ihren Müttern aus. Die Qualität der Bindungsbeziehung zu den Eltern ist voneinander unabhängig. Kleinkinder mit unsicheren Beziehungen zu ihren Müttern können zu den Vätern durchaus sichere Beziehungen aufweisen (Lamb, Hwang, Frodi & Frodi, 1982; Main & Weston, 1981). Es besteht jedoch eine große Wahrscheinlichkeit, daß Kinder mit sicherer Bindung an ein Elternteil auch zum anderen Elternteil eine sichere Bindung aufbauen (Fox, Kimmerly & Schafer, 1991). Als Grund wird vermutet, daß das Kind ein internes Arbeitsmodell entwickelt, ein Schema, wie es gewöhnlich mit bekannten Erwachsenen umgeht. Eine andere Erklärung macht das Temperament des Kindes dafür verantwortlich, daß es mit Mutter und Vater ähnlich umgeht und so eine vergleichbare emotionale Bindungsqualität entwickelt. Gegen ein generelles Arbeitsmodell sprechen die Ergebnisse von Goossens und van IJzendoorn (1990). Demnach ist das Bindungsverhalten gegenüber Mutter und Vater zwar ähnlich, nicht aber gegenüber Tagesmüttern und Eltern.

Nach Studien von Goossens und van IJzendoorn (1990) können sichere Bindungen an professionelle Betreuer völlig unsichere Bindungen innerhalb der Familie kompensieren. Sie stellten auch fest, daß Kinder aus der „soliden Mittelschicht", oder solche mit jungen Bezugspersonen mit höherer Wahrscheinlichkeit sichere Bindungen an ihre Bezugspersonen aufbauten. Mehrere Studien (z.B. Skuse, 1984; Hodges & Tizard, 1989) legen nahe, daß Kinder offensichtlich auch dann enge Beziehungen zu einer Bezugsperson aufbauen können, wenn sie früher einen Mangel an hinreichender emotionaler Versorgung erlitten haben.

6.5 Stabilität von Bindungsmustern

Bindungsmuster scheinen zumindest für mehrere Monate stabil zu bleiben (Lyons-Ruth, Repacholi, McLeod & Silvia, 1991). In einer Längsschnittstudie mit 39 Kindern stellten Wartner, Grossmann, Fremmer-Bombik und Suess (1994) eine 82%ige Übereinstimmung im Bindungsstatus (ABCD) zwischen dem ersten und sechsten Lebensjahr fest. Somit erwiesen sich die Bindungsmuster zwischen Mutter und Kind über fünf Jahre als ausgesprochen stabil.

Während das Vermeidungsverhalten unsicher gebundener Kinder mit sechs Jahren dem mit einem Jahr ziemlich ähnlich ist, ändern die Anzeichen für sichere Bindungen mit zunehmendem Alter ihr Erscheinungsbild (Kleinkinder suchen in der Wiedervereinigungsepisode Nähe und Kontakt, ältere Kinder bringen auch schon verbal ihre Zufriedenheit zum Ausdruck). Möglicherweise ist die Bindungsstabilität jedoch nur ein Produkt stabiler Lebensumstände des Kindes. Bei Familien, die unterhalb der Armutsgrenze lebten, stellten Vaughn, Egeland, Sroufe und Waters (1979) fest, daß sich das Bindungsmuster für etwa ein Drittel der Kinder änderte. Die Bindung bleibt anfällig für Verhaltensänderungen beider Beteiligten. Die Beziehung ändert sich auch noch, wenn sich die Bindung schon gebildet hat (z.B. wenn ein weiteres Kind geboren wird). Wartner et al. (1994) sahen als Grund für die hohe Stabilität in ihrer Stichprobe das sehr geringe Maß familiärer Zerrüttung. Von den an der Studie teilnehmenden Familien ließen sich nur drei scheiden und die Bindungsklassifikation änderte sich nur für eines dieser Kinder.

6.6 Entwicklungsverlauf der Bindung

Die komplexe Beziehung zwischen dem Erziehungsverhalten der Bezugspersonen, den Charakteristiken des Kindes, dem kulturellen Kontext und den Lebensumständen des Kindes ermöglichen viele unterschiedliche Entwicklungsverläufe. Das optimale Verhalten der Mutter kann vom Geschlecht des Kindes, der Geschwisterfolge, dem Sozialstatus der Mutter und der Unterstützung durch andere Familienmitglieder abhängen. Trotz der kulturellen Unterschiede im Verhaltensmuster während der „Fremden Situation" besteht eine große Übereinstimmung zwischen Kindern weltweit und in allen Kulturen hinsichtlich des Alters, in dem sie zuerst Distreß zeigen, wenn sie von der Mutter getrennt werden (vgl. Cole & Cole, 1996). Abbildung 6.2 verdeutlicht die unterschiedlichen Entwicklungsverläufe in verschiedenen Kulturen.

6.7 Bedeutung von Bindungen

Die Auswirkungen unterschiedlicher Bindungsmuster auf Verhaltensweisen und Fertigkeiten sind Gegenstand zahlreicher Studien. Zusammenfassend beschreibt Durkin (1997) Kinder mit Typ-B-Verhalten als autonomer, sozial kompetenter, lerneifriger im Kleinkind-, Vorschul- und Schulalter, besser angepaßt und leistungsfähiger in der Schule sowie kontaktfreudiger gegenüber unbekannten Erwachsenen als Kinder mit unsicheren Bindungen. Zweijährige mit sicheren Bindungen kooperieren mit ihren Müttern in verschiedenen Problemlöseaufgaben effektiver als Kinder mit unsicheren Bindungen (Matas, Arend & Sroufe, 1978). Mit dreieinhalb Jahren sind sie neugieriger und haben besseren Beziehungen zu ihren Lehrern. Vergleichbare Ergebnisse ließen sich auch für ältere Kinder und Jugendliche finden. Kinder mit sicheren Bindungen, die als Zehnjährige in einem Sommerlager beobachtet wurden (Egeland, Carlson & Sroufe, 1993; Sroufe, Carlson & Shulman, 1993) zeigten bessere soziale Fertigkeiten, schlossen mehr Freundschaften, verfügten über mehr Selbstvertrauen und waren weniger abhängig. Mit 15 Jahren brachten sie ihre Gefühle offener zum Ausruck und hatten mehr enge Beziehungen zu anderen Jugendlichen.

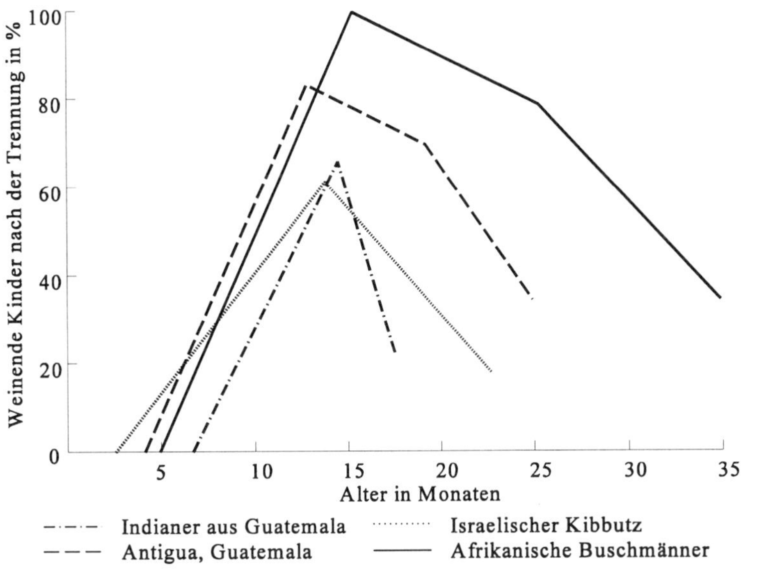

Abbildung 6.2: Häufigkeitsverteilung von Kindern aus verschiedenen Kulturen, die auf die Trennungserfahrung mit Weinen reagierten.

Lütkenhaus, Grossmann und Grossmann (1985) veranlaßten Dreijährige zu einem spielerischen Wettbewerb mit einem fremden Erwachsenen und verglichen das Verhalten sicher gebundener Kinder mit dem unsicher gebundener. Angesichts der Gefahr zu verlieren, erhöhten die Kinder mit sicheren Bindungen ihre Anstrengungen, um doch noch zu gewinnen, während Kinder mit unsicheren Bindungen langsamer wurden und aufgaben. Diese Beobachtung unterstützt nach Ansicht der Autoren die Hypothese, daß frühe Erfahrungen eigener Effektivität in der Verhaltensbeeinflussung einer reagierenden, sensiblen Mutter zu Selbstvertrauen führen können. Mit sechs Jahren sind Kinder vom Bindungstyp B kompetenter im Spiel und im Konfliktlösen und attribuieren in einem Bildertest zur sozialen Wahrnehmung am seltensten Gewalttätigkeit (Wartner et al., 1994). Jacobsen, Edelstein und Hofmann (1994) konnten die vermutete Verbindung zwischen Bindung und kognitiver Leistung untermauern. Kinder, die mit sieben Jahren sichere Bindungen aufwiesen, waren Kindern mit unsicheren Bindungen später in ihren kognitiven Leistungen überlegen (konkretes und formales operationales Denken, deduktives Denken).

6.8 Gleiche unter Gleichen - Peerbeziehungen

Mit zunehmendem Alter beginnen Kinder, neben den Beziehungen zu Erwachsenen, vermehrt Kontakt zu anderen Kindern zu suchen. Menschen, die einander in Hinblick auf den sozialen Status und die kognitiven Fähigkeiten ähneln, werden mit dem Begriff *Peers* bezeichnet. Häufig sind damit Gleichaltrige gemeint, doch ist diese Definition nicht immer treffend. Die Bezeichnung Peers bezieht zwar auch Freunde mit ein, geht jedoch darüber hinaus. Die Interaktion mit Peers, die keine Freunde sind, kann aber unter bestimmten Bedingungen von Bedeutung sein. Auf den folgenden Seiten wird die Bezeichnung Gleichaltrige nur dann benutzt, wenn ausschließlich diese gemeint sind, ansonsten wird von Peers die Rede sein.

Sobald Kinder anfangen, einen bedeutenden Teil ihrer Zeit in der Gesellschaft anderer Kinder zu verbringen, müssen sie lernen, sich einen eigenen Platz in der sozialen Gruppe zu schaffen. Soziale Regeln anzuerkennen und den Standpunkt anderer einnehmen zu können, sind wichtige Voraussetzungen für diese neue Aufgabe. Auch wenn sich die Interaktionen mit Eltern und Peers ähneln können, nutzen Kinder ihre Fertigkeiten abhängig vom Interaktionspartner und lernen unterschiedliche Dinge abhängig vom jeweiligen Kontext. Peergruppen erfüllen viele Funktionen: sie tragen zur Entwicklung sozialer Identität bei, haben Normen sozialen Verhaltens gemeinsam, üben soziale Fertigkeiten und bilden soziale Strukturen. Jungengruppen werden sehr schnell in Hierarchien organisiert. In Mädchengruppen werden Hierarchien weniger betont, möglicherweise weil in den gewöhnlich kleineren Gruppen übergeordnete Strukturen weniger relevant sind. Vom Schulalter an sind Peergruppen gewöhnlich nach Geschlechtern getrennt und unterscheiden sich in ihrem Aufbau voneinander. Mädchengruppen sind meist kleiner (gewöhnlich zwei bis drei Kinder), Jungengruppen größer (drei oder mehr Kinder; vgl. Durkin, 1997).

6.8.1 Freundschaften

Freundschaften werden allgemein als Beziehungen zwischen Peers beschrieben, die durch Zuneigung, Gegenseitigkeit und Engagement für andere charakterisiert sind. Um die Theorie zu bestätigen, daß die sozialen Fertigkeiten, die zur Bildung von Freundschaften benötigt werden, von der Fähigkeit abhängen, sich in andere hineinzuversetzen, verglich Selman (1980) bei Kindern unterschiedlicher Altersgruppen die Fertigkeiten zur sozialen Perspektivenübernahme mit ihrem Verständnis von Freundschaften. Kinder, die in hohem Maße zur Perspektivenübernahme fähig waren, verfügten über fortgeschrittenere Vorstellungen von Freundschaft. Eine Zusammenstellung von Selmans Ergebnissen findet sich in Form eines Stufenmodells in Tabelle 6.4. Demnach entwickelt sich das kindliche Verständnis von unkoordinierten, individualistischen Anfängen über ein Verständnis, das zwei Perspektiven verbindet, zu einer Stufe, auf der individuelle Perspektiven im Kontext komplexerer Systeme gesehen werden.

Tabelle 6.4: Ebenen der Perspektivenübernahme und Entwicklungsebenen der Freundschaft nach Selman (adapt. nach Selman, 1981; zit. aus Cole & Cole, 1996).

Entwicklung der Perspektiven	**Verständnisstufen in Freundschaften**
Ebene 0 (ca. 3-7 Jahre)	**Stufe 0**
Egozentrische oder undifferenzierte Perspektive. Kinder unterscheiden ihre Perspektive nicht von der anderer. Sie erkennen noch nicht, daß andere die gleiche soziale Erfahrung möglicherweise anders interpretieren als sie selbst.	*Momentane Spielgefährten.* Ein enger Freund ist jemand, der in der Nähe wohnt und mit dem man spielt.
Ebene 1 (ca. 4-9 Jahre)	**Stufe 1**
Subjektive oder differenzierte Perspektive. Das Kind erkennt, daß sich eigene und fremde Perspektiven voneinander unterscheiden können.	*Einseitige Unterstützung.* Ein Freund tut was man will. Ein guter Freund teilt die gleichen Vorlieben und Abneigungen.
Ebene 2 (ca. 6-12 Jahre)	**Stufe 2**
Selbstreflektive oder reziproke Perspektive. Das Kind ist jetzt fähig, seine eigenen Gedanken oder Gefühle aus der Perspektive anderer zu sehen.	*Gut-Wetter-Kooperation.* Mit ihrem neuen Bewußtsein der reziproken Natur persönlicher Perspektiven koordinieren Kinder eher ihre Gedanken und Handlungen, statt sie wie früher einem festen Standard anzupassen. Beziehungen sind abhängig von Anpassung und Kooperation. Sie können an Auseinandersetzungen zerbrechen.
Ebene 3 (ca. 9-15 Jahre)	**Stufe 3**
Dritte-Person- oder wechselseitige Perspektive. Auf diesem Niveau kann das Kind aus einer Interaktion heraustreten und die Perspektive einer dritten Partei einnehmen.	*Enge und wechselseitige Beziehungen.* Freundschaften werden als grundlegend für die Entwicklung wechselseitiger Nähe und Unterstützung angesehen. Auf dieser Stufe durchdringt Freundschaft momentane Handlungen, Konflikte eingeschlossen. Die primäre Begrenzung dieser Stufe ist Besitzverhalten und Eifersucht.
Ebene 4 (ab ca. 12 Jahren)	**Stufe 4**
Gesellschaftliche oder in-depth Perspektive. Kinder dieser Ebene können die generalisierte Perspektive der Gesellschaft, des Rechts oder der Moral einnehmen.	*Autonome, interdependente Freundschaften.* Diese Stufe ist charakterisiert durch das Bewußtsein gegenseitiger Abhängigkeit von Freunden, Identitätssinn und die Akzeptanz der Bedürfnisse anderer, Beziehungen zu anderen Menschen aufzubauen.

Freundschaften erfüllen mehrere Funktionen (Coie & Dodge, 1988):

- sie fördern soziale Kompetenzen,
- dienen der Ich-Unterstützung,
- geben emotionale Sicherheit in neuen oder möglicherweise bedrohlichen Situationen,
- dienen als Quelle der Nähe und Zuneigung,
- geben Leitung und Unterstützung,
- vermitteln ein Gefühl für zuverlässige Bündnisse und
- sorgen für Gemeinschaft und Anregung.

Mit zunehmendem Alter und wachsender Selbständigkeit ändern sich auch die sozialen Umstände, in denen sich Kinder befinden. Sie müssen zum Beispiel lernen, Konflikte auch ohne die Unterstützung erwachsener Bezugspersonen zu lösen. Diese Fähigkeit gewinnt in der mittleren Kindheit an Bedeutung und profitiert insbesondere vom fortschreitenden Verständnis zwischenmenschlicher Beziehungen, einschließlich Freundschaften, die Kinder mit *sozialen Reparaturmechanismen* ausstatten. Damit sind Strategien gemeint, die es Freunden auch nach gelegentlichen ernsthaften Differenzen erlauben, Freunde zu bleiben, selbst wenn sie sich zeitweilig voneinander entfernen sollten. Beispiele für solche Verhaltensweisen sind Rückzug, bevor eine Auseinandersetzung zu eskalieren droht oder nach einem Streit die Bedeutung des Konflikts zu minimieren.

6.8.2 Peerbeziehungen und Sozialstatus

Sobald eine Gruppe einige Zeit besteht, entwickelt sich eine soziale Struktur, in der einige Mitglieder zu erkennen sind, die von den übrigen gemocht werden, einige, die weniger beliebt sind und einige, die von den meisten Gruppenmitgliedern aktive Abneigung erfahren. Um die Entwicklung der Persönlichkeit vor dem Hintergrund von Gruppenprozessen zu verstehen, wird der soziale Status untersucht, den einzelne Kinder unter ihren Peers genießen. Aber auch der Einfluß, den der Sozialstatus auf den späteren Entwicklungsverlauf ausüben kann, ist Gegenstand der Forschung. Zu diesem Zweck werden hauptsächlich zwei Verfahren eingesetzt, mit denen festgestellt wird, zwischen welchen Kindern einer Gruppe Beziehungen bestehen und welche Intensität diese Beziehungen besitzen. Im ersten Fall werden die Kinder beispielsweise befragt, mit wem sie gerne spielen oder wen sie nicht mögen, im zweiten, wie sehr sie sich ein bestimmtes anderes Kind als Freund wünschen. Freundschaften oder zumindest häufige Kontakte innerhalb von Peergruppen lassen sich in einem *Soziogramm* festhalten, der graphischen Darstellung der Beziehungen zwischen allen Kindern einer Gruppe (vgl. Abb. 6.3).

Mit diesen Techniken lassen sich Beziehungen zwischen den individuellen Charakteristiken eines Kindes und seinem Status in der Gruppe untersuchen. Sie bieten zudem dic Möglichkeit, die einzelnen Mitglieder anhand der Stellung, die sie in der Gruppe einnehmen, zu identifizieren und verschiedenen Kategorien zuzuordnen. Eines der einflußreichsten Kategoriensysteme stammt von Asher und Coie (1990):

- *Beliebte Kinder* bekommen die meisten positiven Nennungen oder die höchste Einstufung von ihren Peers.

- *Abgelehnte Kinder* erhalten wenige positive aber viele negative Nennungen; sie werden aktiv abgelehnt.
- *Vernachlässigte Kinder* erhalten überhaupt wenige Nennungen. Sie scheinen eher ignoriert als nicht gemocht zu werden.
- *Kontroverse Kinder* erhalten sowohl positive als auch negative Nennungen.
- *Durchschnittskinder* werden allgemein akzeptiert, ohne extreme Werte in der Beurteilung ihrer Peers zu erhalten.

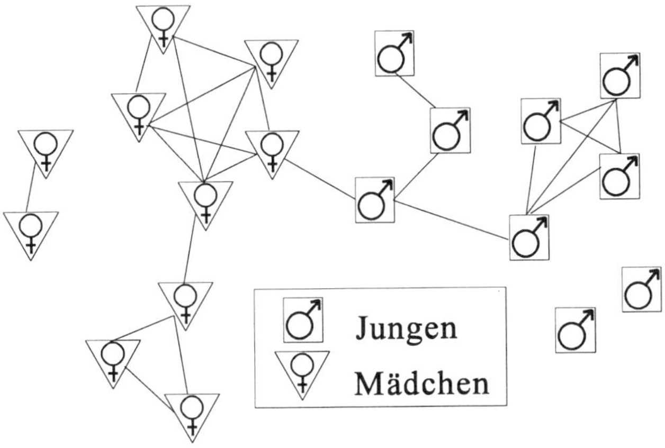

Abbildung 6.3: Beispielhaftes Soziogramm einer Schulklasse. Gut zu erkennen sind die beiden Jungen und Mädchen, die keine Beziehungen zu den beiden Gruppen besitzen.

Solche Klassifikationen sind, wenn auch nicht völlig unveränderbar, recht stabil (Asher & Coie, 1990). Es besteht eine große Wahrscheinlichkeit, daß Kinder, die in einem frühen Alter abgelehnt werden und wenig beliebt sind, auch weiterhin negative soziale Beziehungen erfahren werden (Newcomb, Bukowski & Pattee, 1993). Sie profitieren nicht von den Vorteilen von Freundschaften und sind einem größeren Risiko ausgesetzt als Erwachsene an psychosozialen und Entwicklungsproblemen zu leiden, einschließlich Alkoholismus, sozialer Angst, Depression, Delinquenz und Bildungsschwächen (vgl. Putallaz & Dunn, 1990). Angesichts der Bedeutung von Freundschaften sind die möglichen Nachteile für Kinder offensichtlich, die nicht fähig sind, dauerhafte Freundschaften zu schließen. Geringe Akzeptanz durch Peers ist ein Vorzeichen für fehlangepaßtes Verhalten im Jugend- und Erwachsenenalter (vgl. Putallaz & Dunn, 1990).

In einer Studie von Hatzichristou und Hopf (1996) wurden Schülerinnen und Schüler von Grundschulen (mittleres Alter = 11,4) und höheren Schulen (mittleres Alter = 14,3) in Griechenland eingehend untersucht. Da der Kontext der Schulen mit dem allgemeinen Muster in anderen Ländern nach Ansicht der Autoren durchaus vergleichbar ist, werden die Ergebnisse hier etwas ausführlicher dargestellt. Die Verteilung der Status-Gruppen zeigt Abbildung 6.4.

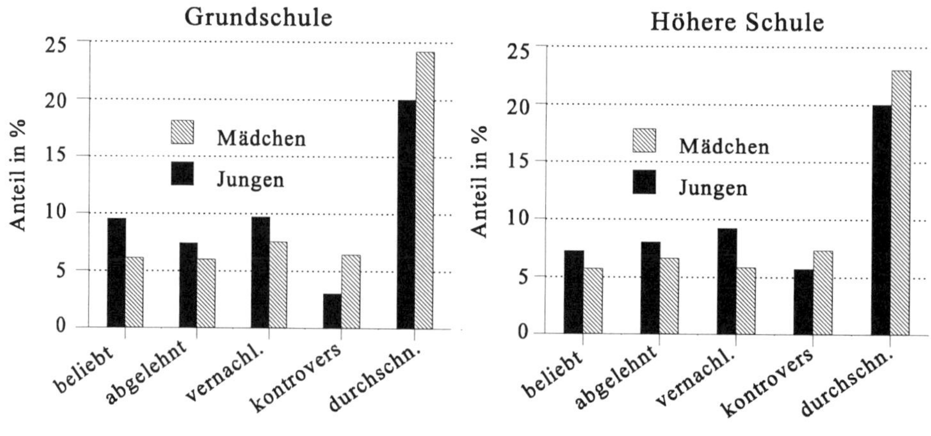

Abbildung 6.4: Verteilung der Statusgruppen für die jüngeren (n=973) und älteren Kinder (n=785) in der Studie von Hatzichristou und Hopf (1996).

Abgelehnte Schüler wiesen die deutlichsten Anpassungsprobleme auf, hatten schulische Schwierigkeiten und niedrige Leistungsbewertungen in unterschiedlichen Fächern. Starke Lern- und Leistungsschwierigkeiten sowie Probleme in der Peerbeziehung waren für sie charakteristisch. Aggression und antisoziales Verhalten waren für Jungen dieser Kategorie kennzeichnend, Schüchternheit, Isolation, negatives Selbstkonzept und elterliche Enttäuschung für die Mädchen. Vernachlässigte Schüler wichen nicht sehr von den Durchschnittsschülern ab. Sie wiesen Mängel im Sozialverhalten und geringe Lernschwierigkeiten auf; Geschlechtsunterschiede zeigten sich im Verhaltensprofil nicht.

Kontroverse Schüler waren nach dem Peer-Urteil am besten als arrogant und snobistisch zu bezeichnen. Sie hatten gute Schulleistungen und ihr Profil ähnelte der Durchschnittsgruppe. Die Jungen zeigten in der Grundschule aggressives Verhalten, übernahmen jedoch auch Führungsrollen, die Mädchen zeigten andere prosoziale Verhaltensweisen (z.B. versuchten sie sich ordentlich zu benehmen). In höheren Schulen waren die Jungen aggressiv, während die Mädchen die „Anführerinnen" waren und von ihren Peers gemocht wurden.

Die für einen bestimmten Sozialstatus genannten Ursachen sind ebenso zahlreich wie seine Folgen: Popularität wird häufig mit äußerer Attraktivität in Verbindung gebracht, und zwar stärker unter Mädchen als unter Jungen. Die Bevorzugung von gutem Aussehen wird mit der Kindheit immer deutlicher. Vorschulkinder erwarten, daß attraktive Peers bessere Freunde sind (Dion, 1973) und bezeichnen diese auch häufiger als „besten Freund". Gutes Aussehen scheint also von Vorteil zu sein. Populäre Kinder erbringen zudem bessere Schulleistungen, schneiden in Intelligenztests besser ab (Newcomb et al., 1993) und scheinen sozial kompetenter zu sein.

Der wahrscheinlichste Grund für Ablehnung ist aggressives Verhalten (vgl. Kap. 13). Aber auch einige extrem schüchterne Kinder werden abgelehnt (Biermann, Smoot & Aumiller, 1993). Sie sind sich ihrer sozialen Schwächen durchaus bewußt. Gemeinschaft mit anderen bedeutet ihnen ebenso viel wie anderen Kindern. Ablehnung macht sie einsam und unzufrieden (Crick & Ladd, 1993). Mißachtete Kinder sind genausowenig umgänglich, aber nicht so aggressiv, wie abgelehnte. Mit größerer Wahrscheinlichkeit verbessern sie ihren Sozialstatus mit der Zeit (Cillessen, Van IJzendoorn, Van Lieshorst & Hartup, 1992). Sie erbringen in der Schule bessere Leistungen, verhalten sich gehorsamer und sind bei den Lehrern beliebter (Wentzel & Asher, 1995).

Kontroverse Kinder können sich ebenso aggressiv verhalten wie abgelehnte, kompensieren dies jedoch durch größere kognitive und soziale Fertigkeiten (Newcomb et al., 1993). Anders als mißachtete Kinder neigen sie nicht dazu, sich durch ihren relativen Mangel an sozialem Erfolg besonders belastet zu fühlen und sind gewöhnlich bei mindestens einem Kind beliebt.

Die Ergebnisse einer Längsschnittstudie (Rubin, Hymel, Mills & Rose-Krasnor, 1991) belegen, daß sozialer Rückzug, wie er bei abgelehnten und vernachlässigten Kindern beobachtet wird, ein Phänomen von mittlerer Stabilität ist, verbunden mit dem Gefühl der Unsicherheit, geringer Selbstachtung und Abhängigkeit. Hinzu kommt eine negative Selbsteinschätzung, die als Warnsignal für internalisierende Verhaltensstörungen in der späteren Kindheit gesehen werden kann.

Ein niedriger Sozialstatus kann ein Hinweis auf spätere schulische Fehlanpassung sein. Dies gilt eher für abgelehnte als für ausgeschlossene Kinder. Kinder mit niedrigem Sozialstatus sind aggressiver, zeigen weniger prosoziales Verhalten, sind in mehr negative Interaktionen mit Peers und Lehrern verwickelt, schneiden in Leistungstests schlechter ab und erhalten schlechtere Schulnoten. Sie berichten, einsamer zu sein und haben weniger Selbstachtung als sozial akzeptiertere Peers (vgl. Putallaz & Dunn, 1990).

Neben dem Aussehen scheinen vor allem bestimmte Verhaltensweisen für die soziale Akzeptanz von Bedeutung zu sein. Populäre Jungen verhalten sich hilfsbereit, machen in schwierigen Situationen Vorschläge und sind fast nie aggressiv. Abgelehnte Jungen sind redseliger, aktiver und aggressiver als die anderen Gruppenmitglieder und ziehen oft allein umher. Mißachtete Kinder interagieren am wenigsten und greifen selten jemanden an (vgl. Durkin, 1997). Nach einer Studie, die Coie und Dodge (1988) mit sechs- bis neunjährigen Schülern durchführten, waren beliebte Jungen prosozialer, gut im Sport und lustig. Abgelehnte und kontroverse Jungen verhielten sich häufig aggressiv und störend. Mißachtete Jungen erhielten in allen Bereichen geringere Werte. Negative Auswirkungen auf die Akzeptanz hat es nach Kochenderfer und Ladd (1997) auch, sich in der Opferrolle zu befinden (schikaniert oder gequält zu werden).

Die Beschreibung beliebter Kinder im Umgang mit Peers macht deutlich, daß sie die Fähigkeit besitzen, sich in Interaktionsprozessen angemessen zu verhalten oder, anders ausgedrückt, über soziale Kompetenz verfügen. Erfolgreiche Sozialbeziehungen sind ein wichtiges Ergebnis der sozialen Entwicklung. Soziale Kompetenz ist dabei unverzichtbar. Sie ist die Voraussetzung, um Freundschaften und Peerbeziehungen einzugehen und zu erhalten. Von sozial kompetenten Menschen wird erwartet, effektiver zu kommunizieren, sich und andere besser zu verstehen, die Geschlechterrolle zu erwerben, die moralischen Regeln ihrer Gesellschaft zu beachten, ihre Emotionen zu regulieren, sich altersangemessen zu verhalten und vieles mehr.

Beliebte und unbeliebte Kinder zeigen Unterschiede bei der wichtigen alltäglichen Aufgabe, Zugang zu bereits bestehenden Gruppen zu erlangen. Während beliebte Kinder Selbstvertrauen demonstrieren, fragen, ob sie mitspielen dürfen und Gespräche mit den Mitgliedern der Gruppe beginnen, halten sich abgelehnte Kinder in der Nähe der Gruppe auf oder drängen sich störend hinein; vernachlässigte Kinder halten sich weiter entfernt von der Gruppe auf.

Abgelehnte Kinder wissen anscheinend nicht, wie sie Zugang zu einer Spielgruppe bekommen können. Sie haben Schwierigkeiten, konstruktive Beiträge zu Gesprächen in der Gruppe zu liefern oder die Regeln sozialer Interaktion zu nutzen. Crick und Dodge (1994) schlossen deshalb, daß mangelhafte Verarbeitung sozialer Informationen zu ihrem störenden, aggressiven Verhalten und ihrem niedrigen Sozialstatus beiträgt. Häufig ist es hierbei jedoch schwierig, Ursache und Wirkung voneinander zu trennen, wenn nicht längerfristige Beobachtungen angestellt werden. Sind Kinder beliebt oder unbeliebt aufgrund ihres Sozialverhaltens, oder entwickelt sich das Sozialverhalten aufgrund des Peerurteils? Wenn ein Kind als Störer angesehen wird, werden die Peers es meiden. Es wird sich vielleicht noch störender verhalten, um auf diese Weise wenigstens etwas Aufmerksamkeit zu bekommen.

Neben dem beobachtbaren Verhalten und den kognitiven Fertigkeiten kann auch die emotionale Entwicklung den sozialen Status beeinflussen. Abgelehnte Kinder scheinen sowohl Schwierigkeiten beim Erkennen der Emotionen anderer als auch beim Verbergen ihrer eigenen zu haben, es mangelt ihnen an sozialen Kompetenzen (Hubbard & Coie, 1994) und sie neigen eher dazu, im Verhalten anderer feindliche Absichten zu erkennen und aggressiv zu reagieren.

Rubin, Lynch, Coplan, Rose-Krasnor und Booth (1994) halten noch subtilere Mechanismen der Kontaktaufnahme und Annäherung zwischen Kindern für möglich. Sie beobachteten bei Siebenjährigen, die ein ihnen bisher unbekanntes Kind bevorzugen, Verhaltensübereinstimmungen mit diesem Peer und vermuteten, daß diese Übereinstimmungen oder Ähnlichkeiten im Verhalten dazu dienen, die Attraktivität zwischen den Kindern zu erhöhen. Kinder scheinen Peers zu bevorzugen, die sich ihnen ähnlich verhalten. Diese Verhaltensweisen wurden nur beobachtet, wenn beide Kinder nicht miteinander interagierten.

Die Varianz sozialer Kompetenz läßt sich unter anderem durch kognitive Faktoren, familiäre Beziehungen, und Temperamentseinflüsse erklären. Unter den kognitiven Faktoren ist das Informationsverarbeitungsmodell von Dodge (vgl. Dodge & Price, 1994) das einflußreichste Modell zur Erklärung sozialer Kompetenz. Demnach setzt soziale Kompetenz (in dem erweiterten Modell von Crick & Dodge, 1994) den erfolgreichen Einsatz von sechs Schritten voraus (vgl. Abb. 6.5):

- Die Kodierung sozialer Schlüsselreize,
- die Interpretation der Reize,
- die Zielklärung,
- die Antwortsuche,
- die Antwortentscheidung und
- die Ausführung.

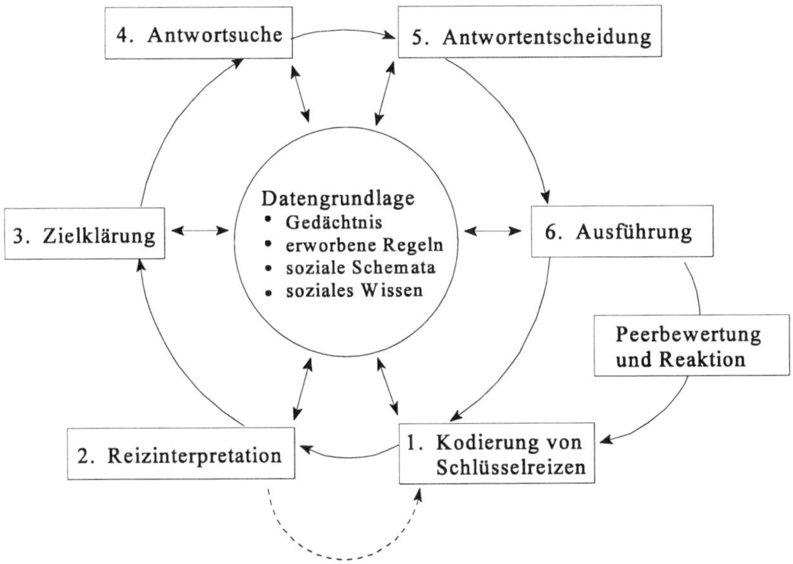

Abbildung 6.5: Das umformulierte soziale Informationsverarbeitungsmodell von Crick und Dodge (1994; Übersetzung durch die Autoren).

Es wird angenommen, daß diese Prozesse schnell und häufig unbewußt ablaufen. Defizite bei jedem einzelnen Schritt des Modells führen zu nicht optimalem Sozialverhalten. Wenn ein Kind den sozialen Schlüsselreiz (freundliche Geste, fragender Blick) nicht bemerkt (Schritt 1), kann es nicht entsprechend reagieren und keine weiteren Schritte einleiten. Wenn es den Reiz falsch interpretiert (freundliche Geste als Angriff), kann es zu Mißverständnissen kommen (Schritt 2). Nach Crick und Dodge (1996) wird aggressives Verhalten von proaktiv aggressiven Kindern dadurch motiviert, daß sie Peers Feindseligkeit unterstellen und ihre Handlungen als bedrohlich wahrnehmen (vgl. Kap. 13). Diese Kinder sehen ihre eigenen aggressiven Reaktionen als effektives Mittel, um soziale Ziele zu erreichen. Als dritten Schritt kann das Kind ein gewünschtes Ergebnis auswählen (z.B. sich auf eine Interaktion einlassen oder seine Ruhe haben wollen). Wenn ihm, als viertem Schritt, angemessene Reaktionsmöglichkeiten fehlen (es z.B. nicht weiß, wie auf freundliche Annäherung zu reagieren ist), kann seine Reaktion feindlich wirken. Wenn die Intensität der Reaktion falsch gewählt wird (nur Winken oder zur Begrüßung umarmen?; nur schimpfen oder gleich schlagen?) kann günstigstenfalls Verwirrung die Folge sein (Schritt 5). Schließlich (Schritt 6) bedarf es verbaler und motorischer Fertigkeiten zur Umsetzung (z.B. reicht ein schlichtes Hallo nicht als Antwort auf eine freundliche Begrüßung).

Aggressive Kinder zeigen bei jedem Schritt des Informationsverarbeitungsmodells deutliche Defizite (Crick & Dodge, 1996). Sie haben andere Strategien als nicht-aggressive Kinder, wenn es um den Zugang zu Gruppen geht (nicht fragen und unterhalten, sondern sich in der Nähe aufhalten und herüberstarren).

Die Beziehung zu Erwachsenen kann sich über unterschiedliche Wege auf das Sozialverhalten und die soziale Kompetenz von Kindern auswirken. Lehrer beeinflussen durch ihr Verhalten, welche Kinder in der Klasse bevorzugt werden und färben die Wahrnehmung eines anderen Kindes. Eltern prägen die Beziehungen ihrer Kinder zu anderen bewußt, indem sie die Schule wählen und ihnen die Interaktion mit anderen Kindern ermöglichen oder sie zu verhindern suchen. Sie beeinflussen durch ihr Vorbild (Beobachtungslernen) und ihre Reaktionen (Verstärkung) das Sozialverhalten ihrer Kinder. Aber auch die Bindungsbeziehung zwischen Eltern und Kind wirkt sich auf die Kind-Peer-Beziehung aus; Kinder mit sicheren Bindungen erforschen eher neue soziale Umgebungen und gehen eher auf Fremde zu. Intellektuelle Stimulation und Information im familiären Umfeld fördert die kognitive Entwicklung, und damit die Fähigkeit, andere zu verstehen. Annahmen und Überzeugungen der Eltern über die kindliche Entwicklung bestimmen ihren Umgang mit dem Kind und damit dessen Entwicklungserfahrungen.

Die Bindungstheorie tritt in der Erforschung der Beziehung zwischen Eltern-Kind- und Kind-Peer-Beziehungen besonders hervor. Sicher und unsicher gebundene Kinder weisen mit dreieinhalb Jahren Unterschiede in der Peer-Kompetenz auf (Waters, Wippman & Sroufe, 1979). Lyons-Ruth, Alpern und Repacholi (1993) wiesen mangelnde Bindungssicherheit mit 18 Monaten als stärksten Prädiktor für problematische Peerbeziehungen mit fünf Jahren nach. Besonders Kleinkinder mit Typ-D-Bindungen befanden sich später übermäßig häufig unter den feindseligen Vorschülern.

Ergebnisse von Rubin und Mitarbeitern (1991) legen nahe, daß mütterliche Überzeugungen (z.B. hinsichtlich der Bedeutung sozialer Fertigkeiten für Kinder; daß sich soziale Fertigkeiten aus dem Kind heraus entwickeln oder aber aus der Umwelt kommen) und ihre Unterstützung beim Erlangen sozialer Kompetenz mit der sozialen Kompetenz oder der sozialen Ängstlichkeit des Kindes verknüpft sind. Mißhandelte Kinder wurden von Peers weniger gemocht und leiteten weniger positive Interaktionen mit Peers ein als nicht-mißhandelte Kinder. Peers erwiderten ihrerseits die Einleitung solcher Interaktionen von seiten der mißhandelten Kindern mit geringerer Wahrscheinlichkeit (Haskett & Kistner, 1991). Insgesamt weisen Kinder, die anfänglich unruhig, überaktiv und schwer zu beruhigen sind, ein größeres Risiko für negatives Sozialverhalten in der Vorschule auf und laufen daher Gefahr, in der mittleren Kindheit isoliert und unbeliebt zu sein.

7 Bio-psycho-soziale Wechselwirkungen in der Entwicklung

Entwicklung kann als ein Prozeß der Entfaltung beschrieben werden, als reifungsabhängige Ausdifferenzierung von Strukturen und Fertigkeiten. Diese Definition läßt allerdings Ursachen außer acht und macht noch keine Aussagen über Wirkzusammenhänge. Offen bleibt die Frage welche Faktoren den Entwicklungsverlauf bestimmen und welche Bedeutung internen und externen Bedingungen zukommt.

7.1 Anlage-Umwelt-Modelle

Im Laufe der Menschheitsgeschichte ist die Frage nach der Rolle, die Anlage und Umwelt für das biologische und insbesondere für das psychische Wachstum übernehmen, auf unterschiedliche Weise beantwortet worden. Wacker (1990) gliedert diese Ansätze in:

- **Dualistische Theorieansätze**
  - Präformationslehre
  - Tabula-rasa-Ansätze
- **Interaktionstheorien**
  - Proportions- bzw. Additionsmodelle
  - Dynamische Interaktionsmodelle

Dualistische Theorien sehen entweder die Anlage oder die Umwelt als alleinig entwicklungsbestimmend an. Gemäß dieser Sichtweise sind Menschen ihrem genetischen oder sozialen Schicksal ausgeliefert und können ihre Anlagen nicht in aktiver Auseinandersetzung mit den Umweltbedingungen entfalten. Solche streng dualistischen Erklärungsansätze werden in den Humanwissenschaften heute als unzureichend angesehen. Zu diesen Ansätzen im einzelnen:

- Die *Präformationslehre* geht davon aus, daß die menschliche Entwicklung göttlichen oder genetischen Plänen folgt. Phänotypische Eigenarten werden schon mit der Empfängnis angelegt. Ihren prägnantesten Ausdruck fand diese Vorstellung in der *Homunkulustheorie*, der Annahme, daß der Mensch bereits im Samen vollständig vorgebildet ist und Wachstum lediglich ein Vergrößerungsprozeß vom Spermium zur Erwachsenenform ist. Der Homunkulus (das Menschlein), den frühe Forscher durch ihr Mikroskop in der Samenzelle entdeckt zu haben glaubten (s. Abb. 7.1), wurde als endgültiger Beweis für die Richtigkeit der Präformationslehre genommen (Sameroff, 1995). In neuerer Zeit wurden solche Homunkuli in abstrakter Form im Erbmaterial gesehen; jedes Gen galt als vorgebildeter Aspekt des erwachsenen Organs.

- Die *Tabula-rasa-Ansätze* (Milieutheorie) gehen von einer nahezu unbegrenzten Beeinflußbarkeit der Entwicklung durch Umwelt und Erziehung aus. Die menschliche Natur wird als Rohmaterial ohne innewohnende Strukturierungskräfte gesehen, versinnbildlicht durch die leere Wachstafel (tabula rasa), in die sich Erfahrungen einprägen (vgl. Wacker, 1990).

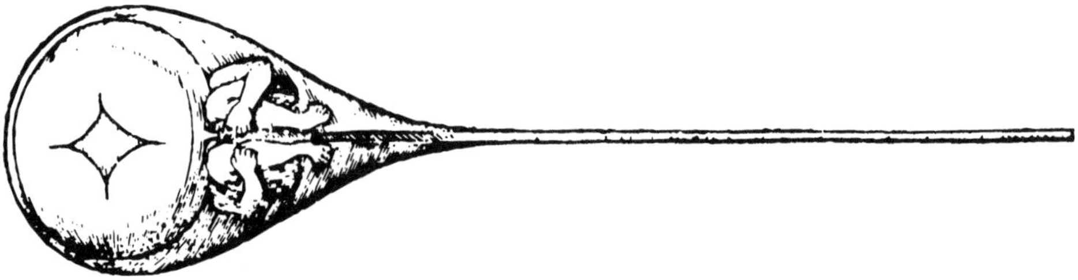

Abbildung 7.1: Homunkulus in einer Samenzelle, nach einer Zeichnung von Niklaas Hartsoeker.

Interaktionstheorien gehen davon aus, daß Anlage und Umwelt gemeinsam psychische Merkmale prägen; auch hierbei lassen sich zwei Sichtweisen unterscheiden:

- *Proportions- oder Additionstheorien* halten an der Annahme fest, daß genetische und umweltbezogene Einflußfaktoren eindeutig voneinander zu trennen sind. Die Vertreter dieser Ansätze machen Aussagen darüber, inwieweit physische und psychische Merkmalsausprägungen erblich bedingt sind.

- *Dynamische Interaktionstheorien* halten hingegen die Trennung der beiden Faktoren für nur schwer möglich. Statt dessen gehen sie davon aus, daß Merkmale und Reaktionen sowohl von der Umwelt als auch von den Genen abhängig sind. Die Entwicklung wird nicht durch ein starres genetisches Programm festgelegt, sondern ergibt sich aus dem Zusammenwirken des individuellen Erbmaterials mit den jeweiligen Umweltfaktoren. Die genetische Ausstattung legt zwar absolute Wachstumsgrenzen fest, kann jedoch Merkmale und Fähigkeiten nicht bestimmen, sondern nur die Möglichkeiten für die Entwicklung bestimmter Merkmale und Fähigkeiten schaffen.

7.2 Die Anlage-Umwelt-Kontroverse

Die von Francis Galton (1822-1911), einem Vetter Charles Darwins, eingeführte Begriffsverbindung „Anlage-Umwelt" (nature-nurture) entwickelte sich zur langlebigsten Kontroverse in den Humanwissenschaften (Plomin, Rende & Rutter, 1991). Das implizit für den Bindestrich stehende Wort „versus" ist inzwischen einem „und" gewichen, da weder genetische noch Umwelttheorien für sich genommen zufriedenstellende Erklärungen liefern konnten (Rende & Plomin, 1995). Einige Veröffentlichungen zu diesem Thema erwecken jedoch den Eindruck, die Kontrahenten wären nur zähneknirschend bereit, die Kontroverse zugunsten einer gegenseitigen Akzeptanz aufzugeben. Selbst unter ernsthaften Forschern, so bedauert Horowitz (1989), nimmt die Zahl derer zu, die die Wichtigkeit beider Seiten betonen und gleichzeitig damit beschäftigt sind, Prozentsätze für die eine oder andere Ursache festzusetzen.

Nachdem die umweltbetonte Sichtweise in den 50er Jahren ihren Höhepunkt erreicht hatte (vgl. Plomin, Owen & McGuffin, 1994), hielt in den 60ern und 70ern eine ausgewogene Anschauung Einzug in die Psychiatrie. Inzwischen scheint das Pendel jedoch in die entgegengesetzte Richtung zu schwingen, so daß die Bedeutung des genetischen Einflusses für die Psychopathologie überschätzt zu werden droht. Nach Ansicht von Plomin,

Rende und Rutter (1991) besteht die Gefahr darin, zu weit zu gehen und anzunehmen, psychische Störungen seien genetisch vorprogrammiert und man bräuchte nur noch nach einzelnen Genen beziehungsweise einfachen neurochemischen Auslösern zu suchen.

Genotyp und Umwelt können nicht unabhängig voneinander wirksam sein. Während auf der einen Seite nur wenige, meist körperliche Merkmale - wie Augenfarbe oder Blutgruppe - nicht durch Umweltfaktoren geändert werden können, ist andererseits die menschliche Natur nicht beliebig formbar. Ob und wie stark bestimmte Verhaltensmerkmale durch genetische oder durch Umweltfaktoren beeinflußt werden, ist nicht eindeutig zu beantworten. Ausnahmen bilden bestenfalls eng umschriebene Gendefekte oder schädigende Umwelteinflüsse. Frühere Versuche, den Anteil von Genen und Umwelt (z.B. bei der Intelligenzentwicklung) prozentual anzugeben, sind - allein schon aus methodischen Gründen - unzulässig (vgl. Trautner, 1995).

Kasten 7.1: Idee und Ausführung - Genotyp und Phänotyp.

Die individuelle genetische Ausstattung eines Lebewesens, die Gesamtheit der Allele in jeder seiner Zellen, wird *Genotyp* genannt. Der Genotyp bleibt das ganze Leben eines Individuums über unverändert. Als *Phänotyp* werden die beobachtbaren Charakteristiken des Lebewesens bezeichnet, zu denen neben dem Erscheinungsbild auch Verhaltensweisen und Persönlichkeitsmerkmale zählen. Der Phänotyp ist lebenslangen Veränderungen unterworfen, die sich aus der Interaktion von Genotyp und Umwelt ergeben und denen durch diese beiden Faktoren unterschiedliche Grenzen gesetzt werden.

Diskussionen über genetische Entwicklungseinflüsse beruhen sehr stark auf Rückschlüssen, die sich auf Beobachtungen des Phänotyps stützen. Solche Rückschlüsse sind allerdings nur sehr begrenzt zulässig, weil es gewöhnlich unmöglich ist, genetische von Umweltvariablen zu isolieren. Der gleiche Genotyp kann unter verschiedenen Umweltbedingungen zu unterschiedlichen Phänotypen führen. Andererseits kann der gleiche Phänotyp durchaus auf verschiedenen Genotypen beruhen, denn ob sich Abweichungen im Genotyp auch tatsächlich im Phänotyp niederschlagen, hängt von der Umwelt ab. Da der Genotyp keinen Phänotyp festlegt, sondern nur die möglichen Reaktionen auf bestimmte Umweltbedingungen einschränkt, aus denen dann der Phänotyp resultiert, lassen phänotypische Merkmale keine direkten Rückschlüsse auf genetische Veranlagungen zu.

Mietzel (1995) verdeutlicht die Tatsache, daß Gene nicht den Phänotyp festlegen (z.B. die intellektuelle Entwicklung), sondern lediglich den Spielraum bestimmen, innerhalb dessen die Umwelteinflüsse wirken, am Beispiel der Trisomie 21: Kinder mit Down-Syndrom galten vor mehr als 30 Jahren als Pflegefälle ohne Fördermöglichkeiten. Dementsprechend hatten sie eine Lebenserwartung von etwa zwölf Jahren, die sie in Anstalten verbrachten. Heute besuchen Kinder mit diesem Gendefekt Sonderschulen, lernen häufig lesen und erhalten manchmal auch einen Arbeitsplatz.

Die unterschiedlichen Ansichten und Überzeugungen hinsichtlich der Bedeutung genetischer und Umweltfaktoren äußern sich vor allem in der Form der Durchführung verhaltensgenetischer Studien einerseits und den Einwänden von Kritikern andererseits. Darum werden grundlegende Kritikpunkte an der Quantitativen Genetik im folgenden Abschnitt kurz dargestellt.

7.3 Kritik an der Quantitativen Genetik

Intensiv sucht die Quantitative Genetik nach dem Einfluß von Anlagefaktoren. Sie bedient sich dabei vorrangig Zwillings- und Adoptionsstudien, die jedoch einer Anzahl von Beschränkungen unterliegen (vgl. Trautner, 1995). Gewöhnlich lassen ihre Ergebnisse keine Aussagen darüber zu,

- wie Merkmale entstehen,
- welche Erb- und Umwelteinflüsse im einzelnen wirksam sind,
- wie sich Erblichkeit unter neuen Bedingungen verändert,
- wie Anlage- und Umweltfaktoren wirken und
- wie der zeitliche Verlauf der Entwicklung beeinflußt wird.

Weitere Probleme ergeben sich aus falschen Erwartungen oder Überzeugungen, die mit dieser Art von Studien verbunden sind. Zwillings- und Adoptionsstudien können summarisch wie folgt bewertet werden:

- Ergebnisse aus Studien mit Zwillingen und Adoptivkindern sind jeweils nur für diese Gruppen repräsentativ, nicht jedoch für die Gesamtpopulation.
- Häufig werden die Unterschiede zwischen den Zwillingspaaren beziehungsweise den Familien vernachlässigt (z.B. unterschiedliche Interaktionsmuster, finanzielle Verhältnisse, Sozialkontakte).
- Die Gesamtvarianz eines Merkmals wird vielfach nicht als interaktiv, sondern als additiv zusammengesetzt angesehen. Genetische und umweltbedingte Varianzanteile beeinflussen sich demnach nicht gegenseitig, sondern werden als voneinander unabhängige Anteile gesehen. Deutlich wird ein solches Denken in Aussagen wie der, daß Intelligenz zu 80% genetisch und zu 20% umweltbedingt sei.
- Die Gleichheit und Verschiedenheit von Umweltbedingungen wird häufig unklar oder unangemessen definiert. Umweltfaktoren wurden in vielen Studien nicht genau genug erfaßt. Es darf jedoch nicht per se angenommen werden, daß die Lebensumwelt zum Beispiel für alle adoptierten Kinder identisch ist oder sich von derjenigen leiblicher Kinder grundlegend unterscheidet. Aber auch Differenzierungen wie weiblich/männlich, weiß/farbig, Unter-/Mittelschicht, adoptiert/leiblich sind angesichts der Vielfalt möglicher Umweltbedingungen zu schlicht. Darüber hinaus erleben eineiige Zwillinge ihre Umwelt möglicherweise ähnlicher als zweieiige (vgl. Rende & Plomin, 1995). Trotzdem darf nicht vorausgesetzt werden, daß getrennt aufgewachsene Zwillinge in völlig verschiedenen Umwelten groß geworden sind.
- Auch wenn versucht wird, Umweltfaktoren möglichst weitgehend zu erfassen, sind Probleme nicht auszuschließen. Eine „objektive", das heißt, von Beobachtern übereinstimmend beschriebene Umwelt muß nicht notgedrungen der subjektiven Realität des Individuums entsprechen. Verhaltensrelevant ist jedoch nicht die objektiv erfaßte Umwelt, sondern die subjektive des Betroffenen.
- Die Aufteilung von Zwillingen oder anderen Geschwistern auf ihre jeweiligen Adoptivfamilien findet nicht zufällig statt. Vielmehr werden Adoptiveltern ausgewählt, die

den leiblichen Eltern ähneln (vgl. Rende & Plomin, 1995). In einigen Zwillingsstudien wuchsen zudem angeblich getrennt lebende Kinder tatsächlich bei verschiedenen Verwandten oder aber bei Bekannten in der Nachbarschaft auf. Manche hatten sogar ausgiebig Kontakt miteinander (vgl. Horgan, 1993). Dieses Vorgehen ist aus Sicht der Kinder sicher wünschenswert und sollte unbedingt gefördert werden. Wird es jedoch in einer Studie nicht erwähnt, muß diese zumindest als fragwürdig angesehen werden.

- Psychologische Merkmale (z.B. Intelligenz) werden üblicherweise als hypothetische Konstrukte definiert, die nicht direkt beobachtet werden können, sondern über Indikatoren erschlossen werden müssen. Hypothetische Konstrukte sind jedoch keine biologisch verankerten Einheiten, und deshalb können ihnen keine genetischen Informationen zugrundeliegen, das heißt, es gibt keine Kausalkette von Genen zu psychischen Merkmalen (vgl. Prenzel & Schiefele, 1986).
- Verhaltensmerkmale lassen meist keine Rückschlüsse auf ihre Ursachen zu. Fast alles, wofür eine genetische Grundlage unterstellt wird, läßt sich ebensogut durch Umwelteinflüsse erklären. Zum Beispiel lassen sich alle Indizien, die genetische Entwicklungsmodelle der Schizophrenie oder der affektiven Psychose stützen, ebensogut durch biologische Faktoren (Virusinfektion im Mutterleib etc.) begründen (vgl. Horgan, 1993).
- Um untersuchen zu können, ob psychische Störungen in Familien gehäuft auftreten, müssen sich Forscher häufig auf Familienaufzeichnungen oder das Gedächtnis befragter Angehöriger verlassen; dadurch wird die Diagnose äußerst subjektiv.
- Die Logik der klassischen Zwillingsforschung wird durch ihre zwei wichtigsten Annahmen bestimmt: Zwillinge sind repräsentativ für die Allgemeinbevölkerung und eineiige Zwillinge werden nicht ähnlicher behandelt als zweieiige Zwillinge. Selbst eineiige Zwillinge können sich hinsichtlich der zeitweiligen Muster in der Expression ihres Genotyps unterscheiden. Einige Unterschiede zwischen eineiigen Zwillingen könnten daher auf unterschiedliche Genaktivitäten zurückzuführen sein. Es ist unklar, ob darin Umwelt- oder Geneffekte gesehen werden sollten. Auf jeden Fall raten Goldsmith und Gottesman (1996) davon ab, jede Verhaltensänderung oder jedes neue Verhaltensmuster der Aktivierung von Genen zuzuschreiben.

Die vorangehenden Kritikpunkte lassen befürchten, daß der verhaltensgenetischen Forschung in vielen Fällen ein zu schlichtes Konzept von Umwelt zugrundeliegt und auch die Komplexität genetischer Faktoren mit allen daraus resultierenden Möglichkeiten für die Entwicklung nicht ausreichend erfaßt wird. Die Anlage-Umwelt-Kontroverse beruht teilweise auf Mißverständnissen und Fehlannahmen, von denen die schwerwiegendsten nachfolgend beleuchtet werden sollen.

7.4 Argumente gegen die vereinfachte Sichtweise in der Anlage-Umwelt-Kontroverse

Als vereinfachte Sichtweisen müssen Annahmen bezeichnet werden, die unserem heutigen Kenntnisstand über genetische und Umweltfaktoren nicht entsprechen oder ihn schlicht ignorieren. Dazu zählen vor allem zwei Vorstellungen: „Es gibt Gene für bestimmte Verhaltensweisen" und „Wenn ein Gen im Erbgut vorhanden ist, wird sich das vererbte Merkmal auch irgendwann zeigen". Auch wenn diese Vorstellungen nur selten so einfach formuliert werden, scheinen sie häufig dem Denken in der Anlage-Umwelt-Debatte unausgesprochen zugrundezuliegen. Im Folgenden soll der theoretische Hintergrund für eine differenziertere Sichtweise geliefert werden.

Wenn tatsächlich von einer Interaktion zwischen den beiden Faktoren ausgegangen wird, ist die Frage „Wieviel-ist-Anlage-und-wieviel-Umwelt?" ebenso fehlerhaft wie die „Anlage-oder-Umwelt?"-Frage, denn sie beruht auf der Annahme, genetische und Umweltfaktoren würden sich additiv kombinieren lassen. Genotyp und Umwelt sind jedoch untrennbar miteinander verbunden und bringen gemeinsam den Phänotyp hervor. Streng genommen ist die Unterscheidung zwischen „genetisch-" und „umweltbedingt" sinnlos. Mit einem genetisch bedingten Merkmal kann nur gemeint sein, daß es über einen weiten Bereich von Umweltvariationen, die man in Betracht zieht, bei gleichem Genotyp gleich ausfällt. Das würde eine Dominanz des Entwicklungsprozesses durch genetische Faktoren bedeuten. Für Menschen sind nur wenige solcher genetisch determinierten (genotype driven) Merkmale bekannt (z.B. Blutgruppenzugehörigkeit).

Um die Grundlagen der häufigsten Mißverständnisse deutlich zu machen, soll an dieser Stelle kurz definiert werden, was wir unter Anlage und Umwelt verstehen. Mit dem Begriff *Umwelt* werden alle nicht-erblichen Faktoren bezeichnet, die sich von der intra- und interzellulären bis zur äußeren Umwelt (z.B. psychosoziale Faktoren, Lebensumstände) erstrecken. Sie ist von der Empfängnis (z.B. pränatale Viruseffekte) bis zum Tod wirksam. Devlin, Daniels und Roeder (1997) dehnten in ihrer Metaanalyse von 212 Studien den Umweltbegriff tatsächlich auf die pränatale Phase aus. Ihre Überlegung war dabei, daß Zwillinge neun Monate länger als andere Geschwister eine sehr ähnliche Umwelt teilen, und das zu einer Zeit, die für die Entwicklung sehr wichtig ist. Mit ihrer *maternal-effekt-Hypothese* gelang es ihnen, die beeindruckende Korrelation zwischen den IQs von Zwillingen - besonders von getrennt aufgewachsenen Erwachsenen - zu erklären.

Gelegentlich wird „Umwelt" auch mit „Erfahrungen" gleichgesetzt. Erfahrungen stellen jedoch keine einheitliche Dimension dar. Manche betreffen nur ein einzelnes Individuum, andere existieren in der Umwelt als allgegenwärtige Konstante, der jeder Mensch ausgesetzt ist. So erfahren alle Säuglinge eine dreidimensionale, räumliche Umwelt, in der sie herumkrabbeln können und die sich anfassen läßt. Sie hören den Klang einer ihnen bald vertrauten Stimme, haben bestimmte Spielsachen, wachsen in der sozialen Umwelt einer Familie auf und gehören einer Gleichaltrigengruppe an.

Oyama (1989) weist darauf hin, daß auch unveränderliche Umweltaspekte nicht als irrelevant für die Entwicklung angesehen werden dürfen. So verändert sich die Schwerkraft beispielsweise gewöhnlich nicht. Trotzdem übt sie einen großen Einfluß auf die körperliche Entwicklung aus, denn bei länger anhaltender Schwerelosigkeit würden Knochen und Muskeln verkümmern. Von grundlegender Bedeutung ist neben der physikalischen Welt auch die Interpretation einer Situation (z.B. in der Interaktion mit Eltern oder Gleichaltrigen). So ändert sich zum Beispiel das Verhalten eines Menschen, wenn ihm bewußt wird, daß er gefilmt wird oder an einem Experiment teilnimmt, obwohl der Kontext gleich bleibt.

Gewöhnlich wird nur eine Trennung zwischen dem Organismus und der ihn umgebenden Umwelt angenommen. Zum Verständnis der komplexen Wechselwirkung zwischen Anlage und Umwelt ist diese Unterscheidung jedoch nicht ausreichend. Greenough und

Black (1992) konzipieren den Organismus deshalb alternativ als hierarchisches System verschiedener Umwelten. Von allen Ebenen aus - Zellkern, Zytoplasma der Zelle, angelagerten Zellen, Organen, Interaktionssystemen mehrerer Organe und den Gesamtorganismus - wirken Kräfte auf die Regulation der Genexpression (s. Abb. 7.2).

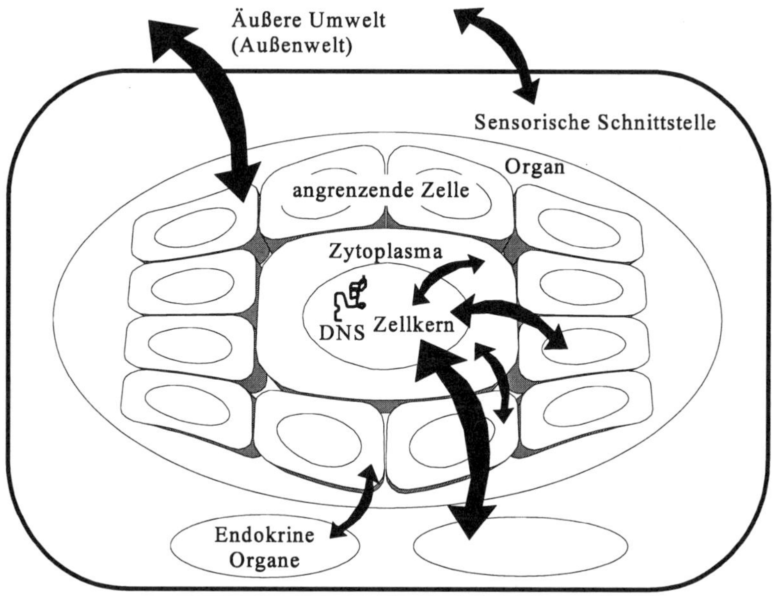

Abbildung 7.2: Die Beziehung zwischen einzelnen Ebenen der Umwelt (nach Greenough & Black, 1992).

In jedem Zellkern des Lebewesens ist die DNS identisch. Welches Gen jedoch zur Ausprägung kommt und somit die Charakteristiken der Zelle beeinflussen kann, hängt von der Umwelt ab. Im Zellkern befindliche Substanzen können Gene selektiv an- und abschalten und dadurch bestimmen, ob die Zelle sich zur Hirn- oder Leberzelle entwickelt, welche Neurotransmitter sie benutzt und wie ihre Dendriten angeordnet sind. Diese Substanzen können aus dem Zellkern selbst, dem Zytoplasma oder von einer anderen Ebene der Hierarchie kommen. Mit fortschreitender Entwicklung werden die meisten Zellen immer mehr ihrer endgültigen Aufgabe angepaßt (vgl. Greenough & Black, 1992). Auf ihrer Ebene der Hierarchie hat jede Zelle schon im Embryo eine unterschiedliche Umwelt, abhängig von ihrer Lage: zentrale Zellen sind von anderen umgeben, Randzellen haben möglicherweise Kontakt zum Fruchtwasser. Einige Vorgänge zwischen Zellen laufen nur dann ab, wenn sie sich an einem bestimmten Ort befinden und von anderen umgeben sind. Edelman (1995) hat für diese ortsabhängigen Aktivitäten, die Form und Funktion der Zellen beeinflussen können, den Begriff *Topobiologie* geprägt.

Die Differenzierung der Umwelt läßt sich auch jenseits der Grenzen des Organismus fortsetzen, denn das Kind ist wiederum in einem größeren Kontext zu sehen, wie er etwa in Bronfenbrenners ökologischem Ansatz (vgl. Kap. 2) dargestellt wird.

Unter *Anlage* werden alle physischen und psychischen Merkmale zusammengefaßt, die üblicherweise für erblich gehalten und von Generation zu Generation durch DNS-Unterschiede weitergegeben werden. Allerdings sind nicht alle genetisch bedingten Einflüsse auf die Entwicklung ererbt, sondern können auch auf pränatalen Veränderungen oder chromosomalen Abnormalitäten beruhen (z.B. das Down-Syndrom). Auch angeborene Merkmale müssen nicht notwendigerweise vererbt sein, sondern können auf vorgeburtlichen Entwicklungsstörungen beruhen (z.B. Vergiftungen oder Verletzungen).

Gene sind chemische Substanzen, deren einzige Aufgabe darin besteht, Aminosäure-Sequenzen zu codieren. Alle Verhaltenseffekte können also nur indirekt durch Gene bedingt sein (Rende & Plomin, 1995). Ein Merkmal gilt als *vererbt*, wenn es auf die Anwesenheit bestimmter Gene oder Genkombinationen zurückgeführt werden kann. Der Nachweis für die Vererbung psychischer Eigenschaften ist bisher nicht gelungen. Streng genommen können lediglich physiologische Reaktionsbereitschaften vererbt werden, aber keine psychischen Merkmale (vgl. Wacker, 1990).

Der Weg von den Genen zum Verhalten erfährt seit den 60er Jahren unter dem Namen Verhaltensgenetik (behavioral genetics) ein intensives Interesse. Die Forschung in dieser Disziplin wird durch den Umstand erschwert, daß die Beziehung zwischen Genen und Verhalten immer indirekt ist. Gene sind chemische Substanzen, die über verschiedene Zwischenstufen das Potential zur Ausbildung von Verhaltensmerkmalen beinhalten. Grundsätzlich gibt es keine direkte Genwirkung auf das Verhalten: Es gibt kein Gen für Aggression, Alkoholismus oder Intelligenz. Diese Zusammenhänge lassen sich sehr gut am Beispiel der Phenylketonurie demonstrieren. Bei diesem genetischen Defekt bewirkt das fehlerhafte Gen, daß das Enzym zum Abbau von Phenylalanin nicht produziert wird. Folglich wird Phenylalanin nicht in Thyrosin umgewandelt, was wiederum zu Dopaminmangel führt. Dadurch wird die Gehirnentwicklung geschädigt und es kommt zu Reizbarkeit, Überaktivität und schließlich zu geistigen Beeinträchtigungen. Die rechtzeitige Einführung einer entsprechenden Diät kann die Behinderung weitgehend verhindern.

In den meisten Fällen sind die Zusammenhänge zwischen Genetik und Verhalten, wie auch die Auswirkungen der Umwelt, wesentlich komplexer. Der genetische Einfluß läßt sich auch deshalb schwer bestimmen, weil die meisten menschlichen Eigenschaften *polygen* sind, also durch mehrere Gene verursacht werden.

Häufig wird die genetische Information mit einem geschriebenen Text, einem Plan oder einem Computerprogramm verglichen. Oyama (1989) argumentiert, daß diese *Programm-Metapher* nicht zum Verständnis von Entwicklungsprozessen beiträgt, sondern vielmehr zu irreleitenden Implikationen führt. Sie trägt dazu bei, Beobachtungen intuitiv einen Sinn zu geben und sie in eine bestimmte Weltsicht einzupassen. Oyama plädiert nicht grundsätzlich dafür, Metaphern aufzugeben, meint jedoch, daß nicht alle gleichermaßen hilfreich sind. Ihrer Ansicht nach lenkt eine Metapher, die uns Entwicklung als die Erfüllung eines Plans oder die Übertragung einer Botschaft sehen läßt, die Aufmerksamkeit nicht immer in brauchbare Bahnen (Oyama, 1989).

Es ist wichtig zu unterscheiden, daß nicht Merkmale vererbt werden, sondern Gene. Die Programm-Metapher verleitet zu der Vorstellung, die genetische Information müßte auch ein entsprechendes Merkmal hervorrufen. Der Weg vom Genotyp zum Phänotyp bietet jedoch viele Ansatzpunkte für abschwächende oder verstärkende Faktoren, so daß sich ein weites Spektrum möglicher Resultate ergeben kann (vgl. Kasten 7.2).

Der Weg von der zellulären zur Verhaltensebene ist in Abbildung 7.3 stark vereinfacht wiedergegeben. Die Darstellung entspricht einer Sichtweise, die Oyama (1989) als *Cricks zentrales Dogma* bezeichnet. Sie meint damit, daß Information nur in eine Richtung fließt, nämlich vom Gen zu den Proteinen, niemals umgekehrt. Daraus läßt sich eine Vielzahl von Metaphern ableiten - Formen, Programme, Blaupausen, Anweisungen - die jedoch alle gemeinsam haben, daß sie die DNS als grundlegende Entwicklungsursache ansehen. Cricks zentrales Dogma ist inzwischen zur unzweifelhaften Wahrheit geworden. Dabei wird übersehen, daß es sich um eine Hypothese handelt, die erst noch empirisch belegt oder bestätigt werden muß.

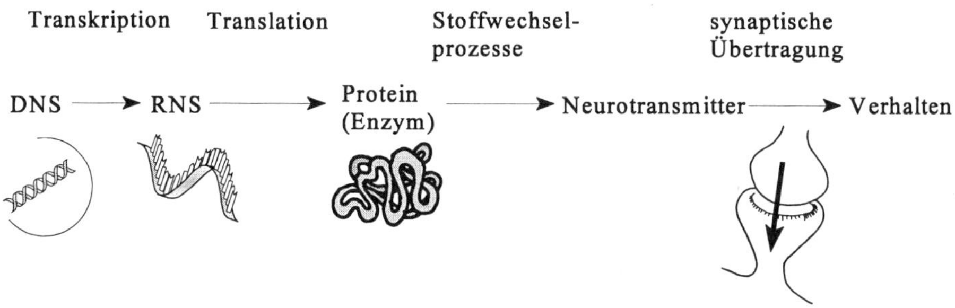

Abbildung 7.3: Schematische Darstellung der Verbindung zwischen Genetik und Verhalten.

Es gibt jedoch gute Gründe, etwas anderes anzunehmen. Die Erkenntnisse über neuronale Veränderungen beim Lernen führten zu der Einsicht, daß alle psychischen Vorgänge biologischer Natur sind (vgl. Kandel, 1996) und jede Veränderung dieser Vorgänge eine organische Entsprechung besitzt. Dies gilt selbst für ausschließlich oder überwiegend sozial ausgelöste Störungen. Auch wenn eine Veränderung nicht in jedem Fall nachweisbar ist, muß immer von einer veränderten Hirnaktivität ausgegangen werden.

Kandel (1996) hält es für wahrscheinlich, daß neurotische Störungen als Folge umkehrbarer Defekte der Genregulation auftreten, ausgelöst durch Erfahrungs- und Lernvorgänge. Nach seiner Vorstellung greifen dabei hormonelle Veränderungen aufgrund von Streß oder Lernvorgängen in die Regulation der Genexpression (vgl. Kap. 4) ein. Erfahrungen verändern also die Genexpression und bewirken auf diesem Weg Veränderungen der neuronalen und synaptischen Funktionen.

Zum Verständnis der Anlage-Umwelt-Kontroverse müssen an dieser Stelle die Grundlagen der Molekulargenetik nochmals kurz gestreift werden. Neben den genetischen Regulationsmechanismen, die in Kapitel 4 bereits ausführlicher abgehandelt wurden, wird es hier um die zeitliche Steuerung der Entwicklung gehen. Die ersten Beispiele für Genregulation wurden vor 25 Jahren an Bakterien untersucht (vgl. Operon-Modell, Kap. 4). Die DNS-Menge in Säugetierzellen übersteigt die eines Bakteriums etwa um das 800fache und ist weitaus komplexer. Diese Komplexität beruht zum Teil auf Unterschieden in der Struktur, aber auch auf ausgedehnten Bereichen mit sich wiederholenden Segmenten annähernd identischer DNS, wie sie beispielsweise beim Fragilen-X-Syndrom zu finden sind.

Kasten 7.2: Reaktionsnorm und Reaktionsfläche.

Nach Gottesman (1991) bestimmen Gene die Entwicklung nicht genau, sondern legen lediglich einen Reaktionsbereich fest, in dem die Entwicklung sich vollzieht. Es gibt also für jeden Genotyp ein ganzes Spektrum von Phänotypen. Die Breite dieses Spektrums wird durch die *Reaktionsnorm* definiert und ändert sich mit dem Genotyp. Die Reaktionsbereiche können sich teilweise überlappen. So bewirken unterschiedliche Genotypen den gleichen Phänotyp. Für menschliche Merkmale, abgesehen von konstanten Eigenschaften (z.B. Blutgruppenzugehörigkeit), ist die Reaktionsnorm jedoch nicht bekannt, weil dazu unzählige identische Individuen allen möglichen Umwelten ausgesetzt werden müßten.

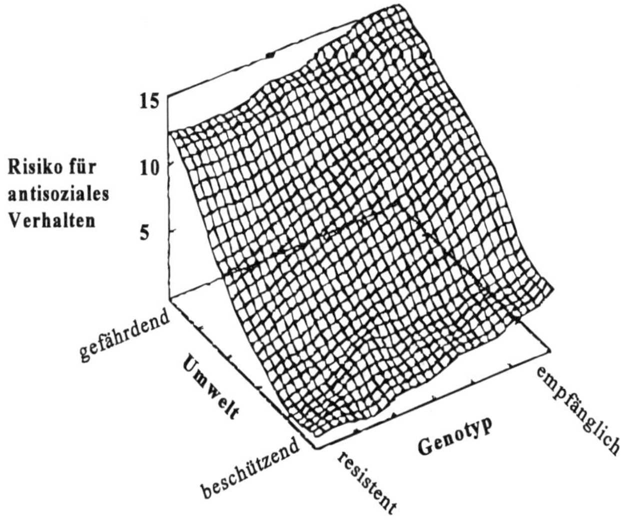

Die Skizze zeigt die Umsetzung der Reaktionsnorm als hypothetische *Reaktionsoberfläche* eines Verhaltens (vgl. Goldsmith & Gottesman, 1996). Die senkrechte Achse zeigt das Risiko für antisoziales Verhalten. Die Form der Fläche deutet nichtlineare Effekte an.

In den einzelnen Zellkernen ist immer nur ein geringer Bruchteil der Gene aktiv. Dabei handelt es sich bei den etwa 200 Zelltypen des menschlichen Körpers um unterschiedliche Abschnitte der DNS. Auch der Anteil exprimierter Gene kann sich von Gewebe zu Gewebe unterscheiden. Am aktivsten ist in dieser Hinsicht wahrscheinlich das Nervensystem (vgl. Goldsmith & Gottesman, 1996). Untersuchungen der Chromosomenstruktur haben einige Mechanismen der Gen-Aktivierung und -inaktivierung klären können. Das bekannteste Beispiel ist der *Lyon-Effekt*, die langfristige Inaktivierung eines der beiden X-Chromosomen bei Frauen. Möglicherweise finden ähnliche Prozesse über kürzere Zeitabschnitte in begrenzteren Chromosomensegmenten statt (vgl. Goldsmith & Gottesman, 1996).

Durch die Regulationsmechanismen werden Gene sowohl zur Quelle der Flexibilität als auch der Konstanz in der Entwicklung. Die Vorstellung, daß das Genom einen ziemlich gleichbleibenden Einfluß auf die Entwicklung ausübt, wurde inzwischen durch Beobachtungen erschüttert, die dafür sprechen, daß sich die Genexpression mit dem Verlauf der

Entwicklung ändert. Ein Beispiel dafür ist die Zeit der Pubertät. Bestimmte Gene, die bis dahin abgeschaltet waren, werden bei Jugendlichen eingeschaltet. Die daraus resultierenden hormonellen Veränderungen führen zum Einsetzen der Menstruation und der Genitalbehaarung. Die Gründe für den veränderten Einfluß von Genen können zum einen darin gesehen werden, daß die Gene selbst eine unterschiedliche Menge von Proteinen in unterschiedlichen Altersstufen produzieren, zum anderen in veränderten Umweltgegebenheiten, die es den Genen so erlauben, auf andere Weise Einfluß auszuüben (vgl. Vasta, Haith & Miller, 1992).

Auch in diesem Zusammenhang spielt die Interaktion von genetischen und Umweltfaktoren eine wichtige Rolle. Anders als es die Programm-Metapher impliziert, verfügen Gene nicht über eine interne Uhr, die den zeitlichen Ablauf von Entwicklungsschritten steuert. So findet beispielsweise die normale Entwicklung des Nervensystems zwar als eine Reihe von genetischen Ereignissen statt, doch ist deren Ausprägung von zeitlich genau festgelegten und eintretenden Umweltreizen abhängig (vgl. Ciaranello et al., 1995). Der Grad der Formbarkeit des Nervensystems - die Fähigkeit der neuronalen Verdrahtung, von Umweltereignissen beeinflußt zu werden - unterscheidet sich sehr stark zwischen unterschiedlichen Zelltypen, Hirnbereichen und Zeitabschnitten.

Das Genom eines bestimmten Lebewesens umfaßt viele Entwicklungsmöglichkeiten. Doch sind diese nicht immer und in jeder Situation verfügbar, sondern wandeln sich mit dem Entwicklungsstand und dem Kontext. Die Entwicklungsmöglichkeiten treten im Verlauf der Ontogenese zutage. Eine Bienenlarve zum Beispiel hat zu einem bestimmten Zeitpunkt ihrer Entwicklung das Potential, eine Königin oder eine Arbeiterin zu werden, abhängig von der Art der Nahrung, mit der sie gefüttert wird. Auch nachdem sie eines von beiden geworden ist, verfügt sie weiterhin über die gleiche genetische Ausstattung wie zuvor. Ihr effektives Entwicklungspotential hat sich jedoch gewandelt, das heißt, eine fertig ausgebildete Bienenkönigin kann keine Arbeiterin mehr werden und umgekehrt. Das Potential verringert sich allerdings nicht immer im Zeitverlauf (vgl. Oyama, 1989).

Die vorangegangenen Ausführungen sollten verdeutlichen, daß ein Phänotyp - ganz gleich ob es sich nun um ein körperliches Merkmal oder ein bestimmtes Verhalten handelt - nicht einfach entsteht, weil ein genetisches Programm strikt abgearbeitet wird. Vielmehr ist es so, daß sich ein Phänotyp unter der gegenseitigen Beeinflussung von Anlage und Umwelt *entwickelt*.

Entgegen der weiter oben vorgestellten „vereinfachten Sichtweise" sind genetische Mechanismen durchaus nicht statisch, sondern ausgesprochen dynamisch. Gene und Chromosomensegmente können zu bestimmten Entwicklungszeitpunkten eingeschaltet werden. Verantwortlich für dieses „Einschalten" sind Regulatorgene, die ihrerseits durch chemische Botenstoffe, also durch Umweltinformationen auf zellulärer Ebene, gesteuert werden. Eine große Rolle spielt dabei die Zeit oder konkreter: die alterungsbedingten Veränderungen und Entwicklungsfortschritte des Individuums. Solche Veränderungen wirken sich auf allen Ebenen des hierarchischen Umweltmodells aus und führen letztlich auch dazu, daß bestimmte Regulatorgene ein- oder ausgeschaltet werden. Gene folgen nicht, isoliert von jeglichen Umwelteinflüssen, unbeirrbar einem vorgegebenen Plan, sondern sie sind Bestandteil eines flexiblen organischen Systems.

7.5 Die Anlage-Umwelt-Interaktion

Im vorangegangenen Abschnitt wurde zu zeigen versucht, daß die Beziehung zwischen Genen und ihrer Umwelt äußerst komplex ist und sich auf mehreren Ebenen abspielt. Gene sind lediglich chemische Codes, die trotz ihrer Einfachheit von enormer Bedeutung sein können, denn sie legen die Abfolge von Aminosäuren in den Proteinen fest, die von einer Zelle erzeugt werden. Dadurch bestimmen sie Form und Funktion der Zelle. Die Zelle ihrerseits liefert die unmittelbare Umwelt, in der die Gene existieren. Beide sind in beständiger Interaktion, ebenso wie das System aller Zellen, der Organismus, sich in fortwährendem Austausch mit seiner Umgebung befindet und so wiederum die Bedingungen der einzelnen Zelle und die unmittelbare Umwelt der Gene bestimmt.

Scarr und McCartney (1983) schlagen ein dynamischeres Interaktionsmodell vor, das von einer Verstärkung der genetischen Prädisposition durch die Umwelt ausgeht. Im Kontext des Modells werden drei grundlegende Genotyp-Umwelt-Beziehungen unterschieden (vgl. Plomin, Rende & Rutter, 1991):

- *Passiv:* Kinder haben Anlage- und Umwelteinflüsse mit anderen Familienmitgliedern gemeinsam und können so passiv Umweltbeziehungen zusammen mit ihren genetischen Dispositionen erben. Sie finden sozusagen die Umwelt vor, die zu ihrer genetischen Ausstattung paßt.
- *Reaktiv:* Die genetischen Anlagen des Kindes (z.B. ein schwieriges Temperament) rufen bei anderen Menschen spezifische Reaktionen hervor.
- *Aktiv:* Umweltbedingungen, die zu seinen genetischen Anlagen passen, werden vom Kind aktiv ausgewählt oder sogar geschaffen. Scarr (1992) hat dieses Vorgehen als Nischenbildung oder -suche bezeichnet.

Scarr und McCartney (1983) sind der Ansicht, daß der Genotyp die Auswirkung der Umwelt auf das sich entwickelnde Individuum beeinflußt und sich die Bedeutung der Umwelt im Laufe der Entwicklung ändert. Anfänglich wird die Umwelt größtenteils von Erwachsenen bestimmt. Auch wenn Kinder aktiv ihre Erfahrungen strukturieren, indem sie ihre Aufmerksamkeit dem Angebot selektiv zuwenden, können sie nicht so viel auswählen und sich Nischen schaffen, wie es ältere Kinder tun. Der Einfluß der passiven Beziehung verringert sich bis zum Jugendalter und die Bedeutung der aktiven nimmt gleichzeitig zu.

Die verschiedenen Interaktionen im Rahmen des häuslichen Umfeldes werden in Abbildung 7.4 dargestellt. Der Genotyp der Eltern wirkt sich, nach Ansicht von Scarr und McCartney, auf den Genotyp ihres Kindes und die Umwelt aus, die sie ihm schaffen. Der Genotyp des Kindes und die Umwelt tragen gemeinsam zur Entwicklung des Phänotyps bei. Das Verhalten des Kindes - der Phänotyp - formt seinerseits wieder die Umwelt.

Das traditionelle Verständnis von Anlage und Umwelt wurde durch die Entdeckung der als *Plastizität* bezeichneten neuronalen Mechanismen (vgl. Kap. 3) ins Wanken gebracht. Die Plastizität ist für die anatomische Struktur des gesamten kortikalen Gewebes bedeutsam. Sie ermöglicht dem Gehirn, sich flexibel an veränderte Erfahrungen anzupassen. Damit ist die Theorie, daß die Umwelt nur psychische Aspekte der Entwicklung wie Erinnerungen und Gewohnheiten beeinflußt, während die Hirnanatomie ihrem festen ontologischen Reifungsplan folgt, nicht mehr haltbar. Umwelterfahrungen sind wichtig für die Differenzierung des Gehirngewebes und ermöglichen erst die Verwirklichung des genetischen Potentials. Weder Anlage noch Umwelt allein können als hinlänglich akzeptiert werden, um normale Entwicklungsfortschritte oder psychische Störungen zu erklären.

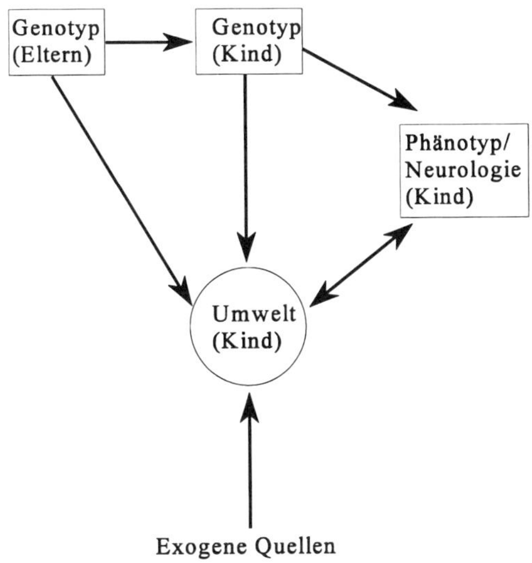

Abbildung 7.4: Anlage-Umwelt-Interaktionsmodell nach Scarr und McCartney (1983).

Das Konzept der neuronalen Plastizität läßt sich problemlos in den Rahmen des Anlage-Umwelt-Interaktionsmodells einfügen. Die Anlage wäre dabei für die erfahrungs-erwartenden Prozesse verantwortlich (vgl. Kap. 3), während die Umwelt für die Erfahrung sorgt, um die funktional adaptiven Netzwerkverbindungen auszuwählen. Eine Theorie, in der die Interaktion dieser Faktoren berücksichtigt wird, ist geeignet, die neuropsychologische Entwicklung zu erklären.

Die Aufwertung der Umwelt als Voraussetzung für die anatomische Differenzierung des Gehirns ergibt für Neurowissenschaftler eine neue Möglichkeit, die Vulnerabilität des Gehirns als Grundlage für die Entstehung psychischer Störungen zu erklären; sie bietet Psychologen zudem die Gelegenheit, ihr klassisches Konzept von der Umweltbedingtheit der Entwicklung zu erneuern. Trotzdem erwarten Cicchetti und Tucker (1994) keine wesentliche Verschiebung der konzeptionellen Grenzen in der Anlage-Umwelt-Diskussion. Sie gehen vielmehr davon aus, daß Neurowissenschaftler eher auf der „Anlage-Seite" verharren werden, während Psychologen die Ergebnisse der Plastizität nutzen, um den Vorrang der Umwelt zu unterstreichen.

Als Ausgangspunkt für einen gemeinsamen entwicklungspsychopathologischen Ansatz wäre ein Interaktionsmodell an der Schnittstelle zwischen Neurowissenschaft und psychischen Einflüssen denkbar. Gegenüber der einseitigen Sichtweise stellt es zweifellos einen Fortschritt dar. Um den Entwicklungsprozeß angemessen zu beschreiben, halten Cicchetti und Tucker (1994) das Anlage-Umwelt-Interaktionsmodell aber ebenfalls für unzulänglich, weil es die Kausalitätstrennung zwischen genetischen und Umwelt-Faktoren beibehält. Sie meinen, daß ultimative kausale Erklärungen - angesichts der Komplexität des menschlichen Gehirns und seiner Fähigkeit zur dynamischen Selbstorganisation - nur für den groben allgemeinen Umriß des Entwicklungsverlaufs möglich sind. Notwendig wäre daher die Entwicklung eines neuen Ansatzes, einer Theorie der selbstorganisierenden Komplexität.

II

Forschungsschwerpunkte der Entwicklungspsychopathologie

8 Epidemiologie

Epidemiologische Studien betrachten die Häufigkeit des Auftretens psychischer Störungen und ihre Verteilung innerhalb unterschiedlicher Populationen (vgl. Lilienfeld & Lilienfeld, 1980). Der Epidemiologie wird darüber hinaus eine Vielzahl von Aufgaben zugeschrieben (vgl. Häfner & Weyerer, 1990):

- Auffinden von Faktoren, die die Entstehung, den Verlauf und den möglichen Behandlungserfolg von Störungen mitbestimmen;
- Identifikation neuer Syndrome, die präzisere Indikations- und Prognosekriterien darstellen;
- Bestimmung des Bedarfs an bestimmten Behandlungseinrichtungen;
- Initiierung spezifischer Präventionsmaßnahmen für Risikogruppen;
- Ableitung von Grundlagen für Interventionen, die auf eine allgemeine Kontrolle und Prävention bestimmter Erkrankungen abzielen;
- Feststellung der Krankheitsverteilung für bestimmte Regionen und über den Zeitverlauf in Abhängigkeit von ausgewählten Merkmalen;
- Untersuchung von Entstehung, Verlauf und Ausgang von Erkrankungen;
- Ermittlung von individuellen Krankheitsrisiken;
- Aussagen über kausale Beziehungen zwischen Umweltfaktoren und Krankheit etc.

Nach Häfner und Weyerer (1990) kann man in der Epidemiologie vor allem zwischen Querschnitt- und Längsschnittstudien unterscheiden (vgl. Abb. 8.1). Unter *Querschnittstudien* versteht man die einmalige Untersuchung einer geographisch definierten Population oder Stichprobe zu einem bestimmten Zeitpunkt beziehungsweise in einem eng umschriebenen Zeitraum. Sie geben eine Momentaufnahme psychischer Störungen für eine ausgewählte Stichprobe wieder. *Längsschnittstudien* geben Aufschluß über die Beziehungen zwischen den zeitlichen Zusammenhängen und einem Merkmal und stellen somit eine Grundvoraussetzung für die Erkennung ursächlicher Beziehungen dar. Anhand von Längsschnittsstudien sind zudem genauere Angaben zur Inzidenz, zum Entwicklungsverlauf und Ausgang psychischer Störungen möglich (vgl. Petermann, 1995a). *Prospektiv geplante Längsschnittstudien* beziehen sich auf eine bei Studienbeginn vorgefundene (Risiko)-Gruppe und erfassen bio-psycho-soziale Einflußfaktoren über einen bestimmten Folgezeitraum. *Retrospektive Längsschnittbetrachtungen* erforschen die in der Vergangenheit liegenden Ursachen und Risikofaktoren einer Störung.

Maße der Epidemiologie. Die *Inzidenz* gibt die Anzahl neu aufgetretener Fälle einer bestimmten psychischen Störung wieder. So wird unter „absoluter Inzidenzrate" die Zahl der neuen Fälle verstanden, die innerhalb eines Jahres in einer bestimmten Population auftreten. Die „relative Inzidenzrate" ergibt sich, wenn die Anzahl der neuen Fälle pro Jahr durch die durchschnittliche Anzahl der Risikopersonen im selben Zeitraum geteilt wird. Die *Prävalenz* bezeichnet die Anzahl aller Fälle einer bestimmten Krankheit in einer Population zum Untersuchungszeitpunkt. Von der *administrativen Prävalenz oder Inzidenz* wird gesprochen, wenn Prävalenz- und Inzidenzraten für Einrichtungen der Gesundheitsversorgung erfaßt werden; von der *wahren Prävalenz oder Inzidenz* spricht man dagegen, wenn Daten anhand von Feldstudien in der Gesamtbevölkerung erhoben werden.

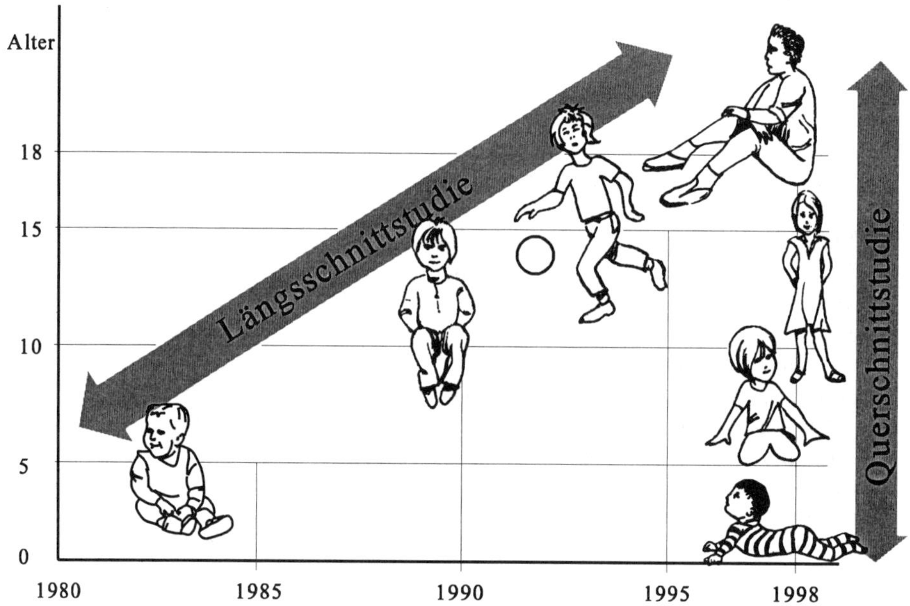

Abbildung 8.1: Vergleich von Längs- und Querschnittstudien. Bei der Längsschnittstudie werden die gleichen Kinder über einen längeren Zeitraum untersucht. An der Querschnittstudien nehmen zum gleichen Zeitpunkt Kinder unterschiedlichen Alters teil.

Erhebungsmethoden. Häfner und Weyerer (1990) unterscheiden drei Arten der Datenerfassung in der Epidemiologie: die Primärerhebung, die Erhebung anhand von Sekundärdaten sowie auf Versorgungsebene. Bei einer Primärerhebung handelt es sich um epidemiologische Studien, in denen die Daten durch die Studiengruppe selbst erhoben werden. Als Vorteil wird die Möglichkeit der überprüfbaren und erschöpfenden Erhebung durch kontrollierbare Erheber und standardisierte Meßmethoden in einheitlichem Setting angesehen. Sekundärdaten für die epidemiologische Forschung können aus Primärerhebungen anderer herangezogen werden, etwa aus der amtlichen Statistik oder sonstigen Routinedatensammlungen. Dieses Vorgehen ermöglicht es, auf Daten zurückzugreifen, die selten auftretende Ereignisse dokumentieren (z.B. Gewalttaten Geistesgestörter) oder auch um rechtliche, praktische und ethische Barrieren der primären Erhebung zu überwinden. *Erhebungen auf der Versorgungsebene* greifen auf Daten zurück, die für andere Zwecke und in anderen Institutionen gesammelt wurden, etwa in Form einer Patientendokumentation psychiatrischer, medizinischer, psychosozialer und anderer Dienste sowie anhand von Fallstudien.

Entwicklungsbezogene Epidemiologie. Den Versuch, eine Entwicklungsepidemiologie zu entwerfen, haben erstmals Angold und Costello (1993) unternommen. Entwicklungspsychopathologen und Epidemiologen sind gleichermaßen damit befaßt, Abweichungen im Kontext normaler Entwicklung zu erforschen. Beide beschäftigen sich mit allgemeinen Aussagen und versuchen zu verstehen, wie die komplexen Interaktionsmuster zwischen einem sich entwickelnden Individuum und der sich verändernden Umwelt in einigen Fällen zu Fehlentwicklungen, in anderen zu erfolgreicher Entwicklung führen.

Gegenwärtig gibt es keine Zweifel daran, daß prospektive Längsschnittstudien in der Epidemiologie unabdingbare Voraussetzung dafür sind, Fragen der Ätiologie und Pathogenese zu beantworten und den Belangen der Primärprävention und der Intervention zu genügen. Zentrale entwicklungspsychologische Fragestellungen sind am ökonomischsten dadurch zu beantworten, daß man den Entwicklungsverlauf derselben Kinder über die Zeit verfolgt. Intraindividuell angelegte Studiendesigns können potentiell konfundierte Faktoren kontrollieren und erlauben fundierte Schlußfolgerungen anhand einer relativ kleinen Stichprobe (vgl. Petermann, 1995a). Im Bereich der Entwicklungspsychopathologie und insbesondere wenn es darum geht, praxisrelevante Kriterien der Indikation, Prävention und Intervention bereitzustellen, müssen Längsschnitt- und Fallstudien kombiniert werden.

Methodische Inkonsistenzen. Die Verbreitungsrate psychischer Störungen im Kindes- und Jugendalter variiert in epidemiologischen Studien teilweise erheblich. Dies ist auf eine Reihe methodischer Inkonsistenzen zurückzuführen, die verschiedene Studien über psychische Störungen aufweisen und die die Vergleichbarkeit der Ergebnisse erschweren. Zu diesen Inkonsistenzen zählen (nach Bird, 1996; Verhulst, 1995; vgl. auch Groen, Scheithauer, Essau & Petermann, 1997) Unterschiede in der

- Heranziehung spezifischer Erhebungstechniken (hoch- oder halbstrukturierte Interviewverfahren vs. Checklisten und Fragebogenverfahren);
- Auswahl der verwendeten Verfahren mit jeweils variierenden Meßgütekriterien;
- Stichprobenzusammenstellung (klinische Stichprobe vs. Stichprobe aus der Allgemeinbevölkerung; Schulstichprobe vs. Stichprobe rekrutiert in Haushalten; ethnische Unterschiede);
- Größe der untersuchten Stichprobe;
- Auswahl der Erfassungszeiträume (z.B. Punkt-, Sechs-Monats-, Ein-Jahres- oder Lebenszeitprävalenz);
- Auswahl der Studiendesigns (retrospektiv vs. prospektiv; Querschnitts- vs. Längsschnittdesign);
- Verwendung von Diagnosekriterien (z.B. verschiedene Versionen des DSM bzw. unterschiedliche Cut-Off-Werte);
- Befragung von Informationsquellen (z.B. entweder ausschließlich die Eltern oder Kinder / Jugendlichen bzw. Befragung sowohl der Eltern als auch der Kinder / Jugendlichen) und unterschiedliche Vorgehensweisen in der Gewichtung erhaltener Informationen mehrerer Informationsquellen;
- Verwendung zusätzlicher Diagnosekriterien (z.B. Stärke der Behandlungsbedürftigkeit oder der psychosozialen Belastung) bei der „Fallbestimmung".

In gleichem Maße betrifft dies Ergebnisse zur Komorbidität, zum Verlauf oder zu den Risikofaktoren psychischer Störungen.

Zu den wesentlichen Aspekten epidemiologischer Studien zählt die Vorgehensweise bei der Fallbestimmung. In der Literatur zur Epidemiologie psychischer Störungen sind grundsätzlich drei unterschiedliche Herangehensweisen zur Ermittlung psychischer

Störungen beziehungsweise Dysfunktionen anzuführen: der klinisch-diagnostische, kategoriale und der dimensionale Ansatz (Essau, Scheithauer, Groen & Petermann, 1997).

In Studien auf der Basis eines klinisch-diagnostischen Ansatzes werden Kinder und Jugendliche von Klinikern mit Hilfe standardisierter, klinischer Interviewverfahren befragt. Im *kategorialen Ansatz* werden psychische Störungen mit Hilfe von in Klassifikationssystemen definierten Störungskriterien erfaßt und deren klinische Relevanz vor dem Hintergrund der Häufigkeit, Dauer und Stärke der Symptomatik sowie deren Einflusses auf das psychosoziale Funktionsniveau bewertet. Ein Beispiel für ein diagnostisches Klassifikationssystem stellt das Diagnostische und Statistische Manual Psychischer Störungen (DSM) dar, das zur Zeit in der vierten, revidierten Version (DSM-IV; APA, 1994/1996) vorliegt. Auf der Basis der Kriterien dieser Klassifikationssysteme sind verschiedene hoch- oder halbstrukturierte Interviewverfahren zur Erfassung der psychischen Störungen entwickelt worden. Gegenüber der bloßen Ermittlung, ob eine Person diskrete Diagnoseklassen in Form vorgeschriebener Kategorien erfüllt oder nicht, wird im *dimensionalen Ansatz* angenommen, daß Personen hinsichtlich ihrer Verhaltensmerkmale, zum Beispiel dem Ausmaß aggressiver Verhaltensweisen, auf einem Kontinuum zwischen gering bis erheblich variieren (vgl. Achenbach, 1993; Quay, 1986; Remschmidt, 1998). Dabei werden gegenüber sich gegenseitig ausschließenden Kategorien Auffälligkeiten auf mehreren Dimensionen zugelassen (Döpfner & Lehmkuhl, 1997). Mit Hilfe von Selbstbeurteilungsfragebögen oder Interviewverfahren werden die ermittelten Werte der Antworten zu einem Gesamtwert summiert und in Relation zu einem festgelegten Cut-Off-Wert, der den klinisch-relevanten Bereich kennzeichnet, beurteilt. Auf statistischem Wege können beispielsweise anhand einer faktoren- oder clusteranalytischen Auswertung Verhaltensdimensionen abgeleitet werden (Remschmidt, 1998).

Es erscheint fraglich, ob mit Hilfe von Selbstbeurteilungsfragebögen zuverlässige klinische Diagnosen erstellt werden können (vgl. Essau et al., 1997; Hinshaw & Zupan, 1997), da nur in klinisch-diagnostischen Erhebungsverfahren auf der Basis der Kriterien aus Klassifikationssystemen zusätzliche Bewertungen über die Schwere und Intensität der Symptomatik sowie der psychosozialen Belastung vorgenommen werden („Schwellenkriterien"), die für die Diagnosevergabe von Bedeutung sind. Werden diese zusätzlich einschränkenden Kriterien nicht berücksichtigt, besteht die Möglichkeit einer Falsch- bzw. „Überdiagnose": So wird etwa diskutiert, ob erst ab einer bestimmten „Schwelle" eine anhaltende, negative Beeinträchtigung der eigenen Person und des sozialen Umfeldes vorliegt und somit von einer „Störung" gesprochen werden kann (z.B. Hinshaw et al., 1993). In Studien auf der Basis eines kategorialen Ansatzes werden Personen mit „unterschwelligen" Symptomen nicht berücksichtigt, obwohl der Einfluß einer unterschwelligen Symptomatik für entwicklungspsychopathologische Fragestellungen durchaus von Bedeutung sein kann.

9 Komorbidität

Der Begriff „Komorbidität" bezeichnet zunächst nur das gleichzeitige Auftreten einer ermittelten Index-Störung und einer weiteren Störung zu einem bestimmten Zeitpunkt. Darüber hinaus wird mit Komorbidität auch das gleichzeitige Auftreten unterschiedlicher Symptome oder Symptomcluster bezeichnet. Streng genommen handelt es sich allerdings in diesem Fall um eine statistisch ermittelte *Kovariation* (Compas & Hammen, 1994). Eine weitere Unterscheidung liegt in der Bestimmung der *inter-episodischen* und der *intra-episodischen* Komorbidität (Klerman, 1990). Im letzten Fall ergibt sich die Frage, welche der Diagnosen die Primärdiagnose darstellt. Dabei kann es sich einerseits um die Störung handeln, die gegenüber der zweiten zuerst auftrat (primäre vs. sekundäre Diagnose) oder aber um jene, für die ein höherer, klinischer Schweregrad bestimmt wurde. Betrachtet man die kausale Beziehung zwischen zwei Störungen, kann die eine als die andere verursachend angesehen werden. Somit läge eine zeitliche beziehungsweise entwicklungsbezogene Komorbidität vor (Klerman, 1990). Nach Petermann und Kusch (1993; Kusch & Petermann, 1997) können drei Formen der Komorbidität psychischer Störungen unterschieden werden (vgl. auch Maser & Cloninger, 1990):

- Die *beobachtete Komorbidität* (auch *Querschnitts-Komorbidität* genannt; vgl. Clarkin & Kendall, 1992) bezeichnet eine einfache, statistisch-ermittelte Komorbidität zu einem bestimmten Zeitpunkt. Epidemiologische Studien etwa geben an, wieviele der untersuchten Kinder und Jugendlichen im untersuchten Zeitraum eine Störung mit Oppositionellem Trotzverhalten (SOT) und gleichzeitig eine Störung des Sozialverhaltens (SSV) beziehungsweise eine Aufmerksamkeitsdefizit-/Hyperaktivitätsstörung (ADHA) aufweisen.
- Die Ermittlung der *kausalen Komorbidität* führt zu einer Betrachtung der zugrunde liegenden Zusammenhänge zwischen den psychischen Störungen. So wird zum Beispiel untersucht, ob bei der Aufmerksamkeitsdefizit-/Hyperaktivitätsstörung und der Störung des Sozialverhaltens gemeinsame sozial-interaktive oder -kognitive Mechanismen vorliegen. Eine Verbindung der beiden Störungen würde sich somit über die gemeinsam zugrunde liegenden Mechanismen ergeben. Dazu kann die Bestimmung der unidirektionalen Komorbidität (McConaughy & Achenbach, 1994) erfolgen. Würde Komorbidität demnach lediglich ein statistisches Phänomen darstellen, es sich also lediglich um das Überlappen von Symptomen handeln, so müßten, gleichgültig, ob man von der Störung A oder B ausgeht, identische Komorbiditätswerte vorliegen. Die bidirektionale Komorbidität gibt die Wahrscheinlichkeit an, mit der bei einer Störung A auch eine Störung B, und umgekehrt, vorliegt.
- Die *entwicklungsbezogene Komorbidität* untersucht, ob sich chronologisch spätere Äußerungsformen psychischer Störungen aus früheren Störungen herausgebildet haben. Dabei müssen mindestens zwei Entwicklungsperioden berücksichtigt werden, wobei eine während der ersten Entwicklungsperiode vorliegende Störung als Voraussetzung für Störungen der darauffolgenden Entwicklungsperiode angesehen wird. Es ist möglich, daß sich die chronologisch früheren von den späteren Störungen sehr unterscheiden, sie aber dennoch in einem sinnvollen Zusammenhang stehen, da sie vergleichbare Funktionen ausüben (heterotypische Kontinuität; vgl. Kagan in Moffitt, 1993). Spätere Verhaltensstörungen können somit vielfältigere Äußerungsformen und eine schwerwiegendere Symptomatik aufweisen. In diesem Zusammenhang ist

es erforderlich, auch die Symptomebene miteinzubeziehen. So gehen einer Verhaltensstörung durchaus zunächst Verhaltensprobleme voraus (vgl. Kusch & Petermann, 1993b). Eine Verhaltensstörung kann dann dazu beitragen, daß sich die weitere Entwicklung des Kindes verändert. Diese Veränderungen können die Äußerungsform der Störung beeinflussen. Darüber hinaus kann ein Kind vor dem Hintergrund neuer biologischer oder situativer Kontexteinflüsse aufgrund einer früheren Störung eine Vulnerabilität gegenüber Störungen zu einem späteren Zeitpunkt herausbilden. Zu diesen Kontexteinflüssen zählen etwa das Eintreten in die Pubertät, neue Erfahrungen mit Intimität und Sexualität oder auch Veränderungen in der Umwelt durch Lebensereignisse (z.B. Tod eines Elternteils). Die Betrachtung der entwicklungsbezogenen Komorbidität psychischer Störungen ist somit eng an die Beobachtung des gesamten Entwicklungs- und Störungsverlaufs gekoppelt (vgl. Petermann & Kusch, 1993).

Verhaltensstörungen im Jugendalter entstehen aus störungsbedingten Veränderungen im Entwicklungsverlauf sowie Veränderungen im biologischen und sozialen Kontext. Aufgrund dieser Einflüsse können die Unterschiede ermittelt werden, die dafür verantwortlich sind, daß ein Teil der untersuchten Kinder und Jugendlichen komorbide Störungen herausbilden, andere jedoch nicht (vgl. Petermann & Kusch, 1993).

Bei der Erfassung der Komorbidität sind eine Reihe von Faktoren zu berücksichtigen, die nachhaltig auf die Ergebnisse von Studien einwirken. Durch eine ausschließliche Berücksichtigung kategorialer Diagnosen könnten komorbide, unterschwellige Symptome anderer Störungsbereiche übersehen werden und somit wertvolle Informationen verloren gehen (Hinshaw & Lahey, 1993). Die Höhe der Komorbidität psychischer Störungen wird maßgeblich durch das zugrunde liegende Klassifikationssystem beeinflußt. Durch die Einführung des Klassifikationssystems DSM-III (APA, 1980/1984) und seiner Folgeversion DSM-III-R (APA, 1987/1989) kam es zu einer Erhöhung der Wahrscheinlichkeit der Komorbidität durch (vgl. Angst, 1994):

- die Aufnahme zusätzlicher Einzelstörungen und der Zersplitterung von Störungen in Subtypen,
- die Entwicklung spezifischer diagnostischer Kriterien, auf deren Basis standardisierte Erfassungsinstrumente (strukturierte Interviewverfahren) entwickelt wurden,
- starke Item-Überlappungen zwischen den einzelnen Kategorien und durch
- die Variation der Diagnose-Schwellenkriterien (Anzahl der Symptome, Zeitkriterien).

Hohe Komorbiditätsraten liegen zwischen jenen Störungen vor, die auch jeweils hohe Basisraten aufweisen. Weiterhin sind eine Reihe von Ausschlußkriterien, die das DSM-III bei der Diagnose einer Störung noch forderte, in der Folgeversion wieder fallengelassen worden; mehrere Diagnosen konnten somit vergeben werden (vgl. Angst, 1994). Das nosologische System selbst trägt somit in unterschiedlichem Maße zum Komorbiditätskonzept bei. Kritisch anzumerken wäre die Tatsache, daß das DSM-IV (APA, 1994/1996) bei gleichzeitigem Vorliegen einer Störung mit Oppositionellem Trotzverhalten und einer Störung des Sozialverhaltens der Diagnose einer Störung des Sozialverhaltens Vorrang gibt und somit unter Umständen wertvolle Informationen verloren gehen.

Zusammenfassend lassen sich folgende Interpretationsmöglichkeiten anführen, wenn zwei Störungen (A und B) miteinander assoziiert sind (nach Frances, Widiger & Fyer, 1990):

- A geht B oder B geht A im Sinne eines Verursachers voraus;
- A und B sind beeinflußt durch einen anderen, vorausgegangenen Faktor C;
- die Assoziation von A und B ergibt sich aufgrund von Zufallsfaktoren, wie zum Beispiel durch hohe Basis-Auftretensraten der beiden Störungen;
- A und B weisen gleiche, sich überlappende diagnostische Kriterien auf;
- A und B sind Teil eines Syndroms, daß durch die Definition im Rahmen des Klassifikationssystems künstlich aufgespalten wird.

Caron und Rutter (1991) führen in ihrer Übersichtsarbeit eine Vielzahl der Ergebnisse zur Komorbidität psychischer Störungen auf Artefakte in der Erfassung der Komorbidität (z.B. Stichprobeneffekte) und auf die bereits dargestellten Faktoren auf seiten des nosologischen Systems zurück. Sie grenzen von den beschriebenen Formen der kausalen und entwicklungsbezogenen die „*wahre Komorbidität*" zwischen psychischen Störungen ab, deren definierte Kategorien eigenständige Einheiten darstellen. In diesem Sinn müßten sich für die jeweils zugrunde liegenden Störungen zum Beispiel eigenständige Entstehungs-, Symptom-, Verlaufs- und Heilungsmuster erkennen lassen (vgl. Kusch & Petermann, 1997). Daraus ergibt sich die Annahme, daß es sich beim komorbiden Auftreten der Störungen (A+B) gegenüber dem isolierten Auftreten der Störung A oder B um ein eigenständiges Störungsmuster handeln könnte (vgl. Kusch & Petermann, 1997). Caron und Rutter (1991) führen als mögliche Gründe für ein Vorliegen „wahrer Komorbidität" im Zusammenhang mit Betragensstörungen folgende Punkte an:

- *Die Störungen weisen den-/dieselben Risikofaktor/en auf.* Es wird beispielsweise vermutet, daß Faktoren, wie Hyperaktivität, Impulsivität oder eine kurze Aufmerksamkeitsspanne sowohl Risikofaktoren für die Entstehung der Betragensstörungen als auch für eine Lese-/Rechtschreibstörung sein und deren komorbides Auftreten erklären könnten (Yule & Rutter, 1985 in Caron & Rutter, 1991).
- *Die Störungen weisen zwar unterschiedliche Risikofaktoren auf, diese sind aber miteinander assoziiert.* Die Komorbidität von Depression und Betragensstörungen könnte darauf zurückgehen, daß Depressionen der Eltern mit einem genetischen Risiko für ihre Kinder verknüpft sind, eine Depression herauszubilden. Da Ehescheidungen häufiger in Familien vorkommen, in denen ein oder beide Elternteile depressiv sind (Rutter & Quinton, 1984 in Caron & Rutter, 1991), könnte die Scheidung der Eltern auch gleichzeitig einen umweltbedingten Risikofaktor für ihre Kinder darstellen, eine Betragensstörung zu entwickeln.
- *Die Komorbidität weist auf ein eigenständiges Störungssyndrom hin.* Personen mit einer „reinen" Betragensstörung im Kindesalter weisen ein Risiko für kriminelles Verhalten im Erwachsenenalter unabhängig von komorbiden Depressionen auf. Liegen Betragens- und depressive Störungen komorbid im Kindesalter vor, dann erhöht sich das Risiko, im Erwachsenenalter eine Major Depression herauszubilden (Harrington, Fudge, Rutter, Pickles & Hill, 1990 in Caron & Rutter, 1991).
- *Die eine Störung stellt ein erhöhtes Risiko für das Ausbilden der anderen Störung dar.* Längsschnittstudien konnten belegen, daß Betragensstörungen im Kindesalter einen Risikofaktor für Arbeitslosigkeit und Ehekonflikte im Erwachsenenalter dar-

stellen, Faktoren, bei denen es sich wiederum um Risikofaktoren für depressive Störungen handelt (Robins, 1966, 1986 in Caron & Rutter, 1991).

Die Kenntnis über komorbide Störungen gibt uns Hinweise darauf, wie Störungen entstanden sind; Störungen oder Symptome beeinflussen aber auch maßgeblich den Störungs- und den Behandlungsverlauf. Bei komorbiden Störungen kann man von einem schlechteren Verlauf und schlechteren Behandlungsresultaten ausgehen (vgl. Angst, 1994). Befunde zur Komorbidität psychischer Störungen sind für eine effektive Therapieplanung somit von großer Bedeutung (vgl. Clarkin & Kendall, 1992).

10 Der Entwicklungsverlauf

Entwicklung läßt sich als der Prozeß definieren, durch den der Genotyp als Phänotyp ausgedrückt wird (vgl. Neuhäuser, 1998). Sie beinhaltet die Realisierung nur eines einzigen von vielen alternativen Phänotypen aus dem Reaktionsspielraum des Genotyps (vgl. Kap. 7). Der Grad, in dem der Genotyp eines Individuums zum Beispiel in seiner intellektuellen Entwicklung zum Ausdruck kommt, ist von vielen Umweltfaktoren abhängig, die während des Entwicklungsverlaufs in angemessenem oder unangemessenem Ausmaß vorhanden sind. Diese Zusammenhänge sind in Abbildung 10.1 für drei unterschiedliche Genotypen skizziert.

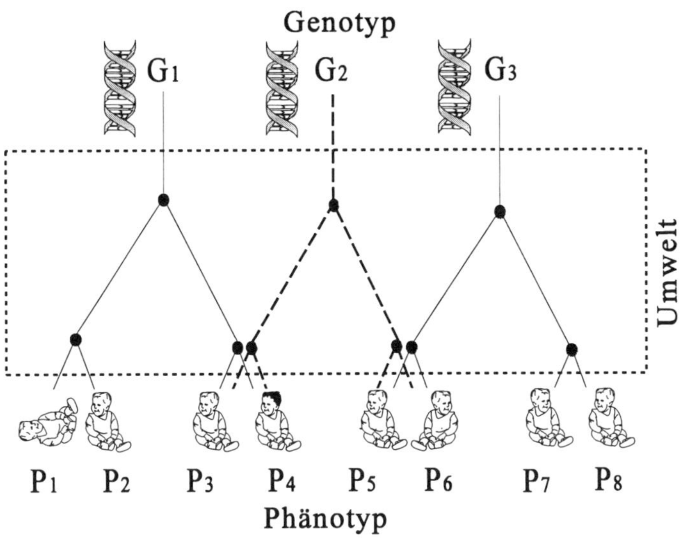

Abbildung 10.1: Die Reaktionsnorm umfaßt unterschiedliche Ausprägungen eines Genotyps (z.B. P1-P4). Verschiedene Genotypen können allerdings auch zu ähnlichen Phänotypen führen (z.B. G1 und G2 zu P4).

Entwicklungspfade stellen innerhalb entwicklungspsychopathologischer Überlegungen Metaphern dar, um die Komplexität möglicher Entwicklungen zwischen aufeinanderfolgenden psychosozialen Anpassungsniveaus von Personen zu beschreiben (vgl. Egeland et al., 1996; Horowitz, 1994). Nach der Definition von Loeber (1991) sind darunter Entwicklungsmuster einer Gruppe von Menschen zu verstehen, die sich von der Verhaltensentwicklung anderer Gruppen unterscheiden. Ein Pfad beschreibt die zeitliche Abfolge der Verhaltensweisen und erfaßt idealerweise die wahrscheinlichen Beziehungen zwischen ihnen. Trotz Ähnlichkeiten im Phänotyp zweier Störung kann es große Unterschiede in der zeitliche Abfolge und im vorangegangenen Verhalten geben. Eingeführt wurde das Konstrukt der Entwicklungspfade von Waddington (1957), der es am Modell der *epigenetischen Landschaft* verdeutlichte.

10.1 Waddingtons epigenetische Landschaft

Waddingtons Modell der Epigenese wird gern anhand einer Berglandschaft demonstriert, auf deren Gipfel sich eine Kugel befindet (vgl. Abb. 10.2). Die Kugel symbolisiert den sich entwickelnden Organismus, die Höhen stellen aufgrund chemischer, physikalischer oder biologisch-genetischer Bedingungen unerreichbare Zustände dar. Somit sind nur die Täler mögliche Entwicklungswege, denen der Organismus folgt. Dabei verhält sich die Kugel den Prinzipien der Selbstorganisation entsprechend - sie „kennt" also weder ihren Weg, noch ist dieser vorherbestimmt.

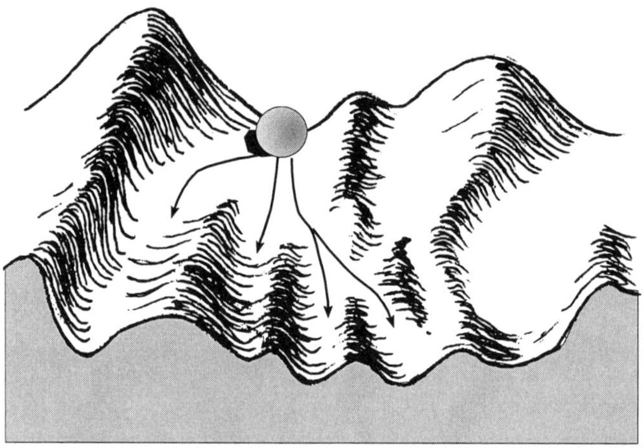

Abbildung 10.2: Darstellung von Waddingtons epigenetischer Landschaft. Die verschiedenen Wege, die die Kugel nehmen kann, sind durch Pfeile verdeutlicht.

Das Modell versucht dem Umstand gerecht zu werden, daß es Entwicklungspfade gibt, die für Umwelteinflüsse unterschiedlich empfänglich sind. Störungen können die Kugel in einem flachen Tal leichter aus der Bahn werfen, als in einem tiefen, das nur schwer zu verlassen ist. Die Einschränkung alternativer Phänotypen auf eines oder wenige Ergebnisse bezeichnet Waddington als *Kanalisierung.* Abhängig vom Grad genotypischer Kontrolle, der Stärke und dem Timing der Ablenkung läßt sich der entwickelnde Phänotyp mehr oder weniger leicht vom eingeschlagenen Pfad ablenken. Ein hoher Grad der Kanalisierung stellt sicher, daß einige Entwicklungsaspekte geradezu universal sind und ein großer Bereich von Umweltereignissen nur geringe oder keine Einflüsse auf die Entwicklung des Phänotyps ausübt. So scheint beispielsweise das Brabbeln der Kleinkinder stark kanalisiert zu sein, da selbst Kinder mit angeborener Taubheit dieses Verhalten zeigen (vgl. Lenneberg, Rebelsky & Nichols, 1965). In einem solchen Fall sprechen Black und Greenough (1986) von einem genetisch determinierten (genotype driven) Entwicklungsprozeß, der über einen weiten Bereich von Umweltvariationen stabil zu bleiben scheint. Doch selbst bei hochgradig kanalisierten Charakteristiken kann eine Störung an einem Entscheidungspunkt (dem Gabelungspunkt am Eingang zweier Täler) die Entwicklung des Phänotyps unter Umständen in einen anderen Kanal umlenken. Diese Abzweigungen können kritische Phasen der Entwicklung repräsentieren. Dieselben Umwelteinflüsse bleiben folgenlos, wenn sie zu einem anderen Zeitpunkt einsetzen (vgl. Butterworth &

Harris, 1994). Das Ausmaß der Kanalisierung unterscheidet sich nicht nur von Merkmal zu Merkmal, sondern kann sich auch mit zunehmendem Alter des Kindes ändern. Während für ein bestimmtes Merkmal die Kanalisierung anfänglich sehr hoch ist (das Tal also sehr tief und eng ist), verringert sie sich in den folgenden Entwicklungsjahren und Umweltunterschiede werden zunehmend einflußreicher (vgl. Clarke-Stewart, Perlmutter & Friedman, 1988).

10.2 Das Entwicklungspfad-Modell

Wenn man alle Wege nachzeichnet, denen die Kugel in der epigenetischen Landschaft folgen kann, ergibt sich ein verzweigtes Netz von Entwicklungspfaden, das nach unten hin - mit zunehmender Entfernung vom Entwicklungsbeginn also - immer weiter ausfächert. Sroufe (1997) stellt das so entstandene Bild gewissermaßen vom Kopf auf die Füße, und erhält so eine baumähnliche Struktur, an der die aus dem Pfadmodell resultierenden Implikationen sehr anschaulich zu demonstrieren sind (vgl. Abb. 10.3). Entwicklungspathologie kann in Übereinstimmung mit dieser Vorstellung als fortschreitende Verzweigung gesehen werden, die das Kind von Pfaden abbringt, die zu kompetentem Verhalten führen. Im Konzept der Entwicklungspfade lassen sich grob vier mögliche Verläufe unterscheiden, die sich aus der Kombination von Kontinuität oder Diskontinuität mit einem günstigen beziehungsweise ungünstigen Entwicklungsverlauf ergeben. Sroufe (1997) beschreibt sie in seiner schematischen Darstellung als

A) kontinuierliche Fehlanpassung, die in eine Störung mündet,
B) kontinuierliche positive Anpassung,
C) anfängliche Fehlanpassung, gefolgt von positiven Veränderungen und
D) anfänglich positive Anpassung, gefolgt von negativen Veränderungen.

Der „Entwicklungspfadbaum" wächst, um im Bild zu bleiben, mit zunehmendem Alter des Kindes durch verschiedene „Schichten", die Entwicklungsstufen entsprechen, wie sie zum Beispiel im Zusammenhang mit der bio-psycho-sozialen Transaktion angeführt werden (vgl. Tab. 5.1):

a) Synapsenbildung und Dendritendifferenzierung,
b) Hemisphärendifferenzierung,
c) Differenzierung von Repräsentationssystemen,
d) Differenzierung von Interaktion und Kommunikation sowie
c) Differenzierung von Selbst und Anderen.

Dabei lassen sich anhand des Ausmaßes der jeweiligen Beeinflussung drei zeitlich gestaffelte Ebenen unterscheiden. Auf der *genetischen Ebene* finden bereits vorgeburtlich Gen-Umwelt-Interaktionen statt, wobei mit „Umwelt" vorrangig das extrazelluläre Milieu gemeint ist (vgl. Kap. 7). Da wichtige Aspekte der Hirnentwicklung (Nervenzellteilung, Migration, Axonformation, Synaptogenese) schon vorgeburtlich einsetzen und bis zum Ende des ersten Jahres nach der Geburt fortdauern (vgl. Kap. 3), müssen die betreffenden Gene ebenfalls während dieser Zeit aktiviert werden und danach ausgeschaltet bleiben. Dies hat auf *neurologischer Ebene* zur Folge, daß nach der frühen postnatalen Phase im Gehirn keine weiteren Neuronen mehr entstehen können (vgl. Abschn. 3.2). Aus diesem

Grund kann der frühe Verlust von Neuronen innerhalb neuronaler Netze oder zwischen ihnen nicht repariert, sondern lediglich kompensiert werden. Veränderungen zentralnervöser Strukturen wirken sich also, abhängig vom jeweiligen Entwicklungsstand, unterschiedlich auf das Verhalten und die Kompetenzen aus. Wesentlich geringer ist die entwicklungsabhängige Wirkung von Schädigungen auf *neuropsychologischer Ebene*. Da sich neuropsychologische Funktionen in Form der Dendritendifferenzierung, Synapsenformation und Myelinisierung vorwiegend postnatal auswirken (vgl. Abschn. 3.5), sind sie auch ein Produkt der Lerngeschichte des Organismus.

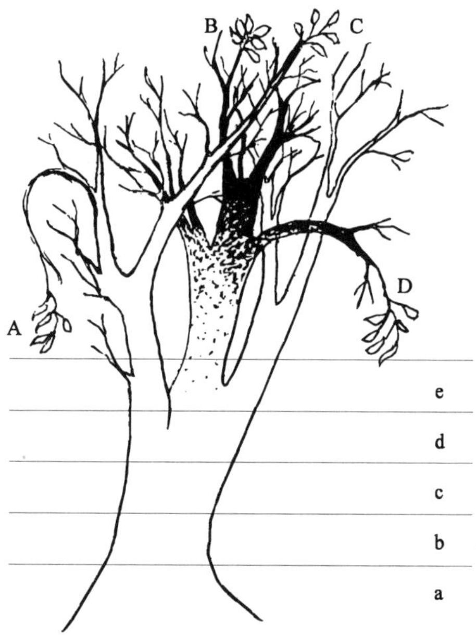

Abbildung 10.3: Schematische Darstellung der Entwicklungspfade und unterschiedlicher Entwicklungsausgänge als Baum (mod. nach Sroufe, 1997).

Die Entwicklung wird in den unterschiedlichen Phasen von biologischen Mechanismen, sozialen Faktoren und vom Kind selbst herbeigeführten Lernerfahrungen beeinflußt (vgl. Kusch & Petermann, 1998). *Erfahrungserwartende Prozesse* (vgl. Abschn. 3.9) schaffen durch das Zusammenwirken von neurobiologischen und Umwelteinflüssen die Voraussetzungen für unterschiedliche Entwicklungsaufgaben (z.B. homöostatische Regulation, Bindung und Sprachfähigkeit). Für den Beginn und die Dauer der sensiblen Phasen sind biologische und soziale Parameter gemeinsam verantwortlich. *Erfahrungsabhängige Prozesse* führen hingegen zu Veränderungen entweder aufgrund kritischer Lebensereignisse, die erhöhte Anforderungen an die Bewältigungsprozesse des Kindes stellen, oder kritischer Lebensentscheidungen. Unter Lebensentscheidungen werden vom Kind aktiv herbeigeführte kognitiv-emotionale Entschlüsse und Einstellungen verstanden, denen spezifische Verhaltensweisen folgen.

Das Modell der Entwicklungspfade beruht laut Sroufe (1997) auf fünf Hauptannahmen:

- *Störung sind Abweichungen vom normalen Entwicklungsverlauf über die Zeit.* Diese Annahme setzt das Verständnis normativer Entwicklungsaufgaben (z.B. Homöostase, kognitive Spannungsregulation, sichere Bindung, modulierte Impulskontrolle, Zugang zu Gleichaltrigengruppen) und der verschiedenen damit verbundenen günstige Interaktionsmuster voraus. Pathologie kann als Ergebnis wiederholter Fehlanpassungen gesehen werden, die das Individuum auf einen Entwicklungspfad lenken, der potentiell in eine Störung mündet. Eine ängstliche Bindung beispielsweise (vgl. Kap. 6) ist demzufolge noch nicht als pathologischer Entwicklungsausgang zu sehen, sondern als ein Schritt dorthin, als Entwicklungsrisiko für eine Störung.
- *Unterschiedliche Pfade können zu einem ähnlichen manifesten Entwicklungsausgang führen (Äquifinalität*; vgl. Kap. 2). Normales wie abweichendes Verhalten kann also aus einer Vielfalt von Entwicklungsverläufen resultieren. Daraus läßt sich ableiten, daß die gleiche Intervention möglicherweise unterschiedlich hilfreich für Kinder ist, die zwar die gleiche Diagnose erhalten haben, sich jedoch auf einem anderen Entwicklungspfad befinden.
- *Unterschiedliche Entwicklungsausgänge können auf den gleichen Pfad zurückführbar sein (Multifinalität*; vgl. Kap. 2). Im Gegensatz zur Äquifinalität führen hierbei bis zu einem bestimmten Zeitpunkt übereinstimmende Entwicklungsverläufe zu unterschiedlichen Ergebnissen. Trotz der phänotypischen Ungleichheit solcher Ergebnisse bleibt es möglich, daß sie eine zusammenhängende „Familie" repräsentieren. Die Multi- und Äquifinalität legen eine Klassifikation nahe, die auf dem Entwicklungsverlauf beruht und nicht auf dem manifesten Verhalten allein (vgl. Loeber, 1991; Thelen, 1990).
- *Veränderung ist zu vielen Punkten möglich.* Die Rückkehr zu einem positiven Entwicklungsverlauf bleibt häufig erhalten. Eine Störung ist deshalb nicht als endgültiger, unveränderlicher Zustand anzusehen.
- *Veränderung wird durch vorangegangene Anpassungsprozesse eingeschränkt.* Je weiter ein fehlangepaßter Entwicklungspfad verfolgt wurde (besonders im Sinne von durchlaufenen Entwicklungsphasen), um so weniger wahrscheinlich ist es, daß die Entwicklung einen positiven Ausgang nimmt.

10.3 Die Identifikation unterschiedlicher Pfade

Zur Identifikation unterschiedlicher Pfade nennt Loeber (1991) verschiedene Vorgehensweisen:

- Alle möglichen Pfade für ein bestimmtes Verhalten werden empirisch ermittelt und im nächsten Schritt auf ihre Wahrscheinlichkeit hin geprüft. Dabei bleibt jedoch häufig die Frage unbeantwortet, welches Verhalten tatsächlich zum jeweiligen Erhebungszeitpunkt gezeigt wurde. In vielen Fällen ist es für eine genaue Beschreibung des Entwicklungspfades jedoch unerläßlich zu wissen, wann das relevante Verhalten einsetzt.
- Pfade werden nach dem Einsetzen des Problemverhaltens unterschieden. Die Ermittlung des Durchschnittsalters für den Beginn eines bestimmten Verhaltens erlaubt es, den Startpunkt der Entwicklung und die zeitliche Abfolge von Entwicklungsabweichungen vorauszusagen. Problematisch ist hierbei, daß gewöhnlich auf die Erinnerung der Betroffenen zurückgegriffen wird, um das erste Auftreten eines Verhaltens zu

bestimmen. Solche Erinnerungen sind nicht immer vollständig oder genau. Weitere Probleme können sich daraus ergeben, daß der Zeitraum, in dem ein Verhalten auftreten kann, sehr weit gesteckt ist oder die Störung nicht plötzlich, sondern schrittweise einsetzt.

- Durch Einzelbeurteilungen zu einem bestimmten Zeitpunkt werden Individuen klassifiziert und Gruppen zugeordnet. Anhand von Informationen über die zurückliegende Entwicklung werden die Pfade für die einzelnen Gruppen rekonstruiert. Dabei wird versucht, frühere Manifestationen mit dem gegenwärtigen Krankheitsbild in Verbindung zu bringen, um typische Merkmale von Pfaden zu identifizieren, die zu abweichenden Entwicklungsausgängen führen. Wie im vorangehenden Ansatz stützt man sich hier auf die Erinnerungen der Betroffenen. Hinzu kommt eine eingeschränkte Sicht der Entwicklung, da die Klassifikation nur auf einem einzigen Zeitpunkt beruht.
- Individuen werden zu einem bestimmten Zeitpunkt klassifiziert und anhand von Nacherhebungen auf voneinander abweichende Entwicklungspfade hin untersucht. Auch hier gelten die zum vorangehenden Ansatz geäußerten Bedenken.
- Die „dynamische" Klassifikation beruht auf der wiederholten Beurteilung des Individuums zu mehreren Erhebungszeitpunkten und versucht so, den Verlauf der Entwicklung nachzuzeichnen. Einfache dynamische Pfade bilden nur eine einzelne Verhaltensmanifestation ab. Sie unterliegen darum der Beschränkung, daß sie kein Licht auf altersangemessene Veränderungen im Problemverhalten werfen und vor allem die Beziehung zwischen unterschiedlichen Manifestationen dieses Verhaltens nicht aufdecken können. Komplexe dynamische Pfade integrieren verschiedene Manifestationen in ein heterotypisches Entwicklungsbild.

Durch die beschreibenden Aspekte der aufgeführten Ansätze sollte es nach Ansicht von Loeber (1991) möglich sein, zwischen den verschiedenen Ursachen einzelner Pfade zu unterscheiden. Zu diesem Zweck müssen jedoch die Nachteile der genannten Verfahren berücksichtigt und, wenn möglich, durch eine geschickte Kombination mit anderen Verfahren verringert werden.

10.4 Konsequenzen des Entwicklungspfad-Modells für die Entwicklungspsychopathologie

Für die Entwicklungspsychopathologie ergeben sich aus der Spezifizierung von Entwicklungspfaden verschiedene Vorteile, vor allem in Hinblick auf Prävention, Intervention und Klassifikation. Die Identifizierung eines Pfades kann dazu beitragen, Ansatzpunkte für Präventionsmaßnahmen zu erkennen sowie Hinweise für die Entstehung, die Voraussetzungen und die Prävention einer Störung abzuleiten. Durch die Dokumentation von Pfaden kann überprüft werden, ob Programme, die den Beginn eines Problemverhaltens verzögern sollen, das Erreichen altersangemessener Verhaltensziele verbessern. Die traditionelle Klassifikation beruht auf der Beurteilung individuellen Verhaltens zu einem bestimmten Zeitpunkt. Die so gewonnenen Erkenntnisse werden von der Entwicklungspsychopathologie als unzureichend angesehen. Anstelle dieser „Einzelbild"-Klassifikation strebt sie an, zu mehreren Zeitpunkten gewonnene Eindrücke zu einem „Film" zusammenzufassen, um so Veränderungen sichtbar zu machen. Eine solche dynamische Klassifikation hat den Vorteil, viele unterschiedliche Entwicklungsstufen zu verbinden. Die Entwicklungspsychopathologie verläßt sich somit nicht auf einzelne Manifestationen einer Störung, sondern versucht, die sich wandelnden Manifestationen und variablen Phänotypen einer bestimmten Störung im Verlauf zu berücksichtigen.

Das klassische medizinische Modell sieht emotionale und Verhaltensprobleme analog zu organischen Erkrankungen. Diese Grundannahme spiegelt sich in der Konzeptualisierung von Störungen wider und folglich auch darin, wie Forschungsfragen gestellt, Forschungsergebnisse interpretiert und Störungen beschrieben werden. Eine Manifestation dieses Modells sieht Sroufe (1997) im diagnostischen Klassifikationssystem für Störungen. Verhaltensprobleme im Kindes- und Erwachsenenalter werden danach gruppiert und mit Namen versehen, die andeuten, daß es sich um dauerhafte Merkmale des Individuums handelt.

Das Entwicklungsmodell sieht Organismus und Kontext hingegen als voneinander untrennbar an (vgl. Kap. 2). Behaviorale und emotionale Störungen werden als Ergebnis des Entwicklungsprozesses gesehen und folgen den gleichen Prinzipien, die die normale Entwicklung bestimmen. Es ist also die einzigartige Kombination von Risiko- und Schutzfaktoren, die zur Entstehung einer Fehlanpassung führt (vgl. Kap. 11). Aus der Entwicklungsperspektive ist Verhalten nicht einfach die Interaktion zwischen Genen und Umwelt, sondern zwischen Genen, Umwelt und der Verhaltensentwicklung bis zum gegenwärtigen Zeitpunkt. Sroufe (1997) sieht die vorangegangene Entwicklung als vernachlässigte Einflußgröße, der eine zentrale Bedeutung zukommt.

Loeber (1991) weist darauf hin, daß der Zeitpunkt des Beginns, die Dauer und die Zahl der Probleme von großer prognostischer Bedeutung sind. Um eine Alternative zum klassischen medizinischen Modell zu bieten, müssen Entwicklungspfade schon verfolgt werden, bevor die Störung auftritt. Dadurch wäre es möglich, Individuen zu unterscheiden, die zu einem bestimmten Zeitpunkt zwar ähnliche Symptome zeigen, sich aber tatsächlich auf unterschiedlichen Pfaden befinden, was sich erst herausstellt, wenn sie längsschnittlich untersucht werden. Aus einem entwicklungsorientierten Blickwinkel manifestiert sich bei ihnen nicht die gleiche Störung, was von Caspi und Moffitt (1995) am Beispiel des aggressiven Verhaltens illustriert wird. Danach waren Individuen, deren Problemverhalten zuerst im Jugendalter auftrat, nicht auf dem selben Pfad wie jene, deren Verhalten sich schon in der frühen Kindheit zeigte und weiter anhielt (vgl. Kap. 13). Nur für die letztgenannte Gruppe besteht eine erhöhte Gefahr, im Erwachsenenalter kriminell zu werden. Somit sollten die Mitglieder beider Gruppen trotz vergleichbarer Probleme im Jugendalter nicht so behandelt werden, als würden sie einer einheitlichen Störungsgruppe angehören. Ähnliches gilt für die Desintegrative Störung im Kindesalter (vgl. Kap. 14), bei der sich keine relevanten Verhaltensunterschiede zum Autismus mehr feststellen lassen, sobald es zum Vollbild der Störung gekommen ist.

Sroufe (1997) sieht die Gefahr des klassischen medizinischen Modells darin, daß Störungen als Folge von Faktoren angesehen werden, die im Individuum selbst zu suchen sind. Entsprechend würden nur begrenzte Anstrengungen unternommen, ätiologische Faktoren aufzudecken, die außerhalb des Kindes liegen und mit endogenen Faktoren interagieren. Die Aufgabe der Intervention wird im Rahmen dieses linearen Störungsmodells häufig allein in der Symptombehandlung gesehen. Aus Sicht der Entwicklungspsychopathologie ist die Erforschung von Risikofaktoren, aber auch von Kontinuität und Veränderung unverzichtbar. Hierfür sind Längsschnittstudien wichtig, die schon vor dem Störungsbeginn ansetzen.

11 Risiko- und Schutzfaktoren - Vulnerabilität und Resilienz

Ursprung und Verlauf gestörten Verhaltens sind für die Entwicklungspsychopathologie von herausragendem Interesse. Eng damit verknüpft ist die Erforschung derjenigen Faktoren, die auf Seiten des Individuums, seiner Umwelt und in der Interaktion zwischen beiden die Anpassung über den Entwicklungverlauf hinweg fördern oder behindern. Besondere Beachtung verdienen hierbei die Konzepte zu Risiko- und Schutzfaktoren, Vulnerabilität und Resilienz sowie Streß und Bewältigung. Die Erkenntnisse in diesem Bereich sind von grundlegender praktischer Bedeutung für die Prävention, Früherkennung und Frühförderung von Störungen im Kindes- und Jugendalter.

In Studien mit Kindern, die unter nachteiligen Umweltbedingungen aufwachsen und einer Vielzahl von Risikofaktoren ausgesetzt sind, fällt die deutliche Heterogenität der Ergebnisse auf: Einige haben schwere Probleme, einige überleben relativ unbeschadet und andere gehen sogar gestärkt durch ihre Erfolge bei der Bewältigung dieser Umstände aus ihnen hervor (Rutter, 1994). Sind bestimmte Kinder besonders anfällig für Risikofaktoren (Vulnerabilität)? Verfügen andere über Widerstandskräfte (Resilienz) oder liegen Schutzfaktoren vor, die sie vor Schädigungen bewahren?

Umweltbedingte Risikofaktoren stellen Erfahrungen dar, die nicht zufällig in der Bevölkerung verteilt sind. Warum gehen einige Menschen relativ unbeschadet von ernsten Belastungen durchs Leben, während andere eine scheinbar endlose Folge negativer Erfahrungen machen? Wir wollen im weiteren klären, welche Faktoren Menschen besonders robust (resilient) und welche besonders vulnerabel machen.

Wichtig ist in diesem Kontext der Begriff des *Risikos*, mit dem die Wahrscheinlichkeit des Auftretens eines bestimmten Krankheitsbildes gemeint ist; davon zu unterscheiden ist der Begriff des *Risikofaktors*, der die Kräfte bezeichnet, die das Risiko erhöhen können. Demnach wären *Schutzfaktoren* all jene Kräfte, die die Auftretenswahrscheinlichkeit verringern.

Entwicklungspsychopathologie verfolgt in diesem Kontext drei Ziele:

- Es sollen Personen mit hohem Risiko identifiziert und von solchen unterschieden werden, die bei ähnlichem Risiko *keine* Störungen entwickeln.
- Es sollen die Faktoren bestimmt werden, die bei Risikopersonen zu Störungen führen oder solche vermeiden.
- Zukünftig sind die Variablen zu identifizieren, mit denen es gelingt, zu einem bestimmten Zeitpunkt einen ungünstigen Entwicklungsverlauf *positiv* zu beeinflussen.

Auf Grundlage dieser Anforderungen sind verschiedene Faktoren bestimmt worden, die mit einem erhöhten Risiko für die Entwicklung verschiedener Störungen einhergehen. Hierzu gehören biologische und psychosoziale Merkmale.

11.1 Risikofaktoren

Risikofaktoren lassen sich unterteilen in biologisch begründete (Hirnschädigungen, chronische Erkrankungen etc.) und psychosoziale (z.B. Vernachlässigung, Eheprobleme, widrige familiäre Lebensumstände). Biologische Risiken beeinträchtigten vorrangig die motorischen Funktionen, während sich psychosoziale Risiken eher auf die kognitive und sozioemotionale Entwicklung auswirken (Laucht et al., 1992). Allerdings ist eine solche Trennung nur bedingt möglich, da zum Beispiel Krampfanfälle auch das Risiko für kognitive Retardierungen erhöhen können. Da Interventionen nachgewiesenermaßen ein geeignetes Mittel sind, den Entwicklungsverlauf vieler Risikogruppen zu verändern, läßt sich schließen, daß psychosoziale Faktoren bedeutsam sind. Die prä- und postnatale psychosoziale Umwelt muß bei der Erforschung biologischer Beeinträchtigungen also ebenfalls berücksichtigt werden (Zeanah, Boris & Larrieu, 1997).

Um die Vielzahl möglicher Risikofaktoren übersichtlich darzustellen, ist eine grobe zeitliche Gliederung in pränatale, perinatale und postnatale Faktoren sinnvoll. Tabelle 11.1 verdeutlicht, daß schon während der Schwangerschaft zahllose schädigende Einflüsse den Entwicklungsverlauf formen können. Der Fötus wird in der uterinen Umwelt vielfältigen Einflüssen ausgesetzt: Nährstoffe, einige Viren, Drogen und Medikamente durchdringen die Plazenta; sensorische Reize beeinflussen die Entwicklung des Gehörs, des Bewegungs- und Gleichgewichtssystems. Bereits vor der Geburt nimmt das Kind teil an den Erfahrungen der Mutter, an ihren Emotionen, Krankheiten, sozialen Umständen und Ernährungsbedingungen. Ihre physiologischen Reaktionen (Ausschüttung von Endorphinen und Streßhormonen) beeinflussen die Strukturbildung des heranwachsenden Gehirns und somit die Grundlage späterer Verhaltensmuster. Wie vielfältig allein das Spektrum möglicher pränataler Schädigungen sein kann, wird deutlich, wenn man sich das Ausmaß der Differenzierungsaufgaben vergegenwärtigt, die von den Nervenzellen in dieser Phase bewältigt werden müssen (vgl. Kap. 3). So müssen beispielsweise Nervenzellen an ihren Bestimmungsort wandern und synaptische Verbindungen zu anderen Neuronen hergestellt werden.

Mit den Auswirkungen von Substanzen, die während der Schwangerschaft Mißbildungen, Wachstumsstörungen, funktionale Störungen oder den Tod des Fötus hervorrufen können (Teratogene), beschäftigt sich die *Teratologie*. Das Verhalten und die psychischen Funktionen von Kindern, die während der Schwangerschaft solchen Teratogenen ausgesetzt waren, sind dann Gegenstand der *Verhaltensteratologie* (Steinhausen, 1995). Die Art und das Ausmaß der Reaktion auf Risikosubstanzen sind abhängig von:

- der Substanz, der Dosis und dem Entwicklungsstadium bei der Exposition,
- der genetischen Ausstattung des Organismus und
- dem prä- und postnatalen Milieus des Organismus.

Offensichtlich beeinträchtigen ungünstige Einflüsse nicht in allen Abschnitten der Schwangerschaft das sich entwickelnde Leben im Mutterleib gleichermaßen. Während der pränatalen Entwicklung sind die Organe dann am vulnerabelsten für Teratogene, wenn sie sich herausbilden und am schnellsten wachsen. Durch Teratogene bedingte Schädigungen des Gehirns wirken sich meist nicht auf alle seine Leistungen gleichermaßen aus, sondern betreffen einzelne Funktionen mehr als andere (vgl. Abb. 11.1).

Tabelle 11.1: Prä-, peri- und postnatale Risikofaktoren (nach Heimann, 1997; von Siebenthal & Largo, 1996).

Pränatale Faktoren
• *Genetische Ursachen*: Anomalien der Chromosomenzahl (z.B. Down-Syndrom, Klinefelter-Syndrom) und der Chromosomenstruktur (z.B. multiple Mißbildungen, geistige Behinderung), ungünstige Genkombination. • *Infektionen der Mutter* durch Röteln, Mumps, Masern, Windpocken, Toxoplasmose, Herpes, AIDS. • *Toxische Einflüsse:* Alkohol-, Nikotin- und Drogenkonsum, Medikamentenmißbrauch und -gebrauch (z.B. Contergan), Umweltgifte. • Störungen des mütterlichen, plazentaren oder des fetalen Kreislaufs. • Vorausgegangene Fehlgeburten, Blutungen, Form- und Lageanomalien der Plazenta, gynäkologische Eingriffe, Abtreibungsversuche. • Epilepsie bei der Mutter, • Unfälle, mechanische Traumen, • Diabetes, • Nierenerkrankung, • Fehl- oder Mangelernährung der Mutter, • Strahlenschäden, • Störungen des endokrinen Systems (z.B. Phenylketonurie).
Perinatale Faktoren
• Sauerstoffmangel, Hirnblutungen, • mechanische Verletzungen des Kopfes durch Zangen- oder Vakuumextraktion, • Nabelschnurumschlingungen, falsche Lage des Kindes im Mutterleib, • Frühgeburt, verzögerte Geburt, niedriges Gestationsalter.
Postnatale Faktoren
• Atemstörungen, • Saug- und Schluckstörungen, Ernährungsstörungen, • Krampfanfälle, Hirnentzündungen, Schädel-Hirn-Traumen (z.B. durch Unfälle, Mißhandlungen), • ungünstiges familiäres Milieu (ungünstiges Erziehungsverhalten), • soziale Deprivation, • sozioökonomische Faktoren (berufliche und Wohnsituation), • psychosoziale Faktoren (Trennung der Eltern, Krankheit, Tod), • kulturelle Faktoren (unterschiedliche Erziehungshaltung der Eltern aufgrund von Kulturunterschieden).

Einige der genannten Risikofaktoren werden jetzt ausführlicher dargestellt. Dabei kann die zeitliche Gliederung nicht immer eingehalten werden, weil einige Faktoren sowohl prä- als auch postnatal wirken. So kann zum Beispiel ein hoher Alkoholkonsum der Mutter zu schweren Schädigungen des Ungeborenen führen, doch ist häufig auch das Umfeld einer Alkoholikerfamilie von finanzieller Not, Scheidung, Arbeitslosigkeit und sozialem Chaos bestimmt (vgl. Petermann, 1995b).

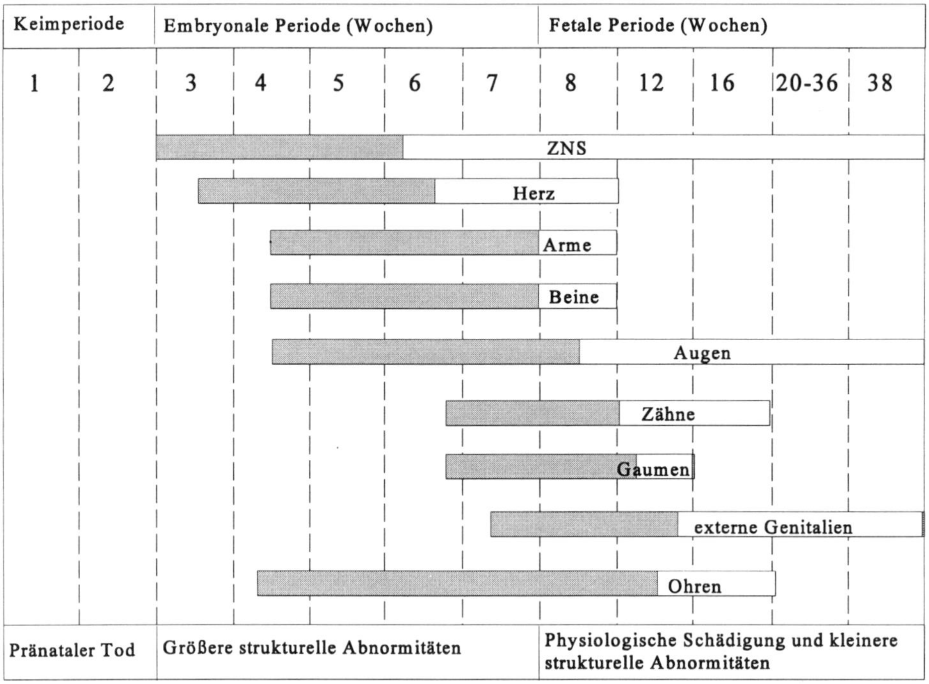

Abbildung 11.1: Pränatale kritische Phasen für die Entwicklung verschiedener Organe. Die dunklen Balkenbereiche stellen die Zeitabschnitte mit dem höchsten Risiko für große strukturelle Abnormitäten dar; die hellen die Perioden verringerter Empfindlichkeit gegenüber Teratogenen (mod. nach Moore & Persaud, 1993).

11.1.1 Alkohol und Drogen

Starker Alkoholkonsum der Mutter während der Schwangerschaft kann dazu führen, daß das Neugeborene schwere Schäden aufweist (fetales Alkohol-Syndrom = FAS). Alkohol ist eine der häufigsten teratogenen Substanzen. Er kann langanhaltende Funktionsstörungen des ZNS, charakteristische Mißbildungen, Wachstumsdefizite, Entwicklungsverzögerungen, irreversible kognitive Beeinträchtigungen und geistige Behinderungen bewirken. Lovinger, White und Weight (1989) konnten nachweisen, daß Alkohol das Gehirnwachstum beeinträchtigt, indem er die Aktivität der NMDA-Rezeptoren vermindert und dadurch die neuronale Migration (vgl. Kap. 3) hemmt. Neben einem erhöhten Risiko, selbst abhängigkeitskrank zu werden, zeigen Kinder aus alkoholkranken Familien häufig auffällige Symptome im Bereich Angst, Depression, Eßstörungen (Klein & Zobel, 1997) und weisen laut Hill und Hruska (1992) massive emotionale Probleme wie geringe Selbstachtung, „rebellierendes" Verhalten, Schulprobleme und Hyperaktivität auf; zudem können eine langsame postnatale Wachstumsrate und Entwicklungsdefizite auftreten (Steinhausen, 1995).

Drogen wirken indirekt über die mütterliche Mangelernährung oder direkt auf das ZNS des Fetus ein. Kinder methadon- und heroinabhängiger Mütter können bereits abhängig zur Welt kommen oder neigen dazu, selbst zu Drogen zu greifen (Petermann, 1995b). Die Betreuungsfähigkeit abhängiger Mütter kann durch den Kokainmißbrauch beeinflußt werden und zu einer extrem vulnerablen Mutter-Kind-Beziehung führen, verbunden mit der Neigung drogenabhängiger Mütter, keine angemessene pränatale Versorgung in Anspruch zu nehmen (Zeanah, Boris & Larrieu, 1997).

11.1.2 Perinatale Faktoren

Neugeborene müssen drei wichtige Körperfunktionen selbständig übernehmen: Ausscheidungskontrolle, eigenständige Blutzirkulation und eigenständige Atmung. Untergewichtigen Kindern bereitet dies größere Probleme als normalgewichtigen. Atemschwierigkeiten können dazu führen, daß die Zellen schlecht mit Sauerstoff versorgt werden (Anoxie) und im Extremfall absterben. Schwere Anoxie kann eine Schädigung der Hirnbereiche bewirken, die für die Bewegung der Gliedmaßen verantwortlich sind (Zerebralparese). Untergewichtige Kinder sind entweder zu früh geboren oder haben ein zu geringes Geburtsgewicht. Gründe für den zweiten Fall können unter anderem chromosomale Abnormalitäten, vorgeburtliche Infektionen, Mangelernährung der Mutter oder Drogenmißbrauch sein. Frühgeburten können dazu führen, daß Hirnkapilaren platzen und Blutungen das Risiko hierfür erhöhen.

Die von Müttern unter Streß vermehrt freigesetzten Hormone (z.B. Adrenalin, Cortison) können beim Kind meßbare Veränderungen der motorischen Aktivität bewirken. Extremer, langanhaltender Streß während der Schwangerschaft kann Früh- und Fehlgeburten verursachen und dazu führen, daß das Kind irritabel und hyperaktiv ist sowie Eß-, Schlaf- und Verdauungsprobleme aufweist (vgl. Cole & Cole, 1996).

Unter den perinatalen Risikofaktoren hat das Gestationsalter die größte prognostische Bedeutung für die spätere neurologische und geistige Entwicklung (vgl. von Siebenthal & Largo, 1996). Die Prävalenz der Zerebralparese steigt bei abnehmendem Gestationsalter exponentiell an. Dafür wird die Unreife des fetalen Organsystems und die damit verbundene Vulnerabilität gegenüber schädigenden Einflüssen verantwortlich gemacht.

Das Risiko eines niedrigen Geburtsgewichts des Kindes ist für gesunde Frauen zwischen 20 und 30 Jahren deutlich geringer als für jüngere Frauen mit niedrigem sozioökonomischen Status. Das Geburtsgewicht erwies sich weder als sensibler noch spezifischer Marker, um den IQ mit drei Jahren vorherzusagen (Zeanah, Boris & Larrieu, 1997). Bis zum Schuleintritt sind Frühgeborene meist in der Lage, ihren Entwicklungsrückstand aufzuholen. Es gibt zwar Hinweise auf vermehrte Lern- und Verhaltensstörungen, doch läßt sich nicht entscheiden, ob diese auf Kontextbedingungen zurückzuführen sind, da Frühgeburten vermehrt in benachteiligten Familien vorkommen.

11.1.3 Temperament

Unter dem Begriff „Temperament" kann man individuelle Muster der Soziabilität, Aktivität und Emotionalität fassen. Dazu gehört auch, sich aktiv und nach außen gekehrt oder schüchtern und gehemmt zu verhalten. Gehemmte Kinder sind gegenüber neuen Situationen leicht bereit, davonzulaufen oder sich zu verbergen. Studien zur Entwicklung sozial gehemmten Verhaltens belegen die Bezüge zu den Temperamentsmerkmalen. Messungen von Speichelcortisol und Vagaltonus erlauben Einblick in physiologische Systeme, die mit sozial gehemmtem Verhalten zusammenhängen. Sozial gehemmtes Verhalten wird vorrangig in Hinblick auf die Entwicklung von Angststörungen in der Kindheit untersucht. Verglichen mit nicht-gehemmten sind bei gehemmten Kinder im Schulalter psychiatrische Störungen, einschließlich Angststörungen, höher ausgeprägt (Zeanah, Boris & Larrieu, 1997).

11.1.4 Psychopathologie der Eltern

Kaum ein Risikofaktor ist so gründlich erforscht worden wie psychische Störungen bei Eltern (z.B. Field, 1992; Radke-Yarrow, Zahn-Waxler, Richardson, Susman & Martinez, 1994; Zahn-Waxler et al., 1990). Im Mittelpunkt steht dabei meist Depression bei Müttern, obwohl einige Studien belegen, daß auch die Psychopathologie von Vätern bedeutsam sein kann. So konnten Carro, Grant, Gotlib und Compas (1993) zeigen, daß depressive Symptome des Vaters einen Monat nach der Geburt als Prädiktor für internalisierende und externalisierende Probleme des Kindes mit zwei bis drei Jahren angesehen werden können.

Genetische Faktoren sind zweifellos von Bedeutung, können den Zusammenhang zwischen elterlicher Erkrankung und kindlicher Auffälligkeit aber nur teilweise erklären. Wüthrich, Mattejat und Remschmidt (1997) berichten, daß sich Eltern mit psychischen Störungen in ihrem Erziehungsverhalten und ihrer Erziehungskompetenz häufig von unauffälligen Eltern unterscheiden. Mütter sind häufiger inkonsequent und zeigen weniger Unterstützung und Zuwendung gegenüber dem Kind. Sie fühlen sich in der Erziehung überfordert und beschreiben ihre Kinder als auffällig und schwierig (was neutrale Beobachtungen nicht bestätigen).

Rutter (1990b) zählt verschiedene Mechanismen auf, über die sich elterliche Depression auf das Erziehungsverhalten auswirken kann:

- Negative Stimmungen führen zu negativem Affektausdruck gegenüber dem Kind.
- Die depressive Stimmung kann die Sensitivität und die Reaktion auf die Hinweisreize und Bedürfnisse des Kindes verringern.
- Depression ist mit familiären Konflikten verbunden, die sich negativ auf das Kind auswirken können.
- Die Erziehungsschwierigkeiten können aus den Risikofaktoren resultieren, die die elterliche Depression verursachen, nicht aus der Depression selbst.

Hinzu kommt, daß Kinder unterschiedlich auf die elterliche Depression reagieren, was auf Unterschieden in der Schwere, den Charakteristiken und dem sozialen Kontext der elterlichen Störung beruht. Eine geringere Wahrscheinlichkeit für nachteilige Folgen ist demnach zu vermuten, wenn Depression

a) leicht,
b) kurzfristig,
c) unabhängig von familiären Problemen,
d) nicht begleitet von Erziehungsproblemen und
e) nicht Ursache für den familiären Zusammenbruch ist.

Außerdem ist es wahrscheinlich, daß der Umgang mit dem Kind durch Reize von seiten des Kindes (Säuglinge lösen vielleicht eher Fürsorgeverhalten aus), dessen Temperament und Geschlecht (Jungen reagieren auf familiäre Konflikte eher mit Aggression, Mädchen mit Distreß) beeinflußt wird. Das fehlangepaßte Verhalten von Kindern in Verbindung mit mütterlicher Depression kann beziehungsspezifisch sein. Das heißt im Umgang mit anderen Erwachsenen (z.B. Vater oder Tagesmutter) können sie wesentlich positiver agieren (vgl. Zeanah, Boris & Larrieu, 1997).

Beidel und Turner (1997) stellten in ihrer Studie mit sieben- bis dreizehnjährigen Kindern fest, daß Kinder von Eltern mit Angststörungen mit größerer Wahrscheinlichkeit die gleiche Störung entwickelten. Litten die Eltern hingegen an Depressionen oder Depressionen kombiniert mit Angststörungen, zeigten ihre Kinder eher eine größere Bandbreite psychischer Probleme, einschließlich Aufmerksamkeitsdefizit- und Hyperaktivitätsstörungen (ADHA).

11.1.5 Bindungsbeziehungen

Enge persönliche Beziehungen sind in der Lage, andere Risikofaktoren zu moderieren. Insbesondere die Eltern-Kind-Bindung soll die physiologischen Bedürfnisse des Kindes erfüllen und ihm Sicherheit gegenüber der Umwelt bieten. Je sicherer sich Kinder fühlen, umso problemloser interagieren sie mit ihrer Umwelt. Unterschiede in der Bindungssicherheit können langfristige emotionale Folgen haben (vgl. Kap. 6). So erweisen sich Kinder mit sicheren Bindungen in ihren Beziehungen zu Erwachsenen und Gleichaltrigen eher als empathisch, konfliktlos und kompetent, während Kinder mit unsicheren Bindungen zu problematischen Beziehungen mit anderen Menschen neigen, weil ihr Verhalten häufig entweder gewalttätig und distanziert oder übermäßig abhängig ist (vgl. National Advisory Mental Health Council, 1995).

Die Bindungsmuster in der Kindheit und im Erwachsenenalter scheinen insofern vergleichbar zu sein, als sie Unterschiede in den internen Repräsentationsprozessen widerspiegeln, die mit der Reaktion auf Distreß und dem Bedarf an Trost zu tun haben. Bindungsbeziehungen können durch eine nachteilige Eltern-Kind-Beziehung (z.B. Vernachlässigung oder Mißhandlung) gestört werden (Schneider-Rosen & Cicchetti, 1984). Kurzzeitige Trennungen, wie etwa ein Krankenhausaufenthalt mit einem Jahr, scheinen hingegen nur vorübergehend zu vemeidendem Verhalten gegenüber der Mutter nach Streßsituationen zu führen (Koomen & Hoeksma, 1993), nicht aber zu einer langfristigen Veränderung des Bindungsverhaltens.

Aber auch jenseits der Eltern-Kind-Bindung sind soziale Beziehungen von Bedeutung. Für Jungen waren laut Ladd, Kochenderfer und Coleman (1996) konflikthafte Freundschaftsbeziehungen mit verschiedenen Formen der Fehlanpassung in der Schule verbunden (größere Einsamkeit, Vermeidung, weniger Engagement). Die Ergebnisse lassen vermuten, daß Schulfreundschaften psychische Unterstützung und Belastungen mit sich bringen und dadurch die kindliche Entwicklung und Anpassung beeinflussen. So führte beispielsweise das Gefühl der sozialen Isolation zu verringerten Schulleistungen.

11.1.6 Mißhandlung und Mißbrauch

Familiäre Gewalt weist eine starke Beziehung zu Bindungsstörungen auf. Mißhandelte Kinder zeigen eher desorganisierte Bindungen an die Mutter. Das gleiche gilt, wenn die Mütter von einem hohen Niveau an Gewalt durch den Partner berichteten (vgl. Zeanah, Boris & Larrieu, 1997). Chronische Mißhandlung in der Kindheit birgt ein erhöhtes Risiko für ein breites Spektrum an Störungen und verschiedene Formen der Psychopathologie. Die Opfer von Mißhandlungen sind ohne Interventionen gefährdet, psychische Störungen zu entwickeln. Darüber hinaus erhöhen ihre unangemessenen Erziehungserfahrungen die Wahrscheinlichkeit, daß sie fortfahren, fehlangepaßte Beziehungen einzugehen, was häufig zu einer Fortsetzung der Mißhandlung über Generationen führt (vgl. Cicchetti & Toth, 1995b).

Mißhandelte Kinder gehen weniger positive Interaktionen mit Gleichaltrigen ein und weisen einen höheren Anteil negativen Verhaltens auf. Andere Kinder reagierten seltener auf die Annäherung mißhandelter Kinder (Haskett & Kistner, 1991). Hennessy, Rabideau, Cicchetti und Cummings (1994) berichten, daß mißhandelte Kinder mit größerer Furcht auf Streit zwischen Erwachsenen reagierten als nicht-mißhandelte. Sie schienen besonders sensitiv dafür, ob Konflikte zwischen Erwachsenen gelöst wurden. Cicchetti, Rogosh, Lynch und Holt (1993) konnten bei acht- bis dreizehnjährigen mißhandelten Kindern vermehrt aggressives Verhalten gegenüber anderen und Fehlentwicklungen nachweisen. Darüber hinaus waren diese Kinder zurückgezogener und zeigten mehr ängstliches und depressives Verhalten.

Die Folgen von Mißhandlungs- und Mißbrauchserfahrungen aus der Kindheit sind auch im Erwachsenenalter noch feststellbar. In einer Studie von McCauley et al. (1997) hatten Frauen, die als Kinder mißhandelt worden waren, höhere Angst- und Depressionswerte und geringere Selbstachtung. Sie wiesen eine größere Wahrscheinlichkeit für Drogenmißbrauch, Selbstmordversuche und Einweisung in die Psychiatrie auf. Shearer und Mitarbeiter (1990) konnten feststellen, daß zu den körperlichen Störungen von erwachsenen Frauen mit sexuellen Traumen vermehrt komplexe Anfallsstörungen gehörten. Sie vermuten, daß die wiederholten Traumen zu Veränderungen des limbischen Systems führen können, die sich im späteren Leben als Anfallsstörungen in Kombination mit einer anhaltenden posttraumatischen Streßstörung äußerten. Die Ergebnisse werden von anderen Studien bestätigt.

Teicher, Glod, Surrey und Swett (1993) ließen 253 ambulante Patienten mit Mißhandlungserfahrungen vor ihrem 18. Lebensjahr die Limbic System Checklist-33 (LSCL-33) ausfüllen, die somatische, sensorische, behaviorale und Gedächtnissymptome messen soll.

Körperliche Mißhandlung führte zu einem 38%igen Anstieg der LSCL-33-Werte, sexueller Mißbrauch zu einem 49%igen Anstieg, psychischer und sexueller Mißbrauch zu einem 113%igen Anstieg. Die Hypothese, daß körperliche oder sexuelle Mißhandlung in der Kindheit die Gehirnentwicklung verändert, besonders die limbische Struktur, wird auch von Ito, Teicher, Glod, Haper, Magnus und Gelbard (1993) gestützt. Sie untersuchten 115 stationär behandelte Patienten einer Kinder- und Jugendpsychiatrie; diese Patienten zeigten erhöhte elektrophysiologische Auffälligkeiten, vorrangig auf der linken Seite der frontalen, temporalen oder anterioren Region.

Sexueller Mißbrauch in der eigenen Geschichte kann laut Spieker, Bensley, McMahon, Fung und Ossiander (1996) als Prädiktor für Kindesmißhandlung bei jugendlichen Müttern angesehen werden. Mütter, die angaben, als Kinder chronisch sexuell mißbraucht worden zu sein, suchten mit deutlich höherer Wahrscheinlichkeit die Beratung des Kinderschutzbundes (child protective service; CPS) auf; dies stellt, nach Ansicht der Autoren, ein Indiz für die Mißhandlung der eigenen Kinder dar.

11.1.7 Elternvariablen

Frühe Elternschaft hat kurz- und langfristige biologische, psychische und soziale Folgen für Eltern und Kind. Wenn eine ausreichende medizinische Versorgung zur Verfügung steht und genutzt wird, besteht jedoch nur ein geringes Risiko für die Gesundheit des Neugeborenen. Junge Mütter interagieren mit ihrem Kind wie folgt: Sie lächeln weniger und zeigen seltener Blick- oder Körperkontakt. Sie sprechen weniger, geben mehr Anweisungen und sind passiver in ihrer face-to-face-Interaktion (Zeanah, Boris & Larrieu, 1997). Die Bedeutung früher Mutter-Kind-Interaktion darf jedoch nicht unterschätzt werden. Fehlendes Lächeln und fehlende Ammensprache (baby-talk) der Mutter beschreiben einen Teil des Störungsprozesses, der zu späteren Verhaltensproblemen führt (vgl. Esser et al., 1995). Laut Zahn-Waxler et al. (1990) sind junge Mütter häufiger depressiv als ältere und neigen eher zu strafendem Erziehungsverhalten.

Angesichts der engen Beziehungen, die zwischen einem Kind und seinen Eltern besteht, ist es nicht verwunderlich, daß sich die Beziehungsqualität und Interaktion der Eltern auf die Entwicklung des Kindes auswirkt. Offene Konflikte, besonders Streit zwischen den Eltern wirkt sich nachteilig auf die gesunde Entwicklung des Kindes aus. Je häufiger Kleinkinder Streit der Eltern beobachten, desto unsicherer und verstörter reagieren sie auf solche Konflikte. Kinder aus konfliktreichen und physisch gewalttätigen Familien zeigen erhöhten Distreß angesichts von Streit zwischen Erwachsenen (Hennessy, Rabideau, Cicchetti & Cummings, 1994). Demgegenüber scheint die Nähe zwischen Ehepartnern in enger Wechselwirkung mit sensibler elterlicher Erziehung und einer sicheren Bindung zum Kind zu stehen (Cox, Owen, Lewis & Henderson, 1989). Eltern, die einander vertrauen und unterstützen, haben Kinder mit weniger Schwierigkeiten (Zeanah, Boris & Larrieu, 1997).

Der Verlust der Eltern und die Familiengröße haben einen starken Einfluß auf die Persönlichkeit im Erwachsenenalter. Dabei wirkt sich ein vorübergehender, häufiger Verlust nachteiliger aus als ein ständiger Verlust, besonders in großen Familien (Sklar & Harris, 1985). In einer Studie mit 1018 Zwillingspaaren konnte nachgewiesen werden, daß bei

Frauen der Verlust der Eltern durch Trennung vor dem 17. Lebensjahr mit einem erhöhten Risiko für eine Major Depression und eine generalisierte Angststörung einhergeht. Der Tod eines Elternteils steigert lediglich das Risiko für Panikstörungen oder Phobien, eine Trennung der Eltern hingegen für Major Depression sowie Generalisierte Angst- und Panikstörungen. Smith und Jenkins (1991) fanden bei Kindern zwischen neun und zwölf Jahren, die disharmonische Ehebeziehungen erlebten, deutlich mehr, vor allem antisoziale Verhaltensprobleme als bei Kindern aus harmonischen Familien.

Block, Block und Gjerde (1986) stellten fest, daß einige Charakteristiken von Kindern, die als Folge der Ehescheidung angesehen werden, schon vor der Auflösung der Ehe bestanden haben können und auf familiärem Streß vor der Scheidung beruhten. Söhne von Eltern, die sich später scheiden ließen, waren gekennzeichnet durch Aggressivität, exzessive Energie und mangelnde Impulskontrolle. Mit vier Jahren waren Mädchen, die unter solchen Bedingungen lebten, emotional labiler, unangemessen in ihrem emotionalen Verhalten und zogen es vor, alleine zu sein. Das Konfliktverhalten von Eltern vor der Scheidung kann also schwere Folgen für die Persönlichkeitsentwicklung (insbesondere von Jungen) mit sich bringen. Diese Erkenntnisse werden auch durch die Studie von Weindrich, Laucht, Esser und Schmidt (1992) unterstützt. Danach gehen negative Veränderungen der elterlichen Partnerbeziehung mit Verhaltensauffälligkeiten im Alter von zwei Jahren einher. Kinder, die positive Veränderung erleben, können anfängliche Auffälligkeiten überwinden. Kinder aus unveränderten Partnerbeziehungen unterscheiden sich nicht. Eine Trennung der disharmonischen Beziehung scheint die Kinder nicht zu belasten, sondern tendenziell sogar zu entlasten. Der Veränderung in der Qualität der elterlichen Beziehung kommt also eine wichtige Bedeutung zu.

11.1.8 Familiäre Bedingungen

Widrige familiäre Lebensumstände (psychische Auffälligkeit der Eltern, Delinquenz, niedriger Bildungsstand, jugendliches Alter, Herkunft aus zerrütteten familiären Verhältnissen, alleinstehende Eltern, Scheidung oder Trennung, chronisch disharmonische Partnerschaft etc.) sind für das Kind mit einem erhöhten Risiko für eine Störung der Entwicklung verknüpft. Allerdings wirken psychosoziale Risiken meist indirekt über Merkmale wie Verfügbarkeit von Ressourcen (Nahrung, Wohnung, medizinische Versorgung) und Lebensstil (beengte Wohnverhältnisse, Qualität der Nachbarschaft). Der plötzliche Kindstod beispielsweise tritt häufiger in Familien auf, die unter widrigen Lebensumständen leben. Chronische Armut ist kein einheitliches Merkmal, sondern eine Kombination belastender Bedingungen, die die Wahlmöglichkeiten stark beschränken. Eine stimulierende Wohnumwelt ist unwahrscheinlicher in armen Familien, dadurch ergeben sich indirekt weniger positive Mutter-Kind-Interaktionen und ein weniger sicheres Bindungsverhalten. Kinder, die in Armut aufwachsen, haben mit größerer Wahrscheinlichkeit Eltern mit psychischen Störungen und leiden unter unangemessener Ernährung und schlechter pränataler Versorgung (Halpern, 1993).

Auch auf emotionale und Verhaltensprobleme wirken psychosoziale Risiken indirekt über das Erziehungsverhalten. Das Erziehungsverhalten wird seinerseits durch die Verhaltensprobleme des Säuglings negativ beeinflußt. So entsteht ein Teufelskreis, der die negative Entwicklung von Kindern mit schwierigem Temperament unter ungünstigen familiären

Bedingungen erklären kann. Esser, Laucht und Schmidt (1995), die diese Sichtweise bevorzugen, konnten in ihrer Längsschnittstudie jedoch nur eine geringe Korrelation zwischen dem Temperament mit drei Monaten und späteren Verhaltensproblemen aufdecken.

11.2 Risikoforschung

Zwei Ansätze widmen sich der Erforschung psychosozialer Entwicklungsrisiken: die genetische Risiko- und die Life-Event-Forschung.

11.2.1 Genetische Risikoforschung

Auch wenn in ihren Familien genetisch beeinflußte Störungen vorliegen, scheinen einige Kinder davon nicht betroffen zu sein. Ob hierfür ihre Resilienz verantwortlich zu machen ist oder sie ganz einfach keinem genetischen Risiko ausgesetzt sind, läßt sich nur entscheiden, wenn das genetische Risiko eindeutig nachgewiesen oder ausgeschlossen werden kann. Die Identifikation eines genetischen Markers für eine Erkrankung ermöglicht es, schon pränatal jene Kinder zu erkennen, die einem genetischen Risiko ausgesetzt sind. Für Erkrankungen, die durch ein einzelnes Gen bedingt sind, wie zum Beispiel Chorea Huntington, ist eine Resilienz nicht möglich, da dieses Gen notwendig und ausreichend ist, um die Störung zu verursachen (McKusick, 1990). Das Gen kommt also bei allen Individuen mit einem genetischen Risiko zum Tragen, unabhängig von ihrer Umwelt oder ihrem genetischen Hintergrund. Scheinbare Resilienz beruht in diesem Fall also nicht auf Schutzfaktoren, sondern schlicht auf dem Fehlen des Risikos.

Die Annahme, daß psychische Störungen ausnahmslos den klassischen Vererbungsregeln folgen, also durch ein einzelnes Gen weitergegeben werden und dominant oder rezessiv vererbt werden, ist heute allerdings kaum noch haltbar (vgl. Rende & Plomin, 1993; King, Rotter & Motulsky, 1992; Reiss, Plomin & Hetherington, 1991). Für die meisten psychischen Erkrankungen mit ihrem komplexen Erscheinungsbild ist die Ursache wahrscheinlich eher im Zusammenwirken mehrerer Gene zu sehen. Das Forschungsziel besteht also mehr darin, Gene zu identifizieren, die einen pathologischen Entwicklungsausgang wahrscheinlich machen. Dieses theoretische Gerüst räumt Umweltfaktoren eine Schlüsselrolle im Entwicklungsverlauf ein (vgl. Kap. 7). Sie haben ihren Anteil am Vorhandensein von Resilienz und tragen zur unterschiedlichen Entwicklung von Kindern aus der gleichen Familie bei. Rende und Plomin (1993) weisen darauf hin, daß man mit der Quantitativen Genetik zwar Risikofamilien identifizieren kann, jedoch innerhalb dieser Familien nicht festzustellen ist, welche Kinder einem besonderen Risiko ausgesetzt sind.

11.2.2 Life-Event-Forschung

Die Life-Event-Forschung befaßt sich mit dem Einfluß kritischer Lebensereignisse sowie alltäglicher Stressoren auf die Entwicklung und das psychosoziale Funktionsniveau von Individuen. In diesen Studien werden sämtliche Veränderungen in der Umwelt untersucht, die einen Einfluß auf die weitere Entwicklung des Individuums haben könnten. Die als

Stressoren bezeichneten Lebensereignisse werden unterteilt in *major events* - größere Ereignisse wie der Tod eines Familienmitgliedes, die Trennung von der Familie oder die Hospitalisierung - und in alltägliche Stressoren (*daily hassles*; z.B. kleinere Streitigkeiten, Zeitdruck). Darüber hinaus können *chronische Belastungen* (z.B. anhaltende, soziale oder familiäre Widrigkeiten, niedriger sozioökonomischer Status), *kürzlich beginnende, aber anhaltende Schwierigkeiten* (z.B. Schwierigkeiten im Freundeskreis) sowie *zukünftige, noch nicht eingetretene Ereignisse* unterschieden werden (vgl. Goodyer, 1990; Hautzinger, 1990).

Innerhalb der klassischen Life-Event-Forschung wird davon ausgegangen, daß der Eintritt bestimmter Lebensereignisse (z.B. Trennungserlebnisse) aber auch die Anhäufung weniger schwerwiegender Ereignisse innerhalb einer kurzen Zeitspanne für Individuen so belastend sein kann, daß normale Bewältigungsmöglichkeiten nicht mehr ausreichen. Als Folge treten emotionale Spannungszustände sowie pathophysiologische Reaktionen auf, die psychopathologische Symptome begünstigen oder sogar verursachen können (vgl. Barr, Boyce & Zeltzer, 1994; Siegrist, 1980).

Neben dieser streßtheoretisch-orientierten Sichtweise (vgl. Barr et al., 1994) läßt sich eine entwicklungspsychologische Perspektive von Lebensereignissen anführen (vgl. Colten & Gore, 1991; Filipp, 1995a, b). Demzufolge werden kritische Lebensereignisse nicht grundsätzlich als mögliche Quelle pathogener Prozesse angesehen, sondern stellen auch notwendige Voraussetzungen für einen entwicklungsmäßigen Wandel des Individuums dar. Diese Sichtweise orientiert sich eher an transaktionalen Streßkonzepten (vgl. Lazarus, 1995; Lazarus & Folkman, 1984; Lazarus & Launier, 1981), die subjektive Bewertungs- und Verarbeitungsprozesse als Reaktion auf bestimmte Ereignisse betonen. Hiernach bestimmen vermittelnde kognitive Prozesse, wie zum Beispiel die subjektive Wahrnehmung und die Bewertung einer Situation, das Ausmaß erlebter Belastung.

In der aktuellen Life-Event-Forschung werden nur selten reine Kontextveränderungen erforscht. Charakteristiken des Kindes werden, zumindest in neueren Studien, ebenso berücksichtigt wie individuelle Kompetenzen und Einstellungen. Zunehmend werden moderierende Faktoren, wie zum Beispiel soziale Unterstützung oder Attributionsstile berücksichtigt (vgl. Haggerty, Sherrod, Garmezy & Rutter, 1994). Grundsätzlich werden unterschiedliche Formen von Lebensereignissen unterschieden, da angenommen wird, daß diese vermutlich andere Streßreaktionen nach sich ziehen (Cohler, Stott & Musick, 1995; Goodyer, 1990, 1994). So werden zum Beispiel unerwartete Umweltveränderungen (z.B. Unfälle) von erwarteten, eher kontrollierbaren Ereignissen (z.B. Einschulung) oder positive, erwünschte (z.B. Heirat) von negativen, unerwünschten Ereignissen (z.B. Wiederholen einer Schulklasse) unterschieden (vgl. Cohen, 1988; Filipp, 1995a; Goodyer, 1990).

Emotionale und Verhaltensprobleme auf seiten des Kindes können das Risiko bestimmter negativer Lebensumstände oder die negative Wirkung vorhersehbarer Lebensereignisse erhöhen. Studien, die sich mit den Transaktionen zwischen individueller Kompetenz und umweltbedingtem Streß auseinandersetzen, können viele der Mängel bisheriger Risikostudien vermeiden (Luthar & Zigler, 1991).

11.3 Entwicklungsaufgaben und Entwicklungsübergänge

Bereits Havighurst (1948) sah den Lebenslauf von Individuen als Folge von Problemen und *Entwicklungsaufgaben* an, wobei er Entwicklung als einen Lernprozeß - als Erwerb von Fertigkeiten und Kompetenzen zur Bewältigung der Lebensanforderungen - ansah. Die Entwicklungsaufgaben resultieren aus

- biologischen Faktoren (Reifungsprozesse, z.B. die Pubertät),
- gesellschaftlichen Erwartungen (in Bildung und Beruf) sowie
- individuellen Zielsetzungen (z.B. langfristige berufliche Ziele).

Das Individuum selbst greift somit durch das Setzen langfristiger Ziele aktiv in seine Entwicklung ein (vgl. Brandstädter, 1990).

Individuen bedürfen entsprechender Gelegenheiten (z.B. Bildungsvoraussetzungen) und eigener Potentiale (z.B. ein ausgeglichenes, psychosoziales Funktionsniveau oder soziale Kompetenzen), um sich erfolgreich der Bewältigung der Entwicklungsaufgaben stellen zu können. Dabei ergeben sich für jede Altersstufe spezifische Entwicklungsaufgaben. Im Jugendalter zählen beispielsweise das Aufbauen neuer, reiferer Beziehungen zu Gleichaltrigen, die Übernahme der Geschlechterrolle, die Zukunftsplanung oder das Erlangen emotionaler Unabhängigkeit von den Eltern dazu (vgl. Dreher & Dreher, 1985).

Nach Filipp (1995a, b) können bestimmte *kritische Lebensereignisse* als Voraussetzung für einen entwicklungsmäßigen Wandel des Individuums und einen Zuwachs an persönlichen Fähigkeiten und Fertigkeiten angesehen werden. Aus dieser Perspektive werden Lebensereignisse danach differenziert, ob sie gebunden an ein bestimmtes kalendarisches Alter (biologische Normierung) oder gesellschaftliche Bedingungen (soziale Normierung) *normativ*, das heißt erwartungsgemäß, oder aber *nicht-normativ* (= erwartungswidrig) auftreten. Entwicklungsaufgaben bringen somit eine Reihe normativer Lebensereignisse mit sich. Kritische Lebensereignisse können vom Individuum entweder als Herausforderung (und daraus resultierender Problembewältigung) erlebt werden oder sie stellen ein mögliches Risiko für Fehlanpassungen und Störungen dar (z.B. aufgrund fehlender Bewältigungsressourcen, begleitender negativer Emotionen, erlebter Hilflosigkeit oder fehlender sozialer Unterstützung; vgl. Cohen, 1988; Filipp, 1995a, b; Johnson, 1986). Dabei ist stets eine Betrachtung der subjektiven Bewertung, nicht der objektiven Folgen von Ereignissen bedeutsam (vgl. Cohen, 1988; Filipp, 1995a, b; Johnson, 1986). Aus bewältigten Entwicklungsaufgaben (auch in Form von überwundenen kritischen Lebensereignissen) können somit neue, dem Individuum zukünftig zur Verfügung stehende Ressourcen erwachsen (z.B. gesteigerte Selbstwirksamkeitsüberzeugungen, Streßtoleranz oder neue Problemlösungsstrategien; vgl. Fisher & Reason, 1988).

Bei den Effekten kritischer Lebensereignisse im Jugendalter unterscheiden Gore und Colten (1991; vgl. Abb. 11.2a und 11.2b) zwei Wirkungszusammenhänge, die identische Schlüsselaspekte aufweisen, sich jedoch hinsichtlich der unabhängigen Variable unterscheiden: Einerseits stellen normative Entwicklungsveränderungen (normative Lebensereignisse, wie z.B. Eintritt in eine neue Schule) die unabhängige Variable dar, aus der sekundäre Stressoren in Form einer Restrukturierung sozialer Rollen und Beziehungen folgen (Abb. 11.2a). Der Einfluß dieser sekundären Faktoren auf die abhängige Variable (gelungene oder mißlungene Anpassung, z.B. in Form möglicher psychischer Störungen) wird moderiert durch eine Reihe von Faktoren (nicht-normative Lebensereignisse, Persönlichkeitsfaktoren, soziale Unterstützung und Bewältigungsressourcen sowie kontextuelle und soziale Ereignisse). Weiterhin können nicht-normative Lebensereignisse oder chronische Belastungen die unabhängige Variable darstellen, aus der ebenso sekundäre Stressoren in Form einer Restrukturierung sozialer Rollen und Beziehungen folgen (Abb. 11.2b). Der Einfluß auf die abhängige Variable wird durch die gleichen Faktoren wie im ersten Modell moderiert, nur daß hier statt der nicht-normativen Ereignisse *Entwicklungsübergänge* und der Entwicklungsstand als zusätzliche Moderatoren wirken. Nach Gore und Colten hängt die Festlegung der jeweiligen unabhängigen Variable und der Moderatoren vom jeweiligen Forschungsschwerpunkt ab. Sie stellen jedoch fest, daß insbesondere im Jugendalter kein Lebensereignis oder Entwicklungsübergang unabhängig von damit verbundenen Ereignissen oder Entwicklungsübergängen betrachtet werden kann.

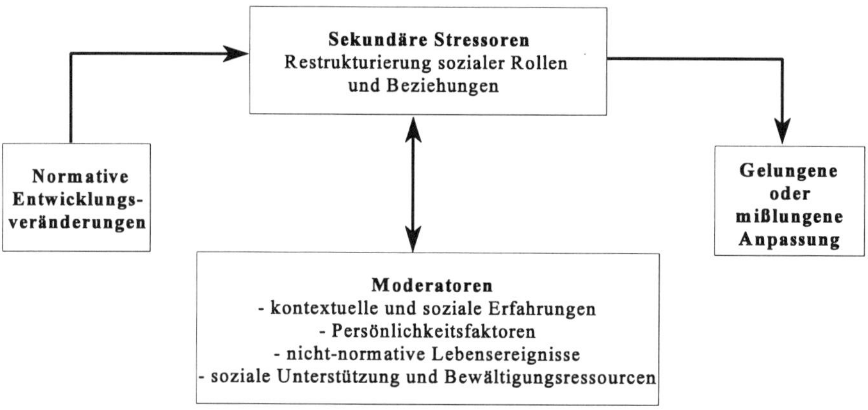

Abbildung 11.2a: Effekte normativer Entwicklungsveränderungen (modifiziert aus Gore & Colten, 1991, S.6).

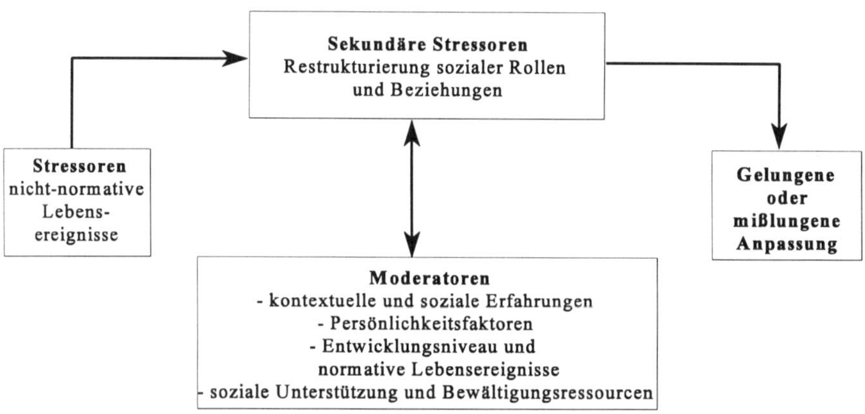

Abbildung 11.2b: Effekte nicht-normativer Lebensereignisse (modifiziert aus Gore & Colten, 1991, S.6).

Insbesondere das Jugendalter stellt eine Phase erhöhter Vulnerabilität dar, bedingt durch rapides körperliches Wachstums, psychische Veränderungen, Konfrontation mit zunehmenden Stressoren und expandierende Rollenanforderungen in einer sozialen Umwelten, die mit ihrer wachsenden Komplexität immer größere Aufgaben an die Jugendlichen stellt. Dieser Zeitabschnitt ist durch verschiedene *Entwicklungsübergänge* (Transitionen) gekennzeichnet, die bedeutende Veränderungen im Leben - oftmals sowohl im biologischen als auch im sozialen Kontext - darstellen. Beispiele für solche Entwicklungsübergänge sind der Eintritt in eine weiterführende Schule und das Einsetzen der Pubertät. Beide Ereignisse bedürfen der Anpassung an neue Anforderungen, Rollenerwartungen und biologische Veränderungen. Während dieser Phasen erhöhter Vulnerabilität besteht ein größeres Risiko, aufgrund zusätzlicher Lebensereignisse psychische Symptome herauszubilden. Vielfach nehmen Probleme im Jugendalter zu (vgl. Kap. 13 und 15), da die Entwicklungsaufgaben komplexere Anforderungen stellen und die Entwicklungsübergänge einschneidender erlebt werden (Cicchetti et al., 1988a; Loeber, 1990). Besondere der Übergang von der späten Kindheit zum Jugendalter ist durch eine Vielzahl von Entwicklungsaufgaben gekennzeichnet.

Compas und Wagner (1991) erläutern, daß viele Lebensereignisse bei Kindern und Jugendlichen eher als sekundäre Stressoren von Entwicklungsübergängen anzusehen sind, da sie *in Folge* dieser Entwicklungsübergänge in Erscheinung treten (z.B. vermehrte Auseinandersetzungen mit den Eltern und schlechte Schulnoten). Darüber hinaus sind belastende Lebensereignisse mit größerer Wahrscheinlichkeit beispielsweise mit Depressionen verknüpft, wenn die Ereignisse Lebensbereiche betreffen, die von besonderer, subjektiver Bedeutung sind (z.B. Ereignisse im Bereich interpersonaler Beziehungen bei Schülern, die um die Sicherung der Anerkennung Gleichaltriger bemüht sind; vgl. Compas & Wagner, 1991; Hammen & Goodman-Brown, 1990; Hammen, Marks, Mayol & de Mayo, 1985).

In Anlehnung an eine entwicklungsorientierte Sichtweise nehmen Coleman (1978) sowie Simmons und Mitarbeiter (Simmons, 1987; Simmons, Burgeson, Carleton-Ford & Blyth, 1987) an, daß bestimmte Entwicklungsübergänge an sich keine Bedrohung für die meisten Jugendlichen mit sich bringen, wohl aber, wenn bestimmte Entwicklungsübergänge im Zusammenhang mit weiteren, entwicklungsbedingten Ereignissen auftreten (sequentiell vs. simultan auftretende Entwicklungsaufgaben). Petersen, Kennedy und Sullivan (1991) beispielsweise stellten ein stärkeres Ansteigen depressiver Symptome bei Mädchen als bei Jungen während der frühen Jugend fest. Als möglichen Grund für diesen Geschlechtsunterschied führen sie die Tatsache an, daß der Eintritt der Mädchen in die Pubertät kurz vor oder während des Übergangs zur weiterführenden Schule fällt, diese Entwicklungsphase aufgrund der Doppelbelastung schwerer bewältigt werden kann und daher eher zu Depression führt als bei Jungen, bei denen die Pubertät in der Regel deutlich nach diesem Schulwechsel einsetzt. Mädchen, die den Höhepunkt ihrer Pubertät zur Zeit dieses Schulwechsels erfahren haben, zeigten während der frühen Jugend (ca. ab dem 13. Lebensjahr) eine deutlich niedrigere emotionale Stimmungslage als Mädchen, die die Pubertät deutlich nach diesem Schulübergang erlebt haben (vgl. Petersen et al., 1991). Ergebnisse aus Studien, die Jugendliche in täglichen Intervallen befragten (Csikszentmihalyi & Larson, 1984; Larson & Assmussen, 1991), weisen darauf hin, daß Mädchen mehr Erfahrungen mit negativen Emotionen machen, welche mit schmerzlichen Erlebnissen und Sorgen über interpersonale Beziehungen verbunden sind. Weibliche Jugendliche scheinen hinsichtlich ihrer Identitätsentwicklung und der Entwicklung ihres Selbstwertgefühls in stärkerem Maße als Jungen von ihrem Freundeskreis emotional abhängig zu sein (Douvan & Adelson, 1966), so daß für adoleszente Mädchen sowohl Stressoren als auch Bewältigungsmechanismen (soziale Unterstützung) aus den Beziehungen zu anderen erwachsen können (Bush & Simmons, 1987). Da Mädchen in größerem Maße als Jungen persönliche Bindungen im Grundschulalter aufweisen, könnte nach Bush und Simmons (1987) für Mädchen der Übergang zur weiterführenden Schule mit negativeren emotionalen Folgen behaftet sein. Während dieser Übergangszeit können nach Bush und Simmons Spannungen, Konflikte und Zurückweisungen im Freundeskreis die Entwicklung positiver, bewältigungsbezogener Selbstüberzeugungen verzögern.

Zu den wesentlichen Entwicklungsaufgaben des Jugendalters gehören die Übernahme der Geschlechterrolle, das Akzeptieren der eigenen, sich verändernden, körperlichen Erscheinung und die Auseinandersetzung mit der geschlechtlichen Reifung. Das zu *frühe* oder zu *späte Einsetzen der Pubertät* im Vergleich zu den Gleichaltrigen kann mit psychischen Auffälligkeiten verknüpft sein, wobei sich für Jungen und Mädchen unterschiedliche Muster zeigen (Graber, Lewinsohn, Seeley & Brooks-Gunn, 1997). Mädchen sind bei einem zu frühen Einsetzen der Pubertät einem erhöhten Störungsrisiko ausgesetzt, da sie noch nicht die damit verbundenen körperlichen, psychischen sowie sozialen Anforderungen bewältigen können. Bei Jungen hingegen erweist sich ein zu spätes Einsetzen der Pubertät als problematisch, da sie im Vergleich zu Gleichaltrigen durch ihre noch „kindliche" körperliche Erscheinung auffallen und sich minderwertig fühlen.

Rutter und Smith (1995) führen darüber hinaus eine Reihe von Faktoren an, die eine Erklärung dafür geben könnten, warum Jugendliche im Vergleich der Generationen immer häufiger von psychischen Auffälligkeiten betroffen sind. Zu den angeführten Faktoren zählt einerseits die Tatsache, daß im Verlauf der letzten Jahrzehnte die körperliche und sexuelle Reifung im Durchschnitt immer früher eingesetzt hat. Weiterhin verlängerte sich die Periode der Schul- und Berufsausbildung im selben Zeitraum im Durchschnitt um vier Jahre, so daß sich insgesamt der Zeitraum der Adoleszenz und somit auch die Zeit bis zur eigenen Unabhängigkeit von den Eltern wesentlich verlängert hat. Diese „Verlängerung" des Jugendalters könnte verknüpft sein mit größeren Schwierigkeiten, die sich stellenden Entwicklungsaufgaben zu bewältigen und damit einhergehenden, vermehrten Konflikten mit den Eltern, die in Folge das Risiko für psychische Auffälligkeiten erhöhen.

Als zweiten wesentlichen Faktor führen Rutter und Smith (1995) die Tatsache an, daß sich innerhalb der letzten Jahrzehnte die grundlegenden, familiären Strukturen sehr verändert haben. Aufgrund steigender Scheidungsraten sowie alternativer gemeinschaftlicher Lebensformen (z.B. alleinerziehende Mutter) wachsen Kinder mit immer geringerer Wahrscheinlichkeit innerhalb einer stabilen Familieneinheit auf. Dies ist insofern von Bedeutung, als daß Jugendliche, insbesondere vor dem Hintergrund zu bewältigender Entwicklungsanforderungen, eine positivere Entwicklung einschlagen, wenn sie einerseits emotionale Unterstützung und Stabilität durch ihre Eltern erfahren, andererseits die Möglichkeit bekommen, eine zunehmende Autonomie zu entwickeln.

11.4 Das Zusammenwirken von Risikofaktoren

Viele ältere Studien haben sich darauf beschränkt, einzelne Entwicklungsrisiken isoliert zu verfolgen. Neuere Ergebnisse weisen jedoch darauf hin, daß stattdessen Risikokonstellationen untersucht werden müssen, da Risiken selten allein auftreten. So sind Kinder, deren berufstätiger Elternteil verstirbt, nicht nur durch den Tod an sich belastet, sondern ebenso durch damit verbundene finanzielle Probleme und psychosoziale Folgen.

Im Rahmen der Isle of Wight-Studie (Rutter, 1987b, 1989) konnten sechs psychosoziale Faktoren gefunden werden, die mit Störungen im Alter von zehn Jahren verbunden waren:

- schwere Eheprobleme,
- geringer sozialer Status,
- beengte Wohnverhältnisse oder große Anzahl von Familienmitgliedern,
- Kriminalität der Eltern,
- psychiatrische Störungen auf seiten der Mutter und
- häufiger Kontakt zu Gesundheits- oder Jugendämtern.

Für Kinder, die keinem oder nur einem dieser Risikofaktoren ausgesetzt waren, betrug die Wahrscheinlichkeit einer psychischen Störung 2%, bei zwei oder drei Risikofaktoren waren es bereits 6% und bei Kindern mit vier Risikofaktoren 20%.

Die Bedeutung gemeinsam auftretender Risikofaktoren ist darin zu sehen, daß deren Wirkung multiplikativ statt nur additiv sein kann. Werner (1993) konnte in ihrer Langzeitstudie zeigen, daß Geburtskomplikationen eine signifikante Beziehung zur körperlichen, intellektuellen und sozialen Entwicklung der Kinder im 20. Lebensmonat aufwiesen. Im Alter von zehn Jahren waren diese Zusammenhänge jedoch bis auf die Gruppe der am schwersten beeinträchtigten Kinder vernachlässigbar; Nachuntersuchungen bei 18jährigen konnten die Befunde bestätigen.

Laucht und Mitarbeiter (1992) fanden bei Kindern im Kleinkindalter Hinweise für eine Interaktion - nicht nur eine Kumulation - der Effekte biologischer und psychosozialer Risiken. Die motorische Entwicklung nach schweren organischen Komplikationen verlief umso schlechter, je belastender die psychosozialen Lebensverhältnisse waren. Psychosozial unbelastete Kinder mit Schwangerschafts- und Geburtskomplikationen waren mit zwei Jahren in ihrem kognitiven Entwicklungsstand nicht mehr von normalgeborenen Kindern zu unterscheiden.

Inzwischen sind zahlreiche Risikogruppen identifiziert worden: So stellt die Depression eines Elternteils für sich noch kein Risiko dar, sondern erst in Verbindung mit elterlichen Problemen und Ehescheidung (Masten & Coatsworth, 1995). Als weiteres Mehrfachrisiko ist der Verlust eines Elternteils denkbar, der häufig auch finanzielle Einschränkungen und ein Sinken des Sozialstatus' nach sich zieht (Rende & Plomin, 1993). Die komplexe Sichtweise anstelle der isolierten Betrachtung einzelner Risikofaktoren wurde im deutschsprachigen Raum beispielsweise in der Mannheimer Risikostudie (vgl. Esser et al., 1995) umgesetzt.

11.5 Schutzfaktoren

Sind hinreichende Schutzfaktoren vorhanden, dann gelingt es auch, ein Kind unter Risikobedingungen vor negativen Entwicklungsverläufen zu bewahren. Studien zu Schutzfaktoren werden erst seit etwa fünfzehn Jahren durchgeführt, so daß derzeit noch weniger Erkenntnisse vorliegen als zu Risikofaktoren. Ebenso wie in der Risikoforschung interessiert man sich hierbei für die individuellen, familiären und umweltbedingten Merkmale sowie für deren Interaktionen (Rutter, 1987b). Studien zu psychosozialen Schutzfaktoren verfolgen drei Wege:

- Epidemiologische Studien untersuchten große repräsentative Stichproben, um die zugrundeliegenden Aspekte der Anpassung und Fehlanpassung zu erforschen, hierzu zählt zum Beispiel die Kauai-Studie (Werner, 1993).
- Der zweite Zugang erforscht das Ausmaß unbeeinträchtigten Verhaltens großer repräsentativer Stichproben, die sehr ungewöhnlichen und bedrohlichen Situationen oder Umständen ausgesetzt waren, wie zum Beispiel Überlebende des Holocaust (Epstein, 1979).
- Die dritte Richtung befaßte sich mit kleinen Stichproben ausgesuchter Individuen mit hohem Risiko, denen eine erhöhte Vulnerabilität für eine psychische Störung zugeschrieben wurde. Hierzu zählen zum Beispiel die Studien an Kindern psychisch gestörter Eltern (Radke-Yarrow et al., 1994).

Risiko- und Schutzfaktoren werden gewöhnlich als Gegensatzpaar definiert, obwohl nicht notwendigerweise beide vorliegen müssen. Bereits das Fehlen eines Risikofaktors wird häufig als Schutzfaktor angesehen. So wurde zum Beispiel das Ausbleiben von Eheproblemen bereits als Schutzfaktor gewertet. Da ein geringer IQ mit Verhaltensproblemen, sozialer Inkompetenz und Schulschwierigkeiten korreliert, wurde angenommen, daß ein hoher IQ als Schutzfaktor diese Entwicklung beeinflußt (White, Moffitt & Silva, 1989).

Garmezy (1985) klassifiziert Schutzfaktoren in drei weitgefaßten Kategorien:

- *Disponierende Eigenschaften des Kindes*, wie positives Temperament, Autonomie, Soziabilität, positive Selbsteinschätzung, Geschlecht, intellektuelle Fähigkeiten, Humor, soziale Fertigkeiten und internale Kontrollüberzeugungen.
- *Merkmale des Familienmilieus*, wie familiärer Zusammenhalt, emotionale Wärme und Harmonie. Eine gute Beziehung zu wenigstens einem Elternteil kann vor Risiken schützen, die mit familiärer Disharmonie oder Mißhandlung zusammenhängen. Für Schulkinder von psychisch gestörten Müttern sind ein positives Selbstkonzept, Schulerfolg, soziale Kompetenz und positive Wahrnehmung der Mutter als Schutzfaktoren nachgewiesen worden (Conrad & Hammen, 1993). Wenige Geschwister und ein größerer Altersabstand zwischen ihnen sowie keine langen Trennungen von der Hauptbezugsperson wurden ebenfalls als Schutzfaktoren identifiziert (Werner, 1993). Kinder aus einer gewalttätigen Umgebung wiesen im ersten Grundschuljahr nur dann signifikant mehr Verhaltensprobleme und schlechtere Schulleistungen auf, wenn sie darüber hinaus über ein instabiles Zuhause verfügten (Richters & Martinez, 1993).
- *Eigenschaften der außerfamiliären sozialen Umwelt*, wie positive Schulerfahrungen oder die Verfügbarkeit externer Ressourcen und sozialer Unterstützung, die das Bewäl-

tigungsverhalten des Kindes verstärken. Soziale Unterstützung vermindert das bestrafendes Verhalten der Eltern gegenüber dem Kind (Hashima & Amato, 1994).

In der Kauai-Längsschnittstudie (Werner, 1993) konnten mehrere Gruppen von Schutzfaktoren bei Kindern mit erhöhtem Risiko gefunden werden, die im Erwachsenenalter zur günstigen Prognose beitragen:

- Temperamentseigenschaften, die andere Menschen zu positiven Reaktionen veranlassen,
- Fertigkeiten und Werte, die zu effektivem Einsatz der individuellen Fähigkeiten führen, realistische Pläne für die Zukunft, regelmäßiges Erledigen von Aufgaben im Haushalt und Übernahme von Verantwortungen im Haus und für Geschwister,
- Merkmale und Erziehungsstile der Eltern, die Kompetenz widerspiegeln und das Selbstwertgefühl beim Kind fördern,
- unterstützende Erwachsene, die das Vertrauen fördern und als „Türhüter" für die Zukunft fungieren und
- Eröffnung neuer Möglichkeiten an wichtigen Lebensübergängen (z.B. von der Schule ins Berufsleben).

Die Wirkung von Schutzfaktoren hängt entscheidend vom Geschlecht des Kindes ab (vgl. Werner, 1993). In Tabelle 11.2 sind die Faktoren genannt, die für Mädchen eine erfolgreiche Problembewältigung im Erwachsenenalter erwarten lassen. Diesen werden in der rechten Spalte Bedingungen gegenübergestellt, die für Jungen als Prädiktoren erfolgreicher Problembewältigung anzusehen sind. Während bei den Jungen die Unterstützung durch andere Menschen (Mutter, Familienangehörige und Lehrer) eine wichtige Rolle spielt, sind für die Mädchen eher persönliche Eigenschaften (Temperament, Problemlösefertigkeiten, Selbstachtung und internale Kontrollüberzeugung) von Bedeutung.

Tabelle 11.2: Unterschiedliche Schutzfaktoren für Jungen und Mädchen.

Alter	Mädchen	Jungen
Kleinkind (1.-2. Lj.)	Umgängliches Temperament	Höheres Bildungsniveau, positive mütterliche Interaktion, familiäre Stabilität
Mittlere Kindheit (2.-10. Lj.)	(nonverbale) Problemlösefertigkeiten und das Rollenvorbild einer Mutter mit einem Schulabschluß und ständiger Berufstätigkeit	Emotionale Unterstützung durch die Familie, Anzahl der Kinder in der Familie, Anzahl Erwachsener außerhalb des Haushalts, mit denen das Kind gerne verkehrt
Späte Jugend	Hohe Selbstachtung, internale Kontrollüberzeugung und realistische Bildungsziele	Vorhandensein eines Lehrers als Mentor oder Rollenvorbild und regelmäßige Aufgaben und Verantwortung im Familienalltag

11.6 Vulnerabilität

Die Vulnerabilität gibt an, wie stark die Entwicklung eines Kindes durch Risikofaktoren ungünstig beeinflußt werden kann. Sie äußert sich als besondere Empfindlichkeit gegenüber Umweltbedingungen und ist dafür verantwortlich, daß Risiken nicht unmittelbar zu Erkrankungen führen. Der Begriff „Vulnerabilität" wird häufig auch mit dem Diathese-Streß-Modell in Verbindung gebracht. Dieses Modell beschreibt die Interaktion zwischen Genen und Umwelt. Über mehrere Gene vererbte Merkmale oder Verhaltensweisen werden unter Streßbedingungen aktiviert. Diese ererbte Neigung (die Diathese) ist es, die für eine Störung anfällig macht. Der Logik dieses Modells zufolge muß bei geringer Vulnerabilität der erlebte Streß umso größer sein, damit der Entwicklungsverlauf in eine Störung mündet. Umgekehrt ist bei großer Vulnerabilität eine geringe Belastung ausreichend. Das stark vereinfachende Diathese-Streß-Modell ist sehr verbreitet.

Das Vorliegen einer Vulnerabilität wird als Vorläufer späterer Störungen angesehen, wobei es zukünftig verstärkt darum geht, sogenannte Vulnerabilitäts-Marker zu entdecken. Die Suche danach wird durch den Umstand erschwert, daß nicht jedes Individuum innerhalb einer Risikogruppe vulnerabel zu sein braucht und zudem nicht jede vulnerable Person eine voll ausgeprägte Störung entwickelt. Risiko und Vulnerabilität sind nicht gleichmäßig über alle Individuen einer Risikogruppe verteilt. So variiert die Wahrscheinlichkeit für Mißhandlungen in der Beziehung zwischen Kindern und deren Eltern von Kind zu Kind enorm. Kinder mit einem schwierigen Temperament sträuben sich beispielsweise länger gegen elterliche Autorität und sind damit auch den Disziplinierungsmaßnahmen länger ausgesetzt, was wiederum mit einem höheren Risiko eines negativen Ausgangs verbunden ist als bei leichter zu beeinflussenden Kindern (Bates, Maslin & Frankel, 1985).

11.7 Resilienz

Die Fähigkeit, sich von den nachteiligen Folgen früherer Erfahrungen schnell zu erholen oder angesichts belastender Lebensumstände ohne offensichtliche psychische Schädigungen zu bestehen und Bewältigungskompetenzen zu entwickeln, wird als Resilienz (Widerstandsfähigkeit) bezeichnet. Egeland, Carlson und Sroufe (1993) begreifen Resilienz als Kapazität, die sich über die Zeit im Kontext der Mensch-Umwelt-Interaktion entwickelt und nicht schon in der Kindheit vorliegt. Sie stellt das positive Gegenstück zur Vulnerabilität dar. Bei der Definition der Resilienz wird auf die positiven Anteile, die Bewältigungskompetenz beziehungsweise die psychische Gesundheit abgehoben. Nach Essau und Petermann (1997a) fördern folgende Aspekte die Resilienz:

- hohe Intelligenz oder Problemlösefertigkeiten,
- ausgeprägte Interessen oder ein vertrauter Erwachsener außerhalb der Familie,
- innige, unterstützende Verbundenheit mit mindestens einem Elternteil und
- „einfaches" Temperament während der Kindheit.

In der Kauai-Längsschnittstudie (Werner, 1993) wurde der Lebensweg von 72 resilienten Kindern aus einer Hochrisiko-Gruppe über 35 Jahre hin verfolgt. Dabei konnte festgestellt werden, daß diese Kinder außerhalb der Familie emotionale Unterstützung suchten und fanden. Die Teilnahme an außerschulischen Aktivitäten (CVJM, Kirchengemeinde) spielte eine große Rolle und stärkte in den Kindern das Vertrauen, daß ihr Leben einen Sinn hatte und sie ihr Schicksal kontrollieren konnten. Bei Mädchen förderte die mütterliche Berufstätigkeit und die Notwendigkeit, auf Geschwister aufzupassen, die Autonomie und das Verantwortungsgefühl. Resiliente Jungen waren eher Erstgeborene, die die elterliche Aufmerksamkeit nicht teilen mußten. Bei ihnen gab es Väter oder andere Männer in der Familie, die als Rollenmodell fungieren konnten.

Resilienz ist nicht statisch, sondern beruht eher auf dynamischen Wechselwirkungen von Kräften inner- und außerhalb des Organismus. Neue Vulnerabilitäten und/oder Stärken können während der Entwicklung oder akuter Streßepisoden entstehen. Darum müssen als resilient eingeschätzte Kinder über die Zeit beobachtet werden (Cicchetti & Garmezy, 1993). In der Kauai-Studie konnten, in Übereinstimmung mit dieser Forderung, in verschiedenen Lebensabschnitten unterschiedliche Resilienzfaktoren festgestellt werden.

- *Im Säuglingsalter:* Positive Aufmerksamkeit von Familienmitgliedern und von Fremden. Die Kinder zeigten weniger negatives Eß- und Schlafverhalten und bewirkten dadurch bei ihren Eltern weniger Distreß (Wolke, 1997).
- *Im Krabbelalter:* Autonomie, Suche nach neuen Erfahrungen, positive soziale Orientierung, größere Fortschritte in der Kommunikation, Lokomotion und Selbsthilfefertigkeiten.
- *In der Grundschule:* Die Kinder kamen gut mit Mitschülern aus; verfügten über ein besseres Sprach- und Lesevermögen als die übrigen Kinder mit erhöhtem Entwicklungsrisiko. Obwohl nicht außergewöhnlich begabt, nutzten sie ihre gegebenen Fertigkeiten effektiv; verfügten über viele Interessen und zeigen Aktivitäten und Hobbies.
- *In der höheren Schule:* Entwicklung eines positiven Selbstkonzepts und internaler Kontrollüberzeugungen; die resilienten Mädchen waren selbstsicherer und unabhängiger als die anderen Mädchen mit erhöhtem Risiko.

Cohler, Stott und Musick (1995) weisen darauf hin, daß Menschen, die zu einem Zeitpunkt in ihrem Leben Resilienz zeigen, sich angesichts späterer Probleme als viel weniger resilient erweisen können; das heißt, Vulnerabilität und Resilienz verändern sich im Laufe der Zeit. So müssen auch als resilient eingestufte Kinder unterstützt werden; sonst besteht die Gefahr, daß sie im Verlauf ihres Lebens vulnerabel werden.

Vulnerabilität und Resilienz beruhen nicht auf einzelnen, sondern auf vielen interagierenden Faktoren. Diese umfassen genetische Prädispositionen, wie sie in Aspekten des Temperaments, der Persönlichkeit und Intelligenz zum Ausdruck kommen, aber auch sozial vermittelte Qualitäten, wie zum Beispiel soziale Fertigkeiten und Selbstachtung. Es sind keine „Alles-oder-Nichts-Phänomene", die sich gegenseitig ausschließen. Beispielsweise muß das Kind einer depressiven Mutter nicht zwangsläufig eine schlechte Erziehung erfahren, und wäre darum, gemäß Cicchetti und Garmezy (1993), gegebenenfalls besser als „low-risk" zu klassifizieren statt als resilient.

Ebenso wie beim Konzept der Vulnerabilität steht auch in der Resilienz-Forschung das Individuum im Mittelpunkt des Interesses. Warum können Einzelne aus einer Gruppe, die vergleichbaren Risikofaktoren ausgesetzt ist, trotzdem einen unbeschadeten Entwicklungsverlauf nehmen? Warum entwickelt sich ein bestimmtes Kind weniger auffällig als seine

Geschwister? Plomin vertritt die Auffassung (Plomin & Daniels, 1987; Dunn & Plomin, 1990), daß individuelle Aspekte häufig stärker sind als solche, die die ganze Familie betreffen (z.B. Armut, Eheprobleme). Für die unterschiedliche Wirkung von Risikofaktoren werden viele Erklärungen diskutiert, von denen hier einige erläutert werden:

- *Kinder nehmen ihre Umwelt unterschiedlich wahr.* Es muß nicht nur berücksichtigt werden, ob das gesamte Familienklima eher harmonisch oder gespannt, eher von emotionaler Wärme oder Kälte gekennzeichnet ist, sondern auch, ob sich ein Kind ständig benachteiligt oder bevorzugt fühlt, ob es bestimmte Situationen (z.B. Streit der Eltern) belastender erlebt als andere Kinder.
- Kinder reagieren unterschiedlich auf ihre Umwelt. Man kann davon ausgehen, daß Kinder mit einem schwierigen Temperament in familiären Streßsituationen als Ursache der Belastungen wahrgenommen werden, was ihre schon schwierige Situation noch verschlimmert, während sich umgängliche Kinder außerhalb der „Schußlinie" halten können.
- Frühe positive Zukunftserwartungen gehen mit internalen Kontrollüberzeugungen einher. Wyman, Cowen, Work und Kerley (1993) konnten bei Neun- bis Elfjährigen, die unter hohem psychosozialen Druck lebten, feststellen, daß sich Zukunftserwartungen auf die Affektregulation, Selbstrepräsentation und Schulleistungen auswirken.
- *Die Umwelt reagiert unterschiedlich auf das Verhalten von Risikokindern.* Radke-Yarrow und Brown (1993) konnten zeigen, daß resiliente Risikokinder (affektive Störungen bei beiden Eltern, chaotisch-gestörtes Familienleben) mit größerer Wahrscheinlichkeit das bevorzugte Kind in der Familie waren und eine positivere Selbstwahrnehmung aufwiesen als andere Risikokinder. Ebenso ist aber auch denkbar, daß ein Kind von familiären Auseinandersetzungen stärker betroffen ist, weil es in der Familie die „Sündenbockrolle" innehat.
- Mit zunehmendem Alter werden andere Ausdrucksformen des Temperaments bedeutsam. Im Säuglingsalter und der frühen Kindheit sind ein schwieriges Temperament und ein hohes Aktivitätsniveau problematisch. In der mittleren Kindheit werden ein Mangel an Beharrlichkeit, eine kurze Aufmerksamkeitsspanne und fehlende Anpassungsfähigkeit an neue Umstände wichtiger (Zentner, 1998).
- Cohler, Stott und Musick (1995) fordern, das gesamte Konzept der Resilienz unter einem kulturellen Blickwinkel zu betrachten. Im Extremfall können Temperamentsäußerungen in einem Kulturkreis negativ bewertet werden, in einem anderen dagegen überlebenswichtig sein. So stellte DeVries (1984) in seiner Studie mit den Massai fest, daß bei einer Dürre nur Kinder mit einem „schwierigen Temperament" ausreichend ernährt worden waren.
- *Kinder verarbeiten Belastungen unterschiedlich.* Möglicherweise laufen die Reaktionen resilienter Kinder auf belastende Ereignisse vorrangig internal ab und kommen in verdeckteren Symptomen zum Ausdruck, wie Depression und Angst. Luthar (zit. nach Luthar & Ziegler, 1991) verglich internalisierende Symptome von resilienten Kindern (hoher Streß, hohe Kompetenz) mit zwei anderen Gruppen (niedriger Streß, hohe Kompetenz/hoher Streß, geringe Kompetenz). Als resilient identifizierte Kinder wiesen weit höhere Depressions- und Angstwerte auf als solche, die auch hohe Kompetenz besaßen, aber geringeren Belastungen ausgesetzt waren.

11.8 Mögliche Wirkmechanismen psychosozialer Faktoren

In neuester Zeit veröffentlichte Arbeiten deuten vermehrt darauf hin, daß psychosoziale Faktoren eine Wirkung besitzen, die teratogenen Substanzen ähnelt und ebenfalls vom Entwicklungsstand abhängt (z.B. Dawson, Hessl & Frey, 1994; DeHaan, Luciana, Malone, Mathney & Richards, 1994; Benes, 1994). Die folgenden Überlegungen knüpfen an die kurze Darstellung zur Teratologie am Beginn dieses Kapitels an.

Neugeborene, deren Mütter während der Schwangerschaft depressiv waren, zeigen ein niedrigeres Aktivitätsniveau und eingeschränkte Reaktionen auf soziale Reize. Sie sind quengeliger und weniger leicht zu trösten. Dawson und Mitarbeiter (1994) halten es für möglich, daß sich frühe prä- und postnatale Einflüsse auf die Biochemie und Mikroarchitektur des sich entwickelnden Gehirns auswirken. In Anbetracht des schnellen Hirnwachstums in dieser Zeit sind bleibende Veränderungen denkbar, die signifikante Risikofaktoren für eine pathologische Entwicklung in der späteren Kindheit darstellen. Benes (1994) hebt die Bedeutung von schwerem perinatalen Streß für die mögliche Entwicklung späterer psychischer Störungen hervor. Streß könnte sich auf die Transmittersysteme der corticolimbischen Region auswirken und - abhängig vom Entwicklungsstand - zu dauerhaften Veränderungen führen. So ist es möglich, daß der streßbedingte Anstieg von Glucocorticoid-Hormonen während der embryonalen oder frühen postnatalen Phase - wenn die Vorläuferzellen von Neuronen zu ihrem Zielort wandern - die Verknüpfung des ZNS schwer beeinträchtigt, weil er zwar nicht die Zellenzahl, wohl aber die Ausbildung von Dendriten unterdrückt.

Das sich entwickelnde Nervensystem verfügt mit der neuronalen Plastizität über eine bemerkenswerte Fähigkeit zur Reorganisation, die es ihm erlaubt, auf Umweltveränderungen, aber auch auf Verletzungen und Störungen der normalen Entwicklung, flexibel zu reagieren. Die Auswirkungen positiver oder negativer Erfahrungen sind dabei vom Stadium der Entwicklung abhängig, in dem sie vom Individuum erlebt werden. Während der sensiblen Phasen (vgl. Kap. 3) ist das Gehirn relativ empfänglich für Umwelteinflüsse, aber auch besonders anfällig für Risikofaktoren. Da sich diese Einflüsse während der Synaptogenese auf die Grundmuster neuraler Verbindungen auswirken, ist diese Phase mit einem erhöhten Risiko verbunden.

Da die Synaptogenese in unterschiedlichen Hirnbereichen zeitversetzt stattfindet, ist zu erwarten, daß Risikofaktoren hauptsächlich die Areale betreffen, die sich gerade in der sensiblen Phase befinden. Frühe Fehlernährung würde demnach Hirnbereiche betreffen, die sich relativ früh und rasch entwickeln. Der verlängerte Verlauf der Synaptogenese im Frontallappen könnte ihn besonders anfällig für Störungen machen (z.B. dauerhaft nachteilige Bedingungen in der Kindheit). Dadurch wären globalere Aspekte des Verhaltens und der Verhaltensorganisation betroffen, wie die Regulierung zielgerichteten Verhaltens oder die Affekthemmung (DeHaan et al., 1994).

Auswirkungen von Erfahrungen können aber auch vom Timing innerhalb eines bestimmten cortikalen Bereichs abhängig sein, je nachdem, ob gerade die synaptische Überproduktion oder die Rückbildung der Synapsen stattfindet. Im visuellen Cortex zum Beispiel könnte darum eine nach vier Monaten einsetzende Fehlernährung die grundlegenden visuellen Funktionen unberührt lassen, aber ihre Feinabstimmung beeinträchtigen.

11.9 Kontinuität im Entwicklungsverlauf

Rutter (1996) kritisiert, daß sich - trotz der rekurrierenden oder chronischen Natur der meisten psychischen Störungen - viele Studien nur auf die Rolle von Lebenserfahrungen zu Beginn der Störung konzentrieren. Studien zu individuellen Schutzfaktoren und Quellen äußerer Unterstützung weisen jedoch auf eine gewisse Kontinuität im Lebensverlauf von Menschen hin, die Nachteile in ihrer Kindheit erfolgreich überwinden konnten (Werner, 1993). Ihre individuelle Veranlagung veranlaßte sie, eine Umwelt auszuwählen oder zu schaffen, die ihrerseits diese Veranlagung verstärkte und Kompetenzen förderte. Trotz gelegentlicher Abweichungen in den Übergangsphasen leitet Werner (1993) aus den untersuchten Lebensverläufen eine schlüssige Abfolge von Faktoren und Kompetenzen ab:

- *Disposition.* Es gab beispielsweise eine deutliche positive Verbindung zwischen umgänglichem Temperament im Säuglingsalter und der Quelle der Unterstützung, die dem Individuum in der frühen und mittleren Kindheit zur Verfügung stand. „Schwierige" Kinder erhielten weniger positive Reaktionen von ihren Müttern als umgängliche.
- *Interaktion.* Positive Eltern-Kind-Interaktion im Krabbelalter war verbunden mit größerer Autonomie und sozialer Reife mit zwei Jahren und größerer schulischer Kompetenz mit zehn Jahren.
- *Schulische Faktoren.* Schulische Kompetenz mit zehn Jahren ging einher mit einer positiven Verbindung zu Hilfsquellen (Lehrern, Mitschülern, Familienmitgliedern), die der Teenager heranzog, und mit einem Gefühl der Selbstwirksamkeit (Selbstachtung, internale Kontrollüberzeugung) mit 18 Jahren.
- *Elterliche Kompetenz.* Eltern mit einem höheren Bildungsstand zeigten mehr positive Interaktionen mit ihrem Kind im ersten und zweiten Lebensjahr und gewährten mehr emotionale Unterstützung in der frühen und mittleren Kindheit - selbst wenn die Familie in Armut lebte. Darüber hinaus bestand eine positive Beziehung zur Gesundheit und dem körperlichen Zustand des Kindes mit zwei Jahren.
- *Interaktion verschiedener Schutzfaktoren.* Eine signifikant positive Verbindung bestand zwischen dem elterlichen Bildungsstand und schulischen Kompetenzen des Kindes mit zehn Jahren, sowohl direkt, als auch über den Gesundheitszustand des Kindes vermittelt. Die Kinder gebildeterer Eltern zeigten bessere Problemlöse- und Lesefähigkeiten, aber sie waren auch gesünder und fehlten seltener in der Schule aufgrund ernster Erkrankungen.

Werner (1993) hebt in ihrer Arbeit mögliche kausale Zusammenhänge zwischen Merkmalen, Kompetenzen und Schutzfaktoren hervor (vgl. Abb. 11.3), die sie aus den hier dargestellten Ergebnissen ableitet.

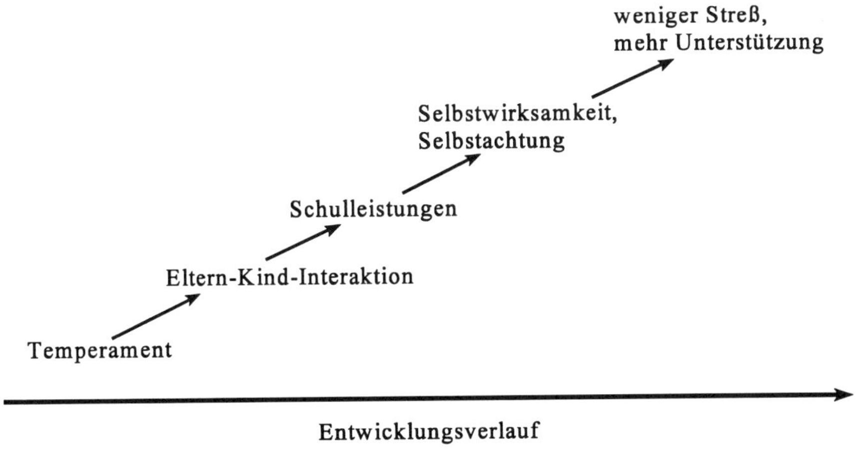

Abbildung 11.3: Mögliche kausale Zusammenhänge zwischen den von Werner (1993) untersuchten Schutzfaktoren.

12 Diagnostik, Prävention und Intervention

Die im vorangegangenen Kapitel dargestellten Erkenntnisse aus der Risikoforschung können dazu beitragen, die Gefahr eines negativen Entwicklungsverlaufs zu erkennen und die Auswirkungen durch geeignete Maßnahmen zu verringern. Aus unserem Wissen über Vulnerabilität und Resilienz lassen sich Interventionsansätze ableiten. Verschiedene Ressourcen können effektiv genutzt werden, wenn bekannt ist, wie bestimmte Risikofaktoren wirken und welche Folgen sie haben. In einigen Fällen kann es sinnvoll sein, die Umweltbedingungen direkt zu verändern, während es in anderen günstiger ist, auf seiten des Individuums zu intervenieren.

Rutter (1987b) nennt vier Prozesse, die geeignet sind, dem Lebensverlauf vulnerabler Jugendlicher eine positive Richtung zu geben; diese Prozesse stellen nach seiner Ansicht die Grundlage eines effektiven Interventionsprogramms überhaupt dar:

- *Verringerung der Risikowirkung.* Die Bedeutung der Risikovariablen für das Kind wird verändert oder der Einfluß der Risikofaktoren auf das Kind vermindert.
- *Verringerung der Wahrscheinlichkeit für negative Kettenreaktionen.* Die nachteiligen Auswirkungen belastender Lebensereignisse (z.B. früher Verlust eines Elternteils) scheinen sich eher aus deren Folgen (Heimunterbringung, Mangel an affektiver Versorgung) zu ergeben, als aus dem Ereignis selbst.
- *Förderung von Selbstachtung und Selbstwirksamkeit.* Selbstwertgefühl und Vertrauen in die erfolgreiche Bewältigung von Lebensanforderungen scheinen protektiv zu wirken (vgl. Werner, 1993).
- *Eröffnen von Möglichkeiten.* Wendepunkte im Leben (z.B. Schulabschluß, Schwangerschaft, Ehe) können, abhängig vom Zeitpunkt ihres Auftretens, die Entscheidungsmöglichkeiten und den Erfahrungsbereich einengen oder erweitern.

12.1 Diagnostik

Bereits vor oder kurz nach der Geburt können diagnostische Verfahren eingesetzt werden, die Anzeichen für eine physische oder psychische Schädigung aufdecken, aber auch Hinweise für die Gefahr einer späteren Störung liefern.

Im Rahmen der *pränatalen Diagnostik* werden Ultraschalluntersuchungen oder - etwa in der 16. Schwangerschaftswoche - Untersuchungen von embryonalen oder fetalen Zellen aus dem Fruchtwasser (Amniozentese) vorgenommen. Durch letztere sind vor allem Chromosomenaberrationen, Stoffwechseldefekte und Neuralrohrdefekte erfaßbar. Zur Feststellung, ob Phenylketonurie (PKU) vorliegt, kann bereits pränatal der *Guthrie-Test* eingesetzt werden, ein Verfahren, das in Deutschland zur Standarduntersuchung von Neugeborenen gehört. Bei frühzeitiger Diagnose und einer entsprechenden Diät kann sich ein betroffenes Kind weitgehend normal entwickeln.

Unmittelbar nach der Geburt wird mit dem Apgar-Test (vgl. Abb. 12.1) die Anpassung des Neugeborenen an seine drastisch veränderte Umwelt erfaßt. Er soll prüfen, ob das Kind

Störungen aufweist, das Nervensystem intakt ist und die Reaktion auf Reize angemessen erfolgt.

Nach 60 Sekunden	**Bewertung**	**0**	**1**	**2**
Herzrate	....	fehlt	unter 100	über 100
Atmung	....	fehlt	langsam, unregelmäßig	gut, (Schreien)
Muskeltonus	....	schlaff	Extremitätentonus	aktive Bewegung
Reflex-Reaktion	....	keine	Grimassieren	kräftiges Schreien
Hautfarbe	....	blau, blaß	Rumpf rosig, Extremitäten blau	rosig
APGAR-Index	________	(Gesamtpunktzahl; normal: 8-10)		

Abbildung 12.1: Darstellung des Apgar-Tests (nach Cole & Cole, 1996; Roche-Lexikon der Medizin, 1993).

Neben den biologisch begründeten Störungen (z.B. durch Gendefekte oder Schädigungen des Gehirns) widmet sich die Entwicklungspsychopathologie vorrangig Störungen, die sich ausschließlich in abweichendem Verhalten äußern. Dabei umfassen ihre Ziele Beschreibung, Klassifikation, Erklärung und Vorhersage des Problemverhaltens.

Ein entscheidender Bestandteil der Diagnostik im Kindes- und Jugendalter ist ihre Entwicklungsbezogenheit. Aus diesem Grund widmet sie sich nicht nur den Merkmalen einer bestimmten Störung, sondern berücksichtigt auch Veränderungen im Entwicklungsverlauf und die Bedeutung von Entwicklungsperioden. Daraus ergeben sich vier diagnostische Fragestellungen, die in der Therapieplanung zu berücksichtigen sind:

- *Verlaufsbezogen.* Welche Konsequenzen hat das vorliegende Verhaltensproblem für die weitere Entwicklung des Kindes?
- *Phasenbezogen.* Über welche Kompetenzen verfügt das Kind und für welche Entwicklungsperiode sind diese Kompetenzen typisch?
- *Störungsbezogen.* Welches Problemverhalten liegt vor und wie spezifisch ist dieses Verhalten für die vorliegende Entwicklungsabweichung?
- *Kontextbezogen.* Welche Zusammenhänge zeigen sich zwischen den Kompetenzen des Kindes und seiner sozialen Umwelt?

Die Entwicklungspsychopathologie zeigt neue Tendenzen der therapiebezogenen Entwicklungsdiagnostik auf. Sie fordert, daß

- die Entwicklungsdiagnostik abweichende Entwicklungsverläufe berücksichtigt und nicht ausschließlich normorientiert ist (Cicchetti, 1990),

- sowohl die Entwicklungsdefizite als auch -kompetenzen berücksichtigt werden (Greenspan & Porges, 1984),
- neben der Struktur der Entwicklung auch die Entwicklungsfunktionen untersucht werden (Cicchetti et al., 1988a,b),
- die erhobenen Daten direkt in die Therapieplanung und Intervention umgesetzt werden können (Vygotsky, 1987) und
- die Entwicklungsdiagnostik nicht ausschließlich zur Problemidentifikation, sondern auch zur Indikationsstellung und Therapiekontrolle eingesetzt werden kann (Cicchetti, Toth, Bush & Gillespie, 1988b; Cicchetti & Toth, 1991).

Als beispielhaftes Verfahren, dessen Konzept diesen Forderungen entspricht, kann das Eltern-Kind-Interaktions-Training in vivo angesehen werden (Kusch, 1993b). Aufgrund der in diesem Verfahren verwirklichten Forderung, Diagnostik und Intervention eng aufeinander zu beziehen, wird es in Abschnitt 12.3 vorgestellt.

12.2 Prävention

Die Kenntnis von Risikofaktoren ermöglicht es, geeignete Diagnoseverfahren zu schaffen, mit denen sich Risikokinder indentifizieren lassen. Aufbauend auf den dadurch gewonnenen Erkenntnissen kann man für solche Risikokinder differenzierte Präventionsprogramme entwickeln. Nach ihrer Zielsetzung sind drei Arten der Prävention zu unterscheiden (Peterson, Zink & Farmer, 1992):

- *Primärprävention* verhindert eine Störung, bevor sie auftritt und wird häufig als einziges wirkliches Präventionsprogramm angesehen. So werden beispielsweise Verhaltensveränderungen bei Kindern angestrebt, die noch keine gesundheitsgefährdenden Gewohnheiten angenommen haben, aber auch kein positives Gesundheitsverhalten zeigen. Die Präventionsprogramme können spezifisch auf Risikokinder (z.B. Kinder mit geringem Geburtsgewicht) zugeschnitten oder breit angelegt sein (z.B. zur Vorbeugung bei Drogenmißbrauch).
- *Sekundärprävention* verringert die Auswirkungen einer Störung durch frühes Erkennen und Behandeln. Sie wirkt früh genug im Entwicklungsverlauf auf ein bereits bestehendes Problem ein, um weitere Dysfunktionen verhindern zu können. Zum Beispiel setzt chronische Mißhandlung und Vernachlässigung das Kind einem erhöhten Risiko für physische und psychische Folgen aus (schwere Hirnschädigungen, Verhaltensstörungen, mangelndes Selbstwertgefühl mit Depression). Programme zur Sekundärprävention versuchen, den Erziehungsstil von Eltern positiv zu beeinflussen, die bereits von Familienkonflikten berichten.
- *Tertiärprävention* verhindert, daß eine Störung zu langfristigen Behinderungen führt. Sie wird meist als Heilung oder Behandlung angesehen.

Cicchetti und Toth (1992a) betonen, daß alle Präventionsmaßnahmen den Entwicklungsstand des Kindes und die veränderte Bedeutung berücksichtigen müssen, die Probleme und Störungen für Kinder auf unterschiedlichen Entwicklungsniveaus besitzen. Insbesondere Kinder, die vielfältigen Risiken ausgesetzt sind, sollten Frühinterventionen erhalten (Hawkins, Arthur & Olson, 1997). Je nach Alter des Kindes sind auch die Eltern, die Schule oder der Freundeskreis zu berücksichtigen. Entwicklungsbezogene Interventionen orientieren sich nicht nur am kognitiven Entwicklungsstand des Kindes, sondern auch am möglichen Entwicklungsverlauf der Störung und beziehen verschiedene Umgebungen sowie das Auftreten komorbider Störungen und Syndrome bei der Auswahl geeigneter Behandlungsmaßnahmen mit ein (vgl. Petermann & Warschburger, 1997; Warschburger & Petermann, 1997).

Primär-präventive Maßnahmen sollten bereits vor oder kurz nach der Geburt ansetzen und sich auf Familien mit negativen Risikokonstellationen konzentrieren. Die Maßnahmen zielen zumeist auf einen breiten Bereich unterschiedlicher Faktoren ab, wie zum Beispiel (vgl. Reid & Eddy, 1997):

- *Beim Kind* die Förderung des allgemeinen Gesundheitszustandes, der kindlichen Entwicklung sowie der Förderung von Kompetenzen in verschiedenen Bereichen;
- *bei der Mutter* während der Schwangerschaft die Verringerung negativer, den Fötus schädigender Verhaltensweisen (z.B. Tabakkonsum), die Förderung eines gesunden Ernährungsverhaltens sowie des allgemeinen Gesundheitszustandes;
- *für die gesamte Familie* die Förderung von Problemlösefertigkeiten.

12.3 Intervention

12.3.1 Entwicklungsorientiertheit

Ohne eine genaue Kenntnis der normalen Entwicklung ist es schwierig, die Angemessenheit des kindlichen Verhaltens und die Wirkung von Interventionen zu beurteilen. In der Regel wird eine quantitative Kontinuität zwischen dem Problemverhalten des Kindes und der Psychopathologie Erwachsener angenommen. Der Zustand des Kindes wird demnach im Vergleich zu dem von Erwachsenen als defizitär definiert. Von einem entwicklungsorientierten Standpunkt aus schreitet das Kind durch qualitativ verschiedene Entwicklungsstadien voran. Auf jeder dieser Stufen verfügt es über ein vollständiges System für die Interaktion innerhalb seiner Umwelt, das auf der vorhergehenden Stufe aufbaut. Die Leistungen des Kindes werden nicht als defizitär, sondern eher als qualitativ anders angesehen, ohne die Kontinuität im pathologischen Prozeß zu bestreiten. Gleichaltrige Kinder auf unterschiedlichen Entwicklungsstufen können unterschiedliche kognitive Leistungen erbringen, wodurch die Unterschiede zwischen einem defizitären und einem Entwicklungsmodell verdeutlicht werden. Das Kind muß als eingebettet in verschiedene familiäre und soziale Systeme gesehen werden.

Kleine Kinder sind aufgrund ihrer Abhängigkeit von Erwachsenen besonders vulnerabel für Einflüsse, die für sie kaum kontrollierbar sind (schlechte Versorgung durch die Eltern, Ernährung, pränataler Drogenkonsum der Mutter, Mißhandlung und Mißbrauch, Vernachlässigung). Bei der Auswahl geeigneter, entwicklungsorientierter Maßnahmen ist der kognitive Entwicklungsstand des Kindes zu berücksichtigen, da zum Beispiel kognitiv-behaviorale Techniken verständlicherweise in Verbindung mit dem Entwicklungsniveau zu unterschiedlichen Therapieeffekten führen. Während das Denken und Fühlen von Vorschulkindern eng mit aktuellen Situationen verbunden ist (= kognitiv-emotionale Kontextabhängigkeit), trifft dies für Schulkinder und Jugendliche in zunehmend geringerem Maße zu.

Weisz, Rudolph, Granger und Sweeney (1992) vertreten die Ansicht, daß wir die altersbedingten Veränderungen in der relativen Bedeutung zwischenmenschlicher Schemata von Eltern-, Peer- und romantischen Beziehungen verstehen müssen, um ein entwicklungsangemessenes Behandlungsprogramm gestalten zu können. Entwicklungssensitive Interventionen müssen den Fähigkeiten von Jugendlichen entsprechen, verschiedene kognitive Techniken (Erkennen, Verbalisieren und Modifizieren interner Prozesse) zu nutzen. Jüngere Kinder verfügen über diese Fähigkeiten möglicherweise nur in begrenztem Maße und sind deshalb weniger in der Lage, auf direkte Intervention mit positiven Veränderungen zu reagieren. Darum müssen Therapien, die auf kognitiver oder verbaler Vermittlung beruhen, an das kognitive Entwicklungsniveau des Kindes angepaßt werden (Weisz & Weiss, 1989).

Die Übertragung von ursprünglich für Erwachsene konzipierte Therapieverfahren auf Kinder kann kaum zu optimalen Ergebnissen führen (Shirk & Saiz, 1992). Trotzdem können einige der Erkenntnisse aus der Behandlung Erwachsener für die Forschung in der Kinder- und Jugendlichenpsychotherapie durchaus richtungsweisend sein. Gleichzeitig wird aber auch eine Entwicklungsperspektive benötigt, die Veränderungen in der Entwicklung berücksichtigt. An bestimmten Übergängen (z.B. Einschulung) treten Veränderungen auf, die neue Entwicklungsmöglichkeiten bieten. Diese Übergänge können genutzt werden, um den weiteren Entwicklungsverlauf eines Kindes in eine angemessenere Richtung zu lenken. So kann zum Beispiel der Eintritt in den Kindergarten die Gelegenheit bieten, früh beeinträchtigte Sozialbeziehungen zwischen Mutter und Kind zu korrigieren. Vielfach können solche Übergänge einen positiven Entwicklungsverlauf auch behindern, beispielsweise wenn eine Schwangerschaft im Jugendalter zum Verlassen der Schule und der Familie führt. Da die Einschulung einen bedeutsamen Entwicklungsübergang darstellt, befinden sich Familien zu dieser Zeit unter größerem Streß. Sie sind offener für Reorganisationen und empfänglicher für Interventionen (vgl. Conduct Problems Intervention Group, 1992). Während Vorschulkinder einen Großteil ihrer Zeit in der Familie verbringen und Interventionen mit den Eltern daher noch erfolgversprechend sind, müssen nach dem Schuleintritt viele weitere Faktoren berücksichtigt werden (Reid, 1993).

Das bisher Gesagte macht die Notwendigkeit einer entwicklungsorientierten Intervention deutlich. Darüber hinaus sind mit zunehmendem Alter die Fragen, wer im Mittelpunkt des therapeutischen Bemühens steht (Eltern, Familie, Kind) und auf wen die Intervention wirken soll (das Kind, die Eltern oder beide), anders zu beantworten. Alter und Entwicklungsstand des Kindes üben auch einen nicht zu unterschätzenden Einfluß auf die Therapiemitarbeit aus. Kinder sehen sich häufig nicht als behandlungsbedürftig an (vgl. Kazdin, 1993b). Vielmehr sind es Eltern oder Lehrer, die zur Behandlung drängen, weil sie das Verhalten des Kindes für problematisch halten oder dadurch belastet sind. Die Kinder oder Jugendlichen sind hingegen aufgrund der fehlenden Problemwahrnehmung wenig motiviert, Behandlung aufzusuchen oder durchzuführen. Sie kommen selten von sich aus zur Therapie (Shirk & Saiz, 1992), äußern Zweifel an der Notwendigkeit von Veränderungen oder können sich nicht vorstellen, daß Veränderungen von ihrer Therapiemotivation abhängen (Weisz, 1986).

Abgesehen von ihrer Einstellung gegenüber der Therapie und ihrer Überzeugung hinsichtlich der Ursachen von Verhaltensproblemen ist das Therapieverhalten auch von der Fähigkeit der Kinder zur Selbsterkenntnis abhängig. Die Fähigkeit, eigene emotionale und

Verhaltensprobleme zu erkennen, ist entwicklungsabhängig. Kleinen Kindern, denen es an Fertigkeiten zur Perspektivenübernahme fehlt, fällt es schwer, zwischen realem und idealem Selbst zu unterscheiden (Leahy & Huard, 1976); sie überschätzen ihre Kompetenzen und unterschätzen Probleme und Einschränkungen.

12.3.2 Bestimmung geeigneter Interventionsmaßnahmen

Kazdin (1988) zählte vor zehn Jahren über 230 unterschiedliche Behandlungstechniken, die bei Kindern und Jugendlichen eingesetzt wurden. Diese Zahl dürfte sich bis heute kaum verringert haben. Um in dieser Flut von Verfahren jene zu erkennen und auszuwählen, die erfolgversprechend sein könnten, wurden mehrere Kriterien vorgeschlagen (vgl. Kazdin, 1997):

- *Konzeptualisierung* - Die Behandlung muß sich auf theoretische Aussagen über die Mechanismen stützen, die einer Störung zugrundeliegen, und in ihrer Wirkung erklärbar sein.
- *Grundlagenforschung* - Forschungsergebnisse müssen diese Konzeptualisierung bestätigen können.
- *Vorläufige Outcome-Beweise* - Forschungsergebnisse sollten belegen können, daß die Intervention zu klinisch relevanten Veränderungen führt.
- *Prozeß-Outcome-Verbindung* - Outcome-Studien müssen eine Beziehung zwischen Prozessen, die als wichtig für therapeutische Veränderungen angesehen werden, und klinischen Veränderungen (z.B. Kognition, familiäre Interaktion) belegen.

Angelehnt an diese Kriterien läßt sich der Aufbau eines effektiven Verfahrens planen. Kazdin (1993b) schlägt hierzu mehrere Schritte vor:

- *Störungskonzept entwickeln:* Kernpunkte sind Entstehung, Entwicklung und Zunahme der Dysfunktion.
- *Erforschung der Prozesse, die mit der Dysfunktion zusammenhängen.*
- *Behandlungskonzept entwickeln:* Behandlungsschwerpunkt und allgemeine Prozeduren für den Umgang mit störungsrelevanten Prozessen festlegen.
- *Spezifizierung der Behandlung:* Konkrete Operationalisierung der Intervention, bevorzugt in Form eines Manuals, damit die Behandlung replizierbar wird.
- *Prüfung des Behandlungsprozesses:* Studien zum Feststellen, ob die Interventionstechniken, -methoden und -prozesse tatsächlich die Prozesse beeinflussen, die für das Modell von Bedeutung sind.
- *Prüfung des Behandlungserfolgs:* Studien, die die Auswirkung der Behandlung evaluieren.
- *Prüfung von Grenzbedingungen und Moderatoren:* Untersuchung der kindlichen, elterlichen, familiären und Kontextfaktoren, die mit der Behandlung zusämmenhängen.

12.3.3 Effektivitätsbestimmung kindertherapeutischer Verfahren

Verschiedene Metaanalysen (Weisz, Weiss, Han, Granger & Morton, 1995; Kazdin, Bass, Ayres & Rodgers, 1990), die die Wirksamkeit von psychotherapeutischen Maßnahmen bei Kindern und Jugendlichen bewerten, kommen zu einer gemittelten Effektstärke von .80 (Döpfner, 1997). Diese hohe Effektstärke spricht für einen ausgesprochen wirkungsvollen Einsatz der Psychotherapie. Verhaltenstherapeutische Ansätze, allein oder in Kombination mit kognitiven Ansätzen, werden im Vergleich zu spiel- oder familientherapeutischen Verfahren am häufigsten genutzt (vgl. Petermann, 1997a). Bei mehr als einem Drittel der Kinder und Jugendlichen finden zusätzlich Elterngespräche statt. Verhaltenstherapeutische Ansätze zählen zu den effektivsten, am besten evaluierten und vielversprechendsten Therapieverfahren (Döpfner, 1997; Kazdin, 1997; Kazdin et al., 1990; Kendall & Panichelli-Mindel, 1995), wohingegen sich mit nicht-behavioralen Verfahren lediglich geringe bis mittlere Effekte erzielen ließen (Döpfner, 1997). Metaanalytische Betrachtungen zur Effektivität kognitiv-behavioraler Therapieansätze kommen zu dem Ergebnis, daß die erzielten Therapieeffekte vorrangig auf die verhaltensorientierten Elemente zurückzuführen sind (Durlak, Fuhrman & Lampman, 1991).

Der Einsatz kognitiver Verfahren führt, je nach Alters- und damit kognitiver Entwicklungsstufe (vgl. Montada, 1995a), zu sehr unterschiedlichen Effektstärken. Nach der Metaanalyse von Durlak und Mitarbeitern (1991) variiert diese von .57 bei Kindern im Alter von fünf bis sieben Jahren (präoperational), über .55 für Kinder im Alter von sieben bis elf Jahren (konkret-operational) bis hin zu .92 im Alter von elf bis 13 Jahren (formal-operational). Kognitive beziehungsweise kognitiv-behaviorale Maßnahmen scheinen somit ab dem elften Lebensjahr besonders geeignet zu sein. Tabelle 12.1 gibt einen Überblick über Faktoren, die die Effektivität von Verhaltenstrainings auf positive oder negative Weise beeinflussen.

12.3.4 Grundlegende verhaltenstherapeutische Interventionen

Petermann (1997b) faßt grundlegende Methoden innerhalb der Kinderverhaltenstherapie zusammen, die zumeist als Einzelbausteine in multimodalen Verhaltenstrainings bei der Behandlung aggressiver Störungen im Kindes- und Jugendalter Anwendung finden. Diese sind in Tabelle 12.2 zusammenfassend dargestellt.

In multimodalen Verhaltenstrainings werden beispielsweise kognitive und kognitiv-behaviorale Verfahren (vgl. Kendall & Morris, 1991; Kendall & Panichelli-Mindel, 1995) mit sozialen Fertigkeitstrainings kombiniert und in Einzel- oder Gruppensitzungen umgesetzt. Die Kinder sollen mit Hilfe von Wahrnehmungs- und Verhaltensübungen in die Lage versetzt werden, Defizite in der sozial-kognitiven Entwicklung auszugleichen. Die Effektivität von Behandlungsmaßnahmen läßt sich dabei durch den Einsatz von Behandlungspaketen in Form von Therapiemanualen steigern (Durlak et al., 1991).

Tabelle 12.1: Faktoren, die die Effektivität von Verhaltenstrainings besonders beeinflussen (nach Petermann, 1997b; Petermann & Petermann, 1997a).

Negative Beeinflussung	**Positive Beeinflussung**
Faktoren beim Kind	
• hohe Selbstbezogenheit • Aufweisen massiver negativer Affektivität • Aufweisen geringer Fähigkeit zum Modellernen	• ist nicht älter als 13 Jahre • wünscht Sozialkontakt • wünscht von Erwachsenen soziale Anerkennung und Rückmeldung • keine längerfristige Ausprägung dissozialen Verhaltens • neuerworbene Verhaltensweisen werden im Training und Alltag erfolgreich umgesetzt • durch konsequente Verstärkung im Training und durch Eltern gelingt soziale Neuorientierung • erkennt, daß sich die Eltern auch ändern müssen
Faktoren bei den Eltern	
• Abwesenheit des Vaters • passive Beteiligung des Vaters an der Erziehung • psychische Belastung eines oder beider Elternteile • Suchtabhängigkeit eines oder beider Elternteile	• positive und stabile Mitarbeit der Eltern
Weitere Faktoren	
	• Kooperation mit die Schule bei der Durchführung des Trainings

Folgende Ebenen lassen sich zur Gliederung eines multimodalen Verhaltenstrainings anführen (vgl. Petermann, 1997b):

- Durchführung einer gründlichen Verhaltensanalyse im Rahmen der Therapieplanung zur Ermittlung ursächlicher und aufrechterhaltender Bedingungen für das Problemverhalten.
- systematischer und gleichbleibender Aufbau jeder Trainingseinheit;
- Einstiegs- und Sitzungsrituale, um eine Orientierungshilfe zu geben;
- Abstimmung der nach einem Baukastensystem ausgewählten Trainingseinheiten auf den verschiedenen Interventionsebenen (Kind, Eltern, gesamte Familie) und innerhalb der einzelnen Einheiten;
- Anordnung der Bausteine gemäß einer Therapiezielhierarchie, die sich aus der empirisch abgeleiteten Prognose des Behandlungserfolges ergibt.

Tabelle 12.2: Grundlegende Methoden innerhalb der Kinderverhaltenstherapie (nach Petermann, 1997b).

Verfahren	Konkretes Vorgehen
Entspannungsverfahren	Mit ihrer Hilfe soll motorische Ruhe und Konzentration hergestellt werden. Sie werden zumeist als symptomspezifischer Interventionsbaustein im Rahmen komplexer Förderprogramme eingesetzt. Für Kinder zum Beispiel die Kapitän-Nemo-Methode (Petermann, 1993), für Jugendliche zum Beispiel die Progressive Muskelentspannung (vgl. Petermann & Petermann, 1996a).
Selbstkontrollverfahren	Diese Verfahren sollen Kinder dabei unterstützen, ihr Verhalten, ihre Gedanken und eigenen Gefühle mit Hilfe von Verbalisations- und Selbstinstruktionstechniken positiv zu beeinflussen. Sie finden Einsatz zur Modifikation von Selbstwahrnehmungsprozessen (vgl. Dodge, 1993a, b).
Komplexe, kognitive Methoden	Problemlösetrainings sollen Kinder dazu verhelfen, systematischer und positiver an Problemsituationen heranzugehen. Dabei soll das Kind bestimmte Regeln erlernen, an die es sich beim Problemlösen halten soll. Selbstmanagementtrainings bestehen zumeist aus Selbstinstruktion, Fremdverstärkung und „token"-Systemen (vgl. Döpfner, 1998).
Soziale Fertigkeitstrainings	Diese Trainings sollen bei Kindern mit sozialen Defiziten zu einer Verhaltensdifferenzierung und zum Aufbau neuer Verhaltensweisen verhelfen, sowie die soziale Wahrnehmung modifizieren. Ein Beispiel stellt das von Petermann und Petermann (1996b) entwickelte „Training mit sozial unsicheren Kindern" dar, in dem konkrete Verhaltensübungen mit Methoden des Modellernens (thematische, alltagsorientierte Rollenspiele) kombiniert werden.
Familienbezogene Beratung und Therapie	Im Fokus der Betrachtung steht das Verhalten der Eltern, aber auch das familiär-dyadische Interaktionsverhalten. Es lassen sich eine Vielzahl von Verfahren anführen, wie zum Beispiel das Beobachtungs- und Interaktionstraining sowie die Funktionale und Behavioral-Systemische Familientherapie (vgl. Heekerens, 1997).
Komplexe Verhaltenstrainings	Es handelt sich um eine Kombination verschiedener verhaltenstherapeutischer Elemente zu Programmpaketen, die von einer multimodalen Eingangs- und Verlaufsdiagnostik ausgehen und somit Explorations-, Beobachtungs- und Testdaten miteinander kombinieren. In der Therapieplanung werden verschiedene Interventionsschritte mit dem Kind und der Familie miteinander verknüpft. Im Sinne eines Baukastensystems werden Maßnahmen der individuellen Problemlage des Kindes und seiner Familie angepaßt. Beispiele stellen die von Petermann und Petermann (1996a, b; 1997a) entwickelten Trainings mit aggressiven oder sozial unsicheren Kindern und Jugendlichen dar.

In Elterntrainingsprogrammen sollen Eltern lernen, das häusliche Verhalten ihrer Kinder zu verändern. Alle Programme dieser Art verfügen über einige grundlegende Gemeinsamkeiten (vgl. Kazdin, 1997; Petermann & Warschburger, 1997): So sollen die Eltern

- das Verhalten ihres Kindes genau erkennen und benennen sowie spezifische Verhaltensweisen des Kindes täglich erfassen;
- positive Verhaltensweisen des Kindes fördern und negative nicht beachten;
- greifbare und soziale Verstärkungen (Lob und „tokens") einsetzen;
- Alternativen zu körperlichen Bestrafungen und negativen Erziehungsmethoden anwenden („time-out");
- effektiver mit dem Kind kommunizieren (z.B. klare Anweisungen oder eindeutiges Lob aussprechen);
- sich in ihrem Verhalten gegenüber dem Kind konsequent erweisen und ihr Verhalten dem Kind eindeutig und berechenbar erscheinen lassen;
- neue Probleme antizipieren und lösen lernen.

Die Eltern erarbeiten diese Verhaltensweisen zusammen mit dem Therapeuten, der sie in die spezifischen Möglichkeiten einweist, wie das kindliche Verhalten zu beeinflussen ist und diese Möglichkeiten mit den Eltern durchspielt, so daß sie die Wirkung beobachten können (Kazdin, 1997). Gehen die Kinder in den Kindergarten, in die Vorschule oder bereits zur Schule, so sollten diese Umgebungen miteinbezogen werden.

12.3.5 Eltern-Kind-Interaktions-Training in vivo

Die Bedeutung der Entwicklungspsychopathologie für die Therapieplanung liegt vor allem in der Erweiterung verhaltenstherapeutischer Ansätze um den Entwicklungsaspekt. Die Entwicklungspsychopathologie fordert, daß im Vorschulalter in die Verhaltenstherapie von Kindern, unabhängig vom Störungsbild, stets die gesamte Familie mit einbezogen wird. Der Patient ist nicht das einzelne Kind, sondern alle an der Entwicklung des Kindes beteiligten Personen.

Wesentliche Merkmale der störungsspezifischen und therapieorientierten Verhaltensdiagnostik sind laut Kusch (1993a):

- Störungsspezifische Beschreibung des Problemverhaltens,
- therapieorientierte Verhaltensanalyse,
- Konstruktion quasi-natürlicher Interaktionssequenzen und
- audio-visuelle Aufzeichnung und Videoanalyse.

Exemplarisch für ein Verfahren, das den ausgeführten Anforderungen an eine Intervention entspricht, wird im Folgenden das *Eltern-Kind-Interaktions-Training in vivo* (Kusch, 1993b) genauer beschrieben. Es handelt sich dabei um eine diagnostisch-therapeutische Methode der Früherkennung und -behandlung psychischer Störungen im Vorschulalter. Den theoretischen Hintergrund bilden die Entwicklungspsychopathologie und das Konzept der „kontrollierten Praxis" (Petermann, 1996b). Interaktionstrainings beruhen auf der Feststellung, daß im Rahmen früher sozialer Eltern-Kind-Interaktionen wesentliche Aspekte der psychischen Entwicklung und ihrer Beeinträchtigung stattfinden. In-vivo-

Trainings entstanden aus der Erkenntnis, daß psychische Auffälligkeiten in dem kognitiv-emotionalen Zustand erhoben werden müssen, in dem Kind und Eltern sie zeigen, und die Behandlung in einem vergleichbaren Zustand stattfinden muß, um diagnostische und therapeutische Fortschritte in der Frühförderung zu erzielen.

Es wird also eine Situation nachgebildet, die die Auftretenswahrscheinlichkeit des Problemverhaltens erhöht. In dieser quasi-natürlichen Interaktionssituation soll das Problemverhalten unter klinischen Bedingungen beobachtbar und behandelbar sein. Jede dieser Interaktionssequenzen ergibt eine Beobachtungseinheit. Die Beobachtungseinheiten werden audio-visuell aufgezeichnet. Das erlaubt dem Trainer, die Rolle des teilnehmenden Beobachters oder Interaktionspartners einzunehmen und sich anschließend gemeinsam mit dem Kind und den Eltern, in der Phase der Videoanalyse, der systematischen Verhaltensbeobachtung zu widmen.

Die Therapieplanung besteht darin, die Interaktionssequenzen auszuwählen, die am intensivsten mit dem zu behandelnden Problemverhalten verbunden sind. Darüber hinaus soll sie behandlungsrelevantes Problemverhalten auf seiten des Kindes identifizieren und veränderungsbedürftige Merkmale der therapeutischen Interaktionssequenz definieren.

In der Trainingskonstruktion und -durchführung werden Kind und Mutter/Vater der diagnostischen Interaktionssequenz, die nun in identischer Form therapeutisch genutzt wird, erneut ausgesetzt. Die Situation wird wieder aufgezeichnet, die relevanten Situationsmerkmale aber gezielt verändert, indem der Trainer direkt in die Situation eingreift (z.B. als Modell fungiert) oder den Eltern über Ohrhörer Rückmeldung gibt. Durch die anschließende Besprechung der therapeutischen Situation wird den Eltern sowohl die Position des Teilnehmers als auch des Beobachters eingeräumt. Die Ergebnisse der erneuten Videoanalyse fließen in die Planung der nächsten Therapieschritte mit ein.

Eine ununterbrochene Therapieverlaufskontrolle wird durch die Videoaufzeichnungen, die Protokolle der Videoanalysen und die Auswertungen der Eltern-Kind-Gespräche gewährleistet. Die Behandlungserfolge (Therapieeffektkontrolle) werden durch den Vergleich der ersten diagnostischen und der letzten therapeutischen Interaktionssequenz deutlich; Nachkontrollen sind jederzeit möglich.

12.3.6 Qualitätssicherung

Neben der Effektivität und der Therapiemitarbeit stellt auch die Qualitätssicherung therapeutischen Vorgehens ein wichtiges Thema bei der Beurteilung kindertherapeutischer Verfahren dar (vgl. Petermann, 1996b, 1997b). Durch die korrekte Anwendung von Therapiemanualen wird eine Qualitätssicherung über die Transparenz des therapeutischen Handelns erreicht (vgl. Kazdin, 1993b). Dabei ist zu erwähnen, daß es trotz des hohen Strukturierungsgrades der Manuale möglich ist, auf die individuelle Problemlage des Kindes flexibel einzugehen.

Kazdin (1993b) nennt verschiedene Faktoren, die eine Effektivitätskontrolle erleichtern und therapeutische Verfahren verbessern:

- Standardisierte Verfahren,
- normative Angaben zu Fertigkeiten und Verhaltensweisen auf unterschiedlichen Altersstufen,
- verbesserte Operationalisierung der Behandlung durch Therapiemanuale,
- Verfahren zur Untersuchung von kleinen Patientengruppen oder Einzelfällen (vgl. auch Petermann, 1996b) und
- Entwicklung und Verbesserung praxisbezogener Auswertungsmethoden.

Da kurz- und langfristige Behandlungserfolge nicht immer miteinander übereinstimmen müssen, sind Nachkontrollen besonders wichtig. Mit ihrer Hilfe kann überprüft werden, ob die anfänglich erfolgreichste Behandlung diesen Status auch beibehält. Die Effektivität einer bestimmten Behandlung kann also davon abhängen, wann sie erhoben wurde. Darüber hinaus werden Daten benötigt, die auf unterschiedlichen Methoden (Fragebögen, Beobachtung), Informationsquellen (Kind, Eltern, Lehrer) und Kontexten (Zuhause, Schule) beruhen. Unterschiede im Behandlungserfolg erlauben dann Rückschlüsse auf unterschiedlich effektive Verfahren.

III

Ausgewählte Störungen

13 Aggressives und antisoziales Verhalten im Kindes- und Jugendalter

Franz Petermann und Herbert Scheithauer

13.1 Definition, Klassifikation und Erfassung

13.1.1 Definition und Beschreibung

Externalisierende Verhaltensweisen umfassen Aggression, oppositionelles bzw. Trotzverhalten sowie *hyperkinetische Störungen* und stehen den *internalisierenden Verhaltensweisen*, wie zum Beispiel Ängstlichkeit oder Depressivität, gegenüber (vgl. Achenbach 1982; Achenbach & Edelbrock, 1978). Antisoziales bzw. dissoziales Verhalten umfaßt dabei jene externalisierenden Verhaltensweisen, die gesellschaftliche bzw. soziale Regeln oder die Rechte anderer Personen verletzen. Es werden offene (oppositionelles bzw. Trotzverhalten, Aggression etc.) von verdeckten Formen (Diebstahl, Substanzmißbrauch, Lügen etc.) unterschieden. Somit wird, insbesondere vor dem Hintergrund von Verlaufsstudien zum antisozialen Verhalten, Delinquenz miteinbezogen (vgl. Moffitt, 1993a), wobei im amerikanischen Sprachraum dissoziales Verhalten auch der Delinquenz subsumiert wird. Die Etikettierung „delinquent" bzw. „kriminell" erweist sich dabei als normativ und bis zu einem gewissen Grad als altersabhängig. So treten beispielsweise Kinder und Jugendliche im Gegensatz zu Erwachsenen mit dem Gesetz in Konflikt, wenn sie unterhalb einer festgelegten Altersgrenze Autofahren, Alkohol trinken oder bis spät in die Nacht ausgehen. In den Bereich delinquenter Verhaltensweisen fällt auch der Konsum illegaler Drogen. Viele Jugendliche, deren Verhalten die Kriterien einer Störung des Sozialverhaltens erfüllt, begehen kriminelle Delikte, aber die Mehrzahl aller Jugendlichen, die kriminelle Delikte begehen, erfüllen nicht auch automatisch die Störungskriterien (Hinshaw, Lahey & Hart, 1993).

Ein Verhalten wird dann als *„aggressiv"* bezeichnet, wenn es darauf ausgerichtet ist, jemanden indirekt oder direkt zu schädigen (vgl. Eron, 1997). In diesem Zusammenhang ist es schwer nachzuvollziehen, ob und wann ein problematisches Verhalten absichtlich oder ohne Vorsatz gezeigt wurde (Dishion, French & Patterson, 1995). Bei störenden, unter Umständen schädigenden und *un*beabsichtigten Verhaltensmustern kann es sich auch um *Hyperaktivität* handeln (vgl. Kazdin, 1995; Kindheit und Entwicklung 2/1996; Petermann & Petermann, 1997a). Zusammenfassend läßt sich feststellen, daß sich antisoziale Verhaltensweisen als sehr heterogen erweisen können (vgl. Rutter, 1997; s. Abb. 13.1).

Neben negativen Formen der Aggression, wie zum Beispiel der instrumentellen Aggression oder der angstmotivierten (expressiven) Aggression, können auch positive Formen, wie etwa die angemessene Selbstbehauptung, unterschieden werden (Petermann & Petermann, 1997a). Vitiello und Stoff (1997) unterscheiden verschiedene Ausdrucksformen der Aggression im Kindes- und Jugendalter; ihrer Zusammenfassung zufolge sind bestimmte Dichotomien aggressiver Verhaltensweisen zu isolieren:

- *feindselig* (mit dem Ziel, einer Person Schaden zuzufügen) vs. *instrumentell* (mit dem Ziel, etwas Bestimmtes zu erreichen);

- *offen* (feindselig und offen trotzig, eher impulsiv und unkontrolliert, wie z.B. Kämpfen oder verbale Streitereien) vs. *verdeckt* (verstohlen und versteckt, eher instrumentell und kontrolliert, wie z.B. Feuerlegen oder Stehlen);
- *reaktiv* (Reaktion auf eine wahrgenommene Bedrohung oder Provokation) vs. *proaktiv* (zielgerichtet ausgeführt, um etwas Bestimmtes zu erreichen);
- *affektiv* (unkontrolliert, ungeplant und impulsiv) vs. *„räuberisch"* (kontrolliert, zielorientiert, geplant und versteckt).

Den verschiedenen Formen aggressiven Verhaltens lassen sich unterschiedliche Konstellationen von Risikofaktoren bzw. *psychischen Korrelaten* zuordnen (vgl. Hinshaw & Anderson, 1996; Kazdin, 1992; Vitiello & Stoff, 1997; s. Abschnitt 13.5). Beispielsweise zeigen sich Unterschiede in der sozialen Informationsverarbeitung (vgl. Kap. 6): Während im Falle der reaktiven Aggression Jungen dazu neigen, das Verhalten ihrer Gleichaltrigen fälschlicherweise als feindselig zu interpretieren, treten kognitive Verzerrungen dieser Art bei Jungen mit proaktiven Aggressionen nicht auf (Dodge & Coie, 1987).

Die Art und Weise, in der aggressive und antisoziale Verhaltensmuster geäußert werden, erweist sich darüber hinaus als geschlechts-, alters- und entwicklungsabhängig. Jungen scheinen beispielsweise eher direkte, physische Formen, Mädchen eher indirekte, verbale Formen aggressiven Verhaltens zu wählen (Björkvist, Lagerspetz & Kaukiainen, 1992; Österman et al., 1998). Oppositionelles und trotziges Verhalten tritt sicherlich in einem bestimmten Alter des Kindes häufiger auf als im Verlauf anderer Altersabschnitte (vgl. DSM-IV; APA, 1994/1996), oder Jungen begehen in einem bestimmten Alter häufiger Vergehen gegen bestehende, gesetzlich festgelegte Normen (vgl. Rutter, 1997). Somit ergibt sich die Notwendigkeit, Aggression und antisoziales Verhalten als ein klinisches Problem von „normalen", entwicklungsbedingten Phänomenen abzugrenzen (Kazdin, 1995; vgl. Richters & Cicchetti, 1993).

Die Intensität und Stabilität des negativen Verhaltens erweisen sich als bedeutsam für die Beurteilung, ob es sich um klinisch relevante Verhaltensmuster handelt (Kazdin, 1995, 1997; Petermann & Warschburger, 1998). Für die klinisch-diagnostische Einschätzung aggressiven Verhaltens im Kindes- und Jugendalter bieten Klassifikationssysteme, wie beispielsweise das Diagnostische und Statistische Manual Psychischer Störungen (DSM), Beurteilungskriterien.

13.1.2 Klassifikation

Aggressives Verhalten zeigt sich zumeist im Rahmen sozialer Austauschprozesse, so daß man von einer *Verhaltensstörung* spricht (Petermann & Warschburger, 1998). Die Klassifikation und Erfassung aggressiver Verhaltensweisen kann auf *kategorialer Ebene* mit Hilfe des diagnostischen Klassifikationssystems DSM-IV (APA, 1994/1996) erfolgen. Im Abschnitt der Störungen, die gewöhnlich im Kleinkindalter, in der Kindheit oder Adoleszenz zu diagnostizieren sind, werden die Störungen der Aufmerksamkeit, der Aktivität und des Sozialverhaltens behandelt. Um die enge Beziehung zwischen der Aufmerksamkeitsdefizit-/ Hyperaktivitätsstörung und der Störungen des Sozialverhaltens zu verdeutlichen, erfolgte eine Gruppierung, die zuvor in der revidierten, dritten Ausgabe des DSM (DSM-III-R, APA 1987/1989) unter dem Begriff expansive Verhaltensstörungen zusammengefaßt waren (Petermann, Lehmkuhl, Petermann & Döpfner, 1995). Das DSM-IV unterscheidet bei der Betrachtung aggressiver Verhaltensweisen zwischen der *Störung des Sozialverhaltens* und der *Störung mit Oppositionellem Trotzverhalten*, die zusammengenommen im Folgenden als *Betragensstörungen* bezeichnet werden.

Tabelle 13.1: Symptomliste für die Störung des Sozialverhaltens (SSV) nach DSM-IV (APA, 1994/1996, S. 129f.).

Aggressives Verhalten gegenüber Menschen und Tieren
• bedroht oder schüchtert andere häufig ein, • beginnt häufig Schlägereien, • hat schon Waffe benutzt, die anderen schweren körperlichen Schaden zufügen können (z.B. Schlagstöcke, Ziegelsteine, zerbrochene Flaschen, Messer, Gewehre), • war körperlich grausam zu Menschen, • quälte Tiere, • hat in Konfrontation mit dem Opfer gestohlen (z.B. Überfall, Taschendiebstahl, Erpressung, bewaffneter Raubüberfall), • zwang andere zu sexuellen Handlungen;
Zerstörung von Eigentum
• beging vorsätzliche Brandstiftung mit der Absicht, schweren Schaden zu verursachen, • zerstörte vorsätzlich fremdes Eigentum (jedoch nicht durch Brandstiftung);
Betrug oder Diebstahl
• brach in fremde Wohnungen, Gebäude oder Autos ein, • lügt häufig, um sich Güter oder Vorteile zu verschaffen oder um Verpflichtungen zu entgehen (d.h. 'legt andere herein'), • stahl Gegenstände von erheblichem Wert ohne Konfrontation mit dem Opfer (z.B. Ladendiebstahl, jedoch ohne Einbruch, sowie Fälschungen);
Schwere Regelverstöße
• bleibt schon vor dem 13. Lebensjahr trotz elterlicher Verbote häufig über Nacht weg, • lief mindestens zweimal über Nacht von zu Hause weg, während er noch bei den Eltern oder bei einer anderen Bezugsperson wohnte (oder nur einmal mit Rückkehr erst nach längerer Zeit), • schwänzt schon vor dem 13. Lebensjahr häufig die Schule.

Bei der *Störung des Sozialverhaltens (SSV)* liegt als Hauptmerkmal ein sich wiederholendes Verhaltensmuster vor, das die Verletzung grundlegender Rechte anderer sowie wichtiger altersrelevanter Normen und Regeln umfaßt. Das betreffende Verhalten stellt nicht lediglich eine Reaktion auf das unmittelbare soziale Umfeld dar. Über einen Zeitraum von zwölf Monaten müssen mindestens drei der 15 Verhaltensweisen (Kriterien) und während der letzten sechs Monate mindestens eine der Verhaltensweisen aus Tabelle 13.1 aufgetreten sein. Weiterhin müssen klinisch bedeutsame Beeinträchtigungen im schulischen, beruflichen oder sozialen Bereich vorliegen. Es werden ferner abhängig vom Alter bei Störungsbeginn zwei Subtypen unterschieden:

- *Typus mit Beginn in der Kindheit:* Es tritt mindestens einer der charakteristischen Verhaltensweisen vor dem zehnten Lebensjahr auf. Das Verhalten erweist sich als stabil, und Jungen sind häufiger betroffen. Diese Kinder bilden mit höherer Wahrscheinlichkeit eine *Antisoziale Persönlichkeitsstörung* im Erwachsenenalter aus.
- *Typus mit Beginn in der Adoleszenz:* Die Verhaltensweisen treten nach dem zehnten Lebensjahr auf; ihr Verlauf ist günstiger, wobei es häufiger zu Remissionen bis zum Erwachsenenalter kommt. Die Jugendlichen weisen in geringerem Umfang aggressive Verhaltensweisen und gestörte Beziehungen zu Gleichaltrigen auf.

In Abhängigkeit von der Art, Anzahl und Intensität gezeigter negativer Verhaltensweisen und ihren Auswirkungen auf das soziale Umfeld wird zwischen einem leichten, mittleren und schweren Störungsgrad differenziert.

Die *Störung mit Oppositionellem Trotzverhalten (SOT)* umfaßt als Hauptmerkmal ein Muster wiederkehrender, trotziger, ungehorsamer und feindseliger Verhaltensweisen gegenüber Autoritätspersonen (z.B. gegenüber der Mutter oder dem Vater). Das Verhalten muß mindestens über einen Zeitraum von sechs Monaten andauern, und es müssen mindestens vier von acht Kriterien erfüllt sein (vgl. Kasten 13.1).

Um die Diagnose vergeben zu können, müssen die genannten negativen Verhaltensweisen häufiger Auftreten als typischerweise bei Personen in einem vergleichbaren Alter und auf einem vergleichbaren Entwicklungsstand. Die Symptome treten dabei häufiger oder fast ausschließlich im häuslichen Bereich auf und zeigen sich deutlicher im Umgang mit vertrauten Erwachsenen oder Gleichaltrigen. Bedeutende Beeinträchtigungen im schulischen, beruflichen oder im sozialen Bereich müssen bei Diagnosenstellung vorliegen.

Kasten 13.1: Symptomliste für die Störung mit Oppositionellem Trotzverhalten (SOT) nach DSM-IV (APA, 1994/1996, S. 133).

- wird schnell ärgerlich,
- streitet sich häufig mit Erwachsenen,
- widersetzt sich häufig aktiv den Anweisungen oder Regeln von Erwachsenen oder weigert sich, diese zu befolgen,
- verärgert andere häufig absichtlich,
- schiebt häufig die Schuld für eigene Fehler oder eigenes Fehlverhalten auf andere,
- ist häufig empfindlich oder läßt sich von anderen leicht verärgern,
- ist häufig wütend und beleidigt,
- ist häufig boshaft und nachtragend.

Grundsätzlich zeigen sich Unterschiede zwischen der SOT und SSV in der Schwere und Art der gezeigten Verhaltensmuster. So liegen bei einer SOT weniger schwerwiegende Symptome und physisch-aggressive Handlungen gegenüber Menschen oder Tieren vor. Zerstörung von fremdem Eigentum oder kriminelle Verhaltensweisen, wie zum Beispiel Diebstahl oder Betrug, sind nicht zu ermitteln.

13.1.3 Erfassung aggressiven und antisozialen Verhaltens

Neben einer kategorialen besteht die Möglichkeit der *dimensionalen* Erfassung dieser Störungsbilder (vgl. Kap. 8). Achenbach (zusammenfassend 1993) konnte in verschiedenen Studien auf dimensionaler Ebene empirisch zwei Subkategorien antisozialer Verhaltensmuster für Kinder und Jugendliche im Alter von vier bis 18 Jahren ermitteln: Verhaltensweisen, die einem delinquenten oder aber einem aggressiven Syndrom zuzuordnen sind. Zum gleichen Ergebnis gelangt Quay (1986; auch dargestellt in Döpfner & Lehmkuhl, 1997) in einer Übersicht von über 60 Studien. Demnach lassen sich zwei empirisch unterschiedliche Dimensionen antisozialer Verhaltensweisen isolieren:

- *Aggressives Verhalten* (z.B. physische Aggression, Trotzreaktionen, provokatives und rücksichtsloses Verhalten, Bedrohung anderer, Ruhelosigkeit) und
- *dissoziales und delinquentes Verhalten* (z.B. Schuleschwänzen, Diebstahl in Gemeinschaft mit anderen, Lügen).

Auf der Basis dieser Befunde, die die *Heterogenität antisozialen Verhaltens* (vgl. Abb. 13.1) unterstreichen, wird einerseits die Tatsache kritisiert, daß sich in Klassifikationssystemen wie dem DSM-IV die Kriterien für die SSV sowohl aus Symptomen des aggressiven als auch des delinquenten Syndroms zusammensetzen. Andererseits korrelieren diese beiden Syndrome positiv miteinander (Achenbach, 1991b), das heißt, Jugendliche weisen sowohl delinquente als auch aggressive Symptome auf.

Die Beurteilung, ob eine kategoriale oder aber dimensionale Herangehensweise bei der Erfassung aggressiver bzw. antisozialer Verhaltensmuster gewählt werden sollte, kann an dieser Stelle nicht vorgenommen werden. Studien, die an identischen Stichproben die Übereinstimmung kategorialer und dimensionaler Verfahren überprüften, belegten zwar große „Überlappungen" hinsichtlich der Anzahl ermittelter „Fälle"; jedoch erhielt eine beträchtliche Anzahl Kinder und Jugendlicher entweder nur eine Diagnose auf der Basis zugrundeliegender Kriterien oder wies ausschließlich im Fragebogen einen ermittelten Wert im klinischen Bereich auf (Edelbrock & Costello, 1988; Kasius, Ferdinand, van den Berg & Verhulst, 1997). Daraus läßt sich schließen, daß keine der beiden Herangehensweisen die andere ersetzen kann. Vielmehr erscheint es sinnvoll, Studien durchzuführen, die beide Ansätze kombinieren (Kasius et al., 1997; vgl. Pilkonis & Klein, 1997).

Ein wichtiger Punkt bei der Erfassung aggressiver und antisozialer Verhaltensweisen stellt die Wahl der zu befragenden *Informationsquelle* (Kinder und Jugendliche selbst, Eltern, oder Lehrer) dar. Verschiedene Untersuchungen konnten mäßige Übereinstimmungen in den Urteilen verschiedener Personen hinsichtlich externalisierender Verhaltensweisen bei Kindern und Jugendlichen gegenüber mäßigen bis guten Übereinstimmungen zwischen Eltern und dem Selbstbericht ihrer Kinder ermitteln (z.B. Cantwell, Lewinsohn, Rohde & Seeley, 1997; Döpfner & Lehmkuhl, 1997; Schaughency et al., 1994).

Eltern bemerken eher externalisierende als internalisierende Verhaltensweisen bei ihren Kindern (Achenbach, McConaughy & Howell, 1987; Andrews et al., 1993). Liegen beim Kind sowohl externalisierende als auch internalisierende Symptome vor, so neigen Eltern dazu, lediglich von Symptomen des Breitbandbereichs zu berichten, die sie als am störendsten bzw. auffälligsten empfinden (Weiss, Jackson & Süsser, 1997). Lehrer stellen zwar während der Grundschule noch wichtige Informanten dar, berichten jedoch bei Jugendlichen im geringsten Maße und mit den geringsten Übereinstimmungen gegenüber anderen Informationsquellen von psychischen Auffälligkeiten (Stanger & Lewis, 1993). Mögliche Diskrepanzen führen Cantwell und Mitarbeiter (1997; vgl. auch Döpfner & Lehmkuhl, 1997) unter anderem darauf zurück, daß:

- Kinder unter Umständen noch nicht die kognitive Reife besitzen, vollständige und reliable Angaben zu ihrem psychischen Funktionsniveau zu machen (so erweist sich z.B. die Erinnerungsfähigkeit bei retrospektiven Befragungen von Kindern unter acht Jahren als schlecht; vgl. Goodyer, 1990),
- Kinder und Jugendliche dazu neigen, sozial unerwünschtes Verhalten nicht zu erwähnen,
- Eltern (aber auch Lehrer) nicht die gesamte Bandbreite an Situationen kennen, in denen sich das Problemverhalten der Kinder äußert (z.B. oppositionelles Verhalten, das sich nur zu Hause zeigt),
- zwischen Kindern, Jugendlichen und Erwachsenen unterschiedliche Vorstellungen über die klinische Bedeutsamkeit bestimmter Verhaltensweisen vorliegen könnten und
- Kinder und Jugendliche sich hinsichtlich ihrer Verhaltensmuster in verschiedenen Situationen und Altersgruppen entwicklungsbedingt unterscheiden.

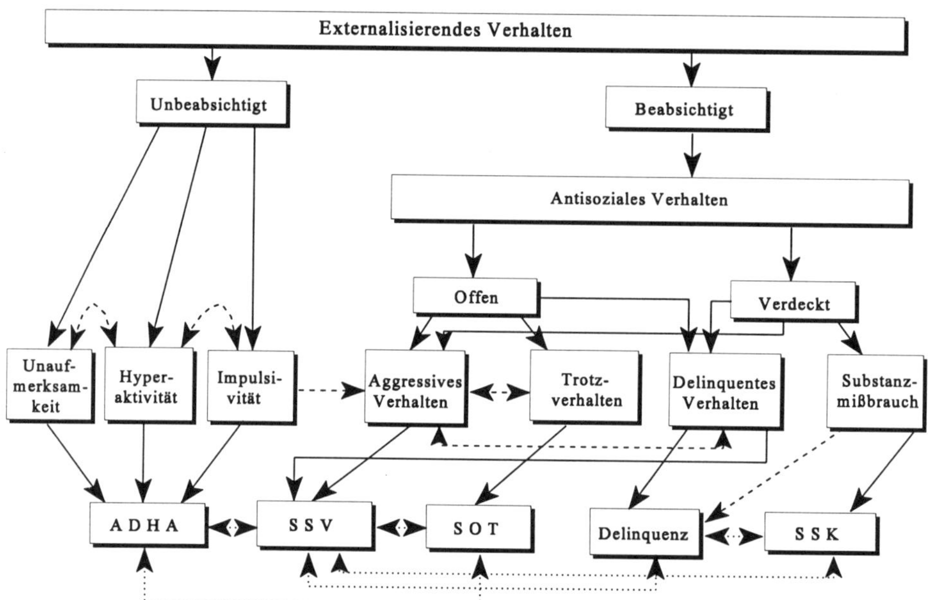

ADHA = Aufmerksamkeitsdefizit-/Hyperaktivitätsstörung; SSV = Störung des Sozialverhaltens; SOT = Störung mit Oppositionellem Trotzverhalten; SSK = *Störung durch Substanzkonsum* (vgl. DSM-IV; APA, 1994/1996)
durchgezogene Linie = direkte Verbindungen; gestrichelte Linie = mögliche Verbindungen; gepunktete Linie = mögliches komorbides Auftreten (vgl. Abschnitt 13.3)

Abbildung 13.1: Heterogenität antisozialen Verhaltens.

Die großen Unterschiede in den Aussagen verschiedener Informationsquellen unterstreichen die Notwendigkeit, nicht nur die Eltern der Kinder oder die Jugendlichen alleine zu befragen, sondern vielmehr verschiedene Informanten miteinzubeziehen (Hinshaw & Zupan, 1997). Im Jugendalter werden aggressive und delinquente Verhaltensweisen vor den Eltern und Lehrern verstärkt verheimlicht und die Jugendlichen selbst stellen darum die beste Informationsquelle dar (vgl. Achenbach, 1993), während diese Rolle im frühen Kindesalter noch den Eltern zukam (vgl. Stanger & Lewis, 1993).

Für die kategoriale Erfassung aggressiven Verhaltens liegen *hoch- und halbstrukturierte Interviewverfahren*, wie zum Beispiel das Diagnostic Interview Schedule for Children (DISC, Costello et al., 1987) oder das Diagnostic Interview for Children and Adolescents (Revised; DICA-R; Reich & Welner, 1988) vor, mit deren Hilfe Diagnosen für einen breiten Bereich psychischer Störungen vergeben werden können. Dies setzt voraus, daß sowohl die betreffenden Symptome als auch deren erst- und letztmaliges Auftreten sowie aus der Störung resultierende psychosoziale Beeinträchtigungen erhoben werden. Zumeist liegen diese Interviewverfahren in Fassungen sowohl für Kinder / Jugendliche als auch für Eltern bzw. Lehrer vor. Aufgrund des erheblichen Aufwandes beim Durchführen dieser Verfahren werden sie zumeist zu Forschungszwecken eingesetzt. Weiterhin liegen *Checklisten und Fragebogenverfahren*, wie zum Beispiel die Child Behavior Checklist bzw. das Revised Child Behavior Profile (CBCL, RCBP) und das Youth Self Report (YSR; Achenbach, 1991b) vor, die ebenso einen breiten Bereich psychopathologischer Symptome erfassen. Mit Hilfe dieser Verfahren wird entweder die Beurteilung des Problemverhaltens der Kinder und Jugendlichen durch die Eltern oder durch die Lehrer hinsichtlich ihres bloßen Auftretens („liegt vor" vs. „liegt nicht vor") oder der Häufigkeit ihres Auftretens (z.B. „tritt nie oder selten auf" bis zu „tritt sehr häufig auf") erfragt. Weitere Möglichkeiten der Erfassung aggressiver und antisozialer Verhaltensmuster liegen in der Befragung Gleichaltriger sowie in der direkten Beobachtung. Einen Überblick verschiedener diagnostischer Verfahren zur Erfassung aggressiven Verhaltens gibt beispielsweise Kazdin (1995).

Im Rahmen entwicklungspsychopathologischer Betrachtungen wird seit kurzem eine weitere Herangehensweise der Klassifikation antisozialen Verhaltens diskutiert, die sich an möglichen Störungsverläufen orientiert: Die Betrachtung von *Entwicklungspfaden* („developmental pathways"; Loeber & Farrington, 1997; Loeber et al., 1993; Moffitt, 1993a; vgl. Abschnitt 13.4.1). Die Ermittlung möglicher Entwicklungspfade soll dazu verhelfen, unterschiedliches Problemverhalten in seiner Variation über die Zeit zu quantifizieren und spezifizieren (Loeber & Farrington, 1997). In Ansätzen läßt sich diese Herangehensweise bereits im DSM-IV wiederfinden, etwa bei der Unterscheidung der beiden Subtypen der Störung des Sozialverhaltens.

13.2 Epidemiologie

Die Verbreitungsrate aggressiven und antisozialen Verhaltens bei Kindern und Jugendlichen variiert in epidemiologischen Studien teilweise erheblich. Dies ist auf eine Reihe methodischer Inkonsistenzen zurückzuführen, die bereits in Kapitel 8 angeführt wurden. Die Ergebnisse zur Auftretenshäufigkeit der beiden Störungen sind somit mit Vorsicht zu interpretieren, auch wenn sie an repräsentativen Stichproben gewonnen wurden (vgl.

Crijnen, Achenbach & Verhulst, 1997). Um diese Unterschiede zu verdeutlichen, sollen im Folgenden auch Ergebnisse älterer Studien herangezogen werden.

Tabelle 13.2 gibt die mit Hilfe hoch- oder halbstrukturierter Interviewverfahren ermittelten Prävalenzraten aggressiver Störungen einiger ausgewählter Studien wieder.

Tabelle 13.2: Prävalenzraten aggressiver Störungen ausgewählter epidemiologischer Studien.

Unters.-gruppe	N	Alter	Klass.-System/ Verfahren[2]	Inf[3]	Prävalenz[4] (%)°° SSV m	SSV w	SSV ges.	SOT m	SOT w	SOT ges.
Kashani et al. (1987)	150	14-16	DSM-III DICA	J,E	9,3	8,0	8,7	4,0	8,0	6,0
Costello et al. (1988)	789	7-11	DSM-III DISC	K			3,8			2,1
				E			2,2			4,7
				E/K			5,2			6,6
Kashani et al. (1989)	210	8	DSM-III CAS	K			5,7			5,7
				E			0,0*			11,4
		12		J			7,2			8,6
				E			2,9*			5,7
		17		J			21,4			5,7
				E			7,2*			11,4
		8-17		J	15,2	7,6	11,4	8,6	4,8	6,7
				E	4,8	1,9	3,3	11,4	7,6	9,5
McGee et al. (1990)	943	15	DSM-III DISC	J	3,7	3,6	7,3	0,4	1,3	1,7
Boyle et al. (1993)[1]	1751	6-11	DSM-III-R DICA-R	K°			0,4-0,6			0,7-4,5
				E°			0,0-0,4			0,9-6,5
		12-16		J°			0,4-1,4			0,7-3,2
				E°			0,2-3,2			2,2-5,5
Fergusson et al. (1993)	986	15	DSM-III-R DISC	J			3,2			5,1
				E			3,3			1,8
Verhulst et al. (1997)	853	13-18	DSM-III-R DISC	J			5,6+			0,7
				E			1,2+			0,6
				E/J			6,0			1,3

[1] für drei Schweregrade: leicht, mittelschwer und schwer
[2] Diagnostic Interview for Children and Adolescents (DICA; Herjanic & Reich, 1982), Diagnostic Interview Schedule for Children (DISC; Costello et al., 1987), Diagnostic Interview for Children and Adolescents (Revised, DICA-R; Reich & Welner, 1988), Child Assessment Schedule (CAS; Hodges et al., 1982)
[3] Befragung der Kinder (K), Jugendlichen (J), Eltern (E), Eltern oder Kinder bzw. Jugendlichen (E/K), (E/J); z.T. Verknüpfung der Information mehrerer Quellen mit Hilfe unterschiedlicher Techniken
[4] Erfassungszeitraum: Punktprävalenz, mit Ausnahme von Costello et al. (1988; Ein-Jahres-Prävalenz) und Verhulst et al. (1997; Sechs-Monats-Prävalenz)
°° Störung des Sozialverhaltens (SSV), Störung mit Oppositionellem Trotzverhalten (SOT) (vgl. DSM-III und DSM-III-R; APA, 1980/1984, 1987/1989)
\+ signifikante Altersunterschiede
* für Jungens signifikant höher
° Übereinstimmung zwischen Eltern- und Kind-Bericht: k. < .45

Zusammenfassend sprechen die aufgeführten Ergebnisse für:

- *Altersunterschiede in der Auftretenshäufigkeit.* Bei der Befragung der Kinder (6 bis 11 Jahre) liegt demnach die Auftretensrate der SSV zwischen 0,4 und 5,7% und bei der SOT zwischen 0,7 und 5,7%. Im Alter von zwölf bis 18 Jahren liegen die meisten der Ergebnisse zur SSV zwischen 3,2 und 8,7%, also deutlich höher als im Kindesalter. Auch die Prävalenzraten der SOT liegen mit Werten zwischen 0,7 bis 8,6% über denen im Kindesalter, wobei die Tendenz zu verzeichnen ist, daß die Auftretenshäufigkeit im frühen Jugendalter über der späterer Jahre liegt. In Längsschnittstudien an den selben Kindern und Jugendlichen konnte ein Anstieg in der Auftretenshäufigkeit aggressiver Störungen mit zunehmendem Alter bestätigt werden (z.B. Esser et al., 1992; McGee, Feehan, Williams & Anderson, 1992).
- *Informanteneffekte.* Die Eltern liegen hinsichtlich der SSV unterhalb der Einschätzungen ihrer Kinder (zwischen 0 bis 2,2%), berichten jedoch häufiger von einer SOT (zwischen 0,9 und 11,4%). Im Jugendalter berichten die Eltern in geringerem Maße von einer SSV (zwischen 0,2 bis 7,2%), aber gleich häufig von der SOT (zwischen 0,6 bis 11,4%).
- *Geschlechtsunterschiede in der Auftretenshäufigkeit und Symptomatik aggressiver Störungen.* Für die SSV sind höhere Auftretenshäufigkeiten für Jungen (zwischen 3,7 bis 15,2%) als für Mädchen (zwischen 1,9 bis 8,0%) zu verzeichnen, bei der SOT überwiegen die Mädchen mit Prävalenzraten zwischen 1,3 bis 8,0% gegenüber den Jungen (zwischen 0,4 und 4,0%). In einer Studie von McGee et al. (1990) wiesen lediglich Jungen Subtypen der aggressiven Betragensstörungen nach DSM-III auf, wohingegen die Mädchen fast doppelt so häufig von nicht-aggressiven Subtypen berichteten. Anderson et al. (1987) ermittelten dreimal höhere Raten des aggressiven Subtyps bei Jungen, welche allerdings auch doppelt so häufig die Diagnose einer SOT erhielten als Mädchen (s. auch Kasten 13.5).
- *Methodische Unterschiede.* Diese zeigen sich beispielsweise im Vergleich der Ergebnisse der Studien von McGee et al. (1990) und Fergusson et al. (1993), die jeweils 15-jährige, neuseeländische Jugendliche aus der Allgemeinbevölkerung im Rahmen großangelegter Längsschnittstudien untersuchten: Unter Verwendung der Kriterien des DSM-III ergaben sich doppelt so hohe Auftretensraten der SSV, während die Rate der SOT unter Verwendung der Kriterien des DSM-III-R dreimal höher lag.

In allen Studien zählten die aggressiven Störungen zu den am häufigsten ermittelten Störungsformen. Noch auffälliger zeigt sich die hohe Verbreitungsrate aggressiver Störungen im Kindes- und Jugendalter in *klinischen Studien.* Kasius und Mitarbeiter (1997) beispielsweise führen an, daß Elternberichten zufolge 14% der untersuchten Patienten im Alter von sechs bis 16 Jahren eine SOT und 6% eine SSV aufgewiesen haben.

Die Ergebnisse aus Fragebogenstudien unterstützen die mit Hilfe strukturierter Interviewverfahren gewonnenen Befunde (vgl. Verhulst & Koot, 1992). Externalisierende Störungen scheinen, *interkulturellen Vergleichen* zufolge, im westlichen Kulturkreis häufiger aufzutreten als etwa im afrikanischen, südamerikanischen oder asiatischen Raum (Crijnen et al., 1997; Weisz, Sigman, Weiss & Mosk, 1993). Insbesondere die geschlechtsabhängigen Unterschiede in der Symptomatik konnten belegt werden: Mädchen überwiegen bei den internalisierenden und Jungen bei den externalisierenden Auffälligkeiten (Crijnen et al., 1997). Jungen weisen gegenüber Mädchen darüber hinaus höhere

Symptomwerte sowohl beim aggressiven als auch beim delinquenten Syndrom auf (Stanger, Achenbach & Verhulst, 1997).

Die *Auftretenshäufigkeit delinquenten Verhaltens*, das als ein Bestandteil antisozialen Verhaltens anzusehen ist und in engem Zusammenhang zu aggressiven Störungen steht (z.B. Stattin & Magnusson, 1989, 1996), kann beispielsweise durch die Betrachtung offizieller Kriminalstatistiken belegt werden. Betrachtet man sich etwa die Polizeiliche Kriminalstatistik (PKS) des Bundeslandes Bremen für das Jahr 1997 (Senator für Inneres, 1998), so fällt auf, daß im Verhältnis zum Anteil an der Wohnbevölkerung unter Jugendlichen und Heranwachsenden überproportional häufig Tatverdächtige auszumachen waren (vgl. Tab. 13.3) und ein leichter Anstieg an Tatverdächtigen dieser Altersgruppen zum Vergleichsjahr 1996 zu verzeichnen ist. Die Kriminalstatistik bestätigt weiterhin einen kontinuierlichen Anstieg an Tatverdächtigen unter Jugendlichen und Kindern von 1987 bis 1997. Betrachtet man das Jahr 1997, so fällt auf, daß Jungen doppelt bis dreimal so häufig als Tatverdächtige ermittelt wurden.

Tabelle 13.3: Tatverdächtige 1997 im Bundesland Bremen (laut Polizeilicher Kriminalstatistik des Senators für Inneres, 1998).

	Kinder*	**Jugendl.***	**Heranw.***	**Erwachs.***
Prozentualer Anteil der Altersgruppe an den Tatverdächtigen 1996:	6,2%	12,6%	9,6%	71,6%
Prozentualer Anteil der Altersgruppe an den Tatverdächtigen 1997:	7,1%	12,9%	10,2%	69,8%
Prozentualer Anteil (männlich) an den Tatverdächtigen 1997:	66,2%	69,3%	79,2%	76,8%
Prozentualer Anteil (weiblich) an den Tatverdächtigen 1997:	33,8%	30,7%	20,8%	23,2%
Prozentualer Anteil an der Wohnbevölkerung 1997:	13,0%	3,8%	3,0%	80,2%

* Kinder < 14 Jahre alt; Jugendliche 14 < 18 Jahre alt; Heranwachsende 18 < 21 Jahre alt; Erwachsene ab dem 21. Lebensjahr

Auffällig ist, so Montada (1995b), daß ein Großteil der Straftaten, für die junge Heranwachsende im Alter von 19 bis 25 Jahren verurteilt werden, Verkehrsdelikte darstellen. Grundsätzlich läßt sich feststellen, daß delinquente Verhaltensweisen in der Art und Häufigkeit mit dem Alter variieren (vgl. Moffitt, 1993a; Stattin & Magnusson, 1996). Die Kriminalitätsbelastung erreicht im Alter von 16 bis 21 Jahren einen Höhepunkt und fällt danach kontinuierlich ab (vgl. Montada, 1995b). Diese Befunde scheinen für ein *entwicklungsbedingtes Phänomen der Delinquenz* zu sprechen (vgl. im weiteren Abschnitt 13.4). Dennoch, abgesehen von „leichteren" Delikten, wie zum Beispiel Verkehrsvergehen, ist etwa in den USA ein rasanter Anstieg bei von Jugendlichen begangenen Tötungsdelikten zu verzeichnen (vgl. Reid & Eddy, 1997).

13.3 Komorbidität

Im Folgenden sollen die Ergebnisse zu den in epidemiologischen Studien häufigsten komorbiden Störungen zur SSV und zur SOT dargestellt werden: die Aufmerksamkeitsdefizit-/Hyperaktivitätsstörung (ADHA) sowie die depressiven Störungen (vgl. Kap. 15). Die Darstellung der Ergebnisse zur kausalen bzw. entwicklungsbezogenen Komorbidität (vgl. Kap. 9) zwischen der SSV und der SOT soll zum nächsten Abschnitt überleiten, der sich mit möglichen Entwicklungspfaden befaßt.

Unterschiede in den vorgestellten Ergebnissen können in einem bestimmten Maß auf die in Kapitel 8 dargestellten methodischen Inkonsistenzen zurückgeführt werden. Insbesondere die jeweils zugrundegelegten diagnostischen Kriterien der Störungsbilder haben sich in den letzten Jahren sehr verändert (vgl. Lahey & Loeber, 1997), so daß erhebliche Schwankungen in der Auftretenshäufigkeit der jeweiligen Störungen vorliegen können.

13.3.1 Komorbidität der Betragensstörungen zur ADHA

Ein komorbides Auftreten externalisierender Störungen ist häufig zu beobachten (vgl. Abikoff & Klein, 1992; Biederman et al., 1996; Biederman, Newcorn & Sprich, 1991; Hinshaw et al., 1993). In epidemiologischen Studien (vgl. Tab. 13.4) konnte beispielsweise für 20 bis über 50% der Kinder und Jugendlichen mit einer ADHA zusätzlich eine Betragensstörung ermittelt werden, gegenüber ca. 5 bis 45% mit einer Betragensstörung und einer zusätzlich ermittelten ADHA.

Die unidirektionale Komorbidität zwischen Aggression und Aufmerksamkeitsstörungen in Studien auf dimensionaler Ebene beträgt 30,5% (zwischen Aufmerksamkeitsstörungen und Aggression sogar 49,7%); die bidirektionale Komorbidität zwischen diesen Syndromen liegt bei 23,2% (vgl. Tab. 13.4). Nach Hinshaw (1987) konnten Studien mit Hilfe von Cut-Off-Werten oder clusteranalytischer Verfahren ermitteln, daß zwischen 30 und 90% der untersuchten hyperaktiven oder aggressiven Kinder auch gleichzeitig dem jeweils anderen Symptombereich zuzuordnen waren. Die Komorbiditätsraten hinsichtlich der Betragensstörungen liegen bei Kindern mit einer diagnostizierten ADHA in klinischen Stichproben zwischen 20 bis 60%; bis zu 90% der Kinder mit einer diagnostizierten Betragensstörung weisen komorbid eine ADHA auf. Somit läge gegenüber den bisherigen Ergebnissen eine genau umgekehrte asymmetrische Beziehung zwischen den Störungen vor, die wie folgt erklärt werden kann:

- Da diese Beziehung insbesondere in klinischen Stichproben zu ermitteln ist (Abikoff & Klein, 1992), wäre es denkbar, daß Kinder und Jugendliche mit einer SSV und hyperkinetischen Problemen häufiger in klinischen Einrichtungen vorzufinden sind (Hinshaw, 1987; vgl. Kuhne, Schachar & Tannock, 1997).
- In klinischen Stichproben lassen sich eher Kinder mit „reinen" ADHA auffinden (Reeves, Werry, Elkind & Zametkin, 1987) als Kinder mit „reinen" Betragensstörungen, die oft komorbid eine ADHA aufweisen (Abikoff & Klein, 1992).

Tabelle 13.4: Ausgewählte Ergebnisse zur Komorbidität von Aggression.

Betragens- und Aufmerksamkeitsstörungen	**Betragens- und depressive Störungen**	**Störung des Sozialverhaltens und Störung mit Oppositionellem Trotzverhalten**
Kategoriale Studien • SSV/SOT und ADHA: ca. 5 - 45% • ADHA und SSV/SOT: ca. 20 - 50% (Anderson et al., 1987; Bird et al., 1988; McGee et al., 1990)	**Kategoriale Studien** • SSV/SOT und Depression: 8,5 - 45,4% • Depression und SSV/SOT: 22,7 - 83,3% • erwartete Komorbidität: 35% (vgl. Angold & Costello, 1993) • Depression und SOT: über 50% (vgl. Dishion et al., 1995)	———
Dimensionale Studien • unidirektionale Komorbidität Aggression und Aufmerksamkeitsst.: 30,5% Aufmerksamkeitsst. und Aggression: 49,7% • bidirektionale Komorbidität: 23,2% (vgl. McConaughy & Achenbach, 1994)	**Dimensionale Studien** • unidirektionale Komorbidität Aggression und Depression: 20,5% Depression und Aggression: 48,8% • bidirektionale Komorbidität: 16,9% (vgl. McConaughy & Achenbach, 1994)	**Dimensionale Studien** • aggressives und delinquentes Syndrom: 28 - 45% (vgl. McConaughy & Achenbach, 1994)
Klinische Studien • SSV/SOT und ADHA: bis zu 90% • ADHA und SSV/SOT: ca. 20 - 60% (vgl. Abikoff & Klein, 1992)	**Klinische Studien** • Depression und SSV: ca. 33 - 80% (vgl. Dishion et al., 1995; Ferro, et al., 1994; Kovacs et al., 1988)	**Klinische Studien** • SSV und SOT (bei Jungen): 96% • SOT und SSV: 84% (Faraone et al., 1991; Spitzer et al., 1990; Walker et al., 1991)

Es ist möglich, daß in einem stärkeren Maße oppositionelle und trotzige gegenüber hyperaktiven oder impulsiven Verhaltensweisen bemerkt, als störend bewertet werden und dies in Folge zu einem stärkeren *Inanspruchnahmeverhalten* führt (vgl. Abikoff & Klein, 1992; Weiss, Jackson & Süsser, 1997; Weisz & Weiss, 1991).

Der Grad des gemeinsamen Auftretens erweist sich als geschlechts- und altersabhängig: Die Störungen treten in stärkerem Maße bei präpubertären Kindern als bei Jugendlichen komorbid auf (vgl. Loeber & Keenan, 1994). Geht man jedoch von den Kindern aus, die eine ADHA und eine SOT aufweisen, so erhöht sich mit steigendem Alter die Wahrscheinlichkeit für die Ausbildung einer SSV. Dies läßt sich damit erklären, daß die *Periode des Störungsrisikos* für die SSV (bis in die Adoleszenz), zeitlich weitreichender ist als für die SOT oder die ADHA, deren größtes Manifestationsrisiko innerhalb der Vorschulzeit liegt (Lahey & Loeber, 1997). Ein genau umgekehrtes Bild zeigt sich, wenn man von der SSV ausgeht: Wiesen fast alle Vier- bis Sechsjährigen mit einer diagnostizierten SSV noch eine komorbide ADHA auf, so fiel die Rate im Alter von elf bis 17 Jahren auf ca. 40% (SSV und komorbid ADHA oder ADHA und SOT; Lahey & Loeber, 1997). Dies läßt sich damit erklären, daß eine bestimmte Anzahl älterer Kinder und Jugendlicher unabhängig von frühen hyperkinetischen Störungen erst spät eine SSV entwickelt. Loeber und Keenan (1994) konnten darüber hinaus in einem Überblick verschiedener Längsschnittstudien ermitteln, daß Mädchen mit einer diagnostizierten ADHA gegenüber Jungen einem höheren Risiko ausgesetzt waren, komorbid eine SSV zu entwickeln.

Studien zum Störungsverlauf und den psychosozialen Beeinträchtigungen bei Kindern, die die Diagnose einer SSV und einer komorbiden ADHA erhalten haben, belegen, daß diese Kinder stärkere Funktionsdefizite aufweisen, zum Beispiel im Bereich der Impulskontrolle oder in der sozial-kognitiven Informationsverarbeitung (vgl. Abikoff & Klein, 1992; Hinshaw et al., 1993; Lahey & Loeber, 1997). Darüber hinaus zeigen sie ein größeres Potential an körperlicher Aggression und weisen eine größere Variation und Stabilität antisozialer Verhaltensweisen sowie stärkere Zurückweisungen durch Gleichaltrige auf, als Kinder, die lediglich die Diagnose für eine der beiden Störungsformen erhielten. Hinshaw und Mitarbeiter (1993) nennen eine Reihe von Mechanismen, die beim komorbiden Auftreten dieser Störungen zu einem erhöhten Risiko antisozialen Verhaltens führen. Während der Vorschulzeit können komorbide hyperaktive/impulsive zu oppositionellen/trotzigen Verhaltensweisen stärkere Frustrationen der Eltern und in Folge strengere, negative Erziehungspraktiken hervorrufen, die das Risiko für antisoziale Verhaltensweisen erhöhen. Psychopathologische Auffälligkeiten und psychosoziale Widrigkeiten bei den Eltern sind in einem stärkeren Maße festzustellen. Während der Schulzeit sind vermehrt schulische Schwierigkeiten und schlechtere Schulleistungen eine Folge der Komorbidität, die wiederum dissoziales Verhalten verstärken. Aufgrund der in einem stärkeren Maße betroffenen Gleichaltrigenbeziehungen wird ein negativer Verlauf begünstigt. Außerdem sind mit höherer Wahrscheinlichkeit zusätzliche Probleme (z.B. Alkoholmißbrauch) oder vermehrt internalisierende Störungen zu erwarten (Eiraldi, Power & Nezu, 1997; Magnusson & Bergman, 1990).

Gemäß der angeführten Ergebnisse werden unterschiedliche Annahmen zur *ätiologischen Beziehung* dieser Störungen diskutiert (vgl. Faraone, Biederman, Jetton & Tsuang, 1997; Taylor, Chadwick, Heptinstall & Danckaerts, 1996). Grundsätzlich geht es dabei um die

Frage, ob es sich bei der ADHA und der SSV um eigenständige Syndrome oder aber um Subtypen derselben Störung handelt bzw., ob die ADHA ein Störungsvorläufer der SSV darstellt (vgl. Kasten 13.2).

13.3.2 Komorbidität der Betragensstörungen zur Depression

Achenbach (1993) konnte zwar empirisch ermitteln, daß sich internalisierende und externalisierende Störungen deutlich voneinander unterscheiden, dennoch scheinen Depressionen häufiger komorbid zu Aggression aufzutreten als vermutet (Zoccolillo, 1992). Den Ergebnissen einer Reihe epidemiologischer Studien (vgl. Tab. 13.4) zufolge weisen zwischen 22,7 und 83,3% der Kinder und Jugendlichen mit einer Depression eine komorbide Betragensstörung auf; zwischen 8,5 und 45,4% mit einer ermittelten Betragensstörung eine zusätzliche Depression. Die erwartete Komorbidität zwischen diesen Störungsformen liegt bei 35%, so daß nicht vor dem Hintergrund der Ergebnisse aller angeführten Studien von einer klinisch bedeutsamen Komorbidität gesprochen werden kann (vgl. Kusch & Petermann, 1997). Studien, die eine Verknüpfung zwischen Depression und speziell der SOT ermittelten, gelangten zu noch höheren Komorbiditätsraten (teilweise über 50%; s. Tab. 13.4 und Abschnitt 15.4). Aggression und eine komorbide Depression scheinen bei Jungen häufiger aufzutreten als bei Mädchen (Dishion et al., 1995).

Ein gleiches, asymmetrisches Bild ergibt sich, wenn eine dimensionale Herangehensweise in der Erfassung gewählt wird (vgl. Tab. 13.4): Die unidirektionale Komorbidität zwischen einer Aggression und Depression liegt bei 20,5% und zwischen der Depression und Aggression bei 48,4%. Die bidirektionale Komorbidität liegt bei 16,9% und erweist sich somit ebenfalls als klinisch bedeutsam. Klinische Studien (vgl. Tab. 13.4) konnten für ca. 33 bis 80% der Kinder und Jugendlichen mit einer Depression zusätzlich die Diagnose einer SSV ermitteln.

Das komorbide Auftreten dieser Störungen führt gegenüber den Einzelstörungen zu schwerwiegenderen, psychosozialen Folgen. So ist mit größeren Schulschwierigkeiten, einem ausgeprägteren depressiven Effekt und einer höheren Suizidgefahr sowie längerandauernden und vermehrten psychosozialen Problemen, wie beispielsweise verminderten sozialen Kompetenzen, zu rechnen (Capaldi, 1991, 1992; Sanders, Dadds, Johnston & Cash, 1992; Garber, Quiggle, Panak & Dodge, 1991; Renouf, Kovacs & Mukerji, 1997). Durch die Komorbidität erhöht sich das Risiko für weitere psychische Störungen oder psychosoziale Auffälligkeiten (Angold & Costello, 1993; Capaldi, 1992).

Treten Aggression oder Depression gemeinsam auf, so läßt sich ein früherer Beginn als bei den isolierten Störungen ermitteln (Carlson & Cantwell, 1980). Die sozial-kognitiven Verarbeitungsmuster weisen bei den komorbiden Störungen einerseits Merkmale der Informationsverarbeitung aggressiver als auch depressiver Jugendlicher, andererseits aber auch spezifische Verarbeitungsmuster auf (vgl. Kusch & Petermann, 1997). Führt das aus einer „verzerrten" Informationsverarbeitung resultierende Verhalten nicht zum erwünschten Ziel, kommt es zu vermehrten Frustrationen, die wiederum Gefühle der Hilflosigkeit und Ärger auslösen. Gegenüber depressiven scheinen sich die komorbid gestörten Kinder vermehrt auf ihre Frustrationen und ihren Ärger zu konzentrieren.

Kasten 13.2: Zur ätiologischen Beziehung zwischen ADHA und Betragensstörungen.

- Längsschnittstudien kommen zu dem Ergebnis, daß eine ADHA typischerweise der SSV vorausgeht (Keller et al., 1992; Lahey & Loeber, 1997; Loeber, Stouthamer-Loeber, Van Kammen & Farrington, 1991; Manuzza et al., 1991). Während beispielsweise das durchschnittliche Alter bei Störungsbeginn („age at onset") der „reinen" ADHA bei den Patienten in der Studie von Keller und Mitarbeiter (1992) im Alter von vier Jahren lag, konnte für „reine" SSV und SOT ein durchschnittliches Ausbruchsalter von zwölf und von elf Jahren ermittelt werden. Abikoff und Klein (1992) stellen fest, daß zwar eine ADHA einen Risikofaktor für eine spätere SSV darstellt, nehmen jedoch an, daß dies lediglich Kinder mit einer ADHA und feindselig-aggressiven Symptomen betrifft. Kinder, die die Diagnose des Subtyps „ADHA, Mischtypus" (vgl. DSM-IV; APA, 1994/1996) erhielten, der sowohl Symptome von Unaufmerksamkeit, Impulsivität als auch Hyperaktivität beinhaltet, wiesen beispielsweise mit höherer Wahrscheinlichkeit zusätzlich eine SOT oder eine SSV auf, als Kinder mit der Diagnose der „ADHA, Vorwiegend Unaufmerksamer Typus" (Eiraldi et al., 1997). Ein Zusammenhang zwischen einer frühen ADHA und einer SSV in späteren Jahren scheint unter Umständen über eine komorbide SOT oder SSV in der Kindheit gegeben zu sein, wobei in vielen Längsschnittstudien zum Verlauf der ADHA mögliche komorbide Betragensstörungen während der Kindheit nicht erfaßt wurden (Lilienfeld & Waldman, 1990; vgl. Kuhne et al., 1997). Somit könnte eine ADHA nur dann einen Risikofaktor für den späteren Beginn einer SSV darstellen, wenn gleichzeitig oppositionelles Verhalten auftritt (vgl. Lahey & Loeber, 1997). Abikoff und Klein (1992) sowie Hinshaw (1996) gehen davon aus, daß der ADHA und der SSV gemeinsame Dysfunktionen (z.B. Impulsivität oder Defizite innerhalb der sozial-kognitiven Informationsverarbeitung) zugrunde liegen, die interpersonale Konflikte verstärken und somit die Entwicklung aggressiven Verhaltens und im weiteren die Diagnose einer SSV begünstigen. Verschiedene Studien (vgl. Eiraldi et al., 1997) legen nun nahe, daß Impulsivität eher mit einer ADHA mit Hyperaktivität als mit einer ADHA ohne Hyperaktivität assoziiert werden kann. Somit läge für die Störungssubtypen der ADHA mit (vorwiegend) hyperaktiven Symptomen eine direkte Verbindung zur SOT und zur SSV vor.
- Befunde in Familien betroffener Kinder (Faraone et al., 1997) sprechen dafür, daß es sich beim komorbiden Auftreten der SSV und der ADHA gegenüber der Einzelstörung (ADHA) und der Kombination ADHA + SOT um einen eigenständigen Störungssubtyp handelt. In der Studie von Faraone et al. (1997) konnte lediglich für die Verwandten der Patienten, die komorbid eine ADHA und SSV aufwiesen, ein häufigeres Auftreten der SSV und der Antisozialen Persönlichkeitsstörung ermittelt werden. Die oben beschriebenen Ergebnisse sprechen auch dafür, daß sich Unterschiede im komorbiden Auftreten der ADHA und der SSV gegenüber dem „reinen" Störungsbild der SSV zeigen. Taylor et al. (1996) betonen zusammenfassend die großen Ähnlichkeiten zwischen Personen der komorbiden Störungs- und solchen der reinen ADHA-Gruppe. Die Tatsache, daß zwar Hyperaktivität während der Kindheit einen *Prädiktor* für Betragensstörungen in späteren Jahren, nicht jedoch Betragensauffälligkeiten einen Prädiktor für Hyperaktivität darstellen, weist daraufhin, daß es sich bei Betragensstörungen um eine „kompliziertere Fortführung" der Hyperaktivität handelt und somit bei Komorbidität Hyperaktivität als primäre anzusehen ist.

Somit bleiben diese Kinder und Jugendlichen aggressiver, frustrierter und haben häufiger Selbstmordgedanken (Kusch & Petermann, 1997). Komorbid gestörte Kinder weisen nach Capaldi (1992) vermehrt suizidale Gedanken auf. Plutchik und Van Praag (1997) stellen zusammenfassend fest, daß die Kinder und Jugendlichen, die vermehrt von suizidalen Gedanken oder Verhaltensweisen berichteten, auch in einem hohen Grad aggressive Verhaltensweisen gegenüber anderen Personen aufwiesen. Für Shaffer (1974) sind insbesondere die mit den antisozialen Verhaltensweisen verbundenen Folgen (z.B. beeinträchtigte Kontakte zu Eltern, Freunden und Gleichaltrigen oder Suspendierung vom Unterricht) verantwortlich für depressive Verstimmungen und suizidale Gedanken. Während der Adoleszenz zeigen sich diese Folgen in einem immer stärker werdenden Ausmaß. Damit einher geht auch der Befund, daß ab dem 15. bis zum 35. Lebensjahr die meisten Suizidversuche unternommen werden (Diekstra, 1982). Zu den wichtigsten, von Jugendlichen benannten Motiven für einen Suizidversuch zählen soziale Konflikte, insbesondere mit den Eltern (Sperling, 1980). Hoberman und Garfinkel (1988) begründen ein erhöhtes Suizidverhalten damit, daß bei aggressiv-depressiv gestörten Kindern in Phasen der Depression die Wahrscheinlichkeit für *autoaggressives Verhalten* höher ist als bei ausschließlich depressiv gestörten Kindern.

Ein *gleichzeitiges* Auftreten von Traurigkeit oder Niedergeschlagenheit und Gereiztheit oder Gewalttätigkeit ist, so Achenbach (1993), nicht möglich. Ein Zusammenhang von internalisierenden und externalisierenden Verhaltensweisen kann demnach lediglich mit Hilfe eines zeitlichen Verlaufsmusters erklärt werden (Kusch & Petermann, 1997). Überlegungen zur *ätiologischen Beziehung*, die diese Störungen zueinander aufweisen, sehen entweder in der Depression oder in der Aggression die primäre Störung (vgl. Kasten 13.3; vgl. Kusch & Petermann, 1997; Zoccolillo, 1992).

13.3.3 Komorbidität zwischen den Betragensstörungen

Die Betrachtung des komorbiden Auftretens der SSV und der SOT erweist sich als problematisch, da zumeist Komorbiditätsraten zwischen zusammengefaßten Störungsbereichen (SSV und SOT) berechnet werden (vgl. Feehan et al., 1994; Fergusson et al., 1993; Lewinsohn et al., 1993). Es liegen wenige Komorbiditätsberechnungen zwischen diesen Störungen auf der Basis der Kriterien des DSM vor, da bei gleichzeitigem Vorliegen lediglich die SSV zu diagnostizieren ist; vor dem Hintergrund der „Schwere" der Symptomatik wird die SSV wegen der Symptome körperlicher Aggression als bedeutsamer eingestuft als die SOT. Diese Tradition setzt das DSM-IV (APA, 1994/1996) fort. Somit können nur verhältnismäßig wenige Ergebnisse für die vorliegende Betrachtung berücksichtigt werden. Es liegen einige klinische Studien zum Zusammenhang der Betragensstörungen vor. Demnach weisen 96% der untersuchten Jungen mit einer diagnostizierten SSV zusätzlich eine SOT und 84% der untersuchten Jugendlichen sowohl eine SOT als auch eine SSV auf (vgl. Tab. 13.4).

Kasten 13.3: Zur ätiologischen Beziehung zwischen Depression und Aggression.

- Zum einen weisen Kinder während einer depressiven Verstimmung häufig andere Probleme wie zum Beispiel Reizbarkeit auf oder die reizbare tritt gar an die Stelle der depressiven Verstimmung, wie dies etwa in den Störungskriterien für die Major Depression (vgl. Kap. 15) im Kindes- und Jugendalter nach dem DSM-IV (APA, 1994/1996) erwähnt wird. So ist auch denkbar, daß traurige, sozial hilflose Kinder mit Gewaltausbrüchen reagieren (Carlson & Cantwell, 1980). Kovacs und Mitarbeiter (1988) konnten ermitteln, daß der Beginn einer Betragensstörung zeitlich nach dem Beginn einer Depression lag und somit Aggression als eine „verkomplizierende Fortführung" der Depression anzusehen ist. Eine weitere Sichtweise postuliert, daß depressive Zustandsbilder bei Kindern und Jugendlichen generell maskiert in Form depressionsäquivalenter Symptome (z.B. somatische Beschwerden oder Betragensauffälligkeiten; Cytrin & McKnew, 1972, 1974) auftreten würden, eine Auffassung, die im Konzept der *„larvierten Depression"* (Glaser, 1968; Toolan, 1974) vorgeschlagen wurde.
- Zum anderen sprechen die Befunde dafür, daß die Aggression primär ist, der Depression vorausgeht und diese eventuell verursacht (vgl. Kusch & Petermann, 1997). Betrachtet man sich den zeitlichen Verlauf dieser Störungen, so tritt die Aggression oftmals vor der Depression auf (Anderson et al., 1987; Rhode, Lewinsohn & Seeley, 1991). Nach Patterson und Capaldi (1990) besteht für aggressive Kinder eine Vulnerabilität für eine Depression, da ihr antisoziales Verhalten zu Schulproblemen und sozialen Defiziten führt. Eine stärkere Ablehnung durch Eltern, Freunde und Gleichaltrige erhöht das Risiko für depressive Verstimmungen (vgl. Garber et al., 1991; Kusch & Petermann, 1997; Patterson & Stoolmiller, 1991). Dies wird durch die Befunde unterstrichen, daß komorbide Depressionen bei Kindern und Jugendlichen mit einer Betragensstörung mit steigendem Alter zunehmen (Kovacs et al., 1988). Kinder, die diese Störungen komorbid aufweisen, nehmen einen ähnlichen Entwicklungsverlauf (z.B. hinsichtlich kriminellen Verhaltens) oder weisen Ähnlichkeiten in psychosozialen Messungen (vgl. Renouf et al., 1997) auf, die dem/denen der ausschließlich aggressiv gestörte Kinder gleichen (Harrington et al., 1991; vgl. Gjone & Stevenson, 1997; Zoccolillo, 1992). Puig-Antich und Mitarbeiter (1989) konnten in diesem Zusammenhang ermitteln, daß sich in Familien mit Kindern mit einer „reinen" Depression, gegenüber den Familien mit Kindern mit einer Depression und komorbiden Betragensstörungen, vermehrt Fälle der Major Depression ermitteln ließen. Zoccolillo (1992) stellt zusammenfassend fest, daß sich die psychischen Korrelate von Patienten mit einer Major Depression (vgl. Kap. 15) von denen mit einer Major Depression und komorbiden Betragensstörungen unterscheiden. Im Falle des komorbiden Auftretens dieser Störungen scheint die Aggression ein Vorläufer der Depression darzustellen. Aggression wäre somit als primär anzusehen, und die Depression scheint sich erst im weiteren Entwicklungsverlauf auszubilden (Kusch & Petermann, 1997).

Die Tatsache, daß die meisten Kinder in klinischen Studien sowohl die Kriterien der SSV als auch der SOT erfüllen, deutet daraufhin, daß ein gleichzeitiges Auftreten nicht eine Komorbidität zwischen zwei unterschiedlichen Störungen repräsentiert (Achenbach, 1993). Unterstrichen wird dies durch die bereits dargestellten Ergebnisse dimensionaler

Studien, daß sich zwei Dimensionen antisozialer Verhaltensweisen unterscheiden lassen, eine, die aggressives und eine zweite, die dissoziales und delinquentes Verhalten umschreibt (vgl. Achenbach, 1993; Quay, 1986; s. Kap. 8 und Abschnitt 13.1.2). Die Komorbidität zwischen dem aggressiven und delinquenten Syndrom lag in einer repräsentativen Stichprobe bei 28% und in einer klinischen Stichprobe bei 45% (McConaughy & Achenbach, 1994). Insbesondere die Symptome der beiden Betragensstörungen scheinen Überschneidungen aufzuweisen, die den aggressiven Verhaltensweisen zuzuordnen sind. In nicht-klinischen Studien und bei sehr jungen Kindern läßt sich oftmals lediglich ein Faktor, bestehend aus oppositionellen und aggressiven Verhaltensweisen, finden (vgl. Frick et al., 1993), wobei dies u.a. darauf zurückzuführen ist, daß junge Kinder selten verdeckte antisoziale Symptome aufweisen und diese somit nicht berücksichtigt werden.

Im Kindesalter scheinen zunächst die Verhaltensweisen aufzutreten, die durch die SOT charakterisiert werden. Mit steigendem Alter sind in zunehmendem Maße Symptome festzustellen, die der SSV zuzuordnen sind (Frick et al., 1993; Hinshaw et al., 1993). Tabelle 13.5 gibt das mittlere Auftretensalter der von den Eltern der Kinder berichteten Symptome in der „Developmental Trend Study" (Lahey et al., 1990 dargestellt in Hinshaw et al., 1993) wieder. Zu ähnlichen Ergebnissen gelangten auch Loeber et al. (1993).

Tabelle 13.5: Mittleres Auftretensalter der Symptome der Betragensstörungen (aus Hinshaw et al., 1993, S. 38).

Alter (Jahre)	Störung mit Oppositionellem Trotzverhalten	Störung des Sozialverhaltens	Alter (Jahre)
3	halsstarrig		3
4			4
5	schnell ärgerlich, trotzig streitet sich	quält Tiere	5
6	Schuld auf andere schieben, leicht verärgerbar, empfindlich wütend, boshaft	bedroht/schlägt andere, Vandalismus, benutzt Gegenstände stiehlt, ist grausam	6
7	Fluchen	Feuerlegen	7
8		Schuleschwänzen, Einbruch	8
9			9
10		Weglaufen	10
11			11
12		erzwingt sexuelle Handlungen	12

Ergebnisse zum zeitlichen Verlauf unterstreichen die Tatsache, daß bei einem Großteil der Kinder und Jugendlichen, die vor dem Eintreten der Pubertät eine SSV aufweisen, in jüngeren Jahren eine SOT festzustellen war (vgl. Hinshaw et al., 1993; Lahey et al., 1994). Den beiden Betragensstörungen scheinen darüber hinaus die selben psychischen Korrelate und Risikofaktoren zugrunde zu liegen, wie zum Beispiel ein unangemessenes Erziehungsverhalten oder antisoziale Verhaltensweisen der Eltern (vgl. Lahey et al., 1994), wobei sich der Zusammenhang zur SSV am stärksten erwies. Die Ergebnisse zum Verlauf und durchschnittlichen Alter bei Beginn der Betragensstörungen sprechen für zwei unterschiedliche Störungsformen (vgl. Kasten 13.4; vgl. Hinshaw et al., 1993; Kuhne et al., 1997; Lahey et al., 1994; Lahey & Loeber, 1997).

Kasten 13.4: Zur ätiologischen Beziehung zwischen den Betragensstörungen.

- Viele Kinder und Jugendliche mit einer diagnostizierten SOT erfüllen nicht die Kriterien einer SSV bzw. entwickeln diese Störung nicht.
- Faktorenanalytische Untersuchungen (Frick et al., 1993) und Analysen zur Validität der Störungskriterien nach dem DSM-IV konnten belegen, daß die Symptome der beiden Störungsbereiche zwei eigenständige, wenn auch interkorrelierende, Verhaltensbereiche konstituieren.
- Entwickelt sich eine SSV während der Adoleszenz, so kann nicht für alle diese Jugendlichen eine SOT in früheren Jahren ermittelt werden, wohingegen dem Beginn einer SSV während der Kindheit oftmals eine SOT vorausging.
- Die SOT geht fast immer dem Beginn einer SSV voraus, wenn letztere bereits im Kindesalter in Erscheinung tritt. Die Symptome der SOT treten in diesem Fall kontinuierlich auf. Demgegenüber entwickeln nicht alle Jugendlichen mit einer SOT eine SSV. Diese Ergebnisse sprechen dafür, daß es sich bei der SOT um eine mildere Form der SSV handelt. Beginnt eine SSV erst im Jugendalter, so ist selten eine vorausgehende SOT im Kindesalter zu ermitteln. In diesem Fall ist kein Zusammenhang gegeben, und von diesem Blickwinkel aus kann höchstwahrscheinlich von zwei voneinander unabhängigen Störungen gesprochen werden (vgl. Lahey & Loeber, 1997).

13.4 Entwicklungsverlauf aggressiven und antisozialen Verhaltens

Treten bereits während der frühen Kindheit aggressive Verhaltensweisen auf, so erweist sich der weitere *Verlauf der Aggression* zumeist bis in die Adoleszenz und ins junge Erwachsenenalter hinein als sehr stabil (Bardone et al., 1996; Fergusson, Lynskey & Horwood, 1996; Olweus, 1979). Mädchen, die im Alter von 15 Jahren die Diagnose einer Betragensstörung (nicht-aggressive Formen nach DSM-III; APA, 1980/1984) erhielten, wiesen mit hoher Wahrscheinlichkeit Symptome der Antisozialen Persönlichkeitsstörung sowie andere psychische Störungen (z.B. Angststörungen) im Alter von 21 Jahren auf. Legt man kürzere Zeiträume zugrunde, sind bei der Mehrzahl der Kindern und Jugendlichen beispielsweise in einer zweijährigen Nachuntersuchung noch immer problematische Verhaltensweisen zu beobachten (Fergusson, Horwood & Lynskey, 1995). Stattin und Magnusson (1996) fassen die Ergebnisse von Längsschnittstudien zusammen und kommen zu dem Befund, daß Aggressivität und Hyperaktivität während der späten Kindheit mit der Häufigkeit und Stärke des Konsums von Alkohol und Drogen, kriminellen Delikten und einer späteren Gewaltbereitschaft verknüpft sind (vgl. auch Kratzer & Hodgins, 1997). Ein externalisierendes Verhalten während der Kindheit oder Adoleszenz wirkt sich in verschiedenen psychosozialen Bereichen im jungen Erwachsenenalter aus

(Stattin & Magnusson, 1996). So wiesen insbesondere Mädchen im schulischen Bereich eine niedrigere Motivation während der letzten Schuljahre auf, zogen früher aus dem Elternhaus aus, hatten früher eigene Kinder sowie frühere, und in einem stärkeren Ausmaß wechselnde, sexuelle Kontakte. Darüber hinaus war die Beziehung zum Partner ebenso wie das familiäre Klima beeinträchtigt. In einer Analyse von Zoccolillo, Pickles, Quinton und Rutter (1992) wiesen 88% der Personen, die im Kindesalter eine SSV zeigten, auch im Erwachsenenalter psychosoziale Dysfunktionen auf. Dabei konnten insbesondere für Frauen vermehrte Dysfunktionen in den Bereichen „Partner-/Liebesbeziehung“, „soziale Beziehungen“ und „Arbeitsumfeld“ festgestellt werden.

Besonders stabil erweist sich der Verlauf antisozialer Verhaltensweisen im Falle des komorbiden Auftretens früher Betragens- und komorbider Aufmerksamkeitsstörungen. In einem Überblick verschiedener Studien stellen Lahey und Loeber (1997) fest, daß Jungen, die im späten Kindes- bzw. frühen Jugendalter (10-13 Jahre) sowohl eine SSV als auch eine ADHA aufwiesen, gegenüber Jungen mit ausschließlich aggressiver Symptomatik, in einem stärkeren Maße delinquente Verhaltensweisen sowie Alkoholprobleme zeigten und häufiger für kriminelle Vergehen registriert wurden. Andere Studien scheinen einen Zusammenhang zwischen einer „reinen“ ADHA in der Kindheit und antisozialen Verhaltensweisen während der Adoleszenz und des Erwachsenenalters zu belegen. Allerdings wurde in diesen Studien oftmals versäumt, die Kinder bei den durchgeführten Analysen zu berücksichtigen, die während der Kindheit zusätzlich eine SSV oder eine SOT aufgewiesen haben (s. auch Satterfield & Schell, 1997), so daß der Zusammenhang zu antisozialen Verhaltensweisen und Delinquenz in späteren Jahren nicht ausschließlich auf die ADHA zurückzuführen war, sondern vielmehr auf mögliche, komorbide Betragensstörungen während der Kindheit. Es liegen Ergebnisse aus Studien vor, die belegen, daß Kinder mit einer ADHA nur dann einem erhöhten Risiko der Ausbildung einer SSV in späteren Jahren ausgesetzt waren, wenn sie zusätzlich zur Aufmerksamkeitsstörung ein oppositionelles Verhalten aufgewiesen haben.

Ein ähnlich stabiler Verlauf zeigt sich bei *delinquenten Verhaltensmustern*. Verfolgt man Jugendliche mit einer diagnostizierten SSV bzw. Jugendliche, die für kriminelle Vergehen während der Kindheit oder Adoleszenz verhaftet wurden, so läßt sich feststellen, daß für über 50% bis zu zwei Drittel dieser Jugendlichen auch im Erwachsenenalter Inhaftierungen zu ermitteln waren (vgl. Lahey & Loeber, 1997). In einer Studie von Farrington und Mitarbeitern (Farrington, Loeber & Van Kammen, 1990) wurden 45% der Jungen mit Hyperaktivität und antisozialen Verhaltensweisen im Verlauf ihrer Jugendzeit und 32% im Erwachsenenalter für kriminelle Delikte verurteilt. Zu ähnlichen Ergebnissen gelangt Farrington (1995) für die „Cambridge Study in Delinquent Development“. Zusammenhänge zwischen frühen externalisierenden Verhaltensauffälligkeiten (insbesondere aggressivem und destruktivem bzw. antisozialem Verhalten) und kriminellen Delikten in späteren Jahren (bis hin zum 30. Lebensjahr) konnten auch skandinavische Längsschnittstudien belegen (vgl. Stattin & Magnusson, 1996; Hämäläinen & Pulkkinen, 1996; Kratzer & Hodgins, 1997). In der Studie von Hämäläinen und Pulkkinen (1996) waren Verhaltensprobleme während der Kindheit, gefolgt von einem geringen Schulerfolg, verknüpft mit Eigentumsdelikten, während aggressives Verhalten in Wechselwirkung mit weiteren, komorbiden Problemen in einem Zusammenhang mit Gewaltverbrechen während der Adoleszenz stand.

Tolan und Thomas (1995) betonen, daß nicht ein früher Beginn von Verhaltensstörungen allein in der Lage ist, Problemverhalten oder Delinquenz in späteren Jahren vorherzusagen. Vielmehr beobachteten sie eine Wechselwirkung mit bestimmten psychosozialen Variablen. Kinder mit einem frühen Beginn wiesen zu diesem Zeitpunkt auch negative Werte in verschiedenen psychosozialen Messungen auf.

Liegt bereits früh ein delinquentes Verhalten vor, so ist davon auszugehen, daß diese Kinder und Jugendlichen in späteren Jahren in stärkerem Maße Straftaten und ernsthaftere Delikte begehen (Farrington et al., 1990; Tolan & Thomas, 1995). Studien mit Gefängnisinsassen konnten belegen, daß Rückfalltäter üblicherweise erstmals im Alter von ca. 14 oder 15 Jahren, Ersttäter hingegen erst mehrere Jahre später straffällig geworden sind (vgl. Patterson, DeBaryshe & Ramsey, 1989). Insbesondere Jungen scheinen einem hohen Risiko ausgesetzt zu sein, in späteren Jahren anhaltend kriminelle Delikte zu begehen, wenn sie bereits während der späten Kindheit oder frühen Adoleszenz in kriminelle Handlungen verwickelt waren (Stattin & Magnusson, 1996). Auffällig ist, daß ein Großteil krimineller Delikte zumeist von einer kleinen Gruppe chronisch Straffälliger begangen wird (Elliott, 1994). Stattin und Magnusson (1991) verglichen für drei Altersstufen (bis 14, 15 bis 20 und 21 bis 29 Jahre) die registrierten Straftaten von über 700 Männern. Zwar konnte nur für eine kleine Gruppe der Männer (5,4%) wiederholt kriminelle Handlungen in allen Altersstufen ermittelt werden, diese erwiesen sich jedoch in krimineller Hinsicht als äußerst aktiv: Die Männer aus der hochbelasteten Gruppe waren verantwortlich für 41% aller Straftaten bis zum 30. Lebensjahr. Legt man jedoch die Basis-Auftretensraten krimineller Handlungen von Männern und Frauen in der Bevölkerung zugrunde, so weisen Frauen mit Betragensauffälligkeiten in der Kindheit ein höheres Risiko für spätere Delinquenz auf als Männer (Kratzer & Hodgins, 1997).

Die Ergebnisse sprechen zusammenfassend für einen *kontinuierlichen Verlauf antisozialer Verhaltensmuster* vom Kindes- bis ins Erwachsenenalter, mit sich unterschiedlich manifestierenden Verhaltensweisen (Farrington, 1997; Stattin & Magnusson, 1996). Eine ADHA ist demnach assoziiert mit dem frühen Beginn aggressiven bzw. antisozialen Verhaltens und frühe aggressive bzw. antisoziale Verhaltensmuster mit dem frühen und anhaltenden Begehen krimineller Delikte (insbesondere für Jungen). Frauen hingegen scheinen in Folge früher Verhaltensauffälligkeiten soziale und psychische Dysfunktionen in anderen Bereichen aufzuweisen (z.B. im familiären Zusammenleben).

Neben den Kindern mit einem stabilen, kontinuierlichen Verlauf antisozialen Verhaltens, weisen andere Kinder nur *zeitlich begrenzt aggressive Verhaltensweisen* auf. Loeber und Stouthamer-Loeber (1998) fassen die Ergebnisse einer Reihe von Studien zusammen, die bei einem Teil der untersuchten Kinder lediglich ein zeitlich begrenztes Auftreten antisozialen bzw. aggressiven Verhaltens oder eine Abnahme aggressiver Verhaltensweisen von der Vor- zur Grundschule ermittelt haben. Ungefähr ein Viertel der aggressiven Kinder in der Studie von Kingston und Prior (1995) gaben während des Zeitraums vom zweiten bis zum achten Lebensjahr ihr aggressives Verhalten auf. Ein Rückgang aggressiven bzw. gewalttätigen Verhaltens konnte auch fürs Jugendalter ermittelt werden (Loeber & Hay, 1997). Kritisch sind in diesem Zusammenhang die Ergebnisse von Stanger et al. (1997) zu bewerten. Sie ermittelten, daß mit steigendem Alter (bis zum 18. Lebensjahr), aggressive Symptome in einer Stichprobe aus der Allgemeinbevölkerung abnahmen, dafür delinquente Verhaltensmuster ca. ab dem zehnten Lebensjahr zunahmen. Sie folgern aus ihren Ergebnissen, daß eine Zunahme an Betragensstörungen während der Adoleszenz auf die verdeckten, regelverstoßenden Symptome der SSV zurückzuführen sein könnten, die in Studien auf der Basis eines dimensionalen Ansatzes dem delinquenten Syndrom zugeordnet werden. Somit läge also kein grundsätzliches Ansteigen aggressiver Verhaltensweisen während der Adoleszenz vor; ein Ansteigen in der Prävalenz der SSV während dieser Altersperiode wäre vielmehr auf ein Ansteigen der verdeckten, delinquenten Verhaltensmuster zurückzuführen.

Nach Lahey und Loeber (1997) verringert sich mit steigendem Alter die Anzahl der Jugendlichen mit einer diagnostizierten SSV, die komorbid eine SOT oder eine ADHA aufweisen. Dieses Ergebnis steht im Widerspruch zur Tatsache, daß fast alle Jugendlichen, die bereits früh eine SSV und komorbid eine SOT oder ADHA zeigen, diese Störungen auch noch nach mehreren Jahren aufweisen. Folglich muß in diesen Studien eine Anzahl der Personen erst im Jugendalter eine SSV ausgebildet haben. Beispielsweise berichten Kratzer und Hodgins (1996, dargestellt in Loeber & Stouthamer-Loeber, 1998), daß eine kleine Anzahl an Personen erst spät gewalttätige Verhaltensweisen zeigen, ohne zuvor aggressives oder antisoziales Verhalten aufgewiesen zu haben.

13.4.1 Entwicklungspfade antisozialer Verhaltensmuster

Auf der Basis der angeführten Ergebnisse sind Modellvorstellungen entwickelt worden, die *unterschiedliche Entwicklungspfade von der Kindheit bis ins Erwachsenenalter* beschreiben (vgl. Kap. 10).

Bei kriminellen Entwicklungspfaden wurde zwischen einem frühen und späten Beginn delinquenter Verhaltensmuster unterschieden (Patterson, Capaldi & Bank, 1991; Patterson & Yoerger, 1993). *„Frühstarter"* weisen eine häusliche Umgebung mit geringer elterlicher Aufsicht auf und ihre Eltern setzen negative Erziehungspraktiken ein. Sie zeigen bereits während der Kindheit ein antisoziales Verhalten und erfahren sowie Ablehnung durch Gleichaltrige, haben aber Kontakt zu delinquenten Gleichaltrigen. *„Spätstarter"* weisen nur in geringem Maße antisoziale Verhaltensweisen während der Kindheit auf. Dafür kommen ihre Eltern nur mäßig ihrer Aufsichtspflicht nach und haben oft Partnerschaftskonflikte. Die familiären Konflikte führen dazu, daß die Jugendlichen Beziehungen zu devianten Freunden und delinquenten Gleichaltrigen knüpfen.

Moffitt (1993a) geht aufgrund des Widerspruchs zwischen der Stabilitätsannahme einerseits und dem massiven Abfall dissozialen Verhaltens ab dem 18. Lebensjahr andererseits (vgl. Caspi & Moffitt, 1995) davon aus, daß nur eine *Taxonomie*, die wenigstens von zwei Formen der Dissozialität ausgeht, als Erklärung herangezogen werden kann. Moffitt (1993a) beschreibt zwei Entwicklungspfade dissozialen Verhaltens:

- einen über den Lebenslauf stabilen (*„life-course-persistant"*) und
- einen auf das Jugendalter begrenzten (*„adolescence-limited"*) Pfad.

Moffitt und Mitarbeiter (Moffitt, 1993a; Moffitt et al., 1996; Moffitt, Lynam & Silva, 1994) gehen bei der Gruppe der durchgängig Dissozialen davon aus, daß deren antisoziales Verhalten in der frühen Kindheit verwurzelt ist und komplexe Interaktionseffekte zwischen genetischen und neuropsychologischen Umweltfaktoren die Stabilität erklären. Dieser Entwicklungsverlauf betrifft ca. 5% bis 10% der Männer, wobei diese auch andere psychische Störungen aufweisen (z.B. Lernbehinderungen, hyperkinetische und Persönlichkeitsstörungen). Delinquente Verhaltensweisen werden von diesen Personen konsistent über Situationen und stabil über die Zeit gezeigt.

Für die Gruppe der auf das Jugendalter begrenzt Dissozialen, die erste Anzeichen antisozialen Verhaltens ab der Pubertät zeigen, vermutet Moffitt (1993a), daß dieses Verhalten Bestrafungs- und Verstärkungsmechanismen unterliegt. Die Jugendlichen verhalten sich in den Situationen dissozial, wo es für sie lohnend erscheint; sie können sich jedoch in anderen Situationen auch prosozial verhalten. So wie diese Jugendlichen dissoziales Verhalten gelernt und instrumentell eingesetzt haben, so können sie es auch wieder aufgeben. In der Regel erhält der Jugendliche mit steigendem Alter einige Privilegien, wodurch die Konsequenzen dissozialen Verhaltens nicht mehr belohnend, sondern als bestrafend wahrgenommen werden. So wird beispielsweise die Tatsache, verhaftet zu werden, nun nicht mehr als etwas Erstrebenswertes betrachtet, mit dem man die Unabhängigkeit demonstriert, sondern als eine Maßnahme, die zum Beispiel die Chance auf ein Beschäftigungsverhältnis reduziert. Konsistent zu dem bisher Gesagten ist jedoch auch ein zweiter Punkt: Dissoziales Verhalten wird unterlassen, nachdem man beispielsweise die schulische Ausbildung beendet hat, in das Berufsleben eintritt, heiratet oder aus der alten Umgebung wegzieht.

Für die meisten Jugendlichen scheint das Auftreten von delinquenten Verhaltensweisen ein *temporäres, entwicklungsbedingtes Phänomen* darzustellen. In allen westlichen Kulturen scheint es während der Adoleszenz zu einem Anstieg an beeinträchtigten sozialen Verhaltensweisen zu kommen, wie zum Beispiel Delinquenz, Problemtrinken oder dem Konsum von Drogen (Stattin & Magnusson, 1996; Tolan & Thomas, 1995). Eine wesentliche Ursache der auf das Jugendalter begrenzten Dissozialität kann darin gesehen werden, daß in den Industrieländern eine große Diskrepanz zwischen der immer früher einsetzenden biologischen Reife und der sozialen Verantwortung der Jugendlichen besteht. Damit einher gehen Befunde, daß etwa vorzeitig biologisch gereifte Mädchen häufiger von Normverletzungen berichten (Stattin & Magnusson, 1996). Durch lange Ausbildungs- und Studienzeiten entsteht eine „Reifungslücke“, die die Entwicklung zeitlich befristeten, dissozialen Verhaltens begünstigt. Die Zeitspanne, in der die Jugendlichen biologisch erwachsen sind, gesellschaftlich aber noch nicht als erwachsen gelten, wird zunehmend länger. Delinquenz kann in diesem Zusammenhang als ein Zugang zu den Privilegien des Erwachsenenalters angesehen werden. Spätestens nach Eintreten ins Erwachsenenalter weist die Mehrzahl nicht länger delinquente Verhaltensmuster auf. Moffitt et al. (1996) nehmen an, daß dieser Entwicklungsverlauf ca. 25% der Männer betrifft.

Moffitt und Mitarbeiter (Moffitt, 1993a; Moffitt et al., 1996) gehen davon aus, daß bestimmte Umgebungsfaktoren den durchgängig- aber auch einigen der auf das Jugendalter begrenzt-dissozialen Jugendlichen die Möglichkeit nehmen, einen konventionellen Lebensweg einzuschlagen und den devianten Weg zu verlassen. Hierzu zählen Erfahrungen, wie zum Beispiel eine vorzeitige Schwangerschaft, ungeplante Elternschaft, Abhängigkeit von Drogen oder Alkohol, Ausschluß von der Schule, Gefängnisaufenthalte oder sich auflösende Familienstrukturen. Diese Erfahrungen können beispielsweise Beschäftigungsverhältnisse, eine höhere Bildung oder den Einfluß prosozialer Freundschaften bzw. Partnerschaften verhindern.

Loeber und Stouthamer-Loeber (1998) unterscheiden in Anlehnung an Moffitt (1993a) *drei Entwicklungstypen aggressiven bzw. gewalttätigen Verhaltens*:

- *Der über den Lebenslauf stabile Entwicklungstyp* wird charakterisiert durch ein stabiles, aggressives Verhalten von der Kindheit bis ins Erwachsenenalter; Schwere und Ernsthaftigkeit der Verhaltensweisen nehmen mit der Zeit zu. Ein Teil der Kinder weist einen Störungsbeginn während oder vor der Vorschulzeit sowie eine ADHA auf. Ein weiterer Teil der Kinder dieses Entwicklungstyps weist während der Kindheit zunächst ein oppositionelles Verhalten, jedoch nicht eine ADHA auf. Aus den oppositionellen entwickeln sich im weiteren aggressive Verhaltensweisen.
- *Der zeitlich begrenzte Entwicklungstyp* wird dadurch charakterisiert, daß die aggressiven Verhaltensweisen entweder während der Grundschulzeit aufgegeben werden oder ausschließlich während eines kurzen Zeitraums in der Adoleszenz bestehen.
- *Der späte Entwicklungstyp* wird charakterisiert durch ein erstmaliges Auftreten aggressiven oder gewalttätigen Verhaltens im Erwachsenenalter.

Loeber (1990) sieht die *Entwicklung aggressiven und dissozialen Verhaltens beim über den Lebenslauf stabilen Typ als Stufenfolge*, die von der Schwangerschaft bis ins Jugendalter bestimmte Schritte durchläuft. In jeder Altersstufe treten entweder Vorläufer für weitere ungünstige Entwicklungen oder bereits massive Formen des gestörten Sozialverhaltens auf. Hierbei sind unterschiedliche Entwicklungsverläufe denkbar. So können Kinder von Beginn der Schwangerschaft an Risiken anhäufen, andere starten mit ihrer negativen Entwicklung im Grundschulalter; manche durchlaufen die gesamte Entwicklungsspanne, andere verharren darin nur wenige Jahre (vgl. Abb. 13.2). Auf jeder „Sprosse“ (Stufe) des Entwicklungsmodells von Loeber ist ein Stillstand, das heißt ein Ausstieg aus der negativen Stufenfolge, möglich. Die Weichen für eine ungünstige Entwicklung können schon vor der Geburt des Kindes gestellt werden. So kann beispielsweise das Rauchen oder der Alkohol- bzw. Substanzmißbrauch (z.B. Alkohol, Drogen, Medikamente) der Mutter das Risiko einer neurologischen Schädigung des Kindes erhöhen (s. auch Kusch & Petermann, 1993b). Als weitere frühe Risikofaktoren werden ein niedriges Geburtsgewicht (vgl. Esser, Laucht & Schmidt, 1995) oder eine schwierige Geburt genannt (vgl. im weiteren Abschnitt 13.5).

Erste Alarmzeichen einer ungünstigen Entwicklung stellt das sogenannte schwierige Temperament eines Kindes dar. Ein schwieriges Temperament liegt vor, wenn beispielsweise Probleme beim Tag-Nacht-Rhythmus, eine ungeregelte Nahrungsaufnahme und Ausscheidung, ein unangemessenes Rückzugsverhalten in neuen Situationen und exzessives Schreien auftreten (vgl. auch Kindheit und Entwicklung 11/1995). Die Kennzeichen einer *hyperkinetischen Störung* (vgl. Döpfner, 1998; Kindheit & Entwicklung 2/1996) werden aufgrund der motorischen Auffälligkeiten meist erst bemerkt, wenn die

Kinder laufen können. Zudem können hyperkinetische Kinder Impulsivität in Wahrnehmung und Handeln sowie Aufmerksamkeitsstörungen aufweisen. Liegt Impulsivität vor, lernen die Kinder aus Erfahrungen schlecht und können die Konsequenzen ihres Handelns nur ungenügend vorhersehen. Hyperkinetische Kinder haben im Vorschulalter ein hohes Risiko, oppositionelles Trotzverhalten zu entwickeln. Kinder mit oppositionellem Verhalten haben häufig Probleme mit Gleichaltrigen und werden von diesen zurückgewiesen, was wiederum zur sozialen Isolation führen kann. In dieser Phase treten soziale Defizite im Umgang mit Gleichaltrigen und Erwachsenen auf. Das dann auftretende aggressive Verhalten ist häufig mit Schulproblemen (Leistungsprobleme, massives Stören des Unterrichts oder „Schuleschwänzen") verknüpft. Schuleschwänzen, Lügen, Stehlen, ein niedriger Schulabschluß und Drogenmißbrauch begründen die Delinquenz. Delinquentes Verhalten erfolgt häufig im Bündnis mit dissozialen Jugendlichen und wird durch diesen sozialen Kontext sowohl erleichtert als auch aufrechterhalten. Mit jeder Stufe werden die auftretenden Probleme schwerwiegender und somit auch änderungsresistenter. Das Entwicklungsrisiko wird nicht nur durch spezifische Verhaltensweisen als Vorläufer erhöht, sondern auch die Häufigkeit und die Vielfalt der Probleme sowie ihr Auftreten in verschiedenen Settings (*Generalisierung*) und schließlich ihr früher Beginn stellen spezifische Entwicklungsrisiken dar. Loeber (1990) geht nicht davon aus, daß durch ein neues Problemverhalten (z.B. Aggression) zwangsläufig das bisherige Problem (hyperkinetisches oder oppositionelles Verhalten) verschwindet. In diesem Zusammenhang spricht er von einer *„Diversifikation"* der Verhaltensstörungen; dies bedeutet für den ungünstigen Entwicklungsverlauf, daß mit zunehmendem Alter eine steigende Anzahl von Störungen bei einem Kind auftreten kann (vgl. Abschnitt 13.5).

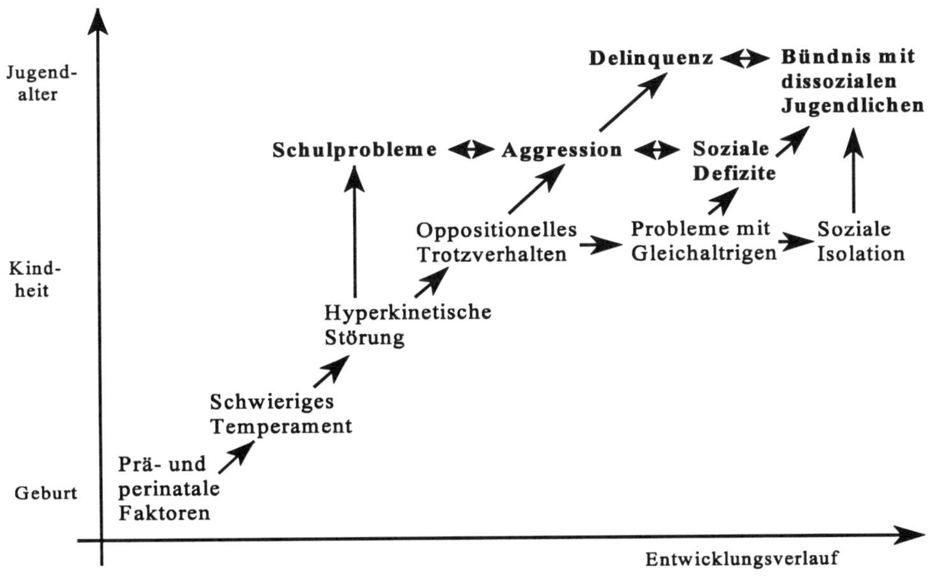

Abbildung 13.2: Entwicklungsmodell antisozialen Verhaltens (Loeber, 1990; modifizierte Version).

Tabelle 13.6: Entwicklungspfade aggressiven und dissozialen Verhaltens nach Loeber (1990).

Pfad A: Entwicklung eines vielfältigen aggressiven Verhaltensspektrums
• Oppositionelles Trotzverhalten im Vorschulalter • Aggression und Hinterhältigkeit • verstärkt auftretende hyperkinetische Störungen • große soziale Defizite • kaum Beziehungen zu Gleichaltrigen • massive Schulprobleme • gehäuft auftretende, zusätzliche Verhaltensprobleme • über die Zeit stabile Verhaltensstörungen
Pfad B: Entwicklung eines eingeschränkten, dissozialen Verhaltens
• Beginn in der späten Kindheit oder im frühen/mittleren Jugendalter • meist nicht-aggressives Trotzverhalten • keine deutlichen hyperkinetischen Störungen • keine sozialen Defizite • Kontakt mit devianten Gleichaltrigen • kaum zusätzliche Verhaltensprobleme • Delinquenz tritt nur vorübergehend auf
Pfad C: Entwicklung zum ausschließlichen Drogenmißbrauch
• Beginn im mittleren oder späten Jugendalter • keine externalisierenden Verhaltensstörungen • affektive Störungen (Depression) sind möglich

Über das bisher berichtete Entwicklungsmodell hinaus gelang es Loeber (1990), *drei verschiedene Entwicklungspfade des Problemverhaltens* zu kennzeichnen. Die unterschiedlichen Pfade lassen sich anhand von vier Kriterien begründen, nämlich:

- der Art der Störung,
- dem Alter bei Störungsbeginn,
- der Stufenfolge bis zur Delinquenz und
- der Wahrscheinlichkeit, aus der ungünstigen Entwicklung wieder auszusteigen.

Tabelle 13.6 stellt eine Übersicht dieser drei Pfade dar. Pfad A beschreibt das große Spektrum gestörten Sozialverhaltens. Mit diesem Entwicklungsverlauf lassen sich besonders eindrucksvoll Zusammenhänge zwischen der hyperkinetischen Störung und Aggression beschreiben. Pfad B kennzeichnet Störungen, die erst in der späten Kindheit oder im frühen/mittleren Jugendalter auftreten. Diese Störungen weisen keine Aggression auf; das heißt, es tritt Delinquenz auf, wobei die Prognose besser ist als bei Pfad A (vgl. Moffitt, 1993a). Pfad C kennzeichnet die Entwicklung zum Drogenmißbrauch; er ist auf die Entwicklungen des mittleren oder späten Jugendalters bezogen. Die aggressiven und delinquenten Verhaltensweisen scheinen gemäß einer bestimmten Entwicklungsabfolge aufzutreten.

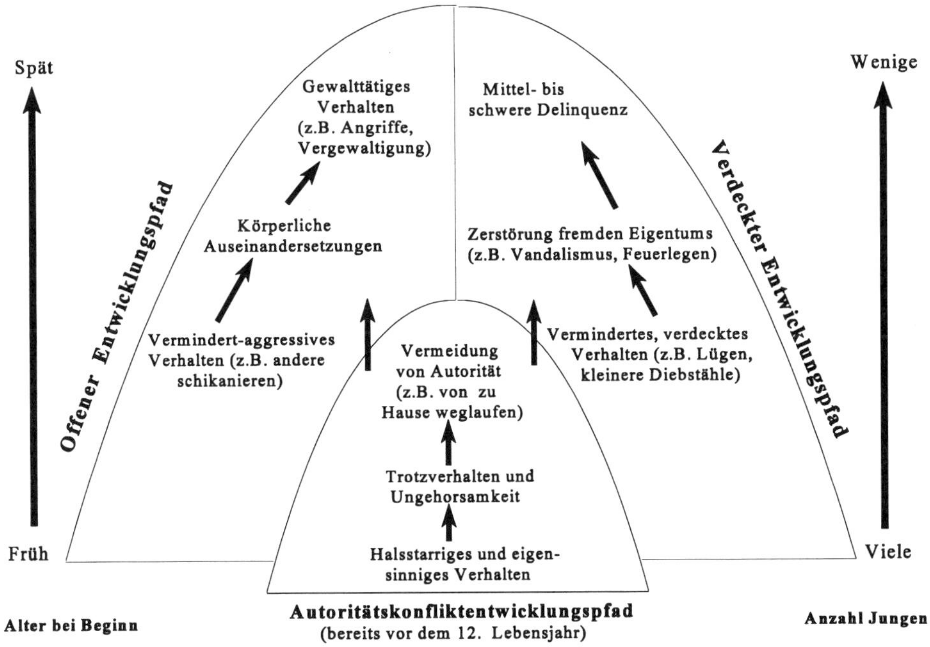

Abbildung 13.3: Drei Entwicklungspfade zum aggressiven und delinquenten Verhalten bei Jungen (modifiziert aus Loeber & Hay, 1997, S. 385).

Loeber und Mitarbeiter (Loeber et al., 1993; Loeber & Hay, 1997) konnten für eine große Anzahl *anhaltend aggressiver und gewalttätiger Jungen* im Kindes- und Jugendalter einen offenen, gegenüber zwei weiteren Entwicklungspfaden, die eher zu einem delinquenten und oppositionellen Verhalten führen, isolieren, die in Abbildung 13.3 dargestellt sind. Loeber und Mitarbeiter (dargestellt in Loeber & Hay, 1997) kommen zu dem Ergebnis, daß die Mehrzahl der Jungen mit aggressiven Verhaltensweisen dem offenen Entwicklungspfad zuzuordnen waren. Zwar zeigten sich oft Überlappungen zwischen den Entwicklungspfaden, über 34% der Jungen mit einem verdeckten Entwicklungspfad aber zeigten keine Verhaltensweisen, die charakteristisch für die anderen Entwicklungspfade sind. Der offene Entwicklungspfad hingegen zeigte große Überschneidungen beispielsweise mit dem verdeckten. Aggressive Jungen zeigten zumeist zu Beginn dem offenen Entwicklungspfad folgend vermindert-aggressive Verhaltensweisen, nicht etwa sofort gewalttätiges Verhalten. Ebenso offensichtlich konnte für viele gewalttätige Jungen retrospektiv ermittelt werden, daß sie in einem geringeren Maße aggressives Verhalten aufwiesen, bevor sie diesen Entwicklungspfad eingeschlagen haben. Somit kann man mit einer *temporalen Abfolge der Entwicklung von aggressivem zu gewalttätigem Verhalten* die Ergebnisse am besten erklären (Loeber & Hay, 1997). Die Jungen, die die größten Überschneidungen zwischen den Entwicklungspfaden aufwiesen, begingen auch die meisten kriminellen Vergehen. Insgesamt gesehen trafen diese Entwicklungspfade am ehesten auf Jungen zu, die die Verhaltensweisen länger als sechs Monate zeigten, nicht jedoch auf Jungen, die nur ein vorübergehendes aggressives Verhalten aufwiesen.

13.4.2 Prädiktoren eines ungünstigen Verlaufs

Nach Loeber (1990) und Dumas (1992) tragen folgende Konstellationen zur *Stabilität aggressiven und dissozialen Verhaltens* bei:

- *Hohe Frequenz.* Je häufiger das Problemverhalten auftritt, desto stabiler ist es.
- *Hohe Intensität.* Je ausgeprägter das Problemverhalten ist, desto eher wird es beibehalten.
- *Große Vielfalt.* Je mehr Varianten des Problemverhaltens vorliegen, desto beständiger ist es (hohe Diversifikation).
- *Vielzahl der betroffenen Bereiche.* Je unabhängiger das Verhalten vom jeweiligen Kontext auftritt, das heißt, je vielfältiger die Zahl der betroffenen Situationen ist (hohe Generalisierung), desto wahrscheinlicher wird das Problemverhalten aufrechterhalten.
- *Früher Störungsbeginn.* Je früher das Problemverhalten auftritt, umso größer ist die Gefahr, daß sich ein stabiles, dissoziales Verhalten im Jugendalter entwickeln.

Die Autoren gehen davon aus, daß diese Faktoren in einer positiven Beziehung zueinander stehen, das heißt, daß beispielsweise ein früher Beginn in jungen Jahren mit einem stabilen Verlauf verbunden ist.

Weiterhin können bestimmte soziale Faktoren angeführt werden, die als *Prädiktoren für spätere Delinquenz* anzusehen sind (Loeber, 1990):

- negative elterliche Erziehungspraktiken (z.B. die Vernachlässigung der Aufsichtspflicht),
- familiäre Belastungen,
- Eltern, die am Leben ihrer Kinder nicht Anteil nehmen,
- aggressive Eltern oder Eltern mit einer kriminellen Vergangenheit,
- der Einfluß devianter Gleichaltriger,
- die Abwesenheit der Eltern oder eine zerrüttete Familie und
- ein schlechter Gesundheitszustand der Eltern.

Farrington (1985, 1987 dargestellt in Yoshikawa, 1994; vgl. Farrington, 1995) ermittelte auf der Basis der Ergebnisse aus der „Cambridge Study of Delinquent Development" Faktoren zur Vorhersage anhaltend delinquenten Verhaltens. Zu diesen Faktoren, die während der mittleren Kindheit (im Alter von 8 bis 10 Jahren) erfaßt wurden und die von insgesamt 25 Faktoren die stärkste Vorhersagekraft für delinquentes Verhalten in späteren Jahren aufwiesen, zählten:

- ein niedriger, sozioökonomischer Status (z.B. niedriges Familieneinkommen, schlechte Wohnverhältnisse, große Anzahl an Geschwistern),
- Eltern (und Geschwister), die wegen krimineller Delikte überführt wurden,

- verminderte Intelligenz und schlechte Schulleistungen,
- ein negativer, elterlicher Erziehungsstil (streng und autoritär, wenig Beaufsichtigung) sowie Konflikte der Eltern,
- aggressives bzw. antisoziales Verhalten,
- das Aufweisen einer Bandbreite ausagierender Verhaltensweisen (z.B. Hyperaktivität, Impulsivität oder Unruhe).

Insbesondere familiäre Faktoren scheinen gute Prädiktoren für Delinquenz darzustellen (Loeber, 1990; Yoshikawa, 1994). Vielfach treten die Effekte zeitverzögert auf („sleeper-effects"); so führt die Vernachlässigung der Aufsichtspflicht durch die Eltern nicht unmittelbar zu Delinquenz, sondern vielmehr lassen sich langfristige Auswirkungen im Verhalten ihrer Kinder feststellen. Darüber hinaus weisen mehrere Faktoren in Kombination eine stärkere Vorhersagekraft, etwa für Delinquenz, auf, als einzelne Faktoren (vgl. Kap. 11; Hämäläinen & Pulkkinen, 1996; Magnusson & Bergman, 1990; Yoshikawa, 1994).

13.5 Risikofaktoren und Schutzfaktoren antisozialen Verhaltens

Bestimmte Faktoren fördern ein Problemverhalten bzw. erhalten es aufrecht (*Risikofaktoren*; s. Kap. 11), andere hingegen helfen, es zu verhindern (*Schutzfaktoren*). Einige Risikofaktoren antisozialen Verhaltens sind bereits in den Modellannahmen von Moffitt (1993a), Loeber (1990) sowie Patterson und Mitarbeitern (Patterson et al., 1991; Patterson & Yoerger, 1993) erwähnt worden und sollen im Folgenden näher vorgestellt werden. Dabei wird kontrovers diskutiert, ob im Zusammenhang mit diesen Faktoren korrelative oder kausale Beziehungen vorliegen. In Kapitel 11 wurde bereits erläutert, daß diese Faktoren selten isoliert in Erscheinung treten; vielmehr lassen sich *Wechselwirkungen* ermitteln, die ein Störungsrisiko fördern (vgl. Kazdin, 1995). Denkbar sind auch indirekte Wechselwirkungen zwischen einzelnen Faktoren: Beispielsweise können intellektuelle Defizite zunächst zu schlechten Schulleistungen, Schuleschwänzen und zum Wiederholen einer Klasse beitragen; diese Faktoren erhöhen das Risiko für eine Störung des Sozialverhaltens. Weiterhin kann eine große, kinderreiche Familie als Risikofaktor für Betragensstörungen angeführt werden. Die Größe der Familie als ein möglicher Risikofaktor wird aber moderiert durch die Höhe des familiären Einkommens: Nur wenn dieses bei Großfamilien sehr niedrig ist und erschwerte Lebensumstände zu beobachten sind, erhöht sich das Risiko für eine Betragensstörung (Kazdin, 1995). Die Wirkung von Risikofaktoren muß außerdem vor dem Hintergrund von *Entwicklungsaufgaben* (z.B. im Jugendalter reife bzw. intime Beziehungen zu Gleichaltrigen aufbauen) und *Entwicklungsübergängen* (z.B. Schuleintritt) betrachtet werden. Eine Zunahme des Problemverhaltens mit steigendem Alter der Kinder kann mit komplexeren Entwicklungsaufgaben und damit einhergehenden Problemen zusammenhängen (Loeber, 1990). Somit können in Abhängigkeit vom Alter unterschiedliche Risikofaktoren isoliert werden (Loeber & Stouthamer-Loeber, 1998).

13.5.1 Biologische, genetische Faktoren und frühe Entwicklungsrisiken

Verschiedenen Überblicksarbeiten zufolge (zusammenfassend Carey & Goldman, 1997), konnten genetische Effekte in *Zwillings- und Adoptionsstudien* (vgl. Kap. 4) nachgewiesen werden. Die Ergebnisse weisen sowohl auf genetische als auch umweltbedingte Effekte bei der Entstehung antisozialen Verhaltens hin, die in einer wechselseitigen Beziehung zu stehen scheinen (Cadoret et al., 1995; Carey & Goldman, 1997; Plomin, Owen & McGuffin, 1994). Carey und Goldman (1997) fassen die Ergebnisse wie folgt zusammen:

- Bei monozygoten Zwillingspaaren weisen beide Zwillinge mit höherer Wahrscheinlichkeit Symptome der Betragensstörungen, der Antisozialen Persönlichkeitsstörung oder delinquente Verhaltensweisen auf bzw. begehen Straftaten als beide Zwillinge bei dizygoten Zwillingspaaren;
- in Adoptionsstudien konnten diese genetischen Effekte unter biologischen Verwandten ebenfalls ermittelt werden;
- die genetischen Effekte zwischen den Zwillingspaaren bleiben auch noch bestehen, wenn man andere Übertragungsmöglichkeiten (z.B. Imitation des Verhaltens bzw. Einfluß eines Geschwisterkindes) berücksichtigt. Dies wird durch die ermittelten Effekte in den Adoptionsstudien unterstrichen;
- eine Reihe der ermittelten Ergebnisse in den Zwillingsstudien kann jedoch auch auf umweltbedingte Faktoren (z.B. Erziehungspraktiken der Eltern) zurückgeführt werden. Dieser Zusammenhang erwies sich für Jugendliche stärker als für Erwachsene: Bestimmte Umweltfaktoren begünstigen das Auftreten antisozialen Verhaltens, nicht jedoch dessen Stabilität;
- einige Befunde belegen genetische Effekte bei der Komorbidität von antisozialem Verhalten, Alkohol- sowie Substanzmißbrauch und -abhängigkeit;
- bei gewalttätigem Verhalten (Mord, Vergewaltigung etc.) erweisen sich die genetischen Effekte weniger stark als bei generellem antisozialen Verhalten;
- insgesamt gesehen liegt der genetische Einfluß bei ca. 40 bis 50%.

Studien auf *molekulargenetischer* Ebene (zusammenfassend Carey & Goldman, 1997), die beispielsweise mit Hilfe der Koppelungsanalyse (vgl. Kap. 4) versuchen, bestimmte Allele zu isolieren, die in einem Zusammenhang zu antisozialem Verhalten stehen, konnten bisher zu keinen eindeutigen Befunden gelangen. Zurückzuführen ist dies auf die Heterogenität antisozialer Verhaltensweisen (vgl. Abb. 13.1) und somit auf die Vielfalt neuromolekularer Mechanismen, die bei antisozialen Verhaltensweisen von Bedeutung sind. Allerdings werden eine Reihe indirekter Effekte diskutiert (z.B. Funktionsstörungen der Schilddrüse bei Kindern mit diagnostizierter Aufmerksamkeitsdefizit-/Hyperaktivitätsstörung, die verknüpft sein können mit einem antisozialen Verhalten).

Moffitt (1993a, b; vgl. Kindheit und Entwicklung, Heft 2/1994) geht davon aus, daß genetische Faktoren und Komplikationen beim Geburtsvorgang des Kindes zu neuropsychologischen Defiziten im kindlichen Nervensystem führen, die sich in einem schwierigen Temperament, Defiziten in kognitiven Fertigkeiten und motorischen Entwicklungsverzögerungen äußern. Stammen die Eltern dieser Kinder aus einem negativen sozialen Umfeld (z.B. niedriger sozioökonomischer Status, kinderreiche Familie im Zusammenhang mit Arbeitslosigkeit), erhöht sich das Risiko für perinatale Komplikationen, schlechte Ernährung und Kindesmißhandlung. Kinder, die sowohl biologische als auch soziale Risiken aufweisen, sind besonders gefährdet, in späteren Jahren stabile antisoziale Verhaltensweisen zu entwickeln.

Kasten 13.5: Geschlechtsunterschiede im Auftreten aggressiven und antisozialen Verhaltens.

Die Befunde zur Auftretenshäufigkeit psychischer Störungen verdeutlichen, daß Jungen bei den externalisierenden, Mädchen hingegen bei den internalisierenden Störungen überwiegen (vgl. Abschnitt 13.2 und 15.2; vgl. Zahn-Waxler, 1993). Dieser Geschlechtsunterschied ist in etwa ab dem vierten bzw. fünften Lebensjahr zu beobachten und vertieft sich nach dem Eintritt in die Schule sowie nach Einsetzen der Pubertät (Loeber & Stouthamer-Loeber, 1998; Petersen, Sarigiani & Kennedy, 1991; Rose, Rose & Feldman, 1989; Rutter, 1988b). Dabei entwickeln sich nicht-aggressive, antisoziale Verhaltensweisen bei Mädchen zwar zumeist erst während der Adoleszenz, gewalttätiges Verhalten allerdings nimmt bei Mädchen früher (im Alter von 14 Jahren) als bei Jungen (im Alter von 16 Jahren) zu (Loeber & Stouthamer-Loeber, 1998; Zoccolillo, 1993). Mädchen unterscheiden sich von Jungen in der Art der gezeigten Verhaltensweisen: Sie wählen eher indirekte (z.B. soziale Manipulation, verbale Attacken) und Jungen eher direkte, physische Formen der Aggression (Björkvist et al., 1992; Östermann et al., 1998; vgl. Loeber & Loeber-Stouthamer, 1998; Zahn-Waxler, 1993). Weiterhin weisen Jungen häufiger ernstere, aggressive sowie kriminelle Verhaltensweisen auf als Mädchen (Zoccolillo, 1993). Trotz der höheren Auftretenshäufigkeiten antisozialer Verhaltensweisen bei Jungen und Männern, weisen Mädchen und Frauen ein höheres Risiko auf, komorbide Störungen (z.B. eine ADHA) zu entwickeln (Loeber & Keenan, 1994). Shaw und Winslow (1997) sowie Zoccolillo (1993) fassen Annahmen zur Erklärung dieser Geschlechtsunterschiede zusammen:

- Unterschiedliche Sozialisations- und Erziehungspraktiken der Eltern führen dazu, daß Mädchen für ihr geschlechtsstereotypes Verhalten durch die Eltern und Personen des sozialen Umfeldes verstärkt werden. Die Eltern erziehen ihre Töchter dazu, sich anderen gegenüber prosozial zu verhalten und sich um andere zu bemühen. Jungen hingegen sind motorisch expansiver und werden für ihr Rollenverhalten (z.B. stark, wild oder frech zu sein) verstärkt (vgl. Ratzke et al., 1997; Zahn-Waxler, 1993). Gegenüber Jungen werden einerseits in einem stärkeren Maße körperliche Bestrafungen eingesetzt, andererseits reagieren die Eltern auf Wutausbrüche bei Mädchen mit negativen, bei Jungen eher mit einfühlsamen Reaktionen (vgl. Zahn-Waxler, 1993).
- Mädchen durchlaufen ihre biologische Reifung und kognitive, soziale sowie emotionale Entwicklung (vgl. Kap. 5) schneller als Jungen und generieren beispielsweise früher prosoziale statt aggressive Problemlösungsstrategien. Mädchen, deren körperliche Reifung im Vergleich zu anderen Mädchen früher einsetzt, entwickeln allerdings sowohl vermehrt internalisierende Verhaltens- als auch Betragensauffälligkeiten, wenn zusätzliche, negative Risikofaktoren (z.B. negativer Einfluß durch deviante Gleichaltrige in koedukativen Schulklassen) vorliegen (Caspi, Lynam, Moffitt & Silva, 1993).

- Jungen und Mädchen weisen unterschiedliche Phasen erhöhter Vulnerabilität auf. Im Zusammenhang mit familiären Risikofaktoren (s.u.) scheinen Jungen eher während der Kindheit und Mädchen eher während der Adoleszenz vulnerabler zu sein (Davies & Windle, 1997).
- Das Vorliegen von Geschlechtsunterschieden kann lediglich ein Artefakt in der Erfassung der Betragensstörungen und des methodischen Vorgehens in Studien darstellen. Hinshaw (1996) stellt fest, daß psychisch gestörte Frauen in retrospektiven Befragungen oftmals von externalisierenden Verhaltensproblemen in ihrer Kindheit oder Adoleszenz berichten, sie jedoch nicht auffällig wurden und auch keine Versorgungseinrichtungen aufgesucht haben. Zoccolillo, Tremblay und Vitaro (1996) konnten in diesem Zusammenhang ermitteln, daß lediglich 3% der Mädchen, für die ein früher Beginn stabilen, antisozialen Verhaltens ermittelt wurde, die Diagnose einer Störung des Sozialverhaltens nach DSM-III-R (APA, 1987/1989) erhielten. Wurden die Kriterien des DSM-III (APA, 1980/1984) oder modifizierte Diagnosekriterien des DSM-III-R (z.B. Aufnahme weiterer Regelverstöße) zugrundegelegt, erhielten allerdings 22 bis 35% der Mädchen mit stabilen, antisozialen Verhaltensauffälligkeiten die Diagnose einer Störung des Sozialverhaltens (vgl. Zoccolillo, 1993).
- Bisherige Ergebnisse zum geschlechtsspezifischen Auftreten haben maßgeblich dazu beigetragen, daß vorwiegend Jungen im Zusammenhang mit externalisierenden Verhaltensweisen untersucht wurden. Studien, die beispielsweise dazu beitragen sollten, die diagnostischen Kriterien der Betragensstörungen nach DSM-III-R zu modifizieren, wurden hauptsächlich mit Jungen durchgeführt (Zoccolillo, 1993; Zoccolillo et al., 1996).
- Zoccolillo (1993) stellt zusammenfassend fest, daß ähnliche psychische und psychosoziale Korrelate der Betragensstörungen bei Mädchen und Jungen zu ermitteln sind, wenn die Basis-Auftretensraten in den Verhaltensunterschieden zwischen Jungen und Mädchen in der Allgemeinbevölkerung berücksichtigt werden.

Eine Vielzahl *prä-, peri- und postnataler Faktoren* können zu Entwicklungsrisiken für das Kind führen (vgl. Kap. 11). Zu den pränatalen (teratogenen) Risikofaktoren antisozialen Verhaltens zählen *minderschwere physische Anomalien* beim Fetus, die beispielsweise auftreten, wenn in sensiblen Perioden die fetale Entwicklung durch Noxen (Schadstoffe oder krankheitserregende Ursachen) oder bestimmte Substanzen (z.B. Alkohol) beeinträchtigt wird. In ähnlicher Weise kann es während der Entwicklung des Zentralnervensystems (ZNS) zu Schädigungen kommen (z.B. durch Tabakkonsum der Mutter während der Schwangerschaft; vgl. Olds, Henderson & Tatelbaum, 1994). Minderschwere physische Anomalien konnten in verschiedenen Studien assoziiert werden mit Aggression, Aufmerksamkeitsproblemen und hyperaktiven Verhaltensweisen bei Kindern (vgl. Brennan & Mednick, 1997).

In einer Studie von Kandel und Mednick (1991), die prä- und perinatale Faktoren (z.B. Frühgeburt, Geburtskomplikationen) sowie antisoziales Verhalten im Alter von 20 Jahren untersuchten, konnte ermittelt werden, daß doppelt so viele Personen, bei denen Geburtskomplikationen aufgetreten sind, für Gewalttaten registriert wurden als Personen aus einer Kontrollgruppe ohne Geburtskomplikationen. Raine, Brennan und Mednick

(1994) stellten fest, daß Komplikationen bei der Geburt (z.B. Steißgeburt) in Kombination mit einem ablehnenden mütterlichen Verhalten (z.B. ungewollte Schwangerschaft, versuchter Schwangerschaftsabbruch), Gewaltverbrechen im Alter von 18 Jahren vorhersagten.

Brennan und Mednick (1997) zählen eine Reihe postnataler Risikofaktoren auf, die in einem Zusammenhang zu antisozialem Verhalten in späteren Jahren stehen:

- Traumatische Kopfverletzungen, die zu Läsionen des Gehirns (z.B. im Bereich des *Frontallappens*, dem die Funktion der Impulskontrolle zugeschrieben wird) führen, stehen in einem Zusammenhang zu gewalttätigem, antisozialem Verhalten;
- Bleivergiftungen beispielsweise sowie die Aufnahme hoher Dosen an Kadmium und Magnesium können zu neurologischen Dysfunktionen und in Folge niedrigeren IQ-Werten, schlechteren Schulleistungen und hyperkinetischen Störungen führen;
- bestimmte Faktoren innerhalb der Ernährung (z.B. große Mengen an Zucker) sowie bestimmte körperliche Erkrankungen (z.B. *Hypoglykämie*) stehen in einem Zusammenhang zu hyperaktivem, aggressivem und gewalttätigem Verhalten.

Neben neuropsychologischen Defiziten können *psychophysiologische Faktoren* (vgl. Schandry, 1996) angeführt werden. Raine (1997) stellt zusammenfassend fest, daß ein niedriges *Aktivationsniveau*, gemessen unter Ruhebedingungen, in einem Zusammenhang zu antisozialem Verhalten steht (s. auch McBurnett & Lahey, 1994). So konnten Elektroenzephalogramm-Messungen (EEG) in der überwiegenden Mehrheit bei antisozialen Kindern und Jugendlichen gegenüber Kontrollgruppen eine verlangsamte Alpha-Frequenz ermitteln, die sich als prädiktiv für delinquente Verhaltensweisen im Erwachsenenalter erwies. Weiterhin konnte für antisoziale Kinder und Jugendliche eine verminderte kardiovaskuläre Reaktivität (Herzfrequenzrate) und ein niedrigeres Hautleitfähigkeitsniveau ermittelt werden.

Raine (1997) diskutiert zwei Annahmen, die diesen Zusammenhang zu erklären versuchen. Einerseits wird davon ausgegangen, daß eine niedrige Aktivation auf ein vermindertes Empfinden von Furcht hindeutet. Das Fehlen von Furchtempfindungen wird beispielsweise als Voraussetzung für gewalttätiges Verhalten angesehen. Während der Kindheit könnte das Fehlen von Furcht vor Bestrafungen (z.B. durch Eltern oder Lehrer) zu respektlosem und oppositionellem Verhalten sowie zu Defiziten in der Entwicklung sozialer Fertigkeiten führen. Eine weitere Annahme geht davon aus, daß ein vermindertes Aktivationsniveau einen aversiven physiologischen Zustand darstellt. Individuen versuchen, durch die Suche nach Stimulation diesen Zustand zu verändern. Antisoziales Verhalten stellt dabei für einige Individuen eine Möglichkeit dar, stimulierende Situationen zu schaffen.

Diskutiert wird der Einfluß *biochemischer Faktoren* (vgl. Kap. 3 und 5), etwa die Wirkung männlicher Sexualhormone (Androgene) oder der Einfluß des *Hypothalamo-hypophysio-adrenalen Regelkreises*. Zusammenhänge konnten beispielsweise zwischen niedrigen Werten des Transmitters *Serotonin* (5-Hydroxytryptamin) in der *Cerebrospinalflüssigkeit* bei Patienten mit einem offen-aggressiven Verhalten sowie bei Suizidpatienten ermittelt werden (zusammenfassend Plutchik & Van Praag, 1997). Dem Serotonin kommt im ZNS eine hemmende Funktion zu, und es ist verantwortlich für dämpfende Wirkungen auf bestimmte Verhaltenskategorien. Geschlechtsunterschiede im Auftreten aggressiven bzw. antisozialen Verhaltens könnten in einem Zusammenhang mit dem männlichen Sexualhormon Testosteron stehen. So weisen etwa antisoziale Jugendliche einen höheren Testosteronspiegel auf als vergleichbare Jugendliche (vgl. Brain & Susman, 1997). Nähere Verbindungen zwischen biochemischen Faktoren und antisozialen Verhaltensweisen sind entsprechenden Überblicksarbeiten (Brain & Susman, 1997; Plutchik & Van Praag, 1997; Quay, 1993) zu entnehmen.

13.5.2 Frühe Verhaltensfaktoren, Eltern-Kind-Interaktion und familiäre Faktoren

Schon sehr früh kann festgestellt werden, daß einige Säuglinge gereizter, unruhiger und schwerer zu besänftigen sind sowie Schwierigkeiten haben, beispielsweise einen regelmäßigen Schlaf-Wach-Rhythmus zu entwickeln. Diese Art früher Probleme fassen Chess und Thomas (1984) unter dem Begriff des *„schwierigen Temperaments"* zusammen. Thomas und Chess (1979) postulieren neun Temperamentsdimensionen, die zu drei Kategorien zusammengefaßt werden: das „einfache", das „langsam auftauende" und das „schwierige Kind" (vgl. Zentner, 1998). Jungen sind dabei häufiger von frühen Schwierigkeiten betroffen, Emotionen, insbesondere nach Frustrationen, zu regulieren (vgl. Loeber & Hay, 1997). Die Aspekte eines schwierigen Temperaments variieren mit dem Alter; in der Adoleszenz umschreiben diese eher den enthemmten, sensationssuchenden Jugendlichen (Dishion et al., 1995; vertiefend Zentner, 1998).

Scerbo, Raine, Venables und Mednick (1995) konnten nachweisen, daß ein enthemmtes ebenso wie ein gehemmtes Verhalten stabile Temperamentsmerkmale darstellen. In ihrer Studie wiesen die Kinder, die im Alter von drei Jahren als enthemmt beurteilt wurden, auch noch im Alter von acht und elf Jahren ein enthemmtes Verhalten auf. Schwartz, Snidman und Kagan (1995) kommen zu dem Ergebnis, daß ca. ab dem zweiten Lebensjahr stabile Vorhersagen anhand der Temperamentsdimensionen gemacht werden können. Kinder mit einem enthemmten Verhalten weisen eine verminderte kardiovaskuläre Reaktivität auf (vgl. Raine, 1997), so daß ein schwieriges Temperament in einem Zusammenhang zu einem niedrigen Aktivationsniveau stehen könnte. Darüber hinaus führt Moffitt (1993b) neuropsychologische Defizite als mögliche Ursache für ein schwieriges Temperament an. Raine (1997) geht davon aus, daß ein niedriges Aktivationsniveau in der frühen Kindheit über ein fehlendes Furchtempfinden und einem ungehemmten Verhalten zu einem schwierigen Temperament in der Kindheit führen kann. Aufgrund des schwierigen Temperaments ist das Kind einem größeren Risiko ausgesetzt, externalisierende Verhaltensweisen und damit Betragensstörungen zu entwickeln.

Eltern berichten häufiger von frühen problematischen und aggressiven Verhaltensweisen ihrer Kinder, wenn diese ein schwieriges Temperament aufweisen (Kingston & Prior, 1995; Sanson, Smart, Prior & Oberklaid, 1993). Ein unkontrolliertes, impulsives Verhalten während der Kindheit kann spätere Delinquenz begünstigen (Tremblay, Pihl, Vitaro & Dobkin, 1994; White et al., 1994). Ebenso ermittelten Chess und Thomas (1984) in einer Längsschnittstudie, daß „schwierige Kinder" einem erhöhten Risiko ausgesetzt waren, ein antisoziales Verhalten zu entwickeln. In der Studie von Campbell et al. (1994) erwies sich das impulsive Verhalten von vierjährigen Jungen über zwei Jahre hinweg als stabil. Mit Hilfe eines transformatorischen Modells problematischer Verhaltensweisen, das mögliche Änderungen im Problemverhalten vom ersten bis zum dritten Lebensjahr berücksichtigte, konnten Shaw und Mitarbeiter (1994) mit Hilfe von Beobachtungen eine mittelstarke Kontinuität problematischer Verhaltensweisen ermitteln. So ergaben sich Zusammenhänge zwischen einem frühen, stetigen Suchen nach Aufmerksamkeit im Alter von zwölf Monaten, ungefälligem Verhalten im Alter von 18, Aggression im Alter von 24 und von den Müttern berichteten externalisierenden Verhaltensweisen im Alter von 36 Monaten.

Kritisch anzumerken ist, daß in den meisten Studien lediglich die Einschätzung der Eltern erfaßt wurde. Studien, die unterschiedliche Informationsquellen zur Einschätzung externalisierender Verhaltensweisen berücksichtigten, konnten nur mittelstarke bis schwache Zusammenhänge zur mütterlichen Einschätzung früher Verhaltensauffälligkeiten beim Kind ermitteln. Auch, wenn es sich bei der Einschätzung der Mutter bzw. der Eltern lediglich um subjektive Beurteilungen handelt, beeinflußt doch diese Grundhaltung der Mutter/Eltern maßgeblich die Beziehung zum Kind und führt unter Umständen zu Erziehungspraktiken, die externalisierende Verhaltensweisen beim Kind fördern (Shaw & Winslow, 1997).

Eine Reihe weiterer Faktoren können die Beurteilung des kindlichen Verhaltens und das Verhalten der Kinder selbst beeinflussen (Dishion et al., 1995). Zu diesen Faktoren zählt die Qualität der *Bindung* zwischen den Eltern und ihrem Kind (Bowlby, 1969; vgl. Perrig-Chiello, 1997; s. Kap. 6). Eine sichere Eltern-Kind-Bindung während der ersten beiden Lebensjahre führt zu einer effektiveren Regulation der eigenen Emotionen und positiveren Beziehungen zu Eltern, Gleichaltrigen und anderen Erwachsenen. Kinder, deren Eltern während des ersten Lebensjahres emotionale Wärme, Verantwortlichkeit und Sensibilität zeigen, entwickeln mit höherer Wahrscheinlichkeit ein Gefühl sicherer Bindung (De Wolff & van Ijzendoorn, 1997). Die Eltern-Kind-Bindung beeinflußt beim Kind die Entwicklung kognitiv-affektiver Schemata von sich und von anderen und damit die Entwicklung internaler Repräsentationen zwischenmenschlicher Beziehungen (vgl. Kap. 5 und 6). Darüber hinaus wird angenommen, daß ein sicheres Bindungsverhältnis beim Kind zur Entwicklung des Selbstwertgefühls und sozialer Kompetenzen beiträgt (vgl. Greenberg, Speltz & DeKlyen, 1993).

Drei Bindungsmuster stehen dabei in einem Zusammenhang zu aggressiven Verhaltensweisen beim Kind (vgl. Kap. 6):

- unsicher-vermeidende,
- unsicher-ambivalente und
- desorganisierte Bindungserfahrungen.

Eine unsichere Bindung im frühen Kindesalter kann verknüpft sein mit einem stabil-aggressivem Verhalten vom Vorschul- bis ins Schulalter hinein (Lyons-Ruth et al., 1995 dargestellt in Shaw et al., 1996; Shaw & Winslow, 1997) sowie negativeren Beziehungen beispielsweise zu Gleichaltrigen und einer schlechteren Regulation eigener Emotionen während der Vorschulzeit (Greenberg et al., 1993), und zwar dann, wenn weitere aversive Faktoren (z.B. ein negativer, elterlicher Erziehungsstil oder psychische Auffälligkeiten der Eltern; vgl. van Ijzendoorn, Goldberg, Kroonenberg & Frenkel, 1992) hinzukommen. Diese Zusammenhänge zeigen sich insbesondere bei Jungen, aufgrund deren größerer Vulnerabilität gegenüber externalisierenden Verhaltensproblemen (Shaw & Winslow, 1997). Einige der Verhaltensweisen, die Kinder mit unsicheren Bindungen zu ihren Eltern während der Vorschulzeit zeigen, weisen bereits Überschneidungen zur Symptomatik der Störung mit Oppositionellem Trotzverhalten auf (z.B. Trotzverhalten, Uneinsichtigkeit; Greenberg et al., 1993). Frühe Verhaltensauffälligkeiten beim Kind (während des ersten Lebensjahres) führten in einer Studie von Shaw, Keenan und Vondra (1994) insbesondere dann zu externalisierenden Verhaltensweisen, wenn die Mütter wenig verständnisvoll auf ihre Kinder reagierten. Greenberg und Mitarbeiter (1993) stellen zusammenfassend fest, daß die Einstellung der Mutter während der Schwangerschaft und ihre generellen Vorstellungen von interpersonellen Beziehungen, die Entwicklung der Mutter-Kind-Beziehung maßgeblich beeinflussen.

Eltern-Kind-Konflikte treten entweder durch die sich entwickelnden oppositionellen Verhaltensweisen beim Kind oder durch den Einfluß des Temperaments des Kindes auf das Verhalten seiner Eltern auf (Shaw et al., 1996). Bestimmte Formen der Eltern-Kind-Interaktionen, Interaktionen zwischen Geschwisterkindern und elterliche Erziehungspraktiken tragen zu einer Förderung oppositioneller und aggressiver Verhaltensweisen beim Kind bei, die in sogenannten *Erpresserspielen* zwischen dem Kind und den Eltern münden können (vgl. Dishion et al., 1995; Patterson, Reid & Dishion, 1992). Die Reaktionen der Eltern auf das herausfordernde Verhalten ihrer Kinder werden immer massiver und aggressiver und können zu einer Eskalation von Familienkonflikten führen (Petermann & Petermann, 1997a, b): Dieser Kreislauf beginnt im Kleinen und beinhaltet sowohl positive (das Kind erreicht mit aggressivem Verhalten sein Ziel, erhält z.B. durch Schreien und Toben einen erwünschten Gegenstand) als auch negative Verstärkungen (das Kind kann einen unangenehmen Zustand erfolgreich durch aggressives Verhalten verringern oder beseitigen, z.B. indem es durch Zurückschlagen den Angriff eines anderen Kindes beendet) der kindlichen Verhaltensweisen. Darüber hinaus führt die Duldung (z.B. dem Verhalten der Kinder tatenlos zuschauen) zu einer Verstärkung des aggressiven Verhaltens. Die Kinder leiten hieraus eine stillschweigende Zustimmung ab.

Das *Erziehungsverhalten* der Eltern trägt dazu bei, daß sich das aggressive Verhalten des Kindes verfestigt: Die Eltern machen beispielsweise zu viele oder widersprüchliche Anweisungen gegenüber dem Kind oder setzen immer strengere Erziehungspraktiken inkonsequent ein. Ein strenger, strafender Erziehungsstil (z.B. körperliche Mißhandlungen, Schläge oder Einsperren des Kindes), stellt einen Risikofaktor für aggressives Verhalten der Kinder dar (Frick, 1994; Manly, Cicchetti & Barnett, 1994; Patterson et al., 1992; Rothbaum & Weisz, 1994). Kinder lernen so nicht, Grenzen zu akzeptieren, sich mit unterschiedlichen Positionen auseinanderzusetzen oder Konflikte zu lösen (Ratzke et al., 1997). Das Erlernen sozialer Kompetenzen im Umgang mit anderen wird auf diese Weise beeinträchtigt. Im Gegensatz dazu führt ein autoritativer Erziehungsstil, der beispielsweise gekennzeichnet ist durch emotionale Wärme sowie eine altersangemessene Beaufsichtigung des Kindes und Interesse an seinen Aktivitäten, zur Entwicklung problemorientierter Bewältigungsstrategien, zu einem angepaßten psychosozialen Funktionsniveau, besseren Schulleistungen sowie einem stärkeren Selbstwertgefühl (McIntyre & Dusek, 1995). Das in der Familie erlernte Interaktionsverhalten wird vom Kind auf andere Situationen (z.B. Schule) und Personen (z.B. andere Erwachsene, Gleichaltrige) übertragen (Kazdin, 1995). Eine Reihe weiterer, negativer familiärer und sozialer Faktoren, die einen solchen Entwicklungsprozeß im Kindesalter begünstigen, sind im Kasten 13.6 angeführt.

Kasten 13.6: Weitere negative familiäre und soziale Risikofaktoren der Betragensstörungen.

- Psychische Störungen (insbesondere affektive oder somatische Störungen bei der Mutter und antisoziale Störungen beim Vater) bzw. eine kriminelle Vergangenheit sowie Drogenabhängigkeit der Eltern können zu mangelnden elterlichen Erziehungskompetenzen führen und somit Verhaltensprobleme beim Kind begünstigen (Capaldi & Patterson, 1994; Frick et al., 1992). Die Art der Störung, so Frick (1994), scheint dabei nicht so bedeutsam zu sein, wie die Schwere der Funktionsstörungen und damit einhergehende Beeinträchtigungen der Eltern-Kind-Interaktion. Psychische Störungen der Mutter beeinträchtigen die Mutter-Kind-Interaktion und die Bindungsqualität bereits in den ersten Lebensjahren des Kindes (vgl. Herpertz-Dahlmann & Remschmidt, 1995). Antisoziale bzw. psychische Auffälligkeiten bei den Eltern könnten somit zu einer Weitergabe der Störungen auf ihre Kinder beitragen, wobei antisoziales Verhalten bei den Müttern oft nicht erkannt wird (vgl. Kasten 13.5).
- Vernachlässigung sowie sexueller Mißbrauch (vgl. Kindheit und Entwicklung, Heft 4/1995) führen zu einem unsicheren Bindungsverhalten und können die Entwicklung antisozialen Verhaltens beim Kind begünstigen (Cicchetti & Lynch, 1993; Flisher et al., 1997). Widom (1997) stellt zusammenfassend fest, daß gewalttätiges Verhalten und körperliche Züchtigungen innerhalb der Familie vom Kind als Bewältigungsstrategie wahrgenommen und auf andere Situationen und Personen übertragen werden könnten. Darüber hinaus scheinen konstante körperliche Züchtigungen ein Kind gegenüber zukünftigen schmerzvollen bzw. angstauslösenden Situationen zu desensibilisieren und ein unsensibleres sowie weniger einfühlsames Verhalten gegenüber anderen zu bewirken. Vernachlässigte oder mißhandelte Kinder weisen auch schon in jungen Jahren vermehrt aggressive Verhaltensweisen sowie Defizite in der kognitiv-emotionalen Entwicklung auf.
- Offen ausgetragene Ehekonflikte der Eltern beeinflussen die Eltern-Kind-Beziehung (Harold, Fincham, Osborne & Conger, 1997) und können zu Betragensauffälligkeiten führen (Katz & Gottman, 1993). Dabei steht, im Falle der Scheidung, weniger die Trennung von einem Elternteil in einem Zusammenhang mit Verhaltensproblemen, sondern vielmehr die durch die Konflikte beeinflußte und veränderte Eltern-Kind-Interaktion sowie die möglicherweise beeinträchtigten elterlichen Erziehungskompetenzen (Frick, 1994). Teilweise werden die Kinder als Verbündete in die elterlichen Auseinandersetzungen hineingezogen (Ratzke et al., 1997). Darüber hinaus wird auch diskutiert, ob nicht erst die Betragensstörung des Kindes die elterlichen Konflikte auslöst (Frick, 1994). Auf welche Weise familiäre Konflikte (zwischen Eltern und Geschwistern) gelöst werden, beeinflußt die Entwicklung

sozial-kognitiver Fähigkeiten beim Kind (Loeber & Hay, 1997).

- Ein niedriger, sozioökonomischer Status sowie ein aversives Wohnumfeld (z.B. Wohngegenden mit hohem Kriminalitätsanteil) stellen globale Bedingungen dar, die eine Reihe spezifischer Faktoren (z.B. Erziehungskompetenzen der Eltern) beeinflussen (vgl. Kusch & Petermann, 1995). Ein niedriger sozioökonomischer Status in Verbindung mit negativen familiären Faktoren (z.B. große Anzahl an Geschwistern, Arbeitslosigkeit eines Elternteils, alleinerziehender Elternteil) stehen in einem Zusammenhang mit einem frühen, nicht jedoch späten, Beginn der Störung des Sozialverhaltens (vgl. Capaldi & Patterson, 1994; Hinshaw & Zupan, 1997; Loeber & Hay, 1997).
- Aggressiven Kinder kommt weniger familiäre Unterstützung in Bewältigungssituationen zu (Pakaslahti, Spoof, Asplund-Peltola & Keltinkangas-Järvinen, 1998).

13.5.3 Schulleistungsprobleme, Defizite in der Informationsverarbeitung und der Einfluß der Gleichaltrigenbeziehungen

Deutliche Zusammenhänge zeigen sich zwischen *geringen kognitiven Fertigkeiten* und antisozialem Verhalten (vgl. Loeber & Hay, 1997): In Längsschnittstudien konnte für Jugendliche, die später straffällig wurden, gegenüber unauffälligen Jugendlichen ein niedrigerer Intelligenzquotient (IQ) ermittelt werden. Dieser Zusammenhang erwies sich als unabhängig vom sozioökonomischen Status, der schulischen Ausbildung oder von der Annahme, daß eine niedrigere Intelligenz die Wahrscheinlichkeit erhöht, eher gefaßt zu werden (vgl. Carey & Goldman, 1997; Moffitt, 1993b). In einer Metaanalyse konnten Maguin und Loeber (1996 dargestellt in Loeber & Hay, 1997) ermitteln, daß eine niedrige Intelligenz und Aufmerksamkeitsprobleme delinquente Verhaltensweisen vorhersagen konnten. Loeber und Hay (1997) stellen fest, daß Aggression nur bei Jungen mit intellektuellen Defiziten einhergeht. Kognitive Defizite und schlechte schulische Leistungen sind vor allem bei Kindern zu beobachten, bei denen schon früh eine Betragensstörung nachgewiesen werden konnte (Moffitt & Lynam, 1994; Patterson et al., 1992).

Moffitt (1993b) stellt zusammenfassend fest, daß grundsätzlich der verbale IQ bei delinquenten und aggressiven Jugendlichen geringer ausfällt als der praktische IQ. Der verbale IQ wird mit Hilfe von Testbatterien ermittelt, die eine entsprechende verbale Ausdrucksfähigkeit und ein entsprechendes Sprachverständnis voraussetzen. Moffitt (1993b) führt die geringeren Werte in verbalen IQ-Tests bei delinquenten und aggressiven Jugendlichen auf Defizite in der Sprachentwicklung zurück, die durch neuropsychologische Schwierigkeiten bedingt sein können.

Delinquente Jugendliche, die während der Kindheit hyperkinetische Störungen aufwiesen, gelangten dabei zu noch schlechteren verbalen IQ-Werten. Der Störungsverlauf von Kindern mit Betragensstörungen und komorbiden hyperkinetischen Problemen verschlechtert sich nach der Einschulung; diese Kinder weisen insbesondere Probleme beim Lesenlernen und Buchstabieren auf (Moffitt, 1990). Neuropsychologische Faktoren können über Beeinträchtigungen des Lern- und Leistungsverhaltens zu Lern- und Leistungsstörungen führen, die wiederum möglicherweise in einem Zusammenhang zu aggressivem Verhalten stehen (vgl. Heubrock & Petermann, 1998). Ebenso können Hirntumorerkrankungen mit verminderten kognitiven Fertigkeiten verknüpft sein (Konrad, Gauggel & Jansen, 1998). Negative Leistungsrückmeldungen in der Schule fördern die Entwicklung eines unangemessenen Selbstwertgefühls (Ratzke et al., 1997). In den folgenden Jahren lassen die Schulleistungen dieser Kinder kontinuierlich nach, und sie bleiben hinter den Leistungen Gleichaltriger zurück.

Die bisher dargestellten Zusammenhänge verdeutlichen, daß bei aggressiven Kindern und Jugendlichen eine Reihe sozial-kognitiver Defizite festzustellen sind, die sich auf die *sozial-kognitive Informationsverarbeitung* auswirken. Dodge (1993b; vgl. Crick & Dodge, 1994; Dodge & Schwartz, 1997) verdeutlicht, daß bei aggressiven bzw. antisozialen oder delinquenten Kindern und Jugendlichen auf jeder Stufe der sozial-kognitiven Informationsverarbeitung (vgl. Kap. 6) Defizite zu ermitteln sind:

- *Kodierung von Schlüsselreizen.* Aggressive Kinder enkodieren weniger soziale Schlüsselreize. In zweideutigen Situationen versuchen aggressive Kinder, in einem geringeren Maße zusätzliche Informationen einzuholen. Weiterhin reagieren aggressive Kinder selektiv auf soziale Schlüsselreize, die feindselig sind bzw. als bedrohlich interpretiert werden.
- *Reizinterpretation.* Aggressive Kinder neigen verstärkt zu Attributionsfehlern und interpretieren zweideutige soziale Schlüsselreize als bedrohlich und provokativ. Diese Attributionsfehler erhöhen auch die Wahrscheinlichkeit aggressiver Reaktionen auf positives (zugewandtes) Verhalten von anderen.
- *Zielklärung.* Aggressive Kinder beurteilen bestimmte Handlungsziele, wie beispielsweise Kontrolle einer Situation oder dominante Verhaltensweisen, positiver. In sozialen Austauschprozessen reagieren aggressive Jugendliche eher mit Vergeltungsabsichten als nicht-aggressive Jugendliche, deren Handlungsziel in zweideutigen oder Konfliktsituationen eher in der Bewahrung der sozialen Beziehungen besteht.
- *Antwortsuche.* In sozialen Konfliktsituationen können aggressive Kinder weniger potentielle Problemlösungen generieren bzw. auffinden; aggressive Jugendliche zeigen eher ineffektive oder feindselige Reaktionsmöglichkeiten.
- *Antwortentscheidung.* Aggressive Kinder und Jugendliche bewerten aggressive Reaktionsmöglichkeiten positiver als nicht-aggressive Kinder. Sie sind der Ansicht, daß diese Formen beispielsweise zu einer Bestätigung in der Gruppe und zur Reduktion aversiver Konsequenzen führen, jedoch nicht, daß ihr feindseliges Verhalten andere verletzt oder leiden läßt. Weiterhin glauben sie, daß sie nicht in der Lage wären, aggressionsreduzierende Reaktionsformen einzusetzen (z.B. sich einer provokativen Situation entziehen). Somit wählen sie aggressivere und feindseligere Formen aus.

Diese Prozesse verlaufen oftmals sehr schnell und sind wiederum durch weitere internale sowie externale Faktoren beeinflußt. Baumeister, Smart und Boden (1996) stellen beispielsweise fest, daß aggressive Personen dazu neigen, ein überschwengliches Selbstbild von sich zu haben. Diese Personen verhalten sich in einem starken Maß aggressiv, wenn sie Bedrohungen ihres Selbstbildes wahrnehmen. Weiterhin deuten verschiedene Ergebnisse daraufhin, daß den unterschiedlichen Formen aggressiven Verhaltens (vgl. Abschnitt 13.1.1) verschiedene mentale Prozesse zugrunde liegen. Reaktive Formen der Aggression (Reaktionen auf wahrgenommene Bedrohungen oder Provokationen), scheinen mit Verzerrungen bzw. Defiziten in der Kodierung von Schlüsselreizen und in der

Reizinterpretation zusammenzuhängen. Bei proaktiven Formen der Aggression hingegen, die zielgerichtet ohne vorangehende Provokationen ausgeführt und durch positive Verstärkungen von außen erworben und aufrechterhalten werden, zeigen sich andere Zusammenhänge. Im Zuge der Antwortsuche und -entscheidung scheinen vornehmlich aggressive Verhaltensweisen gewählt zu werden, da diese positiver bewertet werden (Dodge & Schwartz, 1997).

Grundsätzlich beeinflussen die gesammelten Erfahrungen und kognitiven Schemata des Kindes diesen Prozeß der Informationsverarbeitung. Mit der Zeit verfestigen sich Wahrnehmungs- und Reaktionsmuster zunehmend und erweisen sich als stabil (Dodge & Schwartz, 1997). Diese Art und Weise, sich in sozialen Situationen zu verhalten, beeinflußt maßgeblich die Beliebtheit unter Gleichaltrigen.

Aggressive Kinder werden, soziometrischen Messungen (vgl. Kap. 6) zufolge, *von Gleichaltrigen vermehrt abgelehnt* (vgl. Loeber & Hay, 1997). Gerade im schulischen Kontext erweist sich das beeinträchtigte Sozialverhalten der Kinder, das sich aufgrund der dargestellten negativen Erfahrungen entwickelt hat, als nachteilig, um soziale Beziehungen zu knüpfen (Ratzke et al., 1997). Kinder, die bereits früh ein antisoziales Verhalten entwickelt haben, genießen unter Umständen während der Adoleszenz eine gewisse Popularität und üben einen bedeutsamen Einfluß auf Gleichaltrige aus, die sich bisher noch nicht deviant verhalten haben (Moffitt, 1993a). Jugendliche hingegen, die erst in der Adoleszenz ein antisoziales Verhalten entwickeln, wurden in ihrer bisherigen Entwicklung nicht durch Gleichaltrige abgewiesen. Für sie stellen der Einfluß devianter Gleichaltriger sowie eines aversiven sozialen Umfeldes Risikofaktoren für die Entwicklung antisozialen Verhaltens im Jugendalter dar (Dishion & Patterson, 1992; Keenan et al., 1995; Moffitt, 1993a). Zumeist liegen bei den „Spätstartern" in geringerem Maße negative, familiäre Umstände vor (Capaldi & Patterson, 1994). Dennoch stellt die Vernachlässigung der Aufsichtspflicht seitens der Eltern, ebenso wie eine mangelhafte Auseinandersetzung mit dem Kind bzw. Jugendlichen (z.B. Zeit zusammen verbringen, Interesse an den Freunden und Hobbies des Kindes zeigen), einen wesentlichen Risikofaktor für Jugenddelinquenz dar (vgl. Forehand, Miller, Dutra & Chance, 1997; Frick, 1994). Insbesondere in städtischen Ballungsgebieten mit hohem Kriminalitätsanteil erweist sich die Beaufsichtigung der Kinder und Jugendlichen durch die Eltern als besonders wichtig, um das Delinquenzrisiko zu mildern.

Cairns, Cadwallader, Estell und Neckerman (1997) stellen zusammenfassend fest, daß zwar soziometrische Messungen belegen, daß aggressive Kinder von den Mitschülern als weniger beliebt eingestuft und gemieden werden; diese Kinder weisen dennoch intime Freundschaften und ein soziales Netzwerk zu andern Kindern auf, die sich zumeist auch aggressiv bzw. antisozial verhalten. Dieser Zusammenhang zeigt sich sowohl im Kindesals auch im Jugendalter (vgl. Snyder, Horsch & Childs, 1997). Diese Gruppen devianter Kinder bzw. Jugendlicher können im Rahmen größerer, sozialer Netzwerke (z.B. in der Schule) eine gewisse Dominanz erlangen und bestehende Autoritäten (z.B. die des Klassenlehrers) unterminieren. Entwickeln sich aus solchen Gruppen Jugendbanden, so steigt die Rate gewalttätigen Verhaltens an und verfestigt sich (Cairns et al., 1997).

13.5.4 Schutzfaktoren

Schutzfaktoren, die das Risiko für antisoziales Verhaltens reduzieren, sind bisher nur in einem geringeren Maße als Risikofaktoren untersucht worden (Kazdin, 1995). Oftmals wird die Abwesenheit eines Risikofaktors oder dessen Umkehrung, wie zum Beispiel ein einfaches Temperament, gute schulische Leistungen oder eine positive Beziehung zu den Eltern und Gleichaltrigen, als Schutzfaktor angesehen. Stouthamer-Loeber et al. (1993) konnten belegen, daß die meisten Faktoren nicht ausschließlich einen entweder risikoerhöhenden oder -mildernden Effekt aufweisen; vielmehr können Schutzfaktoren in einem unterschiedlichen Ausmaß sowohl das Auftreten beispielsweise delinquenten Verhaltens verhindern als auch die Entwicklung ernsterer Formen der Delinquenz unterdrükken. Darüber hinaus konnten für mehrere Variablen (z.B. Schulmotivation, Beziehung zu den Eltern oder Beaufsichtigung durch die Eltern), je nach positiver oder negativer Ausprägung, sowohl protektive als auch risikoerhöhende Effekte nachgewiesen werden. Stouthamer-Loeber et al. (1993) konnten zwar einige Faktoren isolieren, die ausschließlich das Risiko für delinquentes Verhalten erhöhen, nicht jedoch Faktoren, denen eine alleinige Schutzfunktion zukam.

Versucht man, Schutzfaktoren zu isolieren, können nach Kazdin (1995) drei Kategorien angeführt werden:

- *Eigenschaften des Individuums:* zum Beispiel ein einfaches Temperament, gute schulische Fertigkeiten und schulische Leistungen oder ein hohes Selbstwertgefühl.
- *Faktoren innerhalb der Familie:* zum Beispiel ein autoritativer Erziehungsstil oder soziale Kompetenzen der Eltern.
- *Unterstützung von Außenstehenden:* zum Beispiel durch Gleichaltrige, Freunde oder durch weitere, wichtige Personen des Umfeldes.

Verschiedene Studien konnten die positive Wirkung dieser Faktoren nachweisen. Yoshikawa (1994) stellt zusammenfassend fest, daß positive Erziehungspraktiken der Eltern sowie altersangemessene verbale Fertigkeiten beim Kind, insbesondere in Familien mit einem geringen Einkommen, eine Schutzfunktion gegenüber der Entwicklung antisozialen Verhaltens ausüben. Die soziale Unterstützung der Eltern konnte negative Erziehungspraktiken verhindern.

In der „Cambridge Study in Delinquent Development" (vgl. Farrington, 1995) konnte festgestellt werden, daß Jungen aus Hoch-Risiko-Familien einem geringeren Risiko ausgesetzt waren, antisoziale oder delinquente Verhaltensweisen zu entwickeln, wenn ihre Eltern nicht vorbestraft waren und sie mit Geschwistern aufwuchsen, die kein Problemverhalten aufwiesen. Ebenso stellte sich Schüchternheit bei diesen Kind als protektiver Faktor heraus. Für Jungen aus einem besonders belasteten Wohnumfeld erwies es sich außerdem als protektiv, wenn sie den Kontakt zu Jugendlichen aus der Nachbarschaft mieden. In der Kauai-Längsschnittstudie (Werner & Smith, 1992) wiesen die Kinder ein vermindertes Risiko für delinquentes Verhaltens in der Adoleszenz auf, wenn sie das erste Kind in der Geburtsfolge waren, im Kleinkindalter von der Mutter als „liebevoll" wahrgenommen wurden und ein hohen Selbstwertgefühls sowie einer internalen Kontrollüberzeugung aufwiesen. Darüber hinaus übte eine unterstützende, gleichgeschlechtliche Person innerhalb der Familie, mit der sie sich identifizieren konnten, eine schützende Funktion aus. Zusammenfassend läßt sich feststellen, daß Interventionen insbesondere darauf ausgerichtet sein sollten, die soziale Unterstützung der Eltern zu erhöhen sowie positive Erziehungspraktiken und die kognitive Entwicklung des Kindes zu fördern (Yoshikawa, 1994).

13.6 Prävention und Intervention

Geht man von den Befunden zur Komorbidität und zum Verlauf aggressiven bzw. antisozialen Verhaltens aus, läßt sich feststellen, daß Interventionen *möglichst früh im Entwicklungsverlauf*, bereits vor dem Störungsbeginn ansetzen müssen, um einen möglicherweise ungünstigen Verlauf zu verhindern (Kazdin, 1993b; Reid & Eddy, 1997). Aggressives bzw. antisoziales Verhalten ist dann am besten zu reduzieren, wenn erst wenige differenzierte Verhaltensweisen vorliegen und die Betroffenen noch relativ jung sind (Loeber, 1990). Daraus läßt sich folgern, daß die Wahrscheinlichkeit für positive Therapieeffekte um so geringer ist, je später im Entwicklungsverlauf interveniert wird und je älter die Jugendlichen sind (Shaw & Winslow, 1997).

Wie bereits dargestellt, erhöht sich für Kinder, die bereits früh externalisierende Verhaltensauffälligkeiten zeigen, die Wahrscheinlichkeit, Betragensstörungen, komorbide psychische Probleme und delinquente Verhaltensmuster zu entwickeln. Bei einem frühen Störungsbeginn mit einer starken Ausprägung der Symptomatik (Vielfalt und Häufigkeit) und wenn vielfältige Situationen betroffen sind, ist von einem stabilen antisozialen Verhalten auszugehen (Loeber, 1990; Dumas, 1992). Wenn es zukünftig gelingt, Risikokonstellationen für antisoziales Verhalten möglichst früh zu diagnostizieren, kann auch eine Frühförderung erfolgen. Dabei sind einerseits spezifische, primär-präventive Maßnahmen (vgl. Kap. 12) anzuführen, die sich zum Beispiel an werdende Mütter mit vielfältigen Risiken richten, um antisoziale Verhaltensweisen beim Kind zu verhindern oder das Risiko für antisoziales Verhalten zu verringern. Ziegler, Taussig und Black (1992) konnten in einer Überblicksarbeit die Effektivität solcher Programme zur Prävention antisozialer und delinquenter Verhaltensweisen belegen.

Neben Präventions- kann eine Reihe von Interventionsmaßnahmen angeführt werden. Wie bereits in Kapitel 12 dargestellt, zählen verhaltenstherapeutische Ansätze, allein oder in Kombination mit kognitiven Ansätzen, zu den effektivsten, am besten evaluierten und vielversprechendsten Therapieverfahren (Döpfner, 1997; Kazdin, 1990a, 1997; Kazdin et al., 1990; Kendall & Panichelli-Mindel, 1995). Bei jungen Kindern (vom Kindergartenalter bis zu den ersten Schuljahren) haben sich bei aggressiven Verhaltensmustern besonders behavioral-orientierte Therapiemaßnahmen bewährt (Patterson, Reid & Dishion, 1992). Bei der Behandlung antisozialer Störungen im Kindes- und Jugendalter zählen auch Elterntrainings zu den effektiven und vielversprechenden Verfahren (Döpfner, Schürmann & Frölich, 1997; Kazdin, 1997). Die Trainings führen zu andauernden Veränderungen im Verhalten der Eltern (Kazdin, 1990b). Positive Auswirkungen sind deshalb auch noch längerfristig zu erwarten und eingetretene Effekte bleiben über längere Zeiträume bestehen (Sutton, 1992). Selbstinstruktionsverfahren erzielen besonders gute Effekte bei Delinquenz, allerdings nur geringe bei aggressivem Verhalten (Dush, Hirt & Schroeder, 1989).

Für den Erfolg einer Therapie sind besonders die Verhaltensänderungen im Alltag bedeutungsvoll. So konnten Petermann und Bochmann (1993) in einer Metaanalyse zum „Training mit aggressiven Kindern" und zum „Training mit sozial unsicheren Kindern" (Petermann & Petermann, 1996a, b, 1997a) Verhaltensänderungen bei den untersuchten Kindern in Schule und Elternhaus belegen, wobei insbesondere positive Aktivitäten (wie z.B. ein kooperatives Verhalten) zunahmen. Lediglich 8% der Kinder brachen die Therapie ab. Besonders stabil erwiesen sich die Erfolge dann, wenn es gelang, Alltagserfahrungen des Kindes in das Training miteinzubeziehen.

Einen wesentlichen Faktor, der die Effektivität von Verhaltenstrainings beeinflußt (vgl. Kap. 12), stellt die *Elternmitarbeit* dar. Gerade bei Kindern mit oppositionellen bzw. aggressiven Verhaltensmustern weisen die Eltern eine mangelnde Kooperation auf und beenden die Behandlung vorzeitig (vgl. Döpfner, 1997; Reid, 1993), wobei insbesondere Eltern mit einem geringen Bildungsstand die größten Schwierigkeiten bei der Durchführung verhaltenstherapeutischer Strategien aufweisen (Firestone & Witt, 1982). Möglichkeiten, Eltern von der Mitarbeit bei präventiven Maßnahmen zu überzeugen, führt beispielsweise Reid (1993) an. Diese beinhalten Strategien, wie zum Beispiel die Eltern in persönlichen Gesprächen von der Bedeutsamkeit der Maßnahmen zu überzeugen, beziehen sich jedoch fast ausschließlich auf amerikanische und können nicht ohne weiteres auf hiesige Verhältnisse übertragen werden. Ein weiteres Problem stellt die Therapiemitarbeit der Kinder bzw. Jugendlichen selbst dar. Kinder und Jugendliche mit Betragensstörungen scheinen oftmals keine *„Krankheitseinsicht"* aufzuweisen (Kazdin, 1993b), was die Teilnahme und Mitarbeit an Interventionen beeinträchtigt. Kazdin (1990b) belegt, daß bis zu 25% der Kinder, die kind- und familienzentrierte Interventionen bei aggressiven Störungen durchlaufen, vorzeitig die Therapie abbrechen. Die Kinder und Jugendlichen, die vorzeitig die Therapie abbrechen, sind im Vergleich zu den Patienten, die die Therapie fortsetzen, stärker dissozial gestört, aggressiver und stammen aus sozial benachteiligten Familien. Die Mütter dieser Patienten berichten in einem stärkeren Ausmaß von einer schlechten Beziehung zu ihrem Kind, klagen stärker über ihre Situation und beschreiben sich als psychisch auffälliger. Die Risikofaktoren für einen frühzeitigen Therapieabbruch überschneiden sich mit den Merkmalen, die die Stabilität der Behandlungseffekte nach absolvierter Therapie ungünstig beeinflussen: alleinerziehender Elternteil, Depressivität der Mutter, sozial benachteiligte und isolierte Familien sowie Partnerschaftskonflikte (Webster-Stratton, 1990; Miller & Prinz, 1990). Somit besteht die Gefahr, daß gerade jene Patientengruppe mit dem höchsten Chronifizierungsrisiko durch die Therapie am wenigsten erreicht wird. Für solche Risikogruppen müssen spezielle Therapieangebote gemacht werden; bei Eltern mit Paarproblemen bietet sich beispielsweise neben dem Elterntraining eine zusätzliche Paartherapie an, die die gegenseitige Unterstützung fördern soll (Dadds, Schwartz & Sanders, 1987).

Im Folgenden werden aufgrund der Effektivität dieser Maßnahmen vorrangig behaviorale, kognitive sowie kognitiv-behaviorale Therapiestrategien und -verfahren vorgestellt. Neben einer kurzen Einführung in grundlegende Interventionen sollen beispielhaft möglichst multimodale Verhaltenstrainings zur Behandlung aggressiver Störungen im

Kindes- und Jugendalter dargestellt werden. Ebenso sollen kurz einige Ausführungen zu Interventionsmöglichkeiten bei delinquenten Verhaltensweisen Erwähnung finden.

13.6.1 Multimodale Verhaltenstrainings

Aufgrund der Heterogenität antisozialen Verhaltens (vgl. Abschnitt 13.1.1), der hohen Komorbidität, begleitet von vielfältigen psychosozialen und psychischen Belastungen (vgl. Abschnitt 13.3) und der unterschiedlichen Bereiche, in denen sich die Verhaltensweisen zeigen können, sind insbesondere sogenannte mutimodale Verhaltenstrainings (vgl. Kap. 12) für eine effektive Intervention geeignet (vgl. Petermann, 1997b). Insbesondere bei schwerwiegenden Formen antisozialen Verhaltens sollten multimodale Interventionen eingesetzt werden (AACAP Practice Parameters, 1997; vgl. Offord, 1997). Bei Kindern und Jugendlichen mit antisozialen Verhaltensweisen liegen zumeist zusätzliche Belastungen vor, wie zum Beispiel Schulprobleme oder komorbide psychische Auffälligkeiten. Beim Vorliegen zusätzlicher Probleme ist, wie im Abschnitt 13.3 beschrieben, mit einer ungünstigen Entwicklungsprognose zu rechnen, so daß besonders effektive Interventionsstrategien erforderlich sind. Trainings, die mehrere Risikofaktoren gleichzeitig angehen, haben dabei eine größere Aussicht auf Erfolg, als Trainings, die lediglich Einzelrisiken zu behandeln versuchen (Yoshikawa, 1994). Gleiches gilt für die Effektivität präventiver Programme, die bestenfalls aus mehr als lediglich einem Element bestehen sollten (Offord, 1997; Tremblay & Craig, 1995). Multimodale Interventionen müssen sich somit auf jeden Bereich beziehen, der durch die aggressiven Verhaltensweisen betroffen ist (AACAPPP, 1997). Petermann und Petermann (1996a, b, 1997a) legen für die von ihnen entwickelten Trainings verschiedene Therapiemanuale vor, in denen sowohl die *Kind- als auch die Elternebene gleichrangig* berücksichtigt und im therapeutischen Vorgehen miteinander verbunden werden.

Eine *entwicklungsorientierte Intervention* sieht beim Einsatz von Therapiemanualen vor, daß auf *empirisch fundierte Entwicklungsmodelle* zurückgegriffen wird, die auf den Einzelfall spezifizierbar sind. Nach Petermann (1997b, S. 15) gilt es, folgende Fragen zu berücksichtigen (s. auch Abschnitt 13.5 und Kap. 12):

- Welche Risikofaktoren liegen beim auffälligen Kind und seiner Familie vor?
- Welche Schutzfaktoren können beim Kind und seiner Familie gestärkt werden?
- Welcher Entwicklungsstand des Kindes ist für die Intervention besonders günstig?
- Welche Störung soll bei einer Mehrfachbelastung (Komorbidität) zuerst behandelt werden?
- Welche Umgebungsfaktoren des weiteren sozialen Umfeldes (Freunde, Gleichaltrige, Schule) müssen beachtet werden?
- Wie sieht die Entwicklungsprognose (behandelt gegenüber unbehandelt) aus?

Ein empirisches Entwicklungsmodell orientiert sich dabei an den Befunden zum Verlauf antisozialen Verhaltens (Reid & Eddy, 1997). Erkenntnisse der Entwicklungspsychopathologie belegen, daß Zusammenhänge zwischen der Bewältigung von Entwicklungsaufgaben (z.B. Einschulung oder Eintritt ins Berufsleben) und dem Beginn, der Verschlechterung aber auch der Rückbildung psychischer Störungen existieren. Dabei liegen Befunde darüber vor, in welcher Entwicklungsabfolge psychische Störungen auftreten und zu aggressivem oder delinquentem Verhalten führen (vgl. Abschnitt 13.4 und 13.5). Damit Interventionen effektiv durchgeführt werden können, ist es wichtig zu berücksichtigen, daß die auszuwählenden Maßnahmen aufgrund eines Entwicklungsmodells zu bestimmen sind (Reid & Eddy, 1997). So zeigt sich, daß in Abhängigkeit vom Entwicklungsstand des Kindes unterschiedliche Risikofaktoren besonders bedeutsam sind und damit auch unterschiedliche Maßnahmen angebracht sind (vgl. Abschnitt 13.5). Somit variieren auch die Interventionen: Vor und nach der Geburt stellt natürlich die Mutter das Hauptziel der Maßnahmen dar, während mit zunehmendem Alter des Kindes neben den Eltern das Kind selbst und andere nahestehende Personen, sowie während der Schulzeit die schulische Umgebung und Gleichaltrige als Hauptziele effektiver Behandlungsmaßnahmen zu berücksichtigen sind (Reid & Eddy, 1997).

Tabelle 13.7: Mögliche Interventionsmaßnahmen zum Abbau antisozialer Verhaltensweisen (nach Luiselli, 1991).

Mangelnde soziale Fertigkeiten	• Kommunikationstraining • Training sozialer Fertigkeiten • Interventionen mit Hilfe von Gleichaltrigen
Geringe schulische Leistungen	• direkte Veränderungen der Leistungen • Veränderung des Curriculums • Problemlösetraining
Meidung von Interaktionen und Anforderungen	• differentielle Verstärkung • Training zur Steigerung der Therapiemitarbeit („compliance“) • Instruktionskontrolltraining
Elterliche Aufmerksamkeit	• Verstärkung alternativer Verhaltensweisen • Nicht-Reagieren • *soziale Extinktion* • *„time-out“* • *„response-cost“*
Aufmerksamkeit von Gleichaltrigen	• Selbstkontrolltraining • Gruppenverstärkungskontingenzen

Zusammenfassend läßt sich sagen, daß *entwicklungsorientierte Interventionen bei antisozialen Verhaltensweisen* (vgl. Conduct Problems Prevention Research Group, 1992; Petermann, 1997b; Reid, 1993; Wegner, 1993):

- an bestimmte Aspekte der Entwicklungsphase anzupassen sind (Petermann & Kusch, 1993) und, sich an den dargestellten Entwicklungspfaden orientierend, einem Entwicklungsmodell folgend auszuwählen sind und somit die bisherige Dauer und die Schwere der Störung, den bisherigen Verlauf und komorbide Probleme berücksichtigen sollten;

- eine entwicklungsorientierte Diagnostik voraussetzen (Kazdin, 1993a), die auch neurobiologische und neuropsychologische Aspekte miteinbezieht;
- differenzierte, altersgruppenspezifisch gestaltete Therapiemanuale benötigen, die kind- und zeitgemäß gestaltete Therapiematerialien (z.B. auf der Basis themenbezogener Comics) enthalten und daß
- nicht nur versucht wird, etwa sozial-kognitive Defizite zu modifizieren, sondern vielmehr Ressourcen des Kindes zu stärken und unterschiedliche Umgebungen und Situationen (Elternhaus, Schule, Freundeskreis) im therapeutischen Vorgehen zu berücksichtigen.

Luiselli (1991; zusammenfassend Petermann & Warschburger, 1997) betont, daß es unerläßlich ist, bei externalisierenden Verhaltensweisen eine genaue, funktionale Analyse des kindlichen Verhaltens vorzunehmen, auf der basierend individuelle Interventionsstrategien ausgesucht werden können. Luiselli stellt dabei möglichen Quellen der Kontrolle kindlicher Betragensauffälligkeiten spezifische Interventionsmethoden gegenüber (vgl. Tab. 13.7). Eine genaue Darstellung der einzelnen Methoden und eine Erläuterung der zugrundeliegenden lerntheoretischen Mechanismen geben Petermann und Petermann (1997b). Bei Verhaltensstörungen ist es in der Regel notwendig, verschiedene Methoden zu kombinieren. Eine umfangreiche Verhaltensanalyse bei aggressiven Verhaltensweisen kann beispielsweise mit Hilfe einer Reihe von Verfahren erfolgen, die Petermann und Petermann (1997a) im Rahmen des „Trainings mit aggressiven Kindern" anführen (vgl. Tab. 13.8; vgl. Darstellung bei Wegner, 1993).

13.6.2 Beispiele für am Entwicklungsverlauf orientierten Interventionen

Da umfassende Überblicksarbeiten zur Intervention bei Aggression und Delinquenz im Kindes- und Jugendalter vorliegen (Kazdin, 1995, 1997; Petermann & Warschburger, 1997, 1998; Reid & Eddy, 1997), sollen im Folgenden ein bis zwei ausgewählte Interventionen in unterschiedlichen Entwicklungsphasen angeführt werden: Primär-präventive Maßnahmen (vor und kurz nach der Geburt) und Behandlungsverfahren, die während des frühen Kindesalters, der Schulzeit sowie während der Adoleszenz angewendet werden können. Insbesondere kurz vor und nach Entwicklungsübergängen, wie zum Beispiel der Einschulung oder dem Übergang zur Mittelstufe, sollten Präventionen durchgeführt werden, da die Kinder und ihre Familien während dieser Zeiträume vermehrt Stressoren und damit einem höheren Störungsrisiko ausgesetzt sind (CPPRG, 1992; Kazdin, 1993b; Reid, 1993). Hierfür sind spezielle Programme, die im schulischen Bereich oder im Kindergarten umgesetzt werden, entwickelt worden.

Ein Problem bei der Behandlung aggressiven und dissozialen Verhaltens stellt die hohe *Komorbidität* dar. Dabei erscheint es sinnvoll, jene psychosozialen Bereiche zu identifizieren, die durch die Störungen betroffen und beeinträchtigt sind (Kazdin, 1997). So können etwa beeinträchtigte Gleichaltrigenbeziehungen oder schulische Leistungsdefizite den Therapieerfolg maßgeblich beeinflussen und müssen im therapeutischen Vorgehen (z.B. mit Hilfe von Breitbandinterventionen oder im Rahmen multimodaler Trainings) berücksichtigt werden. Dennoch liegen bis heute keine eindeutigen Richtlinien vor, wie beispielsweise im Falle komorbider Aufmerksamkeits- und Betragensstörungen therapeutisch vorzugehen ist (Abikoff & Klein, 1992; Kazdin, 1997).

Tabelle 13.8: Beispiele für Erhebungsverfahren zur Verhaltensanalyse und Indikationsstellung bei Aggression (aus Petermann & Petermann, 1997a).

Vor Therapiebeginn	• *Systematische Elternexploration* (Erhebung von Daten zur Person, den sozialen Beziehungen sowie Daten für eine Verhaltensanalyse und trainingsspezifische Daten) • *Beobachtungsbogen für das Eltern-Interaktionsverhalten* (bezieht sich auf das Interaktionsverhalten zwischen den Eltern, den Eltern und dem Kind sowie auf das der Geschwister untereinander und ist im Anschluß an das Elterngespräch zu bearbeiten)
Befragung des Kindes	• *Erfassungsbogen für aggressives Verhalten in konkreten Situationen* (EAS [Petermann & Petermann, 1996c]; zur Ermittlung aggressiven Verhaltens in unterschiedlichen Kontexten bei Jungen und Mädchen im Alter von 9 bis 14 Jahren)
Beobachtung des Kindes	• *Beobachtungsbogen für aggressives Verhalten* (BAV; Beurteilung des Auftretens bestimmter Aktivitäten auf einer Fünf-Punkte-Skala. Dabei werden verschiedene Dimensionen aggressiven Verhaltens berücksichtigt) • *Beobachtungsbogen zur Therapiemitarbeit des Kindes* (TMK; Beurteilung des Auftretens bestimmter Aktivitäten auf einer Fünf-Punkte-Skala. Die Beurteilung beschränkt sich auf die konkrete Therapiesituation)

Spezifische, primär-präventive Maßnahmen. Ziegler et al. (1992) kommen in einer Übersichtsarbeit zu dem Ergebnis, daß präventive Maßnahmen, die die Familie stärken und ihren sozialen Austausch innerhalb des sie einbindenden Netzwerkes fördern, den Kindern dazu verhelfen, effektive Bewältigungsstrategien in unterschiedlichen sozialen Kontexten zu entwickeln. Dies wiederum führt dazu, daß die Kinder mit geringerer Wahrscheinlichkeit zu sozial inkompetenten Verhaltensweisen (z.B. Aggression oder Delinquenz) neigen. Andere Maßnahmen, die sich auf den Gesundheitszustand der Mutter konzentrieren, vermindern das Risiko negativer Einflußfaktoren, wie zum Beispiel neurologischer Schädigungen beim Säugling, die im weiteren Entwicklungsverlauf zu einem schwierigen Temperament, hyperkinetischen Symptomen und Aggression führen können (Reid & Eddy, 1997).

Als Beispiel soll ein von Olds und Mitarbeitern (Olds, Henderson, Chamberlin & Tatelbaum, 1986; Olds, Henderson, Tatelbaum & Chamberlin, 1986 dargestellt in Reid & Eddy, 1997) entwickeltes, früh einsetzendes Präventionsprogramm vorgestellt werden. Dieses Programm richtete sich an 400 Frauen, die erstmalig schwanger waren und begann vor der dreißigsten Schwangerschaftswoche. Während der Schwangerschaft wurden die

Mütter zweimal wöchentlich, nach der Geburt für einen Zeitraum von sechs Wochen wöchentlich sowie während der ersten 24 Monate weiter begleitend von einer Mitarbeiterin des öffentlichen Gesundheitswesens betreut. Die Betreuung bezog sich dabei auf die Förderung und Unterstützung der alltäglichen Versorgung des Kindes sowie auf die Verbesserung der sozialen Beziehungen. Eine Reihe von Maßnahmen wurde umgesetzt: Verbesserung der mütterlichen Gesundheit, zum Beispiel durch das Einstellen des Tabakkonsums, Verbesserung der Gesundheit des Kindes, Modifikation der mütterlichen Fürsorge sowie der Inanspruchnahme von unterstützenden Institutionen und die Beeinflussung der Familienplanung bzw. der Erziehungspraktiken. Eine Kontrollgruppe, die nicht diese Maßnahmen durchlief, setzte sich aus Kindern und ihren Müttern mit Risikofaktoren (z.B. ein niedriges Geburtsgewicht oder körperliche Mißhandlungen des Kindes) für die Ausbildung antisozialen Verhaltens zusammen. Im Vergleich zu dieser Kontrollgruppe konnten für die Untersuchungsgruppe mehrere Jahre später weniger Risikofaktoren und negative Auswirkungen ermittelt werden: So reduzierten die Mütter etwa deutlich ihren Tabakkonsum während der Schwangerschaft, oder lediglich in 2% der Fälle konnten Kindesmißhandlungen festgestellt werden (im Gegensatz zu 19% der Fälle in der Kontrollgruppe). Mit diesen Maßnahmen konnten die Risikofaktoren antisozialen Verhaltens reduziert werden.

Darüber hinaus können weitere Maßnahmen, die etwa kurz nach Schuleintritt oder im familiären Kreis zur Verbesserung der Erziehungspraktiken und des Beaufsichtigungsverhaltens eingesetzt werden sowie allgemeine Präventionsprogramme einer Reihe von Überblicksarbeiten entnommen werden (Hurrelmann & Settertobulte, 1998; Reid, 1993; Reid & Eddy, 1997; Yoshikawa, 1994).

Vorschulalter. Oppositionelle und aggressive Verhaltensweisen von Vorschulkindern können oft in der Interaktion mit den Eltern beobachtet werden (Reid, 1993). In diesem Alter besteht fast die gesamte soziale Umwelt des Kindes aus der Familie (Reid, 1993). Die Eltern stellen somit während dieser Altersphase des Kindes die Zielgruppe für Interventionen dar. Elterntrainingsprogramme gehen von der Annahme aus, daß das Verhalten des Kindes über seine soziale Umgebung zu verändern ist. Dem Verhalten der Eltern kommt dabei eine verursachende und stabilisierende Funktion zu, wobei das Verhalten des Kindes wiederum die Eltern beeinflußt und somit von einer bidirektionalen Beziehung bei der Aufrechterhaltung der negativen Verhaltensweisen gesprochen wird (Kazdin, 1997). Somit liegt das Ziel von Elterntrainingsprogrammen in der Modifikation des Interaktionsverhaltens zwischen den Eltern und dem Kind. Besonders behavioral-orientierte Therapiemethoden haben sich bei jungen Kindern mit aggressiven Verhaltenstendenzen bewährt (Brack, 1997).

Ein Beispiel für ein äußerst erfolgreiches Trainingsprogramm, das sowohl im Elternhaus als auch in der Schule oder im Kindergarten umgesetzt werden kann, stellt das Kontingenzmanagement von Tharp und Wetzel (1969 dargestellt in Brack, 1997) dar. In diesem Training leiten Psychologen Mediatoren an, die wiederum in konkreten Situationen im Kindergarten oder im Elternhaus die problematischen Verhaltensweisen der Kinder beobachten und die unmittelbaren Therapeuten (in diesem Fall die Betreuer oder Eltern) anleiten, die auf relevante Verhaltensweisen der Kinder folgenden positiven oder negativen Konsequenzen neu zu ordnen (Kontingenzmanagement). Die Analyse der problemrelevanten Kontingenzen muß dabei äußerst gründlich erfolgen und sollte alle potentiellen Personen im Umfeld des Kindes miteinschließen. Je nach Kontext, in dem sich die problematischen Verhaltensweisen zeigen, können Lehrer, Eltern aber auch andere Personen als unmittelbare Therapeuten fungieren. Bei der Umsetzung der ermittelten Maßnahmen sollen die Mediatoren Rat geben. Am Beispiel aggressiver Verhaltensweisen würde dies bedeuten, daß ein Mediator beispielsweise zusammen mit den Eltern eine genaue Beschreibung sowohl aggressiver als auch prosozialer Verhaltensweisen des Kindes erstellen und die Konsequenzen des Verhaltens festlegen würde.

Kindheit und Schulalter. Ein multimodales Verhaltenstraining zur Behandlung aggressiven Verhaltens bei Kindern legen, wie bereits angeführt, Petermann und Petermann (1997a) vor. Das Training umfaßt neben anfänglichen Einzelsitzungen mit dem Kind sowohl ein Gruppentraining als auch eine begleitende Eltern- bzw. Familienberatung. Mit Hilfe verschiedener Erhebungsverfahren wird vor Therapiebeginn eine genaue Verhaltensanalyse zur Indikationsstellung durchgeführt. Diese Verfahren beziehen sich auf die Eltern- und Lehrerexploration vor Therapiebeginn sowie auf die Befragung und Beobachtung des Kindes selbst und sind in Tabelle 13.8 bereits vorgestellt worden. Die Ziele und Techniken des Trainings sind in Tabelle 13.9 wiedergegeben.

Tabelle 13.9: Ziele und Techniken des Trainings für aggressive Kinder nach Petermann und Petermann (1997a).

Ziele des Trainings	Eingesetzte Techniken
• motorische Ruhe und Entspannung	• bildgetragene Entspannungsgeschichten
• differenzierte Wahrnehmung	• Videofilme mit Konfliktsituationen • Wahrnehmungsspiele • Problemlösespiele
• angemessene Selbstbehauptung	• strukturierte Rollenspiele
• Kooperation und Hilfeverhalten	• strukturierte Rollenspiele
• Selbstkontrolle	• Selbstbeobachtungsbogen • Selbstinstruktionskarten
• Einfühlungsvermögen	• strukturierte Rollenspiele

Neben den verschiedenen Aspekten aggressiven Verhaltens wird im Rahmen der begleitenden Eltern- und Familienarbeit versucht, ein angemessenes Erziehungsverhalten im Umgang mit dem aggressiven Kind aufzubauen, wobei, ähnlich den bereits oben angeführten Aspekten von Elterntrainingsprogrammen, folgende Ziele verfolgt werden:

- Informationen über das aggressive Verhalten des Kindes ermitteln;
- die aufrechterhaltenden und verursachenden Bedingungen des aggressiven Verhaltens verdeutlichen;

- die Beziehung zwischen dem aggressiven Verhalten des Kindes und dem bisherigen Erziehungsverhalten der Eltern aufzeigen;
- unangemessene familiäre sowie Eltern-Kind-Interaktionsmuster verändern;
- negative und irrationale Erziehungshaltungen bewußt machen und modifizieren.

Zur Umsetzung dieser Ziele werden die Eltern in den Techniken der systematischen Verhaltensbeobachtung und -verstärkung geschult. Sie werden aufgefordert, ihr Kind für gewünschte Verhaltensweisen konsequent zu loben und für unerwünschte Verhaltensweisen zu bestrafen. Weitere Techniken stellen das Ignorieren, die Vergabe von „tokens" oder auch der Einsatz von „time-out"-Maßnahmen dar. In Übungen sollen die Eltern lernen, das erworbene Wissen auf den familiären Alltag zu übertragen.

Ein „Sozialtraining in der Schule" zur Förderung sozialer Kompetenzen bei Schülern der dritten bis sechsten Klasse legen Petermann, Jugert, Tänzer und Verbeek (1997) vor. Dieses Programm ist dazu konzipiert, verschiedenen Verhaltensstörungen, wie Aggression, Hyperaktivität oder sozialer Angst entgegenzuwirken und soll von Lehrern in ihren Klassen umgesetzt werden. Wie im Abschnitt 13.5 dargestellt, weisen Kinder mit Betragensstörungen, aber auch mit anderen Verhaltensstörungen, eine Reihe von Defiziten in der sozial-kognitiven Informationsverarbeitung und Defizite hinsichtlich eines sozialkompetenten Verhaltens auf. Gemäß dem Stufenmodell von Dodge (1993b) sollen mit dem Training grundlegende kognitive Fähigkeiten und soziale Fertigkeiten gefördert werden; im Einzelnen bezieht sich dies auf

- die Entwicklung einer differenzierten Wahrnehmung,
- das Erkennen und Ausdrücken von Gefühlen,
- die Kooperation mit anderen,
- die Entwicklung einer angemessenen Selbstbehauptung und auf
- die Entwicklung von Einfühlungsvermögen.

Die Autoren empfehlen, daß das Training nicht lediglich als isolierte Aktion innerhalb eines Klassenverbandes durchgeführt, sondern vielmehr eingebettet werden sollte in Maßnahmen, die die gesamte Schule einbeziehen; sie schlagen beispielsweise vor:

- Die Bildung von Arbeitsgruppen zur Entwicklung eines guten Schulklimas, Durchführen von Projektwochen und Lehrerfortbildungen für die gesamte Schule,
- die Durchführung des konkreten Sozialtrainings im Klassenverband und
- unter Umständen Einzelgespräche mit Schülern oder deren Eltern.

Neben der konkreten Einweisung der Lehrer in das Sozialtraining ist die Mitarbeit der Eltern von großer Bedeutung, die durch Elterninformationsabende bis hin zu Einzelgesprächen gefördert werden soll.

Das Sozialtraining umfaßt zehn Sitzungen im Klassenverband, die jeweils gleich strukturiert sind und in denen die Kinder angeleitet werden, sich mit einem Thema auseinanderzusetzen. Jede Sitzung besteht aus sechs Phasen, die in Tabelle 13.10 kurz dargestellt sind.

Tabelle 13.10: Phasen der Sitzungen des Sozialtrainings in der Schule nach Petermann et al. (1997).

Einleitungsphase	Beginn der Sitzung mit einem kurzen Spiel zum Aufwärmen, das im Zusammenhang zum Thema der Sitzung steht. Der Lehrer gibt dann eine kurze Einleitung in die Trainingssitzung.
Regelphase	Im Klassenverband werden pro Sitzung zwei Regeln besprochen, die der Problematik in der Klasse angepaßt sein sollten, wobei sich eine der Regeln jeweils an die eher aktiven oder an die eher ruhigen Schüler richtet (z.B. „jeder darf ausreden" vs. „jeder darf etwas sagen").
Entspannungsphase	Durchführung einer Entspannungsübung zur Vorbereitung auf die Arbeitsphase.
Arbeitsphase	Die Arbeitsphase stellt die wichtigste Phase des Trainings dar. Über Rollen- oder Interaktionsspiele, Bildmaterialien oder Geschichten wird das Leitthema der Stunde erarbeitet.
Abschlußphase	Die Klasse gibt Rückmeldung darüber, inwiefern die Klassenregel von der Klasse während der Sitzung beachtet wurde. Die Kinder werden somit angeleitet, sich selbst und andere zu beobachten und ihr Verhalten einzuschätzen.
Ausklang	Beendigung der Sitzung mit einem kurzen Spiel.

Jugendalter. Interventionsmaßnahmen im Jugendalter sollten sich vornehmlich auf die Jugendlichen selbst, die Gleichaltrigenbeziehungen und den schulischen Kontext beziehen (AACAPPP, 1997). Dabei sind insbesondere soziale bzw. kognitive Fertigkeits- und Problemlösetrainings zu erwähnen. Problemlösetrainings sollen dazu beitragen, interpersonale und kognitive Fertigkeiten zu modifizieren und zu entwickeln. Nach Kazdin (1997) finden sich bestimmte Faktoren in allen Trainings wieder:

- Der Fokus liegt in der Betrachtung, in welcher Weise sich Kinder sozialen Situationen nähern und welche kognitiven Prozesse ihre Reaktion auf diese Situationen formen. Dabei sollen die Kinder lernen, schrittweise, in einer bestimmten Abfolge auf soziale Situationen zu reagieren;
- reagieren die Kinder in solchen Situationen prosozial, so sollen diese Reaktionen gefördert werden (z.B. durch Verstärkungsmaßnahmen);
- als therapeutische Methoden werden Rollenspiele, Lernen am Modell oder Geschichten eingesetzt. Problemlöseaufgaben sollen im Verlauf der Therapie zunehmend auf reale Alltagssituationen übertragen werden;
- der Therapeut spielt eine aktive Rolle, indem er die kognitiven Prozesse beim Kind durch verbale Anweisungen und Verstärkungsmechanismen beeinflußt.

Eine weitere Interventionsmöglichkeit besteht in der Modifikation der sozialen Fertigkeiten der Jugendlichen und der Interaktionen mit Gleichaltrigen, da aggressive Kinder und Jugendliche oft Defizite im Umgang mit anderen aufweisen. Diese Interventionen werden als alleinige Maßnahme zum Abbau aggressiven und delinquenten Verhaltens als wenig erfolgversprechend betrachtet, so daß sie oft mit kognitiven Ansätzen zu Programmpaketen kombiniert werden (Petermann & Warschburger, 1998). Ein multimodales Behandlungspaket für Jugendliche zur Förderung des Sozialverhaltens entwickelten Petermann und Petermann (1996a), in dem auch Grundprinzipien der Problemlösetrainings aufgenommen wurden. Die Jugendlichen sollen mit Hilfe des Trainings lernen, Probleme verschiedener Lebensbereiche (z.B. Ausbildung, Freizeit oder Umgang mit Partnern und Gleichaltrigen) angemessen anzugehen. Im Rahmen von Einzel- und Gruppensitzungen sollen die Jugendlichen folgende Ziele erreichen:

- eine verbesserte Selbstwahrnehmung,
- Selbstkontrolle und Ausdauer,
- Einfühlungsvermögen in andere Personen und Situationen,
- ein angemessener Umgang mit eigenen Gefühlen,
- ein stabiles Selbstbild und
- einen angemessenen Umgang mit Kritik, Mißerfolg aber auch Lob und Bestätigung.

Mindestens fünf Einzelsitzungen sind vor den Gruppensitzungen zu durchlaufen. Mit Hilfe von Cartoons, Fotos und Tagebüchern sollen die ungünstige Selbstwahrnehmung und -kontrolle thematisiert werden. Dabei sollen sich die Jugendlichen ihrer eigenen Ziele bewußt werden und sich mit ihnen in Diskussionen auseinandersetzen. Mit Hilfe von Rollenspielen sollen konkrete Verhaltensweisen in den Einzel- und Gruppensitzungen eingeübt werden. In den Gruppensitzungen werden folgende Inhalte und Verhaltensweisen thematisiert:

- Argumentieren lernen,
- der Umgang mit Gefühlen und der eigenen Körperhaltung,
- das Üben von Einfühlungsvermögen und der Selbstsicherheit im Umgang mit Gleichaltrigen,
- Ausdruck von Lob und Anerkennung,
- Außenseiter akzeptieren,
- das Üben von Vorstellungsgesprächen,
- Umgehen mit Kritik im Beruf sowie Umgehen mit Mißerfolgen und
- Rückmeldungen zum Training.

Bei Delinquenz handelt es sich, wie dargestellt, um ein weitverbreitetes Problemverhalten im Jugendalter. Eine Reihe von Übersichtsarbeiten zur Intervention bei Delinquenz im Jugendalter liegen bereits vor (Guerra, Tolan & Hammond, 1995; Lipsey, 1992; Mulvey, Arthur & Reppucci, 1993; Tolan & Gorman-Smith, 1997), so daß an dieser Stelle nur ein kurzer Einblick gegeben wird.

Grundsätzlich ist zwischen Maßnahmen zu unterscheiden, die im Rahmen des Rechtssystems, etwa zur Resozialisierung von Straftätern durchgeführt werden und zwischen Maßnahmen, die sich auf Jugendliche beziehen, die einem hohen Risiko ausgesetzt sind, wiederholt straffällig zu werden (Tolan & Gorman-Smith, 1997). In einer Metaanalyse von über 500 Interventionen bei Delinquenz im Jugendalter kommt Lipsey (1992) zu dem Ergebnis, daß insbesondere strukturierte Behandlungsmaßnahmen auf der Basis behavioraler Techniken und der Vermittlung von Fertigkeiten delinquentes Verhalten reduzieren können. Diese Maßnahmen beziehen auch das Erziehungsverhalten der Eltern und das Verhalten der Jugendlichen im schulischen Kontext mit ein. Verknüpft man diese Interventionen, dann gelingt es, delinquentes Verhalten besonders nachhaltig abzubauen. Im Rahmen der Betreuung bereits straffällig gewordener Jugendlicher führen insbesondere Resozialisierungsmaßnahmen, die ein Arbeitsverhältnis fördern sowie betreute Wohneinrichtungen zu positiven Effekten. Ebenso erwiesen sich soziale Fertigkeitstrainings als erfolgreich.

Als nachteilig können Programme angesehen werden, die ausschließlich delinquente Jugendliche zusammenbringen, da diese eher dazu beitragen, daß die Wechselwirkung zwischen delinquentem Verhalten und dem Einfluß devianter Gleichaltriger verstärkt wird (Thornberry & Krohn, 1997). Positive Effekte zeigen Maßnahmen, die die delinquenten mit sich prosozial-verhaltenden Jugendlichen zusammenführen (Tolan & Guerra, 1994), da diese ein Erlernen prosozialer Verhaltensweisen „am Modell“ unterstützen.

Grundsätzlich stellen die Eltern wichtige Ansprechpartner bei Interventionen dar. Gerade bei delinquenten Jugendlichen aber sind die Eltern oftmals nicht bereit, an Behandlungsmaßnahmen teilzunehmen. Alternativ können beispielsweise sogenannte Foster Care-Programme angeboten werden, wo an Stelle der eigenen ausgewählte „Pflegeeltern” treten, die eine zentrale Rolle bei der Behandlung und Rehabilitation der Jugendlichen einnehmen. Ein Beispiel bildet das „Specialized Foster Care”-Programm (Chamberlain, 1990 dargestellt in Tolan & Gorman-Smith, 1997). Das Programm beinhaltet die

- Auswahl von geeigneten Pflegeeltern,
- Anleitung und Training der Pflegeeltern,
- Beaufsichtigung der Jugendlichen Zuhause und in der Gemeinde,
- Supervision und Unterstützung der Pflegeeltern,
- Individualbehandlung der Jugendlichen sowie
- Behandlungsmaßnahmen für die gesamte Familie und die
- Einbeziehung der gesamten Gemeinde und Förderung sozialer Kontakt.

Jugendliche, die an diesem Programm teilnahmen, wiesen bedeutend niedrigere Rückfallquoten auf (Tolan & Gorman-Smith, 1997).

14 Autistische Störung

14.1 Definition, Klassifikation

Das DSM-IV (APA, 1994/1996) weist einige Neuerungen in der Klassifikation *Tiefgreifender Entwicklungsstörungen* auf. Aufgrund der enormen Forschungsaktivität im Bereich der Tiefgreifenden Entwicklungsstörungen, werden wir uns in diesem Kapitel nur auf die Autistische Störung beschränken; die Asperger-, die Rett-Störung sowie die Desintegrative Störung des Kindesalters und die Nicht Näher Bezeichnete Tiefgreifende Entwicklungsstörung lassen wir unberücksichtigt. Zwei wesentliche Aspekte der Entwicklungspsychopathologie sind in der neueren Autismusforschung umgesetzt worden: *Erstens* konnte gezeigt werden, daß Kinder mit Autistischer Störung eine entwicklungsabhängige Veränderung ihrer charakteristischen Defizite aufweisen (Volkmar, Burack, & Cohen, 1990). *Zweitens* sind wesentliche Fortschritte in unserem Verständnis des Autismus durch einen Vergleich mit nicht-gestörten Kindern erreicht worden (Baron-Cohen, Tager-Flusberg & Cohen, 1993); beide Aspekte sind im DSM-IV berücksichtigt.

Kanner (1943) war der erste, der auf die Notwendigkeit hinwies, zwischen schweren Geistesstörungen, die während der frühesten Kindheit entstehen (mit Autismus als Prototyp), und schweren Psychosen, die erst in der späteren Kindheit oder dem Jugendalter entsteht (mit der Schizophrenie als Prototyp) zu unterscheiden (vgl. Kolvin, 1971; Rutter & Schopler, 1987). Für die ersteren führte die American Psychiatric Association im Jahre 1980 den Begriff „Tiefgreifenden Entwicklungsstörung" (pervasive developmental disorder) ein. Die klassische Form der Tiefgreifenden Entwicklungsstörungen entsprach weitestgehend dem Autismus nach Kanner und wurde „infantiler Autismus" genannt. Seit 1980 ist der „frühkindliche Autismus" eine offizielle, eigenständige diagnostische Kategorie des DSM (APA, 1980). Die andere schwere psychische Störung im Kindesalter wurde als *„childhood-onset schizophrenia"* bezeichnet (APA, 1980). Sie wird jedoch mittlerweile als von der Schizophrenie im Erwachsenenalter nicht wirklich unterschiedlich angesehen und ist daher schon in DSM-III nicht länger separat aufgeführt worden (Kantor, Evans & Pezzot-Pearce, 1982).

Seit Kanners (1943) erster Beschreibung des frühkindlichen Autismus unterschieden sich die Diagnosen von Kindern mit Autistischen Störung mitunter beträchtlich. Erst mit Einführung des DSM-III (APA, 1980) wurden einheitliche diagnostische Kriterien eingeführt. Die Hauptmerkmale sind (vgl. Rutter, 1978):

- Störungsbeginn vor dem 30. Lebensmonat,
- tiefgreifender Mangel an Reaktionen auf andere Personen,
- schwere Störungen der sprachlichen Entwicklung,
- eigenartige Sprachmuster,
- bizarre Reaktionen auf die Umwelt und
- Fehlen von Denkstörungen.

Im Jahre 1986 wurde von Denckla eine bis heute akzeptierte Definition der Autistischen Störung vorgelegt, in der folgende Punkte besonders hevorgehoben wurden:

- Die soziale und kommunikative Entwicklung aller Untergruppen der Autistischen Störung unterscheidet sich von der anderer Störungen des Kindes- und Jugendalters.
- Die Fähigkeit autistischer Kinder, soziale Beziehungen aufzunehmen und soziale Kommunikation durchzuführen, ist nicht nur zeitlich verzögert, sondern entwickelt sich grundlegend anders.
- Die ungeordnete Entwicklung oder die fehlende Koordination innerhalb der einzelnen Entwicklungsbereiche ist allein für autistische Kinder charakteristisch.

Diese Aspekte führten in der Revision der dritten Ausgabe von DSM-III (APA, 1987) dazu, in der Diagnose und Klassifikation der Autistischen Störung ausdrücklich auf die Qualität der sozialen und kommunikativen Entwicklungsabweichung Bezug zu nehmen (Volkmar, Cicchetti, Cohen & Bergman, 1992). Die diagnostische Entscheidungsfindung orientierte sich im DSM-III-R nicht länger an allgemeinen Begriffen abweichenden Verhaltens (z.B. Agitiertheit, bizarres Verhalten, autistische Isolierung), sondern an qualitativ umschriebenen Merkmalen, die autismusspezifisch und, bezogen auf das Entwicklungsalter, abweichend sind (Waterhouse, Wing, Spitzer & Siegal, 1992). Zudem wurden im DSM-III-R Anstrengungen unternommen, die spezifischen Merkmale hinsichtlich eines dem Verhalten zugrundeliegenden ätiopathologischen Prozesses zu formulieren (Rutter & Schopler, 1987).

Seit Einführung des DSM-III ist man bemüht, über das beobachtbare Verhalten oder eine Symptombeschreibung hinauszukommen. Rutter und Schopler (1992) fordern in diesem Zusammenhang, die Diagnose und Klassifikation Tiefgreifender Entwicklungsstörungen auch zukünftig auf eine systematische Bewertungsgrundlage zu stellen. Spezifische klinische Merkmale, Altersaspekte, die Art und Weise des Störungsbeginns, die Entwicklungsabweichung sowie der Entwicklungsausgang sind als ein zusammenhängendes Ganzes und nicht als Teilstücke zu sehen. Eine Annäherung an diese entwicklungspsychopathologisch fundierten Anforderungen macht den Unterschied in der Diagnostik und Klassifikation Tiefgreifender Entwicklungsstörungen zwischen DSM-III-R und DSM-IV aus. Mit Einführung des DSM-IV (APA, 1994) sind die diagnostischen Kriterien und inhaltlichen Angaben nun an den meisten dieser Merkmale orientiert. Im folgenden Abschnitt werden die im DSM-IV zu Tiefgreifenden Entwicklungsstörungen zusammengefaßten Störungen einzeln definiert.

14.1.1 Definition

Obwohl niemand eine psychogene Verursachung der Autistischen Störung ernsthaft befürwortet, bleibt die Frage ungeklärt, wie die neurobiologischen Ursprünge zu dem autismusspezifischen Phänotyp der vielfältigen Störungen führen. Den verfügbaren Daten folgend, muß die autistische Störung auf drei zusammenhängenden Ebenen definiert werden als:

- eine neurobiologische Störung der normalen Hirnentwicklung (Rubinstein, Lotspich & Ciaranello, 1993),
- eine psychische Störung der normalen kognitiv-emotionalen Entwicklung (Baron-Cohen, Tager-Flusberg & Cohen, 1993; Frith, Morton & Leslie, 1991; Hobson, 1993) und

• ein „Mißerfolg normaler Sozialisation" (Cohen, Paul & Volkmar, 1987).

Folglich kann die Autistische Störung als eine Störung in einer komplexen Verursachungskette definiert werden, die zu einer Entwicklungsabweichung mit einem einzigartigen Muster gestörten Sozialverhaltens führt.

14.1.2 Klassifikation

Im DSM-IV wird die Autistische Störung als eine abnorme oder beeinträchtigte Entwicklung der sozialen Reziprozität und Kommunikation mit einem beschränkten Repertoire von Aktivitäten und Interessen beschrieben. Verzögerungen oder abnorme Funktionsfähigkeiten sollen in mindestens einem der Bereiche sozialer Interaktion, Sprache als sozialem Kommunikationsmittel, symbolischem oder Phantasiespiel beobachtbar sein (vgl. Tab. 14.1).

14.2 Epidemiologie

Die Prävalenz der Autistischen Störung liegt in der Normbevölkerung bei zehn bis elf Fällen pro 10.000 (Bryson, Clark & Smith, 1988; Cialdella & Mamelle, 1989). Für die Autistische Störung im Sinne des Kanner Autismus liegt die Prävalenz dagegen nur bei zwei bis fünf Fällen pro 10.000 (Zahner & Pauls, 1987). Das Verhältnis zwischen Jungen und Mädchen liegt bei etwa vier bis fünf zu eins. Mädchen sind deutlicher beeinträchtigt als Jungen (Lord & Schopler, 1987). Bei etwa 66% liegt der IQ unter 70, bei 37% sogar nur zwischen 10 und 50. Nur etwa 12% autistischer Kinder weisen einen IQ von über 90 auf (Ritvo et al., 1989). Die Intelligenzwerte der autistischen Kinder weisen nach dem fünften Lebensjahr eine hohe Stabilität auf und gelten daher als Prädiktoren für die Leistungsfähigkeit dieser Kinder im Erwachsenenalter (Paul, 1987). Bei etwa 28 bis 33% autistischer Kinder wird eine Störung des Zentralnervensystems festgestellt (Cialdella & Mamelle, 1989). Wing (1993) fand in einer neueren Übersicht eine Prävalenz neurologischer Störungen von 27 bis 80%. Es ist vor allem die Anfallsneigung autistischer Kinder, die auffällig ist und die von der frühen Kindheit zum Jugendalter sprunghaft von 5 bis 14% in der Präadoleszenz auf etwa 26% im Jugendalter ansteigt (Gillberg & Steffenburg, 1987).

14.3 Komorbidität

Etwa 70 bis 85% der Kinder weisen eine zusätzliche geistige Behinderung auf (Volkmar, Burack & Cohen, 1990). Andere psychische Störungen, mit denen der Autismus gehäuft gemeinsam auftreten kann, sind Sprachstörungen, insbesondere die Störung der pragmatischen Kommunikation (Brook & Bowler, 1992).

Tabelle 14.1: Diagnostische Kriterien für die Autistische Störung nach DSM-IV (aus APA, 1994/1996, S. 107f).

A. Es müssen mindestens sechs Kriterien aus (1), (2) und (3) zutreffen, wobei mindestens zwei Punkte aus (1) und je ein Punkt aus (2) und (3) stammen müssen:
  (1) qualitative Beeinträchtigung der sozialen Interaktion in mindestens zwei der folgenden Bereiche:
    (a) ausgeprägte Beeinträchtigung im Gebrauch vielfältiger nonverbaler Verhaltensweisen wie beispielsweise Blickkontakt, Gesichtsausdruck, Körperhaltung und Gestik zur Steuerung sozialer Interaktionen,
    (b) Unfähigkeit, entwicklungsgemäße Beziehungen zu Gleichaltrigen aufzubauen,
    (c) Mangel, spontan Freude, Interesse oder Erfolg mit anderen zu teilen (z.B. Mangel, anderen Menschen Dinge, die für die Betroffenen von Bedeutung sind, zu zeigen, zu bringen oder darauf hinzuweisen),
    (d) Mangel an sozio-emotionaler Gegenseitigkeit;
  (2) qualitative Beeinträchtigungen der Kommunikation in mindestens einem der folgenden Bereiche:
    (a) verzögertes Einsetzen oder völliges Ausbleiben der Entwicklung von gesprochener Sprache (ohne den Versuch zu machen, die Beeinträchtigung durch alternative Kommunikationsformen wie Gestik oder Mimik zu kompensieren),
    (b) bei Personen mit ausreichendem Sprachvermögen deutliche Beeinträchtigung der Fähigkeit, ein Gespräch zu beginnen oder fortzuführen,
    (c) stereotyper oder repetitiver Gebrauch der Sprache oder idiosynkratische Sprache,
    (d) Fehlen von verschiedenen entwicklungsgemäßen Rollenspielen oder sozialen Imitationsspielen;
  (3) beschränkte, repetitive und stereotype Verhaltensweisen, Interessen und Aktivitäten in mindestens einem der folgenden Bereiche:
    (a) umfassende Beschäftigung mit einem oder mehreren stereotypen und begrenzten Interessen, wobei Inhalt und Intensität abnorm sind,
    (b) auffällig starres Festhalten an bestimmten nicht-funktionalen Gewohnheiten oder Ritualen,
    (c) stereotype und repetitive motorische Manierismen (z.B. Biegen oder schnelle Bewegungen von Händen oder Fingern oder komplexe Bewegungen des ganzen Körpers),
    (d) ständige Beschäftigung mit Teilen von Objekten.

B. Beginn vor dem dritten Lebensjahr und Verzögerung oder abnorme Funktionsfähigkeit in mindestens einem der folgenden Bereiche:
  (1) soziale Interaktion,
  (2) Sprache als soziales Kommunikationsmittel oder
  (3) symbolisches oder Phantasiespiel.

C. Die Störung kann nicht besser durch die Rett-Störung oder die Desintegrative Störung im Kindesalter erklärt werden.

14.4 Entwicklungsverlauf und -ausgang

Die Verhaltensmerkmale der Autistischen Störung sind abhängig vom Alter des Kindes und seiner Intelligenz (Kusch & Petermann, 1998b). Die Schwere der Symptomatik steht im Zusammenhang mit dem Alter bei Störungsbeginn. Sie ist

- ausgeprägt bei den Kindern, die bereits vor dem zweiten Lebensjahr auffallen (20%),
- etwas weniger ausgeprägt bei den Kindern, die im zweiten Lebensjahr erkannt (74%), und
- noch weniger ausgeprägt bei den Kindern, die erst nach dem dritten Lebensjahr erkannt werden (6%).

Die bereits um den 18. Lebensmonat identifizierbaren Kinder zeichnen sich durch eine geringere Intelligenz aus als die Kinder, die nach dem 24. Lebensmonat identifiziert werden (Short & Schopler, 1988). Viele Kinder mit Autistischer Störung weisen zudem eine geistige Behinderung auf, so daß der Entwicklungsverlauf der Autistischen Störung vor dem Hintergrund der normalen wie auch der Entwicklung geistig behinderter Kinder zu betrachten ist (Volkmar et al., 1992).

14.4.1 Autismus als eine Form der Entwicklungsabweichung

Eine früh beginnende Entwicklungsabweichung muß zu überdauernden Störungen der grundlegenden kognitiven und emotionalen Kompetenzen eines Kindes führen. Es kann daher sehr hilfreich sein, die vorliegenden Befunde zur Entwicklung autistischer Kinder vor dem Hintergrund eines ätiopathogenetischen Modelles der normalen und abweichenden Entwicklung im Säuglings- und Kleinkindalter zu betrachten (vgl. Kusch, 1995; Kusch & Petermann, 1998b). Im Folgenden werden vor allem die Informationen und Erkenntnisse zusammengetragen, die sich mit Hinweisen auf die Entwicklung der Autistischen Störung während der ersten drei Lebensjahre beziehen, da diese Informationen sehr wichtig für die Früherkennung und -therapie der autistischen Störung sind (Volkmar & Klin, 1993; Kusch & Petermann, 1996).

In den ersten Lebensjahren ist die Entwicklung durch sensible Phasen charakterisiert, in denen ein Kind Entwicklungsaufgaben zu bewältigen hat (Sroufe, 1996). Diese Zusammenhänge wurden bereits in Kapitel 5 erläutert und in Tabelle 5.1 zusammenfassend dargestellt. Während jeder sensiblen Periode kommt es zu Transaktionen des Kindes mit seiner Umwelt, die sowohl zur Reorganisation der Neurobiologie, der kognitiv-emotionalen Strukturen und sozialen Kompetenzen des Kindes als auch zu Veränderungen seiner sozialen Umwelt führen (Kusch, 1995; Sameroff, 1995; Sroufe, 1996). Eine erfolgreiche Bewältigung früher Entwicklungsaufgaben erleichtert die Bewältigung der folgenden Entwicklungsaufgaben, da die Auseinandersetzung auf Grundlage der organisierten frühen Strukturen erfolgt. Erklärt werden die zugrundeliegenden Mechanismen durch die Konzepte der Differenzierung und hierarchischen Integration (vgl. Cicchetti & Cohen, 1995).

Imitation: Als Voraussetzung einer angemessenen Imitation gilt die Fähigkeit, akustische, sensorische, taktile, viscerale und andere Reize zu ordnen. Dieser Transfer kann als ein automatischer innerer neurologischer Nachvollzug von in der Umwelt gemeinsam auftretenden Reizen oder Signalen beschrieben werden. Dabei kommt es zu drei Formen der Reizverknüpfung:

- *Körpergefühl-Verknüpfungen:* Hier werden visuelle Informationen mit Erfahrungen der eigenen Hand oder Zunge verknüpft (bis zum 3. Lebensmonat).
- *Visuelle Verknüpfungen:* Hier werden visuelle Informationen mit Informationen der eigenen, sich im Gesichtsfeld des Kindes befindlichen Hand verknüpft (bis zum 3. Lebensmonat).
- *Repräsentationale Verknüpfungen:* Hier werden visuelle und auditive Informationen mit internal gespeicherten Verhaltensplänen verknüpft (ab dem 7. Lebensmonat).

Mit diesen zentralnervösen sensumotorischen Verknüpfungen sind drei affektive Kompetenzen gesunder Säuglinge verbunden, die sich etwa in Freudereaktionen beim Spiel mit der eigenen Hand zeigen. Nach Meltzoff (1990) sind es die von Geburt an vorhandene Fähigkeit

- bestimmte emotionale Zustände mit bestimmten Gesichtsausdrücken verknüpfen zu können (Körpergefühl-Verknüpfung),
- das eigene Verhalten im Zusammenhang mit dem Verhalten anderer Personen zu bringen (visuelle Verknüpfung) und
- die visuell wahrgenommenen Gesichtsausdrücke mit den eigenen zu vergleichen, und von den eigenen emotionalen Zuständen auf diejenigen anderer Personen schließen zu können (repräsentationale Verknüpfung).

All diese einzelnen Fähigkeiten ermöglichen es einem Säugling, die äußere Umwelt nachzuvollziehen. Einige Ergebnisse im Detail:

- In *neurobiologischen Studien* zur autonomen Regulation zeigen autistische Kinder eine beeinträchtigte Orientierungsreaktion und gestörte Habituation an neue und unvorhersagbare Reize. Eine erhöhte Pulsfrequenz als Reaktion auf Veränderungen in der Umwelt konnte sowohl für autistische Kinder mit geringem als auch hohem kognitiven Funktionsniveau nachgewiesen werden. EEG-Untersuchungen zur Verarbeitung neuer und unvorhersagbarer auditiver Informationen weisen ebenfalls gestörte Verarbeitungsprozesse bei autistischen Kindern nach (Courchesne, 1991).
- Im Rahmen von *Verhaltensbeobachtungen* erweist sich das Verhalten autistischer Kinder als deutlich gestört, wenn sie die Ereignisabfolge in ihrer Umwelt nicht vorhersagen können. In dem Maße, wie sie das Verhalten anderer, beispielsweise von Gleichaltrigen, vorhersagen können, zeigen autistische Kinder deutlich kompetentere soziale Interaktionen. Gleiches gilt bezüglich der Häufigkeit selbststimulierenden Verhaltens und von Echolalieäußerungen, die deutlich öfter in der sozialen Interaktion mit unbekannten als mit bekannten Personen gezeigt werden. Werden soziale Interaktionsprozesse vorhersagbarer gemacht, indem das Sozialverhalten der autistischen Kinder imitiert wird, so steigt die Häufigkeit des Blickkontaktes und der sozialen Reaktion sprunghaft an (Volkmar & Klin, 1993).
- Die Fähigkeit zur *Imitation* ist gestört: Autistische Kinder können die Bewegungsmuster von anderen Menschen und von Dingen nicht nachahmen (Mundy & Hogan, 1994). Diese Defizite sind nicht auf psychomotorische Störungen zurückzuführen. Zu

den Schwierigkeiten der Imitation zählen Defizite der gestischen, motorischen und verbalen Imitation sowie der Imitation sensumotorischer und symbolischer Handlungen. Autistische Kinder zeigen insbesondere dann schwere Störungen der Imitation, wenn es um Affekte geht. Obwohl von manchen Forschern die Störungen der Imitationsfähigkeit auf die symbolische Imitation begrenzt wird, zeigen viele Studien deutlich, daß auch grundlegende Imitationsleistungen beeinträchtigt sind, die nicht auf kognitive, sondern auf sozial-emotionale Defizite zurückgeführt werden können (Hobson, 1993).
- Autistische Kinder zeigen eine gestörte *soziale Informationsverarbeitung*. Da in sozialen Interaktionen viele neue und unvorhersagbare Situationen auftreten, ziehen autistische Kinder den Umgang mit Gegenständen demjenigen mit Personen vor. Ein anderer Bereich, in dem vorhersagbare Reize verarbeitet werden, sind selbstgerichtete Verhaltensweisen. Während fremdgerichtetes Verhalten sehr variable und unvorhersagbare Reaktionen hervorruft, sind selbstgerichtete Verhaltensweisen, wie beispielsweise die Selbststimulation mit eindeutigem Feedback verbunden. Dieser unterschiedliche Feedback von Selbst-versus-Anderem dient dem normalen Kind als eine wesentliche Grundlage der Entwicklung eines Selbstkonzeptes, das als von anderen Personen differenziert erlebt wird (Kusch, 1995). Autistische Kinder unterscheiden im sozialen Austausch nicht zwischen selbst-initiiertem und fremd-initiiertem Sozialverhalten (Mundy, 1995).

Vor allem die Imitation und die emotionale Reaktionsfähigkeit sind in autismusspezifischer Art und Weise gestört. Pennington und Welsh (1995) sehen eine gestörte Ausbildung und Koordination von spezifischen Selbst-Anderen-Repräsentationen auf neuronaler Ebene als Grundstörung des Autismus. Diese Grundstörung bezieht sich auf Kompetenzen, die von Meltzoff (1990) bei gesunden Neugeborenen und Säuglingen während der ersten drei Lebensmonate nachgewiesen wurden. Es ist verständlich, daß Eltern ihre Säuglinge mit diesen Beeinträchtigungen bereits sehr früh als auffällig beschreiben (Gillberg et al., 1990).

Verschiedene empirische Arbeiten zum Autismus weisen Probleme nach, die im Einklang mit den hier aufgestellten Entwicklungsaspekten des dritten bis sechsten Lebensmonates stehen:

- *Verhaltensregulation:* Autistische Kinder sind in der Lage, ihre Aufmerksamkeit auf Gegenstände zu lenken und ihre Absichten durch einfache kommunikative Mittel mitzuteilen. Sie sind in sozialen Interaktionen nicht außergewöhnlich widerspenstig oder unfolgsam.
- *Affektive Äußerungen:* Autistische Kinder zeigen deutlich weniger positive Affekte als vergleichbare Kinder. Sie äußern während sozialer Interaktionen, die normalerweise mit positiven Affekten einhergehen, vermehrt negative Affekte und neigen dazu, verschiedene Affekte miteinander zu vermischen, so daß ihre emotionalen Signale nicht eindeutig interpretiert werden können. Ebenso zeigt sich, daß fremde Personen die Gesichtsausdrücke autistischer Kinder nicht so eindeutig interpretieren konnten wie diejenigen normaler Kinder.
- *Affektives Verständnis:* Autistische Kinder haben Schwierigkeiten, Photographien bezüglich ihres emotionalen Inhaltes zu sortieren. Sie bemerken nicht, daß andere Menschen Gefühle haben, die von ihren eigenen abweichen.

- *Selbst- und Fremdrepräsentation:* Bereits 1988 hat Neisser fünf verschiedene Arten der Selbstrepräsentation beschrieben, die als Voraussetzung der Selbst-Anderer-Differenzierung angesehen werden können. Ein Aspekt, der in der Autismusforschung untersucht wurde, ist das *körperliche Selbst*. Die entsprechenden Studien verwendeten die standardisierte Spiegelbild-Wahrnehmungs-Aufgabe, in der bei normalen Kindern ab dem 18. bis 20. Lebensmonat die Selbstwahrnehmung beobachtbar wird. Verschiedene Studien konnten zeigen, daß autistische Kinder ihr Spiegelbild erkennen. Die Wahrnehmung anderer Personen kann bereits bei vier Monate alten Säuglingen anhand von Diskriminationsaufgaben nachgewiesen werden. Entsprechende Studien mit sprachfähigen autistischen Kindern fanden keinerlei Unterschiede zu Kontrollgruppen. Es konnte gezeigt werden, daß manche autistische Kinder Probleme in diesen Diskriminationsaufgaben hatten, andere sich nicht von der Vergleichsgruppe unterschieden beziehungsweise unterschiedliche Strategien der Verarbeitung von Gesichtern zeigten. Auf der Ebene der sensorischen Wahrnehmung des Selbst und Anderer scheinen autistische Kinder durchaus zu denselben Leistungen fähig zu sein, wie gesunde Kinder gleichen Entwicklungsalters. Diese Befunde widersprechen älteren Autismustheorien, die den Kindern die Fähigkeit absprachen, sich selbst und andere Personen anhand sensorischer Wahrnehmungs- und Verarbeitungsprozesse zu unterscheiden. Im Gegenteil scheint die grundlegende soziale Fähigkeit der Differenzierung von Selbst und Anderen bei autistischen Kindern unbeeinträchtigt zu sein. Es ist daher davon auszugehen, daß autistische Kinder über grundlegende Konzepte des Selbst, des Anderen und der Objekte der physikalischen Welt verfügen.

Entgegen der Annahme, autistische Kinder seien in ihrem Sozialverhalten völlig verändert, muß festgehalten werden, daß sie in einigen grundlegenden Kompetenzen des Sozialverhaltens nicht spezifisch beeinträchtigt sind. Vergleicht man autistische mit geistig behinderten und Kindern gleichen Entwicklungsalters, so zeigen sich kaum Unterschiede in der Verhaltensregulation, den grundlegenden Kompetenzen der Selbst- und Fremdwahrnehmung und verschiedener Komponenten der sozialen Interaktion, wie Blick- und Körperkontakt, Lächeln und beispielsweise der Reaktion auf bekannte und fremde Personen (Sigman, 1989). Autismusspezifische Defizite zeigen sich dagegen in denjenigen Bereichen des Sozialverhaltens, die für die normale Entwicklung des zwischenmenschlichen Verständnisses wichtig sind, der Imitation, der affektiven Anpassung sowie gemeinsamen affektiven Zuständen. Diese spezifischen Defizite zeigen sich vor allem in der Unfähigkeit autistischer Kinder, die affektiven Austauschprozesse zu initiieren (affective sharing; Dawson, 1991; Rogers & Pennington, 1991). Sie werden jedoch erst in den Kompetenzbereichen eindeutig erkennbar, deren Entwicklung zwischen dem sechsten und zwölften Lebensmonat beginnt.

Sensumotorische Repräsentation von Selbst, Objekt und Anderen. Neben der Bindung an die Bezugsperson, die bei autistischen Kindern nicht spezifisch gestört ist (Kusch & Petermann, 1991a,b), kann die soziale Bezugnahme, die Aufmerksamkeitslenkung und die gemeinsame Aufmerksamkeit von Kind und Eltern (vgl. Kap. 5) als ein Ausdruck der sensumotorischen Repräsentation von Selbst, Anderen und Objekten angesehen werden.

Die Autistische Störung, die mit Beeinträchtigungen während der Differenzierung und Integration von Selbst-Objekt-Anderer-Konzepten verbunden sein kann, wird in der

Literatur ausführlich dargestellt und diskutiert (vgl. Baron-Cohen et al., 1993; Hobson, 1993; Mundy & Hogan, 1994). Sie soll daher nur im Überblick wiedergegeben werden:

- *Soziale Bezugnahme.* In sozial-kommunikativen Situationen zeigen autistische Kinder keine zusammenhängenden Verhaltensweisen der sozialen Bezugnahme, wie motorische Passivität, Lächeln und Beobachten der expressiven Gestik der Eltern oder Lächeln als Reaktion auf Angelächelt-werden.
- *Aufmerksamkeitslenkung.* Autistische Kinder zeigen keinerlei nonverbale und verbale Verhaltensweisen der Aufmerksamkeitslenkung.
- *Gemeinsame Aufmerksamkeit.* Autistische Kinder zeigen kaum positive Affektäußerungen während gemeinsamer Aufmerksamkeit. Sie zeigen insbesondere in der Initiierung gemeinsamer Aufmerksamkeit deutlichere Defizite als vergleichbare normale und geistig behinderte Kinder. Die Störung der gemeinsamen Aufmerksamkeit scheint mit der Störung gemeinsamer affektiver Zustände verbunden zu sein und geht in eine Störung der verbalen Kommunikation über.

Sensumotorische Intelligenz. Autistische Kinder erwerben die sensumotorischen Kompetenzen der Objektpermanenz, der Wahrnehmung räumlicher und kausaler Zusammenhänge und der Mittel-Zweck-Relationen. Die Kompetenzen der gestischen und lautlichen Imitation sowie des Spielverhaltens entwickeln sich dagegen nicht in entsprechendem Maße. Diese als vertikale Verschiebung beschriebene Entwicklung der sensumotorischen Intelligenz verdeutlicht die unterschiedlichen Kompetenzen autistischer Kinder in der Bewältigung der materiellen im Vergleich zur sozialen Umwelt.

Während autistische Kinder die sensumotorische Repräsentation von Selbst, Objekt und Anderen als Einzelkategorien bilden können, scheint ihre Fähigkeit gestört zu sein, diese Einzelkategorien sinnvoll zu integrieren (Hobson, 1993). Da viele autistische Kinder andere Personen jedoch wie Objekte behandeln, und sie für ihre eigenen Ziele instrumentalisieren, oder Kategorien von Objekten bilden können, scheint diese Integrationsstörung nicht in den operativen Aspekten der Selbst-Objekt-Anderer-Integration, sondern in den sozial-emotionalen und sozial-kommunikativen Aspekten zu bestehen (Mundy, 1995).

Die Beeinträchtigungen während der symbolischen und Sprachentwicklung sind ebenfalls ausführlich untersucht und diskutiert worden (Baron-Cohen et al., 1993) und werden daher nur im Überblick dargestellt:

- *Intentionale Kommunikation.* In sozialen Interaktionen äußern autistische Kinder ebenso viele kommunikative Akte wie normale Kinder, diese haben jedoch häufiger die Funktion, Objekte zu erhalten, den Interaktionspartner zu Handlungen aufzufordern oder zu protestieren. Die verbalen Äußerungen autistischer Kinder verfolgen kaum soziale Funktionen, wie etwas kommentieren, nach Informationen fragen oder um Erlaubnis bitten. Autistische Kinder verwenden häufiger idiosynkratische kommunikative Mittel, um ihre Intentionen mitzuteilen. Sind die Kinder nicht sprachfähig, so verwenden sie beispielsweise selbstverletzendes Verhalten, um zu protestieren, oder sie bewegen die Hand des Interaktionspartners, um etwas zu erhalten. Sind die Kinder dagegen sprachfähig, so verwenden sie die direkte oder verzögerte Echolalie, um ihre Absichten zu äußern.

- *Pragmatik.* Autistische Kinder sind kaum in der Lage, ihre Gesprächsführung den sozialen Gegebenheiten anzupassen, um etwa auf eine Mitteilung über ein Mißgeschick einer Person mit Sympathie zu reagieren. Sie können ebenso kaum von der Sprecher- zur Hörer-Rolle wechseln oder bestimmte Vorannahmen über das Wissen des Gesprächspartners in ihrer Konversation berücksichtigen.
- *Symbolisches Spiel.* Autistische Kinder zeigen Defizite in allen Bereichen der kognitiven Entwicklung, die irgendeine Form des Symbolgebrauchs betreffen. Insbesondere die Fähigkeit des „So-tun-als-ob" ist beeinträchtigt. Sensumotorische Fähigkeiten und die Kategorienbildung sind dagegen nicht autismusspezifisch gestört. Es ist davon auszugehen, daß diejenigen Konzepte und Fähigkeiten autistischer Kinder beeinträchtigt sind, für deren Entwicklung die soziale Interaktion wichtig ist. Kompetenzen, die das autistische Kind ohne Hilfe anderer Personen erwerben kann, sind dagegen nicht spezifisch gestört. Hierzu gehört insbesondere die Bewältigung der materiellen Umweltanforderungen (Mundy, 1995).

Die Störungen symbolischer, sprachlicher und kommunikativer Kompetenzen autistischer Kinder werden von verschiedenen Forschern als eine direkte Folge der Beeinträchtigungen der nonverbalen Kommunikation, insbesondere der gemeinsamen Aufmerksamkeit und Aufmerksamkeitslenkung angesehen (Mundy & Hogan, 1994). Diese wiederum sollen auf Störungen der Imitation, gemeinsamer Affektzustände sowie der Theory of mind zurückzuführen sein (Baron-Cohen et al., 1993).

Unabhängig von der mitbeteiligten geistigen Behinderung scheinen folgende Entwicklungsverläufe bei autistischen Kindern vorzuliegen: In der Kindheit zeigt sich das volle Störungsbild bereits ab dem vierten Lebensjahr. Es ist charakterisiert durch soziale Zurückgezogenheit (vgl. Tab. 14.2), gestörte soziale Kommunikation und Beharren auf Gleichförmigkeit sowie stereotypes motorisches Verhalten. Im Sozialverhalten scheinen alle Kinder einen mehr oder minder progressiven Verlauf aufzuweisen, wobei die soziale Zurückgezogenheit des zweiten bis fünften Lebensjahres während der mittleren und späten Kindheit in kompetenteres Sozialverhalten übergeht. In der Reaktion auf soziale Interaktionsangebote verläuft die Entwicklung von der sozialen Zurückgezogenheit zur sozialen Passivität, und in der Initiierung sozialer Interaktionen bis zur sozial aktiven, aber sonderbaren Aktivität (Borden & Ollendick, 1992). Bereits ab der mittleren Kindheit treten zusätzlich massive Verhaltensstörungen auf, bestehend aus Aggression, Autoaggression, Hyperaktivität, Mutismus und reduzierter Sprachfähigkeit.

Im Jugendalter kommt es bei 10 bis 35% der Kinder zu Symptomverschlechterungen, die bisher nur auf die Pubertät selbst zurückgeführt werden können. Die Verhaltensprobleme werden um so massiver, je geringer das allgemeine kognitive Funktionsniveau ist. Intelligente autistische Kinder entwickeln ein gewisses Bewußtsein ihrer „Andersartigkeit" und leiden mitunter unter ihrer fehlenden Kompetenz zur Kontaktaufnahme. 20 bis 30% der geistig behinderten autistischen Kinder entwickeln zwischen dem elften und 14. Lebensjahr epileptische Anfälle. Normalerweise geht das Epilepsie-Risiko mit zunehmendem Alter zurück, so daß man sich aus der Erforschung des Anfallsleidens autistischer Jugendlicher Hinweise auf deren zugrundeliegende Störung erhofft. Im Jugendalter werden vorwiegend die sozial-passiven Kinder adipös.

Tabelle 14.2: Sozialverhalten autistischer Kinder nach Prizant (nach Kusch & Petermann, 1991a).

Soziale Zurückgezogenheit
• Zurückgezogen und indifferent in den meisten Situationen; außer bei speziellen Bedürfnissen, • Interaktionen kommen ausschließlich mit Erwachsenen zustande und begrenzen sich auf körperliche Bereiche (Kitzeln, körperliche Exploration), • geringes offenkundiges Interesse an Sozialkontakten, • geringe Anzeichen für verbale oder nonverbale Austauschprozesse, • geringe Anzeichen für gemeinsame Aktivitäten oder wechselseitige Aufmerksamkeit, • wenig Blickkontakt, aktive Blickvermeidung, • repetitive, stereotype Verhaltensweisen können vorliegen, • geringe Berücksichtigung von Umweltveränderungen (z.B. wenn jemand den Raum betritt), • mittlere bis tiefgreifende kognitive Störungen.
Soziale Passivität
• Wenig spontane soziale Kontaktaufnahme, • akzeptiert die Annäherung anderer, die von Erwachsenen und/oder Kindern initiiert wird; • die Passivität mag andere Kinder ermuntern, Interaktionen aufzunehmen; • aus Sozialkontakten wird nur wenig Freude gewonnen, jedoch ist aktiver Widerstand selten; • das Kind kann zur verbalen und/oder nonverbalen Kommunikation fähig sein; • sofortige Echolalie ist häufiger als verzögerte; • verschiedene Grade der kognitiven Beeinträchtigung sind vorzufinden.
Aktive, aber sonderbare Interaktionen
• Spontane Sozialkontakte sind vorhanden, jedoch häufiger mit Erwachsenen als mit anderen Kindern. • Die Interaktionen können sich um wiederholende, idiosynkratische Interessen drehen wie unablässiges Befragen und verbale Routineäußerungen. • Die Sprache mag kommunikativ oder nicht-kommunikativ eingesetzt werden, wenn sie vorhanden ist; verzögerte und direkte Echolalie ist häufig. • Das Kind besitzt geringe oder gestörte Rollenübernahmefähigkeiten. Man findet eine geringe Wahrnehmung der Bedürfnisse des Hörers, keine Modifikation der Komplexität der Sprache oder des Sprachstils und Probleme im Wechsel der Sprachthemen vor. • Stärkeres Interesse an Routinen der Interaktion als am sozialen Austausch. • Das Kind kann sich sehr bewußt über die Reaktionen anderer sein, insbesondere über extreme Reaktionen. • Das Verhalten ist sozial weniger akzeptabel als das von Kindern der sozial passiven Gruppen.

Die Prognose im Erwachsenenalter ist für die gesamte Gruppe Tiefgreifender Entwicklungsstörungen schlecht. Folgende prognostische Angaben liegen vor:

- 1 bis 2% der Betroffenen führen ein relativ normales Leben;
- 5 bis 20% leben im Beruf und der Freizeit relativ normal, nehmen jedoch keine persönlichen Beziehungen auf;
- 15 bis 20% zeigen deutliche Verhaltensauffälligkeiten und müssen daher zum Teil in Heimen mit einer gewissen pflegerischen Betreuung leben;
- 60 bis 70% der Betroffenen leben ständig in Institutionen und sind sehr pflegebedürftig.

Weitere Angaben über eine vergleichsweise günstige oder ungünstige Prognose sind in Tabelle 14.3 aufgeführt.

Tabelle 14.3: Aspekte, die mit einer günstigen/ungünstigen Prognose verbunden sind.

günstigere Prognose	**Aspekt**	**ungünstigere Prognose**
gering	**Geburtsrisiken**	hoch
>70	**IQ** (handlungsgebundene Intelligenz)	>60
sprunghaft	**Lernfortschritte**	nicht ausgeprägt
> 5. Lj.	**Sprachfähigkeit** (Voraussetzung ist ein IQ über 50)	< 5. Lj.
< 8. Lj.	**Ausscheidungsfunktionen** (kontrolliert)	> 8. Lj.
< 10. Lj.	**Imitationsverhalten**	> 10. Lj.
< 10. Lj.	**Rückgang der Stereotypien**	> 10.Lj.
Nein	**Epilepsie**	Ja
sozial passiv oder aktiv	**Soziale Interaktion**	**sozial zurückgezogen**

14.4.2 Erklärungsansätze zur Entwicklung und zum Entwicklungsverlauf autistischer Kinder

Sämtliche psychologische Autismustheorien werden in sogenannte Bottom-up-Ansätze und Top-down-Ansätze untergliedert (Dawson, 1991; Kusch & Petermann, 1998b; Pennington & Ozonoff, 1991). Bei beiden Ansätzen handelt es sich um neurobiologisch fundierte Ansätze, die bemüht sind, Erklärungen für die gleichen klinisch-experimentellen Befunde zu geben, dabei jedoch auf jeweils andere Grundannahmen zurückgreifen. Die Bottom-up-Ansätze gehen davon aus, daß eine grundlegende psychophysiologische Störung auf Hirnstammebene, im aufsteigenden retikulären Aktivierungssystem besteht (Dawson, 1991), und im Entwicklungsverlauf die spezifischen höherkortikalen Beeinträchtigungen erst hervorgerufen werden. Die Top-down-Ansätze gehen davon aus, daß ein neuropsychologisches Defizit in spezifischen höherkortikalen, kognitiven Prozessen grundlegend ist (Baron-Cohen, 1995b). Hierbei handelt es sich um neurologische Störungen im mesolimbischen System und damit verbundenen Strukturen des Frontalkortex, welche sekundär zu Regulationsstörungen der Aufmerksamkeits- und Erregungskontrolle auf Hirnstammebene führen. Gegenwärtig kann noch nicht eindeutig entschieden werden, welchem dieser Ansätze der Vorzug zu geben ist (Courchesne et al., 1995). Daher ist auch auf der Ebene psychologischer Erklärungsansätze noch nicht zu entscheiden, welche Theorie das Verhalten autistischer Kinder am besten erklärt (Mundy, 1995).

Unabhängig davon, ob neurophysiologische oder neuropsychologische Defizite für die Störungen autistischer Kinder relevant sind, scheinen deren bio-psycho-soziale Transaktionen während der ersten zwei Lebensjahre deutlich verändert zu sein. Die Sozialentwicklung dieser Kinder muß daher bereits von Geburt an oder während der ersten Lebensmonate einen abweichenden Verlauf nehmen. Hierfür sprechen zwei Beobachtungen: Zum einen zeigen autistische Kinder nicht die Verhaltensweisen, mit denen normale Kinder das Sozialverhalten ihrer Eltern modulieren und lenken. Hierzu zählen der Blickkontakt, affektiv-expressive Signale, Laute sowie mimische und gestische Verhaltensweisen, die von der Bezugsperson eindeutig interpretiert werden können. Zum anderen zeigen sie ungewöhnliche Reaktionen auf soziale Hinweisreize ihrer Interaktionspartner. Sie imitieren nicht deren gestisches und lautliches Verhalten, reagieren nicht auf deren Versuche der Aufmerksamkeitslenkung oder zeigen ungewöhnliches sozial-kommunikatives Verhalten wie Stereotypien oder Echolalie. Diese Störungen der Initiierung sozialer Interaktionen und der Reaktion auf soziale Hinweisreize führt zu veränderten sozialen Lernerfahrungen und Entwicklungsverläufen (Mundy & Hogan, 1994).

Im Rahmen der Entwicklungspsychopathologie ist der Erklärungsansatz von Pennington und Welsh (1995) derzeit am besten geeignet die vielen empirischen Befunde zu den primären psychologischen Defiziten autistischer Kinder zusammenzufassen. Entsprechend der Intersubjektivitäts-Theorie von Rogers und Pennington (1991) haben autistische Kinder eine Störung neuronaler Hirnstrukturen, die der Ausbildung und Koordination spezifischer Selbst-Anderer-Repräsentationen dienen (vgl. Abb. 14.1). Autistische Kinder können demnach die grundlegenden Verknüpfungen zwischen ihrem Befinden und der Wahrnehmung anderer Personen nicht angemessen repräsentieren. Bei ihnen kommt es bereits kurz nach der Geburt zu tiefgreifenden Störungen in den grundlegenden Kompetenzen für die Entwicklung der

- Imitation des Verhaltens von Interaktionspartnern,
- emotionalen Anteilnahme und der
- konzeptuellen Perspektivenübernahme oder Theory of mind

und zu einem autismusspezifischen Entwicklungsverlauf.

Aufgrund dieser Grundstörung sind autistische Kinder auch nicht in der Lage, ihre eigenen affektiven Impulse, sensorischen Eindrücke und motorischen Reaktionen zu einem gesamten Befindenszustand zu koordinieren; sie können auch ihre Befindenszustände nicht mit denen anderer Menschen in Einklang bringen. Sie initiieren daher keine Interaktionen, in denen sie andere Personen auf etwas aufmerksam machen wollen, und reagieren auch äußerst selten auf die Bedürfnisse ihrer Interaktionspartner. Dies bewirkt letztlich, daß sie unfähig sind, sich in andere Menschen hineinzuversetzen, nachzuempfinden, was in diesen vorgeht oder andere Personen in ihrer Kommunikation und ihrem absichtsvollen Sozialverhalten zu berücksichtigen (vgl. Baron-Cohen, 1995b; Mundy, 1995).

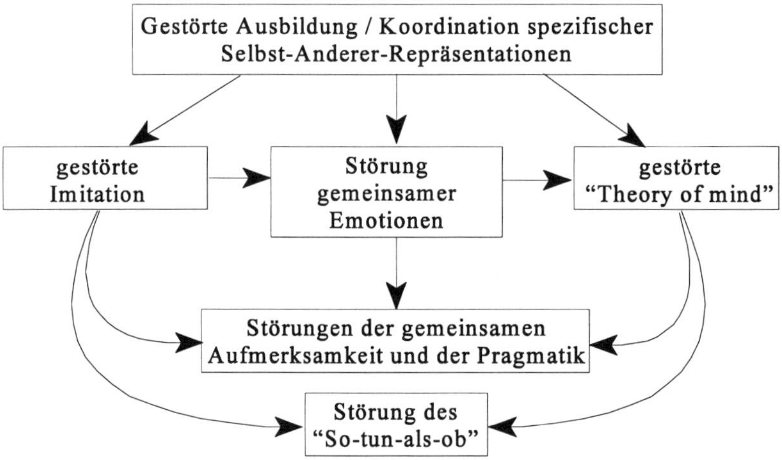

Abbildung 14.1: Die Intersubjektivitäts-Theorie (mod. nach Rogers & Pennington, 1991).

14.4.3 Ätiologie

Im Zusammenhang mit der Ätiologie der Autistischen Störung werden genetische Faktoren, strukturelle und funktionale Aspekte der Hirnentwicklung sowie neurologische und neuropsychologische Ansätze diskutiert (vgl. Kusch & Petermann, 1998b). Diese Faktoren werden von Pennington und Ozonoff (1991) vor dem Hintergrund von vier Analyseebenen behandelt, der

- genetischen,
- neurologischen,
- neuropsychologischen und der
- Symptomebene.

Genetische Ebene. Bereits auf dieser Ebene sind Gen-Umwelt-Interaktionen beobachtbar, wobei mit Umwelt das extrazelluläre Milieu gemeint ist. Bezogen auf die Gene ist von einer grundlegenden genetischen Kontinuität für ein Kind auszugehen. Besitzt ein Kind ein bestimmtes Gen, können nur noch mutagene Einflüsse verändernd einwirken. Obwohl das Genom selbst im Entwicklungsverlauf unverändert bleibt, kann es unterschiedliche Auswirkungen haben, je nachdem, wann es während der Entwicklung gelesen oder aktiviert wird (vgl. Kap. 6). Da wichtige Aspekte der Hirnentwicklung vorgeburtlich beziehungsweise innerhalb eines Jahres nach der Geburt (Synapsengenese) stattfinden, müssen die betreffenden Gene ebenfalls während dieser Zeit aktiviert werden und bleiben danach ausgeschaltet. Hierbei handelt es sich insbesondere um Gene, die die Teilung von

Nervenzellen, die Migration und die Axonformation im Zentralnervensystem steuern. Wichtige genetische Einflüsse auf diese Aspekte der Hirnentwicklung gehen demnach von frühaktivierten Genen aus. Für die Entstehung der Autistischen Störung scheinen diese frühen Gene nur zum Teil relevant zu sein, da hier nicht die Teilung von Nervenzellen, die Migration und die Axonformation betroffen sein sollen (vgl. Rubinstein et al., 1993).

Neurologische Ebene. Da das Hirn nach der frühen postnatalen Phase keine neuen Neurone oder langen Nervenfasern entwickeln kann, können frühe Einflüsse auf die Anzahl von Neuronen innerhalb eines neuronalen Netzes oder auf die Verbindung zwischen Netzen nicht repariert, sondern lediglich kompensiert werden. Vor allem in den für die Autistische Störung bedeutsamen Regionen des Frontalkortex und der limbischen Strukturen ist die Plastizität des Zentralnervensystems zeitlich begrenzt, so daß frühe Störungen langanhaltende Effekte haben (Ciaranello et al., 1995). Dementsprechend wirken sich frühe Veränderungen zentralnervöser Strukturen entwicklungsunabhängig auf das Verhalten aus, während ihre Kompensation entwicklungssensitiv, das heißt, in jeder Entwicklungsperiode andersartig gestaltet sein muß. Störungen innerhalb eines Bereiches des Zentralnervensystems werden beispielsweise durch vermehrte Aktivität und Differenzierung anderer neuronaler Netze ausgeglichen, was die Fähigkeitsinseln mancher autistischer Kinder und die Stereotypien anderer erklären könnte (Frith, 1989). In diesem Zusammenhang sind die bei autistischen Kindern vorgefundene Zellvermehrung in zwei Bereichen des Kleinhirns, die Verkleinerung einer Hirnhälfte, subtile Veränderungen im Frontalhirnbereich sowie im Hirnstamm bedeutsam. Unklar bleibt, ob diese Aspekte auf neurologischer oder neuropsychologischer Ebene zu beschreiben sind (Dawson, 1991).

Neuropsychologische Ebene. Auf dieser Ebene ist die entwicklungsunabhängige Wirkung von Schädigungen geringer als auf den ersten beiden Ebenen. Da sich neuropsychologische Funktionen in Form der Dendritendifferenzierung, Synapsenformation und Myelinisierung vorwiegend postnatal entwickeln, sind sie auch ein Produkt der Lerngeschichte des Organismus (vgl. Tucker, 1992). Dennoch finden wesentliche Aspekte der funktionalen Spezialisierung neuronaler Netze in der frühen postnatalen Periode statt und können später nicht in dem Ausmaß von anderen Bereichen ersetzt werden, wie bisher angenommen (vgl. Ciaranello et al., 1995). Eine Schädigung oder abweichende Organisation dieser neuronalen Netze bleibt zwar immer noch entwicklungs- und funktionsfähig, entspricht jedoch nur teilweise der normalen Entwicklungssequenz. Stets bleiben im Verhalten beobachtbare Störungen dieser neuronalen Bereiche bestehen, die ab einem kritischen Zeitpunkt nur schwer kompensierbar sind. Die Frage, ob und in welchem Ausmaß vor allem die primäre Verhaltenssymptomatik autistischer Kinder durch kompensierende Umwelteinwirkungen während der ersten postnatalen Entwicklungsperioden moduliert werden kann, wird erst in den nächsten Jahren zu beantworten sein.

Symptomebene. Auf der Symptomebene kommt es zu der deutlichsten Diskontinuität des Verhaltens. Es ist dennoch möglich, auf der Ebene beobachtbaren Verhaltens einen kontinuierlichen Entwicklungsverlauf autistischen Verhaltens nachzuzeichnen; vor allem, wenn die Funktion des Verhaltens im sozialen Kontext und weniger seine Struktur oder Form untersucht wird (Wetherby & Prizant, 1993). Die Notwendigkeit hierzu ergibt sich aus der Tatsache, daß neurobiologische Untersuchungen auf absehbare Zeit keine genauen Aussagen über die neurologischen Grundlagen der Entwicklung der autistischen Störung treffen können; hierzu sind die Veränderungen viel zu subtil (vgl. Courchesne et al., 1995).

Es ist davon auszugehen, daß im Rahmen der Entwicklungspsychopathologie zukünftig auf allen Ebenen gleichzeitig geforscht wird und sich die bisher bestehenden, zumeist auf der Ebene beobachtbaren Verhaltens definierten klinischen Syndrome dramatisch ändern werden.

Die Frage, inwieweit vorgeschädigte Kinder während der frühen postnatalen Entwicklung zusätzlichen schädigenden Umwelteinflüssen ausgesetzt sein müssen, bevor die zugrundeliegende neurobiologische Störung im Verhalten beobachtbar wird, ist schwer zu beantworten. Klar ist, daß die Eltern autistischer Kinder nicht gestört sein müssen, damit es zum Ausbruch der Störung kommt. Völlig unklar ist aber, ob vorgeschädigte Kinder auf normale Eltern-Kind-Interaktionen ungewöhnlich oder gar nicht reagieren beziehungsweise von den normalen Erziehungsbemühungen der Eltern nicht profitieren können. So können Eltern völlig unauffälliges Erziehungsverhalten zeigen und dennoch den ungewöhnlichen Bedürfnissen des autistischen oder vulnerablen Kindes nicht genügen. Ein derartiges „Nicht-Passen" zwischen dem normalen Erziehungsverhalten der Eltern und dem ungewöhnlichen Entwicklungsbedingungen des Kindes wird im Rahmen der Kind-Umwelt-Transaktionen untersucht.

Im Folgenden soll dargestellt werden, welche empirischen Ergebnisse und theoretischen Annahmen zur Autistischen Störung auf den hier dargestellten Analyseebenen vorliegen.

Genetische Faktoren. Die Autistische Störung ist eine organisch begründete Störung der Hirnentwicklung mit beteiligten genetischen Ursachenfaktoren. Dies wird vermutet, da die Wahrscheinlichkeit, daß Autismus unter Geschwistern auftritt, 50 bis 100 Mal höher ist als erwartet (Rutter et al., 1990). Die familiäre Häufung der Autistischen Störung liegt bei zwei bis drei Prozent (Folstein & Rutter, 1988). Zudem spricht das häufige Vorliegen von Autismus bei monozygoten Zwillingen mit 36 bis 82% für eine genetische Verursachung (Szatmari & Jones, 1991). Die Konkordanzrate unter monozygoten Zwillingen liegt bei über 95% und unter dizygoten Zwillingen bei über 23% (Ritvo et al., 1985). Bei etwa 4,5% der Kinder mit Autistischer Störung liegt zugleich auch eine Tiefgreifende Entwicklungsstörung der Geschwister vor (Ritvo et al., 1989). Obwohl genetische Faktoren eine bedeutende Ursache für die Autistische Störung sind, gibt es auch andere ursächliche Faktoren wie zum Beispiel Viruskrankheiten (Tsai, 1989).

Neurologische Modelle. *Strukturelle, neurobiologische Untersuchungen* zum Autismus konzentrieren sich auf verschiedene Hirnstrukturen und -funktionen, vor allem den Frontallappen, die linke Hirnhemisphäre, den Thalamus, das Limbische System, den Hirnstamm und das Kleinhirn (Rubinstein et al., 1993). In den Übersichtsarbeiten von Aitken (1991) sowie von Filipek, Kennedy und Caviness (1992) findet man, daß CT-Untersuchungen nur bei etwa 15% autistischer Kinder strukturelle Hirnveränderungen nachweisen. MRT-Studien (Magnetresonanztomographie) zeigen bei 50% der untersuchten Kinder Hinweise auf anormale oder fokale Hirnläsionen, insbesondere im Frontallappen, limbischen System und dem Kleinhirn. Gaffney und Mitarbeiter (1989) fanden bei 13 nicht geistig behinderten autistischen Personen eine Verkleinerung des gesamten Hirnstamms und subtile Veränderungen des Frontalhirns. Ebenso konnten ventrikuläre Vergrößerungen nachgewiesen werden, die auf eine Hirnatrophie hinweisen. Sämtliche dieser Befunde müssen mit Vorsicht interpretiert werden, weil sie nicht als spezifisch für die Autistische Störung gelten und neurologische Störungen bei weitem nicht bei allen autistischen Kindern nachgewiesen werden konnten. Zudem sind die abnormen Hirnstrukturen in vielen verschiedenen Hirnbereichen vorzufinden (Sussman & Lenwandowski, 1990), so daß es unwahrscheinlich ist, daß spezifische Störungen der Hirnstruktur eine direkte Rolle in der Entstehung des Autismus spielen. Erste Hinweise auf eine autismusspezifische Störung der Hirnstrukturen konnten jedoch Courchesne und Mitarbeiter (1995) finden. Sie wiesen in ihren MRT-Studien des Kleinhirns strukturelle Hirnveränderungen und Hypoplasie in 84 bis 92% der untersuchten autistischen Patienten nach und Hyperplasien in 8 bis 19%. Diese Befunde sind bedeutsam, da die Fortsätze des Kleinhirns enge Verbindungen mit dem Hirnstamm und limbischen Regionen haben, die komplexe Verhaltensabläufe und Affekte kontrollieren (Supple et al., 1987). Courchesne (1991) geht davon aus, daß der den gefundenen Hirnveränderungen zugrundeliegende Verlust an Neuronen und Purkinje-Zellen ein vorgeburtliches Ereignis ist, welches während des zweiten Trimesters stattfindet. Die Ergebnisse von Courchesne und Mitarbeitern (1995) sprechen für eine autismusspezifische Störung der Entwicklung neuronaler Strukturen im Kleinhirn und sind mit der Annahme einer gestörten Verhaltenskoordination zwischen Selbst, Interaktionspartner und Objekt eher vereinbar als mit einer Störung geistiger Repräsentationen.

Mittlerweile gilt es als gesichert, daß die Autistische Störung nicht nur auf einer neurobiologischen Störung, sondern auf einer abweichenden Hirnentwicklung beruht (Rubinstein et al., 1993). Sogar bei autistischen Kindern mit geistiger Behinderung lassen sich Funktionsstörungen des zentralen Nervensystems nicht konsistent nachweisen (Schopler & Mesibov, 1987). Nur wenn eine sehr genaue neurobiologische Untersuchung durchgeführt wird, können neurologische Beeinträchtigungen bei autistischen Kindern gehäuft nachgewiesen werden (Steffenburg, 1991). Sie sind aber in den meisten Fällen nicht spezifisch für die Autistische Störung.

Ausgehend von dem vorliegenden empirischen Material zur strukturellen und funktionalen Hirnentwicklung und basierend auf neueren Erkenntnissen zur normalen Hirnentwicklung (Ciaranello et al., 1995) werden zwei neurologische Modelle des Autismus diskutiert. Das sogenannte Top-down-Modell, das von einer Störung des Frontallappens und damit einhergehender exekutiver Funktionen ausgeht, und das Bottom-up-Modell, das eine Störung der pränatalen Entwicklung neuronaler Kleinhirnstukturen favorisiert.

Top-down-Modell: Damasio und Maurer (1978) vermuteten bereits in den 70iger Jahren, daß die autismusspezifischen Defizite auf einer Dysfunktion mesolimbischer Hirnstrukturen im mesialen Frontallappen und damit verbundener limbischer Stukturen beruhen. Funktionsstörungen dieser phylogenetisch und neurochemisch gut abgegrenzter Hirnstrukturen können den sich wiederholenden und stereotypen Bewegungsmustern, den verbalen und nonverbalen Kommunikationsstörungen und den Störungen zielgerichteten und emotionalen Verhaltens autistischer Kinder zugrundeliegen. Die strukturellen CT- und MRT-Untersuchungen zur Hirnanatomie (Aitken, 1991; Filipek et al., 1992) unterstützt Damasios und Maurers Modell, obwohl die nachgewiesenen strukturellen Dysfunktionen für eine Vielzahl an Verhaltenssymptomen verantwortlich gemacht werden können. Es ist daher erforderlich, spezifisch lokalisierte Störungen im Frontallappen und angegliederten mesolimbischen Strukturen ausfindig zu machen, um von einem autismusspezifischen Defizit sprechen zu können. Rogers und Pennington (1991) führen die Annahme einer Dysfunktion des Frontallappens weiter, indem sie eine hauptsächliche Läsion in den nichtmotorischen Regionen wie dem dorso-lateralen und orbito-frontalen Kortex postulieren. Mit diesen neurologischen Störungen ist auf der Verhaltensebene die Schwierigkeit verknüpft, ein zielgerichtetes Problemlösen zu realisieren. In einer Serie neuropsychologischer Studien konnten Pennington und Mitarbeiter (McEvoy, Rogers & Pennington, 1993; Ozonoff, Pennington & Rogers, 1991) zeigen, daß ein Defizit zielgerichteten Problemlösens für einige Schwierigkeiten autistischer Kinder verantwortlich gemacht werden kann. Verschiedene andere Studien bestätigen, daß autistische Kinder auf der Verhaltensebene Defizite aufweisen, die sowohl mit Dysfunktionen im Frontallappen als auch im limbischen System verbunden sind (Boucher, 1989; Bachevalier, 1991)

Bottom-up-Modell: Courchesne und Mitarbeiter (1995) gehen davon aus, daß es in der pränatalen Hirnentwicklung autistischer Kinder zu einem Verlust an granulären oder Purkinje-Zellen kommt, was zu der Kleinhirnhypoplasie (Verkleinerung) führt, die bei vielen autistisch gestörten Personen gefunden wird. Der Zellverlust im Kleinhirn kann eine mißlungene Regulierung des exitatorischen Outputs des Kleinhirns zu anderen Gebieten des Gehirns verursachen. Da die meisten dieser Hirnregionen auf Verhaltensebene mit Aufmerksamkeitsprozessen vebunden sind, kann es bereits kurz nach der Geburt bei autistischen Kindern zu Hyper- oder Hyporegulation von Erregungszuständen kommen. Auffällig werden diese Regulationsstörungen jedoch erst im dritten bis vierten Lebensjahr. Die funktionalen Beeinträchtigungen auf Kleinhirnebene können während der pränatalen Hirnentwicklung auch zu unmodulierten Reifungsprozessen und strukturellen Abnormitäten in den mit dem Kleinhirn verbundenen Hirnregionen führen, und letztlich auch zu Dysfunktionen im limbischen System und Frontalhirn (Courchesne et al., 1995). Auf der Verhaltensebene können Beeinträchtigungen der Aufmerksamkeitsregulation bereits in der frühen postnatalen Entwicklung beobachtbar sein, unangepaßte soziale Wechselwirkungen nach sich ziehen und daraufhin auch zu abweichenden kognitiven Repräsentation sozialer Interaktionsmuster, sogenannten Ereignisskripten (Duchan, 1987), führen. Dawson und Lewy (1989; Dawson, 1991) greifen auf dieses neurologische Erklärungsmodell in ihrer Aufmerksamkeits/Erregungs-Regulations-Theorie der Entwicklung autistismusspezifischer Symptome zurück. Demnach haben autistische Kinder Schwierigkeiten in der Verarbeitung komplexer, kontextabhängiger Informationen, wie sie in sozialen Interaktionen oder der gemeinsamen Aufmerksamkeit und konzeptuellen Perspektivenübernahme vorliegen. Nach Dawsons (1991) Theorie haben autistische Kinder ein primäres Defizit in der Erregungskontrolle und Orientierungsreaktion, was mit den neurophysiologischen und -psychologische Ableitungen der Theorie von Courchesne (1991) gut vereinbar ist. Da soziale Interaktionen gerade die Selbstkontrolle und Selbstregulation erfordern, können autistische Kinder keine sozialen Routine-Interaktionen aufbauen und die daraus hervorgehenden sozialen Erfahrungen machen (Kusch & Petermann, 1991b).

Neuropsychologische Theorien. Seit der bahnbrechenden Studie von Baron-Cohen, Leslie und Frith (1985) gilt es als gesichert, daß autistische Kinder nicht über eine Theorie of mind verfügen. Eine überzeugende Demonstration des Theory of mind-Defizits basiert auf Studien zu „false-beliefe-tasks" (vgl. Cohen, 1995; s. auch Kap. 5). Entwicklungspsychologische Studien konnten zeigen, daß die meisten normal entwickelten Vorschulkinder im Alter von etwa vier Jahren und mehr als 80% der Kindern mit geistiger Behinderungen (z.B. Kinder mit Down-Syndrom oder sprachgestörte Kinder) alle false-beliefe-Aufgaben korrekt lösen können (Baron-Cohen, 1995b). Die wenigen autistischen Kinder (ca. 20%), die einfache false-beliefe-Aufgaben lösen, sind nicht in der Lage, komplexere

Theory of mind-Aufgaben zu lösen, etwa die Frage zu beantworten „Was denkst Du, was Mary über John denkt?" (Baron-Cohen, 1989).

Leslie (1987) hat bereits früh eine autismusspezifische Störung des „Mentalisierens" postuliert, die sich mit dem Satz „Ich denke, daß Du denkst, daß ich denke" umschreiben läßt. Die Fähigkeit des Mentalisierens gilt als wichtigste Voraussetzung für die Entwicklung einer Theory of mind (Baron-Cohen et al., 1993). Sie entwickelt sich nach Leslie (1987; Leslie & Roth, 1993) während der ersten fünf Lebensjahre und bedarf keinerlei Lernerfahrungen. Während des ersten Lebensjahres können Kinder Repräsentationen der physikalischen Umwelt bilden, was als primäre oder Repräsentation erster Ordnung bezeichnet wird. Während des zweiten Lebensjahres werden Kinder zunehmend fähig, etwas vorzutäuschen (z.B. aus einem leeren Glas zu trinken). Die Fähigkeit des „So-tun-als-ob" kann nicht erfolgen, wenn es nicht zu einer innerpsychischen Entkoppelung der einen Repräsentation (aus einem Glas trinken) von einer anderen (im Glas ist nichts was getrunken werden könnte) kommt, und zu einer neuen Kombination verschiedener vorliegender geistiger Repräsentationen (aus einem leeren Glas trinken).

Sowohl geistig behinderte als auch nicht-behinderte Kinder können primäre Repräsentationen in Metarepräsentationen überführen und sich somit unabhängiger von der direkten Erfahrung machen (vgl. Abb. 14.2); sie können eine Einstellung zu ihren Erfahrungen und zu denen anderer entwickeln und infolge dessen sich vorstellen, daß andere Personen Vorstellungen und Absichten haben, die unabhängig von ihren eigenen sind. Autistische Kinder dagegen sind zu einer solchen Entkoppelung nicht fähig und sind deshalb auch viel abhängiger von den häufig widersprüchlichen konkreten Erfahrungen mit der Welt. Dies zeigt sich unter anderem darin, daß autistische Kinder zwar einen Telefonhörer im Spiel korrekt verwenden können (funktionales Spiel), jedoch von sich aus nicht auf die Idee kämen, einen Telefonhörer in einem Phantasiespiel als Kochlöffel zu benutzen (So-tun-als-ob-Spiel). Entsprechend der Theory of mind oder dem Modell des So-tun-als-ob-Spiels sind autistische Kinder zu zweierlei nicht in der Lage (Leslie & Thaiss, 1992):

- Sie verarbeiten ihre Erfahrungen nicht so, daß eine „Kopie" ihrer Welt entsteht. Hierzu wäre ein Verarbeitungsschritt erforderlich, der eine Trennung zwischen dem sensorischen Einruck eines Objektes und der geistigen Repräsentation dieses Objektes herbeiführt.
- Sie sind nicht zur Manipulation der entkoppelten Repräsentationen fähig, zur Re-Konstruktion der physikalischen Welt oder zur Neu-Konstruktion einer Welt, die nur in Teilen oder gar nicht mit der ursprünglichen physikalischen Welt übereinzustimmen braucht.

Nur wenn ein Kind in der Lage ist, eine von dem sensorischen Eindruck entkoppelte Version seine Umwelt herzustellen und diese zu manipulieren, kann es sich im Spiegel erkennen, Rechenaufgaben lösen oder das „tiefe Brummen des Vaters" als einen Hinweis für seine Bereitschaft zum „Ich-bin-der-Bär-Spiel" auffassen. Nun ist es aber bekannt, daß autistische Kinder viele Aufgaben bewältigen, die eine primäre Repräsentation der Welt erfordern (Sigman, Ungerer, Mundy & Sherman 1987). Sie erkennen ihr Spiegelbild, verfügen über ein Erinnerungsvermögen, Objektpermanenz oder sensorische Perspektivenübernahme und sind zu logischem Denken in der Lage. Auch die vielen Voraussetzungen an die Entkoppelung, die funktionales Spielen erfordern, sind bei autistischen Kindern vorhanden (Cohen et al., 1993). Dies spricht auf den ersten Blick gegen die Annahme, autistische Kinder können ihre primären Repräsentationen nicht angemessen in unterschiedlichen Situationen oder Kontexten verwenden.

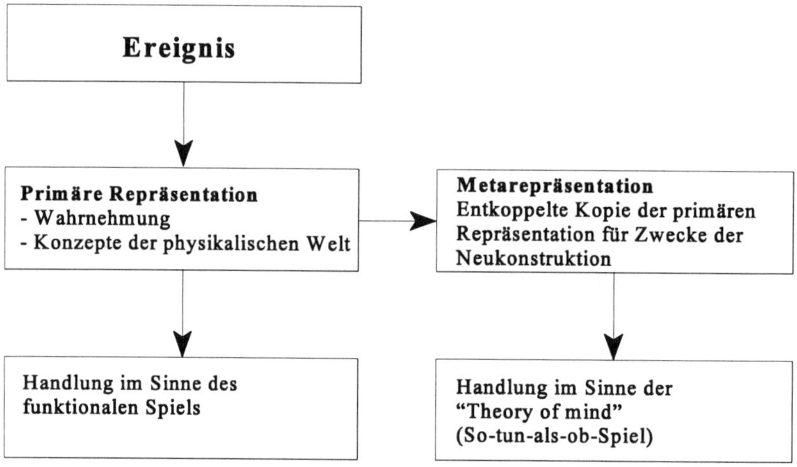

Abbildung 14.2: Modell des So-tun-als-ob-Spiels nach Leslie (1987).

Nach Leslie und Theiss (1992) sind es sehr spezifische Bereiche, in denen autistische Kinder nicht in der Lage sind, ihre entkoppelten primären Repräsentationen angemessen neu zu ordnen. Es sind Situationen, in denen soziale Realität konstruiert wird; eine Realität, die nicht auf physikalischen Aspekten der Umwelt beruht, sondern auf interpersonellen Konventionen, Annahmen, Einstellungen und Überzeugungen. So tun autistische Kinder nicht so, als ob sie aus einem leeren Glas Wasser trinken, da sie nicht in der Lage sind, andere Personen dies glauben machen zu wollen/können. In diesem Sinne können autistische Kinder nicht lügen, sondern nur die falschen Wahrheiten wiedergeben. In diesem Sinne ist die Mentalisierungsstörung autistischer Kinder ein autismus- und ein bereichsspezifisches Defizit, da es nur bei ihnen vorliegt und sich nur auf den Verarbeitungsprozeß bezieht, der primäre Realitäten für die Zwecke der Neukonstruktion entkoppelt (Baron-Cohen et al., 1993). Es handelt sich dabei um eine Neukonstruktion, die nach Leslie (Leslie & Theiss, 1992; Leslie & Roth, 1993) für die Verwendung in einem personenbezogenen Kontext erstellt wird; in einem Kontext, in dem es beispielsweise nicht klar ist, warum der Vater einen Bären nachahmt, sondern dies nur klar wird, wenn das Kind dieses Signal als Hinweis für eine emotional getönte soziale Interaktionssituation ansieht.

14.5 Risikofaktoren und Prädiktoren

Biologische Risikofaktoren sind bei etwa zehn Prozent der Autisten nachweisbar (Rutter, Bailey, Bolton & LaCouteur, 1994). Sie treten jedoch deutlich häufiger bei Kindern auf, die zusätzlich auch geistig behindert sind. Bei den verschiedenen biologischen Risiken handelt es sich um strukturelle, infektiöse, metabolische und neurophysiologische Erkrankungen wie etwa die Phenylketonurie, das Fragile-X-Syndrom, die Tuberkulose oder die Röteln (Rubinstein et al., 1993). Häufig weisen Geschwister intellektuelle Defizite auf, selbst wenn bei ihnen keine Autistische Störung diagnostiziert werden kann (August, Steward & Tsai, 1981).

14.6 Diagnostik und Intervention

14.6.1 Diagnostik

Zur Diagnostik stehen derzeit umfangreiche Methoden bereit, die sowohl die sozial-kognitiven als auch die sozial-emotionalen und sozial-kommunikativen Defizite dieser Kinder erfassen. Für die Diagnostik der Kompetenzen und Defizite autistischer Kinder im Vorschulalter (3.-6. Lebensjahr) liegen standardisierte Verfahren vor (Phelps & Grabowski, 1991), für die Früherkennung bei Säuglingen (bis zum 18. Lebensmonat) und Kleinkindern (vom 18. bis zum 36. Lebensmonat) existieren hingegen noch keine standardisierten Verfahren. Rutter und Schopler (1987) haben sehr verhaltensnahe, diagnostische Kriterien aufgelistet, die bis heute ihre Gültigkeit bewahrt haben (vgl. Tab. 14.4).

Früherkennung. Die Früherkennung autistischer und gefährdeter Kinder ist notwendig, da die Diagnose „Autismus" häufig erst zwei bis zweieinhalb Jahre nachdem die Eltern erste Auffälligkeiten feststellen erfolgt. Es konnte gezeigt werden, daß 54% der autistischen Kinder bereits im ersten Lebensjahr von ihren Eltern als auffällig beschrieben werden und weitere 34% im zweiten Lebensjahr. Dies bedeutet, daß 76% bis 88% der Kinder, die im Vorschulalter diagnostiziert werden, bereits im Säuglings- und Kleinkindalter in ihrem Sozialverhalten Hinweise für diese Störung aufweisen (Kusch & Petermann, 1991a). Die Identifikation gefährdeter Kinder müßte demnach bereits während der ersten zwei Lebensjahre möglich sein. Die schon um den 18. Lebensmonat identifizierbaren Kinder zeichnen sich durch eine geringere Intelligenz aus als die Kinder, die nach dem 24. Lebensmonat identifiziert werden (Kusch & Petermann, 1991a). Die meisten der bereits im ersten Lebensjahr identifizierbaren Kinder weisen eine Hirnstörung auf (Gillberg et al., 1990). Bei den Kindern, die erst während der ersten zwei Lebensjahre eine autistische Störung entwickeln, das heißt, ein hohes neurologisches Risiko besitzen, scheint dagegen eine (noch) nicht nachweisbare zentralnervöse Störung vorzuliegen, die vermutlich erst im späteren Entwicklungsverlauf zum Tragen kommt. Neben diesen Kindern scheint es auch solche zu geben, die keine neurologischen Entwicklungsrisiken aufweisen, jedoch ein hohes Risiko für eine sozial-kommunikative (Prizant & Wetherby, 1990) oder semantisch-pragmatische Störung (Brook & Bowler, 1992) besitzen.

Zu beachten ist jedoch, daß die dramatischen Verhaltensprobleme autistischer Kinder häufig erst im Vorschulalter auftreten und viele dieser Kinder in den ersten drei Lebensjahren keinerlei auffälliges Verhalten zeigen oder ihre Verhaltensprobleme im Säuglingsalter sind nicht mit den Verhaltensstörungen während des Vorschulalters vergleichbar. Die wenigen Beschreibungen des frühen Sozialverhaltens autistischer Kinder (Ornitz, 1987) beruhen zudem auf retrospektiven Elternangaben, deren Zuverlässigkeit in Frage gestellt werden muß.

Tabelle 14.4: Diagnostische Kriterien der Autistischen Störung nach Rutter und Schopler (1987).

Qualitative Beeinträchtigung der zwischenmenschlichen Beziehung (die mangelnde sozial-emotionale Reziprozität)
• Blickkontakt, Gesichtsausdruck, Körperhaltung und Gestik werden kaum zur Regulation der sozialen Interaktion eingesetzt; • andere Personen werden selten gesucht, um Zuneigung oder Trost zu erhalten; • Interaktionen mit anderen Personen werden vom Kind selten initiiert; • Trost wird selten gegeben bzw. wird auf Freude oder Trauer anderer Menschen nicht reagiert; • andere Personen werden selten gegrüßt oder deren Verhalten nachgeahmt.
Qualitative Beeinträchtigung der verbalen und non-verbalen Kommunikation
• Verzögertes oder völliges Fehlen der gesprochenen Sprache, die nicht kompensiert wird durch alternative kommunikative Mittel wie Mimik und Gestik - häufig fehlt zunächst das kommunikative Brabbeln im Säuglingsalter; • ein Fehlen der Reaktion auf die Kommunikationsversuche anderer, zum Beispiel beim Rufen des Namen des Kindes; • Störung in der Gesprächsführung, das heißt, der Einleitung und Aufrechterhaltung des kommunikativen Austausches und der Berücksichtigung des Wissens um den Gesprächspartner in den eigenen sprachlichen Äußerungen; • prompte oder verzögerte Echolalie; • idiosynkratischen Wortgebrauch, der nur aus der individuellen Lerngeschichte des Kindes heraus verständlich ist; • Gebrauch von „Du" wenn „Ich" gemeint ist; • Veränderungen paralinguistischer Aspekte wie der Tonhöhe, Akzentuierung usw.
Deutlich beschränktes Repertoire an Aktivitäten und Interessen
• Völliges Eingenommensein von stereotypen und begrenzten Interessen; • Verhaftetsein mit ungewöhnlichen Objekten (z.B. Sammeln von Hemdkragen); • Festhalten an zwanghaften Ritualen; • Stereotype und sich wiederholende motorische Manierismen; • Verunsicherung bei Änderungen in unwesentlichen Aspekten der Umgebung.

Klinische Indikatoren bieten die ersten Hinweise darauf, welche Verhaltensweisen von Neugeborenen, Säuglingen oder Kleinkindern mit der vollen Ausprägung einer späteren Autistischen Störung zusammenhängen können. Sind einmal solche Verhaltensweisen bekannt, kann mittels klinischer Verhaltensbeobachtung gezielt untersucht werden, welche Indikatoren prospektiv relevant sind. Cohen und Mitarbeiter (1987) gehen davon aus, daß eine autistische soziale Dysfunktion für die betroffenen Kinder bereits von Geburt an ein erhöhtes Risiko beinhaltet, das voll ausgeprägte Bild einer Autistischen Störung zu entwickeln. Dieses Risiko ist gegeben, da die gefährdeten Kinder ein ausgesprochen geringes Interesse an der sozialen Interaktion und Kommunikation zeigen (vgl. Tab. 14.5), wie es für autistische Kinder typisch ist. Selbst äußerst schwer geistig behinderte Kinder sind zu derartigen Austauschprozessen fähig und können von sozial inkompetenten oder autistischen Kindern unterschieden werden (Wing & Attwood, 1987).

Tabelle 14.5: Merkmale der autistischen sozialen Dysfunktion (Cohen et al., 1987, S. 28).

Soziabilität und Kommunikation
• Mehr Interesse an Dingen als an Personen, • Gestik und Laute werden nicht intentional verwendet, das heißt, *um* eine Person *zu* etwas zu bewegen, • kein wechselnder Blickkontakt zwischen Personen und Gegenständen (Aufmerksamkeitslenkung), • das Kind verwendet keine Gestik und Laute, um auf sich aufmerksam zu machen, • es verwendet in sozialen Situationen Blickkontakt und Körperbewegungen nicht koordiniert, • es initiiert keine Spielhandlungen mit Gegenständen und Objekten.
Verstehen und Äußern von Gefühlen
• Gefühle können nicht verschiedenartig geäußert werden, z.B. durch Modulation des Schreiens oder durch Unterbrechen des Schreiens um die Reaktion von Erwachsenen zu beobachten, • das Kind zeigt nicht den normalen Übergang von Ausgeglichenheit zu emotionaler Erregung; der Übergang ist nicht von sozialen Einflüssen abhängig, • die emotionalen Zustände des Kindes können kaum durch das Verhalten Erwachsener verändert werden. Das Kind kann z.B. nicht zum Lachen animiert oder vom Weinen abgebracht werden.
Kontaktverhalten und Anhänglichkeit
• Das Kind sucht Erwachsene nicht auf, um getröstet zu werden, • es unterscheidet kaum zwischen bekannten und fremden Personen.

14.6.2 Intervention

Das Ziel, eine gesteigerte Selbständigkeit des Kindes zu bewirken, kann über verschiedene Wege erreicht werden. In Anlehnung an Duchan (1986) können die in Tabelle 14.6 aufgeführten Prinzipien angegeben werden. Diese acht Prinzipien spiegeln den formalen Aufbau möglicher Einzelübungen wider. In der Durchführung der Förderung des Sozialverhaltens autistischer Kinder ist es wichtig, die Initiative bei dem Kind zu belassen, damit es lernt, sich spontan, das heißt, von sich aus, sozial kompetent zu verhalten (vgl. Mundy, 1995). Es gibt mehrere Arten, eine derartige soziale Interaktion durchzuführen:

- Der Therapeut beginnt mit der Übung (Initiierung) und geht im weiteren Verlauf zunehmend dazu über, nur noch auf das Kind zu reagieren. Zum Beispiel beginnt er das Kind zu kitzeln und wartet in dem weiteren Übungsverlauf immer längere Zeit, bis das Kind ihn zum Kitzeln auffordert.
- Der Therapeut reagiert auf das Kind. Zum Beispiel wartet er, bis es ein Spiel beginnt oder hilft ihm bei seinen Aktivitäten, das heißt, er schaltet sich in Handlungsabläufe des Kindes ein, um somit auf sich aufmerksam zu machen.
- Der Therapeut gibt das Rüstzeug vor. Zum Beispiel organisiert er den Übungsraum derart, daß ein bestimmtes Verhalten wahrscheinlich wird (Therapie in einer Küche, im Schlafzimmer usw.), legt dem Kind bestimmtes Spielmaterial vor oder beginnt mit

einer sozialen Verhaltensweise und unterbricht diese plötzlich (z.B. auf das Kind zugehen und stehenbleiben, in die Hände des Kindes klatschen und plötzlich aufhören usw.).
- Der Therapeut versucht zu erahnen, was das Kind gerade beabsichtigt (Intentionalität).

Entscheidend ist, wie gut der Therapeut reagiert, wenn das Kind eine Verhaltensweise zeigt, die er nicht erwartet oder die er als falsch ansieht. Bei der Förderung sozialer Kompetenzen autistischer Kinder sollte man davon ausgehen, daß es keine falschen Reaktionen des Kindes gibt, sondern daß das Kind die „richtige" Antwort nicht kennt. Falsche Reaktionen setzen voraus, daß ein Kind über die Fähigkeit zur Entkoppelung primärer von sekundären Repräsentationen verfügt und metarepräsentionales Denken besitzt. Dies ist bei autistischen Kindern jedoch nicht der Fall (vgl. Leslie & Roth, 1993).

Tabelle 14.6 Prinzipien zur Steigerung der Selbständigkeit (aus Kusch & Petermann, 1991a).

Prinzip 1:	Organisiere die einzelnen Übungen derart, daß sie vom Entwicklungsniveau des Kindes ausgehen und globalere sozial-kognitive Strukturen aufbauen, die das Kind auf tägliche Situationen übertragen kann (Generalisierung).
Prinzip 2:	Fördere die neuen kognitiven Strukturen anfänglich anhand bekannter Materialien und Ereignisse (die das Kind wählt) und füge neue Ereignisse und Materialien hinzu (ausgehend von bekanntem hin zu neuem Wissen).
Prinzip 3:	Achte darauf, daß die einzelnen Übungen dem kindlichen Verständnis der Situation untergeordnet werden, verlange z.B. nicht Blickkontakt, bevor das Kind etwas einfordert.
Prinzip 4:	Füge die Übungen in natürlich auftretende, d.h. vom Kind gewählte Kontexte ein. Biete dem Kind z.B. Spiele an, in denen sich Übungen realisieren lassen oder stelle dem Kind im Übungsraum entsprechende Materialien zur Verfügung.
Prinzip 5:	Setze Interaktionsstile ein, die dem Lernstil des Kindes entsprechen, imitiere z.B. das Verhalten des Kindes, fordere das Kind durch Gesten auf oder mache ihm etwas vor; stelle dem Kind eine Frage oder begleite seine Aktivitäten verbal bzw. fordere es verbal auf, etwas zu tun.
Prinzip 6:	Ermögliche es dem Kind, fremdes Verhalten vorherzusagen. Belohne es für Teilschritte auch dann, wenn diese lediglich aus der Situation heraus verständlich (idiosynkratisch) und noch nicht allgemeinverständlich (konventionalisiert) sind.
Prinzip 7:	Übertrage gelerntes Sozialverhalten auf unterschiedliche Situationen und lasse dabei die Initiative zunehmend auf das Kind übergehen.
Prinzip 8:	Man muß sich vergewissern, daß auch andere Bezugspersonen des Kindes auf dieses neugelernte Sozialverhalten eingehen, selbst dann, wenn dieses noch nicht „normales" Sozialverhalten darstellt.

Damit der Therapeut angemessener auf ein autistisches Kind reagieren kann, sollte er

- sich fragen, woher die Reaktion des Kindes kommt,
- nach Wegen suchen, damit das Kind versteht, was der Therapeut möchte oder
- die Aufgabe neu bestimmen, um dem Kind das Verständnis zu erleichtern oder um die Intentionen des Kindes zu wecken beziehungsweise nicht zu verlieren.

In Anlehnung an Duchan (1986) können wir es dem Kind erleichtern, eine Verhaltensweise zu initiieren, wenn wir

- bestimmen, welche Ereignisse das Kind bereits kennt und bevorzugt, kontingent auf die Absichten des Kindes reagieren (danach auf die Inhalte seines Tuns und zuletzt auf die Form des Handelns),
- korrigierende Einflußnahmen und Bewertungen minimieren,
- dem Verhalten des Kindes folgen, und mit ihm an dem arbeiten, was es möchte,
- eine Reaktion nicht nur als „richtig" bewerten, sondern auch die Absicht des Kindes beachten, das heißt, ob es selbst diese Reaktion zeigen wollte oder vielleicht nur mechanisch reagierte,
- die intrinsischen Verstärker wählen, die der Absicht und dem Verständnis des Kindes entsprechen,
- von der Spontanaktivität des Kindes ausgehen, zum Beispiel
  - Routinen aufbauen, indem die Spontanaktivität des Kindes in einen routinemäßigen Ablauf gebracht wird,
  - diese Routinen einsetzen, um den Anfang und das Ende eines größeren Ereignisses einzufassen,
  - beidseitig verständliche und erprobte Routinen verwenden, um neue Informationen einzubauen oder
  - von stark strukturierten Routinen zu unstrukturierten übergehen.

Besonders für stark geistig behinderte autistische Kinder ist der Aufbau von Routinen über das kindliche Spontanverhalten eine notwendige Voraussetzung, bevor komplexeres Sozialverhalten aufgebaut werden kann (vgl. Kusch & Petermann, 1991a,b). Auch Kleinkinder, die ein Risiko für die Entwicklung einer Tiefgreifenden Entwicklungsstörung aufweisen, haben gravierende Schwierigkeiten, die einfachsten sozialen Austauschprozesse durchzuführen (vgl. Mundy & Hogan, 1994) und daraus komplexere Formen des Sozialverhaltens aufzubauen. Das größte Problem der Therapie dieser Kinder besteht daher darin, den sozial-kommunikativen Kontakt zum Kind herzustellen. Eine genaue Feinabstimmung auf die sozialen Kompetenzen des Kindes ist daher auch hierbei die diagnostische Grundvoraussetzung jeder Intervention.

Wie in der konkreten therapeutischen Interaktionssituation ein förderlicher Sozialkontakt zu einem autistischen Kind herzustellen und aufrechtzuerhalten ist, sollen die folgenden Handlungsleitlinien verdeutlichen. Den übergeordnete Rahmen, in dem die einzelnen hier dargestellten Aspekte einer therapieorientierten Diagnostik und der Therapie sozialer Kompetenzen durchgeführt werden können, kann beispielsweise das Eltern-Kind-Interaktionstrainings in vivo bilden (vgl. Kap. 11).

- *Berücksichtige die psychophysiologische Regulation.* Bevor Du mit dem Kind eine soziale Interaktion beginnst; achte darauf, daß sich das Kind in einem ausgeglichenen Zustand befindet. Es sollte in diesem Moment weder hypo- noch hyperaktiv sein.
- *Berücksichtige die sensorische und motorische Aufmerksamkeitsfokussierung.* Achte in dem Zeitraum, in dem das Kind ausgeglichen ist, darauf, wohin es seine Aufmerksamkeit lenkt. Befindet sich das Kind beispielsweise entfernt von Dir und wendet es sein Gesicht und seinen Oberkörper zu Dir hin, so ist seine sensorische Aufmerksamkeit gegeben. Steht es dagegen nah bei Dir und berührt Dich, ohne Dich anzusehen, so ist es motorisch aufmerksam.
- *Richte Deine Kommunikation auf die jeweils geöffneten Kommunikationskanäle des Kindes aus.* Sensorische und akustische Signale kann des Kind nur aufnehmen, wenn es seine sensorische Aufmerksamkeit auf Dich fokussiert; taktile und kinetische (= die Bewegung betreffende) Signale bedürfen der motorischen Aufmerksamkeitsfokussierung des Kindes.
- *Achte auf die sensorischen und motorischen Reaktionen des Kindes.* Alle Reaktionen, die das Kind unmittelbar nach Deinem Kommunikationsangebot zeigt, sollten als Signale interpretiert werden, das heißt, als absichtliches Verhalten. Die kommunikativen Signale des Kindes können in einer Variation seines aktuellen Verhaltens bestehen, in Lautäußerungen, in einer Wiederholung einer Verhaltenssequenz, in plötzlichem Innehalten aber auch in Blickkontakt und emotionalen Äußerungen.
- *Wiederhole Deine Kommunikationsangebote.* Überprüfe jede Reaktion des Kindes auf ihren Signalcharakter. Wiederhole dazu die Kommunikationsangebote, die Du vor einer unmittelbaren Reaktion des Kindes gemacht hast.
- *Stell die Voraussetzungen einer soziale Routine-Interaktion her.* Wenn Du beim Kind eine charakteristische Reaktion hervorrufen kannst oder das Kind ein Kommunikationsangebot Deinerseits hervorrufen kann, so kommt den Reaktionen Signalcharakter zu und Ihr könnt eine sogenannte soziale Routine-Interaktion initiieren. Der Beginn einer sozialen Routine-Interaktion besteht aus sogenannten Ausgangsstrategien, beispielsweise dem Hand ausstrecken, Blickkontakt, der körperlichen Nähe, dem in die Hände klatschen, lautlichem Signalisieren oder an der Hand nehmen und ziehen.
- *Führe eine soziale Routine-Interaktion durch.* Versuche anfänglich Deine oder die kommunikativen Signale des Kindes zu variieren oder zu modellieren, indem Du beispielsweise Intensität, Häufigkeit, Dauer oder Tempo Deines Verhaltens veränderst. Erstelle danach eine sinnvolle Interaktionssequenz, etwa das Geben und Nehmen von Gegenständen, das Ball hin- und herrollen, oder das gegenseitige Berühren an verschiedenen Körperteilen. Versuche im nächsten Schritt die Komplexität der Interaktionssequenzen zu verändern, indem Du grundlegendes Sozialverhalten einübst. Hierzu zählen sogenannte Duchführungsstrategien wie das Bitten (Verknüpfung von Blickkontakt und in die Hände klatschen), das Kommentieren (Verknüpfung von Blickkontakt/Nähe, zeigen eines Gegenstandes und lautliche/sprachliche Äußerungen) oder das Abwartenkönnen (Verzicht des Kindes, einen Gegenstand direkt zu nehmen; statt dessen Bitten und so lange abwarten, bis die Erlaubnis erfolgt).
- *Achte darauf, daß jede soziale Routine-Interaktion beendet wird.* Anfänglich beendet das Kind eine Interaktionssequenz, indem es sich körperlich abwendet. Es muß jedoch lernen, daß ein soziales Signal eine Interaktion beendet, und letztlich auch erfahren, daß emotionale Äußerungen mit dem Ende eines positiven Sozialkontaktes einhergehen. Diese sogenannten Beendigungsstrategien müssen mit dem Ende jeder Inter-

aktionssequenz verbunden werden, da das Kind ansonsten soziale Kompetenzen erwirbt, die es unablässig äußert.

Entwicklungsbezogene Verhaltenstherapie. Die verhaltenstherapeutischen Möglichkeiten, autistischen Kindern zu einem selbständigeren Leben zu verhelfen, sind in den letzten Jahren enorm angewachsen (Schopler, 1994). Doch entsprcchen die erzielten therapeutischen Effekte oftmals nicht dem dafür verwendeten Aufwand (Lovaas & Smith, 1989). Dies liegt wahrscheinlich daran, daß diese Kinder häufig erst nach dem fünften Lebensjahr behandelt werden (Lovaas & Smith, 1989); andernfalls verbessern sich ihr Sozialverhalten und ihre schulische Leistungsfähigkeit deutlich (Simeonson, Olley & Rosenthal, 1987). Nur wenige Ansätze der Frühförderung behandeln bereits während der ersten zwei Lebensjahre Kinder mit einem erhöhten Risiko für die Entwicklung einer Autistischen Störung (Greenspan, 1992; Prizant & Wetherby, 1988). Dies ist auch nicht verwunderlich, da bislang die therapieorientierte Diagnoseverfahren und Interventionsmethoden zur Behandlung betroffener Kinder weitestgehend unbekannt sind (Kusch, 1993; Wetherby & Prizant, 1993). Dennoch können bereits während der ersten Lebensmonate beobachtbare Probleme der Eltern-Kind-Interaktionen im Bereich der zwischenmenschlichen Kommunikation identifiziert (McLean, 1990) und gezielt behandelt werden (Wetherby & Prizant, 1990).

Im Bereich kontrollierter verhaltenstherapeutischer Interventionen hat sich gezeigt, daß selbst nach mittlerweile über 20 Jahren intensiver Forschung das Problem der Generalisierung der kurzfristig erzielten therapeutischen Effekte das wesentliche Hindernis einer erfolgreichen Autismustherapie darstellt (Hadwin, Baron-Cohen, Howlin & Hill, 1996). Die Schwierigkeiten autistischer Kinder gelernte Verhaltensweisen unter verschiedenen Reizbedingungen zu zeigen, hängen aus entwicklungspsychopathologischer Perspektive eng mit ihren Problemen in der Dekontextualisierung zusammen, das heißt, sie können Erlerntes nicht vom Kontext der Lernsituation unabhängig machen; ihr Verhalten bleibt daher situationsspezifisch (Kusch & Petermann, 1991a,b). Dies steht auch im Einklang mit der Theory of mind und der Theorie von Leslie (vgl. Leslie & Roth, 1993). Es ist wichtig, an dieser Stelle nochmals darauf hinzuweisen, welche Probleme autistischer Kinder eine effektive Therapie sehr schwierig machen:

- Sie können Gelerntes nur schwer generalisieren (vgl. Koegel & Koegel, 1988), das heißt, ihr Verhalten vom Kontext unabhängig machen und es auf alle relevanten neuen Situationen übertragen.
- Es fällt ihnen schwer, einzelne Verhaltensaspekte zu einem Konzept zusammenzufassen und in einen Verhaltensablauf zu integrieren, das heißt, sie müssen nicht nur einzelne Verhaltensweisen separat erlernen, sondern sie zudem in sinnvolle Einheiten zusammenfügen können.
- Sie sind kaum in der Lage, aus eigenen Motiven an sozialer Interaktion teilzunehmen (vgl. Kusch & Petermann, 1991b; Mundy, 1995); sie müssen lernen, über die Antizipation positiver Konsequenzen entsprechende soziale Interaktionen zu initiieren.

Um autistischen Kindern zu ermöglichen, persönlich relevante soziale Lernerfahrungen zu machen, die dann auch generalisiert werden können, ist eine viel stärker Entwicklungsbezug der Therapie erforderlich. Ansätze, die dies anstreben, sind die Förderung sozialkommunikativer Kompetenzen von Prizant, Wetherby und Schuler (Prizant & Wetherby,

1988; Prizant & Schuler, 1987) und Dijkxhoorn und Mitarbeiter (1996) oder die Therapie sozialer Kompetenzen nach Kusch und Petermann (1991a). Kusch und Petermann (1998b) bezeichnen diese Ansätze als entwicklungsbezogene Verhaltenstherapie, da es bei ihnen im Grunde um soziale Lernerfahrungen unter Berücksichtigung der entwicklungsabhängigen Kompetenzen eines Kindes geht.

Im Rahmen der Therapie sozialer Kompetenzen werden verhaltenstherapeutische und entwicklungspsychologische Erkenntnisse zum Aufbau von Wissensstrukturen herangezogen, die dabei helfen können, therapeutische Ansatzpunkte und Stadien des therapeutischen Prozesses zu planen. Die entwicklungsbezogene Verhaltenstherapie ist bemüht, Konzepte zu erarbeiten, die spezifische und entwicklungsbezogene Vorgehensweisen der Prävention, Frühförderung und Behandlung ermöglichen. Sie ist bestrebt, folgende grundlegende Aspekte zu beachten (Kusch & Petermann, 1998b):

- *Verlaufsspezifität:* Es werden gezielt diejenigen Aspekte eines abweichenden Entwicklungsverlaufes verhindert, die einer zunehmenden Abweichung vorausgehen, diejenigen gefördert, die eine Normalisierung begünstigen und diejenigen verändert, die diesen Bemühungen im Wege stehen. So sind autistische Kinder möglichst frühzeitig und nicht erst im Vorschulalter zu behandeln, ihre Förderung sollte im Rahmen alltäglicher Anforderungen erfolgen und die Bezugspersonen sollen sich auf die ungewöhnlichen Sozialisationsbedingungen dieser Kinder einstellen.
- *Phasenspezifität:* Es werden gezielt Methoden der Kinderpsychotherapie ausgewählt und auf die Bedingungen angewandt, die eine Störung während bestimmter Entwicklungsperioden kontrollieren (Dawson & Galpert, 1986). So sind beispielsweise während der ersten drei Lebensjahre vor allem absichtsvolle Eltern-Kind-Interaktionen und im Vorschulalter zusätzlich die Gleichaltrigenbeziehungen zu fördern. In den folgenden Jahren kommen schulische Fertigkeiten und die Selbständigkeit hinzu.
- *Störungsspezifität:* Es werden Behandlungsansätze ausgewählt oder erarbeitet, die auf das konkrete Störungsbild bezogen sind. Eine störungsspezifische Therapie autistischer Kinder würde die beobachtbare Symptomatik eines Kindes gewichten und beispielsweise der Störung der Imitation, der Aufmerksamkeitslenkung und der intentionalen Kommunikation größere Bedeutung zusprechen als der Förderung einzelner Fertigkeiten wie Sprache, Wahrnehmung oder Motorik.
- *Kontextspezifität:* Das Störungsbild wird im tatsächlichen bio-psycho-sozialen Kontext behandelt. Das therapeutische Setting darf beispielsweise nicht aus einem Therapieraum bestehen, in dem nur mit Puppen oder anderem symbolischen Spielzeug gespielt oder klassische Verstärkerpläne durchgeführt werden. Vielmehr sind natürliche oder quasi-natürliche Situationen und störungsspezifische Austauschprozesse zu konstruieren, in denen die Freude einer gelungene Interaktionssequenz als natürlicher Verstärker fungiert.

14.7 Schlußfolgerungen

Die Entwicklungspsychopathologie ist für das Verständnis autistischer Störungen zentral. So werden gegenwärtig entwicklungspsychopathologisch fundierter Hypothesen zur frühen normalen und abweichenden postnatalen Entwicklung überprüft. Hiervon verspricht man sich eine weitgehende Klärung der Frage, welche primären psychischen

Störungen für die Entwicklung von Kindern mit Autismus verantwortlich sind (Kusch & Petermann, 1998b). Man kann hoffen, daß die Entwicklungspsychopathologie es einmal ermöglichen wird, spezifische Verursachungsketten der Autistischen Störung aufzuzeigen, die von der ätiologischen Ebene zur Ebene beobachtbaren Verhaltens reichen.

Kinder mit einer Autistischen Störung können bereits jetzt valide von Kindern mit anderen Entwicklungsstörungen unterschieden werden. Problematischer als die genaue Diagnostik und Klassifikation wird gegenwärtig die Früherkennung autistischer oder gefährdeter Kinder betrachtet. In naher Zukunft wird es jedoch möglich werden, autistische Kinder bereits in den ersten zwölf bis 18 Lebensmonaten zu identifizieren und dadurch frühzeitig behandeln zu können. Dies ist bislang noch problematisch, da die frühen Hinweise auf eine Autistische Störung sehr unspezifisch sind, beziehungsweise noch nicht die Methoden und Verfahren entwickelt wurden, die eine sichere Früherkennung zulassen. Erste Hinweise auf solche psychologischen Instrumente bieten Wetherby und Prizant (1995), die ihr Augenmerk nicht auf die definierten Einzelsymptome konzentrieren, sondern die Kompetenzen und Performanzen des Kindes im sozialen Kontext betrachten.

Die Bestrebungen der Früherkennung und Frühtherapie der Autistischen Störung sind auch deswegen relevant, weil gerade in den ersten Lebensjahren die postnatale Hirnentwicklung während sensibler Perioden deutlich leichter therapeutischen Bemühungen zugänglich ist, als nach dem dritten Lebensjahr (Cicchetti & Tucker, 1994). Die gezielte Frühtherapie konzentriert sich auf die affektiv getönte soziale Interaktion des Kindes mit seinen Bezugspersonen und achtet stärker auf die in der Interaktionssituation auftretenden sozial-emotionalen Signale von Kind und Bezugsperson als auf kognitive Aspekte wie etwa die Korrektheit von Reaktionen. Auffallend ist, daß die neueren Forschungsarbeiten (vgl. Mundy, 1995) ausgerechnet eine Störung des selbst-initiierten sozialen Annäherungsverhaltens und des zustandsabhängigen sozialen Lernens als autismusspezifisch ansehen.

Bislang erzielen alle therapeutischen Ansätze, die sich auf die Förderung sozial-kognitiver Kompetenzen beziehen, zwar Erfolge, aber es kommt zu keiner Generalisierung erworbener Kompetenzen (Hadwin et al., 1996). Dies liegt daran, daß die Ansätze auf Erkenntnissen über sehr spezifische neuronale Störungsprozesse beruhen (Ozonoff & Miller, 1995), die jedoch die Bedeutung der neurobiologischen Integrationsstörung nicht berücksichtigen, die den Autismus ausmacht. Gerade eine auf dem sozial-emotionalen Annäherungsverhalten von Kindern beruhende Intervention berücksichtigt die Annahme, daß der Autismus auf einer Störung miteinander interagierender neuronaler Subsysteme beruht (Mundy, 1995). Wenn die frühen Phasen der sozial-emotionalen und sozial-kognitiven Entwicklung autistischer und gesunder Kinder besser verstanden werden, dann könnte es in naher Zukunft möglich werden, autistische Kinder sehr frühzeitig zu identifizieren und vor allem viel spezifischer zu behandeln.

15 Depression

Gunter Groen und Franz Petermann

15.1 Definition, Klassifikation und Erfassung

15.1.1 Definition und Beschreibung

Die Depression wird den *internalisierenden* bzw. *überkontrollierten* Störungen zugerechnet. Der zentrale Aspekt dieser von außen oft schwer zu erkennenden Probleme bezieht sich auf Störungen im Bereich von Gefühlen und Stimmungen (vgl. Achenbach, 1995; Kovacs & Devlin, 1998). Die Depression stellt im Kern eine emotionale Niedergeschlagenheit und Traurigkeit dar, die unterschiedlich schwer ausgeprägt sein kann und in der Regel mit weiteren Anzeichen einhergeht. Darüber hinaus wird der Begriff Depression mit recht unterschiedlichen Bedeutungen verwendet (vgl. Angold, 1993; Fombonne, 1995; Nurcombe, 1992):

- Bei der Bestimmung und Beschreibung der Depression auf *Symptomebene* werden einzelne Verhaltensweisen und emotionale Merkmale, wie Gefühle von Traurigkeit oder Unglücklichsein betrachtet, die charakteristisch und konstituierend für eine depressive Verstimmung sind.
- Bei der Bestimmung und Beschreibung der Depression als *Syndrom* wird von einer beobachtbaren Konstellation verschiedener Symptome ausgegangen, die tendenziell gemeinsam auftreten. Liegt eine gewisse Anzahl gemeinsamer Symptome vor, kann ein depressives Syndrom als solches identifiziert werden.
- Die Bestimmung und Beschreibung der Depression als *depressive Störung* bezieht sich auf eine klinische Diagnose, die auf den Kriterien psychiatrischer Klassifikationssysteme wie dem DSM-IV oder der ICD-10 beruht. Bei dieser *kategorialen* Störungsdefinition nimmt man qualitative Unterschiede zwischen einer diagnostizierbaren depressiven Störung mit einer charakteristischen Nosologie und normalen Stimmungszuständen an.

Unter dem kategorialen Störungsbegriff der Depression werden eine Reihe näher bezeichneter Störungsbilder zusammengefaßt, die sich zwar hinsichtlich einiger Aspekte, wie dem Schweregrad, dem Verlauf und gewisser Symptomausprägungen unterscheiden, denen aber wesentliche Symptome gemeinsam sind. Die zentralen Anzeichen von Depression bestehen in einer deutlichen emotionalen Niedergeschlagenheit bzw. Traurigkeit (*depressive Verstimmung*), der reduzierten Fähigkeit, Freude zu empfinden, sowie einem verringerten Interesse an unterschiedlichen Dingen (*Anhedonie*). Darüber hinaus zeigen sich in der Regel weitere *emotionale* Probleme, wie ein vermindertes Selbstwertgefühl oder Schuldgefühle, *körperliche* bzw. *neurovegetative* Symptome, wie Veränderungen des Appetits, des Schlafverhaltens und der Psychomotorik sowie *kognitive* und *motivationale* Beeinträchtigungen, wie Konzentrationsmangel und eine erschwerte Entscheidungsfindung.

Gegenüber alltäglichen Gefühlen von Traurigkeit, Unlust und Niedergeschlagenheit, wie sie sicherlich jedem Menschen vertraut sind, setzt man bei der Definition von depressiven Störungen im kategorialen Sinne eine bestimmte Konstellation mehrerer, unterschiedlicher

Symptome voraus, die über eine bestimmte Zeit andauern, mit einer gewissen Intensität auftreten und mit spezifischen Beeinträchtigungen einhergehen. Wogegen man bei Erwachsenen schon recht lange genauer spezifizierte Störungsbilder für die Beschreibung und Klassifikation von Depression verwendet, ist es vor allem bei Kindern umstritten, ob depressive Störungen überhaupt, und wenn ja, auf welche Art und Weise auftreten. Die Diskussion um die Anerkennung und Etablierung depressiver Störungen im Kindes- und Jugendalter läßt sich in mehrere wesentliche Phasen gliedern:

- Vor allem aufgrund psychoanalytischer Erwägungen herrschte lange Zeit die Meinung vor, die kognitive Entwicklung von Kindern sei zumindest bis zur Pubertät zu wenig entwickelt, um die zentralen Symptome einer Depression aufzuweisen, wie sie von Erwachsenen gezeigt werden. Da das Über-Ich bei Kindern noch nicht genügend ausgeprägt sei, könnten diese die für eine Depression als charakteristisch erachteten Schuldgefühle nicht entwickeln (Finch, 1960; Mahler, 1960; Rie, 1966).
- In den sechziger und siebziger Jahren wurde im Konzept der larvierten bzw. maskierten Depression angenommen, daß Depression vor der Pubertät zwar sehr wohl auftreten könne, sich aber nicht in Form der für Erwachsenen typischen Symptome äußere, sondern in Form depressionsäquivalenter Symptome, wie zum Beispiel in unterschiedlichen körperlichen Beschwerden oder in Form von Verhaltensproblemen (Cytryn & McKnew, 1972; Glaser, 1967; Toolan, 1962).
- Seit den siebziger Jahren bemühte man sich verstärkt, Symptome, die Erwachsene mit depressiven Störungen aufweisen, auch bei emotional gestörten Kindern und Jugendlichen zu identifizieren. Wissenschaftler, wie zum Beispiel Weinberg et al. (1973) sowie Poznanski und Zrull (1970), konnten so mit altersgerechten Bewertungsskalen die wesentlichen von depressiven Erwachsenen gezeigten Symptome auch bei Kindern und Jugendlichen finden.
- Mit Hilfe eines standardisierten Interviews auf Basis der für Erwachsenen typischen Depressionsanzeichen gelang es Carlson und Cantwell (1980), sowohl emotionale Symptome der Depression als auch depressionsbedingte körperliche Symptome bei Kindern und Jugendlichen aufzudecken und systematisch zu erfassen. So wurde angenommen, daß sich depressive Störungen bei Kindern, Jugendlichen und Erwachsenen in nahezu identischen Formen äußerten (Carlson & Kashani, 1988; Kovacs, 1997). Entwicklungsabhängige Einflüsse auf die Herausbildung der Depression wurden als gering erachtet (Ryan et al., 1987). Seitdem war es in der klinischen und wissenschaftlichen Praxis überwiegend die Regel, die für Erwachsenen konzipierten Diagnosekriterien, verändert um einige wenige altersspezifische Aspekte, auch für Kinder und Jugendliche anzuwenden.
- In jüngster Zeit ist eine stärker entwicklungsbezogene Betrachtung der Depression im Kindes- und Jugendalter in den Vordergrund gerückt (Cicchetti & Toth, 1992, 1998; Essau & Petermann, 1997; Kusch & Petermann, 1994, 1997; Rutter, Izard & Read, 1986). Hierbei wird unter anderem diskutiert, ob nosologisch einheitliche und abgrenzbare depressive Störungsbilder für Kinder und Jugendliche überhaupt Gültigkeit besitzen (Achenbach, 1995; Nurcombe, 1992). Es wird gefordert, entwicklungsabhängige Ausdrucksformen (Cole & Zahn-Waxler, 1992; Puig-Antich et al., 1993) und unterschiedliche Störungsverläufe emotionaler Probleme (Cummings & Davies, 1992), Übergänge zur normativen kindlichen Entwicklung sowie die Komorbidität mit anderen Störungen des Kindes- und Jugendalters (Angold & Costello, 1993) stärker zu berücksichtigen.

15.1.2 Klassifikation

Die kategoriale Klassifikation depressiver Störungen im Kindes- und Jugendalter kann auf Grundlage der Kriterien unterschiedlicher Klassifikationssysteme erfolgen. Zu den heute am häufigsten verwendeten Klassifikationssystemen psychiatrischer Störungen zählen das DSM-IV und die ICD-10. Im DSM-IV werden im Kapitel affektive Störungen die depressiven Störungen *Major Depression*, *Dysthyme Störung* und *nicht näher bezeichnete depressive Störung* behandelt. Bis auf geringe Abweichungen werden hier für Kinder und Jugendliche die selben Kriterien wie für Erwachsene zugrunde gelegt. Es wird lediglich darauf hingewiesen, daß sich im Kindes- und Jugendalter hinsichtlich der Kernsymptome anstelle einer *depressiven* auch eine *reizbare* Verstimmung zeigen kann, und daß einige Symptome in Abhängigkeit vom Lebensalter unterschiedlich deutlich hervortreten können. Weiterhin ist die Mindestdauer einer Dysthymen Störung gegenüber zwei Jahren bei Erwachsenen für Kinder auf ein Jahr herabgesetzt.

Kasten 15.1: Merkmale der Major Depression.

Bei der *Major Depression* handelt es sich um eine schwere und akute Form einer depressiven Störung. Sie ist gekennzeichnet durch eine oder mehrere (rezidivierende) depressive Episoden von mindestens zwei Wochen Länge, an denen laut DSM-IV an *fast allen Tagen* eines der beiden folgenden Kernsymptome festzustellen sein muß:

- depressive Verstimmung, *bei Kindern und Jugendlichen auch reizbare Verstimmung* und
- deutlich vermindertes Interesse oder Freude an allen oder fast allen Aktivitäten.

Darüber hinaus müssen mindestens vier zusätzliche Symptome aus folgender Kriterienliste vorliegen:

- deutlicher Gewichtsverlust oder deutliche Gewichtszunahme bzw. verminderter oder gesteigerter Appetit (bei Kindern ist das Ausbleiben der zu erwartenden Gewichtszunahme symptomatisch),
- Schlaflosigkeit (Insomnia) oder vermehrter Schlaf (Hypersomnia),
- psychomotorische Unruhe oder Verlangsamung,
- Müdigkeit oder Energieverlust,
- Gefühle von Wertlosigkeit oder übermäßige bzw. unangemessene Schuldgefühle,
- verminderte Denk- und Konzentrationsfähigkeit oder verringerte Entscheidungsfähigkeit und
- wiederkehrende Gedanken an den Tod, wiederholte Suizidvorstellungen ohne genauen Plan, die genaue Planung eines Suizids oder ein tatsächlicher Suizidversuch.

Der Schweregrad der aktuellen oder letzten Episode einer Major Depression kann durch die Anzahl und den Schweregrad der erfüllten Symptome sowie dem Ausmaß der psychosozialen Beeinträchtigungen und des subjektiven Leidensdrucks nach leichten, mittelschweren oder schweren Episoden ohne psychotische Merkmale eingeteilt werden. Selbst leichte Episoden müssen entweder mit einem klinisch bedeutsamen Leiden oder mit Einschränkungen in sozialen, beruflichen bzw. schulischen oder anderen wichtigen Funktionsbereichen einhergehen. Bei einer schweren Episode mit psychotischen Merkmalen treten zusätzlich Wahnvorstellungen oder Halluzinationen auf. Entspricht die Störung keinem der Schweregrade mehr, wird sie als teilweise oder völlig remittiert betrachtet.

Im Sinne der Differentialdiagnose dürfen die genannten Symptome weder auf einen körperlichen Krankheitsfaktor (z.B. Gewichtsverlust bei unbehandeltem Diabetes) noch auf Substanzeinwirkung (z.B. depressive Verstimmung bei Drogenentzug) zurückzuführen sein. Ebenso muß die depressive Episode klar von anderen affektiven (z.B. manischen) Episoden abgrenzbar sein. Des weiteren darf der depressive Zustand nicht die Reaktion auf den Tod einer nahestehenden Person darstellen („einfache Trauerreaktion"). In diesem Fall kann die Diagnose einer Major Depression erst dann gestellt werden, wenn die Symptome länger als zwei Monate andauern und deutliche Funktionsbeeinträchtigungen oder extreme Ausprägungen bestimmter Symptome festzustellen sind.

Kasten 15.2: Merkmale der Dysthymen Störung.

Die *Dysthyme Störung* stellt eine chronische, aber weniger schwere Form der depressiven Störungen dar. Sie ist laut DSM-IV durch eine chronisch depressive Verstimmung oder bei Kindern und Jugendlichen auch durch eine reizbare Verstimmung gekennzeichnet, die über die meiste Zeit des Tages und an mehr als die Hälfte der Tage über mindestens ein Jahr bei Kindern und Jugendlichen und über mindestens zwei Jahre bei Erwachsenen andauert. Während der depressiven Verstimmung liegen mindestens zwei der folgenden Symptome vor:

- Appetitlosigkeit oder gesteigertes Bedürfnis zu essen,
- Schlaflosigkeit oder übermäßiges Schlafbedürfnis,
- Energiemangel oder Erschöpfung,
- geringes Selbstwertgefühl,
- Konzentrationsstörung oder Entscheidungserschwernis und ein
- Gefühl der Hoffnungslosigkeit.

In der betreffenden Zeitperiode (ein bzw. zwei Jahre) darf es keinen Zeitraum von mehr als zwei Monaten ohne die beschriebenen Symptome geben. Auch bei dieser Störungsform müssen für die Vergabe der Diagnose Beeinträchtigungen in psychosozialen Funktionsbereichen oder ein klinisch bedeutsamer Leidensdruck vorliegen.

Die Unterscheidung von Dysthymer Störung und Major Depression ist durch die Ähnlichkeit der zugrunde liegenden Kernsymptome erschwert. Bei der Major Depression handelt es sich um eine oder mehrere depressive Phasen mit schwererer Symptomatik, die sich in der Regel deutlicher vom Normalzustand unterscheiden lassen, wogegen die Dysthyme Störung eine chronische, oftmals mehrjährige aber leichtere depressive Verstimmung darstellt. Differentialdiagnostisch ist zu beachten, daß innerhalb der ersten zwei Jahre bzw. bei Kindern und Jugendlichen innerhalb des ersten Jahres der Dysthymen Störung keine Episode einer Major Depression besteht, und daß zwischen einer Major Depression und einer folgenden Dysthymen Störung mindestens zwei störungsfreie Monate liegen müssen. Nach dem ersten Jahr bzw. den ersten zwei Jahren können Episoden einer Major Depression die Dysthyme Störung überlagern, so daß beide Diagnosen vergeben werden können. Ebenso wie für die Major Depression müssen andere Faktoren, die unter Umständen für die Symptome verantwortlich sein können, ausgeschlossen sein.

Im DSM-IV wird neben der Major Depression und der Dysthymen Störung die Klassifikation der *nicht näher bezeichneten depressiven Störung* beschrieben. Die Diagnose dieser Störung erfolgt, wenn eine depressive Symptomatik vorliegt, die in Art und Ausmaß nicht den eben beschriebenen oder anderen Störungen zuzuordnen ist. Beispiele für nicht näher bezeichnete depressive Störungen sind das Vorhandensein einer regelmäßig in der Zeit vor der Menstruation auftretenden depressiven Verstimmung (Prämenstruelle dysphorische Störung) oder Episoden einer depressiven Symptomatik, die weniger als die fünf für die Diagnose einer Major Depression erforderlichen Kriterien enthält oder nur wenige Tage anhält, aber regelmäßig wiederkehrt. Weiterhin kann die Diagnose dieser Störung vergeben werden, wenn nicht klar ist, ob eine depressive Symptomatik primär auf einen körperlichen Krankheitsfaktor oder eine Substanzeinwirkung zurückzuführen ist.

15.1.3 Erfassung

Viele depressive Symptome reflektieren die subjektive Wahrnehmung von Stimmungen und Gefühlszuständen und sind von anderen Personen oft nur schwer zu erkennen. So liegt es nahe, daß zur Bestimmung einer vorliegenden Symptomatik vor allem Informationen der betroffenen Kinder und Jugendlichen herangezogen werden sollten (Harrington, 1993). Besonders mit zunehmendem Alter und steigender Selbstreflexion und Erinnerungsfähigkeit scheinen die Kinder und Jugendlichen selbst die zuverlässigste Informationsquelle darzustellen, eine Depression festzustellen (Reich & Earls, 1987). Informationen von nahestehenden Bezugspersonen (Eltern, Lehrer, Gleichaltrige) sind vor allem bei jüngeren Kindern sowie zur Absicherung der Diagnosevergabe nützlich und hilfreich, wobei die Übereinstimmung zwischen unterschiedlichen Informationsquellen in der Regel aber eher gering ausfällt (vgl. Groen, Scheithauer, Essau & Petermann, 1997).

In den letzten Jahren wurden eine Vielzahl unterschiedlicher Verfahren zur Depressionsdiagnostik bei Kindern und Jugendlichen entwickelt (vgl. Kasten 15.3; vgl. Übersicht bei Rossmann, 1991, 1994), die teilweise in unterschiedlichen Versionen, die Befragung der Kinder und Jugendlichen selbst sowie ihrer Bezugspersonen ermöglichen. Die meisten der vorhandenen Instrumente sind im anglo-amerikanischen Sprachraum entwickelt worden, liegen aber teilweise in deutschen Bearbeitungen vor.

Zur aktuellen und lebenszeitbezogenen Erfassung depressiver und anderer Störungen im Kindes- und Jugendalter eignen sich verschiedene *diagnostische bzw. klinische Interviewverfahren,* wie zum Beispiel das *Diagnostische Interview für Kinder und Jugendliche* (DISK; Hautzinger et al., 1995). Diese Instrumente überprüfen mit Hilfe einer mehr oder weniger standardisierten Frageprozedur das Vorhandensein der in den unterschiedlichen Klassifikationssystemen festgelegten Symptome und Kriterien sowie deren klinische Relevanz und ermöglichen so eine Diagnoseerstellung. Weiterhin können zugehörige klinische Merkmale, wie Dauer und Schweregrad der Störung sowie das Alter bei Störungsbeginn bestimmt werden.

Bei der quantitativen Erfassung von Depression mit Hilfe von speziellen *Depressionsinventaren und -fragebögen* wird eine emotionale Auffälligkeit bzw. ein depressives Syndrom identifiziert, wenn eine jeweils festgesetzte Anzahl von depressiven Symptomen überschritten wird. Da bei diesen Instrumenten neben den operationalisierten Symptomen in der Regel keine weiteren diagnostischen Informationen (z.B. psychosoziale Beeinträchtigung, mögliche körperliche oder substanzbezogene Ursachen der Symptome) überprüft werden, wird das Ausmaß der Symptombelastung bestimmt, ohne aber die Diagnose einer depressiven Störung zu vergeben. Fragebogenverfahren in deutscher Sprache sind der *Depressionstest für Kinder* (DTK; Rossmann, 1993) sowie das *Depressionsinventar für Kinder und Jugendliche* (DIKJ; Steinsmeier-Pelster et al., 1989).

Kasten 15.3: Beispiele für Verfahren zur Erfassung depressiver Störungen und Symptome im Kindes- und Jugendalter.

Standardisierte Interviewverfahren zur Erfassung depressiver Störungen
• Diagnostic Interview Schedule for Children (DISC; Costello et al., 1982) *in deutscher Bearbeitung als* Diagnostisches Interview für Kinder und Jugendliche (DISK; Hautzinger et al., 1995) • Diagnostic Interview for Children and Adolescents (DICA-R; Reich & Welner, 1988) • Schedule for Affective Disorders und Shizophrenia for school-aged Children (K-SADS; Puig-Antich & Chambers, 1987) • Mannheimer Elterninterview (MEI; Esser, Blanz, Geisel & Laucht, 1989) • Münchener Composite International Diagnostic Interview (M-CIDI; Wittchen et al., 1995)
Fragebögen und Checklisten zur Erfassung depressiver und anderer Symptome
• Children's Depression Inventory (CDI; Kovacs, 1979) *in deutscher Bearbeitung als* Depressionsinventar für Kinder und Jugendliche (DIKJ; Steinsmeier-Pelster, Schürmann & Duda, 1989) • Depressionstest für Kinder (DTK, Rossmann, 1993) • Child Behavior Checklist (CBCL; Achenbach, 1991c) *in deutscher Bearbeitung als* Elternfragebogen über das Verhalten von Kindern und Jugendlichen (Arbeitsgruppe Deutsche Child Behavior Checklist, 1993a) • Youth Self-Report (YSR; Achenbach, 1991d) *in deutscher Bearbeitung als* Fragebogen für Jugendliche (Arbeitsgruppe Deutsche Child Behavior Checklist,1993b) • Teacher's Report Form (TRF; Achenbach, 1991e)

Aufgrund der Beobachtung, daß im Kindes- und Jugendalter in Abhängigkeit vom Entwicklungsstand häufig unterschiedliche Muster depressiver Symptome und starke Überlappungen mit anderen psychischen Symptomen auftreten, wird im Rahmen einer entwicklungspsychopathologischen Perspektive verstärkt die dimensionale bzw. quantitative Erfassung eines breiten Bereiches unterschiedlicher Verhaltensauffälligkeiten vorangetrieben (Achenbach, 1995). Da die Gültigkeit psychiatrischer Diagnosen depressiver und auch bestimmter anderer Störungen bei Kindern und Jugendlichen bezweifelt wird (Kusch & Petermann, 1994; Nurcombe, 1992), erfolgt innerhalb dieses Ansatzes die Erfassung unterschiedlicher Symptome unabhängig von vorgegebenen diagnostischen Kriterien und Kategorien. In den aktuellen von Achenbach veröffentlichten Fragebögen für Kinder und Jugendliche, Eltern und Lehrer (Achenbach, 1991c, d, e; vgl. Arbeitsgruppe Deutsche Child Behavior Checklist, 1993a, b) werden depressive Symptome insbesondere auf der

Problemskala „Angst/Depression" erfaßt. Diese Dimension wurde aus zahlreichen empirischen Studien an unterschiedlichen Stichproben und mit unterschiedlichen Informationsquellen abgeleitet, in denen sich besonders häufig eine typische Konstellation der in dieser Skala enthaltenden Angst- und Depressionsymptome ergab.

In aktuellen Beiträgen zur Messung und Diagnostik psychischer Auffälligkeiten im Kindes- und Jugendalter aus einer entwicklungspsychopathologischen Perspektive mehren sich die Forderungen nach einer vielfältigeren Ausrichtung der Erfassungsmethoden (vgl. Achenbach, 1995; Kazdin & Kagan, 1994; Essau, Feehan & Üstun, 1997):

- Eine stärkere Beachtung des *Entwicklungsniveaus* der untersuchten Kinder und Jugendlichen ließe deutlichere Rückschlüsse auf die Entwicklungsabhängigkeit von Symptommanifestationen und Störungsverläufen zu.
- Durch die *wiederholte Durchführung von Messungen im Rahmen von Längsschnittstudien* ließen sich fundiertere Aussagen über die Stabilität und Situationsabhängigkeit psychischer Auffälligkeiten ableiten.
- Neben der Messung individueller Störungscharakteristika sollte verstärkt der *soziale und soziokulturelle Kontext* (Familie, Schule, kulturelle Besonderheiten, gesellschaftliche Entwicklungen) erfaßt werden, um die Interaktion von Person und Umwelt bei der Genese und dem Verlauf psychischer Fehlanpassung zu berücksichtigen.
- Aufgrund der *Erfassung vielfältiger Zusatzfaktoren* (z.B. Messung biologischer, neurologischer, kognitiver und sozialer Variablen) könnten verstärkt mögliche Einflußgrößen und Begleiterscheinungen psychischer Störungen berücksichtigt werden.

Die Erfassung der hier angesprochenen Faktoren verlangt in Zukunft für unterschiedliche Störungsbereiche eine systematische Kombination unterschiedlichster Erfassungsmethoden. Des weiteren ist eine standardisierte und vergleichbare Verknüpfung verschiedener Informationsquellen notwendig.

15.2 Epidemiologie

Die Verbreitung depressiver Störungen und Symptome im Kindes- und Jugendalter ist in zahlreichen Studien untersucht worden. Die Tatsache, daß teilweise recht unterschiedliche Ergebnisse ermittelt wurden, ist auf eine Reihe methodischer Inkonsistenzen in der Vorgehensweise der einzelnen Studien zurückzuführen, die ihre Vergleichbarkeit erschweren und die es bei der Bewertung vorliegender Ergebnisse zu beachten gilt (Fleming & Offord, 1990; Groen et al., 1997; vgl. Kap. 8). Dennoch lassen sich aus den bis heute in unterschiedlichen Ländern durchgeführten Studien einige Erkenntnisse hinsichtlich der Auftretenshäufigkeit von Depression sowie ihrer Alters- und Geschlechtsverteilung ableiten (vgl. Birmaher et al., 1996a; Essau & Petermann, 1997; Fleming & Offord, 1990; Groen et al., 1997).

15.2.1 Auftretenshäufigkeit

Depressive Störungen treten häufig im Kindes- und Jugendalter auf. Es kann angenommen werden, daß mindestens jeder zehnte Jugendliche bis zum Eintritt in das Erwachsenenalter unter mindestens einer ernsthaften depressiven Episode leidet. Wogegen bei jungen Kindern depressive Störungen nur selten festgestellt werden, ist während der späten Kindheit und der Jugend ein starker Anstieg der Depression zu beobachten (z.B. Lewinsohn, Clarke, Seeley & Rohde, 1994; s. Groen et al., 1997).

Neueren in unterschiedlichen Ländern durchgeführten Studien zufolge, in denen Diagnosen mit Hilfe eines standardisierten Interviewverfahrens ermittelt wurden, liegt die lebenszeitbezogene Auftretenshäufigkeit der Major Depression bei Kindern und Jugendlichen zwischen 1,9 und 18,5%. Die Punktprävalenz, das heißt das aktuelle Vorhandensein einer Störung zum Untersuchungszeitpunkt, schwankt zwischen 0,7 und 3,6%. Die Auftretenshäufigkeit der Dysthymen Störung liegt mit einer Lebenszeitprävalenz zwischen 3,2 und 5,6% und einer Punktprävalenz zwischen 0,1 und 5,8% niedriger als die der Major Depression (vgl. Tab. 15.1). Studien, in denen das aktuelle Vorhandensein einer depressiven Symptomatik mit Hilfe von Checklisten und Selbstbeurteilungsfragebögen überprüft wurde, zeigen mit Auftretensraten zwischen 8,6 und 50%, daß depressive Stimmungen unter Kindern und Jugendlichen weitverbreitete Gefühlszustände sind (vgl. Essau & Petermann, 1998).

15.2.2 Alter

Die Auftretenshäufigkeit depressiver Störungen und Symptome nimmt mit dem Alter zu. Vorschulkinder im Alter von bis zu sechs Jahren können zwar durchaus einzelne depressive Symptome aufweisen (Angold & Rutter, 1992; Cummings & Davies, 1992; Laucht, Esser & Schmidt, 1993), man muß jedoch davon ausgehen, daß die kategoriale Diagnose einer depressiven Störung für Kinder dieser Altersgruppe sowohl theoretisch als auch empirisch kaum haltbar ist (Kovacs, 1997; Kusch & Petermann, 1994; Nurcombe, 1992). Bei älteren Kindern und Jugendlichen konnte in zahlreichen Studien mit zunehmendem Alter eine steigende Auftretenshäufigkeit depressiver Störungen (vgl. Groen et al., 1997) und depressiver Symptome (Ge et al., 1994; Petersen, Kennedy & Sullivan, 1991) beobachtet werden. In einer mehrjährigen Längsschnittstudie in Neuseeland ergaben sich beispielsweise bei mehrmaliger Untersuchung einer großen Geburtskohorte im Alter von elf, 15, 18 und 21 Jahren Raten für die Zwölf-Monats-Prävalenz depressiver Störungen von 1,8%, 4,2%, 18% und 18,6% (Anderson, Williams, McGee & Silva, 1987; Feehan, McGee, Raja & Williams, 1994; McGee et al., 1990; Newman et al., 1996).

In Abhängigkeit vom Alter zeigen sich zudem unterschiedliche Häufigkeiten und Konstellationen bestimmter depressiver Symptome. Mit zunehmendem Entwicklungsniveau sind differenziertere Ausdrucksformen der Depression zu beobachten. Während sich bei jüngeren Kindern eine Depression durch undifferenzierte Merkmale wie Schreien, Jammern, Reizbarkeit und Stimmungsschwankungen aber auch durch aggressives und unruhiges Verhalten andeuten kann, zeigen sich bei älteren Kindern und Jugendlichen zunehmend deutlichere Anzeichen und der verbale Ausdruck der Depression, wie ein fehlendes Selbstbewußtsein und fehlende Zukunftsperspektiven (vgl. Eggers & Stage, 1994).

Tabelle 15.1: Ergebnisse epidemiologischer Studien zur Auftretenshäufigkeit depressiver Störungen im Kindes- und Jugendalter.

Autoren (Jahr; Land)	N**	Alter	Diagnose*** Instrument / Kriterien	Auftretenshäufigkeiten (%)* Major Depression				Dysthyme Störung			
				LZ	12M	6M	P	LZ	12M	6M	P
Bird et al. (1988; Puerto Rico)	777	4-16	DISC / DSM-III-R	-	-	5,9°	-	-	-	-	-
Velez et al. (1989; USA)	776	9-18	DISC / DSM-III-R	-	-	-	3,2	-	-	-	-
Fergusson (1993; Neuseeland)	965	15	DISC / DSM-III-R	-	4,2	-	0,7	-	-	-	0,1
Lewinsohn et al. (1993; USA)	1710	14-18	K-SADS-E / DSM-III-R	18,5	-	-	2,6	3,2	-	-	0,5
Cooper & Goodyer (1993; GB)	1068°°	11-16	DISC / DSM-III-R	-	6,0	-	3,6	-	-	-	-
Reinherz et al. (1993; USA)	385	18	DIS-III-R / DSM-III-R	9,4	-	-	-	-	-	-	-
Feehan et al. (1994; Neuseeland)	930	18	DIS-III-R / DSM-III-R	-	13,3	-	3,4	-	3,2	-	-
Verhulst et al. (1997; Niederlande)	780	13-18	DISC / DSM-III-R	-	-	2,8	-	-	-	2,5	-
Canals et al. (1997; Spanien)	290	18	SCAN / DSM-III-R	-	-	-	2,4	-	-	-	5,8
Essau et al. (1998; Deutschland)	1035	12-17	M-CIDI / DSM-IV	14,0	-	-	-	5,6	-	-	-

* bei Studien, in denen nur nach Informant getrennte Angaben gemacht wurden, sind die Angaben der Kinder und Jugendlichen berücksichtigt Auftretenshäufigkeit LZ: lebenszeitbezogen, 12M: letzten 12 Monate, 6M: letzten 6 Monate, P: Punktprävalenz, aktuell

** teilweise wurden aus den hier angegebenen Gesamtstichproben nach einer Screeningprozedur erst kleinere Subpopulationen mit den standardisierten Interviewverfahren untersucht, um anschließend die Ergebnisse hochzurechnen

*** DISC: Diagnostic Interview Schedule (Costello et al., 1982); K-SADS-E: Schedule for Affective Disorders and Shizophrenia, epidemiologic version Orvaschel et al.,1982); DIS-III-R: NIMH Diagnostic Interview Schedule Version III Revised (Robins et al., 1989); SCAN: Schedules for Clinical Assesment in Neuropsychiatry; span Version (Wing et al., 1993); M-CIDI: Münchener CIDI (Wittchen et al., 1995)

° Angabe für Major Depression und Dysthyme Störung zusammen

°° die hier untersuchte Stichprobe bestand nur aus Mädchen

In verschiedenen Studien an klinischen Stichproben (Carlson & Kashani, 1988; Ryan et al., 1987; Kovacs, 1996) konnte festgestellt werden, daß depressive Kinder eher somatische Beschwerden, eine depressive körperliche Erscheinung, psychomotorische Unruhe und Trennungsängste aufweisen, wogegen depressive Jugendliche eher Anhedonie, Hoffnungslosigkeit, Hypersomnie und Gewichtsveränderungen zeigen. Des weiteren steigt die Häufigkeit suizidaler Gedanken und Verhaltensweisen, die bei depressiven Kindern noch sehr gering ist, während der Pubertät und im Verlauf der Jugend deutlich an (vgl. Rutter, 1988).

15.2.3 Geschlecht

Wogegen bei Kindern und Jugendlichen vor der Pubertät keine konsistenten Geschlechtsunterschiede hinsichtlich der Auftretenshäufigkeit depressiver Störungen festzustellen sind, zeigt sich, daß Mädchen während der Adoleszenz mindestens doppelt so häufig von Depression betroffen sind als Jungen (vgl. Angold, Costello & Worthman, 1998; Bebbington, 1998; Groen et al., 1997). Dieser Geschlechtseffekt scheint sich im Alter von 13 bis 15 Jahren durchzusetzen; für Mädchen dieser Altersgruppe erhöht sich das Risiko einer depressiven Störung erheblich (Cohen et al., 1993; Essau, Karpinski, Petermann & Conradt, 1998; Nolen-Hoeksema & Girgus, 1994; vgl. Angold et al., 1998). Auch Studien, in denen eine dimensionale Erfassung von Depression erfolgte, zeigen, daß Mädchen ab der frühen Adoleszenz signifikant häufiger depressive Verstimmungen aufweisen als Jungen (Ge et al., 1994; Petersen et al., 1991; vgl. Compas et al., 1997). Bei behandelten Kindern und Jugendlichen ist die deutlich höhere Häufigkeit depressiver Störungen bei Mädchen schon ab dem Alter von zehn Jahren zu beobachten (Angold & Rutter, 1992). In einer aktuellen Studie von Compas et al. (1997) zeigte sich zwar ein Überwiegen depressiver Symptome bei adoleszenten Mädchen einer klinischen Stichprobe, aber kein Unterschied zwischen Jungen und Mädchen einer größeren Stichprobe der Allgemeinbevölkerung. Weiterhin konnte beobachtet werden, daß sich zwar signifikante Geschlechtunterschiede hinsichtlich der von den Jugendlichen selbst berichteten depressiven Symptome ergaben, sich im Elternbericht aber keine deutlichen Unterschiede für Jungen und Mädchen zeigten (Cohen et al., 1997; Döpfner et al., 1997).

15.2.4 Geburtskohorteneffekt

In zahlreichen Studien konnte recht einheitlich festgestellt werden, daß die Verbreitung von Depression in der Bevölkerung zunimmt und das Alter bei ihrem erstmaligen Auftreten abnimmt (vgl. Fombonne, 1995; Klerman & Weissman, 1989; Smith & Rutter, 1995). Sowohl in Studien an der Allgemeinbevölkerung (z.B. Lewinsohn et al., 1993) als auch in familiengenetischen Studien (z.B. Ryan et al., 1992) und aufgrund der Analyse von Krankenhausdaten (Angst, 1985) konnte für aufeinanderfolgende Geburtskohorten ermittelt werden, daß die Auftretenshäufigkeit depressiver Störungen bei Personen späterer Geburtsjahrgänge gegenüber Personen früherer Geburtsjahrgänge ansteigt und sich das durchschnittliche Alter bei Beginn einer depressiven Störung verringert. Dieser sogenannte Geburtskohorteneffekt konnte bei einer Reevaluation einer Vielzahl von Studien, die in unterschiedlichen Ländern durchgeführt wurden und eine Gesamtstichprobe von über 43000 Personen lieferten, bestätigt werden (Cross-National Collarobative Group, 1992).

Da Gründe für diese Beobachtung eines steigenden Risikos für depressive Störungen sicherlich auch im methodischen Bereich zu suchen sind, wie zum Beispiel der Tatsache, daß die intensive, systematische Erforschung der Verbreitung psychischer Störungen erst vor ca. 20 Jahren begonnen hat, läßt sich das tatsächliche Ausmaß dieses steigenden Risikos nicht genau einschätzen. Ebenso läßt sich nicht genau sagen, ob dieser Trend spezifisch für depressive Störungen oder auch für andere Störungsbereiche zutrifft (vgl. Fombonne, 1995).

15.3 Komorbidität

Den Ergebnissen von klinischen und epidemiologischen Studien zufolge scheint das gemeinsame Auftreten depressiver und weiterer psychischer Störungen eher die Regel als die Ausnahme zu sein. In epidemiologischen Studien konnte festgestellt werden, daß zwischen 33 und 100% der Kinder und Jugendlichen mit einer ermittelten depressiven Störung zusätzlich mindestens eine andere Störungsdiagnose erhielten. Dabei stellen Angststörungen mit 20 bis 75%, die Aufmerksamkeitsdefizit- und Hyperaktivitätsstörung mit 31 bis 57%, die Störung des Sozialverhaltens mit 17 bis 50% und Störungen durch Substanzkonsum mit bis zu 25% die häufigsten komorbiden Störungen bei Kindern und Jugendlichen dar (vgl. Angold & Costello, 1993; Birmaher et al., 1996a; Fleming & Offord, 1990; Groen et al., 1997; Kovacs & Devlin, 1998).

Lewinsohn und Mitarbeiter (1993) berichten beispielsweise, daß 42,8% von 348 untersuchten depressiven Jugendlichen im Alter von 14 bis 18 Jahren bezogen auf ihr bisheriges Leben mindestens eine zusätzliche Diagnose nach DSM-III-R aufwiesen. 21% der Jugendlichen hatten zusätzlich Angststörungen, 20,1% Störungen durch Substanzkonsum und 12,4% Verhaltensstörungen (Aufmerksamkeitsdefizit- /Hyperaktivitätsstörung, Störung mit Oppositionellem Trotzverhalten, Störung des Sozialverhaltens). Im Rahmen der Bremer Jugendstudie (Essau et al., 1998) konnte ermittelt werden, daß 57,6% der Jugendlichen mit ermittelter depressiver Störung mindestens eine weitere Diagnose aufwiesen. Eine hohe Lebenszeitkomorbidität zeigte sich neben anderen Störungen auch für somatoforme Störungen mit 28,1%. Kovacs und Devlin (1998) berichten in einer Zusammenfassung mehrerer klinischer Studien, daß von 303 behandelten Kindern und Jugendlichen im Alter von sechs bis 18 Jahren mit ermittelter depressiver Störung 41,3% zusätzlich mindestens eine Angststörung aufwiesen. In einer weiteren Zusammenfassung ermittelten sie, daß für 16,1% von 508 depressiven Kindern und Jugendlichen zusätzlich eine Verhaltensstörung diagnostiziert wurde. In Abhängigkeit vom Alter scheinen depressive Kinder häufiger komorbide Angst- und Verhaltensstörungen aufzuweisen, wogegen bei depressiven Jugendlichen häufiger Störungen durch Substanzkonsum und Eßstörungen zusätzlich diagnostiziert werden (Rohde, Lewinsohn & Seeley, 1991; Ryan et al., 1987).

Es zeigte sich, daß depressive Kinder und Jugendliche mit komorbiden Störungen schlechtere Störungsverläufe (Kovacs, Gatsonis, Paulauskas & Richards, 1989), Störungen höheren Schweregrades (Newman et al., 1996), schlechtere Therapieerfolge (Kendal, Kortlander, Chansky & Brady, 1992) und stärkere psychosoziale Beeinträchtigungen (Asarnow, 1988; Renouf, Kovacs & Mukerji, 1997) aufweisen. Außerdem sind sie stärker suizidgefährdet und suchen häufiger professionelle Hilfe auf (Rohde et al., 1991) als Kinder und Jugendliche, mit einer depressiven Störung alleine.

Neben der hohen Komorbidität zwischen depressiven und anderen Störungen konnte bei vielen Kindern und Jugendlichen auch das gemeinsame Vorliegen der beiden depressiven Störungsbilder Major Depression und Dysthyme Störung festgestellt werden (Feehan et al., 1994; Kovacs et al., 1994; Lewinsohn, Rohde, Seeley & Hops, 1991). Feehan und Mitarbeiter (1994) berichten, daß etwa zwei Drittel der 18-jährigen Personen mit ermittelter Dysthymen Störung zusätzlich eine Major Depression in ihrem bisherigen Leben aufwiesen. In einer Studie von Lewinsohn et al. (1991) zeigten neben 292 Jugendlichen mit alleiniger Major Depression und 32 Jugendlichen mir alleiniger Dysthymen Störung 23 Jugendliche beide Störungen auf. Es konnte festgestellt werden, daß Kinder und Jugendliche mit beiden Diagnosen einen schlechteren Störungsverlauf aufzeigen als Kinder und Jugendliche mit einer alleinigen Major Depression (Asarnow et al., 1988; Kovacs et al., 1984b).

Die hohen mit Hilfe von kategorialen Diagnosen ermittelten Komorbiditätsraten für depressive Störungen spiegeln sich in Studien mit dimensionalem Erfassungsansatz wider (vgl. Compas & Hammen, 1994). In einer aktuellen Studie von Hinden, Compas, Howell und Achenbach (1997) wurde eine Stichprobe von 908 Kindern und Jugendlichen der Normalbevölkerung im Alter von elf bis 19 Jahren mit Hilfe der Child Behavior Checklist, dem Youth Self-Report und der Teacher's Report Form untersucht. Unter Kontrolle der unterschiedlichen Informationsquellen und der sich in den einzelnen Dimensionen überschneidenden Symptome konnten signifikante Kovariationen der Dimension Angst/Depression sowohl mit anderen internalisierenden (z.B. somatische Beschwerden, sozialer Rückzug) als auch mit externalisierenden Syndromen (z.B. Aufmerksamkeitsprobleme, aggressives Verhalten) ermittelt werden.

15.3.1 Entwicklungsbezogene Komorbidität

Da viele der vorliegenden Ergebnisse zur Komorbidität der Depression im Rahmen von Querschnittsuntersuchungen und retrospektiven Befragungen ermittelt wurden, können bisher nur wenige eindeutige Aussagen darüber getroffen werden, in welchem zeitlichen Verlauf depressive Störungen und Symptome und andere Störungen im Kindes- und Jugendalter typischerweise auftreten. Die vorliegenden Ergebnisse zeigen aber, daß oftmals unterschiedliche Störungen zeitgleich zu einer depressiven Störung diagnostiziert werden können, depressive Störungen sich infolge anderer Störungen entwickeln und depressive Störungen ebenso anderen Störungen zeitlich vorangehen.

In einer Zusammenfassung einiger klinischer Studien und Studien an der Allgemeinbevölkerung ermittelten Kovacs und Devlin (1998) ein Altersmuster nach dem durchschnittlichen erstmaligen Auftreten bestimmter Störungen. Demnach treten Angststörungen am frühesten im Leben von Kindern und Jugendlichen auf, gefolgt von Verhaltensstörungen, Dysthymer Störung, Major Depression und Störungen durch Substanzkonsum. Das Auftreten und die Aufeinanderfolge komorbider Störungen scheinen häufig in Übereinstimmung mit diesem Muster zu verlaufen (Kovacs & Devlin, 1998). Entsprechend konnte in Studien festgestellt werden, daß Angst- und Verhaltensstörungen in vielen Fällen depressiven Störungen vorangehen (Kovacs et al., 1989; Last, Hansen & Franco, 1997; Reinherz et al., 1989; Rohde et al., 1991) und Störungen mit Substanzkonsum sich oft infolge von depressiven Störungen entwickeln (Anderson & McGee, 1994; Deykin, Buka & Zeena, 1992; Hammen, Burge, Burney & Adrian, 1990; McCauley et al., 1993).

Kovacs und Mitarbeiter (1994) untersuchten in ihrer Längsschnittstudie über einen Zeitraum von drei bis zwölf Jahren wiederholt eine klinische Stichprobe acht- bis 13-jähriger Kinder mit einer ursprünglich diagnostizierten Dysthymen Störung. Sie stellten fest, daß zu den späteren Meßzeitpunkten 76% der Kinder eine Major Depression, 40% Angststörungen, 31% eine Verhaltensstörung, 13% eine manisch-depressive Störung und 7% Störungen durch Substanzkonsum als sekundäre Störung entwickelt hatten. Die spätere Major Depression überlagerte in fast allen Fällen die noch andauernde Dysthyme Störung. Die Kinder, die infolge ihrer Dysthymen Störung zusätzlich eine Major Depression entwickelten, wiesen oftmals einen lang andauernden Verlauf wiederkehrender affektiver Störungen und anderer Probleme auf. Da bei den Kindern, die nach der Dysthymen Störungen keine Major Depression entwickelten, ein weitaus positiverer Verlauf zu beobachten war, erachten Kovacs und Mitarbeiter (1994) die initiale Phase einer Dysthymen Störung als möglichen Ansatzpunkt für Präventions- und Interventionsmaßnahmen, um das zusätzliche Auftreten einer Major Depression und daraus resultierende langandauernde und wiederkehrende Probleme zu verhindern. Bei 48% der Kinder und Jugendlichen mit ursprünglicher Major Depression zeigten sich im weiteren Verlauf mindestens eine andere psychische Störung. 43% entwickelten eine Angststörung, 35% eine Verhaltensstörung, 22% Störungen durch Substanzkonsum und 15% eine manisch-depressive Störung. Sowohl Kinder mit Dysthymer Störung (47%) als auch Kinder mit Major Depression (62%) wiesen zudem in vielen Fällen bereits vor ihrer depressiven mindestens eine andere Störung auf, wobei die Aufmerksamkeitsdefizit-/Hyperaktivitätsstörung und Angststörungen die häufigsten vorangegangenen Störungen darstellten.

Bei der Bewertung der ermittelten Befunde zur Komorbidität und Kovariation depressiver Störungen und Symptome sind die unterschiedlichen methodischen Herangehensweisen einzelner Studien, insbesondere die Verwendung unterschiedlicher Diagnosekriterien und Erfassungszeiträume zu berücksichtigen. Trotz der vorliegenden Ergebnisse, durch die das ausgeprägte und vielfältige gemeinsame Auftreten der Depression und anderer Störungen bestätigt wird, herrscht nur wenig Gewißheit über die Gründe und Bedeutung von Komorbidität. Weiterführende Überlegungen sollen beispielhaft zum gemeinsamen Auftreten von Angst und Depression vorgestellt werden (zur Komorbidität von Depression und Aggression vgl. Abschn. 13.3.2).

15.3.2 Depression und Angst

Zur Erklärung der hohen Komorbidität von Angst- und depressiven Störungen und Kovariation von Angst- und Depressionsymptomen werden unterschiedlichen Annahmen diskutiert. Viele der vorliegenden Ergebnisse scheinen zu einem gewissen Teil auf die Klassifikation und Erfassung von Angst und Depression zurückzuführen zu sein. So finden sich in den verwendeten Klassifikationssystemen (z.B. DSM-III-R) zahlreiche Überlappungen der Symptome für Angst- und depressive Störungen (vgl. Compas & Hammen, 1994). Zum anderen werden in vielen Selbstbeurteilungsfragebögen die Dimensionen

Angst und Depression nur unzureichend erfaßt, was eine klare Abgrenzung beider Störungen erschweren könnte (vgl. Gotlib & Cane, 1989).

Theoretisch wird das gemeinsame Auftreten von Angst und Depression vor allem in zweierlei Hinsicht interpretiert: *Erstens* wird davon ausgegangen, daß Angst und Depression auf eine gemeinsam zugrundeliegende Störung zurückzuführen sind. Aufgrund der hohen Symptomüberlappung sowie der gemeinsamen Begleiterscheinungen und Risikofaktoren von Angst und Depression wird vermutet, daß die Symptome beider Störungen auf eine spezifische Temperaments- bzw. Persönlichkeitsdisposition zurückzuführen sind, die als *dysfunktionale Emotionsregulation* oder auch *negative Affektivität* bezeichnet wird (Watson & Clark, 1984; vgl. Cole et al. 1997a; Kovacs & Devlin, 1998). Diese dysfunktionale Emotionsregulation, für die auch eine genetische Basis angenommen wird (Thapar & McGuffin, 1997), besteht in der mangelnden Fähigkeit, negative Erfahrungen und Gefühle angemessen zu regulieren und umfaßt neben emotionalen auch fehlangepaßte kognitive und soziale Prozesse sowie unterschiedliche Verhaltensweisen, die bei der Bewältigung von Problemen und negativen Gefühlen gezeigt werden (vgl. Kovacs & Devlin, 1998; vgl. Abschn. 5.5.3). In Abhängigkeit vom emotionalen und kognitiven Entwicklungsstand betroffener Kinder und Jugendlicher könnten im Sinne einer entwicklungsbezogenen Komorbidität (Petermann & Kusch, 1993) entweder Angst, Depression oder gemischte Symptomkonstellationen als primärer Ausdruck der fehlangepaßten Emotionsregulation in Erscheinung treten (vgl. Cole et al., 1997a).

Zweitens wird angenommen, daß Angst und Depression, trotz ihres häufigen gemeinsamen Auftretens, voneinander zu trennende Störungen darstellen. Diese Position beruht auf der Behauptung, daß beide Störungsbilder anhand spezifischer Symptome, bestimmter affektiver und kognitiver Prozesse, der Effektivität von Behandlungsmaßnahmen sowie familiärer und weiterer kontextueller Faktoren ausreichend voneinander unterschieden werden können (Akiskal, 1990; Kendal & Brady, 1995). Darüber hinaus ist es möglich, daß wie für Erwachsene vorgeschlagen (Clark & Watson, 1991), sich auch für Kinder und Jugendliche neben „reiner" Angst und „reiner" Depression ein weiteres drittes Störungsbild unterscheiden läßt, das als Mischform beider Störungen eine selbständige Störungskategorie darstellt (vgl. Cole et al., 1997a). Aufgrund der Tatsache, daß für jede der vorgestellten Positionen empirische Befunde vorliegen, müssen auch in diesem Zusammenhang die unterschiedlichen methodischen Herangehensweisen einzelner Studien beachtet werden (vgl. Cole et al., 1997a; Hinden et al., 1997).

15.4 Verlauf

Gesicherte Erkenntnisse zum Verlauf und den langfristigen Folgen von Depression im Kindes- und Jugendalter liegen in einem vergleichsweise nur geringem Umfang vor (vgl. Essau & Petermann, im Druck). Insbesondere ist bis heute weitestgehend unklar geblieben, welche Faktoren für unterschiedliche Verläufe und Auswirkungen der Depression bei Kindern und Jugendlichen verantwortlich sind (vgl. Goodyer, Herbert, Secher & Pearson, 1997a; Lewinsohn et al., 1994).

Die Befunde bisher durchgeführter Längsschnittsstudien deuten aber darauf hin, daß Depression im Kindes- und Jugendalter in vielen Fällen keine vorübergehende Störung mit einem zeitlich begrenzten Verlauf ist, sondern oft ein langandauerndes Problem darstellt (vgl. Essau & Petermann, im Druck; Kovacs, 1996, 1997; Luby, Todt & Geller, 1996). Sowohl in klinischen als auch in Studien an der Allgemeinbevölkerung konnte festgestellt werden, daß depressive Störungen und Symptome bei Kindern und Jugendlichen in vielen Fällen chronisch und mit einem hohen Risiko eines Rückfalls nach erfolgter Genesung verbunden sind. Als Begleiterscheinungen und Folgen zeigen sich langfristige psychosoziale Beeinträchtigungen, eine hohe Wahrscheinlichkeit für weitere psychische Störungen, ein hohes Selbstmordrisiko und ein Andauern der Depression bis in das Erwachsenenalter.

15.4.1 Alter bei Störungsbeginn

Die erste Episode einer Major Depression tritt häufig während der späten Kindheit oder frühen Adoleszenz auf. Das durchschnittliche Alter bei Störungsbeginn liegt in der Allgemeinbevölkerung bei etwa 15 Jahren (Giaconia et al., 1994; Lewinsohn et al., 1994; Reinherz et al., 1993), wobei für Mädchen ein deutlich früherer Beginn beobachtet werden kann. In einer Studie von Reinherz und Mitarbeitern (1993) berichteten zum Beispiel 40% der depressiven Mädchen gegenüber 10% der depressiven Jungen von einem erstmaligen Auftreten der Major Depression vor dem 14. Lebensjahr. Das durchschnittliche Alter bei Beginn einer Dysthymen Störung konnte von Lewinsohn und Mitarbeiter (1991) mit ungefähr elf Jahren bestimmt werden.

Bei behandelten Kindern und Jugendlichen ist das Alter bei erstmaligem Auftreten depressiver Störungen niedriger als in der Allgemeinbevölkerung. In einer Studie an einer klinischen Stichprobe beobachteten Kovacs et al. (1994) ein durchschnittliches Alter bei Beginn der Major Depression von 10,9 und der Dysthymen Störung von 8,7 Jahren.

15.4.2 Dauer depressiver Episoden, Genesung und Rückfall

Die durchschnittliche Länge der Episode einer Major Depression beträgt in klinischen Stichproben zwischen 27 und 36 Wochen; für die Dysthyme Störung konnte eine mittlere Länge von drei Jahren ermittelt werden (Garber, Kriss, Koch & Lindholm, 1988; Kovacs et al., 1989; McCauley et al., 1993; Rao et al., 1995; Strober, Lampert, Schmidt & Morell, 1993). Bei vielen behandelten Kindern und Jugendlichen zeigen sich aber weitaus länger anhaltende Episoden. So dauerte beispielsweise eine zur Eingangsuntersuchung bei Jugendlichen festgestellte Major Depression in 34% der Fälle auch nach einem Jahr noch an (Sanford et al., 1995).

Auch wenn wegen Depression behandelte Kinder und Jugendliche schneller von einer depressiven Episode genesen als Erwachsene (Kovacs, 1996) und nach einem durchschnittlichen Zeitraum von bis zu zwei Jahren in 90% der Fälle einen Rückgang der Depression zeigen (Kovacs et al., 1984a,b; McCauley et al., 1993; Rao et al., 1995; Sanford et al., 1995; Strober et al., 1993), ist bei Kindern und Jugendlichen das Risiko eines Rückfalls sehr hoch (vgl. Kovacs, 1996). So konnten zum Beispiel nach einem Jahr bei 47% und nach zwei Jahren bei 69% untersuchter Kinder und Jugendlicher wiederkehrende Episoden einer Major Depression festgestellt werden (Emslie et al., 1997). In einer anderen Längsschnittstudie entwickelten 76% behandelter Kinder und Jugendlicher mit einer ursprünglichen Dysthymen Störung über einen Zeitraum von durchschnittlich neun Jahren eine Major Depression (Kovacs et al., 1994). Rao und Mitarbeiter (1995) ermittelten, daß innerhalb eines Zeitraums von sieben Jahren zwischen der erstmaligen und einer Nachfolgeuntersuchung 69% der depressiven Jugendlichen weitere Phasen der Major Depression bis hin in das Erwachsenenalter aufwiesen. Harrington und Kollegen (1990) stellten bei 60% der depressiven Jugendlichen einer klinischen Stichprobe über einen Zeitraum von 14 Jahren wiederkehrende depressive Störungen im Erwachsenenalter fest.

In Studien mit Jugendlichen aus der Allgemeinbevölkerung lag die durchschnittliche Dauer depressiver Episoden für die Major Depression bei 24 Wochen und für die Dysthyme Störung bei 134 Wochen (Lewinsohn et al., 1993, 1994). Die Wahrscheinlichkeit für das Andauern der initialen Episode einer Major Depression betrug nach einem Jahr 21% und nach zwei Jahren 10% (Keller et al., 1988).

Wie in klinischen Studien konnte auch in der Allgemeinbevölkerung ein sehr hohes Risiko für einen Rückfall nach zwischenzeitlicher Genesung festgestellt werden. So zeigte sich bei einer Studie von Lewinsohn und Mitarbeitern (1994) bei 5% der untersuchten 14- bis 18jährigen Jugendlichen innerhalb von fünf Monaten, bei 12% innerhalb von einem Jahr und bei fast 33% innerhalb von drei Jahren das erneute Auftreten einer Major Depression. In einer Studie von Fleming, Boyle und Offord (1993) zeigten 25% der Jugendlichen mit einer zur Indexuntersuchung festgestellten Major Depression einen Rückfall in einem Zeitraum von sechs Monaten vor der vier Jahre später stattfindenden Nachfolgeuntersuchung. In einer weiteren Studie (McGee, Feehan, Williams & Anderson, 1992) waren Mädchen, die im Alter von elf Jahren eine internalisierende Störung (Angst oder Depression) aufwiesen, von allen untersuchten Jugendlichen dem höchsten Risiko ausgesetzt, auch im Alter von 15 Jahren zu einem weiteren Meßzeitpunkt eine internalisierende Störung aufzuweisen. Ein besonderes Risiko für externalisierende Störungen konnte nicht beobachtet werden. Für die elfjährigen Jungen konnten weder internalisierende noch externalisierende Störungen eine internalisierende Störung im Alter von 15 vorhersagen. Im weiteren Verlauf dieser Längsschnittstudie konnte beobachtet werden, daß die Depression vom Jugendalter in vielen Fällen bis in das frühe Erwachsenenalter hineinreicht (Newman et al., 1996). Personen, die im Alter von 21 Jahren von einer depressiven Störung berichteten, hatten mit 45,3% deutlich häufiger bereits früher depressive Störungen als andere Störungen (26,9%) oder keine Störung (27,9%).

Auch in Studien, in denen Depression dimensional erfaßt wurde, konnte für viele Kinder und Jugendliche eine hohe Stabilität depressiver Symptomatik festgestellt werden. So berichteten in einer Studie (DuBois, Felner, Bartels & Silverman, 1995) 34% der Schüler der vierten bis zehnten Klasse, die zum ersten Meßzeitpunkt ein hohes Niveau depressiver Symptome aufwiesen, auch zwei Jahre später von einem deutlichen Ausmaß depressiver Symptomatik. In einer sich über fünf Jahre erstreckenden Längsschnittstudie (Nolen-Hoeksema, Girgus & Seligman, 1992), in denen Schüler der dritten Klasse jedes halbe Jahr wiederholt per Selbstbeurteilung untersucht wurden, konnten erhöhte Depressionswerte zu früheren Meßzeitpunkten solche zu späteren Meßzeitpunkten vorhersagen.

In Längsschnittstudien, in denen unterschiedliche psychische Symptome dimensional untersucht worden sind, zeigten sich auch für das Syndrom Angst/Depression und das Breitbrandsyndrom Internalisierende Probleme recht hohe Korrelationen und Vorhersagestärken hinsichtlich der zu verschiedenen Meßzeitpunkten erhobenen Werte. Sowohl beim Übergang von der Kindheit zur Jugend (Achenbach, Howell, McConaughy & Stanger, 1995a) als auch von der Jugend zum jungen Erwachsenenalter (Achenbach, Howell, McConaughy & Stanger, 1995b; Ferdinand, Verhulst & Wiznitzer, 1995) konnte über mehrere Jahre eine hohe Stabilität für Muster internalisierender Symptome beobachtet werden. Zum Beispiel konnte das Ausmaß der Symptombelastung auf der Skala Angst/Depression im Alter von 19 bis 22 Jahren am stärksten durch die im Alter von 13 bis 16 Jahren auf dieser Skala erfaßten Werte vorhergesagt werden (Achenbach et al., 1995b).

15.4.3 Psychosoziale Beeinträchtigungen

In zahlreichen Studien wurde festgestellt, daß depressive Störungen und Symptome im Kindes- und Jugendalter oftmals mit psychosozialen Beeinträchtigungen in zahlreichen Lebensbereichen einhergehen. Demnach haben Kinder und Jugendliche mit depressiven Störungen und Symptomen verstärkt Probleme in sozialen Beziehungen und im Umgang mit Eltern, Gleichaltrigen und Lehrern. Aufgrund mangelnder sozialer Kompetenzen werden sie häufig von Gleichaltrigen und Erwachsenen abgelehnt und verbringen mehr Zeit alleine. Depressive Kinder und Jugendliche weisen oft ein stark vermindertes Selbstwertgefühl auf und zeigen häufig Schulschwierigkeiten (Coyne, Downey & Boergers, 1992; DuBois et al., 1995; Puig-Antich et al., 1993; Reinherz et al., 1993; Renouf, Kovacs & Mukerji, 1997).

In der Längsschnittstudie von Nolen-Hoeksema und Mitarbeitern (1992) zeigte sich bei den untersuchten Kindern mit Ansteigen der selbstberichteten Depressionssymptomatik auch die Zunahme eines pessimistischen Attributionsstils. Dieser stärker pessimistisch ausgeprägter Attributionstil war auch nach Rückgang der depressiven Symptomatik weiterhin zu beobachten. Im Sinne dieser Annahme, daß eine Depression bleibende Folgen hinterläßt, untersuchten Rohde, Lewinsohn und Seeley (1994) Jugendliche aus der Allgemeinbevölkerung vor und nach ihrer ersten Episode eine Major Depression. Nach Rückbildung der Depression konnten sie bei diesen Jugendlichen weiterhin eine schwach ausgeprägte Depressionssymptomatik beobachten. Außerdem wiesen die Jugendlichen eine höhere Ängstlichkeit und Schüchternheit, mehr belastende Lebensereignisse sowie einen höheren Zigarettenkonsum auf und neigten dazu, sich stärker auf andere zu verlassen. Fleming et al. (1993) stellten fest, daß ungefähr die Hälfte der Jugendlichen, denen vier Jahre zuvor eine depressive Störung diagnostiziert wurde, vorzeitig die Schule verlassen hatten, ein Drittel von Problemen mit der Polizei oder dem Gericht berichteten und ungefähr ein Viertel Schwierigkeiten mit Familie oder Freunden zeigten.

In weiteren Studien konnten für depressive Jugendliche auch bis in das Erwachsenenalter andauernde psychosoziale Beeinträchtigungen festgestellt werden. Garber und Mitarbeiter (1988) ermittelten, daß Personen, denen im mittleren Alter von 14 Jahren eine Major Depression diagnostiziert wurde, seit der erstmaligen Untersuchung und auch acht Jahre später noch deutlich mehr Probleme im sozialen, familiären und zwischenmenschlichen Bereich aufwiesen als Personen mit anderen psychischen Störungen. Jugendliche mit wiederkehrender Major Depression waren im Gegensatz zu Jugendlichen mit keinen weiteren depressiven Episoden über einen Zeitraum von sieben Jahren und auch als

Erwachsene noch in unterschiedlichen Lebensbereichen deutlich beeinträchtigt (Rao et al., 1995).

15.4.4 Suizid

Den Ergebnissen verschiedener Studien zufolge (vgl. Birmaher, Ryan & Williamson, 1996) stehen über 90% der Selbstmordfälle im Jugendalter in einem Zusammenhang mit irgendwelchen psychischen und vor allem mit depressiven Störungen. Für Jugendliche mit ermittelten depressiven Störungen ist das Risiko eines Suizids um ein Vielfaches höher als bei gesunden und Jugendlichen mit anderen psychischen Störungen (Brent et al., 1993; Shaffer et al., 1996).

In Studien an klinischen Stichproben konnte festgestellt werden (vgl. Kovacs, Goldston & Gatsonis, 1993), daß ungefähr 60% depressiver Jugendlicher, die wegen einer depressiven Störung ambulant behandelt wurden, Selbstmordgedanken aufwiesen und 20% bereits Selbstmordversuche hinter sich hatten. Auch weiterhin traten über einen Zeitraum von durchschnittlich sieben Jahren deutlich häufiger Selbstmordgedanken und Selbstmordversuche auf als bei Personen mit anderen psychischen Störungen. 73% der depressiven Kinder und Jugendlichen hatten wiederholt Selbstmordgedanken und 32% begingen Selbstmordversuche. In einer Studie von Harrington et al. (1990) zeigte sich, daß nach 18 Jahren 34 % der Personen mit einer im Jugendalter ermittelten depressiven Störung Suizidversuche hinter sich hatten. Auch Jugendliche der Allgemeinbevölkerung mit ermittelter Major Depression berichteten im Alter von 18 Jahren deutlich häufiger von Selbstmordgedanken (58%) und Selbstmordversuchen (22%) als nicht-depressive Jugendliche (Reinherz et al., 1993; Levy & Deykin, 1989). Weiterhin konnte beobachtet werden, daß Jugendliche, die sowohl eine depressive Symptomatik als auch einen hohen Alkoholkonsum, insbesondere Problemtrinken aufwiesen, besonders häufige suizidale Gedanken und Verhaltensweisen aufzeigten (Windle & Windle, 1997).

Neben anderen Faktoren, wie zum Beispiel Mißbrauchserfahrungen, der familiären Häufung affektiver Störungen, Komorbidität und der Konfrontation mit belastenden Lebensereignissen (Brent et al., 1993; Vannatta, 1996; Wagner, 1997) stellt auch ein chronischer und rezidivierender Verlauf der Depression ein besonderes Suizidrisiko dar. So ermittelten zum Beispiel Rao, Weismann, Martin und Hammond (1993), daß 4,4% der untersuchten Kinder und Jugendlichen, denen zu Studienbeginn eine depressive Störung diagnostiziert wurde, in einem Zeitraum von zehn Jahren Selbstmord begangen hatten. Bei allen Suizidopfern handelte es sich um Personen, deren Depression einen langanhaltenden Verlauf aufwies.

15.4.5 Prädiktoren eines ungünstigen Verlaufs

So klar es scheint, daß depressive Störungen und Symptome im Kindes- und Jugendalter in zahlreichen Fällen ein stabiles Problem darstellen, so fraglich ist es, welche Faktoren zum Verlauf der Depression beitragen (vgl. Emslie et al., 1997; Goodyer et al., 1997a). Grundsätzlich können als Ursachen für die Stabilität der Depression andauernde Merkmale des Individuums, andauernde aversive Umweltbedingungen oder spezifische Kombinationen individueller und kontextueller Faktoren angenommen werden (vgl. Rutter, 1984). Neben klinischen Merkmalen (z.B. Alter bei Störungsbeginn, komorbide Störungen) wurden in diesem Zusammenhang bestimmte psychologische (z.B. Attributionsstil, Selbstwertgefühl) und kontextuelle Merkmale (z.B. Psychopathologie der Eltern, Lebensereignisse) untersucht. Lediglich einzelne, teilweise recht unterschiedliche Faktoren konnten bisher identifiziert werden, die mit einem ungünstigen Verlauf der Depression bei Kindern und Jugendlichen verknüpft sind.

Kinder und Jugendliche, deren erstmalige Episode einer Major Depression besonders lang anhielt, waren demnach stärker depressiv, häufiger weiblichen Geschlechts und suchten häufiger professionelle Hilfe auf (Lewinsohn et al., 1994). Außerdem wiesen sie öfter zusätzlichen Substanzmißbrauch, komorbide Angststörungen und ein schlechteres Verhältnis zu ihren Eltern (Sanford et al., 1995) sowie die zusätzliche Diagnose einer Dysthymen Störung auf (vgl. Kovacs, 1997). Die Dauer der Dysthymen Störung konnte durch komorbide Verhaltensstörungen vorhergesagt werden (Kovacs et al., 1994).

Kinder und Jugendliche, die auch zu Nachfolgeuntersuchungen die Diagnose einer depressiven Störung erhielten, hatten im Vergleich zu genesenen Probanden einen deutlich früheren Störungsbeginn (Kovacs et al., 1984 a, b; Lewinsohn et al., 1994; Warner et al., 1992). Sie hatten schlechtere freundschaftliche Beziehungen sowie häufiger familiäre Probleme und wurden öfter enttäuscht (Goodyer et al., 1997b). Kinder und Jugendliche mit anhaltender Depression berichteten außerdem häufiger Selbstmordgedanken (Lewinsohn et al., 1994), waren älter und zeigten zusätzliche Zwangsstörungen sowie eine höhere generelle Symptombelastung (Goodyer et al., 1997a). Weiterhin waren ihre Eltern häufiger geschieden, selber von wiederkehrenden depressiven Episoden betroffen (Warner et al., 1992) oder zeigten eine geringere emotionale Ausdrucksfähigkeit (Asarnow et al., 1993).

Eine höhere Wahrscheinlichkeit, nach zwischenzeitlicher Genesung erneut Phasen einer Major Depression zu entwickeln, konnte bei Kindern und Jugendlichen aus Familien mit geringerem sozioökonomischen Status beobachtet werden (McCauley et al., 1993; Rao et al., 1995). Das Rückfallrisiko erhöhte sich außerdem bei stärkerer psychosozialen Beeinträchtigung, bei weiteren psychischen Störungen (Warner et al., 1992) und dann, wenn die erste depressive Episode kurz aber sehr schwerwiegend war und mit Selbstmordgedanken einherging (Lewinsohn et al., 1994). Eine längerfristige Beeinträchtigung sozialer Kompetenzen zeigte sich bei depressiven Jugendlichen mit komorbiden Verhaltensstörungen (Renouf et al., 1997).

Kinder und Jugendliche mit einem sehr frühen Störungsbeginn entwickelten eher eine bipolare Störung (Geller et al., 1994; Strober et al., 1993). Kinder und Jugendliche, die zum Studienbeginn zusätzlich zu einer Major Depression Verhaltensstörungen aufwiesen, zeigten im Erwachsenalter signifikant häufiger Persönlichkeitsstörungen und Alkoholmißbrauch als Personen ohne komorbide Verhaltensstörungen (Harrington et al., 1990).

Es läßt sich festhalten, daß nur zu wenigen Faktoren einheitliche Ergebnisse vorliegen. Lediglich ein früher Depressionsbeginn und das Auftreten komorbider Störungen konnten wiederholt als besondere Risiken für einen ungünstigen Verlauf depressiver Störungen gefunden werden. Der Einfluß anderer Faktoren auf den Verlauf der Depression muß weiterhin überprüft werden.

15.5 Risikofaktoren

Auch wenn man aufgrund der vorliegenden Ergebnisse davon ausgehen kann, daß depressive Störungen und Symptome im Kindes- und Jugendalter ein relativ weit verbreitetes Problem darstellen, das bei einem beachtlichen Teil der Betroffenen bis in das Erwachsenenalter andauert und teilweise zu deutlichen Beeinträchtigungen und Komplikationen bis hin zum Selbstmord führt, kann die Entstehung der Depression bei Kindern und Jugendlichen bis heute nicht ausreichend und umfassend erklärt werden.

Bisherige Konzepte, im Rahmen derer die Genese depressiver Störungen auf wenige Ursachen zurückgeführt wird, können der vermuteten Komplexität unterschiedlichster Entstehungsbedingungen nicht gerecht werden (vgl. Angold, 1993; Kovacs, 1997; Kusch & Petermann, 1994). Es wird heute angenommen, daß die Depression im Kindes- und Jugendalter den gemeinsamen Ausgang verschiedener, heterogener Entwicklungsverläufe darstellt (vgl. Birmaher et al., 1996a; Cicchetti & Toth, 1998). Empirische Befunde deuten darauf hin, daß die Entstehung depressiver Störungen auf das Zusammenspiel zahlreicher Vulnerabilitäts- und Risikofaktoren zurückzuführen ist. Es wird vermutet, daß im Rahmen der Entwicklung betroffener Kinder und Jugendlicher das Zusammenwirken der verschiedenen Faktoren die spezifische Organisation sozialer, biologischer und psychologischer Systeme bestimmt. Eine depressive Entwicklung kann dabei durch die Integration unterschiedlicher kognitiver, affektiver, interpersonaler und biologischer Aspekte bestimmt werden (Cicchetti & Toth, 1998).

Im Folgenden sollen verschiedene Faktoren vorgestellt werden, von denen angenommen werden kann, daß sie in vielen Fällen bei der Genese der Depression bei Kindern und Jugendlichen wesentlich beteiligt sind.

15.5.1 Familiäre Faktoren

Kinder depressiver Eltern sind einem deutlich erhöhten Risiko ausgesetzt, selbst psychische und insbesondere depressive Störungen zu entwickeln. In zahlreichen sogenannten *Top-down-Studien* konnte ermittelt werden, daß im Vergleich mit Kindern nicht-depressiver Eltern Kinder mit einem depressiven Elternteil wesentlich häufiger von depressiven Störungen und depressiven Symptomen betroffen sind (vgl. Birmaher et al., 1996a; Boyle & Pickles, 1997; Cummings & Davies, 1994; Wüthrich, Mattejat & Remschmidt, 1997). Downey und Coyne (1990) stellen in ihrer Übersicht fest, daß Kinder von Eltern mit ermittelter depressiver Störung bis zu dreimal häufiger irgendeine affektive Störung und bis zu sechsmal häufiger eine Major Depression aufweisen als Kinder nicht-depressiver Eltern.

Das Risiko für eine Depression scheint zu steigen, wenn beide Eltern von emotionalen Störungen betroffen sind (Merikangas, Weisman, Prussof & John, 1988), die Depression der Eltern schon früh begonnen hat (Neumann, Geller, Rice & Todd, 1997; Weisman et al., 1987), mit weiteren komorbiden Störungen einhergeht, einen höheren Schweregrad oder einen wiederkehrenden Verlauf aufweist (Mufson, Weisman & Warner, 1992; Warner, Mufson & Weisman 1995). In Abhängigkeit vom Geschlecht der Kinder zeigte sich, daß bei Mädchen ein stärkerer Zusammenhang zwischen elterlichen und eigenen depressiven Symptomen besteht als bei Jungen (Boyle & Pickles, 1997; Davies & Windle, 1997).

Auch in umgekehrter Blickrichtung konnte in verschiedenen sogenannten *Bottom-up-Studien* ermittelt werden, daß Verwandte depressiver Kinder und Jugendlicher erhöhte Raten depressiver Störungen aufweisen. Verwandte ersten Grades von depressiven Kindern und Jugendlichen haben mit lebenszeitbezogenen Auftretensraten von 20 bis 54% ein zwei- bis dreimal höheres Risiko einer depressiven Störung als Verwandte von störungsfreien Kindern und Jugendlichen oder solchen mit anderen psychischen Störungen. Bei sogar 56 bis zu 73% der Mütter depressiver Kinder konnte eine depressive Störung festgestellt werden (vgl. Birmaher et al., 1996a; Kovacs, 1997; Kovacs & Devlin, 1998).

Zur Erklärung der hohen familiären Häufung depressiver Störungen werden verschiedene Zusammenhänge verantwortlich gemacht:

- eine direkte genetische Übertragung,
- eine dysfunktionale Eltern-Kind-Interaktion sowie mangelnde Erziehungskompetenzen und
- eine erhöhte Belastung durch negative Erfahrungen und Ereignisse im Familiensystem.

Eine *genetische Übertragung* wird oft als eine wesentliche Ursache für die Entwicklung depressiver Störungen und ihre familiäre Häufung angenommen. Eindeutige Belege für diese Annahme fehlen aber bis heute (vgl. Essau & Petermann, 1998; Fombonne, 1995; Kusch & Petermann, 1994). Bisher durchgeführte Zwillings- und Adoptionsstudien deuten auf einen geringen bis deutlichen Anteil genetischer Faktoren bei der Entwicklung und familiären Übertragung depressiver Störungen und Symptome hin (vgl. Eaves et al., 1997; Eley, 1997; Eley et al., 1998; Kendler et al., 1992; McGuffin, Katz, Watkins & Rutherford, 1996; O'Connor et al., 1998; Pike & Plomin, 1996). Es ist weiterhin unklar, durch welche spezifischen Mechanismen eine genetische Übertragung erfolgen könnte, das heißt welche genetischen bzw. molekularen Besonderheiten vererbt werden könnten und welche biologischen bzw. physiologischen Abweichungen im Sinne einer Vulnerabilität oder Ursache der Depression durch diese aktiviert werden könnten. Die Erforschung spezifischer, vielleicht genetisch übertragener Risiken für eine depressive Entwicklungsabweichung steht erst am Anfang (Kovacs, 1997). Als mögliche Ursachen werden zum Beispiel die Ausschüttung bestimmter Hormone oder die laterale Aktivität der Frontalhirnbereiche untersucht (z.B. Cicchetti, Ganiban & Barnett, 1991; Dawson et al., 1997; vgl. Cicchetti & Toth, 1998). Die Beteiligung genetischer bzw. biologischer Faktoren im Rahmen einer depressiven Entwicklung sollte nur im Zusammenhang und in Interaktion mit weiteren Faktoren betrachtet werden. Es wird angenommen, daß der genetische Anteil bei der Entstehung der Depression über die Entwicklung variiert und abhängig vom Vorhandensein weiterer psychosozialer Risiken ist (vgl. Beardslee et al., 1997; Cicchetti & Toth, 1998; Pike & Plomin, 1996).

Als Grund für das erhöhte Risiko von Kindern depressiver Eltern, selbst depressive Störungen und Symptome zu entwickeln, wird weiterhin die *spezifische Interaktion zwischen depressiven Eltern und ihren Kindern* angenommen. Besonders zentral ist dabei die Interaktion zwischen depressiven Müttern und ihren Kindern (vgl. Cummings & Davies, 1994; Davies & Windle, 1997; Field, 1992; Hammen, 1991; Murray & Cooper,

1997): Depressive Mütter neigen im Vergleich mit nicht-depressiven Müttern dazu, den Anforderungen ihrer Elternrolle negativ und hilflos gegenüber zu stehen. Die Beziehung und Bindung von depressiven Müttern und ihren Kindern kann oftmals als unsicher und feindselig charakterisiert werden. In der Interaktion mit ihren Kindern sind depressive Mütter passiver und reaktionsärmer und gehen weniger auf die Aktivitäten und Bedürfnisse ihrer Kinder ein. Sie zeigen geringere Fähigkeiten bei der Bewältigung von negativen Gefühlen und Konflikten, wie eine hohe Inkonsistenz im Verhalten, mangelnde Kommunikation, Ablehnung, Vernachlässigung und Bestrafung. Depressive Mütter sind weniger dazu in der Lage, die sozialen und Freizeitaktivitäten ihrer Kinder sinnvoll zu strukturieren, und neigen dazu, ihre Kinder zu isolieren.

Auch innerhalb des weiteren Familiensystems zeigen sich in Familien mit einem depressiven Elternteil oftmals *zusätzliche Belastungen, aversive Erfahrungen und Ereignisse*, die die emotionale und soziale Entwicklung des Kindes beeinträchtigen können (Coyne et al., 1992; Cummings & Davies, 1992, 1994; Davies & Windle, 1997; Hammen, 1991): Das Eheleben zwischen depressiven Elternteilen und ihren Partner ist häufig durch Konflikte gekennzeichnet. Es treten verdeckte und offene Feindseligkeiten bis hin zu gewalttätigen Auseinandersetzungen zwischen den Ehepartnern auf. Die Ehepartner depressiver Elternteile zeigen oftmals selbst vermehrt psychische Auffälligkeiten. Durch die Hospitalisierung und Behandlung depressiver Elternteile kann es zu weiteren emotionalen und auch finanziellen Belastungen innerhalb der Familie kommen. Bestimmte Lebensereignisse, wie zum Beispiel der Verlust des Arbeitsplatzes, können verstärkt in Risikofamilien beobachtet werden. In der sozialen Interaktion und im Umgang mit Problemen zeigen sich im gesamten Familiensystem oftmals negative Gefühle und ein unkonstruktives Bewältigungsverhalten.

Es wird angenommen, daß sich die Depression des Kindes im Kontext der beschriebenen depressiven familiären Umwelt entwickelt (Cicchetti & Toth, 1992; Cummings & Davies, 1994). Hierbei sollte der Zusammenhang zwischen elterlicher und kindlicher Depression nicht nur unidirektional betrachtet werden. Ebenso wie die Depression eines Elternteils und die daraus resultierenden beschriebenen Probleme die Emotionen und das Verhalten des Kindes beeinflussen können, kann auch das depressive Verhalten eines Kindes bei der Entwicklung und Verstärkung der elterlichen Depression und der familiären Probleme beteiligt sein (Cummings & Davies, 1992; Hammen, 1991). Weiterhin ist zu bemerken, daß im Zusammenhang mit den beschriebenen familiären Beeinträchtigungen nicht nur vermehrt depressive Störungen und Symptome bei den betroffenen Kindern und Jugendlichen, sondern eine Reihe unterschiedlicher psychischer Auffälligkeiten, wie zum Beispiel aggressives Verhalten auftreten können (vgl. z.B. Cummings & Davies, 1994; vgl. Kap. 13.5). Die Psychopathologie der Eltern und ein aversives Familienumfeld scheinen somit unspezifische Risiken für unterschiedliche Entwicklungsabweichungen darzustellen (vgl. Angold, 1993; Cole & Zahn-Waxler, 1992; Cummings & Davies, 1994).

Die Frage, auf welchen Entwicklungswegen und durch welche Mediatoren eine elterliche Depression, eine gestörte Eltern-Kind-Beziehung sowie Probleme im Familiensystem zur Genese depressiver und anderer Störungen bei betroffenen Kindern und Jugendlichen führen können, kann bis heute nicht umfassend geklärt werden (Angold, 1993; Murray & Cooper, 1997). Es wird angenommen, daß durch die spezifischen familiären Bedingungen die Entwicklung einer angemessenen Emotionsregulation, der Aufbau sicherer Bindungen sowie der Erwerb sozialer Kompetenzen beeinträchtigt wird und auf diesem Wege eine depressive Entwicklung eingeleitet werden kann (Cicchetti & Toth, 1992, 1998; Hammen, 1991; Lyons-Ruth, Easterbrooks & Cibelli, 1997; Murray & Cooper, 1997). So zeigen bereits einige Säuglinge und jüngere Kinder als Reaktion auf anhaltende Abweisung, Nicht-Beachtung und den depressiven Affekt der Mutter ihrerseits eine andauernde negative Affektivität, Passivität und unsicheres Bindungsverhalten; auch dann noch, wenn sich die Mutter später nicht mehr depressiv verhält (vgl. Cohn & Campell, 1992). Ebenso erwecken bereits junge Kinder depressiver Mütter häufig negative Reaktionen bei fremden Personen und zeigen auch später während der Kindheit und Jugend Probleme im Umgang mit anderen Personen und bei der Bewältigung schwieriger Situationen und negativer Gefühle (vgl. Coyne et al., 1992; Hammen, 1991).

Zukünftige Längsschnittstudien müssen zeigen, ob derartige Faktoren möglicherweise vererbt oder aber im Familiensystem erworben und dann generalisiert werden und frühe Indikatoren einer depressiven Entwicklung repräsentieren. In einer aktuellen Studie (Shaw et al., 1997) konnten hinsichtlich dieser Frage einige Hinweise ermittelt werden: Die während der ersten beiden Lebensjahre festgestellte negative Affektivität der untersuchten Kinder, negative Ereignisse im Leben ihrer Mütter sowie das Zusammenwirken der negativen Affektivität und Ehekonflikte zeigten einen Einfluß auf die kindliche Entwicklung. Diese Faktoren konnten das im Alter von fünf Jahren durch Berichte der Mütter erfaßte Ausmaß an Angst- und Depressionsymptomen (CBCL-Problemskala Angst/Depression) vorhersagen. Die Autoren schließen, daß eine negative Affektivität für Kleinkinder eine besondere Vulnerabilität für belastende Erfahrungen und Streß im Familiensystem darstellen könnte, die so später in eine emotionale Auffälligkeit münden könnte (Shaw et al., 1997).

Neben solchen Kindern und Jugendlichen, die infolge familiärer Belastungen psychische Probleme entwickeln, weisen auch zahlreiche Kinder und Jugendliche trotz der Psychopathologie eines Elternteils und widriger familiärer Verhältnisse keine Abweichungen im Entwicklungsverlauf bzw. keine Anzeichen psychischer Störungen auf. Es konnte festgestellt werden, daß sich diese Kinder und Jugendliche durch verschiedene Schutzfaktoren auszeichnen. Das Vorhandensein enger außerfamiliärer Bindungen, die Fähigkeit und Möglichkeit, sich außerhalb des Hauses zu beschäftigen und zu engagieren sowie ein Verständnis für die psychischen Probleme der Eltern können hierbei zur Resilienz bzw. gelungenen Anpassung der Kinder und Jugendlichen beitragen (vgl. Beardslee et al., 1997).

15.5.2 Kognitive Faktoren

Kognitive Aspekte der Depression im Kindes- und Jugendalter sind deshalb von besonderer Bedeutung, da sozial-kognitive Kompetenzen die Bewältigung anstehender Entwicklungsaufgaben beeinflussen. Das Nicht-Bewältigen von Entwicklungsanforderungen während eines Entwicklungsstadiums ist wiederum von Bedeutung für die Bewältigung nachfolgender Entwicklungsaufgaben (vgl. Cicchetti & Toth, 1998; Rehm & Carter, 1990).

Kasten 15.4: Ausgewählte kognitive Theorien der Depression.

Das Modell der erlernten Hilflosigkeit

Seligman (1995) geht innerhalb seiner Theorie der erlernten Hilflosigkeit davon aus, daß Personen, die unkontrollierbare Situationen und Ereignisse erlebt haben, dazu neigen, diese Hilflosigkeitserfahrung auf andere Lebensbereiche zu übertragen. Anforderungen, die zuvor erfolgreich bewältigt wurden, können nach Hilflosigkeitserfahrungen als unüberwindbare Belastungen erlebt werden. Diese Wahrnehmungsverzerrung kann generalisiert und auf anstehende Aufgaben und Anforderungen übertragen werden. Die reformulierte Theorie der erlernten Hilflosigkeit (Abramson, Seligman & Teasdale, 1978) bzw. die Hoffnungslosigkeits-Theorie (Abramson, Metalsky & Alloy, 1988) erweitert das ursprüngliche Modell um die Annahme, daß der Generalisierungseffekt der Hilflosigkeitserfahrung bzw. Hoffnungslosigkeit von Attributionsprozessen abhängig ist. Dabei wird postuliert, daß beim Erleben aversiver Ereignisse und Erfahrungen internale (auf die eigene Person bezogene), stabile (zeitlich andauernde) und globale (situationsunspezifische) Ursachenzuschreibungen und die Erwartung negativer Folgen das Risiko einer Depression erhöhen.

Die kognitive Theorie von Beck

Nach der kognitiven Theorie zur Entstehung von Depression (Beck, 1967, 1976) neigen depressive Personen bei der Bewertung eigener Erfahrungen und ihrer Umwelt zu irrationalen Gedanken und logischen Denkfehlern. Diese Kognitionen umfassen:

- willkürliches Schlußfolgern (Schlüsse, die ohne hinreichende Beweise gezogen werden),
- selektive Abstraktion (Schlüsse auf der Basis einzelner, negativer Elemente, statt auf der Basis des Gesamtzusammenhangs),
- Übergeneralisierung (umfassende Schlüsse auf der Basis einzelner, möglicherweise trivialer Ereignisse),
- Maximierung und Minimierung (Unterschätzung des Gewichts positiver bzw. Übertreibung der Bedeutung negativer Erfahrungen) und
- Personalisierung (die Ursachen negativer Erlebnisse werden der eigenen Person zugeschrieben).

Die beschriebenen Kognitionen führen zur Herausbildung und Aufrechterhaltung der sogenannten *kognitiven Triade*, die sich aus einer negativen Bewertung der eigenen Person, der Lebensumwelt und der Zukunft konstituiert. Nach Beck können negative Denkschemata durch Verlusterlebnisse oder andere belastende Ereignisse im frühen Kindesalter erworben werden. Die negativen kognitiven Schemata können jahrelang latent bleiben, doch jederzeit aufgrund einer traumatischen Situation (z.B. wenn diese an einen früheren Mißerfolg oder ein Verlusterlebnis erinnert) die negative Gedankenkette (kognitive Triade) auslösen.

Das Problemlösungsmodell

Im Rahmen des Problemlösungsmodells (Nezu, 1987; Nezu, Nezu & Perri, 1989; Nezu & Ronan, 1985) wird angenommen, daß defizitäres und ineffektives Problemlösen einen wesentlichen Faktor bei der Entstehung und Aufrechterhaltung von Depression darstellt. Es wird angenommen, daß fehlende Fertigkeiten des Problemlösens durch die mangelnde Bewältigung unterschiedlicher Anforderungen und Belastungen die Entwicklung einer Depression fördern kann. Eine Depression kann dabei aus einzelnen oder mehreren wesentlichen Defiziten innerhalb des Problemlösungsprozesses resultieren:

- Wahrnehmung einer Problemsituation bzw. Problemorientierung,
- Definition und Formulierung des Problems,
- Generierung alternativer Problemlösungen,
- Entscheidung für eine Problemlösung und
- Ausführung der Problemlösung sowie Überprüfung des Erfolges.

Wie in verschiedenen kognitiven Theorien zur Depression bei Erwachsenen postuliert (vgl. Kasten 15.4), konnte in zahlreichen Studien an der Allgemeinbevölkerung und an klinischen Stichproben festgestellt werden, daß auch Kinder und Jugendliche mit depressiven Störungen und Symptomen oftmals bestimmte *Muster dysfunktionaler Kognitionen* aufweisen (vgl. z.B. Cole, Martin & Powers, 1997; Gladstone, Kaslow, Seeley & Lewinsohn 1997; Gotlib & Hammen, 1992; Rose & Abramson, 1992; Weisz, Rudolph, Granger & Sweeney, 1992). Diese dysfunktionalen Kognitionen umfassen:

- internale, globale und stabile Attributionen,
- negative Selbstbewertungen und ein niedriges Selbstbewußtsein,
- negative Kontrollüberzeugungen,
- Hoffnungslosigkeit,
- mangelnde Problemlösungsfähigkeiten sowie
- negative Kognitionen hinsichtlich sozialer Beziehungen.

Es konnte in vielen Querschnittstudien ermittelt werden, daß depressive Kinder und Jugendliche im Vergleich mit Kindern und Jugendlichen ohne ermittelte Depression vermehrt derartige dysfunktionale Kognitionen aufweisen. Es konnte aber bisher nur durch vergleichsweise wenige Längsschnittstudien gezeigt werden, daß negative Kognitionen auch der Entwicklung einer depressiven Störung oder der Zunahme depressiver Symptome zeitlich vorangehen und diese vorhersagen können (z.B. Cole et al., 1997b; Hammen et al., 1995; Lewinsohn, Gotlib & Rohde, 1995; Robinson, Garber & Hillsman, 1995). In einigen anderen Längsschnittstudien konnten nach Rückbildung der Depression dysfunktionale Kognitionen festgestellt werden, die wiederum zukünftige depressive Episoden vorhersagen konnten (Gotlib et al., 1993; Nolen-Hoeksema et al., 1992).

Da viele der untersuchten dysfunktionalen Kognitionen, wie ein niedriges Selbstbewußtsein oder Hoffnungslosigkeit, direkter Ausdruck einer Depression sind und sogar in den Diagnosekriterien enthalten sind, ist es nach Angold (1993) wenig fruchtbar, der Frage nachzugehen, ob in diesem Sinne depressive Symptome depressive Störungen verursachen. Vielmehr muß in weiteren Längsschnittstudien überprüft werden, ob sich bestimmte dysfunktionale Kognitionen regelmäßig als Vorläufer depressiver Störungen identifizieren lassen oder diese Kognitionen bei einem Teil depressiver Kinder und Jugendlicher auch zwischen einzelnen depressiven Episoden im Sinne eines bleibenden Persönlichkeitsmerkmals andauern und in Gegenwart zusätzlicher Risikofaktoren weitere depressive Episoden hervorrufen. Darüber hinaus muß geklärt werden, infolge welcher Faktoren im Rahmen der Entwicklung von Kindern und Jugendlichen stabile Muster negativer Kognitionen erworben werden können. Bisher liegen Hinweise vor, daß ein Kontext widriger familiärer Erfahrungen sowie speziell Mißhandlungs- und Mißbrauchserfahrungen im Kindesalter (Rose & Abramson, 1992) sowie die Häufung belastender Ereignisse im frühen Jugendalter besondere Risiken für den Erwerb dysfunktionaler Kognitionen darstellen (Nolen-Hoeksema et al., 1992).

15.5.3 Belastende Lebensereignisse

Den Ergebnissen zahlreicher Studien zufolge stellen negative bzw. belastende Ereignisse im Leben von Kindern und Jugendlichen Risikofaktoren für die Entwicklung und Aufrechterhaltung depressiver Störungen und Symptome dar (vgl. Colten & Gore, 1991; Compas, Grant & Ey, 1994; Goodyer, 1994; Rutter, 1994). Vor der Entwicklung einer Depression konnte bei einem bedeutenden Teil betroffener Kinder und Jugendlicher das Auftreten bestimmter Ereignisse, wie der Tod nahestehender Verwandter, die Scheidung der Eltern, ernsthafte Krankheiten oder der Selbstmord eines guten Freundes festgestellt werden, aber auch die Kumulation weniger einschneidender und alltäglicher Ereignisse, wie zum Beispiel schulische Probleme oder Streitigkeiten mit Freunden und Eltern beobachtet werden (Brent, Perper & Moritz, 1993; Goodyer, 1994; Goodyer & Altham, 1991; Lewinsohn et al., 1995; Reinherz et al., 1993; Weller, Weller, Fristad & Bowes, 1991).

Um die Frage zu klären, warum einige Kinder und Jugendliche infolge belastender Lebensereignisse psychische Probleme zeigen, andere aber nicht, wurden vermehrt zusätzliche *Kontextfaktoren* und die *Bewertung bzw. Bewältigung von Ereignissen* beachtet: Unter klinischen Gesichtspunkten ist dabei das reine Auftreten eines Ereignisses oder die Anzahl aufgetretener Ereignisse weniger bedeutsam als die subjektive Bedeutung, die Erlebnissen beigemessen wird (vgl. Brown & Harris, 1989; Goodyer, 1990). Auch zusätzliche im Umfeld betroffener Kinder und Jugendlicher vorhandene Widrigkeiten, wie die Psychopathologie der Mutter oder fehlende soziale Unterstützung, erhöhen das Risiko einer Depression infolge belastender Ereignisse (z.B. Ge et al., 1994; Hammen & Goodman-Brown, 1990). Weiterhin scheinen auch bestimmte kognitive Faktoren sowie die Bewältigungskompetenzen von Kindern und Jugendlichen die Wirkung belastender Erlebnisse zu beeinflussen. So konnte festgestellt werden, daß Kinder und Jugendliche mit einem negativen Attributionsstil eher depressive Symptome infolge negativer Ereignisse aufwiesen (z.B. Robinson et al., 1995). Auch die negative Selbsteinschätzung sozialer Fertigkeiten und Beziehungen konnte in Abhängigkeit von belastenden Erlebnissen eine nachfolgende Depression vorhersagen (Hammen et al., 1995). Ebenso zeigte sich, daß depressive Kinder und Jugendliche dazu neigen, im Umgang mit Problemsituationen weniger effektives Bewältigungsverhalten und unkonstruktive Problemlösungsalternativen zu zeigen als nicht-depressive Gleichaltrige (Adams & Adams, 1991, 1996; Goodman, Garvitt & Kaslow, 1995; Weisz et al., 1992). Ein konstruktiver und optimistischer Umgang mit Problemen sowie befriedigende Beziehungen zu Eltern und Gleichaltrigen können dagegen als Schutzfaktoren die Widerstandsfähigkeit bzw. die Resilienz gegenüber den Auswirkungen belastender Ereignisse erhöhen und das Risiko einer Depression reduzieren (Aseltine, Gore & Colten, 1994; Herman-Stahl & Petersen, 1996).

Die vorliegenden Ergebnisse deuten darauf hin, daß das von Brown und Mitarbeitern (Brown, Bifulco & Harris, 1987; Brown & Harris, 1989; Brown, Harris & Hepworth 1994) für Erwachsene formulierte Modell, nach dem aktuelle, belastende Lebensereignisse nur im Zusammenhang mit bestehenden Vulnerabilitäten und zusätzlichen Faktoren, wie chronischen familiären Belastungen, dem frühen Verlust eines Elternteils oder negativen kognitiven Schemata, eine Depression auslösen können, auch für Kinder und Jugendliche angenommen werden kann (vgl. Goodyer, 1994; Kovacs, 1997).

Bei der Ermittlung kausaler Zusammenhänge zwischen Depression und Lebensereignissen scheint es weiterhin sinnvoll, Ereignisse, die vom eigenen Verhalten abhängig sind, von solchen zu unterscheiden, die unabhängig vom eigenen Verhalten auftreten (vgl. Cohen, 1988; Compas & Wagner, 1991). So wurde festgestellt, daß depressive Kinder und Jugendliche dazu neigen, Schwierigkeiten im sozialen Umfeld, wie Auseinandersetzungen mit Freunden, Partnern und Eltern und auch schulische Probleme selbst zu verursachen. Diese Probleme sind somit als Folge und nicht mögliche Ursache der erstmaligen Entwicklung depressiver Störungen und Symptome zu betrachten (Adrian & Hammen, 1993; Davila et al., 1995; Williamson et al., 1995). Sie können aber dann wiederum maßgeblich zum Andauern der Depression beitragen oder weitere depressive Episoden einleiten (z.B. Davila et al., 1995). Im Rahmen des kognitiv-interpersonalen Modells der Depression (Gotlib & Hammen, 1992) erfolgt eine Integration der unterschiedlichen Einflüsse belastender Ereignisse und kognitiver Faktoren bei der Genese depressiver Störungen (vgl. Kasten 15.5).

Belastende Erfahrungen und Lebensereignisse können weiterhin auf dem Hintergrund von *Entwicklungsanforderungen* des Kindes- und Jugendalters betrachtet werden. Entwicklungsübergänge und -aufgaben, wie das Herstellen enger Beziehungen zu Gleichaltrigen, der Wechsel in eine weiterführende Schule oder der Auszug aus dem Elternhaus werden als Phasen besonderer Vulnerabilität gegenüber den Einflüssen negativer Ereignisse erachtet (Gore & Colten, 1991). Es scheint ein besonderes Risiko für die Entwicklung depressiver Störungen und Symptome zu bestehen, wenn während dieser Phasen zusätzlich belastende Erlebnisse auftreten (vgl. Gotlib & Hammen, 1992; Petersen, Kennedy & Sullivan, 1991; Robinson et al., 1995).

Es gilt weiterhin zu beachten, daß sowohl normative Entwicklungsübergänge wie auch unvorhersehbare belastende Ereignisse im Leben von Kindern und Jugendlichen oft mit zahlreichen sekundären Stressoren einhergehen, die vor allem in der Restrukturierung sozialer Rollen und Beziehungen bestehen können. So können zum Beispiel der Wechsel in eine weiterführende Schule oder der Umzug in eine andere Stadt den Verlust eines vertrauten sozialen Umfeldes, schlechtere Schulleistungen und Streitigkeiten mit den Eltern bedingen, die dann als sekundäre Stressoren das eigentliche Risiko für eine nachfolgende Depression darstellen (vgl. Compas & Wagner, 1991; Gore & Colten, 1991).

Kasten 15.5: Das kognitiv-interpersonale Modell.

Im Rahmen des kognitiv-interpersonalen Modells (Gotlib & Hammen, 1992) wird das komplexe Zusammenspiel kognitiver Faktoren, belastender Ereignisse und interpersonaler Probleme für die Entwicklung von Depression verantwortlich gemacht. Nach diesem Modell kann bereits im frühen Kindesalter eine defizitäre Bindung zu den Eltern (fehlende emotionale Wärme, Unterstützung etc.) zur Ausbildung negativer Kognitionen über sich selbst und die Umwelt beitragen, die dann generalisiert und zur Entwicklung anhaltender kognitiver Schemata führen können. Die so entwickelten negativen Selbstschemata beeinträchtigen im weiteren Entwicklungsverlauf die Ausbildung sozialer Fertigkeiten und Bewältigungskompetenzen. Diese Vulnerabilitätsfaktoren führen dazu, daß eintretende Lebensereignisse oder belastende Lebensumstände negativ interpretiert werden und als Bestätigung der wahrgenommenen Inkompetenz und des geringen Selbstwertgefühls erlebt werden.

Die fehlangepaßten Kognitionen, mangelnde soziale Fertigkeiten und ineffektive Bewältigungskompetenzen stellen weiterhin eine Quelle für zusätzliche negative Lebensereignisse vor allem im sozialen Umfeld dar, die ebenso die negativen Schemata verstärken. Wesentlich sind dabei belastende Ereignisse und Umstände, die als persönlich besonders bedeutungsvoll erachtet werden (schemakonsistente Ereignisse). Schemakonsistente Ereignisse führen bei vorhandener Vulnerabilität zu einer weiteren Beeinträchtigung des Selbstwertgefühls und erscheinen den betroffenen Personen als nicht bewältigbar. In diesem Sinne stellen Wert-, Hilf- und Hoffnungslosigkeit spezifisch depressive Reaktionen auf die Interpretation persönlich bedeutungsvoller Ereignisse und Umstände dar. Besonders negative zwischenmenschliche Ereignisse und Umstände, die entweder unabhängig vom Individuum auftreten oder aber vom Individuum selbst hervorgerufen werden, können früh erworbene, aversive interpersonale Erfahrungen und negative Schemata reaktivieren und aufgrund entsprechend negativer Interpretationen zur Entwicklung einer Depression führen oder im weiteren die Depression aufrechterhalten.

15.5.4 Alter, Geschlecht und Pubertät

Sowohl für Jungen als auch für Mädchen steigt das Risiko einer Depression ab der späten Kindheit bzw. frühen Jugend erheblich (vgl. Angold et al., 1998). Dieser Alterseffekt wird unterschiedlich erklärt. Kinder entwickeln gewisse kognitive Fähigkeiten, wie die Fähigkeit zu intensiver Selbstreflexion, differenzierter Ursachenzuschreibung oder längerfristiger zeitlicher Abschätzung, erst in der späten Kindheit. Diese kognitiven Voraussetzungen scheinen aber wesentlich zu sein für die Entwicklung gewisser Symptome der Depression, wie Hoffnungslosigkeit oder negative Zukunftserwartungen (vgl. Cicchetti & Toth, 1998; Nolen-Hoeksema et al., 1992; Rehm & Carter, 1990).

Man kann weiterhin davon ausgehen, daß das Ansteigen der Depression während der frühen Jugend in einem Zusammenhang mit den bedeutenden und zahlreichen biologischen, psychologischen und sozialen Veränderungen dieser Entwicklungsphase steht, wobei vor allem der *Einfluß der Pubertät* diskutiert wird. So nehmen mit dem rasanten körperlichen Wachstum auch enge Beziehungen zu Gleichaltrigen, die Ablösung von der

Familie, Selbständigkeit und schulische Anforderungen zu. Diese Aspekte stellen mögliche Quellen für Mißerfolge und belastende Erfahrungen dar, die wiederum das Risiko einer depressiven Entwicklung erhöhen (vgl. Colten & Gore, 1991; Fombonne, 1995).

Auch die Beobachtung, daß vor allem bei Mädchen ab der frühen Jugend die Auftretenshäufigkeit depressiver Störungen und Symptome erheblich ansteigt und die der Jungen deutlich übertrifft, kann auf *geschlechtsspezifische Einflüsse der pubertären Entwicklung* zurückgeführt werden (Petersen, Sarigiani & Kennedy, 1991). So scheinen die bedeutenden körperlichen Veränderungen während der Pubertät von Mädchen kritischer betrachtet zu werden als von Jungen (vgl. Fombonne, 1995). Es wird weiterhin als wichtig erachtet, daß bei Mädchen die Pubertät durchschnittlich etwa zwei Jahre früher als bei Jungen und oftmals kurz vor oder parallel zum Wechsel in eine weiterführende Schule (zwischen sechster und siebter Klasse) einsetzt. Für Mädchen scheint sich die Bewältigung dieser Entwicklungsphase infolge der Doppelbelastung schwerer darzustellen, so daß eine höhere Anfälligkeit besteht, depressive Symptome zu entwickeln (Petersen, Kennedy & Sullivan, 1991). Es zeigte sich auch, daß Mädchen, die das zeitliche Einsetzen ihrer Pubertät im Vergleich zu anderen Mädchen als zu früh oder zu spät bewerten, häufiger depressiv werden als Mädchen, bei denen die Pubertät zur „normalen" Zeit beginnt (Graber, Lewinsohn, Seeley & Brooks-Gunn, 1997).

Weiterhin scheinen Mädchen hinsichtlich ihrer Identitätsfindung und der Entwicklung ihres Selbstwertgefühls stärker von sozialen Beziehungen abhängig zu sein. Belastungen und Störungen innerhalb des sozialen Umfeldes, wie sie während der Pubertät häufig auftreten können, stellen ein stärkeres Risiko nachfolgender depressiver Symptome dar als bei Jungen (Bush & Simmons, 1987; Larson & Assmussen, 1991). Des weiteren werden bei Mädchen auch Wechselwirkungen zwischen dem hormonellen System und dem Ausmaß depressiver Symptomatik vermutet (vgl. Angold et al., 1998). Der Einfluß biologischer Faktoren alleine wird aber insgesamt als eher gering erachtet (Fombonne, 1995). Vor allem das Zusammenwirken der beschriebenen psychosozialen Faktoren und bestimmter biologischer Veränderungen scheint das Risiko für die Entwicklung depressiver Störungen und Symptome in der frühen Jugend zu erhöhen.

Als ein weiterer Grund für das häufigere Auftreten der Depression bei weiblichen Jugendlichen werden *geschlechtsspezifische Bewältigungsstile* angenommen. Es liegen Hinweise vor, daß die Zunahme depressiver Symptome bei Mädchen mit einer hohen Instabilität der wahrgenommenen Bewältigungskompetenzen, vor allem im Zusammenhang mit interpersonalen Ereignissen zusammenhängt (Petersen, Kennedy & Sullivan, 1991). Mädchen scheinen beim Umgang mit Problemen und auch mit der eigenen depressiven Verstimmung stärker dazu zu neigen, die Gründe für Probleme bei sich selbst zu suchen, sich intensiver und länger mit ihren Gefühlen und Problemen auseinanderzusetzen und infolge negativer Erfahrungen negative Zukunftserwartungen zu entwickeln. Jungen dagegen zeigen im Umgang mit Problemen und eigenen negativen Gefühlen eher ablenkende Verhaltensweisen. Der oft von Mädchen gezeigte, sogenannte *ruminierende Reaktionsstil* scheint besonders während des Überganges in das Jugendalter ein Risiko darzustellen, depressive Symptome zu entwickeln und zu verstärken (Nolen-Hoeksema, 1995; Nolen-Hoeksema & Girgus, 1994).

15.5.5 Biologische Faktoren

Aufgrund einer Reihe von Studien werden verschiedene biologische Besonderheiten bei depressiven Kindern und Jugendlichen vermutet. Aber nicht zuletzt aufgrund der Inkonsistenz der vorliegenden Ergebnisse, müssen diese Befunde als vorläufig bezeichnet werden (Cicchetti & Toth, 1998; Nurcombe, 1992). Bisher ist es nicht umfassend geklärt, ob es sich bei den beobachteten Abweichungen um Begleiterscheinungen und Konsequenzen depressiver Störungen handeln könnte oder um Faktoren, die auch bei der Genese der Depression im Kindes- und Jugendalter maßgeblich beteiligt sind. Weiterhin muß in zukünftigen Studien gezeigt werden, in welchem Ausmaß, die Abweichungen genetisch bedingte Prädispositionen darstellen oder sich in Interaktion mit anderen psychosozialen Risikofaktoren und normativen biologischen Veränderungen entwickeln. Es ist zu beachten, daß die meisten der vorliegenden Befunde in Studien an klinischen Stichproben ermittelt wurden und so am ehesten repräsentativ für depressive Störungen höheren Schweregrades zu sein scheinen. Die beobachteten biologischen Auffälligkeiten bzw. die aufgrund vorliegender Ergebnisse vermuteten Anomalien umfassen zum Beispiel (vgl. Birmaher et al., 1996b; Cicchetti & Toth, 1998; Collins & Depue, 1992):

- einen Mangel an biochemischen Überträgersubstanzen im zentralen Nervensystem (wie z.B. die Katecholamine Noradrenalin, Dopamin und Serotonin),
- eine veränderte Empfindlichkeit postsynaptischer Rezeptoren des zentralen Nervensystems,
- eine atypische Ausschüttung des Wachstumshormons (somatropes Hormon) im Hypophysenvorderlappen,
- eine abweichende laterale Aktivität der Frontalhirnbereiche und
- eine verkürzte zirkadiane Periodik sowie eine reduzierte REM-Latenz.

15.5.6 Bewertung und zusammenfassendes Modell

Eine Fülle von Faktoren und deren Wechselwirkungen scheinen bei der Genese und Aufrechterhaltung der Depression im Kindes- und Jugendalter beteiligt zu sein. Dabei sind viele der vorgestellten Faktoren unspezifischer Natur und stellen Risiken für eine Reihe unterschiedlichster psychischer Auffälligkeiten und Entwicklungsabweichungen im Kindes- und Jugendalter dar. Spezifische Ursachen der Depression und spezifische Entwicklungswege lassen sich zum jetzigen Forschungsstand kaum bestimmen. Möglicherweise könnten durch eine stärkere Differenzierung unterschiedlicher und entwicklungsabhängiger Formen der Depression spezifischere Risiken bestimmt werden. Zu wenig ist bisher auch darüber bekannt, über welche Mechanismen unterschiedliche Risikofaktoren zu einer depressiven Entwicklung führen. Das Wissen um mögliche Vorläufer und Entstehungsprozesse der Depression könnte die Planung und Anwendung präventiver und therapeutischer Maßnahmen wesentlich verbessern. Weiterhin sollten vermehrt solche Faktoren betrachtet werden, die den Einfluß bekannter Risiken auf eine depressive Entwicklung wirkungsvoll verstärken oder mildern können. Durch die Identifizierung dieser Moderatoren könnte bereits bestehenden Risiken besser begegnet werden, indem Schutzfaktoren gestärkt und zusätzliche Risiken reduziert werden. In Abbildung 15.1 werden die vorgestellten Risikofaktoren und Einflußgrößen im Rahmen der Genese und Aufrechterhaltung der Depression in einem Modell zusammengefaßt.

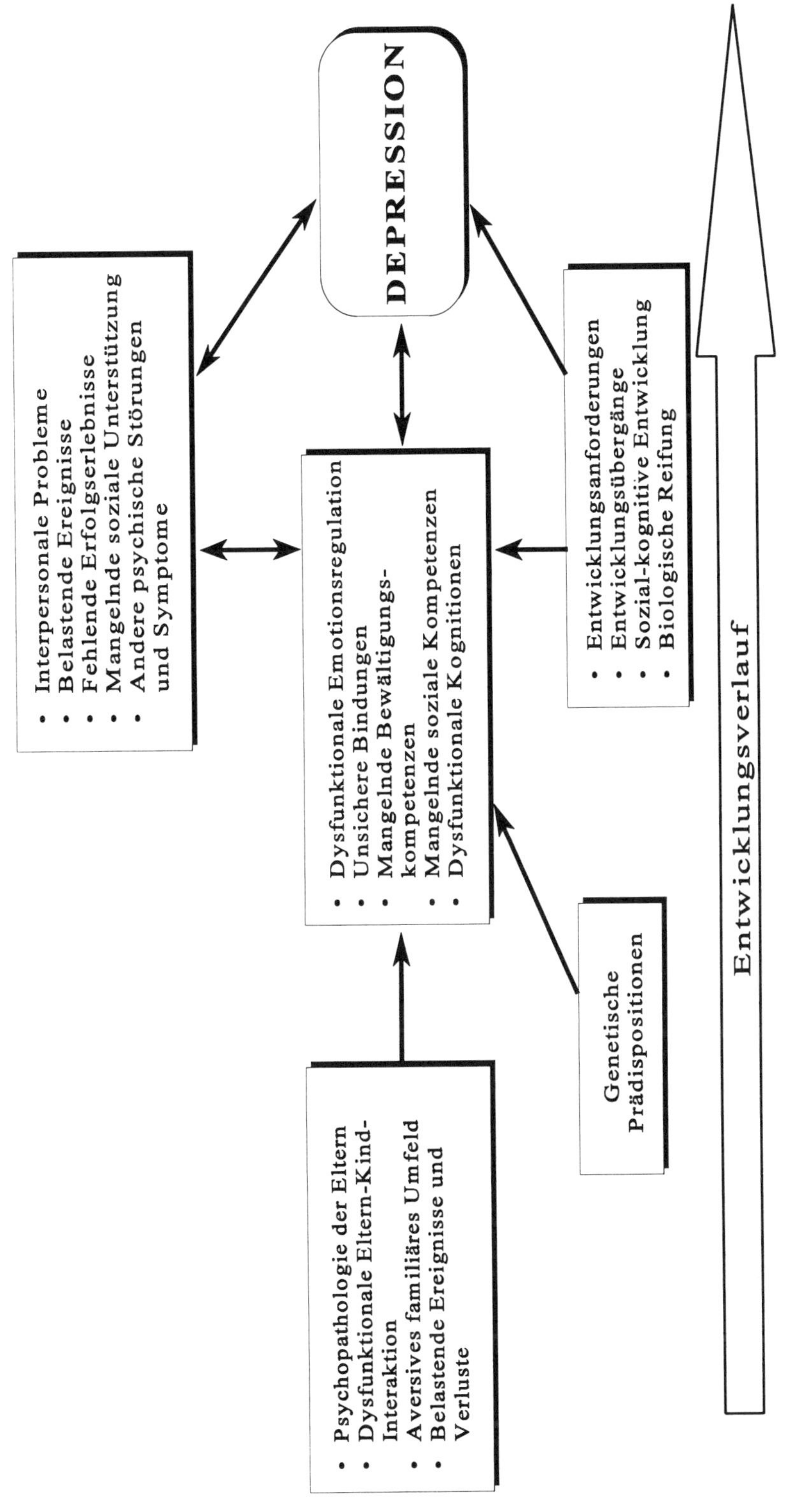

Abbildung 15.1: Vorläufiges Konzept zur Entwicklung und Aufrechterhaltung von Depression im Kindes- und Jugendalter.

15.6 Intervention

Aufgrund der unterschiedlichen Entstehungsbedingungen der Depression scheint bei ihrer Therapie grundsätzlich eine Integration verschiedener Behandlungsmaßnahmen erforderlich zu sein (Belsher, Wilkes, Rush & Frank, 1994; Rehm & Sharp, 1996; Reinecke, Ryan & DuBois, 1998). Als Interventionsziele sollten dabei sowohl individuelle Störungsmerkmale modifiziert als auch die Lebensumwelt betroffener Kinder und Jugendlicher verändert werden (Hautzinger, 1997a). Die einzelnen kognitiven, verhaltensbezogenen und sozialen Aspekte der Depression erscheinen im Rahmen der Therapie untrennbar miteinander verbunden (Eggers & Stage, 1994). Wesentliche *Ziele der Therapie* können im einzelnen sein:

- Schaffung von Verständnis für die eigene depressive Verstimmung,
- Stärkung der Selbstsicherheit,
- Abbau negativer sowie einseitiger Wahrnehmungs- und Bewertungsmuster,
- Förderung von sozialen Kompetenzen,
- Stärkung von Problemlösungskompetenzen,
- Reduzierung familiärer und sozialer Belastungen,
- Verbesserung der Kommunikation und Interaktion in der Familie und in sozialen Beziehungen,
- Strukturierung des Alltages,
- Steigerung positiver Aktivitäten und Erfahrungen und
- Förderung von Erfolgserlebnissen.

Die Auswahl und Gestaltung der Intervention sollte dabei in starkem Maße von den jeweiligen *Bedingungen des Einzelfalls* abhängig sein (Harrington, 1992; Hautzinger, 1997a). Hierbei sind unter anderem folgende Faktoren von Bedeutung (vgl. Belsher et al. 1994; Eggers & Stage, 1994; Rehm & Sharp, 1996):

- Schweregrad und Symptomausprägung der Depression,
- bisheriger Störungsverlauf und wesentliche Entstehungsbedingungen,
- Alter und Entwicklungsstand,
- psychosoziales Funktionsniveau,
- familiäres und soziales Umfeld,
- eventuelle Suizidalität,
- komorbide Störungen und
- verfügbare Behandlungsangebote.

Die Indikation *pharmakologischer Maßnahmen* scheint im Kindes- und Jugendalter am ehesten bei schwerer und akuter Ausprägung der Depression, nur in Kombination mit weiteren psychotherapeutischen Maßnahmen und vor allem zu Beginn der Behandlung ernsthafter depressiver Störungen gegeben zu sein (Eggers & Stage, 1994; Kutcher, 1997). Zur Wirksamkeit von Antidepressiva bei Kindern und Jugendlichen liegen inkonsistente Befunde vor. Einer aktuellen Übersicht zufolge (Kutcher, 1997) konnte die Effektivität von oft bei Erwachsenen erfolgreich eingesetzten Trizyklischen Antidepressiva (wie z.B. Imipramin, Amitriptylin, Desipramin) und Monoaminooxidase-Hemmern (wie z.B. Tranylcypromin, Phenelzin) bei depressiven Kindern und Jugendlichen bisher nicht belegt werden. Außerdem zeigen sich bei diesen Substanzen häufig Unverträglichkeiten und

Nebenwirkungen. Eine bessere Wirkung und weniger Risiken konnten bei der Medikation mit Serotoninwiederaufnahme-Hemmern (wie z.B. Fluexotin, Sertralin) beobachtet werden.

Bei der psychologischen Behandlung depressiver Kinder und Jugendlicher scheinen sich *kognitiv-verhaltenstherapeutische Konzepte* zu bewähren. Hinsichtlich ihrer Effektivität liegen eine Reihe von ermutigenden Ergebnissen vor (Hautzinger, 1997a; Jayson et al., 1998; Lewinsohn, Rohde & Hautzinger, 1994; Reinecke et al., 1998). Nach einer aktuellen Übersicht verschiedener Studien (Reinecke et al., 1998) zeigen Jugendliche kurz nach einer kognitiven Verhaltenstherapie einen deutlichen Rückgang der depressiven Symptomatik im Vergleich zu unbehandelten und anderweitig behandelten depressiven Jugendlichen. Ebenso liegen Hinweise auf die Langzeitwirkung kognitiver Verhaltenstherapie vor, die aber in zukünftigen Studien weiterhin überprüft werden muß. Eine bessere Wirkung verhaltenstherapeutischer Maßnahmen zeigte sich bei Kindern und Jugendlichen mit einer Depression geringeren Schweregrades sowie bei jüngeren Kindern und Jugendlichen (Jayson et al., 1998; Lewinsohn et al., 1996).

Hinsichtlich des Rahmens der Therapie scheint nur bei schweren depressiven Störungen mit erhöhter Suizidgefahr eine stationäre Behandlung erforderlich zu sein, wogegen leichtere Formen der Depression ambulant therapiert werden können (Altherr, 1993). Weiterhin kann die Therapie im Rahmen von Gruppenkursen, Einzelsitzungen und Familiengesprächen erfolgen. Auch hier scheinen in leichten Fällen Gruppenkurse wirksam zu sein, die bei schwerer depressiven Kindern und Jugendlichen durch Einzelsitzungen und einen stärkeren Einbezug der Familie ergänzt werden sollten (vgl. Hautzinger, 1997a).

Bei den heute angewandten verhaltenstherapeutischen Methoden bei der Behandlung depressiver Kinder und Jugendlicher handelt es sich in der Regel um Maßnahmen, die bereits bei depressiven Erwachsenen erfolgreich eingesetzt werden und auf die Therapie von Jugendlichen und teilweise auch von Kindern übertragen wurden. Die einzelnen Verfahren und Methoden, die im Sinne einer *multimodalen Therapie* überwiegend in Kombination eingesetzt werden, umfassen (vgl. Belsher et al., 1994; Hautzinger, 1997a; Lewinsohn et al., 1996; Rehm & Sharp, 1996; Reinecke et al., 1998):

Operante Methoden. Da negative Erfahrungen und das Fehlen von Erfolgserlebnissen bei der Entstehung und Aufrechterhaltung der Depression beteiligt sind, sollen solche Erfahrungen und Verhaltensweisen, die mit negativen Stimmungen einhergehen, reduziert und entsprechend solche, die mit positiver Stimmung zusammenhängen, verstärkt werden. Dabei werden bereits kleine Erfolge bei der Überwindung negativer Emotionen und bei der Steigerung aufmunternder Verhaltensweisen belohnt, wie zum Beispiel im Rahmen eines strukturierten Kontingenzmanagements (vgl. Brack, 1997).

Sozialtraining. Weil sich bei vielen depressiven Kindern und Jugendlichen mangelnde soziale Kompetenzen und unbefriedigende soziale Beziehungen zeigen, wird darauf hingearbeitet, das Interaktionsverhalten der Betroffenen zu verbessern sowie positive soziale Aktivitäten und Beziehungen zu fördern. Das Sozialtraining erfolgt im Rahmen von Verhaltensübungen, Modellernen, Rollenspielen und Aktivitätsplänen sowie durch eine kontinuierliche Verhaltensrückmeldung (vgl. Petermann & Petermann, 1996a; b).

Kognitive Therapie. Aufgrund der oftmals bei depressiven Kindern und Jugendlichen beobachteten verzerrten kognitiven Wahrnehmung wird versucht, negative Kognitionsschemata und logische Denkfehler zu modifizieren. Hierbei erfolgt unter anderem eine Sensibilisierung für die eigenen negativen Kognitionen und ihrem Zusammenhang mit bestimmten Erfahrungen, sowie die gedankliche und praktische Auseinandersetzung mit bisher als negativ erlebten und häufig vermiedenen Situationen (vgl. Beck, Rush, Shaw & Emery, 1994).

Problemlösetraining. Da viele depressive Kinder und Jugendlichen mangelnde Fähigkeiten und Fertigkeiten bei der Auseinandersetzung mit problematischen Situationen zeigen, wird eine Optimierung von Problemlösungskompetenzen angestrebt. Dabei werden typische Probleme im Leben der Betroffenen bestimmt sowie differenzierte Problemlösungsstrategien erarbeitet und ausprobiert (vgl. Nezu, Nezu & Perri, 1989; Liebeck, 1993).

Selbstkontrolltherapie. Aufgrund von Defiziten bei der Bewertung, Überprüfung und Verstärkung eigener Handlungsweisen sollen positive Kognitionen bei der Selbstbeobachtung, Selbstbewertung und Selbstverstärkung erarbeitet werden. Im Rahmen eines Selbstinstruktionstrainings werden kognitive und verhaltensbezogene Selbstkontrollstrategien bei der Auseinandersetzung mit negativen Gefühlen und problematischen Situationen vermittelt (vgl. Rehm & Sharp, 1996).

Veränderung der psychosozialen Umstände. Da sich Depression oftmals im Kontext belastender familiärer und sozialer Umstände entwickelt, und sich die oben angeführten therapeutischen Maßnahmen generell wirkungsvoller unter Einbeziehung der Familie verwirklichen lassen, scheint die Beteiligung des sozialen Umfeldes bei der Therapie depressiver Kinder und Jugendlicher unerläßlich. So sollten die Familienmitglieder sensibilisiert werden für die Probleme der betroffenen Kinder und Jugendlichen und dabei helfen, Belastungen abzubauen sowie durch offene Kommunikation und differenzierte Verstärkung die depressive Symptomatik zu reduzieren.

Eine Integration verschiedener hier beschriebener kognitiv-verhaltenstherapeutischer Ansätze stellt der *Antidepressionskurs für Jugendliche* dar (Hautzinger, 1997a, b; Lewinsohn, Rohde & Hautzinger, 1994). Dieser Kurs umfaßt zwölf bis 16 weitestgehend strukturierte Gruppensitzungen und dauert sechs bis acht Wochen. Mit Hilfe bestimmter Methoden, wie zum Beispiel protokollierten Selbstbeobachtungen (Stimmungstagebuch, Liste angenehmer Aktivitäten, Tagesprotokoll negativer Gedanken, Liste hilfreicher Gedanken), Verhaltensübungen, Videoaufzeichnungen, Gruppendiskussionen, Kommunikationsübungen und Entspannungsübungen sollen unterschiedliche Fertigkeiten trainiert werden. Ziele des Antidepressionskurses sind neben anderen die Schaffung eines besseren Verständnisses für die eigene emotionale Befindlichkeit, die Verbesserung sozialer Fertigkeiten zur Stärkung der Selbstsicherheit, die Reduzierung negativer Kognitionen, die Optimierung sozialer Interaktion und Kommunikation sowie die verbesserte Bewältigung von Problemen und Krisen.

Depressive Kinder und Jugendliche sind nur selten von sich aus motiviert, professionelle Hilfsangebote in Anspruch zu nehmen (Fergusson et al., 1993; Lewinsohn et al., 1991; McGee, Feehan & Williams, 1995). Auf diesem Hintergrund können akut Betroffene aber auch bereits Kinder und Jugendliche mit bestimmten Risikokonstellationen (z.B. unterschwellige depressive Symptomatik, belastende Lebensereignisse) zum Beispiel in Schulen motiviert werden, an Interventions- bzw. Präventionsmaßnahmen teilzunehmen (vgl. Clark et al., 1995; Hautzinger, 1997a; Klein-Heßling & Lohaus, 1995). Da die Ursprünge einer depressiven Entwicklung oftmals im familiären Zusammenhang liegen können, ist es weiterhin sinnvoll, präventive Strategien bereits in Risikofamilien einzusetzen. So können zum Beispiel Aufklärungs- und Beratungsmaßnahmen hinsichtlich der möglichen Effekte einer elterlichen Depression in entsprechenden Familien zu einem besseren Verständnis der elterlichen Probleme sowie einer positiveren familiären Kommunikation und Interaktion führen (Beardslee et al., 1997).

Literatur

Abikoff, H. & Klein, R.G. (1992). Attention-deficit hyperactivity and conduct disorder: Comorbidity and implications for treatment. Journal of Consulting and Clinical Psychology, 60, 881-892.

Abramson, L.Y., Metalsky, G.I. & Alloy, L.B. (1988). The hopelessness theory of depression: Does the research test the theory? In L.Y. Abramson (Ed.), Social cognition and clinical psychology: A synthesis (33-65). New York: Guilford Press.

Abramson, L.Y., Seligman, M.E.P. & Teasdale, J.D. (1978). Learned helplessness in humans: Critique and reformulation. Journal of Abnormal Psychology, 87, 49-74.

Achenbach, T.M. (1974). Developmental psychopathology. New York: Ronald.

Achenbach, T.M. (1982). Developmental psychopathology. New York: Wiley, 2nd ed.

Achenbach, T.M. (1990). Conceptualization of developmental psychopathology. In M. Lewis & S. M. Miller (Eds.), Handbook of developmental psychopathology (3-14). New York: Plenum Press.

Achenbach, T.M. (1991a). The derivation of taxonomic constructs: A necessary stage in the development of developmental psychopathology. In D. Cicchetti & S.L. Toth (Eds.), Rochester symposium on developmental psychopathology, Vol. 3: Models and integrations (43-74). Hillsdale: Erlbaum.

Achenbach, T.M. (1991b). Integrative guide for the 1991 CBCL / 4-18, YSR, and TRF profiles. Burlington: University of Vermont, Department of Psychiatry.

Achenbach, T.M. (1991c). Manual for the Child Behavior Checklist / 4-18 and 1991 Profile. Burlington: University of Vermont, Department of Psychiatry.

Achenbach, T.M. (1991d). Manual for the Youth-Self Report / 4-18 and 1991 Profile. Burlington: University of Vermont, Department of Psychiatry.

Achenbach, T.M. (1991e). Manual for Teacher's Report Form / 4-18 and 1991 Profile. Burlington: University of Vermont, Department of Psychiatry.

Achenbach, T.M. (1993). Taxonomy and comorbidity of conduct problems: Evidence from empirically based approaches. Development and Psychopathology, 5, 51-64.

Achenbach, T.M. (1995). Developmental issues in assessment, taxonomy, and diagnosis of child and adolescent psychopathology. In D. Cicchetti & D.J. Cohen (Eds.), Developmental psychopathology, Vol. 1. Theory and methods (57-80). New York: Wiley.

Achenbach, T.M. & Edelbrock, C.S. (1978). The classification of child psychopathology. A review and analysis of empirical efforts. Psychological Bulletin, 85, 1275-1301.

Achenbach T.M., Howell, C.T., McConaughy, S.H. & Stanger, C. (1995a). Six-year predictors of problems in a national sample of children and youth: I. Cross-informant syndromes. Journal of the American Academy of Child and Adolescent Psychiatry, 34, 336-347.

Achenbach T.M., Howell, C.T., McConaughy, S.H. & Stanger, C. (1995b). Six-years predictors of problems in a national sample: III. Transitions to young adult syndromes. Journal of the American Academy of Child and Adolescent Psychiatry, 34, 658-669

Achenbach, T.M., McConaughy, S.H. & Howell, C.T. (1987). Child/adolescent behavioral and emotional problems: Implications of cross-informant correlations for situational specificity. Psychological Bulletin, 101, 213-232.

Adams, J. & Adams, M. (1991). Life events, depression, and perceived problem solving alternatives in adolescents. Journal of Child Psychology and Psychiatry, 32, 811-820.

Adams, J. & Adams, M. (1996). The association among negative life events, perceived problem solving alternatives, depression, and suicidal ideation in adolescent psychiatric patients. Journal of Child Psychology and Psychiatry, 37, 715-720.

Adrian, C. & Hammen, C. (1993). Stress exposure and stress generation in children of depressed mothers. Journal of Consulting and Clinical Psychology, 61, 354-359.

Ainsworth, M.D.S. (1982). Attachment: Retrospect and prospect. In C.M. Parkes & J. Stevenson-Hinde (Eds.), The place of attachment in human behavior. New York: Basic Books.

Ainsworth, M.D.S., Bell, S.M. & Stayton, D.J. (1971). Individual differences in strange situation behavior of one-year-olds. In H.R. Schaffer (Ed.), The origins of human social relations. London: Academic Press.

Ainsworth, M.D.S., Blehar, M.C., Waters, E. & Wall, S. (1978). Patterns of attachment: A psychological study of the strange situation. Hillsdale: Erlbaum.

Ainsworth, M.D.S. & Bowlby, J. (1991). An ethological aproach to personality development. American Psychologist, 46, 331-341.

Aitken, K.J. (1991). Examining the evidence for a common structural basis to autism. Developmental Medicine and Child Neurology, 33, 930-938.

Akiskal, H.S. (1990). Toward a clinical understanding of the relationship of anxiety and depressive disorders. In J.D. Maser & C.R. Cloninger (Eds.), Comorbidity of mood and anxiety disorders (597-609). Washington: American Psychiatric Press.

Ali, Z. & Lowry, M. (1981). Early maternal-child contact: Effects on later behavior. Developmental Medicine and Child Neurology, 23, 337-345.

Altherr, P. (1993). Depression. In H.-C. Steinhausen & A. G. von Aster (Hrsg.), Handbuch Verhaltenstherapie und Verhaltensmedizin bei Kindern und Jugendlichen (239-265). Weinheim: Psychologie Verlags Union.

American Academy of Child and Adolescent Psychiatry (AACAP) Practice Parameters (1997). Practice Parameters for the assessment and treatment of children and adolescents with conduct disorder. Journal of the American Academy of Child and Adolescent Psychiatry, 36 (supplement), 122S-139S.

Anderson, J.C., Williams, S., McGee, R. & Silva, P.A. (1987). DSM-III disorders in preadolescent children. Prevalence in a large sample from the general population. Archives of General Psychiatry, 44, 69-76.

Anderson, J.C. & McGee, R. (1994). Comorbidity of depression in children and adolescents. In W.M. Reynolds & H.F. Johnston (Eds.), Handbook of depression in children and adolescents (581-601). New York: Plenum Press.

Andrews, V.C., Garrison, C.Z., Jackson, K.L., Addy, C.L. & McKeown, R.E. (1993). Mother-adolescent agreement on the symptoms and diagnoses of adolescent depression and conduct disorders. Journal of the American Academy of Child and Adolescent Psychiatry, 32, 731-738.

Angold, A. (1993). Why do we not know the cause of depression in children? In D.F. Hay & A. Angold (Eds.), Precursors and causes in development and psychopathology (265-292). Chichester: Wiley.

Angold, A. & Costello, E.J (1993). Depressive comorbidity in children and adolescents: Empirical, theoretical, and methodological issues. American Journal of Psychiatry, 150, 1779-1791.

Angold, A., Costello, E.J. & Worthman, L. (1998). Puberty and depression: The roles of age, pubertal status and pubertal timing. Psychological Medicine, 28, 51-61.

Angold, A. & Rutter, M. (1992). The effects of age and pubertal status on depression in a large clinical sample. Development and Psychopathology, 4, 5-28.

Angst, J. (1985). Switch from depression to mania - a record study over decades between 1920-1982. Psychopathology, 18, 140-154.

Angst, J. (1994). Das Komorbiditätskonzept in der psychiatrischen Diagnostik. In H. Dilling (Hrsg.), Von der ICD-9 zur ICD-10: Neue Ansätze der Diagnostik psychischer Störungen in der Psychiatrie, Psychosomatik und Kinder- und Jugendpsychiatrie (41-48). Bern: Huber.

Anthony, E.J. (1976). Emotions and intelligence. In V.P. Varma & P. Williams (Eds.), Piaget psychology and education. Itasca: Peacock.

APA (1980). Diagnostic and Statistical Manual of Mental Disorders, 3rd ed. (DSM-III). Washington D.C.: Author (dt. Bearbeitung von K. Koehler & H. Saß [1984]. Diagnostisches und Statistisches Manual Psychischer Störungen [DSM-III]. Weinheim: Beltz).

APA (1987). Diagnostic and Statistical Manual of Mental Disorders, 3rd ed., revised (DSM-III-R). Washington D.C.: Author (dt. Bearbeitung von H.-U. Wittchen, H. Saß, M. Zaudig & K. Koehler [1989]. Diagnostisches und Statistisches Manual Psychischer Störungen [DSM-III-R]. Weinheim: Beltz).

APA (1994). Diagnostic and Statistical Manual of Mental Disorders, 4th ed. (DSM-IV). Washington: Author (dt. Bearbeitung von H. Saß, H.-U. Wittchen & M. Zaudig [1996]. Diagnostisches und Statistisches Manual Psychischer Störungen [DSM-IV]. Göttingen: Hogrefe).

Arbeitsgruppe Deutsche Child Behavior Checklist (1993a). Elternfragebogen über das Verhalten von Kindern und Jugendlichen; deutsche Bearbeitung der Child Behavior Checklist (CBCL/4-18). Einführung und Anleitung zur Handauswertung, bearbeitet von P. Melchers & M. Döpfner. Köln: Arbeitsgruppe Kinder-, Jugend- und Familiendiagnostik (KJFD).

Arbeitsgruppe Deutsche Child Behavior Checklist (1993b). Fragebogen für Jugendliche; deutsche Bearbeitung der Youth Self-Report Form der Child Behvior Checklist (YSR). Einführung und Anleitung zur Handauswertung, bearbeitet von M. Döpfner & P. Melchers. Köln: Arbeitsgruppe Kinder-, Jugend- und Familiendiagnostik (KFJD).

Asarnow, J.R. (1988). Peer status and social competence in child psychiatric inpatients: A comparison of children with depressive, externalizing, and concurrent depressive and externalizing disorders. Journal of Abnormal Child Psychology, 16, 151-162.

Asarnow, J.R., Goldstein, M.J., Carlson, G.A., Perdue, S., Bates, S. & Keller, J. (1988). Childhood-onset depressive disorders. A follow-up study of rates of rehospitalization and out-of-home placement among child psychiatric inpatients. Journal of Affective Disorders, 15, 245-253.

Asarnow, J.R., Goldstein, M.J., Tompson, M. & Guthrie, D. (1993). One-year outcomes of depressive disorders in child psychiatric inpatients: Evaluation of the prognostic power of a brief measure of expressed emotion. Journal of Child Psychology and Psychiatry, 34, 129-137.

Aseltine, R.H., Gore, S. & Colten, M.E. (1994). Depression and the social developmental context of adolescence. Journal of Personality and Social Psychology, 67, 252-263.

Asher, S.R. & Coie, J.D. (Eds.) (1990). Peer rejection in childhood. New York: Cambridge University Press.

Attie, I., Brooks-Gunn, J. & Petersen, A. C. (1990). A developmental perspective on eating disorders and eating problems. In M. Lewis & S. M. Miller (Eds.), Handbook of developmental psychopathology (409-420). New York: Plenum Press.

August, G.J., Stewart, M.A., & Tsai, L. (1981). The incidence of cognitive disabilities in the siblings of autistic children. British Journal of Psychiatry, 138, 416-422.

Avis, J. & Harris, P.L. (1991). Belief-desire reasoning among Baka children: Evidence for a universal conception of mind. Child Development, 62, 460-467.

Bachevalier, J. (1991). An animal model for childhood autism: Memory loss and socio-emotional disturbances following neonatal damage to the limbic system in monkeys. In C.A. Tamminga & S.C. Schulz (Eds.), Advances in neuropsychiatry and psychopharmacology, Vol. 1 (129-140). New York: Raven Press.

Baillargéon, R. (1987). Object permanence in 3½- and 4½-month-old infants. Developmental Psychology, 23, 655-664.

Bandura, A. (1977). Self-efficacy: Towards a unifying theory of behavioral change. Psychological Review, 84, 191-215.

Bandura, A. (1986). Social foundations of thought and action: A social cognitive theory. Engelwood Cliffs: Prentice-Hall.

Bandura, A. (1989). Human agency in social cognitive theory. American Psychologist, 44, 1175-1184.

Bardone, A.M., Moffitt, T.E., Caspi, A., Dickson, N. & Silva, P.A. (1996). Adult mental health and social outcomes of adolescent girls with depression and conduct disorder. Development and Psychopathology, 8, 811-829.

Barinaga, M. (1997). New insights into how babies learn language. Science, 277, 641.

Barker, R.G. (1965). Explorations in ecological psychology. American Psychologist, 20, 1-11.

Barlow, D.P. (1995). Gametic imprinting in mammals. Science, 270, 1610-1613.

Barlow, D.H. & Durand, V.M. (1995). Abnormal Psychology. An integrative approach. Pacific Grove: Brooks/Cole.

Baron-Cohen, S. (1989). The autistic child's theory of mind: A case of specific developmental delay. Journal of Child Psychology and Psychiatry, 30, 285-297.

Baron-Cohen, S. (1995a). Theory of mind and face-processing: How do they interact in development and psychopathology? In D. Cicchetti & D.J. Cohen (Eds.), Developmental psychopathology, Vol. 1 (343-356). New York: Wiley.

Baron-Cohen, S. (1995b). Mindblindness. Cambridge, MA: MIT Press.

Baron-Cohen, S., Tager-Flusberg, H., & Cohen, D.J. (Eds.) (1993). Understanding other minds: Perspectives from autism. Oxford: Oxford University Press.

Baron-Cohen, S., Leslie, A.M., & Frith, U. (1985). Does the autistic child have a theory of mind. Cognition, 21, 37-46.

Barr, R.G., Boyce, W.T. & Zeltzer, L.K. (1994). The stress-illness association in children: A perspective from the biobehavioral interface. In R.J. Haggerty, L.R. Sherrod, N. Garmezy & M. Rutter (Eds.), Stress, risk, and resilience in children and adolescents. Processes, mechanisms, and interventions (182-224). Cambridge: Cambridge University Press.

Bates, J.E., Maslin, C.A. & Frankel, K.A. (1985). Attachment security, mother-child interaction, and temperament as predictors of behavior problem ratings at three years. Monographs of the Society for Research in Child Development, 50, 167-193.

Bateson, M.C. (1979). "The epigenesis of conversational interaction": A personal account of research and development. In M. Bullowa (Ed.), Before speech: The beginning of human communication (63-77). London: Cambridge University Press.

Baumeister, R.F., Smart, L. & Boden, J.M. (1996). Relation of threatened egotism to violence and aggression: The dark side of high self-esteem. Psychological Bulletin, 103, 5-33.

Beardslee, W., Versage, E., Wright, J., Salt, P., Rothberg, P., Drezner, K. & Gladstone, T. (1997). Examination of preventive interventions for families with depression: Evidence of change. Development and Psychopathology, 9, 109-130.

Bebbington, P.E. (1998). Editorial: Sex and depression. Psychological Medicine, 28, 1-8.

Beck, A.T. (1967). Depression: Clinical, experimental and theoretical aspects. New York: Harper & Row.

Beck, A.T. (1976). Cognitive therapy and the emotional disorders. New York: International Universities Press.
Beck, A.T., Rush, A.J., Shaw, B.F. & Emery, G. (1994). Kognitive Therapie der Depression. Weinheim: Psychologie Verlags Union, 4. Aufl.
Beidel, D.C. & Turner, S.M. (1997). At risk for anxiety: I. Psychopathology in the offspring of anxious parents. Journal of the American Academy of Child and Adolescent Psychiatry, 36, 918-924.
Belsher, G., Wilkes, T.C.R., Rush, A.J. & Frank, E. (1994). Cognitive therapy for depressed adolescents. New York: Guilford.
Belsky, J. (1980). Child maltreatment: An ecological integration. American Psychologist, 35, 430-435.
Belsky, J. & Rovine, M. (1987). Temperament and attachment security in the strange situation: a rapproachment. Child Development, 58, 787-795.
Benes, F.M. (1994). Developmental changes in stress adaptation in relation to psychopathology. Development and Psychopathology, 6, 723-739.
Biederman, J., Faraone, S.V., Milberger, S., Jetton, J.G., Chen, L., Mick, E., Greene, R.W. & Russell, R.L. (1996). Is childhood oppositional defiant disorder a precursor to adolescent conduct disorder? Findings from a four-year follow-up study of children with ADHD. Journal of the American Academy of Child and Adolescent Psychiatry, 35, 1193-1204.
Biederman, J., Newcorn, J. & Sprich, S. (1991). Comorbidity of attention deficit hyperactivity disorder with conduct, depressive, anxiety, and other disorders. American Journal of Psychiatry, 148, 564-577.
Biermann, K.L., Smoot, D.L. & Aumiller, K. (1993). Characteristics of aggressive-rejected, aggressiv (nonrejected), and rejected (nonaggressive) boys. Child development, 64, 139-151.
Bird, H.R. (1996). Epidemiology of childhood disorders in a cross-cultural context. Journal of Child Psychology and Psychiatry, 37, 35-49.
Bird, H.R., Canino, G., Rubio-Stipec, M., Gould, M.S., Ribera, J., Sesman, M., Woodburry, M., Huertas-Goldman, S., Pagan, A., Sanchez-Lacay, A. & Moscoso, M. (1988). Estimates of the prevalence of childhood maladjustment in a community survey in Puerto Rico. The use of combined measures. Archives of General Psychiatry, 45, 1120-1126.
Birmaher, B., Ryan, N.D., Williamson, D.E, Brent, D.A., Kaufman, J., Dahl, R.E., Perel, J. & Nelson, B. (1996a): Childhood and adolescent depression: A review of the past 10 years. Part I. Journal of the American Academy of Child and Adolescent Psychiatry, 35,1427-1439.
Birmaher, B., Ryan, N.D. & Williamson, D.E. (1996b). Depression in children and adolescents: Clinical features and pathogenesis. In K.I. Shulman, M. Tohen & S.P. Kutcher (Eds.), Mood disorders across the life span (51-81). New York: Wiley.
Björkvist, K., Lagerspetz, K.M.J. & Kaukiainen, A. (1992). Do girls manipulate and boys fight? Developmental trends in regard to direct and indirect aggression. Aggressive Behavior, 18, 117-127.
Black, J.E. & Greenough, W.T. (1986). Induction of pattern in neural structure by experience: Implications for cognitive development. In M.E. Lamb, A.L. Brown & B. Rogoff (Eds.), Advances in developmental psychology, Vol. 4 (1-50). Hillsdale: Erlbaum.
Bliss, T. V. P. & Collingridge, G. L. (1993). A synaptic model of memory: long-term potentiation in the hippocampus. Nature, 361, 31-39.
Block, J.H. & Block, J. (1980). The role of ego-control and ego resiliancency in the organization of behavior. In W.A. Collins (Ed.), Minnesota symposium on child psychology, Vol. 13 (39-101). Hillsdale: Erlbaum.
Block, J. H., Block, J. & Gjerde, P. F. (1986). The personality of children prior to divorce: A prospective study. Child Development, 57, 827-840.
Bondy, B., Ackenheil, M., Müller-Spahn, F. & Hippius, H. (1988). Biologische Marker endogener Psychosen. Der Nervenarzt, 59, 565-572.
Borden, M.C. & Ollendick, T.H. (1992). The development and differentiation of social subtypes in autism. Advances in Clinical Psychology, 14, 61-106.
Borke, H. (1975). Piaget's mountains revisited: Changes in the egocentric landscape. Developmental Psychology, 11, 240-243.
Bornstein, M.H. (Ed.) (1987). Sensitive periods in development: Interdisciplinary perspectives. Hillsdale: Erlbaum.
Boucher, J. (1989). The theory of mind hypothesis of autism: Explanation, evidence and assessment. British Journal of Disorders of Communication, 24, 181-198.
Bourne, E. & Ekstrand, B.R. (1992). Einführung in die Psychologie. Eschborn: Klotz.
Bower, T.G.R. (1971). The object in the world of the infant. Scientific American, 225, 31-38.
Bowlby (1969). Attachment and loss, Vol. 1. Attachment. New York: Basic Books.
Bowlby, J. (1980). Attachment and loss, Vol. 3. New York: Basic Books.

Bowlby (1982). Attachment and loss, Vol. 1. Attachment. New York: Basic Books, 2nd ed.
Bowlby, J. (1988). Developmental psychiatry comes of age. American Journal of Psychiatry, 145, 1-10.
Boyle, M.H., Offord, D.R., Racine, Y., Sanford, M., Szatmari, P., Fleming, J.E. & Price-Munn, N. (1993b). Evaluation of the Diagnostic Interview for Children and Adolescents for use in general population samples. Journal of Abnormal Child Psycholgy, 21, 663-681.
Boyle, M.H. & Pickles, A. (1997). Maternal depressive symptoms and ratings of emotional disorder symptoms in children and adolescents. Journal of Child Psychology and Psychiatry, 38, 981-992.
Brack, U.B. (1997). Kontingenzmanagement in der Kinderverhaltenstherapie. In F. Petermann (Hrsg.), Kinderverhaltenstherapie. Grundlagen und Anwendungen (64-85). Baltmannsweiler: Schneider.
Brain, P.F. & Susman, E.J. (1997). Hormonal aspects of aggression and violence. In D.M. Stoff, J. Breiling & J.D. Maser (Eds.), Handbook of antisocial behavior (314-323). New York: Wiley.
Brandstädter, J. (1990). Entwicklung im Lebensverlauf. Ansätze und Probleme der Lebensspannen-Entwicklungspsychologie. In K.U. Mayer (Hrsg.), Lebensläufe und sozialer Wandel (322-350). Opladen: Westdeutscher Verlag.
Brennan, P.A. & Mednick, S.A. (1997). Medical histories of antisocial individuals. In D.M. Stoff, J. Breiling & J.D. Maser (Eds.), Handbook of antisocial behavior (269-279). New York: Wiley.
Brent, D.A., Perper, J.A. & Moritz, G. (1993). Psychiatric sequelae to the loss of an adolescent peer to suicide. Journal of the American Academy of Child and Adolescent Psychiatry, 32, 509-517.
Brent, D.A., Perper, J.A., Moritz, G., Allman, C., Friend, A., Roth, C., Schweers, J., Balach, L. & Baugher, M. (1993). Psychiatric risk factors for adolescent suicide: A case-control study. Journal of the American Academy of Child and Adolescent Psychiatry, 32,521-529.
Bretherton, I. (1991). Pouring new wine into old bottles: The social self as internal working model. In M.R. Gunnar & A.L. Sroufe (Eds.), The Minnesota symposia on child development, Vol. 23. Self processes and development (1-42). Hillsdale: Erlbaum.
Brodsky, M. & Lombroso, P. (1998). Molecular mechanisms of developmental disorders. Development and Psychopathology, 10, 1-20.
Bronfenbrenner, U. (1975). Developmental research, public policy, and ecology of childhood. Child Development, 45, 1-5.
Bronfenbrenner, U. (1977). Towards an experimental ecology of human development. American Psychologist, 32, 513-531.
Bronfenbrenner, U. (1979). The ecology of human development. Cambridge: Harvard Universiy Press.
Bronfenbrenner, U. (1986). Ecology of the family as a context for human development: Research perspectives. Developmental Psychology, 22, 723-742.
Bronfenbrenner, U. & Crouter, A.C. (1983). The evolution of environmental models in developmental research. In W. Kessen (Ed.), Handbook of child psychology, Vol 1. History, theory, and methods (357-414). New York: Wiley, 4th ed.
Brook, S.L. & Bowler, D.M. (1992). Autism by another name? Semantic and pragmatic impairments in children. Journal of Austim and Developmental Disorders, 22, 61-81.
Brown, G.W., Bifulco, A. & Harris, T. (1987). Life events, vulnerability and onset of depression: Some refinements. British Journal of Psychiatry, 150, 30-42.
Brown, J.R. & Dunn, J. (1996). Continuities in emotion understanding from three to six years. Child Development, 67, 789-802.
Brown, J.R., Donelan-McCall, N. & Dunn, J. (1996). Why talk about mental states? The significance of children's conversations with friends, siblings and mothers. Child Development, 67, 836-849.
Brown, G.W. & Harris, T. (1978). The social origins of depression: A study of psychiatric disorder in women. New York: Free Press.
Brown, G.W. & Harris, T.O. (1989). Life events and illness. New York: Guilford Press.
Brown, G.W., Harris, T.O. & Hepworth, C. (1994). Life events and endogenous depression. Archives of General Psychiatry, 51, 525-534.
Browne, B.A. (1994). Making faces: posed facial expression, self-competence, and personality. Journal of Genetic Psychology, 155, 5-13.
Bruner, J. (1990). Acts of meaning. Cambridge: Harvard University Press.
Bryson, S.E., Clark, B.S., & Smith, I.M. (1988). First report of a Canadian epidemiological study of autistic syndromes. Journal of Child Psychology and Psychiatry, 29, 433-445.
Bullock, M. (1984). Preschool children's understandings of causal connections. British Journal of Developmental Psychology, 2, 139-142.
Bullock, M. & Gelman, R. (1979). Preschool children's assumptions about causes and effects: Temporal ordering. Child Development, 50, 89-96.

Bush, D.M. & Simmons, R. (1987). Gender and coping with the entry into early adolescence. In R.C. Barnett, L. Beiner & G. Baruch (Eds.), Gender and stress (185-217). New York: Free Press.

Butterworth, G. & Harris, M. (1994). Principles of developmental psychology. Hove: Erlbaum.

Cadoret, R.J., Yates, W.R., Troughton, E., Woodworth, G. & Stewart, M.A. (1995). Genetic-environmental interaction in the genesis of aggressivity and conduct disorders. Archives of General Psychiatry, 52, 916-924.

Cairns, R.B., Cadwallader, T.W., Estell, D. & Neckerman, H.J. (1997). Groups to gangs: Developmental and criminological perspectives and relevance for prevention. In D.M. Stoff, J. Breiling & J.D. Maser (Eds.), Handbook of antisocial behavior (194-204). New York: Wiley.

Campbell, S.B., Pierce, E.W., March, C.L., Ewing, L.J. & Szumowski, E.K. (1994). Hard-to-manage preschool boys: Symptomatic behavior across contexts and time. Child Development, 65, 836-851.

Canals, J., Domnech, E., Carbajo, G. & Bladé, J. (1997). Prevalence of DSM-III-R and ICD-10 psychiatric disorders in a Spanish population of 18-year-olds. Acta Psychiatrica Scandinavia, 96, 287-294.

Cantwell, D.P., Lewinsohn, P.M., Rohde, P. & Seeley, J.R. (1997). Correspondence between adolescent report and parent report of psychiatric diagnostic data. Journal of the American Academy of Child and Adolescent Psychiatry, 36, 610-619.

Capaldi, D.M. (1991). Co-occurence of conduct problems and depressive symptoms in early adolescent boys: I. Familial factors and general adjustment at grade 6. Development and Psychopathology, 3, 277-300.

Capaldi, D.M. (1992). The occurence of conduct problems and depressive symptoms in early adolescent boys: II. A 2-year follow up at grade 8. Development and Psychopathology, 4, 125-144.

Capaldi, D.M. & Patterson, G.R. (1994). Interrelated influences of contextual factors on antisocial behavior in childhood and adolescence for males. In D.C. Fowles, P. Sutker & S.H. Goodman (Eds.), Progress in experimental personality and psychopathology research (165-198). New York: Springer.

Caplan, M. (1993). Inhibitory influences in development: The case of prosocial behavior. In D.F. Hay & A. Angold (Eds.), Precursors and causes in development and psychopathology (169-201). New York: Wiley.

Carey, G. & Goldman, D. (1997). The genetics of antisocial behavior. In D.M. Stoff, J. Breiling & J.D. Maser (Eds.), Handbook of antisocial behavior (243-254). New York: Wiley.

Carlson, G.A. & Cantwell, D.P. (1980). Unmasking masked depression in children and adolescents. American Journal of Psychiatry, 137, 445-449.

Carlson, V., Cicchetti, D., Barnett, D. & Braunwald, K. (1989). Disorganized/disoriented attachment relationships in maltreated infants. Developmental Psychology, 25, 525-531.

Carlson, G.A. & Kashani, J.H. (1988). Phenomenology of major depression from childhood through adulthood: Analysis of three studies. American Journal of Psychiatry, 1245, 1222-1225.

Caron, C. & Putter, M. (1991). Comorbidity in child psychopathology: Concepts, issues, and researeh strategies. Journal of Child Psychology and Psychiatry, 32, 1063-1080.

Carpenter, G. (1975). Mother's face and the newborn. In R. Lewin (Ed.), Child alive. New insights into the development of young children (126-136). London: Temple Smith.

Carro, M. G., Grant, K. E., Gotlib, I. H. & Compas, B. E. (1993). Postpartum depression and child development: An investigation of mothers and fathers as sources of risk and resilience. Development and Psychopathology, 5, 567-579.

Casey, R.J. & Schlosser, S. (1994). Emotional response to peer praise in children with and without a diagnosed externalizing disorder. Merrill-Palmer Quarterly, 40, 60-81.

Caspi, A., Lynam, D., Moffitt, T.E. & Silva, P.A. (1993). Unravelling girls' delinquency: Biological, dispositional, and contextual contributions to adolescent misbehavior. Developmental Psychology, 29, 19-30.

Caspi, A. & Moffitt, T.E. (1995). The continuity of maladaptive behavior: From description to understanding in the study of antisocial behavior. In D. Cicchetti & D.J. Cohen (Eds.), Developmental psychopathology, Vol. 2 (472-511). New York: Wiley.

Cassidy, J. & Marvin, R. (1992). Attachment organization in preschool children: Procedures and coding manual. Unveröffentlicht.

Cattell, R.B. (1973). Personality and mood by questionnaire. San Francisco: Jossey-Brass.

Chandler, M. (1987). The Othello effect: Essay on the emergence and eclipse of sceptical doubt. Human Development, 30, 137-159.

Chandler, M.J., Fritz, A.S. & Hala, S.M. (1989). Small-scale deceit: Deception as a marker of 2-, 3-, and 4-year-olds' early theories of mind. Child Development, 60, 1263-1277.

Chess, S. & Thomas, A. (1984). Origins and evolution of behavior disorders: From infancy to early adult life. New York: Brunner/Mazel.

Cialdella, P. & Mamelle, N. (1989). An epidemiological study of infantile autism in French department (Rhone): A research note. Journal of Child Psychology and Psychiatry, 30, 165-175..
Ciaranello, R., Aimi, J., Dean, R.S., Morilak, D., Porteus, M.H. & Cicchetti, D. (1995). Fundamentals of molecular neurobiology. In D. Cicchetti & D.J. Cohen (Eds.), Developmental psychopathology, Vol. 1. Theory and method (109-160). New York: Wiley.
Cicchetti, D. (1984). The emergence of developmental psychopathology. Child Development, 55, 1-7.
Cicchetti, D. (1989). Rochester symposium on developmental psychopathology, Vol. 1. The emergence of a discipline. Hillsdale: Erlbaum.
Cicchetti, D. (1990). The organization and coherence of socioemotional, cognitive, and representational development: Illustrations through a developmental psychopathology perspective on Down syndrome and child maltreatment. In R. Thompson (Ed.), Nebraska symposium on motivation, Vol. 36. Socioemotional development (259-366). Lincoln: University of Nebraska Press.
Cicchetti, D. (1993). Developmental psychopathology: Reactions, reflections, projections. Developmental Review, 13, 471-502.
Cicchetti, D. (1996). Child maltreatment: Implications for developmental theory and research. Human Development, 39, 18-39.
Cicchetti, D. & Beeghly, M. (1990). The self in transition: Infancy to childhood. Chicago: University of Chicago Press.
Cicchetti, D. & Cohen, D. J. (1995). Perspectives on developmental psychopathology. In D. Cicchetti & D. J. Cohen (Eds.), Developmental psychopathology, Vol. I (3-20). New York: Wiley.
Cicchetti, D., Ganiban, J. & Barnett, D. (1991). Contributions from the study of high-risk populations to understanding the development of emotion regulation. In J. Garber & K.A. Dodge (Eds.), The development of emotion regulation and egulation (15-48). New York: Cambridge University Press.
Cicchetti, D. & Garmezy, N. (1993). Prospects and promises in the study of resilience. Development and Psychopathology, 5, 497-502.
Cicchetti, D. & Lynch, M. (1993). Toward an ecological-transactional model of community violence and child maltreatment: Consequences for children's development. Psychiatry, 56, 96-119.
Cicchetti, D. & Richters, J. E. (1993). Developmental considerations in the investigation of conduct disorder. Development and Psychopathology, 5, 331-344.
Cicchetti D. & Rogosch, F.A. (1996). Editorial: Equifinality and multifinality in developmental psychopathology. Development and Psychopathology, 8, 597-600.
Cicchetti, D., Rogosch, F.A., Lynch, M. & Holt, K.D. (1993). Resilience in maltreated children: Processes leading to adaptive outcome. Development and Psychopathology, 5, 629-647.
Cicchetti, D. & Schneider-Rosen, K. (1986). An organizational approach to childhood depression. In M. Rutter, C.E. Izard, & P.B. Read (Eds.), Depression in young people: Developmental and clinical perspectives (71-134). New York: Guilford.
Cicchetti, D. & Toth, S.L. (1991). The making of a developmental psychopathologist. In J. Cantor, C. Spieker & L. Lipsitt (Eds.), Child behavior and development: Training for diversity (34-72). Norwood: Ablex.
Cicchetti, D. & Toth, S.L. (1992a). The role of developmental theory in prevention and intervention. Development and Psychopathology, 4, 489-493.
Cicchetti, D. & Toth, S.L. (Eds.) (1992b). Rochester symposium on developmental psychopathology, Vol. 4. Developmental perspectives on depression. New York: University of Rochester Press.
Cicchetti, D. & Toth, S.L. (Eds.) (1994). Rochester symposium on developmental psychopathology, Vol. 5. Disorders and dysfunctions of the self. Rochester: University of Rochester Press.
Cicchetti, D. & Toth, S.L. (1995a). Developmental psychopathology and disorders of affect. In D. Cicchetti & D.J. Cohen (Eds.), Developmental psychopathology, Vol. 2. Risk, disorder, and adaptation (369-420). New York: Wiley.
Cicchetti, D. & Toth, S. L. (1995b). A developmental psychopathology perspective on child abuse and neglect. Journal of the American Academy of Child and Adolescent Psychiatry, 34, 541-565.
Cicchetti, D. & Toth, S.L. (1998). The development of depression in children and adolescents. American Psychologist, 53, 221-241.
Cicchetti, D., Toth, S.L. & Bush, M. (1988a). Developmental psychopathology and incompetence in childhood: Suggestions for intervention. In B. Lahey & A. Kazdin (Eds.). Advances in Clinical Child Psychology, Vol. 11 (1-71). New York: Plenum.
Cicchetti, D., Toth, S.L., Bush, M. & Gillespie, J.F. (1988b). Stage-salient issues: A transactional model of intervention. New Directions for Child Development, 39, 123-145.

Cicchetti, D., Toth, S.L. & Lynch, M. (1995). Bowlby's dream comes full circle. The application of attachment theory to risk and psychopathology. In T.H. Ollendick & R.J. Prinz (Eds), Advances in Clinical Child Psychology, Vol. 17 (1-75). New York: Plenum Press.

Cicchetti, D. & Tucker, D. (1994). Development and self-regulatory structures of the mind. Development and Psychopathology, 6, 533-549.

Cillessen, A.H.N., Van IJzendoorn; H.W., Van Lieshorst, C.F.M. & Hartup, W.W. (1992). Heterogenerty among peer-rejected boys: Subtypes and stabilities. Child Development, 63, 893-905.

Ciompi, L. (1993). Die Hypothese der Affektlogik. Spektrum der Wissenschaft, 76-87.

Clark, S. A., Allard, T., Jenkins, W. M. & Merzenich, M. M. (1988). Receptive fields in the body-surface map in adult cortex defined by temporally correlated inputs. Nature, 332, 444-445.

Clark, L. & Watson, D. (1991). Tripartite model of anxiety and depression: Psychometric evidence and taxonomic implications. Journal of Abnormal Psychology, 100, 316-336.

Clarke, G.N., Hawkins, W., Murphy, M., Sheeber, L.B., Lewinsohn, P.M. & Seeley, J.R. (1995). Targeted prevention of unipolar depressive disorder in a at-risk sample of high school adolescents: A randomized trial of a group cognitive intervention. Journal of the American Academy of Child and Adolescent Psychiatry, 34, 312-321.

Clarke-Stewart, A., Perlmutter, M. & Friedman, S. (1988). Lifelong human development. New York: Wiley.

Clarkin, J.F. & Kendall, P.C. (1992). Comorbidity and treatment planning: Summary and future directions. Journal of Consulting and Clinical Psychology, 60, 904-908.

Cloninger, C.R. (1991). D_2 dopamine receptor gene is associated but not linked with alcoholism. Journal of the American Medical Association, 266, 1833-1834.

Coddington, R. (1972). The significance of life events as etiological factors in the diseases of children: 1. A survey of professional workers. Journal of Psychosomatic Research, 16, 7-18.

Cohen, D.J., Paul, R., & Volkmar, F.R. (1987). Issues in the classification of pervasive developmental disorders and associated conditions. In D.J. Cohen & A.M. Donnellan (Eds.), Handbook of autism and pervasive developmental disorders (20-40). New York: Wiley.

Cohen, L.H. (1988). Measurement of life events. In L.H. Cohen (Ed.), Life events and psychological functioning. Theoretical and methodological issues (11-30). Newbury Park: Sage.

Cohen, P., Cohen, J., Kasen, S., Velez, C.N., Hartmark, C., Johnson, J., Rojas, M., Brook, J. & Streuning, E.L. (1993). An epidemiological study of disorders in late childhood and adolescence: 1. Age- and gender-specific prevalence. Journal of Child Psychology and Psychiatry, 34, 851-867.

Cohler, B.J., Stott, F.M & Musick, J.S. (1995). Adversity, vulnerability, and resilience: Cultural and developmental perspectives. In D. Cicchetti & D.J. Cohen (Eds.), Developmental psychopathology, Vol. 2 (753-800). New York: Wiley.

Cohn, J.F. & Campell, S.B. (1992). Influence of maternal depression of infant affect regulation. In D. Cicchetti & S.L. Toth (Eds.), Rochester symposium on developmental psychopathology, Vol. 4. Developmental perspectives on depression (103-130). Rochester: University of Rochester Press.

Coie, J.D. & Dodge, K.A. (1988). Multiple sources of data on social behavior and social status in the school: a cross-age comparison. Child Development, 59, 815-829.

Cole, M. & Cole, S.R. (1996). The development of children. New York: Freeman, 3rd edition.

Cole, D.A., Truglio, R. & Peeke, L. (1997a). Relation between symptoms of anxiety and depression in children: A multitrait-multimethod-multigroup assessment. Journal of Consulting and Clinical Psychology, 65, 110-119.

Cole, P.M. & Zahn-Waxler, C. (1992). Emotional dysregulation in disruptive behavior disorder. In D. Cicchetti & S.L. Toth (Eds.), Rochester symposium on developmental psychopathology, Vol. 4. Developmental perspectives on depression (173-210). New York: University of Rochester Press.

Cole, D.A., Martin, J.M. & Powers, B. (1997b). A competency-based model of child depression: A longitudinal study of peer, parent, teacher, and self-evaluations. Journal of Child Psychology and Psychiatry, 38, 505-514.

Coleman, J.C. (1978). Current contradictions in adolescent theory. Journal of Youth and Adolescence, 7, 1-11.

Collins, P.F. & Depue, R.A. (1992). A neurobehavioral system approach to developmental psychopathology: Implications for disorders of affect. In D. Cicchetti & S.L. Toth (Eds.), Rochester symposium on developmental psychopathology, Vol. 4. Developmental perspectives on depression (29-101). Rochester: University of Rochester Press.

Colten, M.E. & Gore, S. (Eds.) (1991). Adolescent stress. Causes and consequences. New York: DeGruyter.

Comer, R.J. (1995). Klinische Psychologie. Heidelberg: Spektrum.

Compas, B.E. & Hammen, C.L. (1994). Child and adolescent depression: Covariation and comorbidity in development. In R.J. Haggerty, L.R. Sherrod, N. Garmezy & M. Rutter (Eds.), Stress, risk, and

resilience in children and adolescents. Processes, mechanisms, and interventions (225-267). Cambridge: University Press.
Compas, B.E. & Wagner, B.M. (1991). Psychosocial stress during adolescence: Intrapersonal and interpersonal processes. In In M.E. Colten & S. Gore (Eds.), Adolescent stress. Causes and consequences (67-85). New York: DeGruyter.
Compas, B.E., Grant, K.E. & Ey, S. (1994). Psychosocial stress and child/adolescent depression: Can we be more specific? In W.M. Reynolds & H. Johnston (Eds.), Handbook of depression in children and adolescents (509-524). New York: Plenum Press.
Compas, B.E., Oppedisano, G., Connor, J.K., Gerhardt, C.A., Hinden, B.R., Achenbach, T.M. & Hammen, C. (1997). Gender Differences in depressive symptoms in adolescence: Comparison of national samples of clinically referred and nonreferred youths. Journal of Consulting and Clinical Psychology, 65, 617-626.
Conduct Problems Prevention Research Group (1992). A developmental and clinical model for the prevention of conduct disorder: The FAST Track Program. Development and Psychopathology, 4, 509-527.
Conrad, M. & Hammen, C. (1993). Protective and resource factors in high- and low-risk children: A comparison of children with unipolar, bipolar, medically ill, and normal mothers. Development and Psychopathology, 3, 593-607.
Cooper, P.J. & Goodyer, I. (1993). A community study of depression in adolescent girls. I: Estimates of symptom and syndrom prevalence. British Journal of Psychiatry, 163, 369-374.
Costello, A.J., Edelbrock, C., Burns, B.J., Dulchan, M.K., Brent, D. & Janiszewski, S. (1988). Psychiatric disorders in pediatric primary care. Prevalence and risk factors. Archives of General Psychiatry, 45, 1107-1116.
Costello, A., Edelbrock, J., Duncan, M.K., Kalas, R. & Klaric, S. (1987). Diagnostic Interview Schedule for Children (DISC). Western Psychiatric Institute and Clinic, School Medicine, University of Pittsburgh.
Costello, M., Edelbrock, C., Kalas, R., Kessler, M. & Kleric, S.A. (1982). Diagnostic Interview Schedule for Children (DISC). Bethesda: National Institute of Mental Health.
Courchesne, E. (1991). Neuroanatomic imaging in autism. Pediatrics, 87, 781-790.
Courchesne, E., Chisum, H. & Townsend, J. (1994). Neural activity-dependent brain changes in development: Implications for psychopathology. Development and Psychopathology, 6, 697-722.
Courchesne, E., Townsend, J. & Chase, C. (1995). Neurodevelopmental principles guide research on developmental psychopathologies. In D. Cicchetti & J.C. Cohen (Eds.), Developmental psychopathology, Vol.1. Theory and methods (195-226). New York: Wiley.
Cowan, W.M. (1979). The development of the brain. Scientific American, 241, 106-117.
Cox, M.J., Owen, M.T., Lewis, J.M. & Henderson, V.K. (1989). Marriage, adult adjustment, and early parenting. Child Development, 60, 1015-1024.
Coyne, J.C., Downey, G. & Boergers, J. (1992). Depression in families: A system perspective. In D. Cicchetti & S.L. Toth (Eds.), Rochester symposium on developmental psychopathology, Vol. 4. Developmental perspectives on depression (211-249). Rochester: University of Rochester Press.
Coyne, J.C., Kessler, R.C., Tal, M., Turnbull, J., Wortman, C.B. & Greden, J.F. (1987). Living with a depressed person. Journal of Consulting and Clinical Psychology, 55, 347-352.
Crick, N.R. & Dodge, K.A. (1994). A review and reformulation of social information processing mechanisms in children's social adjustment. Psychological Bulletin, 115, 74-101.
Crick, N.R. & Ladd, G.W. (1993). Children's perceptions of their peer experiences: Attributions, loneliness, social anxiety and social avoidance. Developmental Psychology, 29, 244-254.
Crijnen, A.A.M., Achenbach, T.M. & Verhulst, F.C. (1997). Comparisons of problems reported by parents of children in 12 cultures: Total problems, externalizing, and internalizing. Journal of the American Academy of Child and Adolescent Psychiatry, 36, 1269-1277.
Crittenden, P.M. (1994). Peering into the black box: An exploratory treatise on the development of self in young children. In D. Cicchetti & S.L. Toth (Eds.), Rochester symposium on developmental psychopathology, Vol. 5. Disorders and dysfunctions of the self (57-79). New York: University of Rochester Press.
Cross, S.E. & Markus, H.R. (1994). Self-schemas, possible selves, and competent perfomance. Journal of Educational Psychology, 86, 423-438.
Cross-National Colloborative Group (1992). The changing rate of major depression: Cross-national comparisons. Journal of the American Medical Association, 268, 3098-3105.
Crowell, J.A. & Feldman, S.S. (1988). Mother's internal model of relationships and children's behavioral and developmental status: A study of mother-child interaction. Child Development, 59, 1273-1285.
Crowell, J.A. & Waters, E. (1990). Separation anxiety. In M. Lewis & S. M. Miller (Eds.), Handbook of developmental psychopathology (209-218). New York: Plenum Press.

Csikszentmihalyi, M. & Larson, R. (1984). Being adolescent. New York: Basic Books.

Cummings, E.M. & Davies, P.T. (1992). Parental depression, family functioning and child adjustment: Risk factors, processes and pathways. In D. Cicchetti & S.L. Toth (Eds.), Rochester symposium on developmental psychopathology, Vol. 4. Developmental perspectives on depression (283-322). New York: University of Rochester Press.

Cummings, E.M. & Davies, P.T. (1994). Maternal depression and child development. Journal of Child Psychology and Psychiatry, 35, 73-112.

Cummings, E.M. & Smith, D. (1993). The impact of anger between adults on siblings' emotions and social behavior. Journal of Child Psychology and Psychiatry, 34, 1425-1433.

Cummings, E.M., Zahn-Waxler, C. & Radke-Yarrow, M. (1981). Young children's response to expressions of anger and affection by others in the family. Child Development, 52, 1274-1281.

Cytrin, L. & McKnew, D.H. (1972). Proposed classification of childhood depression. American Journal of Psychiatry, 129, 149-155.

Cytrin, L. & McKnew, D.H. (1974). Factors influencing the changing clinical expression of the depressive process in children. American Journal of Psychiatry, 131, 879-881.

Dadds, M.R., Schwartz, S. & Sanders, M.R. (1987). Marital discord and treatment outcome in behavioral treatment of child conduct disorders. Journal of Consulting and Clinical Psychology, 55, 396-403.

Damasio, A.R. & Maurer, R.G. (1978). A neurological model for childhood autism. Archives of Neurology, 35, 777-786.

Daniels, D., Dunn, J., Furstenberg, F.F. & Plomin, R. (1985). Environmental differences within the family and adjustment differences within pairs of adolescent siblings. Child Development, 56, 764-774.

Davidson, R. J. (1994). Asymmetric brain function, affective style, and psychopathology: The role of early experience and plasticity. Development and Psychopathology, 6, 741-758.

Davies, P.T. & Windle, M. (1997). Gender-specific pathways between maternal depressive symptoms, family discord, and adolescent adjustment. Developmental Psychology, 33, 657-668.

Davies, P.T. & Windle, M. (1997). Gender-specific pathways between maternal depressive symptoms, family discord, and adolescent adjustment. Developmental Psychology, 33, 657-668.

Davila, J., Hammen, C., Burge, D., Paley, B. & Daley, S.E. (1995). Poor interpersonal problem solving as a mechanism of stress generation in depression among adolescent women. Journal of Abnormal Psychology, 104, 592-600.

Dawson, G. (1991). A psychobiological perspective on the early socio-emotional development of children with autism. In D. Cicchetti & S.L. Toth (Eds.), Rochester symposium on developmental psychopathology, Vol. 3. Models and integrations (207-234). Hillsdale: Erlbaum.

Dawson, G. & Galpert, L. (1986). A developmental model for facilitation the social behavior of autistic children. In E. Schopler & G.E. Mesibov (Eds.), Social behavior in autism (237-256). New York: Plenum Press.

Dawson, G., Hessel, D. & Frey, K. (1994). Social influence on early developing biological and behavioral systems related to risk for affektive disorders. Development and Psychopathology, 6, 759-779.

Dawson, G. & Lewy, A. (1989). Arousal, attention, and the socioemotional impairments of individuals with autism. In G. Dawson (Ed.), Autism: Nature, diagnosis, and treatment (49-74). New York: Guilford Press.

Dawson, G., Frey, K., Panagiotides, H., Osterling, J. & Hessl, D. (1997). Infants of depressed mothers exhibit atypical frontal brain activity: A replication and extension of previous findings. Journal of Child Psychology and Psychiatry, 38, 179-186.

De Wolff, M. & van Ijzendoorn, H. (1997). Sensitivity and attachment: A meta-analysis on parental antecedents of infant attachment. Child Development, 68, 571-591.

Decasper, A.J. & Fifer, W.P. (1980). Of human bonding: Newborns prefer their mothers' voices. Science, 208, 1174-1176.

DeHaan, M., Luciana, M., Malone, S. M., Matheny, L. S. & Richards, M. L. M. (1994). Development, plasticity, and risk: Commentary on Huttenlocher, Pollitt and Gorman, and Gottesman and Goldsmith. In C. A. Nelson (Ed.), Minnesota symposia on child psychology, Vol. 27. Threats to optimal development: Integrating biological, psychological, and social risk factors (161-178). Hillsdale: Erlbaum.

Denckla, M. B. (1986). New diagnostic criteria for autism and related behavioral disorders: Guidelines for research protocols. Journal of the American Academy of Child and Adolescent Psychiatry, 25, 221-230.

Denham, S.A. (1993). Maternal emotional responsiveness and toddler's social-emotional competence. Journal of Child Psychology and Psychiatry, 34, 715-728.

Derryberry, D. & Reed, M. A. (1994). Temperament and the self-organization of personality. Development and Psychopathology, 6, 653-676.

Devlin, B., Daniels, M. & Roeder, K. (1997). The heritability of IQ. Nature, 388, 468-470.

DeVries, M. W. (1984). Temperament and infant mortality among the Masai of east africa. American Journal of Psychiatry, 141, 1189-1194.

Deykin, E.Y., Buka, S.L. & Zeena, T.H. (1992). Depressive illness among chemically dependent adolescents. American Journal of Psychiatry, 149, 1341-1347.

Diamond, A. (1985). Development of the ability to use recall to guide action, as indicated by infants' performance on AB. Child Development, 56, 868-883.

Diamond, A. (1995). Evidence of robust recognition memory early in life even when assessed by reaching behavior. Special issue: Early memory. Journal of Experimental Child Psychology, 59, 419-456.

Diekstra, R. (1982). Epidemiology of attempted suicide in the EEC. In J. Wilmotte & J. Mendlewicz (Eds.), Bibliotheca Psychiatrica, no. 162: New trends in suicide prevention (1-16). Basel: Karger.

Dion, K.K. (1973). Young children's stereotyping of facial attractiveness. Developmental Psychology, 9, 183-188.

Dishion, T.J., French, D.C. & Patterson, G.R. (1995). The development and ecology of antisocial behavior. In D. Cicchetti & D.J. Cohen (Eds.), Developmental psychopathology, Vol. 2. Risk, disorder, and adaption (421-471). New York: Wiley.

Dishion, T.J. & Patterson, G.R. (1992). Age effects in parent training outcome. Behavior Therapy, 23, 719-729.

Dodge, K.A. (1993a). The future of research on the treatment of conduct disorder. Development and Psychopathology, 5, 311-319.

Dodge, K.A. (1993b). Social cognitive mechanisms in the development of conduct disorders and depression. Annual Review of Psychology, 44, 559-584.

Dodge, K.A. & Coie, J.D. (1987). Social information-processing factors in reactive and proactive aggression in children's peer groups. Journal of Personal and Social Psychology, 53, 1146-1158.

Dodge, K.A. & Schwartz, D. (1997). Social information processing mechanisms in aggressive behavior. In D.M. Stoff, J. Breiling & J.D. Maser (Eds.), Handbook of antisocial behavior (171-180). New York: Wiley.

Döpfner, M. (1997). Verhaltenstherapie mit Kindern und Jugendlichen - Konzepte, Ergebnisse und Perspektiven der Therapieforschung. In F. Petermann (Hrsg), Kinderverhaltenstherapie. Grundlagen und Anwendungen (331-366). Baltmannsweiler: Schneider.

Döpfner, M. (1998). Hyperkinetische Störungen. In F. Petermann (Hrsg.), Lehrbuch der Klinischen Kinderpsychologie. Göttingen: Hogrefe, 3., korr. Aufl.

Döpfner, M. & Lehmkuhl, G. (1997). Von der kategorialen zur dimensionalen Diagnostik. Praxis der Kinderpsychologie und Kinderpsychiatrie, 46, 519-547.

Döpfner, M., Plück, J., Berner, W., Fegert, J.M., Huss, M., Lenz, K., Schmeck, K., Lehmkuhl, U., Poustka, F. & Lehmkuhl, G. (1997). Psychische Auffälligkeiten von Kindern und Jugendlichen in Deutschland - Ergebnisse einer repräsentativen Studie: Methodik, Alters-, Geschlecht- und Beurteilereffekte. Zeitschrift für Kinder- und Jugendpsychiatrie, 25, 218-233.

Döpfner, M., Schürmann, S. & Frölich, J. (1997). Das Therapieprogramm für Kinder mit hyperkinetischem und oppositionellem Problemverhalten (THOP). Weinheim: Psychologie Verlags Union.

Douvan, E. & Adelson, J. (1966). The adolescent experience. New York: Wiley.

Downey, G. & Coyne, J.C. (1990). Children of depressed parents: An integrative review. Psychological Bulletin, 108, 50-76.

Dreher, E. & Dreher, M. (1985). Entwicklungsaufgaben im Jugendalter: Bedeutsamkeit und Bewältigungskonzepte. In D. Liepmann & A. Stiksrud (Hrsg.), Entwicklungsaufgaben und Bewältigungsprobleme in der Adoleszenz (56-70). Göttingen: Hogrefe.

DuBois, D.L., Felner, R.D., Bartels, C.L. & Silverman, M.M. (1995). Stability of self-reported depressive symptoms in a community sample of children and adolescents. Journal of Clinical Child Psychology, 24, 386-396.

Duchan, J.F. (1986). Language intervention through sensemaking and finetuning. In R. Schiefelbusch (Ed.), Communicative competence: Assessment and language intervention (187-212). Baltimore: University Park Press.

Duchan, J.F. (1987). Functionalism: A perspective on autistic communication. In D.J. Cohen & A.M. Donnellan (Eds.), Handbook of autism and pervasive developmental disorders (703-709). New York: Wiley.

Dumas, J.E. (1992). Conduct disorder. In S.M. Turner, K.S. Calhoun & H.E. Adams (Eds.), Handbook of clinical behavior therapy (285-316). New York: Wiley.

Dunn, J. & Plomin, R. (1990). Separate lives: Why siblings are so different. New York: Basic Books.

Durkin, K. (1997). Developmental social psychology. Oxford: Blackwell.

Durlak, J.A., Fuhrman, T. & Lampman, C. (1991). Effectiveness of cognitive behavior therapy for maladapting children: A meta-analysis. Psychological Bulletin, 110, 204-214.
Dush, D.M., Hirt, M.L. & Schroeder, H.E. (1989). Self-statement modification in the treatment of child behavior disorders: A meta-analysis. Psychological Bulletin, 106, 97-106.
Eaves, L.J., Silberg, J.L., Meyer, J.M., Maes, H.H., Simonoff, E., Pickles, A., Rutter, M., Neale, M.C., Reynolds, C.A., Erikson, M.T., Heath, A.C., Loeber, R., Truett, K.R. & Hewitt, J.K. (1997). Genetics and developmental psychopathology: 2. The main effects of genes and environment on behavioral problems in the Virginia Twin Study of Adolescent Behavioral Development. Journal of Child Psychology and Psychiatry, 38, 965-980.
Edelbrock, G. & Costello, A.J. (1988). Convergence between statistically derived behavior problem syndromes and child psychiatric diagnoses. Journal of Abnormal Child Psychology, 16, 219-231.
Edelman, G. (1995). Göttliche Luft, vernichtendes Feuer. München: Piper.
Egeland, B.R., Carlson, E. & Sroufe, L.A. (1993). Resilience as process. Special Issue: Milestones in the development of resilience. Development & Psychopathology, 5, 517-528.
Egeland, B., Pianta, R. & Ogawa, J. (1996). Early behavior problems: Pathways to mental disorders in adolescence. Development and Psychopathology, 8, 735-749.
Eggers, C. & Stage, A. (1994). Kinder- und jugendpsychiatrische Ansätze bei Depression: Ein integratives Modell. Kindheit und Entwicklung, 3, 178-184.
Eimas, P.D. (1985). The perception of speech in early infancy. Scientific American, 252, 46-52.
Eiraldi, R.B., Power, T.J. & Nezu, C.M. (1997). Patterns of comorbidity associated with subtypes of attention-deficit/hyperactivity disorder among 6- to 12-year-old children. Journal of the American Academy of Child and Adolescent Psychiatry, 36, 503-514.
Ekman, P. (1993). Facial expression and emotion. American Psychologist, 48, 384-392.
Ekman, P. (1994). Strong evidence for universal emotions in facial expressions: A reply to Russell's mistaken critique. Psychological Bulletin, 115, 268-287.
Ekman, P. & Friesen, W.V. (1978). Facial action coding system: A technique for the measurement of facial movement. Palo Alto: Consulting Psychologists Press.
Elbert, T., Pantev, C., Wienbruch, C., Rockstroh, B. & Taub, E. (1995). Increades cortical representation of the fingers of the left hand in string players. Science, 270, 305-307.
Eley, T.C. (1997). Depressive symptoms in children and adolescents: Etiological links between normality and abnormality: A research note. Journal of Child Psychology and Psychiatry, 38, 861-865.
Eley, T.C., Deater-Deckard, K., Fombonne, E., Fulker, D.W. & Plomin, R. (1998). An adoption study of depressive symptoms in middle childhood. Journal of Child Psychology and Psychiatry, 39, 337-345.
Elliott, D.S. (1994). Serious violent offenders: Onset, developmental course, and termination: The American Society of Criminology 1993 Presidential Address. Criminology, 32, 1-21.
Emslie, G.J., Rush, A.J., Weinberg, W.A., Gullion, C.M., Rintelmann, J. & Hughes, C.W. (1997). Recurrence of major depressive disorders in hospitalized children and adolescents. Journal of the American Academy of Child and Adolescent Psychiatry, 36, 785-792.
Epstein, H. (1979). Children of the Holocaust. New York: Penguin Books.
Eron, L.D. (1997). The development of antisocial behavior from a learning perspective. In D.M. Stoff, J. Breiling & J.D. Maser (Eds.), Handbook of antisocial behavior (140-147). New York: Wiley.
Essau, C.A., Feehan, M. & Üstun, B. (1997). Classification and assessment strategies. In C.A. Essau & F. Petermann (Eds.), Developmental psychopathology - Epidemiology, diagnostics and treatment (19-62). New York: Harwood Academic Publishers.
Essau, C.A., Karpinski, N.A., Petermann, F. & Conradt, J. (1998). Häufigkeit und Komorbidität psychischer Störungen bei Jugendlichen: Ergebnisse der Bremer Jugendstudie. Zeitschrift für Klinische Psychologie, Psychiatrie und Psychotherapie, 46, 105-124.
Essau, C.A. & Petermann, F. (1997a). Introduction and general issues. In C.A. Essau & F. Petermann (Eds.), Developmental psychopathology (1-18). Amsterdam: Harwood Academic Publishers.
Essau, C.A. & Petermann, U. (1997b). Mood disorders. In C.A. Essau & F. Petermann (Eds.), Developmental psychopathology - Epidemiology, diagnostics and treatment (265-310). New York: Harwood Academic Publishers.
Essau, C.A. & Petermann, U. (1998). Depression. In F. Petermann (Hrsg.), Lehrbuch der Klinischen Kinderpsychologie (241-264). Göttingen: Hogrefe, 3., korr. Aufl.
Essau, C.A. & Petermann, F. (im Druck). Course and outcome of depressive disorders. In C.A. Essau & F. Petermann (Eds.), Depressive disorders in children and adolescents. New Jersey: Jason Aronson.
Essau, C.A., Scheithauer, H., Groen, G. & Petermann, F. (1997). Forschungsmethoden innerhalb der Entwicklungspsychopathologie. Zeitschrift für Klinische Psychologie, Psychiatrie und Psychotherapie, 45, 245-263.

Esser, G., Laucht, M. & Schmidt, M.H. (1995). Der Einfluß von Risikofaktoren und der Mutter-Kind-Interaktion im Säuglingsalter auf die seelische Gesundheit des Vorschulkindes. Kindheit und Entwicklung, 4, 33-42.

Esser, G., Schmidt, M.H., Blanz, B., Fätkenheuer, B., Fritz, A., Koppe, T., Laucht, M., Rensch, B. & Rothenberger, A. (1992). Prävalenz und Verlauf psychischer Störungen im Kindes- und Jugendalter. Zeitschrift für Kinder- und Jugendpsychiatrie, 20, 232-242.

Fabes, R.A., Eisenberg, N., Smith, M.C. & Murphy, B.C. (1996). Getting angry at peers: Associations with liking of the provocateur. Child Development, 67, 942-956.

Fantz, R.L. (1961): The origin of form perception. Scientific American, 204, 66-72.

Faraone, S.V., Biederman, J., Jetton, J.G. & Tsuang, M.T. (1997). Attention deficit disorder and conduct disorder: Longitudinal evidence for a familial subtype. Psychological Medicine, 27, 291-300.

Faraone, S.V., Biederman, J., Keenan, K. & Tsuang, M.T. (1991). Separation of DSM-III attention deficit disorder and conduct disorder: Evidence from a family genetic study of american child psychiatry patients. Psychological Medicine, 21, 109-121.

Farrington, D.P. (1995). The Twelfth Jack Tizard Memorial Lecture. The development of offending and antisocial behaviour from childhood: Key findings from the Cambridge Study in Delinquent Development. Journal of Child Psychology and Psychiatry, 360, 929-964.

Farrington, D.P. (1997). A critical analysis of research on the development of antisocial behavior from birth to adulthood. In D.M. Stoff, J. Breiling & J.D. Maser (Eds.), Handbook of antisocial behavior (234-240). New York: Wiley.

Farrington, D.P., Loeber, R., Elliott, D.S., Hawkins, J.D., Kandel, D.B., Klein, M.W., McCord, J., Rowe, D.C. & Tremblay, R.E. (1990). Advancing knowledge about the onset of delinquency and crime. In B.B. Lahey & A.E. Kazdin (Eds.), Advances in Clinical Child Psychology, Vol. 13 (383-442). New York: Plenum.

Farrington, D.P., Loeber, R. & Van Kammen, W.B. (1990). Long-term criminal outcomes of hyperactive-impulsivity-attention deficit and conduct problems in childhood. In L. Robins & M. Rutter (Eds.), Straight and devious pathways from childhood to adulthood (62-81). New York: Cambridge University Press.

Feehan, M., McGee, R., Nada Raja, S. & Williams, S.W. (1994). DSM-III-R disorders in New Zealand 18-year-olds. Australian and New Zealand Journal of Psychiatry, 28, 87-99.

Ferdinand, R.F., Verhulst, F.C. & Wiznitzer, M. (1995). Continuity and change of self-reported problem behaviors from adolescence into young adulthood. Journal of the American Academy of Child and Adolescent Psychiatry, 34, 680-690.

Fergusson, D.M., Horwood, L.J. & Lynskey, M.T. (1993). Prevalence and comorbidity of DSM-III-R diagnoses in a birth cohort of 15 year olds. Journal of the American Academy of Child and Adolescent Psychiatry, 32, 1127-1134.

Fergusson, D.M., Horwood, L.J. & Lynskey, M.T. (1995). The stability of disruptive childhood behaviors. Journal of Abnormal Child Psychology, 23, 379-396.

Fergusson, D.M., Lynskey, M.T. & Horwood, L.J. (1996). Factors associated with continuity and changes in disruptive behavior patterns between childhood and adolescence. Journal of Abnormal Child Psychology, 24, 533-553.

Ferro, T., Carlson, G.A., Grayson, P. & Klein, D.N. (1994). Depressive disorders: Distinctions in children. Journal of the American Academy of Child and Adolescent Psychiatry, 33, 664-670.

Feyerabend, P. (1978). Against method. New York: Schocken.

Field, T. (1984). Early interactions between infants and their post-partum depressed mothers. Infant Behavior and Development, 7, 517-523.

Field, T. (1992). Infants of depressed mothers. Development and Psychopathology, 4, 49-66.

Filipek, P.A., Kennedy, D.N., & Caviness, V.S. (1992). Neuroimaging in child neuropsychology. In I. Rapin & S.J. Segalowitz (Eds.), Handbook of neurology: Child neuropsychology, Vol. 6. New York: Elsevier.

Filipp, S.-H. (1995a). Ein allgemeines Modell für die Analyse kritischer Lebensereignisse. In S.-H. Filipp (Hrsg.), Kritische Lebensereignisse (3-52). Weinheim: Psychologie Verlags Union, 3. Aufl.

Filipp, S.-H. (1995b). Lebensereignisforschung - eine Bilanz. In S.-H. Filipp (Hrsg.), Kritische Lebensereignisse (293-326). Weinheim: Psychologie Verlags Union, 3. Aufl.

Finch, S.M. (1960). Fundamentals of child psychiatry. New York: Norton.

Firestone, P. & Witt, J.E. (1982). Characteristics of families completing and prematurely discontinuing a behavioral parent-treatment program. Journal of Pediatric Psychology, 7, 209-222.

Fisher, S. & Reason, J. (1988). Handbook of life stress, cognition and health. Chichester: Wiley.

Flavell, J., Everett, B., Croft, K. & Flavell, E. (1981). Young children's knowledge about visual perception: Further evidence for the level 1-level 2 distinction. Developmental Psychology, 17, 99-103.
Fleming, J.E. & Offord, D.R. (1990). Epidemiology of childhood depressive disorders: A critical review. Journal of the American Academy of Child and Adolescent Psychiatry, 29, 571-580.
Fleming, J.E., Boyle, M.H. & Offord, D.R. (1993). The outcome of adolescent depression in the Ontario Child Health Study follow-up. Journal of the American Academy of Child and Adolescent Psychiatry, 32, 28-33.
Flisher, A.J., Kramer, R.A., Hoven, C.W., Greenwald, S., Alegria, M., Bird, H.R., Canino, G., Connell, R. & Moore, R.E. (1997). Psychosocial characteristics of physically abused children and adolescents. Journal of the American Academy of Child and Adolescent Psychiatry, 36, 123-131.
Folstein, S.E. & Rutter, M. (1988). Autism: Familial aggregation and genetic implications. Journal of Autism and Developmental Disorders, 18, 3-30.
Fombonne, E. (1995). Depressive disorders: Time trends and possible explanatory mechanisms. In M. Rutter & D.J. Smith (Eds.), Psychosocial disorders in young people (544-615). Chichester: Wiley.
Forehand, R., Miller, K.S., Dutra, R. & Chance, M.W. (1997). Role of parenting in adolescent deviant behavior: Replication across and within two ethnic groups. Journal of Consulting and Clinical Psychology, 65, 1036-1041.
Foster, S.L., Kendall, P.C. & Guevremont, D.C. (1988). Cognitive and social learning theories. In J.L. Matson (Ed.), Handbook of treatment approaches in childhood psychpathology (79-117). New York: Plenum Press.
Fox, N.A., Kimmerly, N.L. & Schafer, W.D. (1991). Attachment to mother/Attachment to father: A meta-analysis. Child Development, 62, 210-225.
Fraiberg, S.H. (1974). Blind infants and their mothers: An examination of the sign system. In M. Lewis & L. Rosenblum (Eds.), The effect of the infant on its caregiver. New York: Wiley.
Frances, A., Widiger, T. & Fyer, M.R. (1990). The influence of classification methods on comorbidity. In J.D. Maser & C.R. Cloninger (Eds.), Comorbidity of mood and anxiety disorders (41-59). Washington DC: American Psychiatric Press.
Frank, E. (1997). Synapse elimination: For nerves it's all or nothing. Science, 275, 324-325.
Fremmer-Bombik, E. (1996). Der Beitrag der Bindungsforschung zur klinischen Beziehungsdiagnostik. Kindheit und Entwicklung, 5, 155-159.
Freud, A., (1965). Normality and Pathology in Childhood. Harmondsworth: Penguin Books.
Frick, P.J (1994). Family dysfunction and the disruptive behavior disorders. A review of recent empirical findings. In R. Ollendick & R.J. Prinz (Eds.), Advances in Clinical Child Psychology, Vol. 16 (203-226). New York: Plenum.
Frick, P.J., Lahey, B.B., Loeber, R., Stouthamer-Loeber, M., Christ, M.A.G. & Hanson, K. (1992). Familial risk factors to oppositional defiant disorder and conduct disorder: Parental psychopathology and maternal parenting. Journal of Consulting and Clinical Psychology, 60, 49-55.
Frick, P.J., Lahey, B.B., Loeber, R., Tannenbaum, L., Van Horn, Y., Christ, M.A.G., Hart, E.A. & Hanson, K. (1993). Oppositional defiant disorder and conduct disorder: A meta-analytic review of factor analyses and cross-validation in a clinic sample. Clinical Psychology Review, 13, 319-340.
Frith, U., Morton, J., & Leslie, A.M. (1991). The cognitive basis of a biological disorder: Autism. Trends in Neurosciences, 14, 433-438.
Garber, J. & Dodge, K.A. (1991). The development of emotion regulation and dysregulation. Cambridge: Cambridge University Press.
Garber, J., Kriss, M.R., Koch, M. & Lindholm, L. (1988). Recurrent depression in adolescents: A follow-up study. Journal of the American Academy of Child and Adolescent Psychiatry, 27, 49-54.
Garber, J., Quiggle, N.L., Panak, W.F. & Dodge, K.A. (1991). Aggression and depression in children: Comorbidity, specificity, and social cognitive processing. In D. Cicchetti & S. Toth (Eds.), Rochester symposium on developmental psychopathology, Vol. 2. Internalizing and externalizing expressions of dysfunction (225-264). Hillsdale: Erlbaum.
Garmezy, N. (1985). Stress-resistant children: The search for protective factors. In J.E. Stevenson (Ed.), Recent research in developmental psychopathology (213-233). Oxford: Pergamon Press.
Ge, X., Lorenz, F.O., Conger, R.D., Elder, G.H., Jr. & Simons, R.L. (1994). Trajectories of stressful life events and depressive symptoms during adolescence. Developmental Psychology, 30, 467-483.
Geller, B., Fox, L.W. & Clark, K.A. (1994). Rate and predictors of prepubertal bipolarity during follow-up of 6- to 12-year-old children. Journal of the American Academy of Child and Adolescent Psychiatry, 33, 461-468.
George, C., Kaplan, N. & Main, M. (1985). An adult attachment interview. Unveröffentlicht.

Gershon, E.S. & Rieder, R.O. (1992). Molekulare Grundlagen von Geistes- und Gemütskrankheiten. Spektrum der Wissenschaft, 11, 114-123.

Giaconia, R.M., Reinherz, H.Z., Silverman, A.B., Pakis, B., Frost, A.K. & Cohen, E. (1994). Ages of onset of psychiatric disorders in a community population of older adolescents. Journal of the American Academy of Child and Adolescent Psychiatry, 33, 706-717.

Gillberg, C. & Steffenburg, S. (1987). Outcome and prognostic factors in infantile autism and similar conditions. A population based study of 46 cases followed through puberty. Journal of Autism and Developmental Disorders, 17, 273-287.

Gillberg, C., Ehlers, S., Schauman, H., Jakobsson, G., Dahlgren, S., Lindblom, R., Bagenholm, A., Tjuus, T., & Blidner, E. (1990). Autism under age 3 years: A clinical study of 28 cases referred for autistic symptoms in infancy. Journal of Child Psychology and Psychiatry, 31, 921-934.

Ginsberg, H. & Opper, S. (1975). Piagets Theorie der geistigen Entwicklung. Stuttgart: Klett.

Gjone, H. & Stevenson, J. (1997). The Association between internalizing and externalizing behavior in childhood and early adolescence: Genetic or environmental common influences? Journal of Abnormal Child Psychology, 25, 277-286.

Gladstone, T.R.G., Kaslow, N.J., Seeley, J.R. & Lewinsohn, P.M. (1997). Sex differences, attributional style, and depressive symptoms among adolescents. Journal of Abnormal Child Psychology, 25, 297-305.

Glaser, K. (1967). Masked depression in children and adolescents. American Journal of Psychotherapy, 21, 564-574.

Glaser, K. (1968). Masked depression in children and adolescents. Annual Progress in Child Psychiatry and Child Development, 1, 345-355.

Glazewski, S., Chen, C.-M., Silva, A. & Fox, K. (1996). Requirement for α-CaMKII in experience-dependent plasticity of the barrel cortex. Science, 272, 421-423.

Gloger-Tippelt, G. & Hofmann, V. (1997). Das Adult Attachment Interview: Konzeption, Methode und Erfahrungen im deutschen Sprachraum. Kindheit und Entwicklung, 6, 161-172.

Goldsmith, H.H. & Gottesman, I.I. (1996). Heritable variability and variable heritability in developmental psychopathology. In M.F. Lenzenweger & J.J. Haugaard (Eds.). Frontiers of developmental psychopathology (5-43). New York: Oxford University Press.

Goldstein, E.B. (1997). Wahrnehmungspsychologie. Eine Einführung. Heidelberg: Spektrum.

Goodman, S.H., Gravitt, G.W. & Kaslow, N.J. (1995). Social problem solving: A moderator of the relation between negative life stress and depression symptoms in children. Journal of Abnormal Child Psychology, 23, 473-485.

Goodyer, I.M. (1990). Annotation: Recent life events and psychiatric disorder in school age children. Journal of Child Psychology and Psychiatry, 31, 839-848.

Goodyer, I.M. (1994). Developmental psychopathology: The impact of recent life events in anxious and depressed school-age children. Journal of the Royal Society of Medicine, 87, 327-329.

Goodyer, I.M. & Altham, P.M.E. (1991). Lifetime exit events in anxiety and depression in school-age children - II. Journal of Affective Disorders, 2, 229-238.

Goodyer, I.M., Herbert, J., Secher, S.M. & Pearson, J. (1997a). Short-term outcome of major depression: I. Comorbidity and severity at presentation as predictors of persistent disorders. Journal of the American Academy of Child and Adolescent Psychiatry, 36, 179-187.

Goodyer, I.M., Herbert, J., Tamplin, A., Secher, S.M. & Pearson, J. (1997b). Short-term outcome of major depression: II. Life events, family dysfunction, and friendship difficulties as predictors of persistent disorders. Journal of the American Academy of Child and Adolescent Psychiatry, 36, 474-480.

Goossens, F.A. & van IJzendoorn, M.H. (1990). Quality of infants' attachments to professional caregivers: Relation to infant-parent attachment and day-care characteristics. Child Development, 61, 832-837.

Gore, S. & Colten, M.E. (1991). Introduction: Adolescent stress, social relationships, and mental health. In M.E. Colten & S. Gore (Eds.), Adolescent stress. Causes and consequences (1-14). New York: DeGruyter.

Gotlib, I.H. & Cane, D.B. (1989). Self-report assessment of depression and anxiety. In P.C. Kendall & D. Watson (Eds.), Anxiety and depression. Distinctive and overlapping features (131-169). New York: Academic Press.

Gotlib, I.H. & Hammen, C. (1992). Psychological aspects of depression. Toward a cognitive-interpersonal integration. Chichester: Wiley.

Gotlib, I.H., Lewinsohn, P.M., Seeley, J.R., Rohde, P. & Redner, J.E. (1993). Negative cognition and attributional style in depressed adolescents: An examination of stability and specifity. Journal of Abnormal Psychology, 102, 607-615.

Gottesmann, I.I. (1991). Schizophrenia genesis. San Francisco: Freeman.

Gottesman, I.I. & Shields (1982). Schizophrenia: The epigenetic puzzle. Cambridge: Cambridge University Press.
Gottlieb, G. (1991). Experiential canalization of behavioral development: Theory. Developmental Psychology, 27, 4-13.
Graber, J.A., Lewinsohn, P.M., Seeley, J.R. & Brooks-Gunn, J. (1997). Is Psychopathology associated with the timing of pubertal development? Journal of the American Academy of Child and Adolescent Psychiatry, 36, 1768-1776.
Greenberg, M.T., Cicchetti, D. & Cummings, E.M. (Eds.) (1990). Attachment beyond infancy. Chicago: University of Chicago Press.
Greenberg, M.T., Kusche, C.A. & Speltz, M. (1991). Emotional regulation and psychopathology: The role of relationships in early childhood. In D. Cicchetti & S.L. Toth (Eds.), Rochester symposium on developmental psychopathology, Vol. 2. Internalizing and externalizing expressions of dysfunction (21-56). Hillsdale: Erlbaum.
Greenberg, M.T., Speltz, M.L. & DeKlyen, M. (1993). The role of attachment in the early development of disruptive behavior problems. Development and Psychopathology, 5, 191-213.
Greenough, W.T. (1984). Structural correlates of information storage in the mammalian brain: A review and hypothesis. Trends in Neuroscience, 7, 229-233.
Greenough, W. T. & Black, J. E. (1992). Induction of brain structure by experience: Substrates for cognitive development. In M. R. Gunnar & C. A. Nelson (Eds.), The Minnesota symposia on child psychology, Vol. 24 (155-200). Hillsdale: Erlbaum.
Greenough, W.T., Black, J. & Wallace, C. (1987). Experience and brain development. Child Development, 58, 539-559.
Greenough, W.T. & Volkmar, F.R. (1973). Pattern of dendritic branching in rat occipital cortex after rearing in complex environments. Experimental Neurology, 40, 491-504.
Greenspan, S. (1992). Reconsidering the diagnosis and treatment of very young children with autistic spectrum or pervasive developmental disorder. Zero to Three, 13, 1-9.
Greenspan, S.I. & Porges, S.W. (1984). Psychopathology in infancy and early childhood: Clinical perspectives on the organization of senory and affective-thematic experience. Child Development, 55, 49-70.
Greider, C.W & Blackburn, E.H. (1996). Telomeres, telomerase and cancer. Scientific American, February, 80-85.
Groen, G., Scheithauer, H., Essau, C.A. & Petermann, F. (1997). Epidemiologie depressiver Störungen im Kindes- und Jugendalter: Eine kritische Übersicht. Zeitschrift für Klinische Psychologie, Psychiatrie und Psychotherapie, 45, 113-142.
Grolnick, W. S., Bridges, L. J. & Connell, J. P. (1996). Emotion regulation in two-year-olds: Strategies and emotional expression in four contexts. Child Development, 67, 928-941.
Grossmann, K., Grossmann, K.E., Spangler, S., Suess, G. & Unzner, L. (1985). Maternal sensitivity and newborn orientation responses as related to quality of attachment in Northern Germany. Monographs of the Society for Research in Child Development, 50.
Guerra, N.G., Tolan, P.H. & Hammond, R. (1995). Interventions for adolescent violence. In L.Gentry, J.P. Schlagel & L.Eron (Eds.), Reason to hope: A psychosocial perspective on violence and youth (383-404). Washington, DC: APA.
Guidano, V.F. & Liotti, G. (1983). Cognitive processes and emotional disorders: A structural approach to psychotherapy. New York: Guilford Press.
Hadwin, J., Baron-Cohen, S., Howlin, P. & Hill, K. (1996). Can we teach children with autism to understand emotions, belief, or pretence? Development and Psychopathology, 8, 345-366.
Häfner, H. & Weyerer, S. (1990). Epidemiologie. In U. Baumann & M. Perrez (Hrsg.). Lehrbuch der Klinischen Psychologie, Band I. Grundlagen, Diagnostik, Ätiologie (38-49). Bern: Huber.
Hagemann, R. (1986). Allgemeine Genetik. Stuttgart: Fischer, 2. Aufl.
Haggerty, R.J., Sherrod, L.R., Garmezy, N. & Rutter, M. (Eds.) (1994). Stress, risk, and resilience in children and adolescents. Processes, mechanisms, and interventions. Cambridge: Cambridge University Press.
Halpern, R. (1993). Poverty and infant development. In C. Zeanah (Ed.), Handbook of infant mental health (73-86). New York: Guilford.
Hämäläinen, M. & Pulkkinen, L. (1996). Problem behavior as a precursor of male criminality. Development and Psychopathology, 8, 443-455.
Hammen, C. (1991). Depression runs in families. New York: Springer.

Hammen, C. (1992). The family-environmental context of depression: A perspective on children's risk. In D. Cicchetti & S.L. Toth (Eds.), Rochester symposium on developmental psychopathology, Vol. 4. Developmental perspectives on depression (251-281). Rochester: University of Rochester Press.
Hammen, C., Burge, D., Burney, E. & Adrian, C. (1990). Longitudinal study of diagnoses in children of women with unipolar and bipolar affective disorders. Archives of General Psychiatry, 47, 465-47
Hammen, C.L., Burge, D., Daley, S.E., Davila, J., Paley, B. & Rudolph, K.D. (1995). Interpersonal attachment cognitions and prediction of symptomatic responses to interpersonal stress. Journal of Abnormal Psychology, 104, 436-443.
Hammen, C. & Goodman-Brown, T. (1990). Self-schemas and vulnerability to specific life stress in children at risk for depression. Cognitive Therapy and Research, 14, 215-227.
Hammen, C., Marks, T., Mayol, A. & deMayo, R. (1985). Depressive self-schemas, life stress, and vulnerability to depression. Journal of Abnormal Psychology, 94, 308-319.
Hanson, N.R. (1958). Patterns of discovery. London: Cambridge University Press.
Harkness, S. (1987). The cultural mediation of postpartum depression. Medical Anthropology Quarterly, 1, 149-209.
Harkness, S. & Super, C. (1990). Culture and psychopathology. In M. Lewis & S. Miller (eds.), Handbook of developmental psychopathology (41-52). New York: Plenum.
Harold, G.T., Fincham, F.D., Osborne, L.N. & Conger, R.D. (1997). Mom and Dad are at it again: Adolescent perceptions of marital conflict and adolescent psychological distress. Developmental Psychology, 33, 333-350.
Harrington, R. (1992). Annotation: The natural history and treatment of child and adolescent affective disorders. Journal of Child Psychology and Psychiatry, 33, 1287-1303.
Harrington, R. (1993). Depressive disorder in childhood and adolescence. Chichester: Wiley.
Harrington, R., Fudge, H., Rutter, M., Pickles, A. & Hill, J. (1990). Adult outcomes of childhood and adolescent depression: I. Psychiatric Status. Archives of General Psychiatry, 47, 465-473.
Harrington, R., Fudge, H., Rutter, M., Pickles, A. & Hill, J. (1991). Adult outcomes of childhood adolescent depression: II. Links with antisocial disorders. Journal of the American Academy of Child and Adolescent Psychiatry, 30, 434-439.
Harris, P.L., Donnelly, K., Guz, G.R. & Pitt-Watson, R. (1986). Children's understanding of the distinction between real and apparent emotion. Child Development, 57, 895-909.
Hashima, P. Y., & Amato, P. R. (1994). Poverty, social support, and parental behavior. Special Issue: Children and poverty. Child Development, 65, 394-403.
Haskett, M. E., & Kistner, J. A. (1991). Social interactions and peer perceptions of young physically abused children. Child Development, 62, 979-990.
Hatzichristou, C. & Hopf, D. (1996). A multiperspective comparison of peers sociometric status groups in childhood and adolescence. Child Development, 67, 1085-1102.
Hautzinger, M. (1990). Bewältigung von Belastungen: Selbstgesteuerte Überwindung von Depressivität und Prävention psychischer Beeinträchtigungen (Beiträge zur Verhaltensmedizin, Bd. 1). Regensburg: Roderer.
Hautzinger, M. (1997a). Depression. In F. Petermann (Hrsg.), Fallbuch der klinischen Kinderpsychologie (147-158). Göttingen: Hogrefe.
Hautzinger, M. (1997b). Kognitive Verhaltenstherapie bei Depressionen. Behandlungsanleitungen und Materialien. Weinheim: Psychologie Verlags Union, 4., überarb. und erg. Aufl.
Hautzinger, M., Gomez, Y. & Bopp, C. (1995). Diagnostisches Interview für Kinder und Jugendliche (DISK). Mainz: Abteilung Klinische Psychologie am Psychologischen Institut der Universität Mainz.
Havighurst, R.J. (1948). Developmental tasks and education. New York: McKay.
Haviland, J.M. & Lelwica, M. (1987). The induced affect response: 10-week-old infants' responses to three emotional expressions. Developmental Psychology, 23, 97-104.
Hawkins, J.D., Arthur, M.W. & Olson, J.J. (1997). Community interventions to reduce risks and enhance protection against antisocial behavior. In D.M. Stoff, J. Breiling & J.D. Maser (Eds.), Handbook of antisocial behavior (365-374). New York: Wiley.
Hay, D.F. & Angold, A. (Eds.) (1993). Precursors and causes in development and psychopathology (1-21). Chichester: Wiley.
Hebb, D.O. (1949). The organization of behavior. New York: Wiley.
Heekerens, H.-P. (1997). Elterntraining und Familientherapie - Gemeinsamkeiten trotz Unterschiedlichkeit. Kindheit und Entwicklung, 6, 84-89.
Heimann, K. (1997). Neurogene Ursachen von Verhaltensstörungen. Kindheit und Entwicklung, 6, 206-211.

Hennessy, K. D., Rabideau, G. J., Cicchetti, D., & Cummings, E. M. (1994). Responses of physically abused and nonabused children to different forms of interadult anger. Child Development, 65, 815-828.
Herjanic, B. & Reich, W. (1982). Development of a structured psychiatric interview for children: Agreement between child and parent on individual symptoms. Journal of Abnormal Child Psychology, 10, 307-324.
Herman-Stahl, A. & Petersen, A.C. (1996). The protective role of coping and social resources for depressive symptoms among young adolescents. Journal of Youth and Adolescence, 25, 733-753.
Herpertz-Dahlmann, B. & Remschmidt, H. (1995). Entwicklungsabweichungen infolge von Störungen der Kind-Umwelt-Interaktion im Säuglingsalter. Kindheit und Entwicklung, 4, 15-24.
Hertsgaard, L, Gunnar, M., Erickson, M. F. & Nachmias, M. (1995). Adrenocortical responses to the strange situation in infants with dirsorganized/disoriented attachment relationships. Child Development, 66, 1100-1106.
Herzberg, C. & Diamond, A. (1993). Impaired contrast sensitivity in children with treated PKU, presumably due to dopaminegic deficiency. Society for Neuroscience Abstracts, 19, 772.
Heubrock, D. & Petermann, F. (1996). Psychometrische Diagnostik von Entwicklungsstörungen. Kindheit und Entwicklung, 5, 19-23.
Heubrock, D. & Petermann, F. (1998). Neuropsychologische Diagnostik und Therapie bei umschriebenen Teilleistungsstörungen. Kindheit und Entwicklung, 7, 50-57.
Hill, S.Y. & Hruska, D.R. (1992). Childhood psychopathology in families with multigenerational alcoholism. Journal of American Academy of Child and Adolescents Psychiatry, 6, 1024-1029.
Hinde, R.A. (1992). Human social development: An ethological relationship perspective. In H. McGurk (Ed.), Childhood social development (13-30). Hillsdale: Erlbaum.
Hinden, B.R., Compas, B.E., Howell, D.C. & Achenbach, T.M. (1997). Covariation of the anxious-depressed syndrome during adolescence: Seperating fact from artifact. Journal of Consulting and Clinical Psychology, 65, 6-14.
Hinshaw, S.P. (1987). On the distinction between attentional deficits/hyperactivity and conduct problems/aggression in child psychopathology. Psychological Bulletin, 101, 443-463.
Hinshaw, S.P. (1996). Attention deficit disorder: A review of the past 10 years. Journal of the American Academy of Child and Adolescent Psychiatry, 35, 978-987.
Hinshaw, S.P. & Anderson, C.A. (1996). Conduct and oppositional defiant disorders. In E.J. Mash & R.A. Barkley (Eds.), Child psychopathology (108-149). New York: Guilford.
Hinshaw, S.P., Lahey, B.B. & Hart, E.L. (1993). Issues of taxonomy and comorbidity in the development of conduct disorder. Development and Psychopathology, 5, 31-49.
Hinshaw, S.P. & Zupan, B.A. (1997). Assessment of antisocial behavior in children and adolescents. In D.M. Stoff, J. Breiling & J.D. Maser (Eds.), Handbook of antisocial behavior (36-50). New York: Wiley.
Hoberman, H.M. & Garfinkel, B.D. (1988). Completed suicide in children and adolescents. Journal of the American Academy of Child and Adolescent Psychiatry, 27, 689-695.
Hobson, R.P. (1993). Autism and the development of mind. Hillsdale: Erlbaum.
Hodapp, R.M. & Burack, J.A. (1990). What mental retardation teaches us about typical development: The example of sequences, rates and cross-domain relations. Development and Psychopathology, 2, 213-225.
Hodges, K.K., McKnew, D., Cytrin, L., Stern, L. & Kline, J. (1982). The Child Assessment Schedule (CAS) diagnostic interview. Journal of the American Academy of Child Psychiatry, 21, 468-473.
Hodges, J. & Tizard, B. (1989). Social and family relationships of ex-institutional adolescents. Journal of Child Psychology and Psychiatry, 30, 77-97.
Horgan, J. (1993). Gene und Verhalten. Spektrum der Wissenschaft, 8, 76-83.
Hornik, R., Risenhoover, N. & Gunnar, M. (1987). The effects of maternal positive, neutral, and negative affective communication on infant responses to new toys. Child Development, 58, 937-944.
Horowitz, F.D. (1989). Commentary: Process and systems. In M.R. Gunnar & E. Thelen (Eds.), The Minnesota symposia on child psychology, Vol. 22. Systems and development (211-218). Hillsdale: Erlbaum.
Horowitz, F.D. (1994). Developmental theory, prediction, and the development equation in follow-up research. In S. Friedman & H.C. Haywood (Eds.), Developmental follow-up: Concepts, domains, and methods (27-44). New York: Academic Press.
Housman, David (1995). Human DNA Polymorphism. New England Journal of Medicine, 332, 318-320.
Hupp, C.S. (1991). Promoting Cognitive competence in children at risk. American Behavioral Scientist, 34, 454-467.

Hurrelmann, K. & Settertobulte, W. (1998). Prävention und Gesundheitsförderung. In F. Petermann (Hrsg.), Lehrbuch der Klinischen Kinderpsychologie (95-124). Göttingen: Hogrefe, 3., korr. Aufl.

Huttenlocher, P. R. (1994). Synaptogenesis, synapse elimination, and neural plasticity in human cerebral cortex. In C. A. Nelson (Ed.), Minnesota symposia on child psychology, Vol. 27. Threats to optimal development: Integrating biological, psychological, and social risk factors (35-54). Hillsdale: Erlbaum.

Insel, T.R., Champoux, M., Scanlan, J.M. & Suomi, S.J. (1986, May). Rearing condition and response to anxiogenic drug. Paper presented at the annual meeting of the American Psychiatric Association, Washington, DC.

Isabella, R.A. (1993). Origins of attachment: Maternal interactive behavior across the first year. Child Development, 64, 605-621.

Itoh, K., Stevens, B., Schachner, M. & Fields, R. D. (1995). Regulated expression of the neural cell adhesion molecule L1 by specific patterns of neural impulses. Science, 270, 1369-1372.

Izard, C.E. (1994). Innate and universal facial expressions: Evidence from developmental and cross-cultural research. Psychological Bulletin, 115, 288-299.

Izard, C.E. & Harris, P. (1995). Emotional development and developmental psychopathology. In D. Cicchetti & D.J. Cohen (Eds.), Developmental psychopathology, Vol. 1 (467-503). New York: Wiley.

Jacob, F. & Monod, J. (1961). Genetic regulatory mechanisms in the synthesis of proteins. Journal of Molecular Biology, 318-356.

Jacobs, W.J. & Nadel, L. (1985). Stress-induced recovery of fears and phobias. Psychological Review, 92, 512-531.

Jacobsen, T., Edelstein, W. & Hofmann, V. (1994). A longitudinal study of the relation between representations of attachment in childhood and cognitive functioning in childhood and adolescence. Developmental Psychology, 30, 112-124.

Jayson, D., Wood, A., Kroll, L., Fraser, J. & Harrington, R. (1998). Which depressed patients respond to cognitive-behavioral treatment? Journal of the American Academy of Child and Adolescent Psychiatry, 37, 35-39.

Jenkins, W.M., Merzenich, M.M. & Recanzone, G. (1990). Neocortical representational dynamics in adult primates: Implications for neuropsychology. Neuropsychologia, 28, 573-584.

Jessell, T.M. (1996a). Die Entwicklung des Nervensystems. In E.R. Kandel, J.H. Schwartz & T.M. Jessell (Hrsg.), Neurowissenschaften (93-115). Heidelberg: Spektrum.

Jessell, T.M. (1996b). Das Nervensystem. In E.R. Kandel, J.H. Schwartz & T.M. Jessell (Hrsg.), Neurowissenschaften (73-91). Heidelberg: Spektrum.

Johnson, J.H. (1986). Life events as stressors in childhood and adolescence. Beverly Hills: Sage.

Johnson, T.M. (1989). Premenstrual syndrome as a western culture-specific disorder. Culture, Medicine, and Psychiatry, 11, 337-356.

Juckes, T.J. (1991). Equilibration and the learning paradox. Human Development, 34, 261-272.

Kagan, J. (1970). Attention and psychological change in the young child. Science, 170, 826-832.

Kamin, L. (1979). Der Intelligenz-Quotient in Wissenschaft und Politik. Darmstadt: Steinkopff.

Kandel, E.R. (1996). Zelluläre Grundlagen von Lernen und Gedächtnis. In E.R. Kandel, J.H. Schwartz & T.M. Jessell (Hrsg.), Neurowissenschaften (685-714). Heidelberg: Spektrum.

Kandel, E.R. & Jessell, T.M. (1996). Sensorische Erfahrung und die Entstehung visueller Schaltkreise. In E.R. Kandel, J.H. Schwartz & T.M. Jessell (Hrsg.), Neurowissenschaften (477-493). Heidelberg: Spektrum.

Kandel, E.R. & Kupfermann, I. (1996a). Von den Nervenzellen zur Kognition. In E.R. Kandel, J.H. Schwartz & T.M. Jessell (Hrsg.), Neurowissenschaften (327-352). Heidelberg: Spektrum.

Kandel, E. & Kupfermann, I. (1996b). Emotionale Zustände. In E.R. Kandel, J.H. Schwartz & T.M. Jessel (Hrsg.), Neurowissenschaften (607-624). Heidelberg: Spektrum.

Kandel, E. & Mednick, S.A. (1991). Perinatal complications predict violent offending. Criminology, 29, 519-529.

Kanner, L. (1943). Autistic disturbance of affective contact. Nervous Child, 2, 217-250.

Kaplan, R.M. (1984). The connection between clinical health promotion and health status: A critical overview. American Psychologist, 39, 755-765.

Karmiloff-Smith, A. (1985). Annotation: The extraordinary cognitive journey from foetus through infancy. Journal of Child Psychology and Psychiatry, 36, 1293-1313.

Karni, A., Tanne, D., Rubenstein, B. S., Askenasy, J. J. M. & Sagi, D. (1994). Dependence of REM sleep of overnight improvement of a perceptual skill. Science, 265, 679-682.

Kashani, J.H., Orvaschel, H., Rosenberg, T.K. & Reid, J.C. (1989). Psychopathology in a community sample of children and adolescents: A developmental perspective. Journal of the American Academy of Child and Adolescent Psychiatry, 28, 701-706.

Kashani, J.H., Beck, N.C., Hoeper, E.W., Fallahi, C., Corcoran, C.M., McAllister, J.A., Rosenberg, T.K. & Reid, J.C. (1987). Psychiatric disorders in a community sample of adolescents. American Journal of Psychiatry, 144, 584-589.

Kasius, M.C., Ferdinand, R.F., van den Berg, H. & Verhulst, F.C. (1997). Associations between different diagnostic approaches for child and adolescent psychopathology. Journal of Child Psychology and Psychiatry, 38, 625-632.

Katz, L.F. & Gottman, J. (1993). Patterns of marital conflict predict children's internalizing and externalizing behaviors. Developmental Psychopathology, 29, 940-950.

Kazdin, A.E. (1988). Child psychotherapy: Developing and identifying effective treatments. Needham Heights: Allyn & Bacon.

Kazdin, A.E. (1989). Developmental Psychopathology: Current research, issues, and directions. American Psychologist, 44, 180-187.

Kazdin, A.E. (1990a). Effectiveness of psychotherapy with children and adolescents. Journal of Consulting and Clinical Psychology, 59, 785-798.

Kazdin, A.E. (1990b). Premature termination from treatment among children referred for antisocial behavior. Journal of Child Psychology and Psychiatry, 31, 415-425.

Kazdin, A.E. (1992). Overt and covert antisocial behavior: Child and family characteristics among psychiatric inpatient children. Journal of Child and Family Studies, 1, 3-20.

Kazdin, A.E. (1993a). Psychotherapy for children and adolescents. Current progress and future research directions. American Psychologist, 48, 644-657.

Kazdin, A.E. (1993b). Treatment of conduct disorder: Progress and directions in psychotherapy research. Development and Psychopathology, 5, 277-310.

Kazdin, A.E. (1995). Conduct disorders in childhood and adolescence. Thousand Oaks: Sage, 2nd ed.

Kazdin, A.E. (1997). Practioner review: Psychosocial treatments for conduct disorder in children. Journal of Child Psychology and Psychiatry, 38, 161-178.

Kazdin, A.E., Bass, D., Ayres, W.A. & Rodgers, A. (1990). Empirical and clinical focus of child and adolescent psychotherapy research. Journal of Consulting and Clinical Psychology, 58, 729-740.

Kazdin, A.E. & Kagan, J. (1994). Models of dysfunction in developmental psychopathology. Clinical Psychological: Science and Practice, 1, 35-52.

Keenan, K., Loeber, R., Zhang, Q., Stouthamer-Loeber, M. & Van Kammen, W.B. (1995). The influence of deviant peers on the development of boys' disruptive and delinquent behavior: A temporal analysis. Development and Psychopathology, 7, 715-726.

Keller, M.B., Beardslee, W., Lavori, P.W., Wunder, J., Dils, D.L. & Samuelson, H. (1988). Course of major depression in non-referred adolescents: A retrospective study. Journal of Affective Disorders, 15, 235-243.

Keller, M.B., Lavori, P.W., Beardslee, W.R., Wunder, J., Schwartz, C.E., Roth, J. & Biederman, J. (1992). The disruptive behavioral disorder in children and adolescents: Comorbidity and clinical course. Journal of the American Academy of Child and Adolescent Psychiatry, 31, 204-209.

Kelsoe, J., Ginns, E., Egeland, J., Gerhard, D. & Goldstein, A. (1989). Re-evolution of the linkage relationship between chromosome 11p loci and the gene for bipolar affective disorder in the Old Order Amish. Nature, 342, 238-243.

Kempermann, G., Kuhn, H. & Gage, F.H. (1997). More hippocampal neurons in adult mice living in an enriched environment. Nature, 386, 493-495.

Kendall, P.C. & Brady, E.U. (1995). Comorbidity in the anxiety disorders of childhood: Implications for validity and clinical significance. In K.D. Craig & K.S. Dobson (Eds.), Anxiety and depression in adults and children (3-36). Thousand Oaks: Sage.

Kendall, P.C. & Morris, R.J. (1991). Child therapy: Issues and recommendations. Journal of Consulting and Clinical Psychology, 59, 777-784.

Kendall, P.C. & Panichelli-Mindel, S.M. (1995). Cognitive-behavioral treatments. Journal of Abnormal Child Psychology, 23, 107-124.

Kendall, P.C., Kortlander, E., Chansky, T.E. & Brady, E.U. (1992).Comorbidity of anxiety and depression in youth: Treatment implications. Journal of Consulting and Clinical Psychology, 60, 869-880.

Kendler, K.S., Neale, M.C., Kessler, R.C., Heath, A.C. & Eaves, L.J. (1992). Childhood parental loss and adult psychopathology in women: A twin study perspective. Archives of General Psychiatry, 49, 109-116.

Kindheit und Entwicklung (Heft 2/1994). Schwerpunkt: Neuropsychologie. Göttingen: Hogrefe.

Kindheit und Entwicklung (Heft 1/1995). Schwerpunkt: Entwicklungspsychopathologie - Störungen des Säuglingsalters. Göttingen: Hogrefe.

Kindheit und Entwicklung (Heft 4/1995). Schwerpunkt: Sexueller Mißbrauch. Göttingen: Hogrefe.

Kindheit und Entwicklung (Heft 2/1996). Schwerpunkt: Aufmerksamkeitsdefizit-/Hyperaktivitätsstörungen. Göttingen: Hogrefe.

King, R.A., Rotter, J.I. & Motulsky, A.G. (1992). The genetic basis of common diseases. New York: Oxford University Press.

Kingston, L. & Prior, M. (1995). The development of patterns of stable, transient, and school-age aggressive behavior in young children. Journal of the American Academy of Child and Adolescent Psychiatry, 34, 348-358.

Klein, M. & Zobel, M. (1997). Kinder aus alkoholbelasteten Familien. Kindheit und Entwicklung, 6, 133-140.

Klein-Heßling, J. & Lohaus, A. (1995). Streßbewältigung im Kindesalter: Modifikation und Evaluation einer Präventionsmaßnahme. Kindheit und Entwicklung, 4, 240-247.

Klerman, G.L. (1990). Approaches to the phenomena of comorbidity. In J.D. Maser & C.R. Cloninger (Eds.), Comorbidity of mood and anxiety disorders (13-38). Washington DC: American Psychiatric Press.

Klerman, G.L. & Weissman, M.M. (1989). Increasing rates of depression. Journal of American Medical Association, 261, 2229-2235.

Kochenderfer, B. J. & Ladd, G. W. (1997). Victimized children's responses to peers' aggression: Behaviors associated with reduced versus continued victimization. Development and Psychopathology, 9, 59-73.

Kohlberg, L., LaCrosse, J. & Ricks, D. (1972). The predictability of adult mental health from childhood behavior. In B. Wolman (Ed.), Manual of child psychopathology (1217-1284). New York: McGraw-Hill.

Kolvin, L. (1971). Studies in childhood psychoses. I. Diagnostic criteria and classification. British Journal of Psychiatry, 118, 381-384.

Konrad, K., Gauggel, S. & Jansen, H.-T. (1998). Hirntumorerkrankungen im Kindesalter: Kognitive, affektive und psychosoziale Langzeitfolgen. Kindheit und Entwicklung, 7, 154-162.

Koomen, H. M. Y. & Hoeksma, J. B. (1993). Early hospitalization and disturbances of infant behavior and the mother-infant relationship. Journal of Child Psychology and Psychiatry, 34, 917-934.

Kovacs, M. (1996). Presentation and course of major depression disorder during childhood and later years of the lifespan. Journal of the American Academy of Child and Adolescent Psychiatry, 35, 705-715.

Kovacs, M. (1997). Depressive disorders in childhood: An impressionistic landscape. Journal of Child Psychology and Psychiatry. 38, 287-298.

Kovacs, M., Akiskal, H.S., Gatsonis, C. & Parrone, P. (1994). Childhood-onset dysthymic disorder: Clinical features and prospective naturalistic outcome. Archives of General Psychiatry, 51, 365-374.

Kovacs, M. & Devlin, B. (1998). Internalizing disorders in childhood. Jounal of Child Psychology and Psychiatry, 39, 47-63.

Kovacs, M., Feinberg, T.L., Crouse-Novak, M.A., Paulauskas, S.L. & Finkelstein, R. (1984a). Depressive disorders in childhood: I. A longitudinal prospective study of characteristics and recovery. Archives of General Psychiatry, 41, 229-237.

Kovacs, M., Feinberg, T.L., Crouse-Novak, M.A., Paulauskas, S.L., Pollock, M. & Finkelstein, R. (1984b). Depressive disorders in childhood: II. A longitudinal study of the risk for a subsequent major depression. Archives of General Psychiatry, 41, 643-649.

Kovacs, M., Goldston, D. & Gatsonis, C. (1993). Suicidal behaviors and childhood-onset depressive disorders: A longitudinal investigation. Journal of the American Academy of Child and Adolescent Psychiatry, 32, 8-20.

Kovacs, M., Gatsonis, C., Paulauskas, S.L. & Richards, C. (1989). Depressive disorders in childhood. IV. A longitudinal study of comorbidity with and risk for anxiety disorders. Archives of General Psychiatry, 46, 776-782.

Kovacs, M., Paulauskas, S., Gatsonis, C. & Richards, C. (1988). Depressive disorders in childhood: III. A longitudinal study of comorbidity with and risk for conduct disorders. Journal of Affective Disorders, 15, 205-217.

Kratzer, L. & Hodgins, S. (1997). Adult outcome of child conduct problems: A cohort study. Journal of Abnormal Child Psychology, 25, 65-81.

Kuhl, P.K., Andruski, J.E., Chistovich, I.A., Chistovich, L.A., Kozhevnikova, E.V., Ryskina, V.L., Stolyarova, E.I., Sundberg, U. & Lacerda, F. (1997). Cross-language analysis of phonetic units in language addressed to infants. Science, 277, 684-686.

Kuhn, T.S. (1977). The essential tension. Chicago: University of Chicago Press.

Kuhne, M., Schachar, R. & Tannock, R. (1997). Impact of comorbid oppositional or conduct problems on attention-deficit hyperactivity disorder. Journal of the American Academy of Child and Adolescent Psychiatry, 36, 1715-1725.

Kupfermann, I. (1996). Kortex und Kognition. In E.R. Kandel, J.H. Schwartz & T.M. Jessel (Hrsg.), Neurowissenschaften (353-396). Heidelberg: Spektrum.
Kurdek, L.A. (Ed.) (1983). Early interactions between infants and their post-partum depressed mothers. Infant Behavior and Development, 7, 517-523.
Kusch, M. (1993a). Entwicklungspsychopathologie und Therapieplanung in der Kinderverhaltenstherapie. Frankfurt: Peter Lang.
Kusch, M. (1993b). Eltern-Kind-Interaktionstraining in vivo mit verhaltensgestörten Vorschulkindern. Kindheit und Entwicklung, 2, 43-46.
Kusch, M. (1995). Normale und abweichende Entwicklung im Säuglingsalter. Kindheit und Entwicklung, 4, 7-14.
Kusch, M. & Petermann, F. (1991a). Entwicklung autistischer Störungen. Bern: Huber, 2. erweit. Auflage.
Kusch, M. & Petermann, F. (1991b). Entwicklungspsychopathologie autistischer Störungen: Was ist primär? Acta Paedopsychiatrica, 54, 38-51.
Kusch, M. & Petermann, F. (1993a). Entwicklungspsychopathologie von Verhaltensstörungen im Vorschulalter. Kindheit und Entwicklung, 2, 6-16.
Kusch, M. & Petermann, F. (1993b). Entwicklungspsychopathologie von Verhaltensstörungen im Vorschulalter. In F. Petermann & U. Petermann (Hrsg.), Angst und Aggression bei Kindern und Jugendlichen. Ursachen, Förderung und Therapie (9-30). München: Quintessenz.
Kusch, M. & Petermann, F. (1994). Entwicklungspsychopathologie depressiver Störungen im Kindes- und Jugendalter. Kindheit und Entwicklung, 3, 142-156.
Kusch, M. & Petermann, F. (1995). Entwicklungsabweichungen infolge umweltbedingter Störungen. Kindheit und Entwicklung, 4, 25-32.
Kusch, M. & Petermann, F. (1997). Komorbidität von Aggression und Depression. Kindheit und Entwicklung, 6, 212-223.
Kusch, M. & Petermann, F. (1998a). Konzepte und Ergebnisse der Entwicklungspsychopathologie. In F. Petermann (Hrsg.), Lehrbuch der Klinischen Kinderpsychologie (53-93). Göttingen: Hogrefe, 3., korr. Aufl.
Kusch, M. & Petermann, F. (1998b). Tiefgreifende Entwicklungsstörungen. In F. Petermann (Hrsg.), Lehrbuch der Klinischen Kinderpsychologie (325-350). Göttingen: Hogrefe, 3, korr.. Aufl.
Kutcher, S. (1997). Practitioner Review: The pharmacotherapy of adolescent depression. Journal of Child Psychology and Psychiatry, 38, 755-767.
Ladd, G. W., Kochenderfer, B. J. & Coleman, C. C. (1996). Friendship quality as a predictor of young children's early school adjustment. Child Development, 67, 1103-1118.
Lahey, B.B. & Loeber, R. (1997). Attention-deficit/hyperactivity disorder, oppositional defiant disorder, conduct disorder, and adult antisocial behavior: A life span perspective. In D.M. Stoff, J. Breiling & J.D. Maser (Eds.), Handbook of antisocial behavior (51-59). New York: Wiley.
Lahey, B.B., Applegate, B., Barkley, R.A., Garfinkel, B., McBurnett, K., Kerdyk, L., Greenhill, L., Hynd, G.W., Frick, P.J., Newcorn, J., Biederman, J., Ollendick, T., Hart, E.L., Perez, D., Waldman, I. & Shaffer, D. (1994). DSM-IV field trials for oppositional defiant disorder and conduct disorder in children and adolescents. American Journal of Psychiatry, 151, 1163-1171.
Lamb, M.E., Hwang, C.P., Frodi, A. & Frodi, M. (1982). Security of mother- and father-infant attachment and its relations to sociability with strangers in traditional and non-traditional Swedish families. Infant Behavior and Development, 5, 355-367.
Lamb, M., Thompson, R., Gardner, W. & Charnov, E. (1985). Infant-mother attachment: The origins and developmental significance of individual differences in strange situation behavior. Hillsdale: Erlbaum.
Larson, R. & Asmussen, L. (1991). Anger, worry, and hurt in early adolescence: An enlarging world of negative emotions. In M.E. Colten & S. Gore (Eds.), Adolescent stress. Causes and consequences (21-41). New York: DeGruyter.
Last, C.G., Hansen, C. & Franco, N. (1997). Anxious children in adulthood: A prospective study of adjustment. Journal of the American Academy of Child and Adolescent Psychiatry, 36, 645-652.
Laucht, M., Esser, G. & Schmidt, M.H. (1993). Psychische Auffälligkeiten im Kleinkind- und Vorschulalter. Kindheit und Entwicklung, 2, 143-149.
Laucht, M., Esser, G., Schmidt, M.H., Ihle, W., Löffler, W., Stöhr, R.-M., Weinrich, D. & Weinel, H. (1992). "Risikokinder": Zur Bedeutung biologischer und psychosozialer Risiken für die kindliche Entwicklung in den beiden ersten Lebensjahren. Praxis der Kinderpsychologie und Kinderpsychiatrie, 41, 274-285.
Lauth, G.W. & Engelberg, K. (1996). Therapie- und Fördermöglichkeiten bei Entwicklungsstörungen. Kindheit und Entwicklung, 5, 24-29.

Lazarus, R.S. (1995). Streß und Streßbewältigung - ein Paradigma. In S.-H. Filipp (Hrsg.), Kritische Lebensereignisse (198-232). Weinheim: Psychologie Verlags Union, 5. Aufl.

Lazarus, R.S. & Folkman, S. (1984). Stress, appraisal, and coping. Springer: New York.

Lazarus, R.S. & Launier, R. (1981). Streßbezogene Transaktionen zwischen Person und Umwelt. In J.R. Nitsch (Hrsg.), Streß (213-259). Bern: Huber.

Leahy, R., & Huard, C. (1976). Role-taking and selfimage disparity. Developmental Psychology, 12, 504-508.

LeBlanc, M. & Loeber, R. (1993). Precursors, causes, and the development of criminal offendig. In D.F. Hay & A. Angold (Eds.), Precursors and causes in development and psychpathology (233-264). Cichester: Wiley.

LeCourteur, A., Bailey, A., Rutter, M. & Gottesman, I., (1989). Epidemiologicaly based twin study of autism. Handout: First World Congress on Psychiatric Genetics, Churchill College, Cambridge.

LeDoux, J.E. (1989). Cognitive-emotional interactions in the brain. Cognition and Emotion, 3, 267-289.

LeDoux, J.E. (1997). Emotion, memory and the brain. Scientific American, special issue: Myteries of the mind, 68-75.

Lenneberg, E.H., Rebelsky, F.G. & Nichols, I.A. (1965). The vocalizations of infants born to hearing and deaf parents. Human Development, 8, 23-27.

Lerner, J.V., Nitz, K., Talwar, R. & Lerner, R.M. (1989). On the functional significance of temperamental individuality: A developmental contextual view of the concept of goodness of fit. In G.A. Kohnstamm, J.E. Bates & M.K. Rothbart (Eds.), Temperament in childhood (509-522). Chichester: Wiley.

Lerner, R.M. (1982). Children and adolescents as producers of their own development. Developmental Review, 2, 342-370.

Lerner, R.M. (1984). On the nature of human plasticity. New York: Cambridge University Press.

Lerner, R.M. & Kauffman , M.B. (1985). The concept of development in contextualism. Developmental Review, 5, 309-333.

Leslie, A.M. (1987). Pretense and representation: The origin of "theory of mind". Psychological Review, 94, 412-426.

Leslie, A.M. & Thaiss, L. (1992). Domain specificity in conceptual development: Neuropsychological evidence from autism. Cognition, 43, 225-251.

Levi-Montalcini, R. & Calissano, P. (1979). Der Nervenwachstumsfaktor. Spektrum der Wissenschaft, 44-52.

Levy, J.C. & Deykin, E.Y. (1989). Suicidality, depression and substance abuse in adolescence. American Journal of Psychiatry, 146, 1462-1467.

Lewinsohn, P.M., Clarke, G.N., Rohde, P., Hops, H. & Seeley, J.R. (1996). A course in coping: A cognitive-behavioral approach to the treatment of adolescent depression. In E. Hibbs & P.S. Jensen (Eds.), Psychosocial treatments for child and adolescent disorders: Empirical based strategies for clinical practice (109-135). Washington: APA.

Lewinsohn, P.M., Clarke, G.N., Seeley, J.R. & Rohde, P. (1994). Major depression in community adolescents: Age of onset, episode duration, and time to reccurence. Journal of the American Academy of Child and Adolescent Psychiatry, 33, 809-819.

Lewinsohn, P.M., Gotlib, I.H. & Seeley, J.R. (1995). Adolescent Psychopathology: IV. Specifity of psychosocial risk factors for depression and substance abuse in older adolescents. Journal of the American Academy of Child and Adolescent Psychiatry, 34, 1221-1229.

Lewinsohn, P.M., Hops, H., Roberts, R.E., Seeley, J.R. & Andrews, J.A. (1993). Adolescent psychopathology: I. Prevalence and incidence of depression and other DSM-III-R disorders in high school students. Journal of Abnormal Psychology, 102, 133-144.

Lewinsohn, P.M., Rohde, P. & Hautzinger, M. (1994). Kognitive Verhaltenstherapie depressiver Störungen im Jugendalter. Forschungsergebnisse und Behandlungsempfehlungen. Psychotherapeut, 39, 353-35.

Lewinsohn, P.M., Rohde, P., Seeley, J.R. & Hobbs (1991). Comorbidity of unipolar depression: I. Major depression with dysthymia. Journal of Abnormal Psychology, 100, 205-213.

Lewis, M. (1972). State as an infant-environment interaction: An analysis of mother-infant interaction as a function of sex. Merrill-Palmer- Quarterly, 18, 95-121.

Lewis, M. (1990). Models of developmental psychopathology. In M. Lewis & S.M. Miller (Eds.), Handbook of developmental psychopathology (15-27). New York: Plenum.

Lewis, M. (1993). Cognitive-emotional interactions in early infant development. Cognition and Emotion, 7, 145-170.

Lewis, M. & Feiring, C. (1989). Infant, mother, and mother-infant interaction behavior and subsequent attachment. Child Development, 60, 831-837.

Lewis, M. & Schaeffer, S. (1981). Peer behavior and mother-infant interaction in maltreated children. In M. Lewis & L.A. Rosenblum (Eds.), The uncommon child, Vol. 3 (193-224). New York: Plenum Press.
Lewis, M., Sullivan, M.W., Stanger, C. & Weiss, M. (1989). Self development and self-conscious emotions. Child Development, 60, 146-156.
Liebeck, H. (1993). Problemlösetraining. In M. Linden & M. Hautzinger (Hrsg.), Verhaltenstherapie (237-243). Berlin: Springer, 2., überarb. und erweit. Aufl.
Lilienfeld, A.M. & Lilienfeld, D.E. (1980). Foundations of epidemiology. New York: Oxford University Press.
Lilienfeld, B. & Waldman, I. (1990). The relationship between childhood attention-deficit hyperactivity disorder and adult antisocial behavior reexamined: The problem of heterogeneity. Clinical Psychology Review, 10, 699-725.
Lipsey, M.W. (1992). Juvenile delinquency treatment: A meta-analytic inquiry into the variability of effects. In T.D. Cook, H. Cooper, D.S. Cordray, H. Harmann, L.D. Hedges, R.J. Light, T.A. Lewis & F. Mosteller (Eds.), Meta-analysis for explanation: A casebook. New York: Sage.
Loeber, R. (1990). Development and risk factors of juvenile antisocial behavior and delinquency. Clinical Psychology Review, 10, 1-41.
Loeber, R. (1991). Questions and advances in the study of developmental pathways. In D. Cicchetti & S.L. Toth (Eds.), Rochester symposium on developmental psychopathology, Vol. 3. Models and integrations (97-116). Hillsdale: Erlbaum.
Loeber, R. & Farrington, D.P. (1997). Strategies and yields of longitudinal studies on antisocial behavior. In D.M. Stoff, J. Breiling & J.D. Maser (Eds.), Handbook of antisocial behavior (125-139). New York: Wiley.
Loeber, R. & Hay, D. (1997). Key issues in the development of aggression and violence from childhood to early adulthood. Annual Review in Psychology, 48, 371-410.
Loeber, R. & Keenan, K. (1994). The interaction between conduct disorder and its comorbid conditions: Effects of age and gender. Clinical Psychological Review, 14, 497-523.
Loeber, R. & Stouthamer-Loeber, M. (1998). Development of juvenile aggression and violence. Some common misconceptions and controversies. American Psychologist, 53, 242-259.
Loeber, R., Stouthamer-Loeber, M., Van Kammen, W. & Farrington, D.P. (1991). Initiation, escalation and desistance in juvenile offending and their correlates. The Journal of Criminal Law and Criminology, 82, 36-82.
Loeber, R., Wung, P., Keenan, K., Grioux, B., Strouthammer-Loeber, M., VanKammen, W.B. & Maughan, B. (1993). Developmental pathways in disruptive child behavior. Development and Psychopathology, 5, 103-134.
Lord, C. & Schopler, E. (1987). Neurobiological implications of sex differences in autism. In E. Schopler & G. Mesobiv (Eds.), Neurobiological issues in autism (192-212). New York: Plenum.
Lovaas, O.I. & Smith, T. (1989). A comprehensive behavioral theory of autistic children: Paradigm for research and treatment. Journal of Behavior Therapy and Experimental Psychiatry, 20, 17-29.
Lovinger, D. M., White, G. & Weight, F. F. (1989). Ethanol inhibits NMDA-activated ion current in hippocampal neurons. Science, 243, 1721-1724.
Luby, J., Todd, R.D. & Geller, B. (1996). Outcome of depressive syndromes: Infancy to adolescence. In K.I. Shulman, M. Tohen & S.P. Kutcher (Eds.), Mood disorders across the life span (83-100). New York: Wiley.
Luiselli, J.K. (1991). Assessment-derived treatment of children's disruptive behavior disorders. Behavior Modification, 15, 294-309.
Luria, A.R. (1976). Cognitive development: Ist cultural and social foundations. Cambridge: Harvard University Press.
Luthar, S.S. & Zigler, E. (1991). Vulnerability and competence: A review of research on resilience in childhood. American Journal of Orthopsychiatry, 61, 6-22.
Lütkenhaus, P., Grossmann, K. E. & Grossmann, K. (1985). Infant-mother attachment at twelve months and style of interaction with a stranger at the age of three years. Child Development, 56, 1538-1542.
Lyons-Ruth, K., Alpern, L. & Repacholi, B. (1993). Disorganized infant attachment classification and maternal psychosocial problems as predictors of hostile-aggressive behavior in the preschool classroom. Child Development, 64, 572-585.
Lyons-Ruth, K., Easterbrooks, M.A. & Cibelli, C.D. (1997). Infant attachment strategies, infant mental lag, and maternal depressive symptoms: Predictors of internalizing and externalizing problems at age 7. Developmental Psychology, 33, 681-692.

Lyons-Ruth, K., Repacholi, B., McLeod, S. & Silvia, E. (1991). Disorganized attachment behavior in infancy: Short-term stability, maternal and infant correlates, and risk-related subtypes. Development and Psychopathology, 3, 377-396.
Magee, J.C. & Johnston, D. (1997). A synaptically controlled, associative signal for hebbian plasticity in hippocampal neurons. Science, 275, 209-213.
Magnusson, D. & Bergman, L.R. (1990). A pattern approach to the study of pathways from childhood to adulthood. In L.R. Robins & M. Rutter (Eds.), Straight and devious pathways from childhood to adulthood (101-115). Cambridge: University Press.
Magnussen, S., Sunde, B. & Dyrnes, S. (1994). Patterns of perceptual asymmetry in processing facial expression. Cortex, 30, 215-229.
Mahler, M.S. (1960). On sadness and grief in infancy and childhood. Psychoanalytic Study of the Child, 16, 332-354.
Main, M. & Cassidy, J. (1988). Categories of response to reunion with a parent at age 6: Predictable from infant attachment classifications and stable over a one-month period. Developmental Psychology, 24, 415-526.
Main, M. & Solomon, J. (1986). Discovery of a disorganized disoriented attachment pattern. In T.B. Brazelton and M.W. Yogman (Eds.), Affective development in infancy. Norwood: Ablex.
Main, M. & Weston, D. (1981). The quality of the toddler's relationship to mother and father: related to conflict behavior and readiness to establish new social relationships. Child Development, 52, 932-940.
Malatesta, C.Z., Grigoryev, P., Lamb, C., Albin, M. & Culver, C. (1986). Emotional socialization and expressive development in preterm and full term infants. Child Development, 57, 316-330.
Malatesta-Magai, C. (1991). Emotional socialisation: Its role in personality and developmental psychopathology. In D. Cicchetti & S. L. Toth (Eds.), Rochester symposium on developmental psychopathology, Vol. 2. Internalizing and externalizing expressions of dysfunction (203-224). Hillsdale: Erlbaum.
Malatesta-Magai, C., Leak, S., Tesman, J., Shephard, B., Culver, C. & Smaggia, B. (1994). Profiles of emotional development: individual differences in facial and vocal expression during the second and third years of life. International Journal of Behavioral Development, 17, 239-269.
Manly, J.T., Cicchetti, D. & Barnett, D. (1994). The impact of subtype, frequency, chronicity, and severity of child maltreatment on social competence and behavior problems. Developmental Psychopathology, 7, 121-143.
Manuzza, S., Klein, R.G., Bonagura, N., Malloy, P., Giampino, T.L. & Addalli, K.A. (1991). Hyperactive boys almost grown up: Replication of psychiatric status. Archives of General Psychiatry, 48, 77-83.
Markowitsch, H.J. (1992). Neuropsychologie des Gedächtnisses. Göttingen: Hogrefe.
Markowitsch, H.J. (1996). Neuropsychologie des menschlichen Gedächtnisses. Spektrum der Wissenschaft, 9, 52-61.
Markram, H., Lübke, J., Frotscher, M. & Sakmann, B. (1997). Regulation of synaptic efficacy by coincidence of postsynaptic Aps and EPSPs. Science, 275, 213-215.
Markram, H. & Tsodyks, M. (1996). Redistribution of synaptic efficacy between neocortical pyramidal neurons. Nature, 382, 807-810.
Markus, H. & Nurius, P. (1986). Possible selves. American Psychologist, 41, 954-969.
Maser, J.D. & Cloninger, C.R. (1990). Comorbidity of anxiety and mood disorders: Introduction and overview. In J.D. Maser & C.R. Cloninger (Eds.), Comorbidity of mood and anxiety disorders (3-12). Washington: American Psychiatric Press.
Masten, A.S. & Coatsworth, J.D. (1995). Competence, resilience, and psychopathology. In D. Cicchetti & D.J. Cohen (Eds.), Developmental psychopathology, Vol. 2 (715-752). New York: Wiley.
Matas, L., Arend, R. & Sroufe, L.A. (1978). Continuity of adaptation in the second year. The relationship between quality of attachment and later competence. Child Development, 49, 547-556.
McBurnett, K. & Lahey, B.B. (1994). Biological correlates of conduct disorder and antisocial behavior in children and adolescents. In D.C. Fowles (Ed.), Progress in experimental personality and psychopathology research. New York: Springer.
McCauley, J., Kern, D.E., Kolodner, K., Dill, L., Schroeder, A.F., DeChant, H.K., Ryden, J., Derogatis, L.R. & Bass, E.B. (1997). Clinical characteristics of women with a history of childhood abuse. Journal of the American Medical Association, 277, 1362-1368.
McCauley, E., Myers, K., Mitchell, J., Calderon, R., Schloredt, K. & Treder, R. (1993). Depression in young people: Initial presentation and clinical course. Journal of the American Academy of Child and Adolescent Psychiatry, 32, 714-722.
McConaughy, S.H. & Achenbach, T.M. (1994). Comorbidity of empirically based syndromes in matched general population and clinical samples. Journal of Child Psychology and Psychiatry, 35, 1141-1157.

McEnvoy, R.E., Rogers, S.J., & Pennington, B.F. (1993). Executive function and social communication deficits in young autistic children. Journal of Child Psychology and Psychiatry, 34, 563-578.
McGee, R., Feehan, M., Williams, S. & Anderson, J. (1992). DSM-III disorders from age 11 to age 15 years. Journal of the American Academy of Child and Adolescent Psychiatry, 31, 50-59.
McGee, R., Feehan, M., Williams, S., Partridge, F., Silva, P.A. & Kelly, J. (1990). DSM-III disorders in a large sample of adolescents. Journal of the American Academy of Child and Adolescent Psychiatry, 29, 611-619.
McGee, R., Feehan, M. & Williams S. (1995). Long-term follow-up of a birth cohort. In F.C. Verhulst & H.M. Koot (Eds.), The epidemiology of child and adolescent psychopathology (366-384). Oxford: Oxford University Press.
McGuffin, P. & Scourfield, J. (1997). A father's imprint on his daughter's thinking. Nature, 387, 652-653.
McGuffin, P., Katz, R., Watkins, S. & Rutherford, J. (1996). A hospital-based twin register of the heritability of DSM-IV unipolar depression. Archives of General Psychiatry, 53, 129-136.
McIntyre, J.G. & Dusek, J.B. (1995). Perceived parental rearing practices and styles of coping. Journal of Youth and Adolescence, 24, 499-509.
McKusick, V.A. (1990). Mendelian inheritance in man. Baltimore: Johns Hopkins University Press, 9th. ed.
Meehl, P.F. (1962). Schizotaxia, schizoypy, schizophrenia. American Psychologist, 17, 827-838.
Meltzoff, A.N. (1990). Foundations for developing a concept of self: The role of imitation in relating self to other, and value of social mirroring, social modeling and self-perception in infancy. In D. Cicchetti & M. Beeghly (Eds.), The self in transition: Infancy to childhood (139-164). Chicago: University of Chicago Press.
Merikangas, K.R., Weisman, M.M., Prusoff, B.A. & John, K. (1988). Assortative mating and affective disorders: Psychopathology in offspring. Psychiatry, 51, 48-57.
Meyer, A. (1957). Psychobiology. A science of man. Springfield: Charles C. Thomas.
Mietzel, G. (1997). Wege in die Entwicklungspsychologie. Kindheit und Jugend. Weinheim: Psychologie Verlags Union, 3. Aufl.
Miller, G.E. & Prinz, R.J. (1990). Enhancement of social learning family interventions for childhood conduct disorder. Psychological Bulletin, 108, 291-307.
Miller, G.A., Galanter, E. & Pribram, K.H. (1960). Plans and the structure of behavior. New York: Holt.
Miyake, K., Chen, S. & Campos, J.J. (1985). Infant temperament, mother's mode of interaction, and attachment in Japan. An interim report. Monographs of the Society for Research in Child Development, 50.
Moffitt, T.E. (1990). Juvenile delinquency and attention-deficit disorder: Developmental trajectories from age 3 to age 15. Child Development, 61, 893-910.
Moffitt, T.E. (1993a). „Life-course persistent" vs. „adolescent-limited" antisocial behavior: A developmental taxonomy. Psychological Review, 100, 674-701.
Moffitt, T.E. (1993b). The neuropsychology of conduct disorder. Development and Psychopathology, 5, 135-151.
Moffitt, T.E., Caspi, A., Dickson, N., Silva, P. & Stanton, W. (1996). Childhood-onset versus adolescent-onset antisocial conduct problems in males: Natural history from ages 3 to 18 years. Development and Psychopathology, 8, 399-424.
Moffitt, T.E. & Lynam, D. (1994). The neuropsychology of conduct disorder and delinquency: Implications for understanding antisocial behavior. In D.C. Fowles, P. Sutker & S.H. Goodman (Eds.), Progress in experimental personality and psychopathology research (233-262). New York: Springer.
Moffitt, T.E., Lynam, D. & Silva, P.A. (1994). Neuropsychological tests predict persistent male delinquency. Criminology, 32, 101-124.
Mönks, F.J. & Knoers, A.M.P. (1996). Lehrbuch der Entwicklungspsychologie. München: Ernst Reinhardt.
Montada, L. (1995a). Die geistige Entwicklung aus der Sicht Jean Piagets. In R. Oerter & L. Montada (Hrsg.), Entwicklungspsychologie (518-560). Weinheim: Psychologie Verlags Union. 3., vollst. überarb. und erw. Aufl.
Montada, L. (1995b). Delinquenz. In R. Oerter & L. Montada (Hrsg.), Entwicklungspsychologie (1024-1036). Weinheim: Psychologie Verlags Union, 3., vollst. überarb. und erw. Aufl.
Moore, K.L. & Persaud, T.V.N. (1993). The developing human: Clinically oriented embryology. Philadelphia: Saunders.
Mufson, I., Weissman, M.M. & Warner, V. (1992). Depression and anxiety in parents and children: A direct interview study. Journal of Anxious Disorders, 6, 1-13.
Mulvey, E.P., Arthur, M.W. & Reppucci, N.D. (1993). The prevention and treatment of juvenile delinquency: A review of the research. Clinical Psychology Review, 13, 133-157.

Mundy, P. & Hogan, A. (1994). Intersubjectivity, joint attention, and autistic developmental psychopathology. In D. Cicchetti & S.L. Toth (Eds.), Rochester symposium on developmental psychopathology, Vol. 5. Disorders and dysfunctions of the self (1-30). New York: University of Rochester Press.
Murray, L. & Cooper, P.J. (1997). Postpartum depression and child development. Psychological Medicine, 27, 253-260
National Advisory Mental Health Council (1995). Basic behavioral science research for mental health. Washington: National Institute of Health.
Neuhäuser, G. (1998). Entwicklungsbiologie und Umwelt - Einführung in den Themenschwerpunkt. Kindheit und Entwicklung, 7, 65-69.
Neuman, R.J., Geller, B., Rice, J.P. & Todd, R.D. (1997). Increased prevalence and earlier onset of mood disorders among relatives of prepubertal versus adult probands. Journal of the American Academy of Child and Adolescent Psychiatry, 36, 466-473.
Newcomb, A.F., Bukowski, W.M. & Pattee, L. (1993). Children's peer relations: A meta-analytic review of popular, rejected, controversial, and average sociometric status. Psychological Bulletin, 113, 99-128.
Newman, D.L., Moffitt, T.E., Caspi, A., Magdol, L., Silva, P.A. & Stanton, W.R. (1996). Psychiatric disorders in a birth cohort of young adults: Prevalence, comorbidity, clinical significance, and new case incidence from ages 11 to 21. Journal of Consulting and Clinical Psychology, 64, 552-562.
Nezu, A.M. (1987). A problem-solving formulation of depression: A literature review and proposal of a pluralistic model. Clinical Psychology Review, 7, 121-144.
Nezu, A.M. & Ronan, G.F. (1985). Life stress, current problems, problem solving, and depressive symptoms: And integrative model. Journal of Consulting and Clinical Psychology, 53, 693-697.
Nezu, A.M., Nezu, C.M. & Perri, M.G. (1989). Problem-solving therapy for depression: Theory, research, and clinical guidelines. New York: Wiley.
Nichols, P. (1984). Familial mental retardation. Behavior Genetics, 14, 161-170.
Nolen-Hoeksema, S. (1995). Gender differences in coping with depression across the lifespan. Depression, 3, 81-90.
Nolen-Hoeksema, S. & Girgus, J.S. (1994). The emergence of gender differences in depression during adolescence. Psychological Bulletin, 115, 424-443.
Nolen-Hoeksema, S., Girgus, J.S. & Seligman, M.E.P. (1992). Predictors and consequences of childhood depressive symptoms: A 5-year longitudinal study. Journal of Abnormal Psychology, 101, 405-422.
Nowakowski, R.S. (1987). Basic concepts of CNS development. Child Development, 58, 568-595.
Nurcombe, B. (1992). The evolution and validity of the diagnosis of Major Depression in childhood and adolescence. In D. Cicchetti & S.L. Toth (Eds.), Rochester symposium on developmental psychopathology, Vol. 4. Developmental perspectives on depression (1-27). Rochester: University of Rochester Press.
O' Connor, T.G., Neiderhiser, J.M., Reiss, D., Hetherington, E.M. & Plomin, R. (1998). Genetic contributions to continuity, change, and co-occurence of antisocial and depressive symptoms in adolescence. Journal of Child and Adolescent Psychiatry, 39, 323-336.
Offord, D.R. (1997). Bridging development, prevention, and policy. In D.M. Stoff, J. Breiling & J.D. Maser (Eds.), Handbook of antisocial behavior (357-364). New York: Wiley.
Olds, D.L., Henderson, C. & Tatelbaum, R. (1994). Prevention of intellectual impairment in children of women who smoke cigarettes during pregnancy. Pediatrics, 93, 228-233.
Olweus, D. (1979). Stability of aggressive reaction patterns in males: A review. Psychological Bulletin, 86, 852-875.
Ornitz, E.M. (1987). Neurophysiological studies in infantile autism. In D.J. Cohen & A.M. Donnellan (Eds.), Handbook of autism and pervasive developmental disorders (148-165). New York: Wiley.
Orvaschel, H., Puig-Antich, J., Chambers, W.J., Tabrizi, M.A. & Johnson, R. (1982). Retrospective assessment of prepubertal major depression with the Kiddie-SADS-E. Journal of the American Academy of Child Psychiatry, 21, 392-397.
Osofsky, J.D. (Ed.) (1987). Handbook of infant development. New York: Wiley, 2nd ed.
Oster, H., Hegley, D. & Nagel, L. (1992). Adult judgments and fine-grained analysis of infant facial expression: testing the validity of *a prior* coding formulas. Developmental Psychology, 28, 1115-1131.
Österman, K., Björkvist, K., Lagerspetz, K.M.J., Kaukiainen, A., Landau, S.F., Fravzek, A. & Caprara, G.V. (1998). Cross-cultural evidence of female indirect aggression. Aggressive Behavior, 24, 1-8.
Overton, W.F. (1984). World views and their influence on psychological theory and research: Kuhn-Lakatos-Laudan. In H.W. Reese (Ed.), Advances in child development and behavior, Vol. 18 (191-226). New York: Academic Press.
Overton, W.F. (1991a). The structure of developmental theory. In H.W. Reese (Ed.), Advances in child development and behavior, Vol. 23. New York: Academic Press.

Overton, W.F. (1991b). Metaphor, recursive systems, and paradox in science and developmental theory. In H.W. Reese (Ed.), Advances in child development and behavior, Vol. 23. New York: Academic Press.

Overton, W. F. & Horowitz, H. A. (1991). Developmental psychopathology: Integrations and differentiations. In D. Cicchetti & S. Toth (Eds.), Rochester symposium on developmental psychopathology, Vol. 3. Models and integrations (1-42). Rochester: University of Rochester Press.

Oyama, S. (1989). Ontogeny and the central dogma: Do we need the concept of genetic programming in Order to have an evolutionary perspective? In M.R. Gunnar & E. Thelen (Eds.), The Minnesota symposia on child psychology, Vol. 22. Systems and development (211-218). Hillsdale: Erlbaum.

Ozonoff, S. & Miller, J. (1995). Teaching theory of mind: A new approach to social skill training for individuals with autism. Journal of Autism and Developmental Disorders, 25, 415-434.

Ozonoff, S., Pennington, B. F., & Rogers, S. J. (1991). Executive function deficits in high-functioning autistic individuals: Relationship to theory of mind. Journal of Child Psychology and Psychiatry, 32, 1081-1105.

Pakaslahti, L., Spoof, I., Asplund-Peltola, R.-L. & Keltikangas-Järvinen, L. (1998). Parents' social problem-solving strategies in families with aggressive and non-aggressive girls. Aggressive Behavior, 24, 37-51.

Papavassiliou, A.G. (1995). Transcription factors. New England Journal of Medicine, 332, 45-47.

Parke, R.D. & Tinsley, B.J. (1987). Family interaction in infancy. In J. Osofsky (Ed.), Handbook of infancy (579-641). New York: Wiley, 2nd ed.

Parke, R.D., MacDonald, K.B., Beiltel, A. & Bhavanagri, N. (1988). The role of the familiy in the development of peer relationships. In R. Peters & R.J. McMahan (Eds.), Social learning sytems: Approaches to marriage and the family (17-44). New York: Brunner-Mazel.

Pascual-Leone, J. (1987). Organismic processes for neo-Piagetian theories: A dialectic causal account of cognitive development. International Journal of Psychology, 22, 531-570.

Pascual-Leone, A. & Torres, F. (1993). Plasticity of the sensorimotor cortex representation of the reading finger in Braille readers. Brain, 116, 39-52.

Patterson, G.R. & Bank, C.L. (1989). Some amplifying mechanisms for pathologic processs in families. In M.R. Gunnar & E. Thelen (Eds.), System and development (167-210). Hillsdale: Erlbaum.

Patterson, G.R. & Capaldi, D.M. (1990). A mediational model for boys' depressed mood. In J. Rolf, A.S. Masten, D. Cicchetti, K.H. Nuechterlein & S. Weintraub (Eds.), Risk and protective factors in the development of psychopathology (141-163). New York: Cambridge University Press.

Patterson, G.R., Capaldi, D. & Bank, L. (1991). An early starter model for predicting delinquency. In D.J. Pepler & K.H. Rubin (Eds.), The development and treatment of childhood aggression (139-168). Hillsdale: Erlbaum.

Patterson, G.R., DeBaryshe, B.D. & Ramsey, E. (1989). A developmental perspective on antisocial behavior. American Psychologist, 44, 329-335.

Patterson, G,R., Reid, J.B. & Dishion, T.J. (1992). Antisocial boys. Eugene: Castalia.

Patterson, G.R. & Stoolmiller, M. (1991). Replications of a dual failure model for boys' depressed mood. Journal of Consulting and Clinical Psychology, 59, 491-498.

Patterson, G.R. & Yoerger, K. (1993). Developmental models for delinquent behavior. In S. Hodgins (Ed.), Mental disorder and crime (140-172). Newbury Park: Sage.

Paul, R. (1987). Natural history. In D.J. Cohen & A.M. Donnellan (Eds.), Handbook of autism and pervasive developmental disorders (121-132). New York: Wiley.

Paykel, E.S. (1974). Life stress and psychiatric disorder: Applications of the clinical approach. In B.S. Dohrenwend & B.P. Dohrenwend (Eds.), Stressful life events: Their nature and effects (135-149). New York: Wiley.

Pederson, D.R. & Moran, G. (1996). Expressions of the attachment relationship outside of the strange situation. Child Development, 67, 915-927.

Penfield, W. & Rasmussen, T. (1950). The cerebral cortex of man: A clinical study of localization and function. New York: Macmillan.

Pennington, B.F. & Ozonoff, S. (1991). A neuroscientific perspective on continuity and discontinuity in developmental psychopathology. In D. Cicchetti & S.L. Toth (Eds.), Rochester symposium on developmental psychopathology, Vol. 3. Models and integrations (117-160). Hillsdale: Erlbaum.

Perner, J., Ruffman, T., & Leekam, S. R. (1994). Theory of mind is contagious: You catch it from your sibs. Child Development, 65, 1228-1238.

Perrig-Chiello, P. (1997). Über die lebenslange Bedeutung frühkindlicher Bindungserfahrung. Kindheit und Entwicklung, 6, 153-160.

Petermann, F. (1995a). Methodische Grundlagen der Entwicklungspsychologie. In R. Oerter & L. Montada (Hrsg.), Entwicklungspsychologie (1147-1176). Weinheim: Psychologie Verlags Union, 3. vollst. überarb. und erw. Aufl.

Petermann, F. (1995b). Kinder aus Alkohol- und Drogenfamilien. Entwicklungsrisiken und Prävention. Zeitschrift für Klinische Psychologie, Psychopathologie und Psycho- therapie, 43, 4-17.
Petermann, F. (1996a). Psychologie des Vertrauens. Göttingen: Hogrefe, 3., korr. Aufl.
Petermann, F. (1996b). Einzelfalldiagnostik in der klinischen Praxis. Weinheim: Psychologie Verlags Union, 3., korrig. Aufl.
Petermann, F. (Hrsg.)(1997a). Kinderverhaltenstherapie. Grundlagen und Anwendungen. Baltmannsweiler: Schneider.
Petermann, F. (1997b). Methoden und Anwendungsgebiete der Kinderverhaltenstherapie. In F. Petermann (Hrsg.), Kinderverhaltenstherapie. Grundlagen und Anwendungen (10-21). Baltmannsweiler: Schneider.
Petermann, F. & Bochmann, F. (1993). Metaanalyse von Kinderverhaltenstrainings: Eine erste Bilanz. Zeitschrift für Klinische Psychologie, 22, 137-152.
Petermann, F., Jugert, G., Tänzer, U. & Verbeek, D. (1997). Sozialtraining in der Schule. Weinheim: Psychologie Verlags Union.
Petermann, F. & Kusch, M. (1993). Entwicklungspsychopathologie von Verhaltensstörungen im Kindes- und Jugendalter. In F. Petermann & U. Petermann (Hrsg.), Angst und Aggression bei Kindern und Jugendlichen. Ursachen, Förderung und Therapie (31-54). München: Quintessenz.
Petermann, F. & Kusch, M. (1995). Klinische Diagnostik. In R.S. Jäger & F. Petermann (Hrsg.), Psychologische Diagnostik (510-533). Weinheim: Psychologie Verlags Union, 3. korr. Aufl.
Petermann, F., Lehmkuhl, G., Petermann, U. & Döpfner, M. (1995). Klassifikation psychischer Störungen im Kindes- und Jugendalter nach DSM-IV. Ein Vergleich mit DSM-III-R und ICD-10. Kindheit und Entwicklung, 4, 171-182.
Petermann, F. & Petermann, U. (1996a). Training mit Jugendlichen. Förderung von Arbeits- und Sozialverhalten.Weinheim: Psychologie Verlags Union, 5., veränd. Aufl.
Petermann, F. & Petermann, U. (1996c). Erfassungsbogen für aggressives Verhalten in konkreten Situationen (EAS-J; EAS-M). Göttingen: Hogrefe , 3., korr. Aufl.
Petermann, F. & Petermann, U. (1997a). Training mit aggressiven Kindern. Einzeltraining, Kindergruppe, Elternberatung. Weinheim: Psychologie Verlags Union, 8., veränd. & erw. Aufl.
Petermann, F. & Warschburger, P. (1997). Verhaltenstherapie mit aggressiven Kindern und Jugendlichen. In F. Petermann (Hrsg.), Kinderverhaltenstherapie. Grundlagen und Anwendungen (127-153). Baltmannsweiler: Schneider.
Petermann, F. & Warschburger, P. (1998). Aggression. In F. Petermann (Hrsg.), Lehrbuch der Klinischen Kinderpsychologie (127-163). Göttingen: Hogrefe, 3., korr. Aufl.
Petermann, U. (1993). Die Kapitän-Nemo-Geschichten. Teil I und II. Essen: Elvikom.
Petermann, U. & Petermann, F. (1996b). Training mit sozial unsicheren Kindern. Weinheim: Psychologie Verlags Union, 6., veränd. Aufl.
Petermann, U. & Petermann, F. (1997b). Grundlagen verhaltenstherapeutischer Methoden. In F. Petermann (Hrsg.), Kinderverhaltenstherapie. Grundlagen und Anwendungen (22-63). Baltmannsweiler: Schneider.
Petersen, A.C., Kennedy, R.E. & Sullivan, P. (1991). Coping with adolescence. In M.E. Colten & S. Gore (Eds.), Adolescent stress. Causes and consequences (93-110). New York: DeGruyter.
Petersen, A.C., Sarigiani, P.A. & Kennedy, R.E. (1991). Adolescent depression: Why more girls? Journal of Youth and Adolescence, 20, 247-271.
Peterson, L., Zink, M. & Farmer, J. (1992). Prevention of disorders in children. In C.E. Walker & M.C. Roberts (Eds.), Handook of clinical child psychology (951-966). New York: Wiley, 2nd ed.
Piaget, J. (1969). Das Erwachen der Intelligenz beim Kinde. Stuttgart: Klett.
Piaget, J. (1974). Der Aufbau der Wirklichkeit beim Kinde. Stuttgart: Klett-Cotta.
Piaget, J. (1976). Die Äquilibration der kognitiven Strukturen. Stuttgart: Klett.
Piaget, J. (1992). Das Erwachen der Intelligenz beim Kinde. München: DTV.
Piaget, J. & Inhelder, B. (1971). Die Entwicklung des räumlichen Denkens beim Kinde. Stuttgart: Klett-Cotta.
Pike, A. & Plomin, R. (1996). Importance of nonshared environmental factors for childhood and adolescent psychopathology. Journal of the American Academy of Child and Adolescent Psychiatry, 35, 560-570.
Pilkonis, P.A. & Klein, K.R. (1997). Commentary on the assessment and diagnosis of antisocial behavior and personality. In D.M. Stoff, J. Breiling & J.D. Maser (Eds.), Handbook of antisocial behavior (109-112). New York: Wiley.
Pinel, J.P.J. (1997). Biopsychology. Boston: Allyn & Bacon.
Pipp, S. (1990). Sensorimotor and representational internal workind models of self, other, and relationship: Mechanisms of connection and separation. In D. Cicchetti & M. Beeghly (Eds.), The self in transition: Infancy to childhood (243-264). Chicago: University of Chicago Press.
Plomin, R. (1994). Genetics and experience: The interplay between nature and nurture. Thousand Oaks: Sage.

Plomin, R. & Daniels, D. (1987). Why are children in the same family so different from one another? The Behavioral and Brain Sciences, 10, 1-15.

Plomin, R., Owen, M.J. & McGuffin, P. (1994). The genetic basis of complex human behaviors. Science, 264, 1733-1739.

Plomin, R., Rende, R. & Rutter, M. (1991). Quantitative genetics and developmental psychology. In D. Cicchetti & S.L. Toth (Eds.), Internalizing and externalizing expression of dysfunction (155-202). Hillsdale: Erlbaum.

Plutchik, R. & Van Praag, H.M. (1997). Suicide, impulsivity, and antisocial behavior. In D.M. Stoff, J. Breiling & J.D. Maser (Eds.), Handbook of antisocial behavior (101-108). New York: Wiley.

Poznanski, E. & Zrull, J. (1970). Child depression: Clinical characteristics of overtly depressed children. Archives of General Psychiatry, 23, 8-15.

Pratt, C. & Garton, A.F. (Eds.) (1993). Systems of representation in children: Development and use. New York: Wiley.

Premack, D. & Woodruff, G. (1978). Does the chimpanzee have a "theory of mind"? Behaviour and Brain Sciences, 4, 515-526.

Prenzel, M. & Schiefele, H. (1986). Konzepte der Veränderung und Erziehung. In B. Weidemann & A. Krapp (Hrsg.). Pädagogische Psychologie (105-142). München: Psychologie Verlags Union.

Prizant, B. & Schuler, A. (1987). Facilitating communication: Theoretical foundations. In D.J. Cohen & A.M. Donnellan (Eds.), Handbook of autism and pervasive developmental disorders (289-300). New York: Wiley.

Prizant, B. & Wetherby, A.M. (1988). Providing service to children with autism (0-2 years) and their families. Topics in Language Disorders, 9, 1-13.

Puig-Antich, J., Goetz, D., Davies, M., Kaplan, T., Davies, S., Ostrow, L., Asnis, L., Twomey, J., Iyengar, S. & Ryan, N.D. (1989). A controlled family history study of prepubertal major depressive disorders. Archives of General Psychiatry, 46, 406-418.

Puig-Antich, J., Kaufman, J., Ryan, N.D., Williamson, D., Dahl, R.E., Lukens, E., Tobak, G., Ambrosini, P., Rabinovich, H. & Nelson, B. (1993). The psychosocial functioning and family environment of depressed adolescents. Journal of the American Academy of Child and Adolescent Psychiatry, 32, 244-253.

Putallaz, M. & Dunn, S. E. (1990). The importance of peer relations. In M. Lewis & S. M. Miller (Eds.), Handbook of developmental psychopathology (227-236). New York: Plenum Press.

Quay, H.C. (1986). Classification. In H.C. Quay & J.S. Werry (Eds.), Psychopathological disorders of childhood (1-34). New York: Wiley, 3rd ed.

Quay, H.C. (1993). The psychobiology of undersocialized aggressive conduct disorder: A theoretical perspective. Development and Psychopathology, 5, 165-180.

Radke-Yarrow, M. & Brown, E. (1993). Resilience and vulnerability in children of multiple-risk families. Development and Psychopathology, 5, 581-592.

Radke-Yarrow, M., Cummings, E.M., Kuczynski, L. & Chapman, M. (1985). Patterns of attachment in two- and three-year-olds in normal families and families with parental depression. Child Development, 56, 884-893.

Radke-Yarrow, M., Zahn-Waxler, C., Richardson, D. T., Susman, A. & Martinez, P. (1994). Caring behavior in children of clinically depressed and well mothers. Child Development, 65, 1405-1414.

Raine, A. (1997). Antisocial behavior and psychophysiology: A biosocial perspective and a prefrontal dysfunction hypothesis. In D.M. Stoff, J. Breiling & J.D. Maser (Eds.), Handbook of antisocial behavior (289-304). New York: Wiley.

Raine, A., Brennan, P.A. & Mednick, S.A. (1994). Birth complications combined with early maternal rejection at age 1 year predispose to violent crime at age 18 years. Archives of General Psychiatry, 51, 984-988.

Rakic, P. (1972). Mode of cell migration to the superficial layers of fetal monkey neocortex. Journal of Comparative Neurology, 145, 61-83.

Rao, U., Ryan, N.D., Birmaher, B., Dahl, R.E., Williamson, D.E., Kaufman, J., Rao, R. & Nelson, B. (1995). Unipolar depression in adolescents: Clinical outcome in adulthood. Journal of the American Academy of Child and Adolescent Psychiatry, 34, 566-578.

Rao, U., Weismann, M.M., Martin, J.A. & Hammond, R.W. (1993). Childhood depression and risk of suicide: A preliminary report of a longitudinal study. Journal of the American Academy of Child and Adolescent Psychiatry, 32, 21-27.

Ratzke, K., Sanders, M., Diepold, B., Krannich, S. & Cierpka, M. (1997). Über Aggression und Gewalt bei Kindern in unterschiedlichen Kontexten. Praxis der Kinderpsychologie und Kinderpsychiatrie, 46, 153-168.

Rauh, H. (1995). Frühe Kindheit. In R. Oerter & L. Montada (Hrsg.) Entwicklungspsychologie (167-248). Weinheim: Psychologie Verlags Union, 3. vollst. überarb. Aufl.

Reeves, J.C., Werry, J.S., Elkind, G.S. & Zametkin, A. (1987). Attention deficit, conduct, oppositional, and anxiety disorders in children. II. Clinical characteristics. Journal of the American Academy of Child and Adolescent Psychiatry, 26, 144-155.

Rehm, L.P. & Carter, A.S. (1990). Cognitive components of depression. In M. Lewis & S.M. Miller (Eds.), Handbook of developmental psychopathology (341-351). New York: Plenum Press.

Rehm, L.P. & Sharp, R. (1996). Strategies for childhood depression. In M. Reinecke, F. Datillio & A. Freeman (Eds.), Cognitive therapy with children and adolescents: A casebook for clinical practice (103-123). New York: Guilford.

Reich, W. & Earls, F. (1987). Rules for making psychiatric diagnosis in children on the basis of multiple sources of information: Preliminary strategies. Journal of Abnormal Child Psychology, 15, 601-616.

Reich, W. & Welner, Z. (1988). Revised Version of the Diagnostic Interview for Children and Adolescents (DICA-R). St.Louis: Washington University School of Medicine, Department of Psychiatry.

Reid, J.B. (1993). Prevention of conduct disorder before and after school entry: Relating interventions to developmental findings. Development and Psychopathology, 5, 243-262.

Reid, J.B. & Eddy, J.M. (1997). The prevention of antisocial behavior: Some considerations in the search for effective interventions. In D.M. Stoff, J. Breiling & J.D. Maser (Eds.), Handbook of antisocial behavior (343-356). New York: Wiley.

Reilly, J.S., Stiles, J., Larsen, J. & Trauner, D. (1995). Affective facial expression in infants with focal brain damage. Neuropsychologia, 33, 83-99.

Reinecke, M.A., Ryan, N.A. & DuBois, D.L. (1998). Cognitive-behavioral therapy of depression and depressive symptoms during adolescence: A review and meta-analysis. Journal of the American Academy of Child and Adolescent Psychiatry, 37, 26-34.

Reinherz, H.Z., Giaconia, R.M., Pakiz, B., Silverman, B.A., Frost, A.K. & Lefkowitz, B.A. (1993). Psychosocial risks for major depression in late adolescence: A longitudinal community study. Journal of the American Academy of Child and Adolescent Psychiatry, 32, 1155-1163.

Reinherz, H.Z., Stewart-Berhauer, G., Pakiz, B., Frost, A.K., Moeykens, B.A. & Holmes, W.M. (1989). The relationship of early risk and current mediators to depressive symptomatology in adolescence. Journal of the American Academy of Child and Adolescent Psychiatry, 28, 942-947.

Reiss, D., Plomin, R. & Hetherington, E.M. (1991). Genetics and psychiatry: An unheralded window on the environment. American Journal of Psychiatry, 148, 283-291.

Reitsma-Street, M., Offord, D.R. & Finch, T. (1985). Pairs of same-sexed siblings discordant for antisocial behaviour. British Journal of Psychiatry, 146, 415-423.

Remschmidt, H. (1998). Grundlagen psychiatrischer Klassifikation und Psychodiagnostik. In F. Petermann (Hrsg.), Lehrbuch der Klinischen Kinderpsychologie (3-52). Göttingen: Hogrefe, 3., korr. Aufl.

Rende, R. & Plomin, R. (1993). Families at risk for psychopathology: Who becomes affected and why? Development and Psychopathology, 5, 529-540.

Rende, R. & Plomin, R. (1995). Nature, nurture, and the development of psychopathology. In D. Cicchetti & D.J. Cohen (Eds.), Developmental psychopathology, Vol. 1. Theory and methods (291-314). New York: Wiley.

Rennie, J. (1993). Neue Drehs der DNA. Spektrum der Wissenschaft, 5, 32-40.

Renouf, A.G., Kovacs, M. & Mukerji, P. (1997). Relationship of depressive, conduct, and comorbid disorders and social functioning in childhood. Journal of the American Academy of Child and Adolescent Psychiatry, 36, 998-1004.

Rhode, P., Lewinsohn, P.M. & Seeley, J.R. (1991). Comorbidity of unipolar depression: II. Comorbidity with other mental disorders in adolescents and adults. Journal of Abnormal Psychology, 100, 214-222.

Richters, J.E. & Cicchetti, D. (1993). Mark Twain meets DSM-III-R: Conduct disorder, development, and the concept of harmful dysfunction. Development and Psychopathology, 5, 5-29.

Richters, J.E. & Weintraub, S. (1990). Beyond diathesis: Towards an understanding of high-risk environments. In J. Rolf, A.S. Masten, D. Cicchetti, K.G. Nuechterlein & S. Weintraub (Eds.), Risk and protective factors in the development of psychopathology (67-96). New York: Cambridge University Press.

Richters, J. E. & Martinez, P. E. (1993). Violent communities, family choices, and children's changes: An algorithm for improving the odds. Development and Psychopathology, 5, 609-627.

Rie, H.E. (1966). Depression in childhood: A survey of some pertinent contributions. Journal of the American Academy of Child Psychiatry, 5, 653-658.

Riegel, K.F. (1978). Psychology, mon amour: A countertext. Boston: Houghton Mifflin.

Rigel, K.F. (1976). The dialectics of human development. American Psychologist, 31, 689-700.

Ritvo, E.R., Jorde, L.B., Mason-Brothers, A., Freeman, B.J., Pingree, C., Jones, M.B., McMahon, W.M., Petersen, P.B., Jenson, W.R. & Mo, A. (1989). The UCLA-University of Utah epidemiologic survey of

autism: recurrence risk estimates and genetic counseling. American Journal of Psychiatry, 146, 1032-1036.
Ritvo, E.R., Freeman, B.J., Mason-Brother, A., Mo, A., & Ritvo, A.M. (1985). Concordance for the syndrome of autism in 40 pairs of afflicted twins. American Journal of Psychiatry, 142, 74-77.
Robins, L.N. (1966). Deviant children grown up. Baltimore: Williams & Wilkins.
Robins, L., Helzer, J., Cottler, L. & Goldring E. (1989). NIMH Diagnostic Interview Schedule Version III Revised. St. Louis: Washington University, Department of Psychiatry.
Robinson, N.S., Garber, J. & Hilsman, R. (1995). Cognitions and stress: Direct and moderating effects on depressive versus externalising symptoms during the junior high school transition. Journal of Abnormal Psychology, 104, 453-463.
Rogers, S.J. & Pennington, B.P. (1991). A theoretical approach to the deficits in infantile autism. Development and Psychopathology, 3, 137-162.
Rohde, P., Lewinsohn, P.M. & Seeley, J.R. (1991). Comorbidity of unipolar depression. II. Comorbidity with other mental disorders in adolescents and adults. Journal of Abnormal Psychology, 100, 214-222.
Rohde, P., Lewinsohn, P.M. & Seeley, J.R. (1994). Are adolescents changed by an episode of major depression? Journal of the American Academy of Child and Adolescent Psychiatry, 33, 1289-1298.
Rolf, J., Masten, A., Cicchetti, D., Nuechterlein, K. & Weintraub, S. (Eds.) (1990). Risk and protective factors in the development of psychopathology. New York: Cambridge University Press.
Rolf, J. & Read, P.B. (1987). Programs advancing developmental psychopathology. Child Development, 55, 8-16.
Rose, D.T. & Abramson, L.Y. (1992). Developmental predictors of depressive cognitive style: Research and theory. In D. Cicchetti & S.L. Toth (Eds.), Rochester symposium on developmental psychopathology, Vol. 4. Developmental perspectives on depression (323-349). Rochester: University of Rochester Press.
Rose, S.L., Rose, S.A. & Feldman, J.F. (1989). Stability of behavior problems in very young children. Development and Psychopathology, 1, 5-19.
Rosenfield, I. (1996). Kein Erkennen ohne Gedächtnis. In C. Maar, E. Pöppel & T. Christaller (Hrsg.), Die Technik auf dem Weg zur Seele (139-148). Reinbek: Rowohlt.
Rosenthal, D. (1970). Genetic theory and abnormal behavior. New York: McGraw-Hill.
Rosenthal, N. (1994a). DNA and the genetic code. New England Journal of Medicine, 331, 39-41.
Rosenthal, N. (1994b). Regulation of gene expression. New England Journal of Medicine, 331, 931-933
Rosenzweig, M., Krech, D., Bennett, E.L. & Diamond, M. (1962). Effects of environmental complexity and training on brain chemistry and anatomy: A replication and extension. Journal of Comparative and Physiological Psychology, 55, 429-437.
Rosser, R.A. (1994). Cognitive development. Psychological and biological perspectives. Boston: Allyn & Bacon.
Rossmann, P. (1991). Depressionsdiagnostik im Kindesalter: Grundlagen, Klassifikation, Erfassungsmethoden. Bern: Huber.
Rossmann, P. (1993). Depressiontest für Kinder (DTK). Bern: Huber.
Rossmann, P. (1994). Neuere Entwicklungen zur Diagnostik der Depression im Kindesalter. Kindheit und Entwicklung, 3, 172-177.
Rossmann, P. (1996). Einführung in die Entwicklungspsychologie des Kindes- und Jugendalters. Bern: Huber.
Rothbaum, F. & Weisz, J. (1994). Parental caregiving and child externalizing behavior in nonclinical samples: A meta-analysis. Psychological Bulletin, 116, 55-74.
Rubin, K.H., Hymel, S., Mills, R.S.L. & Rose-Krasnor, L. (1991). Conceptualizing different developmental pathways to and from social isolation in childhood. In D. Cicchetti & S.L. Toth (Eds.), Rochester symposium on developmental psychopathology, Vol. 2. Internalizing and externalizing expressiony of dysfunction (91-122). Hillsdale: Erlbaum.
Rubin, K. H., Lynch, D., Coplan, R., Rose-Krasnor, L., & Booth, C.L. (1994). "Birds of a feather . . .": Behavioral concordances and preferential personal attraction in children. Child Development, 65, 1778-1785.
Rubinstein, J.L., Lotspich, L., & Ciaranello, R.D. (1993). The neurobiology of developmental disorders. In B.B. Lahey & A.E. Kazdin (Eds.), Advances in Clinical Child Psychology, Vol. 15 (1-52), New York: Plenum.
Rutter, M. (1978). Diagnosis and definition. In M. Rutter & E. Schopler (Eds.), Autism: A reappraisal of concepts and treatment (1-25). New York: Plenum.
Rutter, M. (1981). Stress, coping and development: Some issues and some questions. Journal of Child Psychology and Psychiatry, 22, 323-356.
Rutter, M. (1984). Continuities and discontinuities in socioemotional development: Empirical and conceptual perspectives. In R.N. Emde & R.J. Harmon (Eds.), Continuities and discontinuities in development (41-68). New York: Plenum Press.

Rutter, M. (1986). Child psychiatry: The interface between clinical and developmental research. Psychological Medicine, 16, 151-169.

Rutter, M. (1987a). Temperament, personality and personality disorder. British Journal of Psychiatry, 150, 443-458.

Rutter, M. (1987b). Psychosocial resilience and protective mechanism. American Journal of Orthopsychiatry, 57, 316-331.

Rutter, M. (1988a). Epidemiological approaches to developmental psychopathology. Archives of General Psychiatry, 45, 486-495.

Rutter, M. (1988b). Depressive disorders. In M. Rutter, A.H. Tuma & I.S. Lann (Eds.), Assessment and diagnosis in child psychopathology (347-376). London: Fullton.

Rutter, M. (1989). Isle of Wight revisited: Twenty-five years ot child psychiatric epidemiology. Journal of the American Academy of Child and Adolescent Psychiatry, 28, 633-653.

Rutter, M. (1990a). Psychosocial resilience and protective mechanisms. In J. Rolf, A.S. Masten, D. Cicchetti, K.H. Nuechterlein & S. Weintraub (Eds.), Risk and protective factors in the development of psychopathology (181-214). New York: Cambridge University Press.

Rutter, M. (1990b). Commentary: Some focus and process considerations regarding effects of parental depression on children. Developmental Psychology, 26, 60-67.

Rutter, M. (1991). Nature, nurture, and psychopathology: A new look at an old topic. Development and psychopathology, 3, 125-136.

Rutter, M. (1994a). Beyond longitudinal data: Causes, consequences, changes and continuity. Journal of Consulting and Clinical Psychology, 62, 928-940.

Rutter, M. (1994b). Stress research: Accomplishments and tasks ahead. In R.J. Haggerty, L.R. Sherrod, N. Garmezy & M. Rutter (Eds.), Stress, risk, and resilience in children and adolescents. Processes, mechanisms, and interventions (354-385). Cambridge: University Press.

Rutter, M. (1995). Clinical implications of attachment concepts: Retrospect and prospect. Journal of Child Psychology and Psychiatry, 36, 549-571.

Rutter, M. (1996) Developmental Psychopathology: Concepts and prospects. In M.F. Lenzenweger & J.J. Haugaard (Eds.). Frontiers of developmental psychopathology (209-237). New York: Oxford University Press.

Rutter, M. (1997). Antisocial behavior: Developmental psychopathology perspectives. In D.M. Stoff, J. Breiling & J.D. Maser (Eds.), Handbook of antisocial behavior (115-124). New York: Wiley.

Rutter, M., Bailey, A., Bolton, P. & LeCouteur, A. (1993). Autism: Syndrome defintion and possible genetic mechanisms. In R. Plomin & G.E. McClearn (Eds.), Nature, nurture, and psychology (269-284). Washington: American Psychological Association.

Rutter, M., Bailey, A., Bolton, P., & LeCouteur, A. (1994). Autism and known medical conditions. Myth and substance. Journal of Child Psychology and Psychiatry, 35, 311-322.

Rutter, M., Izard, C.E. & Read, P.B. (Eds.) (1986). Depression in young people: Developmental and clinical perspectives. New York: Guilford Press.

Rutter, M., Macdonald, H., Le Conteur, A., Harrington, R., Bolton, P. & Bailey, A. (1990). Genetic factors in child psychiatric disorders II: Empirical findings. Journal of Clinical Psychology and Pychiatry, 31, 39-83.

Rutter, M. & Quinton, P. (1984). Parental psychiatric disorder: Effects on children. Psychological Medicine, 14, 853-880).

Rutter, M. & Schopler, E. (1987). Autism and pervasive developmental disorders: Concepts and diagnostic issues. Journal of Autism and Developmental Disorders, 17, 159-186.

Rutter, M. & Schopler, E. (1992). Classification of pervasive developmental disorders: Some concepts and practical considerations. Journal of Autism and Developmental Disorders, 22, 459-182.

Rutter, M. & Smith, D.J. (1995). Towards causal explanations of time trends in psychosocial disorders of young people. In M. Rutter & D.J. Smith (Eds.), Psychosocial disorders in young people (782-808). Chichester: Wiley.

Ryan, N.D., Puig-Antich, J., Ambrosini, P., Rabinovich, H., Robinson, D., Neilson, B., Iyengar, S. & Toomey, J. (1987). The clinical picture of major depression in children and adolescents. Archives of General Psychiaty, 44, 854-861.

Ryan, N.D., Williamson, D.E., Iyengar, S., Orvaschel, H., Reich, T., Dahl, R.E. & Puig-Antich, J. (1992). A secular increase in child and adolescent onset affective disorder. Journal of the American Academy of Child and Adolescent Psychiatry, 31, 600-605.

Sackett, G., Sameroff, A., Cairns, R. & Suomi, S. (1981). Continuity in behavioral development: Theoretical and empirical issues. In K. Immelman, G. Barlow, L. Petrinovich & M. Main (eds.), Behavioral development (23-57). Cambridge: Cambridge University Press.

Sacks, O., 1995. An anthropologist on Mars. London: Picador.
Sagi, A., Lamb, M.E., Lewkowicz, K.S., Shoham, R., Dvir, R. & Estes, D. (1985). Security of infant-mother, -father, and metapelet attachments among kibbutz reared Israeli children. Monographs of the Society for Research in Child Development, 50.
Sameroff, A. (1975). Transactional models in early social relations. Human Development, 18, 65-79.
Sameroff, A.J. (1983). Developmental systems: Contexts and evolution. In W. Kessen (Ed.), Handbook child psychology: History, theory, and methods, Vol. 1. New York: Wiley.
Sameroff, A.J. (1989a). Models of developmental regulation: ferences. Child Development, 63, 1-19.
Sameroff, A. J. (1989b). Commentary: General systems and the regulation of development. In M. R. Gunnar & E. Thelen (Eds.), The Minnesota symposia on child psychology, Vol. 22. Systems and development (219-235). Hillsdale: Erlbaum.
Sameroff, A. J. (1995). General systems theories and developmental psychopathology. In D. Cicchetti & D. J. Cohen (Eds.), Developmental psychopathology, Vol.1. Theory and methods (659-695). New York: Wiley.
Sameroff, A.J. & Chandler, M.J. (1975). Reproductive risk and the continuum of caretaking casualty. In F.D. Horowitz, M. Hetherington, S. Scarr-Salapatek & G. Siegel (Eds.), Review of child development research, Vol. 4 (187-244). Chicago: University of Chicago Press.
Sameroff, A.J. & Emde, R.N. (Eds.) (1989). Relationship disturbances in early childhood: A developmental approach. New York: Basic Books.
Sameroff, A.J. & Fiese, B.H. (1990). Transactional regulations and early intervention. In S.J. Meisels & J.P. Shonkoff (Eds.), Handbook of early childhood intervention (119-149). New York: Cambridge University Press.
Sanders, M.R., Dadds, M.R., Johnston, B.M. & Cash, R. (1992). Childhood depression and conduct disorder: I. Behavioral, affective, and cognitive aspects of family problem-solving interactions. Journal of Abnormal Psychology, 101, 495-504.
Sanford, M., Szatmari, P., Spinner, M., Munroe-Blum, H., Jamieson, E., Walsh, C. & Jones, D. (1995). Predicting the one-year course of adolescent major depression. Journal of the American Academy of Child and Adolescent Psychiatry, 34, 1618-1628.
Sanson, A., Smart, D., Prior, M. & Oberklaid, F. (1993). Precursors of hyperactivity and aggression. Journal of the American Academy of Child and Adolescent Psychiatry, 32, 1207-1216.
Sarni, C. (1990). Emotional competence: How emotions and relationships become integated. In R.A. Thompson (Ed.), Nebraska symposium on motivation, Vol. 36. Socioemotional development. Lincoln: University of Nebraska Press.
Satterfield, J.H. & Schell, A. (1997). A prospective study of hyperactive boys with conduct problems and normal boys: Adolescent and adult criminality. Journal of the American Academy of Child and Adolescent Psychiatry, 36, 1726-1735.
Scaife, M. & Bruner, J. (1975). The capacity for joint visual attention in the human infant. Nature, 253, 265.
Scarr, S. (1992). Developmental theories for the 1990's: Development and individual differences. Child Development, 63, 1-19.
Scarr, S. & McCartney, K. (1983). How people make their own environment: A theory of genotype → environment effects. Child Development, 54, 424-435.
Scerbo, A., Raine, A., Venables, P.H. & Mednick, S.A. (1995). Stability of temperament from ages 3 to 11 years in Mauritian children. Journal of Abnormal Child Psychology, 23, 607-618.
Schandry, R. (1996). Lehrbuch Psychophysiologie. Körperliche Indikatoren psychischen Geschehens Weinheim: Psychologie Verlags Union, 3., korr. Aufl.
Schaughency, E., McGee, R., Raja, S.N., Feehan, M. & Silva, P.A. (1994). Self-reported inattention, impulsivity, and hyperactivity at ages 15 and 18 years in the general population. Journal of the American Academy of Child and Adolescent Psychiatry, 33, 173-184.
Schneider, W. & Büttner, G. (1995). Entwicklung des Gedächtnisses. In R. Oerter & L. Montada (Hrsg.). Entwicklungspsychologie (654-704). Weinheim: Psychologie Verlags Union, 3. vollst. überarb. Aufl.
Schneider-Rosen, K. & Cicchetti, D. (1984). The relationship between affect and cognition in maltreated infants: Quality of attachment and the development of visual self-recognition. Child Development, 55, 648-658.
Schopler, E. (1994). A statewide program for the treatment and education of autistic and related communication handicapped children (Teacch). Child and Adolescent Psychiatric Clinics of North America, 3, 91-103.
Schopler, E. & Mesibov, G.B. (Eds.) (1987). Neurobiological issues in autism. New York: Plenum Press.
Schore, A.N. (1994). Affect regulation and the origin of the self: The neurobiology of emotional development. Hillsdale: Erlbaum.

Schreck, J., Backes, M., von Gontard, A. & Lehmkuhl, G. (1998). Das fragile X-Syndrom. Kindheit und Entwicklung, 7, 79-85.
Schwartz, R.S. (1995). Jumping genes. New England Journal of Medicine, 332, 941-944.
Schwartz, J.H. (1996). Neurotransmitter. In E.R. Kandel, J.H. Schwartz & T.M. Jessel (Hrsg.), Neurowissenschaften (299-312). Heidelberg: Spektrum.
Schwartz, C.E., Snidman, N. & Kagan, J. (1995). Early childhood temperament as a determinant of externalizing behavior in adolescence. Development and Psychopathology, 7, 527-537.
Sejnowski, T.J. (1997). The year of the dendrite. Science, 275, 178-179.
Seligman, M.E.P. (1975). Helplessness: On depression, development, and death. San Francisco: Freeman.
Seligman, M.E.P. (1995). Erlernte Hilflosigkeit. Mit einem Nachwort von F. Petermann. Weinheim: Psychologie Verlags Union, 5. korr. Aufl.
Seligman, M.E.P., Peterson, C., Kaslow, N., Tanenbaum, R., Alloy, L. & Abramson, L. (1984). Attributional style and depressive symptoms among children. Journal of Abnormal Psychology, 93, 235-238.
Selman, R.L. (1980). The growth of interpersonal understanding: Developmental and clinical analysis. New York: Academic Press.
Selman, R.L. (1981). The child as a friendship philosopher. In S.R. Asher & J.M. Gottman (Eds.), The development of children's friendships. Cambridge: Cambridge University Press.
Selman, R.L., Schultz, L.H., Nakkula, M., Barr, D. Watts, C. & Richmond, J.B. (1992). Friendship and fighting: A developmental approach to the study of risk and prevention of violence. Development and Psychopathology, 4, 529-558.
Senator für Inneres der Freien Hansestadt Bremen, Landeskriminalamt (1998). Polizeiliche Kriminalstatistik (PKS) des Landes Bremen 1997. Eigendruck.
Shaffer, D. (1974). Suicide in childhood and early adolescence. Journal of Child Psychology and Psychiatry, 15, 275-291.
Shaffer, D., Gould, M.S., Fisher, P., Trautman, P., Moreau, D., Kleinman, M. & Flory, M. (1996). Psychiatric diagnosis in child and adolescent suicide. Archives of General Psychiatry, 53, 339-348.
Shahidulla, S. & Hepper, P.G. (1993). Frequency discrimination by the fetus. Early Human Development, 36, 13-26.
Shatz, C.J., (1992). Das sich entwickelnde Gehirn. Spektrum der Wissenschaft, 44-52.
Shaw, D.S., Keenan, K. & Vondra, J.I. (1994). Developmental precursors of externalizing behavior: Ages 1 to 3. Developmental Psychology, 30, 355-364.
Shaw., D.S., Keenan, K., Vondra, J.I., Delliquadri, E. & Giovannelli, J. (1997). Antecedents of preschool children's internalizing problems: A longitudinal study of low-income families. Journal of the American Academy of Child and Adolescent Psychiatry, 36, 1760-1767.
Shaw, D.S., Owens, E.B., Vondra, J.I., Keenan, K. & Winslow, E.B. (1996). Early risk factors and pathways in the development of early disruptive behavior problems. Development and Psychopathology, 8, 679-699.
Shaw, D.S., Vondra, J.I., Dowdell Hommerding, K., Keenan, K. & Dunn, M. (1994). Chronic family adversity and early child behavior problems: A longitudinal study of low income families. Journal of Child Psychology and Psychiatry, 35, 1109-1122.
Shaw, D.S. & Winslow, E.B. (1997). Precursors and correlates of antisocial behavior from infancy to preschool. In D.M. Stoff, J. Breiling & J.D. Maser (Eds.), Handbook of antisocial behavior (148-158). New York: Wiley.
Shearer, S.L., Peters, C.P., Quaytman, M.S. & Ogden, R.L. (1990). Frequency and correlates of childhood sexual and physical abuse histories in adult female borderline inpatients. American Jounal of Psychiatry, 147, 214-216.
Shepherd, M. (1987). Formulation of new research strategies on schizophrenia. In H. Häfer, W.F. Gattez & W. Janzarik (Eds.), Search for the causes of schizophrenia. Berlin: Springer.
Shepherd, G.M. (1993). Neurobiologie. Berlin: Springer.
Shirk, S.R. & Saiz, C.C. (1992). Clinical, empirical, and developmental perspectives on the therapeutic relationship in child psychotherapy. Development and Psychopathology, 4, 713-728.
Siebenthal, K. von & Largo, R.H. (1996). Frühkindliche Risikofaktoren: Ihre Auswirkungen und Bedeutung für die spätere Entwicklung. Kindheit und Entwicklung, 5, 36-44.
Sigman, M., Ungerer, J.A., Mundy, P., & Sherman, T. (1987). Cognition in autistic children. In D.J. Cohen & A.M. Donnellan (Eds.), Handbook of autism and pervasive developmental disorders (103-120). New York: Wiley.
Siegrist, J. (1980). Die Bedeutung von Lebensereignissen für die Entstehung körperlicher und psychosomatischer Erkrankungen. Der Nervenarzt, 51, 313-320.

Silbereisen, R.K. (1995). Soziale Kognition: Entwicklung von sozialem Wissen und Verstehen. In R. Oerter & L. Montada (Hrsg.), Entwicklungspsychologie (823-861). Weinheim: Psychologie Verlags Union, 3. vollst. überarb. Aufl.
Simeonson, R.J., Olley, J.G., & Rosenthal. S.L. (1987). Early intervention for children with autism. In M. Guralnick & F. Bennett (Eds.), The effectiveness of early intervention for at-risk and handicapped children. New York: Academic Press.
Simmons, R. (1987). Social transition and adolescent development. In C.E. Irwin (Ed.), Adolescent social behavior and health (33-62). San Francisco: Jossey-Bass.
Simmons, R., Burgeson, R., Charleton-Ford, S. & Blyth, D. (1987). The impact of cumulative change in early adolescence. Child Development, 58, 1220-1234.
Singer, W. (1985). Hirnentwicklung und Umwelt. Spektrum der Wissenschaft, 48-63.
Singer, W. (1990). Role of acetylcholine in use-dependent plasticity of the visual cortex. In M. Steriade & D. Biesold (Eds.), Brain cholinergic systems (314-336). Oxford: Oxford University Press.
Skinner, B.F. (1953). Science and human behavior. New York: Appleton-Century-Crofts.
Sklar, A. D. & Harris, R. F. (1985). Effects of parent loss: Interaction with family size and sibling order. American Journal of Psychiatry, 142, 708-714.
Skuse, B. (1984). Extreme deprivation in early childhood-I. Diverse outcomes for three siblings from an extraordinary family. Journal of Child Psychology and Psychiatry, 25, 523-541.
Skuse, D.H., James, R.S., Bishop, D.V.M., Coppin, B., Dalton, P., Aamodt-Leeper, G., Bacarese-Hamilton, M., Creswell, C., McGurk, R. & Jacobs, P.A. (1997). Evidence from Turner's syndrome of an imprinted x-linked locus affecting cognitive function. Nature, 387, 705-708.
Slomkowski, C. & Dunn, J. (1996). Young children's understanding of other people's beliefs and feelings and their connected communication with friends. Developmental Psychology, 32, 442-447.
Smith, G.F. & Berg, J.M. (1976). Down's anomaly. Edinburgh: Churchill Livingstone.
Smith, M. A. & Jenkins, J. M. (1991). The effects of marital disharmony on prepubertal children. Journal of Abnormal Child Psychology, 19, 625-644.
Smith, D.J. & Rutter, M (1995). Time trends in psychosocial disorders of youth. In M. Rutter & D.J. Smith (Eds.), Psychosocial disorders in young people (763-781). Chichester: Wiley.
Snyder, J., Horsch, E. & Childs, J. (1997). Peer relationships of young children: Affilative choices and the shaping of aggressive behavior. Journal of Clinical Child Psychology, 26, 145-156.
Sodian, B. (1995). Entwicklung bereichsspezifischen Wissens. In R. Oerter & L. Montada (Hrsg.), Entwicklungspsychologie (622-653). Weinheim: Psychologie Verlags Union, 3. vollst. überarb. Aufl.
Sorce, J.F., Emde, R.N., Campos, J.J. & Klinnert, M.D. (1985). Maternal emotional signalling: Its effects on the visual cliff behavior of 1-year-olds. Developmental Psychology, 21, 195-200.
Spangler, G., & Grossmann, K. E. (1993). Biobehavioral organization in securely and insecurely attached infants. Child Development, 64, 1439-1450.
Spelke, E.S., Breinlinger, K., Macomber, J. & Jacobson, K. (1992). Origins of knowledge. Psychological Review, 99, 605-632.
Spemann, H. (1938). Embryonic development and induction. New Haven: Yale University Press.
Spencer, H. (1900). First principles. New York: Appleton, 6th ed.
Sperling, E. (1980). Suizid und Familie. Zeitschrift für Gruppenpsychotherapie und Gruppendynamik, 16, 24-35.
Spieker, S. J., Bensley, L., McMahon, R. J., Fung, H. & Ossiander, E. (1996). Sexual abuse as a factor in child maltreatment by adolescent mothers of preschool aged children. Development and Psychopathology, 8, 497-509.
Spitzer, M. (1996). Geist im Netz. Heidelberg: Spektrum.
Spitzer, R.L., Davies, M. & Barkley, R.A. (1990). The DSM-III-R field trial of disruptive behavior disorders. Journal of the American Academy of Child and Adolescent Psychiatry, 29, 690-697.
Spoont, M.R. (1992). Modulatory role of serotonin in neural information processing: Implications for human psychopathology. Psychological Bulletin, 112, 330-350.
Sroufe, L.A. (1979). The coherence of individual development: Early care, attachment and subsequent developmental issues. American Psychologist, 34, 834-841.
Sroufe, L.A. (1989). Pathways to adaptation and maladaptation: Psychopathology as developmental deviation. In D. Cicchetti (Ed.), Rochester symposium on developmental psychopathology, Vol. 1. The emergence of a discipline (13-40). Hillsdale: Erlbaum.
Sroufe, L.A. (1996). Emotional development: The organization of emotional life in the first early years. New York: Cambridge University Press.
Sroufe, L.A. (1997). Psychopathology as an outcome of development. Development and Psychopathology, 9, 251-268.

Sroufe, L.A., Carlson, E. & Shulman, S. (1993). Individuals in relationships: Development from infancy through adolescence. In D.C. Funder, R.D. Parke, C. Tomlinson-Keasey & K. Widaman (Eds.), Studying life through time: Personality and development. Washington: American Psychological Association.
Sroufe, L.A. & Rutter, M. (1984). The domain of developmental psychopathology. Child Development, 55, 17-29.
Stanger, C., Achenbach, T. & Verhulst, F.C. (1997). Accelerated longitudinal comparisons of aggressive versus delinquent syndromes. Development and Psychopathology, 9, 43-58.
Stanger, C. & Lewis, M. (1993). Aggreement among parents, teachers, and children on internalizing and externalizing behavior problems. Journal of Clinical Child Psychology, 22, 107-115.
Stager, C.L. & Werker, J.F. (1997). Infants listen for more phonetic details in speech perception than in word-learning tasks. Nature, 388, 381-382.
Stattin, H. & Magnusson, D. (1989). The role of early aggressive behavior in the frequency, seriousness, and types of later crime. Journal of Consulting and Clinical Psychology, 57, 710-718.
Stattin, H. & Magnusson, D. (1991). Stability and change in criminal behavior up to age 30: Findings from a prospective, longitudinal study in Sweden. British Journal of Criminology, 31, 327-346.
Stattin, H. & Magnusson, D. (1996). Antisocial development: A holistic approach. Development and Psychopathology, 8, 617-645.
Steffenburg, S. (1991). Neuropsychiatry assessment of children with autism: A population-based study. Developmental Medicine and Child Neurology, 33, 493-551.
Steinhausen, H.-C. (1995). Schwangerschaft und Entwicklungsgefährdung - Ergebnisse der Verhaltensteratologie. Kindheit und Entwicklung, 4, 78-81.
Steinsmeier-Pelster, J., Schürmann, M. & Duda, K. (1989). Depressionsinventar für Kinder und Jugendliche (DIKJ). Göttingen: Hogrefe.
Stern, D.N. (1985). The interpersonal world of the infant: A view from psychoanalysis and developmental psychology. New York: Basic Books.
Sternberg, L. (Ed.). (1991). Functional communication: Analysing the nonlinguistic skills of individuals with severe or profound handicaps. New York: Springer.
Stouthamer-Loeber, M., Loeber, R., Farrington, D.P., Zhang, Q., Van Kammen, W. & Maguin, E. (1993). The double edge of protective and risk factors for delinquency: Interrelations and developmental patterns. Development and Psychopathology, 5, 683-701.
Strober, M., Lampert, C., Schmidt, S. & Morell, W. (1993). The course of major depressive disorders in adolescents: I. Recovery and risk of manic switching in a follow-up psychotic and nonpsychotic subtypes. Journal of the American Academy of Child and Adolescent Psychiatry, 32, 34-42.
Sutton, C. (1992). Training parents to manage difficult children: A comparison of methods. Behavioral Psychotherapy, 20, 115-139.
Szasz, T.S. (1960). The myth of mental ilness: Foundations of a theory of personal conduct. New York: Haper & Row.
Szatmari, P. & Jones, M.B. (1991). IQ and the genetics of autism. Journal of Child Psychology and Psychiatry, 32, 897-908.
Taylor, E., Chadwick, O., Heptinstall, E. & Danckaerts, M. (1996). Hyperactivity and conduct problems as risk factors for adolescent development. Journal of the American Academy of Child and Adolescent Psychiatry, 35, 1213-1226.
Teicher, M.H., Glod, C. A., Surrey, J. & Sett, C. (1993). Early childhood abuse and limbic system rating in adult psychiatric outpatients. The Journal of Neuropsychiatry and Clinical Neurosciences, 5, 301-306.
Thapar, A. & McGuffin, P. (1997). Anxiety and depressive symptoms in childhood - a genetic study of comorbidity. Journal of Child Psychology and Psychiatry, 38, 651-656.
Thatcher, R. W. (1994). Psychopathology of early frontal lobe damage: Dependence on cycles of development. Development and Psychopathology, 6, 565-596.
Thelen, E. (1990). Dynamical systems and the generation of individual differences. In J. Colombo & J. Fagan (Eds.), Individual differences in infancy (19-43). Hillsdale: Erlbaum.
Thomas, A. & Chess, S. (1977). Temperament and development. New York: Bruner/Mazel.
Thompson, R.A. (1990). Emotion and self-regulation. In R.A. Thompson (Ed.), Nebraska symposium on motivation, Vol. 36. Socioemotional development. Lincoln: University of Nebraska Press.
Thompson, R.A., Lamb, M.E. & Estes, D. (1982). Stability of infant-mother attachment and its relationship to changing life circumstances in an unselected middle class sample. Child Development, 53, 144-148.
Thornberry, T.P. & Krohn, M.D. (1997). Peers, drug use, and delinquency. In D.M. Stoff, J. Breiling & J.D. Maser (Eds.), Handbook of antisocial behavior (218-233). New York: Wiley.

Todd, R. D., Swarzenski, B., Giovanardi Rossi, P. & Visconti, P. (1995). Structural and functional development of the human brain. In D. Cicchetti & D.J. Cohen (Eds.), Developmental psychopathology, Vol. 1 (161-194). New York: Wiley.
Tolan, P.H. & Gorman-Smith, D. (1997). Treatment of juvenile delinquency: Between punishment and therapy. In D.M. Stoff, J. Breiling & J.D. Maser (Eds.), Handbook of antisocial behavior (405-415). New York: Wiley.
Tolan, P.H. & Guerra, N.G. (1994). Prevention of delinquency: Current status and issues. Journal of Applied and Preventive Psychology, 3, 251-273.
Tolan, P.H. & Thomas, P. (1995). The implications of age of onset for delinquency risk II: Longitudinal data. Journal of Abnormal Child Psychology, 23, 157-181.
Toolan, J. (1974). Masked depression in children and adolescents. In S. Lesse (Ed.), Masked depression. New York: Aronson.
Toolan, J.M. (1962). Depression in children and adolescents. American Journal of Orthopsychiatry, 32, 404-414.
Trad, P. (1986). Infant depression, paradigms and paradoxes. New York: Springer.
Trautner, H.M. (1992). Lehrbuch der Entwicklungspsychologie. Band 1: Grundlagen und Methoden. Göttingen: Hogrefe.
Trautner, H.M. (1995). Allgemeine Entwicklungspsychologie. Stuttgart: Kohlhammer.
Tremblay, R.E. & Craig, W.M. (1995). Developmental crime prevention. In M. Tonry & D.P. Farrington (Eds.), Building a safer society: Strategic approaches to crime prevention, Vol. 19 (151-236). Chicago: University of Chicago Press.
Tremblay, R.E., Pihl, R.O., Vitaro, F. & Dobkin, P.L. (1994). Predicting early onset of male antisocial behavior from preschool behavior. Archives of General Psychiatry, 51, 732-739.
Trevarthen, C. & Aitken, K. J. (1994). Brain development, infant communication, and empathy disorders: Intrinsic factors in child mental health. Development and Psychopathology, 6, 597-633.
Tucker, D.M. (1992). Developing emotions and cortical networks. In M.R. Gunnar & C. A.Nelson (Eds.), Minnesota symposium on child psychology, Vol. 24. Developmental behavioral neuroscience (75-128). Hillsdale: Erlbaum.
Tulving, E. (1985). How many memory systems are there? American Psychologist, 40, 385-398.
van IJzendoorn, M.H., Goldberg, S., Kroonenberg, P.M. & Frenkel, O.J. (1992). The relative effects of maternal and child problems on the quality of attachment: A meta-analysis of attachment in clinical problems. Child Development, 63, 840-858.
van IJzendoorn, M.H. & Kroonenberg, P.M. (1988). Cross-cultural patterns of attachment: a meta-analysis of the strange situation. Child Development, 59, 147-156.
Vannatta, R.A. (1996). Risk factors related to suicidal behavior among male and female adolescents. Journal of Youth and Adolescence, 25, 149-160.
Vasta, R., Haith, M.M. & Miller, S.A. (1992). Child Psychology. The modern science. New York: Wiley.
Vaughn, B., Egeland, B., Sroufe, L.A. & Waters, E. (1979). Individual differences in infant-mother attachment at twelve and eighteen months: Stability and change in families under stress. Child Development, 50, 971-975.
Velez, C.D., Johnson, J. & Cohen, P. (1989). A longitudinal analysis of selected risk factors for childhood psychopathology. Journal of the American Academy of Child and Adolescent Psychiatry, 28, 861-864.
Verhulst, F.C. (1995). The epidemiology of child and adolescent psychopathology: Strengths and limitations. In F.C. Verhulst & H.M. Koot (Eds.), The epidemiology of child and adolescent psychopathology (1-21). Oxford: Oxford University Press.
Verhulst, F.C. & Koot, H.M. (1992). Child psychiatric epidemiology. Concepts, methods, and findings. Newbury Park: Sage.
Verhulst, F.C., van der Ende, J., Ferdinand, R.F. & Kasius, M.C. (1997). The prevalence of DSM-III-R diagnoses in a national sample of dutch adolescents. Archives of General Psychiatry, 54, 329-336.
Vines, G. (1997). Where did you get your brains? New Scientist, 3. May, 34-39
Vitiello, B. & Stoff, D.M. (1997). Subtypes of aggression and their relevance to child psychiatry. Journal of the American Academy of Child and Adolescent Psychiatry, 36, 307-315.
Volkmar, F.R., Burack, J.A., & Cohen, D.J. (1990). Deviance and developmental approach in the study of autism. In R.M. Hodapp, J.A. Burack, & E. Zigler (Eds.), Issues in the developmental approach to mental retardation (246-270). Cambridge: Cambridge University Press.
Volkmar, F.R., Cicchetti, D.V., Cohen, D.J., & Bergman, J. (1992). Developmental aspects of DSM-III-R criteria for autism. Journal of Autism and Developmental Disorders, 22, 657-662.
Vygotsky, L.S. (1987). The collected works of L.S. Vygotsky: Vol. 1. Problems of general psychology. New York: Plenum.

Wacker, A. (1990). Anlage und Umwelt. In S. Grubitzsch & G. Rexilius (Hrsg.). Psychologische Grundbegriffe (50-59). Reinbek: Rowohlt.
Waddington, C.H. (1957). The strategy of genes. London: George, Allen & Unwin.
Wagner, B.M. (1997). Family risk factors for child and adolescent suicidal behavior. Psychological Bulettin, 121, 246-298.
Wakefield, J.C. (1992). Disorder as harmful dysfunction: A conceptual critique of DSM-III-R's definition of mental disorder. Psychological Review, 99, 232-247.
Wakefield, J. C. (1997). When is development disordered? Developmental psychopathology and the harmful dysfunction analysis of mental disorder. Development and Psychopathology, 9, 269-290.
Walker, E., Bettes, B. & Ceci, S. (1984). Teachers' assumptions regarding the severity, causes, and outcomes of behavioral problems in pre-schoolers: Implications for referral. Journal of Consulting and Clinical Psychology, 52, 899-902.
Walker, J.L., Lahey, B.B., Russo, M.F., Christ, M.A.G., McBurnett, K., Loeber, R., Stouthamer-Loeber, M. & Green, S.M. (1991). Anxiety, inhibition, and conduct disorder in children: I. Relations to social impairment. Journal of the American Academy of Child and Adolescent Psychiatry, 30, 187-191.
Warner, V., Mufson, I. & Weissman, M.M. (1995). Offspring at high and low risk for depression and anxiety: Mechanisms of psychiatric disorders. Journal of the American Academy of Child and Adolescent Psychiatry, 34, 786-797.
Warner, V., Weissman, M.M., Fendrich, M., Wickramaratne, P. & Moreau, D. (1992). The course of major depression in the offspring of depressed parents: Incidence, recurrence, and recovery. Archives of General Psychiatry, 49, 795-801.
Warschburger, P. & Petermann, F. (1997). Kinderverhaltenstherapie: Neue Trends am Beispiel der aggressiven Störungen. In F. Petermann (Hrsg.), Kinderverhaltenstherapie. Grundlagen und Anwendungen (86-126). Baltmannsweiler: Schneider.
Wartner, U. G., Grossmann, K., Fremmer-Bombik, E., & Suess, G. (1994). Attachment patterns at age six in South Germany: Predictability from infancy and implications for preschool behavior. Child Development, 65, 1014-1027.
Wässer, S., Ettrich, K.U., Bührdel, P., Bustian, D., Bustian, U., Graustein, I. & Theile, H. (1994). Konzentrationstraining bei phenylketonurischen Kindern. Kindheit und Entwicklung, 3, 117-122.
Waterhouse, L., Wing, L., Spitzer, R., & Siegal, B. (1992). Pervasive developmental disorders: From DSM-III to DSM-III-R. Journal of Autism and Developmental Disorders, 22, 525-549.
Waters, E., Wippman, J. & Sroufe, L.A. (1979). Attachment, positive affect, and competence in the peer group: two studies in construct validation. Child Development, 50, 821-829.
Watson, D. & Clark, L.A. (1984). Negative affectivity: The disposition to experience aversive emotional states. Psychological Bulletin, 96, 465-490.
Watson, J.B. (1930). Behaviorism. Chicago: Chicago University Press.
Watson, J.D. & Crick, F.H.C. (1953). Molecular structure of nucleic acids: A structure for Deoxyribose Nucleic Acid. Nature, 171, 737.
Watson, J.D., Tooze, J. & Kurtz, D.T. (1985). Rekombinierte DNA. Heidelberg: Spektrum, 2. Aufl.
Webster-Stratton, C. (1990). Long-term follow-up of families with conduct problem children: From preschool to grade school. Journal of Clinical Child Psychology, 19, 144-149.
Wegner, H. (1993). Behandlungsorientierte Diagnostik aggressiven Verhaltens von Kindern. Kindheit und Entwicklung, 2, 191-198.
Weinberg, M.K. & Tronick, E.Z. (1996). Infant affective reactions to the resumption of maternal interaction after the still-face. Child Development, 67, 905-914.
Weinberg, W.A., Rutman, J., Sullivan, L., Penick, E.C. & Deitz, S.G. (1973). Depression in children referred to an educational diagnostic center: Diagnosis and treatment. Behavioral Pediatrics, 83, 1065-1072.
Weinberger, D.R. (1987). Implications of normal brain development for the pathogenesis of schizophrenia. Archives of General Psychiatry, 44, 660-669.
Weindrich, D., Laucht, M., Esser, G. & Schmidt, M. H. (1992). Disharmonische Partnerbeziehung der Eltern und kindliche Entwicklung im Säuglings- und Kleinkindalter. Praxis der Kinderpsychologie und Kinderpsychiatrie, 41, 114-118.
Weisman, M.M., Gammon, G.D., John, K., Merikangas, K.R., Prusoff, B.A. & Sholomskas, D. (1987). Children of depressed parents: Increased psychopathology and early onset of major depression. Archives of General Psychiatry, 44, 847-853.
Weiss, B., Jackson, E.W. & Süsser, K. (1997). Effect of co-occurence on the referability of internalizing and externalizing problem behavior in adolescents. Journal of Clinical Child Psychology, 26, 198-204.
Weissman, M. & Paykel, E. (1974). The depressed woman: A study of social relationships. Chicago: University of Chicago Press.

Weisz, J.R. (1986). Understanding the developing understanding of control. In M. Perlmutter (Ed.), Minnesota symposia on child psychology, Vol. 18. Social cognition (219-278). Hillsdale: Erlbaum.

Weisz, J.R., Rudolph, K.D., Granger, D.A. & Sweeney, L. (1992). Cognition, competence, and coping in child and adolescent depression: Research findings, developmental concerns, therapeutic implications. Development and Psychopathology, 4, 627-653.

Weisz, J.R., Sigman, M., Weiss, B. & Mosk, J. (1993). Parent reports of behavioral and emotional problems among children in Kenya, Thailand, and the United States. Child Development, 64, 98-109.

Weisz, J.R., & Weiss, B. (1989).Assessing the effects of clinic-based psychotherapy with children and adolescents. Journal of Consulting and Clinical Psychology, 57, 741-746.

Weisz, J.R. & Weiss, B. (1991). Studying the „referability" of child clinical problems. Journal of Consulting and Clinical Psychology, 59, 266-273.

Weisz, J.R., Weiss, B., Han, S.S., Granger, D.A. & Morton, T. (1995). Effectiveness of psychotherapy with children and adolescents revisited: A meta-analysis of treatment outcome studies. Psychological Bulletin, 117, 450-468.

Weller, R.A., Weller, E.B., Fristad, M.A. & Bowes, J.M. (1991). Depression in recently bereaved prepubertal children. American Journal of Psychiatry, 148, 1536-1540.

Wentzel, K.R. & Asher, S.R. (1995). The academic level of neglected, rejected, popular and controversial children. Child Development, 66, 754-763.

Werner, E. E. (1993). Risk, resilience, and recovery: Perspectives from the Kauai Longitudinal Study. Development and Psychopathology, 5, 503-515.

Werner, E.E. & Smith, R.S. (1992). Overcoming the odds: High risk children from birth to adulthood. New York: Cornell University Press.

Werner, H. (1957). The concept of development from a comparative and organismic point of view. In D.B. Harris (Ed.), The concept of development: An issue in the study of human behavior (125-148). Minneapolis: University of Minnesota Press.

Werner, H. (1948). Comparative psychology of mental development. New York: International Universities Press.

Wertsch, J.V. & Tulviste, P. (1992). L.S. Vygotsky and contemporary developmental psychology. Developmental Psychology, 28, 548-557.

Wetherby, A. & Prizant, B. (1993). Communication and Symbolic Behavior Scales - Normed Edition. Chicago, IL: Riverside Publishing.

White, R. & Lalouel, J.-M. (1988). Kartierung von Chromosomen mit DNA-Markern. Spektrum der Wissenschaft, 4, 80-89.

White, J., Moffitt, T.E., Caspi, A., Bartusch, D.J., Needles, D.J. & Stouthamer-Loeber, M. (1994). Measuring impulsivity and examining ist relation to delinquency. Journal of Abnormal Psychology, 103, 192-205.

White, J.L., Moffitt, T.E. & Silva, P.A. (1989). A prospective replication of the protective effects of IQ in subjects at high risk for juvenile delinquency. Journal of Consulting and Clinical Psychology, 57, 719-724.

Wichmann, S., Opwis, K. & Spada, H. (1996). Wie Kinder Handlungen vorhersagen und erklären: Kognitive Anforderungen praktischer Schlüsse. Zeitschrift für Entwicklungspsychologie und Pädagogische Psychologie, 28, 91-107.

Widom, C.S. (1997). Child abuse, neglect, and witnessing violence. In D.M. Stoff, J. Breiling & J.D. Maser (Eds.), Handbook of antisocial behavior (159-170). New York: Wiley.

Williamson, D.E., Birmaher, B., Anderson, B.P., Al-Shabbout, M. & Ryan, N.D. (1995). Stressful life events in depressed adolescents: The role of dependent events during the depressive episode. Journal of the American Academy of Child and Adolescent Psychiatry, 34, 591-598.

Wilson, M. A. & McNaugthon, B. L. (1994). Reactivation of hippocampal ensemble memories during sleep. Science, 265, 676-679.

Wimmer, H. & Perner, J. (1983). Beliefs about beliefs: Representation and constraining function of wrong beliefs in young children's understanding of deception. Cognition, 13, 103-128.

Windle, R.C. & Windle, M. (1997). An investigation of adolescent's substance use behaviors, depressed affect, and suicidal behaviors. Journal of Child Psychology and Psychaitry, 38, 921-929.

Wing, L. (1993). The definition and prevalence of autism: A review. European Journal of Adolescenct Psychiatry, 2, 61-74.

Wing, J.K., Babor, T. & Brugha, T. (1993). Cuestionario para la Evaluación clínica en Neuropsiquiatría. Madrid: Meditor.

Wing, L. & Attwood, A. (1987). Syndromes of autism and atypical development. In D.J. Cohen & A.M. Donnellan (Eds.), Handbook of autism and pervasive developmental disorders (3-19). New York: Wiley.

Wittchen, H.-U., Beloch, E., Garczynski, E., Holly, A., Lachner, G., Perkonigg, A., Pfütze, E.-M., Schuster, P., Vodermaier, A., Wunderlich, U. & Zieglgänsberger, S. (1995). Manual zum Münchener Composite International Diagnostic Interview (M-CIDI), Version 2.0, 1/95. München: Max-Planck-Institut für Psychiatrie, Klinische Psychologie (Eigendruck).
Wolke, D. (1997). Die Entwicklung und Behandlung von Schlafproblemen und exzessivem Schreien im Vorschulalter. In F. Petermann (Hrsg.), Kinderverhaltenstherapie (154-203). Baltmannsweiler: Schneider.
Wulfften Palthe, T. van, Hopkins, B. (1993). A longitudinal study of neural maturation and early mother-infant interaction: a research note. Journal of Child Psychology and Psychiatry, 34, 1031-1041.
Wüthrich, C., Mattejat, F. & Remschmidt, H. (1997). Kinder depressiver Eltern. Kindheit und Entwicklung, 6, 141-146.
Wyman, P. A., Cowen, E. L., Work, W. C. & Kerley, J. H. (1993). The role of children's future expectations in self-system functioning and adjustment to life stress: A prospective study of urban at-risk children. Development and Psychopathology, 5, 649-661.
Yoshikawa, H. (1994). Prevention as cumulative protection: Effects of early family support and education on chronic delinquency and its risks. Psychological Bulletin, 115, 28-54.
Young, A.W., Hellawell, D.J., Van De Wal, C. & Johnson, M. (1996). Facial expression processing after amygdalatomy. Neuropsychologia, 34, 31-39.
Zahn-Waxler, C. (1993). Warriors and worriers: Gender and psychopathology. Development and Psychopathology, 5, 79-89.
Zahn-Waxler, C., Iannotti, R. J., Cummings, E. M. & Denham, S. (1990). Antecedents of problem behavior in children of depressed mothers. Development and Psychopathology, 2, 271-291.
Zahner, G.E.P. & Pauls, D.L. (1987). Epidemiological surveys of infantile autism. In D.J. Cohen & A.M. Donnellan (Eds.), Handbook of autism and pervasive developmental disorders (199-207). New York: Wiley.
Zeanah, C.H. (Ed.) (1993). Handbook of infant mental health. New York: Guilford Press.
Zeanah, C. H., Boris, N. W. & Larrieu, J. A. (1997). Infant development and developmental risk: A review of the past 10 years. Journal of the American Academy of Child and Adolescent Psychiatry, 36, 165-178.
Zeman, J. & Garber, J. (1996). Display rules for anger, sadness, and pain: It depends on who is watching. Child Development, 67, 957-973.
Zentner, M.R. (1998). Die Wiederentdeckung des Temperaments. Eine Einführung in die Kinder-Temperamentsforschung. Frankfurt: Fischer.
Zerssen, D. (1987). Die Klassifikation affektiver Störungen nach ihrem Verlauf. In Ch. Simhandl, P. Berner, M. Luccioni & C. Alf (Hrsg.). Klassifikationsprobleme in der Psychiatrie. Purkersdorf: Medizinisch-pharmazeutische Verlagsgesellschaft.
Ziegler, E., Tausig, C. & Black, K. (1992). Early childhood intervention: A promising preventative for juvenile delinquency. American Psychologist, 47, 997-1006.
Zimmermann, P., Becker-Stoll, F. & Fremmer-Bombik, E. (1997). Erfassung der Bindungsrepräsentation mit dem Adult Attachment Interview: Ein Methodenvergleich. Kindheit und Entwicklung, 6, 173-182.
Zoccolillo, M. (1992). Co-occurence of conduct disorder and its adult outcomes with depressive and anxiety disorders: A review. Journal of the American Academy of Child and Adolescent Psychiatry, 31, 547-556.
Zoccolillo, M. (1993). Gender and the development of conduct disorder. Development and Psychopathology, 5, 65-78.
Zoccolillo, M., Pickles, A., Quinton, D. & Rutter, M. (1992). The outcome of childhood conduct disorder: Implications for defining adult personality disorder and conduct disorder. Psychological Medicine, 22, 971-986.
Zoccolillo, M., Tremblay, R. & Vitaro, F. (1996). DSM-III-R and DSM-III criteria for conduct disorder in preadolescent girls: Specific but insensitive. Journal of the American Academy of Child and Adolescent Psychiatry, 35, 461-470.
Zubin, J. & Springer, B. (1977). Vulnerability: A new view of schizophrenia. Journal of Abnormal Psychology, 56, 103-126.

Glossar

zu kursiv-gedruckten Begriffen werden an anderer Stelle im Glossar weitere Erklärungen gegeben

A

Adipös, Adipositas: → *Eßstörungen.*

Adoptionsstudien: In solchen Studien werden Kinder untersucht, die bei nicht-verwandten Adoptiveltern aufgewachsen sind, um die genetischen und Umweltanteile an der Manifestation einer Störung zu ermitteln.

Äquilibration: Das kognitive Gleichgewicht, das durch die Wechselwirkung von *Akkomodation* und *Assimilation* erreicht wird.

Ätiologie: Die Lehre von den Störungs-, Krankheitsursachen, bzw. die einer Krankheit oder Störung zugrundeliegenden Ursachen selbst.

Affektlogik: Das Gehirn versieht alle kognitiv-sensorischen Informationen von den Sinnesorganen mit einer affektiven („gefühlsbetonten") Bewertung, wodurch eine für die Erinnerungsfähigkeit wichtige Organisation und Ordnung kognitiver Inhalte im Gedächtnis entsteht.

Afferenzen: Zuführende Nervenbahnen, die Erregungen von peripheren Rezeptoren (→ *Nervensystem*) zum *Zentralen Nervensystem (ZNS)* weiterleiten.

Akkomodation: In Piagets Theorie der Vorgang, durch den das Kind seine *Schemata* modifiziert, um sich auf neue Erfahrungen einzustellen.

Aktionspotential: Antwort einer erregbaren Zelle auf einen Reiz mit Änderung der Ionenleitfähigkeit und des Membranpotentials in Form eines elektrischen Impulses entlang des *Axons*. Das Aktionspotential besteht aus einer Depolarisations- und Repolarisationsphase und geht letztlich wieder über zum *Ruhepotential.*

Aktivation: Erregung neuraler und psychischer Prozesse durch innere und äußere Reize. Die Aktivation geht Aktionen voraus und begleitet sie. Sie kann zum Beispiel erfaßt werden durch Veränderungen in den *EEG*-Rhythmen, einer Erhöhung der Herzfrequenz oder durch Veränderungen der Hautleitfähigkeit.

Albinismus: Oberbegriff für alle Formen der Störung der Pigmentbildung. Individuen mit Albinismus sind gekennzeichnet durch eine weißblonde Kopf- und Körperbehaarung, einer hellblauen oder rötlichen Iris sowie einer hellrosafarbigen Haut.

Allel: Ausprägungen eines Genes, die auf *homologen Chromosomen* am gleichen Ort lokalisiert sind.

Alpha-Rhythmus: → *EEG-Aktivität.*

Alzheimer-Krankheit: Gehirnerkrankung, die gekennzeichnet ist durch einen progressiven Gedächtnisverlust, der sich allmählich zu einer allgemeinen *Demenz* entwickelt.

Androgene: Männliche Sexualhormone, zum Beispiel *Testosteron.*

Anencephalie: Genetisch bedingtes, völliges oder weitgehendes Fehlen oder Degeneration wesentlicher Teile des Gehirns sowie des Schädeldachs.

Angelman-Syndrom: Unter anderem durch ein Ungleichgewicht zwischen mütterlich und väterlich *geprägten Genen* bedingte Erkrankung, die durch einen zunehmenden Schwund des zerebralen Nervengewebes gekennzeichnet ist.

Angststörungen: Gruppe psychischer Störungen, bei denen die Symptome von Angst im Vordergrund stehen. Zu den Angststörungen gehören einerseits die Störungen, die ihren Ursprung im Kindesalter haben (Störung mit Trenungsangst, Kontaktvermeidung sowie Überängstlichkeit) und solche, die zu jedem Zeitpunkt des Lebens ausbrechen können (Phobische Störungen, Zwangsstörung, *Posttraumatische Belastungsstörung*, Generalisierte Angststörung, Panikstörung).

Anhedonie: Fehlen des sexuellen Lustgefühls.

A-nicht-B-Fehler: Beobachtung von Gedächtnisleistungen junger Kinder im Zusammenhang mit der *Objektpermanenz* zeigen, daß Kinder im Alter von neun bis zwölf Monaten einen Gegenstand an dem Ort suchen, wo sie ihn beim letzten Mal wiedergefunden haben (A) und nicht dort, wo er vor ihren Augen versteckt wurde (B).

Antidepressiva: Psychopharmaka, die vor allem in der Therapie der Depression Verwendung finden. Antidepressiva beeinflussen die Wiederaufnahme oder Freisetzung bestimmter *Neurotransmitter* im *Zentralen Nervensystem (ZNS).*

Antisoziale Persönlichkeitsstörung: Aggression und anhaltend antisoziales Verhalten von Erwachsenen, daß sich durch die Mißachtung und Verletzung grundlegender Rechte Anderer auszeichnet und auch Verhaltensweisen wie Substanzmißbrauch und Drogenkonsum sowie Schwierigkeiten im Arbeitsleben und im Knüpfen und Aufrechterhalten intimer Beziehungen umfaßt. Diese Störung tritt oft als Folge von *Störungen des Sozialverhaltens* während der Kindheit bzw. des Jugendalters auf.

Apgar-Test: Test (von V. Apgar) für die Zustandsdiagnostik des Neugeborenen unmittelbar nach der Geburt, in dem die ***A***tembewegungen, der ***P***uls, der ***G***rund-(Muskel)tonus, das ***A***ussehen (Haut-, Gesichtsfärbung) und die ***R***eflexerregbarkeit beurteilt werden.

Asperger-Störung: → *Entwicklungsstörungen.*

Assimilation: In Piagets Theorie der Vorgang, durch den das Kind neue Erfahrungen in seine bestehenden *Schemata* einfügt.

Attribuierung: Ursachenzuschreibung bzw. die Erklärung einer Person für die Ursache von Ereignissen vor dem Hintergrund eigener Handlungsmöglichkeiten.

Aufmerksamkeitsdefizit-/Hyperaktivitätsstörung: Störung, die als Hauptmerkmal ein durchgehendes Muster an Unaufmerksamkeit und/oder Hyperaktivität (abnorm hohes und unangemessenes *Aktivations*niveau sowie Ruhelosigkeit) sowie Impulsivität umfaßt (auch hyperkinetische Störung genannt).

Aufsteigendes retikuläres Aktivierungssystem (ARAS): Netzförmige Struktur, die als Teil des *Zentralen Nervensystems* (ZNS) den gesamten Hirnstamm durchzieht. Dem ARAS kommen unter anderem aktivierende Funktionen und die Steuerung der Bewußtseinslage zu (auch formatio retikularis genannt).

Autismus: Tiefgreifende *Entwicklungsstörung*, die durch ich-zentrierte Verhaltensweisen und Gedanken gekenzeichnet ist. Zu anderen Personen oder zur Umwelt wird oft keine oder lediglich eine sehr eingeschränkte Beziehung aufgenommen. Autistische Kinder weisen zumeist schwere Sprachstörungen und stereotype Verhaltensweisen auf.

Autoaggressives Verhalten: Gegen die eigene Person gerichtete Aggression, Suizid aber auch symbolische Akte mit selbstzerstörendem Charakter (z.B. Unfälle oder schwere Sucht).

Autonomes Nervensystem: → *Nervensystem.*

Autosomen: Alle Chromosomen, die keine Geschlechtschromosomen (*Gonosomen*) sind. Der Mensch besitzt 22 *homologe* Autosomenpaare.

Axon: → *Neurit.*

B

Babinskireflex: Nach festem Bestreichen der Fußsohle kommt es zu einer Beugung des großen Zehs nach oben. Dieser Reflex wird beim Kleinkind bis zum zweiten Lebensjahr als normal angesehen (auch Fußsohlenreflex genannt).

Basisemotionen: Emotionsausdrücke (Interesse, Freude, Überraschung und Trauer), die bereits sehr früh am Gesichtsausdruck des Säuglings erkannt werden können und mit denen von Erwachsenen übereinstimmen. Man nimmt an, daß diese biologisch vorprogrammiert sind und daß ein bestimmtes Basisrepertoire an Emotionen kulturübergreifend existiert.

Beobachtete Komorbidität: →*Komorbidität.*

Betragensstörungen: *Verhaltensstörungen* des Kindes- und Jugendalters, zu denen im vorliegenden Buch zusammengefaßt die *Störung des Sozialverhaltens (SSV)* und die *Störung mit Oppositionellem Trotzverhalten (SOT)* zählen. Die Kinder oder Jugendlichen mit Betragensstörungen weisen aggressive, oppositionelle, trotzige oder delinquente Verhaltensweisen in einem Maße und über einen Zeitraum auf, daß eine Diagnose der Störungen gerechtfertigt erscheint.

Bidirektionale Komorbidität: → *Komorbidität.*

Bindung: Starke, stabile, emotionale Beziehung zwischen dem Säugling bzw. Kind und der Mutter bzw. weiteren engen Bezugspersonen.

Biometrik: Anwendung mathematischer Methoden (Statistik) in Biologie und Medizin.

Biosynthese: Der Aufbau von chemischen Verbindungen in lebenden Zellen zur Aufrechterhaltung physiologischer Funktionen.

Bipolare Störungen: Depressionsformen, bei denen Patienten zwischen depressiven Phasen einerseits und *manischen* Phasen andererseits pendeln. Gegenüber der typischen Depression (z.B. *Major Depression*) konnte für die bipolare Depression eine genetische Übertragung ermittelt werden.

Bottom-up-Studie: → *Familienstudien.*

Breitbandsyndrome: → *Syndrome.*

C

Cerebrospinalflüssigkeit: Flüssigkeit, die die Hohlräume (Ventrikel) in den Hirnstrukturen sowie den Zentralkanal des Rückenmarks ausfüllt (auch Liquor cerebrospinalis genannt).

Cholinergenes Leitungssystem: Neuronen, für die Acetylcholin die Transmittersubstanz ist. Cholinerge Neuronen wirken unter anderem auf Bewegung, Aggression und Gedächtnisleistungen.

Chorea Huntington: Genetisch bedingte Erkrankung, die sich durch zuckende Tanzbewegungen (sog. Veitstanz), einer allgemeinen Hypotonie (Herabsetzung des Ruhetonus) der Muskulatur sowie einer progressiven *Demenz* auszeichnet und tödlich endet.

Chromosomenaberration: Abweichungen von der normalen Chromosomenzahl (44 *Autosomen* und 2 *Gonosomen*) oder -struktur einzelner Chromosomen, die wahrscheinlich häufig durch Störungen in der *Meiose* bedingt sind.

Chronische myeloische Leukämie: Krebserkrankung, die durch die Veränderung der Leukozyten (weiße Blutkörperchen) bedingt ist. Nach dem klinischen Verlauf, dem Reifegrad und der Abstammung der pathologisch veränderten Leukozyten werden unterschiedliche Formen unterschieden. Die chronisch myeloische Leukämie zeichnet sich durch eine starke Vermehrung bestimmter Leukozyten-Formen im Knochenmark, Blut oder mehreren Organen aus.

Computertomographie (CT): Bildgebenes, diagnostisches Verfahren, mit dem ein dreidimensionales Röntgenbild des Schädels möglich ist.

Corpus geniculatum laterale (seitlicher Kniehöcker): Schaltstelle der zentralen Sehbahn, die die *afferente* Nervenverbindung von der *Retina* zu den Sehzentren im Gehirn darstellt.

Cri-du-chat-Syndrom: Aufgrund einer *Chromosomenaberration* bedingte psychomotorische *Retardierungen*, Fehlbildungen innerer Organe etc. Der Name (Katzenschrei-Syndrom) rührt von den katzenschreiartigen, hohen Lauten, die der Säugling in den ersten Lebensmonaten von sich gibt.

Crossing-over: Mechanismus, der zum Austausch von Chromosomenabschnitten zwischen *homologen* Chromosomen führt und während des ersten Teilungsschrittes der *Meiose* stattfindet. Das crossing-over führt dazu, daß in einem Chromosom liegende *Allele* nicht immer gemeinsam an die Nachkommenschaft weitergegeben werden.

Cut-off-Wert: Kritischer Wert in diagnostischen Test- bzw. Fragebogenverfahren. Personen, die mit ihrem Ergebnis oberhalb dieses Wertes liegen, erhalten eine andere diagnostische Zuweisung als Personen unterhalb dieses Wertes.

D

Demenz: Progressive Verschlechterung intellektueller Fähigkeiten, die das berufliche und soziale Leben einer Person maßgeblich beeinträchtigen und zu einer Veränderung in der Persönlichkeit führen kann.

Denver-Klassifikation: International verwendete Unterteilung und Numerierung der Chromosomenpaare des Menschen nach deren Größe und *Zentromer*position. Auf der Basis dieses Schemas wird der Chromosomenbestand eines Individuums in Form eines *Karyogramms* dargestellt.

Desintegrative Störung: → *Entwicklungsstörungen.*

Desoxyribonukleinsäure (DNS): Makromolekül, bestehend aus zwei langen Polynukleotidsträngen, die sich im Uhrzeigersinn umeinander winden und so eine Struktur bilden, die als Doppelhelix bezeichnet wird. Zwischen den Strängen sind Paare von Nukleotidsäurebasen angeordnet, die den genetischen Code bilden. Die DNA-Stränge bilden zusammen mit Proteinen die Chromosomen, die die genetische Information des Individuums enthalten.

Devianz: Abweichung von einer statistischen Norm oder gesellschaftlichen Regeln in einem bestimmten Kontext.

Diabetes mellitus Typ I: Genetisch bedingte Störung des Zuckerstoffwechsels aufgrund einer Unterproduktion von Insulin (u.a. blutzuckersenkendes Hormon, gebildet in der Bauchspeicheldrüse).

Dimensionaler Ansatz: Empirisch abgeleitete Messung von Symptomen und Verhaltensweisen, die auf einem Kontinuum zwischen normal und *deviant* anzusiedeln sind. Die Erfassung erfolgt mit Hilfe von Fragebögen, wobei die Antworten zu einem Gesamtwert aufsumiert und in Abhängigkeit zu einem festgelegten *Cut-off-Wert* Personen mit höheren Werten als „Fälle" ermittelt werden können.

Diploider Chromosomensatz: *Somazellen* (Körperzellen) verfügen über 23 Chromosomenpaare, die als diploider Chromosomensatz bezeichnet werden.

Dizygote Zwillinge: Zweieiige Zwillinge.

Dominant-rezessiver Erbgang: Bei einigen *Allelen* können Gene in mehreren Varianten vorliegen. Der *Phänotyp* bei *heterozygoten* Merkmalen wird ausschließlich durch das dominante Gen bestimmt. Rezessive Gene kommen nur bei *homozygoter* Vererbung zum Tragen.

Down-Syndrom: *Autosomale Chromomenabberation*, die zu einem überzähligen Chromosom führt (auch *Trisomie 21* oder veraltet „Mongolismus" genannt).

Drei-Berge-Aufgabe: Experiment zur visuellen Perspektivenübernahme bei Kindern, in dem sie entscheiden sollen, welche Bilder der Blick-Perspektive eines Beobachters an einem anderen Standpunkt als den ihrem entspricht.

DSM: Diagnostisches und Statistisches Manual Psychischer Störungen; *Klassifikationssystem* psychischer Störungen.

Duchenne-Lächeln: „Aufgesetztes" Lächeln, zu erkennen an der fehlenden Kontraktion des Muskels, der das Auge umgibt (orbicularis oculi).

Duchenne-Muskeldystrophie: Genetisch bedingte Schwäche und Rückgang des Muskelgewebes.

Dysthyme Störung: Chronische, aber weniger starke Form einer depressiven Störung.

E

Echolalie: Bei Kindern vom neunten bis zum zwölften Monat das Wiederholen einzelner Wortteile oder ganzer Wörter. Darüber hinaus Bezeichnung für das mechanische, sinnlose Nachsprechen von Wörtern (prompte) oder ganzen Sätzen (verzögerte Echolalie) bei Personen mit bestimmten psychischen Störungen (z.B. Schizophrenie oder tiefgreifender *Entwicklungsstörungen*).

Edward-Syndrom: Durch *Chromosomenaberration* bedingte Vielzahl möglicher Fehlbildungen und *Retardierungen*. Charakteristisch ist eine bestimmte Hand- und Fingerstellung.

EEG-Aktivität: Mit Hilfe des Elektroenzephalogramms (EEG) können die elektrischen Potentiale der Großhirnrinde aufgezeichnet werden. In Abhängigkeit von der Frequenz kann man verschiedene Wellen oder Rhythmen unterscheiden: Der Alpha-Rhythmus (regelmäßiges Wellenmuster von etwa 10 Hz) beispielsweise ist bei den meisten Menschen zu messen, wenn sie entspannt sind und die Augen geschlossen halten.

Ektoderm: Äußeres der embryonalen Keimblätter, aus dem sich die u.a. die Sinnesorgane und das *Zentrale Nervensystem (ZNS)* entwickeln.

Elliptocytose: Genetisch bedingte, durch ovale oder elliptische Verformung gekennzeichnete Anomalie der Erythrozyten (rote Blutkörperchen).

Embryologie: Die Lehre von der Entwicklung des Embryos.

Emotionale Dysregulation: Spezifische *Temperaments*- bzw. Persönlichkeitsdisposition, die in der mangelnden Fähigkeit besteht, negative Erfahrungen und Emotionen angemessen zu regulieren (→ *Emotionsregulation)*; wird im Zusammenhang mit Depression auch als negative Affektivität bezeichnet.

Emotionale Perspektivenübernahme: Das Verstehen von Emotionen aufgrund der Situation, in der sich eine andere Person befindet. Die Gefühle des Anderen werden nicht nachempfunden, sondern gedanklich erschlossen.

Emotionsregulation: Prozesse, die emotionale Reaktionen auslösen, erhalten oder verändern. So beruhigen sich zum Beispiel Säuglinge selbst, indem sie am Zipfel ihrer Decke nuckeln.

Endoderm: Die innere Zellschicht des Embryos, die sich wenige Tage nach der Befruchtung vom *Ektoderm* unterscheiden läßt.

Endogen: Im Körper selbst bzw. aus der Anlage des Körpers, nicht durch exogene (äußere) Einflüsse, entstanden.

Entwicklungsaufgaben: Bei Entwicklungsaufgaben handelt es sich um dem Individuum innerhalb bestimmter Entwicklungsabschnitte stellende Probleme und Aufgaben, die es im Sinne eines Lernprozesses bewältigen muß und somit Teil seiner psychosozialen Entwicklung sind. Neben allgemeinen Sozialisationszielen (z.B. Annehmen der körperlichen Reifung und der ausgereiften Sexualität oder Festlegung von Berufszielen), die zum Beispiel in Form der Einschulung *Entwicklungsübergänge* darstellen, können individuell unterschiedliche Aufgaben (persönliche Ziele und Projekte) angeführt werden.

Entwicklungsbezogene Komorbidität: → *Komorbidität.*

Entwicklungsepidemiologie: Epidemiologische Studien, die mit Hilfe von *Längsschnitt*designs versuchen, die komplexen Interaktionsmuster zwischen einem sich entwickelnden Individuum und der sich verändernden Umwelt zu betrachten, um zu Erkenntnissen darüber zu gelangen, warum es in einigen Fällen zu Fehlentwicklungen, in anderen zu einer erfolgreichen Entwicklung kommt.

Entwicklungsmodelle: Diese Modelle befassen sich mit Annahmen über die Wechselwirkungen zwischen Mensch und Umwelt sowie das Zusammenwirken beider Aspekte im Zeitverlauf.

Entwicklungsorientierte Intervention: Dem sozial-kognitiven Entwicklungsstand des Kindes angepaßte Interventionen, die einerseits altersgruppenspezifische Therapiematerialien einsetzen und nicht nur das Problemverhalten behandeln, sondern auch positive Ressourcen stärken wollen. Diese Interventionen orientieren sich an einem *Entwicklungsmodell.*

Entwicklungspfade (developmental pathways): Unter Entwicklungspfaden sind Entwicklungsmuster einer Gruppe von Menschen zu verstehen, die sich von der Verhaltensentwicklung anderer Gruppen unterscheiden. Ein Pfad beschreibt den Beginn und Verlauf von Störungen und erfaßt idealerweise die wahrscheinlichen Beziehungen unter ihnen. Trotz Ähnlichkeiten im *Phänotyp* zweier Störungen kann es große Unterschiede in der zeitlichen Abfolge geben.

Entwicklungsstörungen: Psychische Störungen, die umgrenzt (z.B. Legasthenie, die Schwäche, zusammenhängende Texte oder Wörter zu lesen oder zu schreiben) oder tiefgreifend (z.B. *Autismus*) die Entwicklung eines Kindes beeinträchtigen. Zu den tiefgreifenden Entwicklungsstörungen gehören auch die Rett-Störung, die Asperger-Störung sowie die Desintegrative Störung, die sich durch einige diagnostische Kriterien auszeichnen, die auch *autistische* Kinder aufweisen, haben darüber hinaus aber noch weitere Merkmale.

Entwicklungsübergänge (Transitionen): Soziale (z.B. der Eintritt in die Schule oder ins Berufsleben) aber auch biologisch bedingte (z.B. Einsetzen der *Menarche*) Veränderungen im Leben eines Menschen, die eine Anpassungsleistung des Individuums erfordern.

Enzyme: Proteine, die als Katalysatoren chemische Reaktionen im Organismus beschleunigen.

Epidemiologie: Die Untersuchung der Häufigkeit einer Störung und ihrer Verteilung in unterschiedlichen Populationen. Die Epidemiologie verfolgt vielfältige Ziele, wie zum Beispiel die Bestimmung des Risikos für die Entwicklung einer Störung, Identifizierung und Bestimmung von Syndromen sowie die Identifizierung von Faktoren, die den Störungsverlauf und den Genesungsprozeß positiv oder negativ beeinflussen.

Epigenese: Entwicklung eines Organismus durch aufeinanderfolgende Neubildungen.

Epigenetische Landschaft: Gedachte Berglandschaft, die dazu dient, Waddingtons Modell der *Epigenese* zu verdeutlichen. Der sich entwickelnde Organismus wird darin als Kugel symbolisiert.

Erfahrungsabhängige Prozesse: Synapsenveränderungen in der Entwicklung *neuronaler Netze*, die abhängig sind von äußeren Faktoren. Diese Prozesse dienen vorrangig der Konsolidierung von Erinnerungen.

Erfahrungserwartende Prozesse: Synapsenüberproduktion in der Erwartung einer *kritischen Phase* in der neuronalen Entwicklung des Organismus. Diese Prozesse dienen hauptsächlich der Ausbildung von Fertigkeiten.

Erlernte Hilflosigkeit: Die Theorie der erlernten Hilflosigkeit versucht, das Entstehen der Depression damit zu erklären, daß Personen die Abhängigkeit bzw. Nicht-Abhängigkeit von Ereignissen und Konsequenzen außerhalb ihres Handlungsvermögens erachten und diese Erfahrungen nach mehrmaligem Erleben generalisieren (auf alle anderen Situationen übertragen).

Erpresserspiele: Bestimmte Formen negativer Eltern-Kind-Interaktionen aufgrund strafender elterlicher Erziehungspraktiken, die oppositionelles und aggressives Verhalten beim Kind fördern. Die Reaktionen der Eltern auf das herausfordernde Verhalten ihrer Kinder werden immer massiver und aggressiver und können zu einer Eskalation von Familienkonflikten führen.

Eßstörungen: Die Anorexia nervosa zeichnet sich durch einen absichtlichen Gewichtsverlust (Magersucht), einer übermäßigen Beschäftigung mit dem eigenen Körperbild und einer Angst vor dem Zunehmen aus. Die Bulimia nervosa zeichnet sich durch das wiederholte Auftreten von Heßhungerattacken, in Verbindung mit einem Kontrollverlust über das eigene Eßverhalten aus. Nach dem Essen werden gegenregulierende Maßnahmen (z.B. Erbrechen) eingeleitet, um nicht an Gewicht zuzunehmen. Die Adipositas zeichnet sich durch eine übermäßige Vermehrung des Fettgewebes aus. Ebenso werden übermäßige Mengen an Nahrung, jedoch ohne gegenregulierende Maßnahmen, aufgenommen.

Externalisierende Störungen: → *Breitbandsyndrome.*

F

Facial-feedback-Hypothese: Der eigene mimische Gesichtsausdruck wirkt verstärkend oder modifizierend auf die Emotion zurück.

False-belief-Aufgabe: Test zur Überprüfung der *emotionalen Perspektivenübernahme* bei Kindern, in dem sie die möglichen Reaktionen einer anderen Person im Rahmen einer fiktiven Situation angeben sollen. Das genaue Zustandekommen dieser Situation kennen nur sie selbst, nicht aber die andere Person.

Familialität: Die individuelle Familialität bezeichnet die Ähnlichkeit zwischen einem Kind und den übrigen Familienmitgliedern in bezug auf ein bestimmtes Merkmal. Die Gruppen-Familialität gibt an, wie sehr Familienmitglieder von einem Normalwert, definiert als der Mittelwert innerhalb einer Population, abweichen.

Familienstudien: In einem *Index*-Kontrollgruppen-Design werden biologische Verwandte ersten Grades untersucht, um mögliche Umwelt- und genetische Anteile an der Manifestation psychischer Störungen zu untersuchen. In Top-down-Studien werden erwachsene Personen mit psychischen Störungen ausgewählt und deren Nachkommen untersucht. In Bottom-up-Studien werden Kinder oder Jugendliche mit psychischen Störungen ausgewählt, um im weiteren das Auftreten psychischer Störungen bei deren Eltern bzw. Verwandten zu untersuchen.

Fetales Alkohol-Syndrom (FAS): Schwere Schädigung des Neugeborenen (u.a. geistige Retardierung und Gesichtsfehlbildung), verursacht durch starken Alkoholkonsum der Mutter während der Schwangerschaft.

Formal-operationale Phase: Kognitive Entwicklungsphase, in der sich nach Piaget das abstrakte Denken entwickelt. Das Kind erwirbt die Fähigkeit, mit Abstraktionen umzugehen, hypothetische Fragen zu stellen und sich logische Beweise für abstrakte Probleme auszudenken.

Fragiles-X-Syndrom (Martin-Bell-Syndrom): *Chromosomenabberation* mit Brüchigkeit des X-Chromosoms durch extreme Vervielfachung einer DNS-Sequenz.

Fremde Situation (strange situation): Standardisiertes Verfahren, um die Mutter-Kind-*Bindung* untersuchen zu können. Die Fremde Situation setzt sich aus einer Folge standardisierter Ereignisse zusammen, die zunehmend belastender werden und liefert so Informationen über die gegenwärtige Qualität der Beziehung zur Mutter.

Frontallappen: Die vordere obere Hälfte jeder Großhirnhemisphäre. Diese Region ist an Denk- und anderen höheren kognitiven Prozessen sowie an der Impulskontrolle beteiligt.

Frühstarter: Individuen, die bereits früh *deviante* Verhaltensweisen zeigen. Im Zusammenhang mit der Entwicklung delinquenten Verhaltens jene Kinder, die bereits in der frühen Kindheit Verhaltensprobleme, wie *Hyperaktivität* oder Aggression aufweisen.

G

Gameten: Zusammenfassende Bezeichnung für die männlichen und weiblichen Keimzellen (Spermien und Eizellen), die nur jeweils den *haploiden* (einfachen) Chromosomensatz besitzen. Bei der Befruchtung entsteht aus der weiblichen und männlichen Gamete die *Zygote.*

Ganglienzellen: Zellen der *Retina*, deren *Axone* den Sehnerv bilden.

Gaumenspalte: Genetisch bedingtes, Nicht- oder unvollständiges Zusammenwachsen des Gaumens.

Geburtskohorte: Begriff für Personen, die innerhalb eines gleichen Zeitabschnittes geboren sind. Personen einer Geburtskohorte weisen neben einer ähnlichen Geburtszeit gemeinsame gesellschaftlich-soziale Ereignisse und Erfahrungen sowie ähnliche Familienkonstellationen oder Erziehungserfahrungen auf.

Gemeinsame Aufmerksamkeit (joint attention): Ab dem sechsten Monat beginnen Säuglinge, mit ihrer Aufmerksamkeit der Blickrichtung der Erwachsenen zu folgen. Die gemeinsame Aufmerksamkeit bezieht sich dabei auf das Sozialverhalten beider Interaktionspartner, wie zum Beispiel das gemeinsame Betrachten eines Gegenstandes oder das gemeinsame Spiel.

Genetische Prägung: *Geprägte Gene* sind mit einer biochemischen Markierung versehen, die bestimmt, ob sie aktiv werden und das entsprechende Gen auf dem *homologen Chromosom* stumm bleibt. Die Prägung ist an die Herkunft des Chromosoms von der Mutter oder vom Vater gebunden.

Genexpression: Die Produktion eines Proteins, das durch ein bestimmtes Gen spezifiziert wird.

Genom: Die Gesamtheit der Gene eines Individuums, bestehend aus dem *haploiden Chromosomensatz* und die in ihm lokalisierten Gene.

Genotyp: Die Gesamtheit aller Erbanlagen eines Organismus, die den *Phänotyp* bestimmen.

Gen-Umwelt-Interaktion: Wechselwirkungen zwischen genetischen und Umweltfaktoren.

Gen-Umwelt-Transaktion: Interaktion kindlicher Charakteristiken und Umweltfaktoren über den Verlauf der Zeit.

Geprägte Gene (imprinted genes): → *Genetische Prägung.*

Gestationsalter: Schwangerschaftsdauer.

Gliazellen: Zellen, die zur Stütze, zur Ernährung, zur funktionalen Unterstützung und zur Reorganisation von Neuronen beitragen.

Gonosomen: Geschlechtschromosomen (beim weiblichen Geschlecht zwei X-Chromosomen, beim männlichen Geschlecht ein X- und ein Y-Chromosom), die die körperliche Geschlechtsentwicklung bestimmen.

Granuläre Zelle: Körnerzelle; bestimmte Form einer Nervenzelle.

Gruppenfamilialität: → *Familialität.*

Guthrie-Test: Untersuchungsverfahren zum Ausschluß einer *Phenylketonurie*, das als *Screening-Verfahren* am 4. bis 5. Lebenstag des Säuglings durchgeführt wird.

H

Habituierungsexperiment: In einem solchen Experiment wird einem Säugling ein bestimmter Reiz/Stimulus wiederholt angeboten und gemessen, wie schnell dieses monotone Ereignis an Attraktivität verliert. Die Habituierung kann als Maß für die kognitive Entwicklung angesehen werden: Je älter ein Kind ist, umso schneller habituiert es.

Hämophilie: Genetisch bedingte Blutgerinnungsstörung (auch „Bluterkrankheit" genannt).

Haploider Chromosomensatz: Die *Gameten* (Keimzellen) verfügen über 23 einzelne Chromosomen, die als haploider Chromosomensatz bezeichnet werden.

Hebbsche Regel: Immer dann, wenn zwei Neuronen gleichzeitig erregt werden, werden diese funktionell miteinander verbunden (→ *neuronale Netze*).

Heterotypische Kontinuität: Chronologisch frühere Störungen können sich im Entwicklungsverlauf von späteren sehr unterscheiden, sie stehen aber dennoch in einem sinnvollen Zusammenhang, da sie vergleichbare Funktionen ausüben.

Heterozygot: Ein Individuum ist in bezug auf ein Merkmal heterozygot, wenn die beiden *Allele* des dafür zuständigen Gens verschieden sind (auch mischerbig genannt).

Heurismus: Regel zum Auffinden wissenschaftlicher Erkenntnisse.

Hierarchische Integration: Die Entwicklung beinhaltet die Ordnung und Gruppierung bestehender Teile sowie neuerworbener Teile zu einem neuen, organisierten Ganzen.

Hippocampus: Für das Gedächtnis essentielle Struktur in der Nähe des *Temporallappens.*

Hirnattrophie: Generalisierte oder umschriebene Rückbildung des zerebralen Nervengewebes.

Homöostatische Regulation: Nach dem Prinzip der Homöostase versuchen alle Organismen gegenüber sich verändernden Lebensbedingungen, ein von ihnen erreichtes Gleichgewicht zu erhalten oder wiederherzustellen. Die homöostatische Regulation stellt eine der primären Aufgaben des Säuglings dar und umfaßt die Regulation innerer Erregungszustände, um das physiologische Gleichgewicht trotz wechselnder Umweltreize aufrechtzuerhalten.

Homologe Chromosomen: Die einander entsprechenden, gleichen Chromosomen des *diploiden Chromosomensatzes.*

Homozygot: Ein Individuum ist in bezug auf ein bestimmtes Merkmal homozygot, wenn die beiden *Allele* des dafür zuständigen Gens gleich ausgebildet sind (auch reinerbig genannt).

Hyperaktivität: → *Aufmerksamkeitsdefizit-/Hyperaktivitätsstörung.*

Hypercholesterinämie: Erhöhte Konzentration von Cholesterin im Serum (dem flüssigen, nicht mehr gerinnbaren Anteil des Blutplasmas).

Hyperkinetische Störung: → *Aufmerksamkeitsdefizit-/Hyperaktivitätsstörung.*

Hyperplasie: Vergrößerung beispielsweise eines Organs aufgrund einer Zunahme der Zellzahl bei unveränderter Zellgröße.

Hypersomnie: Krankhaft gesteigertes Schlafbedürfnis, zum Beispiel bei Depressionen.

Hypoaktivität: Abnorm niedriges *Aktivations*niveau.

Hypoglykämie: Verminderung des Blutzuckers, zum Beispiel bedingt durch eine verminderte Zukkerproduktion bei Leberfunktionsstörungen.

Hypoplasie: Genetisch bedingte Unterentwicklung, bei der zwar die Organanlage vorhanden, aber nicht voll entwickelt ist.

Hypophysenvorderlappen: Drüse in der Hypophyse (Hirnanhangdrüse) zur Ausschüttung von Hormonen (z.B. dem Wachstumshormon).

Hypothalamo-hypophysio-adrenaler Regelkreis: Zentrales Steuer- und Regelsystem des Organismus, das die Verbindung zwischen dem *Zentralen Nervensystem (ZNS)* und dem Hormonsystem darstellt.

I

Idiosynkratisches nonverbales Signalsystem: Zwischen dem neunten und zwölften Monat bildet sich zwischen dem Säugling und Bezugspersonen ein nonverbales Signalsystem, das ihnen die *intentionale Kommunikation* ermöglicht.

Inanspruchnahmeverhalten: Die Art und Weise, ob überhaupt und wie häufig Individuen öffentliche oder private medizinische oder psychosoziale Versorgungseinrichtungen aufsuchen, insbesondere vor dem Hintergrund bestehender psychischer oder körperlicher Beschwerden.

Indexgruppe: Die Gruppe der Personen, die im Rahmen von Studien das zu untersuchende Merkmal aufweist. Die Ergebnisse aus der Indexgruppe werden mit den Ergebnissen aus einer Kontrollgruppe verglichen.

Indikation: Prozeß, der anhand bestimmter Kriterien zur Auswahl geeigneter Interventionsmaßnahmen führt.

Individuelle Familialität: → *Familialität.*

Innerpsychische Repräsentationen: Kognitive Vorstellung von Gegenständen, Räumlichkeiten aber auch (zwischenmenschlichen) Prozessen, die außerhalb der eigenen Person bzw. des momentanen Zustandes stattfinden (→ *Metarepräsentation*).

Insomnie: Krankhaft gesteigerte Schlaflosigkeit, zum Beispiel bei Depressionen.

Intentionale Kommunikation: Die intentionale Kommunikation bezeichnet die Absicht, beim Hörer eine bestimmte Wirkung zu erzeugen, die sich zum Beispiel bei Säuglingen zunächst auf Laute beschränkt, bis sich ein *idiosynkratisches nonverbales Signalsystem* zwischen ihm und den Bezugspersonen entwickelt hat und eine Verständigung nach dem zwölften Lebensmonat auch durch konventionelle sprachliche Mittel möglich ist.

Intermediäre Vererbung: Bei diesem zeigen gegenüber dem *dominant-rezessiven Erbgang* beide *Allele* eine Wirkung. Der *Phänotyp* liegt somit „in der Mitte" zwischen den *homozygoten* (reinerbigen) Varianten.

Internalisierende Störungen: → *Breitbandsyndrome.*

Intrauterine Faktoren: Faktoren, die Auswirkungen auf den Fetus in der Gebärmutter haben.

K

Karyogramm: Darstellung des Chromosomenbestandes einer Zelle bzw. Individuums nach Form, Größe und Zahl, entsprechend der *Denver-Klassifikation.*

Kausale Komorbidität: →*Komorbidität.*

Kategorialer Ansatz: Im kategorialen Ansatz werden psychische Störungen mit Hilfe von in *Klassifikationssystemen* definierten Störungskriterien erfaßt und deren klinische Relevanz vor dem Hintergrund der Häufigkeit, Dauer und Stärke der Symptomatik sowie deren Einflusses auf das *psychosoziale Funktionsniveau* bewertet. Ein Beispiel für ein diagnostisches Klassifikationssystem stellt das Diagnostische und Statistische Manual Psychischer Störungen (*DSM*) dar.

Kindliche Amnesie: Das Vergessen von Ereignissen der ersten Lebensjahre aufgrund der funktionellen Unfähigkeit des Kleinkindes zur Erinnerungsfähigkeit.

Kindlicher Egozentrismus: Bezeichnung für das wenig differenzierte Denken des Kleinkindes, das sich nur auf wenige Dimensionen der Wirklichkeit konzentriert und nicht Standpunkte oder Betrachtungsweisen Anderer berücksichtigen kann.

Klassifikationssystem: Diagnostische Klassifikationssysteme fassen häufig gemeinsam auftretende Symptome zu Syndromen und damit Störungen in Form eigenständiger Kategorien zusammen und geben an, ab welcher „Schwelle" - gemessen an Häufigkeit der Symptome, deren Schwere sowie Andauern und davon ausgehenden *psychosozialen Beeinträchtigungen* - eine Störung zu diagnostizieren ist.

Klinefelter-Syndrom: Durch *Chromosomenaberration* bedingte *Trisomie*, die bei männlichen Nachkommen unter anderem zu einer verminderten *Testosteron*produktion sowie weiteren Funktionsstörungen und Fehlbildungen der Geschlechtsorgane führen kann.

Klinisch-diagnostischer Ansatz: Befragung der Personen mit Hilfe von Interviewverfahren durch Kliniker (z.B. Psychiater, Ärzte, klinische Psychologen), die im Anschluß eine Diagnose stellen.

Kodominante Vererbung: Bei diesem Erbgang wird ein Merkmal durch beide *Allele* bestimmt, doch es ist völlig verschieden von den reinerbigen Merkmalen.

Kognitiv-behaviorale Ansätze: Therapieansätze, die sowohl kognitive (z.B. Elemente aus *Problemlösetrainings*) als auch behaviorale (z.B. *time-out* oder *response-cost*) Elemente enthalten.

Kognitive Perspektivenübernahme: Ein Kind ist in der Lage zur kognitiven Perspektivenübernahme, wenn es nicht sein Wissen einer anderen Person unterstellt, sondern die Situation aus der Sicht des Anderen beschreiben kann. Ob sich die Fähigkeit zur Perspektivenübernahme beim Kind bereits entwickelt hat, kann mit Hilfe der *false-belief-Aufgabe* überprüft werden.

Kognitives Schema: Hypothetisch angenommenes, komplexes kognitives Muster, das sich aus den Erfahrungen einer Person herausgebildet hat und vor dessen Hintergrund Erscheinungen der Umwelt erkannt, eingeordnet aber auch bewertet werden (→ *Selbst-Schema*).

Komorbidität: Das Auftreten einer Störung und irgendeiner weiteren Störung zu einem bestimmten Zeitpunkt wird als Komorbidität bezeichnet. Neben dieser beobachteten Form (einfache, statistisch ermittelte Komorbidität zu einem bestimmten Zeitpunkt) kann die kausale, die die zugrundeliegenden Zusammenhänge zwischen den Störungen zu verstehen versucht, und die entwicklungsbezogene Komorbidität, die untersucht, ob sich eine chronologisch spätere Äußerungsform einer Störung aus einer früheren herausdifferenziert hat, unterschieden werden. Die unidirektionale und bidirektionale Komorbidität berücksichtigen die Wahrscheinlichkeit im Auftreten der Störungen.

Konkret-operationale Phase: Kognitive Entwicklungsphase, in der nach Piaget die Kinder ca. vom siebten bis zum elften Lebensjahr ein Verständnis dafür erwerben, geistige Operationen durchzuführen, das heißt, daß sie Informationen transformieren und die Reihenfolge der kognitiven Verarbeitungsschritte umkehren können.

Kontingenzmanagement: Im Kontingenzmanagement werden nach einer umfassenden Verhaltensanalyse die auf relevante Verhaltensweisen der Kinder folgenden positiven oder negativen Konsequenzen neu zu ordnen versucht.

Kontrollüberzeugung: Überzeugung, ein erwünschtes Ziel zu erreichen bzw. unerwünschte Handlungsausgänge vermeiden zu können.

Koppelungsanalyse: Mit Hilfe dieser Analyse können Gene aufgespürt werden, die zur Ausprägung bestimmter Merkmale des *Phänotyps* beitragen.

Kritische Phasen: Entwicklungsabschnitt gesteigerter Sensibilität, in dem der Organismus über die optimale Bereitschaft zum Erwerb einer Verhaltensweise oder zur Entwicklung bestimmter Strukturen verfügt.

L

Längsschnittstudien: In Längsschnittstudien werden gegenüber *Querschnittstudien* zu mindestens zwei unterschiedlichen Punkten auf der Zeitachse an denselben Personen Erhebungen vorgenommen.

Larvierte Depression: Annahme, daß depressive Zustandsbilder bei Kindern und Jugendlichen maskiert in Form depressionsäquivalenter Symptome (z.B. *somatische* Beschwerden, Aggression) auftreten würden.

Läsionen: Sammelbegriff für jede Schädigung des *Nervensystems.*

Lateralisierung: Die Lateralisierung bezeichnet die Neigung der beiden Hemisphären des Gehirns, sich auf die Übernahme bestimmter kognitiver Funktionen zu spezialisieren.

Leidensdruck: Der betroffene Mensch leidet unter seinem Denken, Fühlen oder Handeln, das aufgrund psychopathologischer Prozesse beeinflußt ist.

Lernen am Modell: → *Modellernen.*

Life-Event-Forschung: Die Life-Event-Forschung untersucht die möglichen Auswirkungen belastender Lebensereignisse (z.B. Tod der Eltern), chronischer Belastungen (z.B. sehr niedriger, sozioökonomischer Status bei Großfamilien), aber auch die Auswirkung alltäglicher, kleinerer Probleme (Mikrostressoren).

Lippenspalte: Genetisch bedingtes, Nicht- oder unvollständiges Zusammenwachsen der Oberlippe.

M

Magnetresonanztomographie (MRT): Bildgebendes Verfahren, mit dessen Hilfe durch Erzeugung magnetischer Felder ein dreidimensionales Bild beispielsweise des Schädels und des Gehirns gewonnen werden kann (auch Kernspintomographie genannt).

Major Depression: Eine depressive Verstimmung oder ein deutlich vermindertes Interesse oder eine reduzierte Freude an Aktivitäten über einen gewissen Zeitraum sowie weitere Symptome, *psychosoziale Beeinträchtigungen* und ein klinisch bedeutsamer *Leidensdruck* müssen feststellbar sein.

Manie: Abnormer Gemütszustand, der sich unter anderem durch eine grundlose, überschwengliche Heiterkeit, Selbstüberschätzungen sowie einer allgemeinen Antriebssteigerung auszeichnet.

Manierismen: Bei Manierismen handelt es sich um ein unnatürliches, gekünsteltes Ausdrucksverhalten, zum Beispiel überzogene Freundlichkeit, die von Außenstehenden als überzogen wahrgenommen, mimisch und gestisch zum Ausdruck gebracht wird.

Mediator: Zwischengeschalteter Prozeß bzw. Mechanismus, der die Verknüpfung zweier Faktoren darstellt.

Meiose: Bei der Meiose (Reifeteilung) bilden sich vier unterschiedliche Zellen mit halbiertem Chromosomensatz. Im ersten Schritt werden die *homologen Chromosomen* getrennt und auf die Tochterzellen verteilt. In einem weiteren Schritt werden die identischen Chromosomen am *Zentromer* geteilt. Somit erhält jede *Gamete* (Keimzelle) jeweils ein Chromosom der 23 Paare.

Menarche: Ersten Menstruation.

Mesoderm: Mittleres der drei embryonalen Keimblätter, das sich zu Skelett, Bindegewebe, Muskeln und weiteren Strukturen entwickelt.

Metabolische Erkrankungen: Erkrankungen, bei denen der Ablauf der Stoffwechselprozesse des Organismus gestört ist.

Metarepräsentation: Abstraktion der konkreten Umweltgegebenheiten. Nach dem Erlangen *primärer Repräsentationen* werden diese in Metarepräsentationen überführt, die Verhaltensweisen und Operationen ermöglichen, die unabhängiger von der direkten Erfahrung sind.

Migration: → *Zellmigration.*

Minderschwere physische Anomalie (MPA): Anomalien in der Entwicklung des Fetus, die durch äußere Einflüsse (z.B. schädigende Substanzen, wie Alkohol) bedingt sind.

Mitose: Bei der Mitose (Reproduktion von Körperzellen) verdoppelt sich jedes Chromosom innerhalb des Zellkerns (identische Kopien). Die neuen identischen Chromosomen brechen bei der Teilung der Zelle am *Zentromer* auseinander und verteilen sich auf die Tochterzellen. Alle *Somazellen* (Körperzellen) eines Individuums entstehen durch die Mitose.

Modellernen: Soziale Lerntheorien betonen die Bedeutung des sozialen Kontextes beim Lernen. Lernen ist demnach zu einem großen Teil von Vorbildern (Modellen) und sozialen Interaktionen abhängig.

Moderator-Variable: Variable, die den Zusammenhang zweier Faktoren beeinflußt.

Molekulargenetik: Die Molekulargenetik untersucht beispielsweise mit Hilfe der *Koppelungsanalyse*, welche Gene an der Ausprägung bestimmter Merkmale und damit auch Störungen beteiligt sind.

Monogenie: Abhängigkeit eines Erbmerkmals von einem Gen.

Monozygote Zwillinge: Eineiige Zwillinge

Mororeflex: Frühkindlicher Umklammerungsreflex.

Motoneuron: Motoneuronen bilden Synapsen mit Muskelzellen, die Muskeln kontrahieren und somit zu einer Bewegung der Gliedmaße führen.

Mukoviszidose: Genetisch bedingte Erkrankung, bei der ein *Enzym*mangel Schleimansammlungen und eine Zähflüssigkeit der Sekrete vor allem in Atmungs- und Verdauungsorganen verursacht.

Multifinalität: Multifinalität ist dem Prinzip der *Äquifinalität* komplementär. So wie die verschiedensten Ursachen zu einem Entwicklungsausgang führen können, kann eine Funktionsweise im Entwicklungsverlauf unterschiedliche Ergebnisse haben.

Multimodale Verhaltenstrainings: Diese Verhaltenstrainings versuchen, therapeutische Maßnahmen bei *Verhaltensstörungen* in unterschiedlichen betroffenen Settings (z.B. zu Hause, in der Schule) und unter Einbeziehung der Eltern sowie anderer Bezugspersonen umzusetzen. Dabei können einem Baukastensystem gleich verschiedene therapeutische Methoden, dem Einzelfall angepaßt, ausgewählt werden.

Mutagenität: Vorgang, bei dem durch bestimmte Substanzen, radioaktiver Strahlung etc. eine Einwirkung bzw. Veränderung der Gene erfolgt, die zu Mutationen im *Genom* führen kann.

Mutismus: Stimm- und Sprachlosigkeit, trotz erworbener bzw. noch bestehender Sprachfähigkeit, die bei bestimmten psychischen Störungen zu beobachten ist (z.B. beim *Autismus* oder bei der Schizophrenie).

Myelinisierung: Die Bildung von Myelinscheiden (isolierende, lipidreiche Hülle) um die *Axone*. Die Myelinisierung kann als Maß für den Reifungszustand herangezogen werden.

N

Negative Affektivität: → *emotionale Dysregulation.*

Neokortex: Gehirnstruktur der Säugetiere, die um das limbische System (Anzahl von Strukturen, wie der *Hippocampus*, die Amygdala oder der Hypothalamus, die ein funktionales System bilden) und den Hirnstamm (Mittelhirn und Hinterhirn) „gewickelt" ist.

Nervensystem: Das Nervensystem stellt die Gesamtheit aller reizleitenden und reizverarbeitenden Organe eines Individuums dar. Das Zentrale Nervensystem (ZNS) besteht aus dem Gehirn und dem Rückenmark. Das periphere NS wird aus den vom Rückenmark ausgehenden Bewegungs- und Empfindungsnerven gebildet. Das vegetative (autonome) NS reguliert die Organfunktionen und gliedert sich in den Sympathikus (z.B. Beschleunigung des Herzschlages, Verengung der Gefäße) und Parasympathikus (z.B. Hemmung des Herzschlages, Erweiterung der Gefäße).

Neuraldarwinismus: Nach dem Neuraldarwinismus bleiben funktionale, neuronale Verbindungen bestehen, während inaktive abgebaut werden.

Neurale Karte: Die regelmäßige Anordnung der Neuronen in aufeinanderfolgenden Ebenen, so daß die räumliche Beziehung der Signale vom Sinnesorgan bis zum Gehirn erhalten bleibt.

Neuralohr: Embryonale Ausgangsstruktur des gesamten *Zentralen Nervensystems (ZNS).*

Neuralplatte: Erste Anlage des *Zentralen Nervensystems (ZNS)*, die als Verdickung des *Ektoderms* in der Mittellinie der Embryonalanlage auftritt.

Neurit: Synonym für Axon der Nervenzelle, der den Hauptfortsatz der Zelle darstellt und an weiteren Nervenzellen endet.

Neuroblast: Nicht ausgereifte Nervenzellen.

Neuroepithel: Zellen, die die Wand des *Neuralohrs* auskleiden und aus denen sich unter anderem alle Neuronen des *Zentralen Nervensystems (ZNS)* entwickeln.

Neurofibromatose: Genetisch bedingte Störung der Hautnerven sowie Knochenanomalien und Veränderungen des Augenhintergrundes.

Neurologie: Fachgebiet der Medizin, das sich mit der Erforschung, Diagnose und Behandlung der Erkrankungen des Nervensystems befaßt.

Neuronale Netze: Nach dem Prinzip der hierarchischen Organisation werden einfache Neuronenverbindungen zu immer komplexeren Strukturen organisiert. Je komplexer die neuronalen Netze (funktionell verknüpfte Zellverbände) sind, desto höher ist das Potential an Informationsverarbeitung.

Neurotransmitter: Die chemische Übertragung an den Synapsen der Axone beruht auf der Aktivität von Neurotransmittern (chemische Botenstoffe), die im *synaptischen Spalt* freigesetzt werden.

Neurotrophe Faktoren: Faktoren, die auf die Nerven einwirken, wie zum Beispiel Viren oder verschiedene Substanzen.

NMDA-Rezeptor: Besondere Rezeptorform, die einen bleibenden Anstieg der Synapsenstärke bewirken kann.

Non-disjunction: Fehlverteilung *homologer Chromosomen* bei der *Mitose*, bei der zwei homologe Chromosomen, die normalerweise zu entgegengesetzten Polen der Kernspindel wandern, zusammenbleiben.

Norephinephrin: (Synonym Noradrenalin) Ein Hormon, daß im Nebennierenmark gebildet wird und eine Sympathikusüberträgersubstanz (→ *Nervensystem*) darstellt (z.B. zur Beschleunigung des Herzschlages oder Verengung der Gefäße).

Nosologie: Systematische Einordnung und Beschreibung der Krankheiten.

O

Objektpermanenz: Teil der kognitiven Entwicklung des Kindes ist es, in der *sensumotorischen Phase* (bis zum 2. Lebensjahr) zu erkennen, daß Objekte (Objektpermanenz) und Personen (Personenpermanenz) unabhängig von der eigenen Aktivität und Aufmerksamkeit existieren und agieren. Die Personenpermanenz entwickelt sich früher als die Objektpermanenz.

OGOD-Ansatz: Der „*o*ne-*g*ene-*o*ne-*d*isorder-Ansatz" nimmt an, daß verschiedene Störungen, von denen jede durch ein einzelnes Gen verursacht wird, gemeinsam ein komplexes Störungsbild hervorbringen.

Oligodendrozyten: Eine der drei Hauptformen der *Gliazellen*, die die Myelinscheide (→ *Myelinisierung*) um die Nerven des *Zentralen Nervensystems (ZNS)* bilden.

Onkologische Erkrankungen: Krebs- und Tumorerkrankungen.

Ontogenese: Verlauf der typischen Entwicklung eines Organismus vom befruchteten Ei bis zum Abschluß von Wachstum und Differenzierung.

P

Pätau-Syndrom: Durch *Chromosomenaberration* bedingte, vielfältige Fehlbildungen, die mit einer nur geringen Lebenserwartung einhergehen.

Peers: Personen, die einander in Hinblick auf den sozialen Status und der kognitiven Fähigkeiten ähneln, wobei zumeist Gleichaltrige gemeint sind.

Perinatale Faktoren: Faktoren, die während oder in der Zeit kurz nach der Geburt auf den Säugling einwirken (z.B. durch eine *Zangen-*, oder Steißgeburt).

Periode des Störungsrisikos: Für viele Störungen lassen sich Zeiträume ermitteln, in denen ein (erhöhtes) Risiko des Beginns besteht. So entwikkeln sich bestimmte Störungen vornehmlich in der Kindheit, andere erst im hohen Alter.

Peripheres Nervensystem: →*Nervensystem.*

Persönlichkeitsstörung: Lange anhaltende, chronische sowie unflexible, schlecht angepaßte Verhaltensmuster. Betroffene weisen eine beeinträchtigte Leistungsfähigkeit oder *psychosoziale Beeinträchtigungen* anderer Art auf. Ein Beispiel stellt die *Antisoziale Persönlichkeitsstörung* dar.

Personenpermanenz: → *Objektpermanenz.*

Phänotyp: Summe aller an einem Individuum vorhandenen Merkmale, die durch den *Genotyp* im Zusammenwirken mit Umwelteinflüssen geprägt werden.

Phenylalanin: Aminosäure (Eiweißbaustein), die unter anderem bei der *Biosynthese* von Adrenalin und Noradrenalin als Ausgangsstoff dient. Phenylalanin wird bei der *Phenylketonurie* nicht zu Tyrosin umgewandelt.

Phenylketonurie: Genetisch bedingte Stoffwechselstörung (→ *Phenylalanin*), die unbehandelt zu einer psychomotorischen und geistigen *Retardierung* sowie Mikrozephalie (einer pathologischen Verkleinerung von Umfang und Inhalt des Schädels im Vergleich zu den altersentsprechenden Größenverhältnissen der übrigen Körperteile) führen kann.

Phylogenese: Verlauf der stammesgeschichtlichen Entwicklung der Menschheit.

Plazenta: Mutterkuchen bzw. Nachgeburt, die zur Ernährung des Fetus diente und nach der Geburt ausgestoßen wird.

Pleiotropie: Gleichzeitige Beeinflussung und Ausprägung mehrerer Merkmale durch ein Gen.

Polygenie: Abhängigkeit eines Erbmerkmals von mehreren Genen.

Posttraumatische Belastungsstörung: Angstreaktion aufgrund eines belastenden Ereignisses, das sich außerhalb des Bereichs gewöhnlicher menschlicher Erfahrungen befindet (z.B. Vergewaltigung, Raubüberfälle).

Prader-Willi-Syndrom: Durch unter anderem einem Ungleichgewicht zwischen mütterlich und väterlich geprägten Genen bedingte kindliche Erkrankung mit geistiger Behinderung, Minderwuchs und Verhaltensauffälligkeiten, häufig verbunden mit Übergewicht.

Prädiktor: Vorhersagevariable, wenn ein Merkmal aus einer Anzahl von Variablen vorhergesagt werden soll. Oftmals jene Faktoren, die in einem besonderen Maße einen bestimmten (Störungs-, Entwicklungs-)Verlauf vorhersagen können.

Pränatal: vorgeburtlich.

Pränatale Diagnostik: Verfahren, die vor der Geburt des Kindes angewendet werden (z.B. Ultraschall- oder Fruchtwasserdiagnostik), um bereits vor der Geburt mögliche Erkrankungen oder Mißbildungen feststellen zu können.

Präoperationales Stadium: Kognitive Entwicklungsphase, in der nach Piaget Kinder ab ca. dem zweiten bis ca. zum siebten Lebensjahr der Invarianz der Dinge aus ihrer Umwelt erkennen. In dieser Phase entdecken die Kinder, daß Gegenstände nicht nur eine beständige Identität haben (*Objektpermanenz*), sondern daß die Identität auch erhalten bleibt, wenn sich das Aussehen oder die Form der Dinge verändert.

Prävalenz: Die Prävalenz bezeichnet die Anzahl aller Fälle einer bestimmten Krankheit bzw. Störung in einer Population zum Untersuchungszeitpunkt.

Pragmatik: Aus den nonverbalen sozialen Austauschprozessen zwischen Säugling und Bezugsperson geht die Pragmatik hervor, der Gebrauch der Sprache im sozialen Kontext.

Prepared learning: Lernt ein Lebewesen bestimmte Verhaltensweisen oder den Umgang mit bestimmten Dingen besonders leicht, spricht man von prepared learning.

Primäre Emotionen: Primäre Emotionen (z.B. Angst) zeichnen sich durch ihr frühes Auftreten und durch prototypische und universelle Gesichtsausdrücke aus. Der Ausdruck für Emotionen, wie zum Beispiel Ekel oder Freude, scheint bereits gleich oder kurz nach der Geburt vorzuliegen.

Primäre Repräsentationen: Während des ersten Lebensjahres können Kinder Repräsentationen der physikalischen Umwelt bilden, was als primäre oder Repräsentation erster Ordnung bezeichnet wird. Während des zweiten Lebensjahres werden Kinder zunehmend fähig, etwas vorzutäuschen (z.B. aus einem leeren Glas zu trinken). Auf der Basis dieser Repräsentationen entwickeln sich zunehmend *Metarepräsentationen*.

Primärprävention: Maßnahmen zur frühen und völligen Verhinderung des Auftretens von für die weitere Entwicklung negativ zu bewertenden Ereignissen.

Problemlösetrainings: Diese Trainings sollen dazu verhelfen, interpersonale und kognitive Problemlösefertigkeiten zu modifizieren und zu entwickeln. Dabei sollen Kinder bzw. Jugendliche lernen, in einer bestimmten Art und Weise auf (problematische) Situationen zu reagieren.

Progressive Paralyse: Spätform der *Syphillis* des *Zentralen Nervensystems (ZNS)*.

Protein*biosynthese*: Der biochemische Vorgang, der von der genetischen Information zum Protein führt.

Protokonversation: Die spielerische kommunikative Begegnung mit dem Kleinkind, in der Erwachsene häufig unwillkürlich ihre Mimik, Gestik, Sprachmelodie, Lautstärke und Stimmlage verändern.

Psoriasis: Genetisch bedingte Hauterkrankung mit starker Schuppenbildung (auch Schuppenflechte genannt).

Psychische Korrelate: Psychische Faktoren, wie zum Beispiel ein geringes Selbstwertgefühl oder eine geringe *Kontrollüberzeugung*, die in einem Zusammenhang mit bestimmten Störungen stehen (bzw. mit ihnen einhergehen), wobei man nicht beurteilen kann, ob sie Folge oder Ursache der Störung sind.

Psychosoziale Beeinträchtigung: Störungen verursachen zumeist psychosoziale Beeinträchtigungen, so daß die Person in ihrem Berufsleben, in der Schule oder im Freizeitbereich bzw. Freundeskreis Einschränkungen erlebt und ihre Aktivitäten innerhalb dieser Bereiche eingeschränkt bzw. unmöglich sind.

Pubertät: Der Zeitraum im Entwicklungsverlauf, in dem sich die sekundären Geschlechtsmerkmale und die Geschlechtsreife einstellen. Bei Mädchen früher einsetzend (ca. ab dem elften Lebensjahr) als bei Jungen (ca. ab dem zwölften Lebensjahr), wobei das zeitliche Einsetzen beispielsweise von Faktoren wie Wohnort (Land oder Stadt) oder ethnische Zugehörigkeit abhängt.

Purkinje-Zelle: Bestimmte Form einer Nervenzelle.

Q

Quantitative Genetik: Die quantitative Genetik stützt sich methodisch hauptsächlich auf *Familien-*, *Adoptions-*, und *Zwillingsstudien* und interpretiert Merkmalsunterschiede zwischen Personengruppen unterschiedlicher Verwandtschaftsgrade und nicht individuelle genetische Ausstattungen oder ihre Wirkungen.

Querschnittsstudien: Studien über verschiedene Kohorten (Altersgruppen) zu einem Meßzeitpunkt.

QTL-Ansatz: Der „*q*uantitative-*t*rait-*l*oci-Ansatz" geht davon aus, daß komplexe Verhaltensstörungen das Ergebnis multigenetischer Wirkungen mit veränderlicher Effektstärke sind (*Pleiotropie*).

R

REM-Schlaf: Schlafphase mit raschen Augenbewegungen (*r*apid *e*ye *m*ovement), erhöhter Herz- und Atemfrequenz und vollständiger Entspannung der Muskulatur, in der die Traumphasen auftreten.

Resilienz: Widerstandsfähigkeit von Personen gegenüber pathologischen Auffälligkeiten, die durch bestimmte *Schutzfaktoren* oder konstitutionelle Faktoren bedingt ist.

Response-cost: Verhaltenstherapeutische Methode, die den Entzug positiver Verstärker vorsieht.

Retardierung: Allgemeine Bezeichnung für eine Verlangsamung oder Verzögerung der körperlichen bzw. intellektuellen Entwicklung im Vergleich zum jeweiligen Lebensalter.

Retina: Netzhaut des Auges.

Retinopathia pigmentosa: Meist genetisch bedingter, degenerativer Prozeß mit Verengung der Netzhautgefäße, Schwund des Sehnerven sowie fortschreitender Ablagerung von Pigment, der zu einer Gesichtsfeldeinengung und zur Erblindung führen kann.

Retinoblastom: Genetisch bedingte, bösartige Geschwulst embryonaler Netzhautbereiche.

Retroviren: Viren, die eine Kopie ihrer RNS in die *DNS* der Wirtszelle einfügen können.

Rett-Störung: → *Entwicklungsstörungen*.

Risikofaktoren: Die Kräfte, die das Risiko für eine Störung erhöhen können. Als gegensätzliches Konzept sind die *Schutzfaktoren* zu sehen.

RNS-Polymerase: Enzym, das die genetische Information der RNS abliest.

Ruhepotential: Unterschiedliche Ladung zwischen der Innenseite (negativ) und Außenseite (positiv) der Nervenmembran im Ruhezustands des Nervs.

S

Schema: Im Sinne von Piaget eine erworbene kognitive Struktur, die dem Kind ein Handlungsmodell für ähnliche Situationen zur Verfügung stellt.

Schutzfaktoren: All jene Kräfte, die die Auftretenswahrscheinlichkeit von Störungen verringern bzw. ihre negative Wirkung dämpfen.

Screening-Verfahren: Verfahren, mit dessen Hilfe aus einer großen Anzahl an Personen eine kleinere Anzahl von Risikopersonen ausgewählt werden kann, die bestimmte Merkmale (psychische Störungen) aufweist.

Sekundäre Emotionen: Sekundäre Emotionen setzen, im Gegensatz zu den *primären Emotionen*, bestimmte kognitive Fähigkeiten voraus und entwickeln sich später.

Sekundärprävention: Maßnahmen, die sich darum bemühen, bereits eingetretene Störungsereignisse zu korrigieren oder zu heilen, um negative Folgen für die weitere Entwicklung zu vermeiden.

Selbst-Andere-Repräsentation: Eine Vorstellung davon, was das Ich von anderen Personen unterscheidet.

Selbstbezogenheit: Die Fähigkeit, sich beispielsweise selbst im Spiegel zu erkennen (entwickelt sich zwischen dem 15. und 24. Monat).

Selbstkontrollverfahren: → *Selbstmanagementtrainings.*

Selbstkonzept (Selbst): Interne Regulationsinstanz für Gedanken, Gefühle und Handlungen, die aus einer Vielzahl einzelner Schemata besteht. Damit ist das Selbstkonzept einerseits eine eigene kognitive Struktur, die erkannt wird, andererseits ist es der Akteur der kognitiven Prozesse. Dabei stimmt das Selbst Verhaltensabläufe aufeinander ab, interpretiert und organisiert Handlungen und Erfahrungen von persönlicher Bedeutung und motiviert das Verhalten. Unter dem Selbst versteht man auch, daß das erlebende Subjekt sich seiner selbst bewußt ist. Gegenüber wechselnden Inhalten des Bewußtseins erweist sich das Selbst als unabhängig und kontinuierlich.

Selbstmanagementtrainings: Diese Trainings zielen darauf ab, daß der Patient sein eigenes Verhalten so regulieren kann, daß sich die Auftretenswahrscheinlichkeit und /oder Intensität des Problemverhaltens verringert. Zu diesen Trainings zählen auch *Selbstkontrollverfahren.*

Selbst-Schema: *Kognitives Schema*, die Verallgemeinerung des Ichs, entstanden aus vergangenen Erfahrungen, die die Verarbeitung selbstbezogener Informationen aus den sozialen Erfahrungen des Individuums organisieren und leiten.

Selektive Genexpression: → *Genexpression.*

Sensible Perioden: → *kritische Phasen.*

Sensumotorische Phase: Kognitive Entwicklungsphase, in der nach Piaget die Kinder (bis zum Ende des 2. Lebensjahres) beginnen, gegenüber bloßen Reflexhandlungen, Wirkungen von Handlungen vorauszusehen und neue Handlungen zu erproben. Weiterhin entwickelt das Kind die Fähigkeit zu erkennen, daß Gegenstände unabhängig von der eigenen Aufmerksamkeit und Aktivität existieren (*Objektpermanenz*).

Sensumotorische Repräsentationen: Die Verknüpfung sensorischer Reizbedingungen mit motorischen Reaktionen führt zur Ausbildung der sensumotorischen Repräsentationen (auch Mediatoren genannt).

Serotonin: *Neurotransmitter*, unter anderem im *Zentralen Nervensystem (ZNS)*. Die Bedeutung der Serotoninausschüttung ist noch nicht eindeutig geklärt, dieser Transmitter scheint aber bei der Depression, beim Schlaf und der Regulation der Körpertemperatur eine Rolle zu spielen.

Sichelzellenanämie: Genetisch bedingte Erkrankung, die sich darin äußert, daß die Erythrozyten (rote Blutkörperchen) bei Sauerstoffmangel sichelförmig werden, verklumpen und Durchblutungsstörungen bewirken.

Skrotum: Hodensack.

Somatoforme Störung: Überbegriff für eine Reihe psychischer Störungen, bei denen unterschiedliche körperliche Symptome (z.B. Schmerzen) durch einen medizinischen Krankheitsfaktor, durch die Wirkung einer Substanz oder durch eine andere psychische Störung nicht vollständig erklärt werden können.

Somazellen: Körperzellen, die über 23 Chromosomenpaare verfügen (*diploider Chromosomensatz*) und durch die *Mitose* gebildet werden.

Soziale Bezugnahme (social referencing): Zwischen dem sechsten und 22. Monat wird das Blickverhalten der Kinder zunehmend selektiver, sie beginnen immer häufiger zu ihren Eltern zu blicken. Zum Ende ihres ersten Lebensjahres sind sie in der Lage, im Gesicht ihrer Eltern Hinweise für die Interpretation mehrdeutiger Situationen zu suchen.

Soziale Fertigkeitstrainings: Diese Trainings sollen dem Patienten dazu verhelfen, soziale Fertigkeiten zu entwickeln bzw. zu verbessern. Dazu zählen zum Beispiel die Entwicklung einer differenzierten Wahrnehmung, das Erkennen und Ausdrücken von Gefühlen und die Entwicklung von Einfühlungsvermögen sowie die Kooperation mit anderen.

Soziale Kompetenz: → *sozioemotionale Kompetenz.*

Soziale Lerntheorie: → *Modellernen.*

Soziale Perspektivenübernahme: Die Fähigkeit, sich in andere Personen, ihr Denken und ihre Gefühle, sowie in ihren Standpunkt hineinzuversetzen.

Soziale Reparaturmechanismen: Strategien, die Freundschaften auch nach Streitigkeiten zu erhalten helfen (z.B. nachträgliche Minimierung der Bedeutung der Konfliktsituation).

Soziales Lächeln: Bereits Neugeborene reagieren anfänglich ohne Unterschied auf Menschen, Dinge, Geräusche oder Berührungen mit einem Lächeln, welches zu diesem Zeitpunkt der Entwicklung eher *endogen* bedingt zu sein scheint.

Sozial-kognitive Informationsverarbeitung: Vor dem Hintergrund gemachter Erfahrungen, *kognitiver Schemata* sowie Persönlichkeitsmerkmalen, nach einem bestimmten Schema verlaufende Wahrnehmungs- und Reaktionsmuster in sozialen Situationen.

Sozioemotionale Kompetenz: Hat eine Person ein hohes Entwicklungsniveau im sozialen und emotionalen Bereich erlangt und kann diese Fertigkeiten effektiv in Alltagssituationen einsetzen, spricht man von sozioemotionaler Kompetenz (auch soziale Kompetenz genannt).

Soziogramm: Im Soziogramm werden die zwischenmenschlichen Beziehungen der Personen einer Gruppe aufgezeichnet, indem die Interaktionen unter diesen Personen beobachtet werden.

Spätstarter: Individuen, die erst spät, während der späten Kindheit oder im Jugendalter, erste Anzeichen problematischer Verhaltensweisen zeigen. In bezug auf die Delinquenzentwicklung jene Personen, die erst ab dem Jugendalter delinquente Verhaltensweisen zeigen.

Springendes Gen (jumping gene): → *Transposition.*

Still-face-Situation: Experimentelle Situation, in der überprüft wird, wie ein Kind auf die erstarrte Mimik seines Gegenübers reagiert.

Störung des Sozialverhaltens (SSV): Ein sich wiederholendes Verhaltensmuster, das die Verletzung grundlegender Rechte anderer sowie altersrelevanter Normen enthält (z.B. Aggression gegenüber anderen, delinquentes Verhalten). Die SSV stellt die ernstere Form der *Betragensstörungen* dar.

Störung durch Substanzkonsum: Abhängigkeit oder Mißbrauch von Alkohol, Drogen oder Medikamenten.

Störung mit Oppositionellem Trotzverhalten (SOT): Ein sich wiederholendes Muster trotziger, ungehorsamer und feindseliger Verhaltensweisen gegenüber Autoritätspersonen, das zumeist im häuslichen Bereich auftritt. Die SOT stellt die weniger ernste Form der *Betragensstörungen* dar.

Synaptischer Spalt: Der Raum an den Synapsen (Kontaktstelle zwischen zwei Nervenzellen), zwischen dem Ende der einen Nervenzelle und der Zelle, mit der sie Kontakt aufnimmt. Mit Hilfe von *Neurotransmittern* (chemische Botenstoffe), die im synaptischen Spalt ausgeschüttet werden, können Reize übertragen werden.

Syndrome: Syndrome stellen Symptomgruppen dar, die charakteristisch sind für eine Störung. Es werden zwei Breitbandsyndrome der *Verhaltensstörungen* unterschieden, die jeweils Symptome unterschiedlicher Störungen beinhalten: ein internalisierendes („nach innen gerichtet" oder überkontrolliert), das Symptome beispielsweise der Depression oder *Angststörungen* umschreibt und ein externalisierendes („nach außen gerichtet" oder unterkontrolliert), zum Beispiel Aggression, Delinquenz oder Hyperaktivität.

Syphillis: Geschlechtskrankheit mit sehr unterschiedlichen Folgen und Äußerungsformen.

T

Tay-Sachs-Syndrom: Genetisch bedingte Erkrankung, bei der Fettsubstanzen im Blut nicht abgebaut werden. Fettansammlungen bewirken eine Hirnschädigung und führen bereits im frühen Kindesalter zum Tode.

Taxonomie: Einordnung bzw. *Klassifikation* von Individuen nach bestimmten Merkmalen.

Teleologie: Die Lehre von der Ansicht, daß jede Entwicklung zielstrebig und zielgerichtet verläuft.

Temperament: Zusammenfassender Begriff für Eigenschaften (z.B. impulsiv), die den Handlungsstil von Individuen bezeichnen.

Teratologie: Teilgebiet der Medizin, das sich mit den körperlichen und organischen Mißbildungen beschäftigt.

Tertiärprävention: Maßnahmen, die eine Anpassung bzw. einen Ausgleich von Spätfolgen des negativ zu bewertenden Ereignisses bewirken sollen, damit sich mögliche Beeinträchtigungen und die Störungen nicht weiter verfestigen.

Testosteron: Männliches Sexualhormon, daß von den Hoden produziert wird und verantwortlich für die Ausbildung der sekundären Geschlechtsmerkmale ist.

Thalamus: Schaltzentrale im Vorderhirn, welche eintreffende sensorische Signale zu der Region im *Neocortex* schickt, wo sie verarbeitet werden.

Thalassämie: Genetisch bedingte Erkrankung, bei der eine Störung der Hämoglobinbildung (roter Blutfarbstoff in den Erythrozyten) vorliegt.

Theory of mind: Das Begreifen und Erkennen mentaler Zustände, wie Gedanken, Überzeugungen, Wünsche und Ansichten. Sie umschreibt die Fähigkeit, Annahmen darüber formulieren zu können, was andere Personen denken, wollen oder fühlen.

Therapiemanual: Zusammenstellung, meist verhaltenstherapeutischer Interventionsverfahren in einem Therapieleitfaden.

Tics: Zumeist automatische, nicht beeinflußbare, plötzlich einsetzende, rasche Muskelzuckungen, zum Beispiel im Gesicht, aber auch Bewegungsstereotypien, Schnalzen mit der Zunge oder Zwangshandlungen (→ *Tourette-Syndrom*).

Time-out: Verhaltenstherapeutische Methode, die einen Ausschluß positiver Verstärkung darstellt.

Token: Münzverstärker, die als verhaltenstherapeutische Methode zur Verstärkung von Verhaltensweisen eingesetzt werden.

Top-down-Studie → *Familienstudien.*

Torsionsdystonie: Erkrankung mit Störung der Regulation des Muskeltonus und der Bewegungsabläufe.

Tourette-Syndrom: Plötzlich auftretendes, *tic*-artiges Zucken im Gesichtsbereich sowie Zwangshandlungen, die plötzlich im Kindes- oder Jugendalter ausbrechen (auch Gilles-de-la-Tourette-Syndrom genannt).

Toxoplasmose: Infektionskrankheit.

Translokation: Die Verlagerung von Chromosomensegmenten. Findet ein Austausch von Bruchstücken statt, spricht man von reziproker Translokation.

Transposon: → *Transposition.*

Transposition: Einige *DNS*-Abschnitte sind nicht fest auf dem Chromosom verankert, sondern scheinen von Generation zu Generation ihre Lage im *Genom* zu ändern. Ein solches genetisches Element wird als Transposon (springendes Gen) bezeichnet. Auf diese Weise wird der genetische Code modifiziert.

Trigeminusneuralgie: Nervenerkrankung, bei der es zu anfallartigen, meist einseitig auftretenden Schmerzen im Versorgungsgebiet des vorderen Hirnnerven kommt.

Triplo-X-Syndrom: Durch *Chromosomenaberration* bedingte Verhaltens- sowie psychische Störungen und unter Umständen epileptiforme Anfälle und Organfehlbildungen. Weiblicher Phänotyp.

Trisomien: Genommutation (numerische *Chromosomenaberration)*, bei der ein Chromosom dreifach vorliegt und nicht doppelt, wie im *diploiden Chromosomensatz* üblich. Zu den Trisomien zählen das *Down-*, das *Klinefelter-* und das *Pätau-Syndrom.*

Trophischer Faktor: Wachstumsfaktor; Substanz, die das Zellwachstum fördert bzw. unterstützt.

Turner-Syndrom: Bei Mädchen durch *Chromosomenaberration* bedingter Minderwuchs sowie Fehlbildungen (z.B. Herzfehler).

U

Unidirektionale Komorbidität: → *Komorbidität.*

Uterus: Gebärmutter.

V

Verhaltensstörungen: Allgemeine Bezeichnung für auffällige, von der Norm abweichende Verhaltensweisen, die zumeist im Rahmen sozialer Austauschprozesse auftreten.

Verhaltensteratologie: Die Verhaltensteratologie untersucht die physiologischen Grundlagen von Verhaltensabweichungen.

Visuelle Klippe: Bestandteil eines Experiments zur sozialen Bezugnahme und zum Tiefensehen des Säuglings. Ein spezieller Tisch mit einer geteilten Platte, deren eine Hälfte tiefer liegt. Über dieser Hälfte befindet sich eine Glasplatte, so daß der Abgrund zwar sichtbar bleibt (Visuelle Klippe), aber keine wirkliche Gefahr für den Säugling darstellt.

Vulnerabilität: Anfälligkeit eines Individuums gegenüber psychopathologischen Störungen, die zum Beispiel durch eine genetische Prädisposition bedingt und durch *Risikofaktoren* beeinflußt wird.

W

Wada-Test: Mit Hilfe dieses Tests können Unterschiede in der Dominanz der Hirnhemisphären in bezug auf Sprachfunktionen ermittelt werden. Durch die Injektion von Natriumamytal in die Halsschlagader wird auf der Injektionsseite ein vorübergehender Funktionsausfall bewirkt (z.B. Ausfall der Sprache).

Wolf-Syndrom: Durch *Chromosomenaberation* bedingte Fehlbildungen im Bereich des Gesichts (z.B. Lippen- Gaumenspalte), der Augen, Genitalien sowie anderer Organe.

X

X-Monosomie: Das Vorliegen lediglich eines X-Chromosoms. → *Turner-Syndrom.*

Z

Zangen- oder Vakuumextraktion: Unterstützung des Geburtsvorgang durch Verwendung einer Zange oder einer Vakuumpumpe.

Zellinie: Zellstammbaum von den ersten Vorläuferzellen über alle Zellteilungszyklen zu den reifen Nevenzellen.

Zellmigration: Wanderung der Zellen (z.B. Neuronen) von ihrem Entstehungs- zu ihrem Bestimmungsort.

Zentrales Nervensystem (ZNS): →*Nervensystem.*

Zentromer: Zentrale Einschnürung bzw. Ansatzstelle der Spindelfaser am Chromosom.

Zerebralparese: Als Folge eines frühkindlichen Hirnschadens eintretende zerebrale Kinderlähmung.

Zirkadiane Rhythmik: Tagesrhythmische Aktivierung körperlicher Prozesse.

Zwillingsstudien: Diese Studien versuchen, genetische und Umweltanteile an der Manifestation von Verhaltensweisen zu ermitteln, indem die Konkordanzraten (Grad der Übereinstimmung in den Erbanlagen) von monozygoten (eineiigen) und dizygoten (zweieiigen) Zwillingen, aber vor allem von getrennt aufgewachsenen monozygoten Zwillingen verglichen werden.

Zygote: Befruchtete Eizelle mit *diploidem Chromosomensatz.*

Zytoplasma: Von der Zellmembran umschlossenes Plasma der Zelle, das Eiweiße, Lipide, Kohlenhydrate, Mineralsalze und Spurenelemente sowie eine Vielzahl an weiteren Einschlüssen enthält.

Sachregister